Rena Fischer
Das Leuchten vergangener Sterne

Rena Fischer

Das Leuchten vergangener Sterne

Roman

dtv

Von Rena Fischer
ist bei dtv außerdem erschienen:
Das Lied der Wölfe

Diese Veröffentlichung wurde im Rahmen
des Stipendienprogramms NEUSTART KULTUR durch
die VG WORT unterstützt.

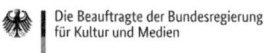 

Originalausgabe 2022
© 2022 dtv Verlagsgesellschaft mbH & Co. KG, München
Dieses Werk wurde vermittelt durch Agentur Brauer
Umschlaggestaltung: zero-media.net, München
Umschlagmotive: FinePic®, München; Jeremy Woodhouse/Getty Images;
A. Martin UW Photography/Getty Images
Satz: Fotosatz Amann, Memmingen
Gesetzt aus der Aldus nova
Druck und Bindung: CPI books GmbH, Leck
Printed in Germany · ISBN 978-3-423-26336-8

*Für Christine,
ohne dich würden meine Sterne nicht leuchten*

Eine Frau, die mit einem Archäologen verheiratet ist,
darf sich glücklich schätzen, denn je älter sie wird,
desto interessanter wird sie für ihren Mann.
Agatha Christie

EINS

Ich fliege.

Salz mischt sich mit dem Geschmack von Blut, als ich mir vor Aufregung auf die Unterlippe beiße. Die eben noch von meinem Bord aufgewirbelte Gischt, hunderte von winzigen Wasserkristallen, kann meine Füße nicht mehr erreichen. Sie funkeln sekundenlang unter mir wie die Steinchen in dem nachtblauen Swarovski-Füller, den Paps mir zum Übertritt aufs Gymnasium geschenkt hat. Dann fallen sie zurück ins Meer. Aber ich schwebe weiter über ihnen, und das Herz klopft mir so heftig in der Brust, wie der Wind an meinen Haaren reißt.

Vier Tage lang hieß es, Zähne zusammenbeißen. Trockenübungen am Strand, um ein Gefühl für die Bar, das Trapez und den Kite zu bekommen. Dann Bodydrags im Wasser. Und Theorie: Upwind. Downwind. Luv und Lee. Sicherheitschecks.

»Ist das ätzend«, hat Charlie gestöhnt und sich eine ihrer schwarzen Locken aus der Stirn gepustet. »Wann dürfen wir endlich aufs Bord? Wann lernen wir die Jumps?«

Heute ist es so weit.

Aber ausgerechnet heute ist Charlie mit ihren Eltern im Archäologischen Museum von Empúries, nur etwa zehn Gehminuten vom Sant-Martí-Strand entfernt, um die Ruinen und irgend so eine doofe Statue von Asklep-Irgendwas anzuschauen, dem griechischen Gott der Heilkunst. Darauf hat ihr Vater bestanden, weil der nämlich Arzt ist.

»Ein wenig Kultur sollte jeden Urlaub bereichern, liebe Charlotte«, erklärte er, als sie protestiert hatte. »Du kannst morgen wieder kiten.«

»Diese Statuen schauen doch alle gleich aus. Das macht seine Tochter nicht klüger und ihn zu keinem besseren Quacksalber«, hatte Paps gebrummt, als wir nach dem Abendessen mit Charlie und ihren Eltern wieder allein im Hotelzimmer waren.

Das finde ich auch. Gleich am ersten Tag des Kitesurf-Kurses habe ich mich mit Charlie angefreundet. Mit elf sind wir die Jüngsten in der Gruppe. Die vier Jungs sind alle zwischen dreizehn und fünfzehn. Ich ärgere mich, weil sie jetzt nicht hier ist, um zu sehen, was für einen phänomenalen Start ich mit dem Bord auf dem Wasser hingelegt habe. Das soll sie mir morgen erst mal nachmachen! Klatsch. Ich komme wieder auf dem Meer auf, verlagere das Gewicht, um auszubalancieren, gehe stärker in die Knie und beuge mich nach hinten, überlege, ob es mir gelingen wird, mit den Spitzen meiner Haare das Wasser zu berühren. Die Geschwindigkeit raubt mir den Atem, der Himmel wölbt sich in einem perfekten, wolkenlosen Blau über mir, und ich möchte schreien vor Glück. Aber es ist jemand anderes, der schreit.

»NINA!«

Als ich meinen Blick vom Himmel abwende, um zu sehen, was mein Kite-Lehrer von mir will, ist es zu spät. Ich verstehe nicht, wieso der Strand plötzlich so nah herangekommen ist und ich unmittelbar darauf zurase. Hektisch reiße ich an der Bar, schlenkere sie nach rechts und links. In meinem Kopf herrscht angsterfüllte Leere. Nichts von dem, was Antonio uns für solche Notfälle eingetrichtert hat, kommt mir wieder in den Sinn. Stattdessen hebe ich mit der nächsten Windbö erneut ab, aber jetzt erfasst mich kein Gefühl von Freude mehr, nur noch Panik, als Wasser hellem Sand weicht und ich plötzlich einen Jungen vor mir am Strand sehe. Er bemerkt mich nicht. Er hält einen Stab in der Hand, den er über den Boden bewegt, und schaut konzentriert nach unten. Vielleicht ist er blind?

»WEG DA!«, brülle ich und denke zu spät daran, dass er vermutlich überhaupt kein Deutsch versteht.

Sein Kopf ruckt hoch, braune Haarsträhnen fallen ihm ins Gesicht, das immer näher und näher kommt. Ich sehe, wie seine hellen Augen sich weiten, und dann krache ich auch schon in ihn hinein, reiße ihn zu Boden, verliere das Bord und fege über ihn hinweg. Mit den Knien schlage ich am Sand auf. Der Kite zerrt mich den Strand entlang, und Tränen brennen mir in den Augen. Meine Brust, die Knie und die Schienbeine schmerzen höllisch. Endlich erinnere ich mich an Antonios Drei-Stufen-Sicherheitssystem und lasse die Bar los. Im nächsten Moment packt mich jemand an meinen Füßen, hält mich fest und schiebt sich über meinen Rücken. Hände greifen über meinen Kopf hinweg und betätigen den Quick-Release. Der Kite segelt langsam wie ein Blatt Papier in den Sand, und ich fühle, wie meine Wangen sich röten. Warum habe ich daran nicht selbst gedacht? Das Gewicht über mir verschwindet.

»Alles okay?«

Ich stemme mich mit zitternden Händen auf die Knie. Dann starre ich in schilfgrüne Augen mit winzigen goldenen Punkten um die Pupille. Sie leuchten unglaublich hell in dem sonnengebräunten, sommersprossigen Jungengesicht.

»Tut mir leid«, murmele ich zerknirscht. Ein Lächeln huscht über seine Miene, dann runzelt er die Stirn. Blut klebt an seiner Unterlippe, und er streicht es sich zusammen mit Sandkörnern vom Mund. Der Sand ist durch seinen unfreiwilligen Sturz einfach überall, auf seinen Wangen, dem schwarzen T-Shirt und in seinem Haar. Vor Scham möchte ich im Boden versinken. Mein Blick bleibt an seinem Handgelenk hängen, an einem Armreif aus braungolden schimmerndem Metall. So etwas habe ich noch nie zuvor gesehen. Filigrane ineinander verschlungene Stränge, wie geflochten oder verknotet, und in ihrer Mitte ein Rad. Seine vier Speichen umfassen einen grünen, mattgeriebenen Stein und auch das Metall sieht ganz schön verwittert aus.

Jemand berührt mich an der Schulter und ich drehe mich um.

Antonio redet wild gestikulierend in seiner typischen Mischung aus Spanisch, Englisch und Deutsch auf mich ein. Aber ich höre ihm nicht zu. Denn über seine Schulter hinweg sehe ich jetzt Paps auf uns zurennen, die Kamera, mit der er gefilmt hat, immer noch in der Hand, das Gesicht angespannt. Ich kenne diesen angsterfüllten Ausdruck darin nur allzu gut, und wenn ich nicht sofort zeige, dass alles in Ordnung ist, bricht er den Kitesurf-Kurs bestimmt ab. Also stehe ich auf und zwinge mich trotz der Schmerzen zu einem Lächeln und winke ihm fröhlich zu. Als ich mich wieder zu dem Jungen umdrehe, ist er weg. Ich entdecke ihn am Wasser, dort, wo ich mit ihm zusammengestoßen bin. Mein Bord liegt nur wenige Schritte von ihm entfernt, und ein Mann in Paps' Alter steht bei ihm. Sie untersuchen den schwarzen Stab mit einem tellerförmigen Ende, den er vor meinem Überfall über den Boden bewegt hat. Was zur Hölle ist das nur? Ein Blindenstock für Sandstrände offenbar nicht. Ich starre ihnen nach, als sie weitergehen, ihre Blicke auf den Sand geheftet, und ein Gefühl macht sich in mir breit, das ich nicht benennen kann.

»Dreh dich um!«, wispert eine Stimme in mir.

Aber der schlaksige Junge geht neben dem Mann weiter, ohne auch nur einen Blick zurückzuwerfen, und da fällt mir ein, dass ich mich noch nicht einmal für seine Hilfe bedankt habe.

1

Nina Winter war stolz darauf, alles in ihrem Leben richtig gemacht zu haben. Sie sah von ihrem Schreibtisch auf und ließ den Blick zu der gewaltigen, bis zum Boden reichenden Panoramascheibe wandern. Der Frühlingshimmel präsentierte sich im hymnenverklärten Weiß und Blau, die Zugvögel kehrten allmählich zurück und weckten sie morgens mit ihrem fröhlichen Gezwitscher, und sicher würde sie sich auch bald an ihr neues Büro bei Macmillan & Richardson gewöhnt haben. Kurz nach Weihnachten hatte die deutsche Zentrale der weltweit führenden Unternehmensberatungsgesellschaft ihre neuen Geschäftsräume in München bezogen. Als diese von einem spanischen Architektenduo geplant worden waren, hatte Nina noch für ihren Bachelor in Betriebswirtschaftslehre gebüffelt und von einem Job bei einer der Big Five im Consulting nach ihrem Master geträumt. Jetzt, nach vier Jahren Projektlaufzeit und drei Jahren Bauarbeiten, saß Nina nicht nur in einem futuristischen, energiesparenden Glaspalast mit Solardach, neuester Belüftungstechnik und begrüntem Innenhof, ihr war auch eines der wenigen Blue Offices zugeteilt worden. Ein Einzelbüro war eine Auszeichnung und unterstrich ihre neue Position in der Firma. Zeitgleich mit dem Umzug hatte sie nämlich den Ritterschlag zur Projektleiterin, das interne »Beraterdiplom«, errungen. Und das mit achtundzwanzig Jahren! Die Blue Offices waren die gläsernen Wellenbrecher zur Außenwelt mit Panoramablick zum Münchner Hofgarten und der Bayerischen Staatskanzlei auf der einen und dem Karolinenplatz auf der anderen Seite des Gebäudes. Nach innen umarmten sie mit ihren blaugetönten

Glaswänden und -türen das unruhige Meer eines Open-Space-Büros mit Schließfachanlagen und diverse Lounges und Bartheken mit Teeküche und Kaffeeinsel. Dort arbeiteten die Fellows und Associates, die noch nicht lange bei der Firma waren. Auch sie mussten sich erst an das moderne Arbeitskonzept gewöhnen, denn sie suchten sich täglich einen neuen Arbeitsplatz und räumten das persönliche Office Kit abends wieder in eines der Schließfächer. An manchen Tagen dachte Nina mit gemischten Gefühlen an das alte Stadtpalais an der Isar mit dem dunkelfleckigen Fischgrätparkett, den stuckverzierten Decken, beschlagenen Altbaufenstern im Herbst und Eisblumen im Winter zurück, an ihren gemütlichen Schreibtisch aus Nussbaumholz mit zahllosen kleinen Kerben. Heute beherrschte der Minimalismus Ninas Tisch, ein schneeweißes Design-Hochglanzstück mit Curved Monitor, Telefon und diversen integrierten Anschlüssen für Laptop, Smartphone und Netzwerk. Keine Zettelwirtschaft, Notizblöcke oder Post-its, keine Privatfotos in silbernen Bilderrahmen, nicht einmal mehr die schlichte Vase mit frischen Tulpen schmückten die Schreibtische der Consultants. Die neue Devise bei Macmillan & Richardson lautete: *Klarheit auf dem Tisch führt zu Klarheit im Kopf.*

Notizen wurden mit elektronischen Eingabestiften auf dem Tablet notiert, in Druckschrift umgewandelt und interne Anweisungen über das Firmennetzwerk verschickt und in diversen Chatgruppen diskutiert. Hierarchische Bürostrukturen waren aufgebrochen worden, mehr Interaktion und Kommunikation wurden gefordert. Wer zu häufig den Großraumarbeitsplatz verließ und die privatere Atmosphäre in den gemütlichen Lounges suchte, wurde misstrauisch beäugt. Auch Nina fühlte sich manchmal beobachtet in ihrer Käseglocke, wie sie ihr neues Büro insgeheim nannte. Links konnte sie durch das Panoramafenster zu dem Obelisken auf dem Karolinenplatz spähen, rechts lagen Schreibtische wie bunte Inselgruppen im Meer des Open-

Space-Büros, vor und hinter ihr befanden sich die nächsten Blue Offices. Zu oft war sie versucht gewesen, die eingebauten Stoffjalousien per Knopfdruck herunterzufahren. Doch die gläsernen Wände ihres Büros brachten mehr Tageslicht in die Gemeinschaftszone, und das hielt sie davon ab, für mehr Privatsphäre zu sorgen. Vor allem aber, weil es bislang auch kein anderer Berater getan hatte.

Ein Signalton ließ sie zurück auf ihren Monitor schauen. In fünf Minuten Team-Meeting Area 11 poppte als Erinnerung auf. Seufzend stand sie auf, steckte das Smartphone in die Tasche ihrer marineblauen Stoffhose, nahm das Tablet und wandte sich zur Tür. Um ein Haar wäre sie zurückgeprallt, denn dort wartete schon ihr Vorgesetzter, mit einem Lächeln so breit wie seine Schultern. Nils öffnete die Glastür und hielt sie ihr auf. Wie immer ganz der Gentleman.

»Guten Morgen, Nina! Haben wir noch Zeit für einen Espresso in der Lounge?«

Sie sah demonstrativ auf ihre Uhr, auf deren Display ebenfalls die Terminerinnerung aufleuchtete.

»Lass uns lieber pünktlich sein, heute steht wirklich viel auf der Agenda.«

In der Nacht nach der Eröffnungsfeier der neuen Büroräume und anlässlich ihrer Beförderung hatte sie sich beschwipst von Nils nach Hause fahren lassen und sich seither oft dafür verflucht, kein Taxi genommen zu haben.

»Ich gratuliere dir von Herzen«, hatte er an jenem Abend mit seinem einnehmenden Lächeln gesagt und ihr ein weiteres Glas Champagner gebracht.

»Danke, aber ich muss noch fahren.«

»Unsinn, Nina. Darauf musst du doch mit allen anstoßen! Mach dir keine Sorgen, ich kann dich später auch nach Hause bringen.«

Ein verdammter Moment der Schwäche!

Nils war zwei Jahre älter als sie und bei ihrem Einstieg in die Firma vor fünfeinhalb Jahren ihr Mentor gewesen. Er war ein Mann, auf den sich sofort alle Blicke richteten, wenn er einen Raum betrat. Anfangs hatte er Nina dadurch ein wenig verunsichert, später kam sie nicht umhin, ihn zu bewundern. Mittlerweile war er Associate Partner und so verdammt perfekt, dass man Gänsehaut bekam, je länger man mit ihm zusammenarbeitete. Gleichgültig wie stressig und komplex die Arbeit wurde, er war immer wie ein Leuchtturm auf den Klippen, der mit seinem Licht den anderen den Weg aus jeder noch so verzwickten Kalkulation, Risikobewertung oder Analyse wies. Er hatte ein goldenes Händchen für Mitarbeiterführung und wickelte jeden Mandanten, ob Mann oder Frau, mühelos um den kleinen Finger. So auch sie an jenem Abend. Aber verliebt war sie eigentlich nie in ihn gewesen. Na ja, vielleicht anfangs ein wenig. Bis zu jener verdammten Nacht im Januar hatte sie jedoch nie daran gedacht, mehr als einen Arbeitskollegen in ihm zu sehen. Es gab noch so viel, was sie beruflich erreichen wollte. Sie hatte im Augenblick einfach keine Zeit für eine feste Beziehung, für den Stress, sich für lange Überstunden oder Arbeiten am Wochenende rechtfertigen zu müssen.

Never fuck the company.

Nina konnte sich immer noch nicht richtig erklären, wie es damals zu dem Kuss in Nils' BMW und danach zu der gemeinsamen Nacht in ihrer Wohnung gekommen war. Sie hatte ihre Prinzipien und hatte sich bis dahin niemals auf einem Firmenevent betrunken. Vielleicht hatte auch das Weihnachtsessen mit Paps zwei Wochen zuvor eine nicht unerhebliche Rolle bei diesem verhängnisvollen Ausrutscher gespielt.

»Erinnerst du dich noch an die kleine Charlie und euren Kitesurf-Kurs in unserem ersten Urlaub an der Costa Brava?«, hatte er zwischen Gans mit karamellisiertem Apfel und Maronenpüree und dem Spekulatius-Tiramisu gefragt. Colette, seine langjährige Haushälterin aus dem Elsass, hatte sich wieder einmal mit dem Festtagsessen für sie beide übertroffen, bevor sie nach Hause zu ihrer Familie gereist war. Daran hatte Paps sicher die folgenden drei Tage bis zu ihrer Rückkehr zu futtern gehabt.

Nina hatte an dem Spätburgunder genippt. »Nur noch vage. Warum?«

»Ich bin ihrem Vater letzte Woche zufällig in Düsseldorf begegnet. Er sagte, sie erwarte ihr drittes Kind.«

Um ein Haar hätte Nina den Wein auf die Damast-Tischdecke gespuckt.

»Schau nicht so schockiert. In deinem Alter waren deine Mutter und ich auch schon seit drei Jahren verheiratet und du hast gerade laufen gelernt.«

»Die Zeiten haben sich geändert, Paps.«

»Nein. Du lässt nur niemanden an dich ran.«

»Nicht schon wieder dieses Thema!«

»Du bist bald dreißig.«

»Runden wir jetzt mathematisch auf?«

»Wenn du dich nicht beeilst, sind alle attraktiven Kerle weg und du musst dich mit der zweiten Wahl begnügen.«

Nina trank den Wein in einem Zug aus und zählte innerlich bis zehn. An jedem anderen Tag hätte sie keine Skrupel gehabt, aufzustehen und einfach zu gehen, wenn ihr seine als Ratschlag getarnten Vorwürfe zu bunt wurden. Aber Paps wusste ganz genau, dass er an Weihnachten bis zu einem gewissen Grad Narrenfreiheit hatte, und das hatte er bei jenem Mittagessen in vollen Zügen ausgekostet.

»Schau, ich will doch nur dein Bestes, Nina. Wenn jemand weiß, wie es sich anfühlt, auf Dauer allein zu leben, dann ich.«

Die Worte und sein trauriger Blick rissen ein Loch in ihre innere Abwehr, wie jedes Mal, wenn das Gespräch auf den frühen Tod ihrer Mutter zu sprechen kam. Als sie starb, war Nina vier Jahre alt gewesen. Ihr Vater hatte ihr erzählt, dass zwischen der überraschenden Diagnose »Schwarzer Hautkrebs« und Konstanzes Tod nur sieben Monate gelegen hatten. Ninas Erinnerungen an ihre Mutter waren grobe Scherenschnitte verglichen mit den bunten Bildern, die ihr Vater heraufbeschwor, wenn seine Stimme diesen warmen Klang bekam und ihr Herz schwer von unerfüllter Sehnsucht wurde. Sie hatte nie verstanden, warum er später nicht wieder geheiratet hatte. Eine Zeitlang hatte sie sogar gehofft, dass zwischen ihm und der geschiedenen Colette mehr sein würde als ein freundschaftliches Verhältnis. Aber das, was ihre Eltern verbunden hatte, musste etwas Einzigartiges gewesen sein, etwas, wovon sie manchmal insgeheim träumte, wenn sie in einer klaren Nacht den Sternenhimmel betrachtete und sich daran erinnerte, wie Paps ihr als Kind immer erzählt hatte, dass Mami jetzt ganz besonders hell zwischen all den Sternen leuchten würde. Bisher war ihr aber niemand begegnet, mit dem sie sich eine solche Partnerschaft auch nur ansatzweise hätte vorstellen können. Wer wusste schon, ob es so jemanden überhaupt gab und ob ihr Vater nicht nachträglich die Beziehung zu ihrer Mutter einfach nur verklärte.

Du bist eine naive Träumerin! Auf einen Märchenprinzen zu warten – einfach lächerlich!

»Weißt du, Spatz«, hatte ihr Vater gesagt und damit auch noch Öl in das Feuer ihrer weihnachtsmelancholischen Stimmung gegossen, »das Leben ist einfach zu kurz, um nicht nach dem einen Menschen zu suchen, der dich ohne Worte versteht, die eigenen Interessen und Ziele teilt, mit dem du lachen, weinen oder auch einfach mal schweigen kannst, ohne dass du dir langweilig dabei vorkommst.«

Ihrem Vater gehörte ein großes Abbruchunternehmen in Deutschland. Er war ein eiskalt kalkulierender Geschäftsmann und harter Verhandlungspartner. Diese verletzliche Seite von ihm kannte nur sie und womöglich noch Colette. Vielleicht hatten seine eindringlichen Worte an diesem Weihnachtstag unbewusst als Amors Pfeil ihre Abwehr geschwächt und ihren Blick ausgerechnet auf Nils gelenkt. Denn wer könnte sonst ihre Interessen teilen, lebte ebenso für den Beraterjob wie sie, stellte sich mit Begeisterung immer neuen Herausforderungen und brannte darauf, Auswege für scheinbar unlösbare Beratungsfälle zu finden? Gutaussehend war er obendrein auch noch.

Oder du warst einfach nur vollkommen betrunken gewesen!

Das Erwachen neben ihm im Bett tags darauf hatte sie jedenfalls so ernüchtert wie ein unfreiwilliger Sturz in die Isar Mitte Januar. Nina war auf Zehenspitzen ins Bad gehuscht, hatte sich in Windeseile angezogen und war aus ihrer eigenen Wohnung geflüchtet, ohne noch einen letzten Blick auf das zerwühlte Bett und Nils' fitnessclubgestählten Oberkörper zu werfen. Erst nach zwei Kopfschmerztabletten, Kaffee mit Sojamilch beim Bäcker und einem ausgiebigen Spaziergang an der Isar hatte sie sich so weit wieder im Griff gehabt, dass sie zurückgegangen war. Nils hatte schon in seinem Anzug mit übereinander verschränkten Armen am Auto gelehnt und auf sie gewartet. »Nina ...«, hatte er in einem für ihn ungewohnt weichen Tonfall begonnen und sie mit seinen eisblauen Augen intensiv gemustert. Sie hatte sofort die Schultern gestrafft und abwehrend die Hände gehoben. »Du musst mir nichts erklären. Wir sind beide erwachsen genug, um zu wissen, welchen Stellenwert wir der gestrigen Nacht beimessen sollten.« Er hatte die Augenbrauen hochgezogen, und sie hatte schnell ergänzt: »Versteh mich bitte nicht falsch, es war wirklich ...« Sie hatte innerlich nach einem Wort gerungen, das ihn nicht verletzen, aber ihm auch nicht Hoffnung machen würde. »... einzigartig. Und das muss es auch bleiben. Also lass uns jetzt bitte zu M&R fahren und unsere hervorragende Teamarbeit und gute Freundschaft nicht durch so einen Ausrutscher gefährden.«

Sie hatte ihr kollegialstes Lächeln aufgesetzt und seinem Blick standgehalten, bis er geschluckt und dann langsam genickt hatte. »Sicher. Lass uns … erst einmal über alles in Ruhe nachdenken und nichts überstürzen.«

Das war nicht die Antwort gewesen, die sie hatte hören wollen. Anfangs hatte Nina sogar befürchtet, er würde sich vor anderen in der Firma damit brüsten, sie erobert zu haben. Schließlich hatte sie bislang jeden im Team abblitzen lassen, der sich ihr hatte nähern wollen. Aber auch in dieser Hinsicht verhielt sich Nils vorbildlich. Kein Wort über jene gemeinsame Nacht kam ihm über die Lippen und er unterließ weitere Annäherungsversuche. Ein Mann mit Anstand. Und das machte die ganze Situation nur noch schwerer für sie. Denn an der Art, wie er sie manchmal verstohlen musterte, wenn er sich unbeobachtet fühlte, erkannte sie, dass nur ein Wort von ihr genügen würde, um jene verhängnisvolle Nacht zu wiederholen und mehr daraus werden zu lassen.

Nils' herber Rasierwasserduft, Sandelholz mit einem Hauch frischer Zitrone, streifte sie, als sie an ihm vorbeischritt, und weckte die verschwommene, alkoholvernebelte Erinnerung daran, wie seine warme Haut sich unter ihren Fingern angefühlt hatte. Einen Moment lang versuchte Nina sich vorzustellen, dass Nils der Mann sein könnte, mit dem sie zusammen alt werden würde. Das klickende Geräusch, als er hinter ihr die Glastür ihres Büros schloss, brachte sie glücklicherweise in die Realität zurück, bevor ein Nils mit Halbglatze, Falten und gemütlichem Meister-Eder-Bauch sich vor ihrem inneren Auge aufbauen konnte. Konzentriere dich mal lieber auf das Meeting!

Sie liefen an den Schreibtischen des Open-Space-Bereichs zur Area 11 vorbei wie durch ein Labyrinth. Die Team-Meeting-Räume lagen alle zum Innenhof, in dem ein Springbrunnen, Ahornbäume und mehrere Skulpturen moderner Künstler die Tristesse aus Pflastersteinen auflockerten.

»Ich bin wirklich gespannt, wie du Roths Image aufpolieren möchtest«, sagte Nils augenzwinkernd, bevor sie Area 11 betraten. »Er ist eine verdammt harte Nuss. Als ich das letzte Mal mit ihm telefoniert habe, meinte er: *Ich freue mich auf eure Vorschläge, aber ich werde bestimmt kein Sponsor für selbstverliebte Versager, nur um den Aktionären und der Presse Honig ums Maul zu schmieren.* Von sozialem Firmenengagement ist er so weit entfernt wie Attila der Hunne von Nächstenliebe.«

Nina grinste. »Es gibt keine schwierigen Mandanten, nur falsche Strategien!«, zitierte sie einen seiner Mentor-Leitsprüche.

»Wäre nicht das erste Mal, dass du mich überraschst.«

2

Taran hatte aus der Erforschung vergangener Kulturen vor allem eines gelernt: für die Magie des Augenblicks zu leben. Sonnenstrahlen fielen durch das Jugendstilgewölbe aus Gusseisen und Glas, während er an seinem Café Cortado nippte und die winzigen Tropfen des Wassersprühnebels betrachtete, die einen zarten Regenbogen erblühen ließen. Sie landeten auf den breiten Blättern von Palmen, Bananenstauden und anderen Pflanzen des tropischen Gartens vor ihm und versanken im glitzernden Wasser des Bassins. Jede Menge Kinder tummelten sich davor, um die kleinen Schildkröten und bunten Fische zwischen den Wasserpflanzen zu bestaunen – und sie hoffentlich nicht mit ihren fettigen Churros zu füttern. Einige Palmen ragten so hoch auf, dass sie fast die Metallstreben der Decke berührten. Kinderlachen, das vielstimmige Gemurmel von Reisenden, ein unregelmäßiges Staccato diverser Schuhabsätze, Rollgeräusche von Trolleys, Durchsagen von ankommenden und abfahrenden Zügen und das Zischen des Kaffeevollautomaten in nächster Nähe vereinigten sich in der gewaltigen alten Bahnhofshalle Atocha von Madrid zu einer einzigartigen Sinfonie.

»Wir müssen los«, riss Ramón ihn aus seinen Betrachtungen und schob sich den letzten Bissen seines Croissants in den Mund. Ein paar Blätterteigkrümel verfingen sich in dem schwarzen Vollbart, den er sich neuerdings hatte wachsen lassen.

»Machst du jetzt auf Álvaro Morte?«, hatte er ihn vor ein paar Wochen aufgezogen. Er sah dem spanischen Schauspieler tatsächlich ein bisschen ähnlich.

»Bärte liegen im Trend«, hatte Ramón schulterzuckend geantwortet. »Du trägst doch selbst einen.«

»Ja, aber nur weil ich zu faul bin, mich täglich zu rasieren.« Unter der Woche kam er einfach nicht dazu und rasierte sich dafür an beiden Wochenendtagen.

Taran winkte der Kellnerin zu, als sein Kollege den Geldbeutel aus dem Rucksack fischen wollte, und erklärte rasch: »Heute bin ich dran.«

Lächelnd dachte er an das langwierige Bezahlen, wenn er in Deutschland mit Kollegen essen gegangen war. Zum Glück war es hier in Spanien unüblich, Einzelrechnungen auszustellen.

»Denkst du, sie verlängern das Projekt?«, fragte Ramón und kratzte sich am Bart, während sie in die Neubauhalle eilten, die kathedralenhoch und mit kalten, schmucklosen Bahnsteigen und Betonsäulen keinen größeren Gegensatz zum alten Bahnhofsteil hätte bilden können. »Elena schien gestern Abend ziemlich beeindruckt von deinen Grabungsfortschritten.«

Taran zuckte die Schultern und musterte die Anzeige, um das richtige Gleis zu finden, auf dem der Schnellzug zwischen Madrid und Sevilla einfahren würde. Er liebte seine Arbeit, aber das ewige Zittern darum, wie lange er sie fortführen konnte, war bei jeder Ausgrabung von Neuem zermürbend. Und gleichgültig, wie die Direktorin des Deutschen Archäologischen Instituts in Madrid persönlich zu ihm und seinen Fortschritten stand, sie konnte schließlich nicht allein über eine Verlängerung entscheiden. Dr. Elena Munez war vor knapp sieben Jahren zur Leiterin der spanischen Zweigstelle des DAI aufgestiegen. Sie war Mitte fünfzig und brannte für die Archäologie wie er selbst, besonders für Tarans Spezialgebiet über die Phönizier und ihre Expansion in den westlichen Mittelmeerraum. Sie hatten schon unzählige Diskussionen über das antike Seefahrervolk geführt.

»Ich bin Archäologe – wir sind es gewohnt, Steine, die uns im Weg liegen, freizuräumen«, spottete er. »Ich habe mein Möglichstes getan, um die Bedeutung der Befunde in ein günstiges Licht zu rücken. Aber du weißt, wie das bei uns läuft. Für die meisten Ausgrabungen werden Mittel für maximal drei Jahre bewilligt, eher kürzer. Elena muss eine Verlängerung beim deutschen Außenministerium rechtfertigen oder Geld bei externen Stiftungen lockermachen. Bei den seltenen Liebhabern der Archäologie.«

Sie hatten das Gleis erreicht, an dem gerade ein Zug im schnittigen ICE-3-Design einrollte. Der AVE fuhr bis zu dreihundert Stundenkilometer schnell, weshalb sie für die knapp fünfhundert Kilometer zurück nach Sevilla nur unglaubliche zweieinhalb Stunden brauchen würden. Ramón hatte die Tickets gebucht. Taran hätte auch nichts gegen gemächlicheres Reisen in langsameren Zügen einzuwenden gehabt. Er mochte Bahnfahren und genoss es, aus dem Fenster zu blicken und die Landschaft auf sich wirken zu lassen. Zumindest waren die Fahrkarten für den AVE nicht wesentlich teurer, sodass selbst er sich regelmäßige Fahrten mit dem Schnellzug leisten konnte. Bei dem Gedanken an seine finanzielle Lage huschte ein grimmiges Lächeln über sein Gesicht.

»Schon Wahnsinn, von wie vielen Dingen bei euch eine Verlängerung des Arbeitsvertrags abhängt«, erklärte Ramón kopfschüttelnd. »Noch schlimmer als der Kampf um öffentliche Aufträge bei uns Geophysikern.«

»Eine meiner Professorinnen an der Uni hat mal gesagt: Wer die Bruchstücke der Vergangenheit finden und zusammensetzen möchte, muss geduldig, anspruchslos und ein Glückspilz sein.«

»Glück wirst du hier in Andalusien auf jeden Fall brauchen. Am Ende verweigert dir nämlich sonst das Denkmalpflegeamt die Genehmigung weiterer Grabungen, weil sich jemand von privaten Bauträgern hat bestechen lassen, und all deine Bemühungen um Geldgeber waren umsonst.«

»So zynisch heute?«, lachte Taran verwundert. Das passte gar nicht zu Ramóns fröhlich-optimistischer Art.

Sein Freund verdrehte die Augen und schwenkte die Zeitung, auf deren Titelseite von einem Bestechungsskandal in Regierungskreisen die Rede war. »Eher realistisch.«

Er stieg schwungvoll vor Taran in den Zug. Es war ihm anzusehen, wie sehr er sich auf zu Hause freute. Im Bahnhofsshop hatte er Süßigkeiten für seine Kinder und ein Buch von Carlos Ruiz Zafón für seine Frau gekauft. Dabei waren sie keine zwei Tage lang getrennt gewesen! Taran folgte grinsend dem spanischen Romantiker. Aber leider hatte Ramón recht. Auch die Genehmigung des Denkmalpflegeamts stand bei einer Verlängerung der Ausgrabung noch in den Sternen. Der andalusische Bauunternehmer, der ursprünglich eine Urbanisation mit Ferienhäusern auf dem Grabungsareal hatte bauen wollen, drängte seit der Notgrabung vor zwei Jahren darauf, dass die archäologischen Arbeiten zu einem Abschluss kamen und er mit dem ersten Spatenstich beginnen konnte. Sicher bereute er es mittlerweile, den Fund von Fragmenten einer antiken Amphore überhaupt gemeldet zu haben. Wahrscheinlich hatte er gehofft, schnelles Geld zu machen, indem er die andalusische Regierung auf Entschädigung verklagte. Manchmal war der bürokratische Berg von Steinen, der ihre Funde verbarg, tatsächlich höher als die einzelnen Bodenschichten, die sie hinterher bei der Ausgrabung abtrugen.

Sie wanderten die Sitzreihen entlang bis zu ihren Plätzen, als der Zug sich mit einem leichten Ruck in Bewegung setzte. Die beigefarbenen Stoffsitze waren bequem und boten angemessene Beinfreiheit für Ramón. Taran, mit seinen knapp ein Meter neunzig, stieß jedoch mit den Knien an den Vordersitz. Er gähnte, strich sich die Haare aus der Stirn und warf einen müden Blick aus der dunkel getönten Scheibe. Es war vergangene Nacht ganz schön spät geworden, selbst für spanische Verhältnisse, wo man gewohnt war, nicht vor einundzwanzig Uhr zum Abendessen zu gehen. Ramón und er waren vom DAI nach Madrid zu den Phönizisch-punischen Donnerstagen geladen worden, einer internationalen Veranstaltungsreihe, die seit Jahren regelmäßig neue Forschungsergebnisse über das semitische Händler- und Seefahrervolk veröffentlichte. Im Anschluss waren sie mit anderen Rednern und einigen Leuten vom DAI in eine nahe gelegene Tapas-Bar gegangen und hängengeblieben.

Ramóns Handy klingelte und als sich seine Miene aufhellte und dieses gewisse Leuchten in seine Augen glitt, wusste Taran sofort, dass er mit Sofía sprach. Er fühlte einen leichten Stich in der Brust. Im vergangenen Jahr war er oft genug bei der Familie Pérez zu Gast gewesen, um zu wissen, dass dieses glückliche Funkeln in Ramóns Augen echt war. Früher hatte Taran sich nicht so viele Gedanken über feste Beziehungen gemacht. Er wusste auch nicht, woher das plötzlich kam, schließlich fühlte er sich seit Jahren mit der Archäologie verheiratet. Heute hier, morgen da. Flexibilität war in seinem Job ebenso unverzichtbar wie gute Sprachkenntnisse und meist auch der Verzicht auf Familie. Taran wurde dieses Jahr dreißig, und viele seiner ehemaligen Studienkollegen hatten die Forschungsarbeit inzwischen an den Nagel gehängt, um ihr privates Glück zu finden, sesshaft zu werden, in einem Museum oder fachfremd zu arbeiten und eine Familie zu gründen. Die Frauen, mit denen Taran in den vergangenen Jahren zusammen gewesen war, hatten alle auch im Bereich der Archäologie gearbeitet. Gemeinsame Interessen waren zwar eine großartige Sache, aber führten am Ende dazu, dass sie sich etliche Monate nicht sehen konnten, weil entweder er oder sie gerade irgendwo in der Weltgeschichte unterwegs waren. Wortwörtlich. Man hatte gar nicht die Möglichkeit, den anderen näher kennenzulernen, um die Beziehung zu vertiefen. Da hatte es Ramón, der selten für archäologische Institute, sondern meist im Auftrag privater Bauunternehmer oder Städte arbeitete, leichter.

Während er mit seiner Frau telefonierte, drehte Taran gedankenverloren den keltischen Metallarmreif an seinem Handgelenk und betrachtete die vorbeifliegenden Felder, auf denen der Winterweizen langsam in die Höhe schoss. Über fünftausend Hektar ökologische Landwirtschaft befanden sich rund um Madrid, und in Andalusien betrug das landwirtschaftlich genutzte Land sogar das Hundertfache. Kein Wunder, dass deshalb Bauern beim Umgraben ihrer Felder vereinzelt auf archäologische Artefakte stießen. Im Vorbeifahren erhaschte Taran einen Blick auf einen Landarbeiter, der die langen schwarzen Kunststoffschläuche für die Tröpfchenbewässerung inspizierte, und zwei kleine Jungen in Jeans, T-Shirt und Baseballcap, die dem Zug nachwinkten. Er hob lächelnd seine Hand an die Scheibe und winkte zurück. Es war unwahrscheinlich, dass sie ihn hinter den spiegelgetönten Fenstern bei dieser Geschwindigkeit gesehen hatten. Dennoch weckten die beiden in ihm die Erinnerung daran, wie er selbst als Kind mit seinem Vater über Ackerfurchen gewandert war und hinterher Schlamm und Steine aus dem Profil seiner Wanderschuhe gekratzt hatte. Erde war so früh sein Element gewesen wie die See für Fischerkinder. Sie kannten die Gezeiten auswendig, er die unterschiedlichen Bodentypen und wie man sie am besten bearbeitete, um an die verborgenen Schätze zu gelangen.

»Hör endlich auf, dem Jungen deine albernen Hirngespinste in den Kopf zu setzen!« Das Gesicht seiner Mutter tauchte wie ein Gespenst aus der Vergangenheit vor Tarans innerem Auge auf, ihre schmalen Lippen abfällig verzogen, der Tonfall hart. *Schatzsucher* hatte sie ihren Mann genannt. Nachts, wenn Taran und seine Schwester Jennifer in ihren Betten lagen, hatte sie allerdings noch ganz andere Bezeichnungen für ihn übriggehabt. Manchmal war er ins Bad geschlichen und hatte Wattepads aus ihrem Kosmetikschrank geklaut, um sie sich in die Ohren zu stecken, weil er die lauten Stimmen seiner Eltern nicht mehr hören wollte. »Die ganze Schule macht sich schon über uns lustig«, hatte Jennifer ihm oft in diesen Nächten zugeflüstert.

»Na und? Die reden doch immer irgendwas«, hatte Taran eingewandt. Er war drei Jahre jünger als seine Schwester. Ihr war damals alles peinlich gewesen. Die Pickel im Gesicht, die Umarmungen der Mutter vor ihren Freundinnen, das immer mehr Raum einnehmende Hobby ihres Vaters. Taran hatte es nichts ausgemacht, ein Außenseiter zu sein. Das galt auch heute noch. Vielleicht hatte ihr das die Geborgenheit vermittelt, die ihr das Elternhaus nicht geben konnte. Er schob die Gedanken an seine Schwester beiseite. Sie gingen immer mit dem schlechten Gewissen einher, sich viel zu lange nicht bei ihr gerührt zu haben.

Ramón hatte aufgelegt und grinste ihn an.

»Was?«, fragte Taran.

»Sofía hat mich gefragt, wie mein Vortrag gestern lief, und ich habe nur gesagt: Kroak!«

Taran lachte und schüttelte den Kopf. »Du wirst ihr das erklären müssen.«

»Sie hat behauptet, wenn das ein Hinweis darauf ist, dass sie mich bei meiner Ankunft küssen und künftig Tisch und Bett mit mir teilen muss, würde sie es sich lieber noch einmal gründlich überlegen.«

»Sofía würde dich selbst dann aufnehmen, wenn du dich tatsächlich in eine glitschige, fette Kröte verwandeln und nach Schlick riechen würdest.«

Ramón grinste noch ein Stück breiter.

Die Stimmung am Abend in der Tapas-Bar war ausgelassen gewesen und irgendwann hatte sein Freund ihm zugeprostet und erklärt: »Ich meine das ernst, Taran! Während du dir in aller

Eile ein paar Notizen auf der Hinfahrt im Zug gemacht hast, habe ich mich ganze zwei Abende lang mit diesem Vortrag herumgeschlagen. Aber wenn ich den Mund vor Publikum aufmache, fühle ich mich immer wie eine dieser ununterbrochen quakenden Kröten in den Sümpfen des Guadalquivir! Kroak, kroak, kroak. Entsprechend entgeistert und mitleidig sehen die Leute mich an.«

Ramón war wirklich kein besonders guter Redner, aber so schlimm, wie er tat, war er nun auch wieder nicht gewesen. Immerhin nahm er es mit Humor.

»Also ich fand deine Ausführungen zur Verlandung und der Veränderung der Küstenlinie in den letzten dreitausend Jahren durchaus spannend, Ramón«, hatte Elena augenzwinkernd eingeworfen und beruhigend seine Hand getätschelt.

»Du würdest es auch spannend finden, 50 000 Tonscherben in den nächsten zwei Jahren zu sichten und zu katalogisieren«, hatte Ramón gebrummt und die Augen verdreht.

»Ich bin Archäologin, das kannst du mir wohl kaum vorwerfen«, hatte sie kichernd erwidert.

»Das nicht. Aber dass du mich ausgerechnet mit Taran zusammen hast vortragen lassen.«

»Was habe ich denn schon wieder falsch gemacht?«, hatte Taran nachgehakt.

»Ach, du warst nur der Prophet, der über das Wasser gewandelt ist und mit seiner flammenden Rede die Kröten zum ehrfürchtigen Verstummen gebracht hat«, hatte Jorge gespottet und sein Glas in Richtung der Direktorin erhoben. »Lass Taran das nächste Mal an der Autónoma vortragen, Elena, und die Studentenzahlen für archäologische Studienrichtungen werden explodieren.«

Die Phönizisch-punischen Donnerstage fanden entweder am DAI – wie vergangenen Abend – oder an einer der beiden Madrider Universitäten Autónoma oder Complutense für Studierende und andere Interessierte statt. »Bloß nicht noch mehr arbeitslose Absolventen«, hatte Clara auf diesen Vorschlag hin händeringend gerufen. Sie war die leitende Bibliothekarin im DAI, betreute über achtzigtausend Bücher und mehrere hundert laufende Zeitschriften und empfand für sie eine ähnliche Leidenschaft wie Taran für archäologische Befunde. Wehe dem, der ihre Schützlinge nicht in tadellosem Zustand zurückbrachte.

»Ihr übertreibt wieder einmal alle maßlos«, hatte Taran sich grinsend verteidigt. Er konnte auch nicht sagen, warum ihm das Reden über seine Projekte so leichtfiel. Vorträge zu halten, war für Taran Routine. Die Zahl der Arbeitsplätze in der Forschung war so rar, dass es nicht genügte, fachlich zu brillieren. Man musste seine Arbeit auch gut präsentieren können. Mittlerweile war er im Bereich der Phönizier-Forschungen ein gefragter Redner auf dem Internationalen Kongress der Klassischen Archäologie. Meistens blendete er das Publikum einfach aus und stellte sich vor, er würde mit seinem Vater bei einem Glas Bier zusammensitzen und ihm von seinen neuesten Ergebnissen erzählen. Er genoss diese gemeinsamen Vater-Sohn-Abende. Denn obwohl Max Sternberg, der seinen Sohn nach Taranis, dem keltischen Donnergott, genannt hatte, seine Leidenschaft für die Archäologie so teuer hatte bezahlen müssen, war sie auf seinen Sohn übergesprungen wie der Funke des olympischen Feuers. Taran hatte schon in archäologischen Fachzeitschriften geblättert und mit seinem Vater über römische Feldzüge in Germanien diskutiert, als seine Klassenkameraden noch Nintendo gezockt und den Limes für einen alkoholischen Drink mit Fruchtgeschmack gehalten hatten. In der Schule hatte er deshalb als Sonderling gegolten, woran auch seine guten sportlichen Leistungen nur wenig ändern konnten.

»Wenn wir dieses ganz besondere Timbre, das sich immer in deine Stimme schleicht, sobald du von deiner Forschung sprichst, und das jedem eine Gänsehaut über den Rücken jagt, einmal außer Acht lassen ...«, hatte Clara begonnen, und Taran hatte belustigt die Augenbrauen gehoben und sich noch ein Tapas-Häppchen in den Mund geschoben, »... ist es natürlich vor allem dein heißes Aussehen, das die Studierenden dahinschmelzen lassen wird.«

Er hatte sich an dem Blätterteig mit Aioli und scharfer Chorizo-Wurst verschluckt und verzweifelt versucht, den Hals wieder mit einem Schluck Rioja freizubekommen.

»Danke, Clara. Jetzt fühle ich mich endgültig wie die ungeliebte, hässliche Kröte«, hatte Ramón gelacht.

»Ich darf das sagen.« Die Bibliothekarin hatte grinsend ihre beringte Hand gehoben. »Schließlich bin ich ebenso glücklich verheiratet wie du, mein Lieber.«

3

»Phönizier-Archäologie?« Nils riss den Kopf zu Nina herum, die gelassen die Überschrift mit dem antiken Segelschiff und der Amphore auf ihrem Tablet beiseitestrich und die nächste Präsentationsseite auf dem Whiteboard aufrief. Sie konnte sehen, wie es hinter seiner Stirn zu arbeiten begann.

»Ganz recht.«

»Ich dachte, Roth hält nichts von kulturellem Engagement?«, warf Maren zaghaft ein und drehte den Stift ihres Tablets nervös zwischen den Fingern. Ihre Stimme klang ein wenig schrill. Sie und Yannik waren die jüngsten Fellows in ihrer Runde und noch nicht einmal ein halbes Jahr bei Macmillan & Richardson. Vor Ninas Präsentation hatten sie die Gelegenheit bekommen, eigene Vorschläge zu machen, die zum Aufpolieren des Images der Alexander Roth AG in der öffentlichen Wahrnehmung beitragen sollten. Bei diesem Mandanten wahrlich kein leichtes Unterfangen. Dennoch fragte Nina sich, ob sie ähnlich defensiv bei ihren ersten Teamsitzungen geklungen hatte. Marens und Yanniks Vorschläge waren solide gewesen – für einen Durchschnittsmandanten. Sie hatte die altbewährte KTU-Strategie vorgetragen: Spenden an Kinder-, Tier- oder Umweltschutzorganisationen, also alles, was sich in den sozialen Medien emotional gut verkaufen ließ. Kundenbindung durch Corporate Social Responsibility. Nicht nur das Produkt, auch der Ruf einer Firma selbst müsse Qualität und gesellschaftliche Verantwortung aufweisen, um die Kunden dauerhaft für sich einzunehmen. Maren hatte allerdings nicht bedacht, dass sich die typische Kundschaft von Roths Werft nicht mit denen eines

Maschinenbauers oder Automobilherstellers vergleichen ließ. Denn die Aktiengesellschaft, an der ihr Gründer Alexander Roth immer noch satte dreiundfünfzig Prozent der Anteile besaß, war eine der größten Marinewerften Deutschlands, die militärische Schnellboote und zivile Luxusjachten baute. Zu ihren Auftraggebern zählten daher neben der deutschen Marine und diversen Streitkräften anderer Länder eine illustre Klientel von saudi-arabischen Prinzen, russischen Oligarchen und Filmstars bis hin zu milliardenschweren Software-Entwicklern. Nicht gerade ein Personenkreis mit besonders ausgeprägtem Interesse an sozialem Engagement. Da traf Yannik schon eher ins Schwarze. Er setzte auf Sportlerförderung, um das sportlich-dynamische Image der Firma mit ihren Jachten und Schnellbooten zu unterstreichen.

Während nun auf Marens Wangen rote Flecken aufblühten und sie an ihrem grünen Seidenschal zupfte, lehnte sich Yannik in seinen Stuhl zurück, breitbeinig, die Arme siegessicher über der Brust verschränkt – ganz der vor Selbstüberschätzung strotzende Mann. Ninas Präsentation auf dem Whiteboard betrachtete er mit einer Miene, als hätte sie vorgeschlagen, Roth solle an Straßenmusiker in der Spitalerstraße oder gar an die Skateboard-Kids an Hamburgs Jungfernstieg Geldscheine verteilen. Selbst das konnte eine gute Strategie sein, wenn sie entsprechend medienwirksam in Szene gesetzt wurde. Sie unterdrückte ein Schmunzeln. Nils bewahrte seine unverbindliche Pokermiene, aber die beiden Neulinge im Team hatten das »Körpersprache-in-Verhandlungen«-Modul noch nicht besucht, sonst würden sie ihre Verunsicherung und Ablehnung nicht so offen zur Schau stellen und damit eine verhängnisvolle Angriffsfläche bieten. Die Angst der Uniabsolventen, die Probezeit bei Macmillan & Richardson nicht zu bestehen, war in den vergangenen Jahren bedauerlicherweise noch gewachsen. Dabei hatte sie selbst schon die Spannungen innerhalb der Teams und die Versuche Einzelner, sich zu profilieren und andere auszustechen, in ihrer Anfangszeit bei M&R belastend empfunden. Mentorenprogramme und Workshops konnten über den internen Konkurrenzdruck ebenso wenig hinwegtäuschen wie das pausenlose Wiederholen der Aussage, Beratung sei ein Mannschaftssport.

»Wir fahren ein hohes Tempo in einem sich ständig wechselnden Beratungsumfeld. Wer nicht flexibel ist und mit der Mannschaft mithalten kann, fliegt eben raus«, hatte Nils erst kürzlich zu ihr gesagt, als sie ihn auf die Kündigung von Jan, einem Mitarbeiter im Risikomanagement, angesprochen hatte.

»Na ja, ich glaube, er hatte privat ein paar Wochen ziemlich viel Druck«, hatte sie eingewandt. Eine Kollegin hatte ihr nämlich verraten, dass seine Zwillingsschwester einen schweren Autounfall gehabt hatte. Sie war im Koma gelegen und die Familie hatte wochenlang um ihr Leben gebangt. Zum Glück war sie mittlerweile auf dem Weg der Besserung.

»Dann hätte er eben unbezahlten Urlaub nehmen und seine privaten Dinge in Ordnung bringen müssen, statt nur mit halbem Kopf hier bei der Sache zu sein.«

Als ob er das mehr gebilligt hätte! Sie seufzte innerlich. Vermutlich hatte Nils recht und Maren und Yannik mussten lernen, mit der internen Konkurrenzsituation einer Teamsitzung klarzukommen, um künftig einem waschechten Hamburger Unternehmer-Haudegen wie Alexander Roth gegenübertreten zu können. Letzterer hatte Nina bei ihrem ersten Treffen zusammen mit Nils so viel Beachtung geschenkt wie eine Spinne einer leichten Sommerbrise, die zufällig an ihrem Netz zupfte. In den vergangenen zwei Jahren hatte es sie ein hartes Stück Arbeit gekostet, Roth von ihrer Kompetenz zu überzeugen. Sie hatte die Fusion mit zwei anderen Werften erfolgreich für ihn abgewickelt, Konzepte zur Kostensenkung und Reduzierung der Mitarbeiterzahl entwickelt und war dennoch überrascht gewesen, dass er sich nun erstmalig direkt an sie und nicht zuvor an

Nils gewandt hatte, als er ihr vor einigen Wochen bei einem Telefonat gesagt hatte: »Wir sollten uns mal über das öffentliche Image der Roth AG unterhalten, Frau Winter.«

Roths Familie hatte sich den Erfolg ihrer Werft über drei Generationen hinweg erwirtschaftet, war zweimal kurz vor der Insolvenz gestanden und hatte sich wieder hochgekämpft. Der Unternehmergeist war Alexander Roth schon in seiner Schulzeit im Eliteinternat Schloss Salem eingetrichtert worden und seither war er der Ansicht, dass es jeder, der sich nur den Herausforderungen des Lebens stellte, auch ohne Zuwendungen zu etwas bringen könne. Ausgerechnet die Begegnung mit einem ehemaligen Schulkameraden aus Salem hatte diese Meinung jedoch ins Schwanken gebracht, wie sich bei ihrem Treffen herausstellte.

»Mark ist jetzt im Lions Club«, hatte er geschnaubt, als sie eine Woche nach dem Telefonat bei einem Kaffee in dem Verwaltungsgebäude seiner Werft mit Blick auf die Alster zusammensaßen. Es hatte geklungen, als würde er von einem anrüchigen Nachtclub sprechen, in den sein Freund da geraten war, und nicht von einem konservativen ehemaligen Herrenclub, der erst Ende der Achtzigerjahre überhaupt zögerlich begonnen hatte, Frauen in seinen Reihen als Mitglieder willkommen zu heißen, und der sich diversen karitativen Aufgaben widmete.

»Außerdem will er einen Teil seines Firmenvermögens in eine Stiftung einbringen und schwärmt von der Steuerersparnis, steigenden und beständigen Kundenzahlen und einem besseren Image, das sich auch in überschwänglichen Pressemitteilungen niederschlägt. Kurz und gut, er unterstellt mir, nicht mehr zeitgemäß zu sein. Was halten Sie davon? Glauben Sie auch, ich sollte Rumschlunzer unterstützen, nur um nicht als Steinzeitunternehmer zu gelten?«

Nina hatte sich um ein Haar an ihrem Kaffee verschluckt. Vorsichtig hatte sie die Tasse auf den Mahagonitisch mit aufwendigen nautischen Intarsien abgestellt und ihm ein schmales Lächeln geschenkt. »Wenn Sie das so formulieren, kann ich Ihnen nur abraten, Herr Roth.«

Er hatte aufgelacht und sich über den Tisch gebeugt. Alexander Roth war sechzig und erinnerte Nina ein bisschen an George Clooney. Grauhaarig, aber immer noch gutaussehend, sportlich-athletisch, die wettergegerbten Gesichtszüge kantig und energisch, die Augen blaugrauer Stahl. Er musterte Nina sichtlich amüsiert.

»Sehen Sie, genau deshalb wollte ich diese Sache mit Ihnen besprechen. Sie sind unverblümt ehrlich. Ihr Herr Reinecke hätte sofort einen neuen Beratungsauftrag gewittert und mich aalglatt zu einer Stiftung für mittelmäßige Künstler oder einer Spende an die Welthungerhilfe zu überreden versucht.«

Erstaunlich, wie gut er Nils durchschaute. Bislang hatte Nina gedacht, alle Mandanten würden sich von seinem Charme einwickeln lassen, und sie fragte sich unwillkürlich, was Roth wohl sonst noch von ihr dachte. Unverblümt ehrlich. Damit konnte sie gut leben.

»Verstehen Sie mich nicht falsch, viele Menschen auf der Welt sind in Not, fristen ein Leben in bitterer Armut und hungern, das ist mir schon klar«, hatte er rasch ergänzt, weil sie nicht sofort geantwortet hatte. »Aber solange die politischen und gesellschaftlichen Strukturen sich in diesen Ländern nicht ändern, die Menschen sich nicht aufraffen, sich ihrer Despoten zu entledigen, ist jede Form von Hilfe doch nur ein rasch versiegender Tropfen auf einem heißen Stein und damit nutzlos.«

Dass er mit ebenjenen Despoten, wie Nina aus seinen Bilanzen ganz genau wusste, selbst gute Geschäfte machte, indem er ihnen Luxusjachten und mit Genehmigung des Bundessicherheitsrats auch militärische Patrouillenboote verkaufte und damit Unterdrückung und kriegerische Auseinandersetzungen indirekt förderte, machte seine Aussage umso zynischer. Aber sie hatte die spitze Bemerkung, die ihr auf der Zunge lag, hinuntergeschluckt. Roth musste man mit seinen eigenen Waffen schlagen, der Appell an Empathie war sicher nicht das Mittel der Wahl.

»Zufriedene Kunden zu haben, ist auch unser Ziel«, hatte sie ruhig erwidert und die Hände ineinander verschränkt. »Was für Ihren Freund eine Imageverbesserung ist, kann für Sie vollkommen ungeeignet sein. Soziales Engagement ist ein komplexes Thema, und es geht hier nicht nur darum, ob Sie, als Privatperson oder im Rahmen der AG, durch eine Spende, die Mitgliedschaft in einem Club oder die Gründung einer Stiftung tätig werden. Pauschal und ohne eine umfassende Untersuchung kann ich Ihnen tatsächlich hier und jetzt keinen Rat erteilen.«

Er zog die Augenbrauen hoch.

»Aber was ich Ihnen versichern kann, ist Folgendes: Sich als Unternehmer für die Gesellschaft zu engagieren, macht nur dann Sinn, wenn Sie wirklich mit vollem Herzen dabei sind, die Sache medienwirksam begleiten und die Öffentlichkeit darauf aufmerksam gemacht wird. Sie können eine neue Jacht schließlich auch nicht verkaufen, wenn Sie nicht hinter Ihrer Arbeit stehen und Ihre Käufer von der Qualität und Langlebigkeit, von Ihrem Service und dem Eingehen auf ihre individuellen Bedürfnisse und Wünsche überzeugen. Es genügt also nicht, im Jahresabschluss oder im Lagebericht verschämt auf Ihre Spenden aufmerksam zu machen, ohne mit voller Inbrunst in der Presse Ihre Anstrengungen hinauszuschreien. Wir müssen etwas finden, das Ihnen tatsächlich ein inneres Bedürfnis zur Unterstützung anderer ist, etwas, das Sie bewegen wollen, um der Gesellschaft etwas zurückzugeben. Wenn Ihnen also eine derartige Imageförderung tatsächlich ein Anliegen ist, werde ich gerne eine Lösung suchen, die zu Ihnen passen könnte.«

»Sie glauben also, Sie entdecken den barmherzigen Samariter in mir?«, hatte er belustigt gefragt.

Wohl eher den Klabautermann, hatte sie gedacht, aber augenzwinkernd erwidert: »Schlummert nicht in jedem Saulus ein Paulus, der nur auf seine Erweckung wartet?«

Seit jenem Gespräch waren einige Wochen vergangen, in denen sie sich das Hirn zermartert hatte, was für einen Eisblock wie Roth förderungswürdig sein könnte. Jetzt galt es, Nils und die anderen Teammitglieder von ihrem Konzept zu überzeugen, bevor sie es ihm präsentierte.

»Dein Einwand ist schon richtig. Roth würde es vermutlich niemals in den Sinn kommen, Kunststudenten zu unterstützen«, sagte Nina mit einem Seitenblick zu Maren. »Die Förderung von archäologischer und kunsthistorischer Phönizier-Forschung hat jedoch durchaus das Zeug, sein Herzensprojekt zu werden, denn die Phönizier und er haben einige Gemeinsamkeiten aufzuweisen.« Sie scrollte zur nächsten Folie mit einer Landkarte des Mittelmeers 1000 vor Christus. »Die Phönizier waren nämlich nicht nur eine international erfolgreiche Handelsmacht, wenn man davon ausgeht, dass sich in der damaligen Zeit die Internationalität im Wesentlichen auf den Mittelmeerraum bezog, sondern auch geschickte Schiffsbauer und Navigatoren. Sie stellten mit ihren Galeeren die besten Kriegs- und Handelsschiffe des Altertums her. Aus diesem Grund lieferten sie über Jahrhunderte die Flotte und Söldner für die Großreiche der ägyptischen Pharaonen, Babylonier und Achämeniden.« Nina tippte auf ihr Tablet und zeigte die nächste Präsentationsseite auf dem Whiteboard. Die Zeichnungen von Galeeren mit drei oder fünf Ruderreihen verschwanden und machten Platz für das Porträt eines Mannes mit Zylinder und Schnauzbart. »Dass erfolgreiche Unternehmer Interesse an Archäologie zeigen, ist im Übrigen nicht neu. Heinrich Schliemann war Geschäftsmann, Abenteurer und Selfmade-Millionär, der sich 1870 seinen Kindheitstraum erfüllte, als Hobbyarchäologe das Troja

Homers zu entdecken. Bereits Mitte vierzig fand er«, Nina ließ ein Zitat aufploppen, »man könne auch ohne Geschäfte leben. Er stieg aus, lernte Latein und Altgriechisch, verkaufte seine Unternehmen und begann Altertumswissenschaften zu studieren. Schliemann widersetzte sich der akademischen Elite, die den privaten Hobbyarchäologen nicht ernst nehmen wollte und öffentlich verunglimpfte, verfolgte zielstrebig seinen Traum und machte eine der größten Entdeckungen der archäologischen Welt. Darüber hinaus verstand er es wie kein Forscher zuvor, mit seinen Ausgrabungen die Öffentlichkeit zu begeistern, indem er sie medial als ›Geheimnisse der Geschichte‹ oder ›Schatz des Priamos‹ inszenierte. Ich finde, die Archäologie braucht neue Visionäre wie ihn, und Roth ist einfach der perfekte Kandidat!«

»Vorsicht, Nina«, entgegnete Nils belustigt. »Wenn du Roth zu sehr anfeuerst, kommt er noch auf die Idee, ebenfalls seine Firma zu verscherbeln, und als in der Erde wühlender Aussteiger können wir kein Geld mehr mit ihm verdienen.«

Gelächter füllte den Raum.

»Dann entwirft Nina eine ausgefeilte Marketingstrategie für ihn, um seine Funde in ein besonders strahlendes Licht zu setzen und ihn zum neuen Stern am Archäologenhimmel zu katapultieren, nicht wahr?«, sagte Mai-Lin und zwinkerte ihr zu. »Mir gefällt die Idee. Welche konkreten Möglichkeiten für eine Förderung schweben dir vor?«

Nina freute sich. Mai-Lin war Associate Partner wie Nils, die Älteste im Team und gewöhnlich nicht so schnell zu beeindrucken. »Das Deutsche Archäologische Institut ist in der Phönizier-Forschung aktuell an mehreren Standorten aktiv.« Sie öffnete einen Screenshot der Website des DAI mit einer Übersicht der weltweiten Einsatzorte. Die Phönizier-Grabungsorte hatte sie blau markiert. »Er könnte sich mit einer großzügigen Spende an einer der Ausgrabungen persönlich oder über seine Kapitalgesellschaft beteiligen. Bei Interesse an einem umfangreichen und nachhaltigen Engagement würde ich ihm das Errichten einer gemeinnützigen Stiftung vorschlagen. Bei Roths hoher Steuerprogression würde das bedeuten, dass er am Ende netto nur die Hälfte investieren muss.«

»Er kann also damit werben, eine Million gespendet zu haben, wendet aber durch die Steuerersparnis letztlich nur etwa eine halbe Million auf?«, hakte Yannik nach.

»Exakt. Hier sind die Berechnungen.«

»Auf die Phönizier und Schliemann«, sagte Nils und hob sein Rotweinglas zum Anstoßen, als sie Stunden später zusammen beim Lunch in dem gemütlichen italienischen Lokal, nur wenige Häuserblocks von Macmillan & Richardson entfernt, saßen.

»Noch hat Roth den Vorschlag nicht angenommen.« Nina trank einen Schluck. Der Merlot passte perfekt zu ihrer Pizza mit Rucola.

»Ich vertraue deinem Verhandlungsgeschick.«

Nina lächelte glücklich. Sie war froh, dass sie wieder zu ihrer alten freundschaftlichen Kollegialität gefunden hatten. »Wusstest du, dass Schliemann seinerzeit selbst nach den ersten Funden enorm unter Beschuss stand?« Sie schob eine von der Pizza gerutschte Olive zurück auf den knusprigen Teig. »Sein Palast des Priamos habe die Größe eines Schweinestalls, wurde ihm unterstellt. Und ein Berliner Satiremagazin spottete, er habe die Schachtel ägyptischer Streichhölzer gefunden, mit denen Achilles den Scheiterhaufen des Patroklos anzündete.«

»Ich bin sicher, Roth wird sein Projekt ebenso streitbar verteidigen und sich einen Dreck um böse Stimmen scheren, genauso wie Schliemann«, erwiderte Nils. Aber irgendwie wirkte er nicht ganz bei der Sache. Er sah sich im Lokal um, als suchte er nach bekannten Gesichtern. Nina folgte seinem Blick. Doch sie waren die Einzigen von M&R hier. Die anderen waren entweder früher Essen gegangen oder hatten mit der nahe gelegenen Kantine der Handwerkskammer vorliebgenommen, die für einen raschen Imbiss geeigneter war. Nils legte sein Besteck rechts und links an den Tellerrand ab, faltete die Hände über dem Tisch und sah aus, als ob er mit sich ringen würde. Verwundert hob Nina die Augenbrauen.

»Sag schon. Was gefällt dir an meiner Lösung nicht? Wir waren doch immer ehrlich zueinander.«

»An dem Projekt? Nein, nein, damit ist alles in Ordnung.« Er atmete tief ein, presste die Lippen aufeinander, warf erneut erst einen Blick aus dem Fenster, dann zur Tür. Er wirkte so verwundbar, wie sie ihn noch nie erlebt hatte. Ninas Nackenhaare stellten sich auf und sie ließ nun ebenfalls das Besteck sinken.

»Ich habe ein Angebot erhalten, als Senior Partner bei Roland Berger einzusteigen.«

Sie starrte ihn an, unfähig sich zu rühren. »Du machst Witze.« Aber sein Gesicht war wie in Stein gemeißelt. »DU willst bei der Konkurrenz anheuern?«, raunte sie ungläubig. Nils hatte nie einen Hehl daraus gemacht, wie wohl er sich bei Macmillan & Richardson fühlte. Hatte es unter den Partnern Ärger gegeben? Hatte er einen wichtigen Auftrag vermasselt? Aber dann wäre Mai-Lin in der Teamsitzung nicht so gut gelaunt gewesen, oder?

Ein Lächeln glitt über sein angespanntes Gesicht, als er ihre Gedanken erriet.

»Es ist nicht, wie du denkst. Nur … Nina, ich habe es versucht, aber ich kann so nicht weitermachen.«

»Ich verstehe nicht …?«

»Wenn ich den Job wechsle, dann steht die Firma nicht mehr zwischen uns.« Er griff über den Tisch nach ihrer Hand. Sie erwiderte seinen Händedruck nicht, schaffte es gerade mal, nicht zurückzuzucken, und fühlte sich wie paralysiert von dem Abgrund, der sich nun vor ihr auftat, als er weitersprach: »Dann kann ich dich bitten, uns eine Chance zu geben und ganz von vorne anzufangen.«

4

Die Nacht war kühl, höchstens fünfzehn Grad, was die Gäste auf den Unterdecks jedoch nicht davon abhielt, ausgelassen zu feiern. Vielleicht tanzten sie sich aber auch nur auf den frisch geölten Planken aus edlem Palisanderholz warm. Orlando war vor der fröhlichen Menge geflohen und hoch auf das vierte Deck der Rosa gegangen, benannt nach der einzigen Tochter seines Chefs, die dort unten gerade mit jedem auf ihre einundzwanzig Jahre anstieß. Er war nach ihrem Vater und ihrer Mutter der Dritte gewesen, noch vor ihren zwei Brüdern und anderen Verwandten, auf den sie zugeeilt war, um Küsschen auf ihre vor Aufregung erhitzten Wangen zu erhalten und ihre Champagnerkelche zum Klingen zu bringen. Der Blick, den ihr Vater ihm daraufhin geschenkt hatte, war wie ein in seine Richtung geworfenes Jagdmesser. Rosa würde bald ein größeres Problem für ihn werden als all die Speichellecker, die sich um ihren Vater scharten und versuchten, Orlando auszustechen. Sie trug heute ein nachtblaues Paillettenkleid von Julien Fournié und mehr Makeup als sonst. Es war nicht einfach für die Jüngste, sich in der Familie Ferer zu behaupten. Aber weder Highlighter noch etliche Lagen Mascara konnten ihr den Anschein von Reife geben und darüber hinwegtäuschen, dass sie ein verwöhntes Nesthäkchen war und von niemandem hier ernst genommen wurde. Am wenigsten von Orlando selbst. Er war Rosa zum ersten Mal vor sechzehn Jahren im Haus ihres Vaters begegnet. Damals war er vierzehn gewesen und hatte schon auf eigenen Füßen gestanden, ehrgeizig, zielstrebig und überzeugt davon, wahrhaft Großes im Leben zu erreichen. Dass zehn Jahre später die inzwischen fünfzehnjährige Rosa begonnen hatte, ihn anzuhimmeln, hatte er amüsant gefunden und auch ein wenig schmeichelhaft. Er war sicher gewesen, dass ihre kindliche Schwärmerei sich bald legen würde. Aber mit seinem stetigen Aufstieg im Imperium ihres Vaters war ihre Bewunderung nur noch gewachsen. Daran hatte auch ihre monatelange Abwesenheit während ihres Grafik- und Designstudiums in Madrid offenbar nichts ändern können. Orlando seufzte, stützte sich mit den Unterarmen auf die Reling und hob den Blick von dem bunten Treiben neben dem abgedeckten Swimmingpool und ließ ihn über das nachtschwarze, ruhige Meer und die Lichter des Hafens schweifen, hoch zu der Sierra Blanca mit ihrem Pico de la Concha, dem Berg, der tagsüber dem Äußeren einer faltigen Muschel glich und nachts wie ein dunkler Koloss über die Enklaven des internationalen Jetsets, Nueva Andalucía und Marbella, wachte. Zum ersten Mal seit vielen Jahren dachte er wieder an seinen Vater. Weit hinter den Bergen lag die Provinz Jaén mit ihren sanften Hügeln und kargem Boden, über die sich, in nicht enden wollenden Hainen, an die sechzig Millionen Olivenbäume erstreckten. Mit 600 000 Tonnen des grünen flüssigen Goldes produzierte Andalusien mehr Olivenöl als ganz Italien. Jetzt, im Februar, war der Großteil der Ernte, die Ende Oktober begann, eingebracht. Orlando schloss die Augen und spürte wieder, wie die Sonne unbarmherzig auf ihn niederbrannte, Schweiß von seiner Stirn tropfte und er am Boden kniend mit bloßen Händen nicht enden wollende Mengen von kleinen grünbraunen Früchten in Jutesäcke schaufelte. Er sah den sonnenverbrannten, drahtigen Körper seines Vaters vor sich, der riesige Netze unter den nächsten knorrigen Stämmen ausbreitete und mit einem langen Stab die Oliven aus den Zweigen schlug.

»Apúrate ya, Orlando!«, herrschte er ihn an. Fortwährend: »Apúrate ya!«

Er beeilte sich doch! Aber egal, wie flink seine kleinen Finger nach den reifen Perlen griffen, er musste sich trotzdem immer vorhalten lassen, langsamer als sein Großvater zu sein, der neben ihm kauerte, um die Säcke zu befüllen. Vielleicht lag es auch daran, dass er manchmal an einer besonders spannenden Stelle innehielt, während der geliebte Abuelo ihm Märchen erzählte, vom verlorenen Sohn bei den Gnomen oder vom Kalifen, dem Hirten und der Glückseligkeit. Wie alt war er damals wohl gewesen? Fünf? Sechs? Wenn Orlando heute Oliven in seinem Salat vorfand, schob er sie stets an den Tellerrand, was ihm schon oft Spott eingebracht hatte.

»Nur die Äste des Maulbeerbaums sind lang und elastisch genug für diese Arbeit«, hatte der Abuelo ihm eingeschärft, während sie so nebeneinander arbeiteten.

Von den modernen Rüttelmaschinen der Großgrundbesitzer der Umgebung, die wie ein Propeller an einem langen Stab in die Baumkrone gehalten wurden, wo sie Oliven, Blätter und feine Äste rücksichtslos herunterfrästen, hielt er nichts. »Schändest du den Baum, schändet er dich«, hatte er geschimpft. Denn die Astspitzen mussten erst einmal nachwachsen, und sein Großvater war davon überzeugt gewesen, dass die Olivenernte nach einer solchen Behandlung im nächsten Jahr geringer ausfallen würde. »Kümmerst du dich aber um das Land, sorgt es für dich dein Leben lang. Wer Land besitzt, wird niemals Hunger leiden, merk dir das, Lando. All das«, er hatte seinen Arm zu einer ausholenden Geste gereckt, »wird einmal deiner lieben Mamá und dir gehören.«

Und Orlando hatte genickt, noch eifriger die Oliven eingesammelt und seinem Großvater jedes Wort geglaubt. Wie hätte er damals auch ahnen können, wie nah ihr Leben am Abgrund gebaut war? Ihr fragiles Fundament kam ins Rutschen, als er gerade in die zweite Klasse gekommen war und seine Mutter ihn eines Nachmittags nicht wie versprochen abholte, um mit ihm in Úbeda, der nächstgrößeren Stadt, neue Schuhe zu kaufen.

Über eine Stunde lang hatte er auf der kleinen Mauer mit den roten Geranien neben dem Pausenhof ausgeharrt. Schließlich hatte er sich zu Fuß auf den Heimweg gemacht. Orlando erinnerte sich an die kochende Wut in seinem Bauch, heiß wie die Sonne, die ihn auf seinem einsamen Weg niederdrückte, ebenso wie der Gedanke daran, was die anderen Kinder am nächsten Tag sagen würden, wenn er ohne die bereits vollmundig angekündigten neuen Schuhe kam. Die Scham erdrückte ihn schon jetzt. Tagelang hatten sie daheim gestritten.

»Neue Schuhe zum Geburtstag, schön und gut, aber muss der Bengel sich ausgerechnet dieselben aussuchen, die dieser Antonio trägt?«, hatte sein Vater geschimpft. Antonio war der Sohn des Bürgermeisters gewesen, ein Wichtigtuer, der Orlando immer nur Gitano-Bastard nannte. Damals hatte er noch gar nicht gewusst, was das Wort Bastard bedeutete, und noch viel weniger, was Gitanos mit der Vergangenheit seines Vaters zu tun hatten und warum niemand in der Familie über seine Herkunft sprach. Aber er verstand, dass Antonio ihn beschimpfte und sich für etwas Besseres hielt. Deshalb waren ihm diese Schuhe so wichtig gewesen. Heute konnte er sich beim besten Willen nicht mehr daran erinnern, wie sie überhaupt ausgesehen hatten. Aber er wusste noch genau, dass sein Vater von einem Señor Hernandez bei der Banco Bilbao gesprochen hatte und davon, dass man Orlando nicht so verwöhnen durfte, aber Mamá hatte ihm nie einen Wunsch abschlagen können. In seiner Erinnerung verschwamm ihr Bild stets mit dem der gütigen Madonna auf dem Heiligenbildchen am Nachttisch seiner verstorbenen Großmutter. Mit langen, zornigen Schritten war er also an diesem Nachmittag nach Hause gestapft, hatte Steine den vorbeifahrenden Autos und Lastwagen auf der Landstraße hinterhergekickt, sodass seine Hosensäume vom aufwirbelnden Staub bis zu den Knien gelb gepudert waren. Osito war zum Zaun gestürmt und hatte ihn mit lautem Bellen freudig begrüßt, aber die Haustür war zu Orlandos Verwunderung sperrangelweit aufgestanden und niemand war zu Hause gewesen. Er hatte gerufen und die Felder abgesucht. Und dann war seine Wut plötzlich in Angst umgeschlagen. Orlando erinnerte sich noch an das endlose Warten. Zeit war ein eigentümlicher Stoff. Wenn er mit seinen Freunden zusammen Fußball gespielt hatte, war sie ihm wie Sand vorgekommen, der zwischen den Fingern verrann. An diesem Nachmittag war sie fester Beton, der keinen Millimeter nachzugeben schien. Irgendwann hatte er sich auf die Türschwelle gesetzt. Grillen hatten in dem hohen trockenen Gras auf den Feldern neben der Landstraße gezirpt, und die Sonne war immer tiefer gesunken, bis nur noch vereinzelte Strahlen hinter den Aprikosen- und Orangenbäumen im Garten hervorlugten. Osito hatte leise zu winseln begonnen und seltsamerweise hatte ihm dieses Geräusch gegen die aufsteigende Panik in seinem Inneren geholfen. Dem Hund beruhigende Worte zuzuflüstern und ihn hinter den Ohren zu kraulen, war eine Aufgabe gewesen, die Orlando zu dem Stärkeren von ihnen beiden gemacht hatte.

Irgendwann musste er dann doch eingenickt sein. Er wachte erst auf, als es stockfinster war, Osito aufsprang und bellte und der Lichtkegel von Scheinwerfern auf ihn fiel. Sein Vater und der Großvater stiegen mit versteinerten Gesichtern aus dem Wagen eines Nachbarn, und ohne jede Erklärung war sein Vater auf ihn zugetreten und hatte ihm eine Ohrfeige verpasst, die ihn rücklings gegen den Türstock hatte prallen lassen. Orlando war so fassungslos gewesen, dass er gar nicht weinte, obwohl seine Wange brannte wie Feuer und eine Beule an seinem Hinterkopf zu pulsieren begann. Weinen tat er erst später, als sein Großvater ihm mit brüchiger Stimme erklärte, dass seine liebe Mamá jetzt bei den Engeln wäre. Sie hatte einen Autounfall auf dem Weg zur Schule gehabt. Viel zu schnell war sie gefahren, um ihn noch rechtzeitig bei Schulschluss abzuholen, und als sie um eine

Kurve gebogen war, konnte sie vor einem gerade erst aus einem Feld auf die Straße eingebogenen Traktor nicht mehr bremsen. Mamá sei auf der Stelle tot gewesen, hatten die Sanitäter und der Arzt ihnen erklärt.

Was Orlando in diesen ersten Momenten des Schreckens noch nicht begriff, offenbarte sich ihm Tage später. Er hatte nicht nur die Mutter, sondern auch den Vater verloren. Denn von diesem Augenblick an hatte sich zwischen ihnen beiden eine tiefe Kluft aufgetan, in der eisiges Schweigen wie gespenstische Nebel an kalten Tagen durch die Schlucht von Ronda zog.

»Orlando!«

Er zuckte beim Klang der Stimme zusammen und drehte sich um. Hinter dem Helikopter, der wie ein riesiges schwarzes Insekt an Deck kauerte, kam Leon Ferer mit einem Cocktailglas in der Hand auf ihn zu, und am Aufzug, den er eben verlassen hatte, bezog einer seiner Leibwächter Position, breitbeinig, die Hände griffbereit am Waffengürtel unter dem Sakko, im linken Ohr das Funkgerät zu seinen Kollegen. Misstrauen allem und jedem gegenüber war Leons beste Überlebensgarantie.

»Immer im Dienst? Keine Lust auf Tanzen oder Trinken?«, fragte er mit mildem Spott und klopfte ihm mit der freien Hand auf den Rücken. »Rosa wird dich suchen.« Sein Blick war lauernd.

»Ich weiß, wo mein Platz ist«, erklärte Orlando ruhig und hielt ihm stand. Leon nickte, trank in einem Zug den Cocktail aus und stellte das Glas ab. Dann trat er neben ihn an die Reling. »Und ich weiß es zu schätzen, dass du mein Vertrauen nicht missbrauchst. Rosa ist ...«, er suchte nach Worten.

»... noch sehr jung«, ergänzte Orlando schmunzelnd.

»Und furchtbar blauäugig und vertrauensselig. Das hat sie von ihrer Mutter.« Leons Stimme klang bitter. Er fixierte nachdenklich den Hafen, als erwarte er dort jemanden. Orlando betrachtete ihn von der Seite. Leon hatte in den vergangenen Jahren zugenommen, aber nicht so viel, dass man ihn als fett bezeichnen würde. Vielleicht verstand es sein Schneider auch nur gut, die kleinen Bauchpölsterchen geschickt unter maßgeschneiderten Anzügen und Hemden zu verstecken. Er war breitschultrig und hatte volles ergrautes Haar und ähnlich unnachgiebige dunkelbraune Augen wie sein Vater. Orlando verkniff sich die Bemerkung, dass Leon nicht ganz unschuldig an der Entwicklung seiner Tochter war. Soweit er das beurteilen konnte, hatte der Alte weder seine Frau noch sie jemals in seine Geschäfte mit einbezogen. An internen Sitzungen nahmen immer nur seine Söhne Ricardo und Alejandro teil. Mit seinen patriarchalischen Einstellungen hätte er eher in die Großvater- oder Urgroßvatergeneration gepasst. Noch ein Grund, warum Orlando an Rosa trotz ihres guten Aussehens keinen Gefallen fand. Eine feste Beziehung war für ihn nur mit einer Partnerin möglich, die er in das, was er tat, einweihen konnte. Zugegeben, in seinem Metier war es schwer, so jemanden zu finden. Vielleicht war es Leon mit seiner Frau auch einfach nur ähnlich ergangen. Einundzwanzig. Er dachte daran, wie er mit seinen Freunden damals seinen Geburtstag begangen hatte. Am La-Hacienda-Strand von La Línea de la Concepcíon waren sie in den dunklen Sanddünen gesessen, hatten viel zu viel billigen Wein getrunken und nicht wenige Joints geraucht und dem Felsen von Gibraltar zugeprostet, bis in der Nacht eine Razzia der Guardia Civil sie auseinandertrieb. Vor der untergehenden Sonne hatte er dem schwarzen Felskoloss versprochen, einmal selbst seinen Offshore-Finanzplatz für private Vermögensanlagen zu nutzen. Seine Freunde hatten sich nicht mehr eingekriegt vor Lachen und ihn den ganzen Abend lang *Don Orlando* genannt. Sie würden sich wundern, wie nah er diesem Ziel in den vergangenen Jahren gekommen war.

Leons Stimme riss ihn aus seinen Gedanken. Ohne den Blick

vom Hafen zu nehmen, erklärte er: »Ehrlich gesagt bin ich ganz froh, dass Rosas Aufmerksamkeit sich auf dich konzentriert und nicht auf einen der anderen jungen Kerle, die das schon längst ausgenutzt hätten.«

Was ihnen nicht gut bekommen wäre, ergänzte Orlando in Gedanken. Er hatte das Gefühl, plötzlich auf sehr dünnes Eis geraten zu sein. Er konnte Leon weder verraten, dass er sich nicht für Rosa interessierte, noch das Gegenteil behaupten. Das eine konnte ihm als Beleidigung ausgelegt werden. Das andere brachte ihn unnötig in den Konflikt mit Leons weiterreichenden Plänen für seine Tochter, die sicher keinen Gitano-Abkömmling einschlossen. Daher räusperte er sich und beschloss, das Thema zu wechseln. »Gibt es Neues im Fall ERE?«, fragte er.

»Wegen Javier?« Orlando nickte, aber Leon schnaubte nur und winkte ab. »Die Mühlen der Justiz mahlen in Andalusien noch langsamer als andernorts. Die Untersuchungen können sich noch jahrelang hinziehen und eine direkte Verbindung zu uns ist nicht nachweisbar, dafür habe ich gesorgt.«

Orlando konnte nur hoffen, dass das stimmte. Der ERE-Skandal hatte schließlich hohe Wellen geschlagen. Wenn man den Medien glauben durfte, hatte der ehemalige Arbeitsminister Javier Guerrero zusammen mit anderen hochrangigen andalusischen Politikern und zahlreichen Unternehmern, zu denen auch Leon gehörte, knapp 700 Millionen Euro an EU-Zuschüssen veruntreut. Erst vor ein paar Tagen waren arbeitslose Demonstranten wütend durch die Straßen von Sevilla gezogen. Auf ihren Transparenten hatte gestanden: »Wir bezahlen für eure Korruption«. Er fragte sich, wie sein Chef sich aus dieser Affäre herauswinden wollte.

»Hast du alles für die Lieferung organisiert?«, unterbrach ihn Leon.

»Natürlich.«

»Ich verlasse mich auf dich. Und hab ein Auge auf Ricardo.

Der Junge macht mir langsam Sorgen. Zu viele Partys. Zu viel Koks. Schau, dass er nüchtern und bei der Sache ist.«

Auch das versprach Orlando, obwohl er es langsam leid war, für den jüngeren von Leons Söhnen den Babysitter zu spielen. Ricardo hatte sich verändert und war eine tickende Zeitbombe. Orlando hatte keine Lust, in seiner Nähe zu stehen, wenn sie hochging. Es wurde Zeit, dass der Junge endlich erwachsen wurde und Verantwortung im Geschäft seines Vaters übernahm.

5

Windräder drehten sich auf den Hügeln fern am Horizont und erinnerten Taran an den ausweglosen Kampf Don Quijotes gegen die Windmühlen. Das Olivenbaummeer wurde von kargen Weiten abgewechselt, über denen sich vereinzelt Herden von Schäfchenwolken im Blau des Himmels tummelten, und Mandelbaumplantagen kleideten das Land in das rosa-weiße Kleid des Frühlings. In wenigen Monaten würden die Farben Andalusiens kräftiger werden, gelbe Sonnenblumenfelder das Guadalquivir-Tal dominieren und der Mohn rote Tupfen in die goldenen Weizenfelder werfen. In Córdoba und Sevilla begannen die Menschen bereits, die blauen Keramiktöpfe an den weiß gekalkten Wänden ihrer Patios mit Geranien, Fuchsien und Hortensien zu bepflanzen, damit sie sommers über in aller Pracht erstrahlten und zusammen mit den maurischen Kacheln um den Titel des schönsten Innenhofs rangen. Die Wettbewerbe fanden jährlich im Mai statt. Vergangenes Jahr hatte Taran sich einige dieser Innenhöfe angesehen.

»Die Blumen zu pflegen ist fast ein Fulltime-Job«, hatte Jaime, einer der Wettbewerbsteilnehmer Sevillas, ihm erklärt, als er ihm stolz die Auszeichnungen in Form von Keramik-Medaillen an den Wänden seines Innenhofs gezeigt hatte. In dem Blumenmeer war von den Hauswänden fast nichts mehr zu sehen gewesen. »Allein mit dem Gießen bin ich im Sommer täglich drei Stunden lang beschäftigt. Und was arbeiten Sie?«

»Ich bin Archäologe.«

Der Mann hatte gelacht und auf seine Blumen gedeutet. »Ich

beschäftige mich mit dem Vergänglichen und Sie mit dem Vergangenen.«

Taran hatte sich für die Besichtigung bedankt und Jaime zu einem Glas Wein in eine nahe gelegene Bar eingeladen. Kaum waren sie gesessen, hatte der Spanier einem Paar zugewunken, das sich zu ihnen gesellt hatte, und innerhalb kurzer Zeit waren Tische zusammengeschoben worden und Taran hatte sich inmitten einer fröhlichen Gruppe von Ortsansässigen befunden, die ihm begeistert auf ihren Handys Fotos von ihren Innenhofgärten gezeigt hatten. Seine Reisen in die unterschiedlichsten Weltgegenden und die Möglichkeit, lange genug vor Ort zu sein, um Land und Leute kennenzulernen, waren ein weiterer Aspekt seines Jobs, den Taran liebte und nicht missen wollte. Er trank den letzten Schluck Mineralwasser, schraubte die leere Flasche zu und verstaute sie im Rucksack. Die Zeit war schnell verflogen, kaum zu glauben, dass sie schon in einer guten Viertelstunde in Sevilla ankommen würden. Den Guadalquivir konnte er von hier aus zwar nicht sehen, aber die endlosen akkuraten Reihen von grünen Baumwollschösslingen zeugten von der Fruchtbarkeit der Ebene durch das Schmelzwasser, das der längste Fluss Andalusiens von den Bergen hinab ins Tal schwemmte. Rund um Sevilla und Córdoba versorgte er neuerdings diese riesigen Monokulturen von Bio-Baumwolle. Als Taran vergangenen Herbst, kurz vor der Ernte, hier durchgefahren war, hatte die Landschaft vollkommen surreal ausgesehen, als wäre über Nacht Schnee gefallen.

»Jedes Frühjahr bauen sie die Baumwolle neu an.« Taran wandte den Kopf vom Fenster ab. Ramón hatte die Zeitung sinken lassen und war seinem Blick nach draußen gefolgt. »Das Zeug wächst wie Unkraut«, seufzte der Freund.

»Muss eine ganz schöne Plackerei für die Landarbeiter sein, vom Wasserverbrauch mal ganz abgesehen«, stimmte Taran zu.

»Du sagst es! Eine Freundin von mir arbeitet im Nationalpark von Doñana. Sie behauptet, dass für die Landwirtschaft und den Tourismus viel zu viel Wasser abgezweigt wird. Der Grundwasserspiegel droht abzusinken und das gefährdet seltene Pflanzen- und Tierarten im Park wie den Iberischen Luchs.«

»Gibt es dafür keine Naturschutzrichtlinien?«, fragte Taran überrascht.

»Natürlich. Aber während der Franco-Diktatur wurde der Naturschutz stark vernachlässigt und heute gilt: Wo kein Kläger, da kein Richter.«

»Und wo ein Richter, ist das Recht dehnbar«, gab Taran missmutig zurück und dachte wieder an seinen Vater. Er hatte den Glauben daran, dass Recht und Gerechtigkeit im Einklang standen, früh verloren. Und seine Schwester hatte ausgerechnet Jura studieren müssen!

Im Gang lief eine Gruppe Jugendlicher mit Rucksäcken an ihnen vorbei. Ein Junge hatte einen Fußball in den Händen, den er alle paar Schritte auf dem Boden aufprallen ließ und wieder auffing. Das Mädchen, das ihm folgte, sah im Gehen auf ihr Handy und tippte einhändig mit dem Daumen auf das Display. An ihrem Hals glänzte eine silberne Kette mit einem Jakobsmuschelanhänger. Sie sah nicht aus wie eine Pilgerreisende nach Santiago de Compostela. Aber vielleicht war der Anhänger auch nur ein Geschenk. Die beiden waren gerade an Taran vorbeigegangen, als das Handy des Mädchens einen altmodischen Klingelton von sich gab. Taran fuhr zusammen. Während das Mädchen das Gespräch annahm und sich ihr fröhliches Lachen und die helle Stimme immer weiter entfernte, flogen Tarans Gedanken zwanzig Jahre zurück zu einem verregneten Nachmittag am Anfang der Sommerferien. Er glaubte, erneut das Klingeln an ihrer Haustür zu hören. Schrill. Unnachgiebig. Dreimal hintereinander. Heute noch bekam er bei bestimmten Klingeltönen eine Gänsehaut. So wie gerade eben.

»Jennifer! Taran! Kann einer von euch mal an die Tür gehen?«, tönt es dumpf aus der Küche. Es ist August und seit Tagen furchtbar heiß. Wie schade, dass wir nicht in den Urlaub fahren können, weil kein Geld da ist, denkt Taran. Jennifer hat sich die meiste Zeit in ihrem Zimmer eingeschlossen, aber Taran ist mit seinen Freunden zumindest schon ein paar Mal an den See geradelt. Nur nicht heute, denn um die Mittagszeit hat sich der Himmel verdunkelt, Blitze zucken durch das aufgewühlte Grau und in der Ferne grollt der Donner. Taran steht am Fenster und sieht zu, wie die ersten dicken Regentropfen gegen die Fensterscheibe seines Zimmers platschen und sich ihren Weg über das Glas zum verwitterten Holzrahmen bahnen. Es sieht toll aus. Kein Tropfen läuft in gerader Linie nach unten, vielmehr verdichten sich die einzelnen Rinnsale kreuz und quer zu einem faszinierenden Mosaik, das im Blitzlicht des Gewitters silbrig schimmert. Jennifer versteht einfach nicht, was er an den Regenperlen auf einem Spinnennetz, dem ulkigen Gang einer Raupe oder dem Einrollen eines Igels findet, warum er überhaupt solche Dinge beobachtet.

»Du bist echt ein Freak!«, hat seine Schwester einmal zu ihm gesagt, nachdem er eine Spur aus Schinkenstückchen im Garten ausgelegt hatte, um eine Ameisenkolonie zu studieren.

»TARAN!«, ruft sein Vater jetzt erneut.

Seufzend reißt er sich von dem Schauspiel am Fenster los und läuft auf den Gang. Aus Jennifers Zimmer dröhnt laute Musik. Ein Blick in die Küche verrät ihm, warum sein Vater nicht selbst an die Tür geht. Er liegt rücklings auf dem Boden mit dem halben Oberkörper im Spülschrank und fuhrwerkt an den Plastikrohren herum. Um ihn herum auf den Fliesen verteilt stehen Putzmittel, Geschirrspültabletten und ein Körbchen mit Lappen. Taran erinnert sich daran, dass seine Mutter am Vorabend davon gesprochen hat, der Wasserhahn in der Küche würde tropfen. Als er die Haustür erreicht, klingelt es gerade zum vierten Mal, und er öffnet rasch die Tür. Vor ihm stehen eine unbekannte Frau und ein Mann.

»Hallo«, sagt die Frau freundlich und lächelt. »Sind deine Eltern da?«
»Mama ist beim Einkaufen.«
»Und dein Vater?«
Später hat er sich gefragt, was geschehen wäre, wenn er die Tür niemals geöffnet hätte. Vielleicht wären sie einfach wieder abgezogen und erst am nächsten Tag wiedergekommen. Er hätte durch den Türspion linsen und seinen Vater warnen sollen.
»Dann hätten wir alle zusammen fliehen können«, hat er hinterher zu Jennifer gesagt.
Doch sie hat darüber nur die Augen verdreht. »Du spinnst doch! Papa ist kein Verbrecher, der mit seiner Familie durchbrennt. Wo sollen wir denn auch hingehen? Es wird schon alles gut werden.«

Aber es wurde nicht gut und es sollte Monate dauern, bis Taran das Gefühl verlor, dass er die Schuld an all dem trug, was auf diesen Tag folgte.

Tarans Handy vibrierte und zeigte den Eingang einer WhatsApp-Nachricht, als der Zug gerade die Vororte von Sevilla passierte. Sie war von Elena. Er zog die Augenbrauen hoch, als er den Text überflog.

»Na so was! Ein deutscher Unternehmer interessiert sich für unser Projekt«, murmelte er freudig überrascht. »Unter Umständen will er es sogar fördern.«

»Im Ernst?« Ramón faltete gerade seine Zeitung zusammen. »Mensch, damit hättest du den Gordo gezogen!« Seine Augen blitzten begeistert auf. El Gordo, der Dicke, Hauptgewinn in der staatlichen Lotterie, war vermutlich ebenso selten wie ein generöser Förderer archäologischer Projekte.

»Du meinst, dann muss ich mich doch nicht in die Schlangen der Arbeitslosen einreihen«, spottete Taran.

»Lach nur, ich kenne massig Leute, die tatsächlich deswegen

Lotto spielen. Jeder Fünfte ist hier arbeitslos, unter den jungen Leuten sogar jeder Zweite!«

Taran hatte in den vergangenen Monaten mitbekommen, wie stark die Wirtschafts- und Immobilienkrise Andalusien erschüttert hatte. Leider trieb die Aussicht auf schnell verdientes Geld viele junge Menschen nicht nur in die Lotto-Verkaufsstellen, sondern auch in die Kriminalität. Einer der Gründe, warum Taran dem Bürgermeister von Gelves wirklich dankbar dafür war, dass er das Einzäunen der Ausgrabung bewilligt hatte und ihnen Nachtwächter bereitstellte, die Raubgrabungen im Schutz der Dunkelheit verhindern sollten.

»Zu schön, um wahr zu sein«, erwiderte Taran zweifelnd. Er hatte es zu oft erlebt, dass jemand erst Interesse bekundete, sich dann aber für die Förderung anderer Projekte entschied oder gar die Lust an der Archäologie insgesamt verlor. Doch sein naiv hoffendes Herz hatte trotzdem schneller zu schlagen begonnen. »Elena zufolge hat unser möglicher Sponsor eine Unternehmensberaterin beauftragt, die sich mit mir in Verbindung setzen möchte, um Näheres über die Grabungsergebnisse und -fortschritte zu erfahren.« Er verzog den Mund.

»Mach ein Zoom-Meeting und schenk ihr einfach dein schönstes Lächeln«, schlug Ramón grinsend vor, während er die Zeitung in den Rucksack stopfte, aufstand und sein Sakko vom Haken am Fenster angelte.

»Ich bezweifle, dass ich sie nur mit einem Lächeln überzeugen kann. Unternehmensberaterin! Die hat bestimmt von Archäologie so viel Ahnung wie ich von Bilanzen und Steuerrecht. Wetten, sie erwartet einen peitschenschwingenden, seine Schatzfunde vor vermummten Räubern verteidigenden Indiana Jones mit Schlapphut?«

Ramón musterte ihn belustigt über den Tisch hinweg. »Der Look würde dir gar nicht mal schlecht stehen.«

Die Zugansage der Ankunft in Sevilla schnitt glücklicherweise Tarans Antwort ab. Er stand ebenfalls auf. Während sie sich einen Weg durch die Sitzreihen zum Ausgang bahnten, rief er seinem Freund zu: »Weißt du was? Abenteuerliche Vorstellungen von unserer Arbeit sind noch nicht mal das Schlimmste. Aber die meisten interessieren sich doch nur für spektakuläre Funde. Sie verstehen einfach nicht, was uns all die Begleitumstände einer Ausgrabung über die Vergangenheit erzählen können, dass jede noch so geringe Kleinigkeit unser gesamtes Geschichtsbild erweitern, verändern oder sogar vollkommen auf den Kopf stellen kann. Sie erwarten mindestens eine Himmelsscheibe von Nebra, wenn schon keine zweites Tutanchamun-Grab.«

»Hier in Andalusien?« Ramón gluckste und warf ihm über die Schulter einen belustigten Blick zu, während er sich an einem Bahnmitarbeiter im Gang vorbeizwängte. »Das wäre allerdings eine wahre Sensation. Aber wer weiß? Denk an El Carambolo. War das nicht ein Phönizier-Schatz, der sich sehen lassen konnte? Stell ihr so was doch in Aussicht!«

El Carambolo war ein Dorf, etwa drei Kilometer westlich von Sevilla, und hatte 1958 durch den sensationellen Fund von Goldgegenständen wie Armreifen und Anhänger aus der späten Bronzezeit immense Berühmtheit erlangt. Die einen schrieben den Schatz den Phöniziern zu, andere den Tartessen. Vermutlich war er das Produkt einer Mischung aus beiden Kulturen. Taran hatte sich natürlich die Funde im Archäologischen Museum von Sevilla angesehen und war hingerissen von der Goldschmiedekunst gewesen.

»Ich soll also einfach behaupten, dass wir kurz vor der Entdeckung eines zweiten El-Carambolo-Schatzes stehen? Ernsthaft?«, fragte er daher fassungslos.

»Kannst du es denn vollkommen ausschließen, in Gelves dergleichen zu finden?«, konterte Ramón unbekümmert. »El Carambolo ist über die Autobahn schließlich nicht mal eine Viertelstunde von Gelves entfernt! Nur weil bei meiner Prospektion im September vergangenen Jahres mein Magnetometer gewaltige Anomalien auf dem Areal aufgewiesen hat ...«

»Nur?«, unterbrach Taran ihn. »Gerade deshalb hast du doch gesagt, das Ergebnis wäre archäologisch nicht auswertbar, wegen der Massen von Stahlbeton und Bauschutt, die noch auf dem Gelände herumliegen, und bekanntermaßen sind Gold oder Silber diamagnetisch, für dich also gar nicht messbar!«

Ramón zuckte die Schultern. »Aber darauf will ich doch hinaus.«

Taran sah in verständnislos an.

»Die Anomalien meiner Messungen waren viel zu hoch. Gebrannter Ton konnte sie also nicht verursacht haben. Aber nur, weil der Bauschutt alles überlagert hat, bedeutet das noch lange nicht, dass keine Amphoren im Erdreich vorhanden sind.«

»Natürlich nicht. Wir haben schließlich welche gefunden.«

»Und ebenso gut könnte Gold oder Silber im Boden schlummern.«

»Nimm's mir nicht übel, aber das ist ein denkbar schwaches Argument für einen potenziellen Geldgeber«, erwiderte Taran kopfschüttelnd, als sich die Türen öffneten und er aus dem Zug stieg.

Er wünschte sich wirklich sehr, dass er dieses Projekt weiterführen konnte. Die Suche nach den verlorenen Bruchstücken der Geschichte, die Hoffnung, eines Tages bislang unentdeckte Geheimnisse aufzuspüren, hatten seit Tarans Kindheit sein Leben bestimmt. Sein Vater hatte jede ihrer gemeinsamen Expeditionen in wochen- oder monatelangen Recherchen vorbereitet und ihn dabei stets mit einbezogen. Taran hatte Geschichtsbücher gewälzt, antike Karten studiert und sich mit der Grabungsausrüstung vertraut gemacht. Er war glücklich gewesen und hatte sich wichtig und ernst genommen gefühlt. Während Jennifer in den Ferien auf den Reiterhof oder mit ihrer Mutter nach Italien gefahren war, hatte er mit seinem Vater mit Metallsonden, Klappspaten und Eimern Wälder, Felder oder den Strand erkundet. Oft genug ohne Genehmigung. Manchmal hatten sie vor Förstern Reißaus genommen oder waren von einem Bauern auf dem Traktor verfolgt worden. Doch das hatte die Suche nur noch aufregender für ihn gemacht.

Taran hatte sich wie ein unerschrockener Abenteurer in den Diensten der Geschichte gefühlt. Ein Rebell auf den Spuren einer Wahrheit, die es erst noch zu finden galt. So romantisch verklärt sah er seinen Beruf heute freilich nicht mehr. Mit dem, was er beim DAI verdiente, kam er als Single zwar gut aus. Aber wenn sein aktuelles Ausgrabungsprojekt in Gelves nicht verlängert wurde, musste er sich nach einem neuen Job umsehen.

6

Dr. Taran Sternberg. Was für ein ungewöhnlicher Name! Nina nippte an ihrem Kaffee und starrte müde auf die spanische Handynummer daneben. Dr. Munez vom DAI Madrid hatte nur in den höchsten Tönen von ihrem Grabungsleiter und seiner großen Forschungskompetenz gesprochen. Vor ihrem inneren Auge baute sich daher ein Mann um die fünfzig auf, mit Halbglatze, Strohhut, khakifarbener Canvas-Hose mit aufgesetzten Taschen und in einem staubigen Hemd. Was würde er in der Hand halten? Eine Schaufel? Einen Zollstock zum Vermessen oder einen Pinsel, um vorsichtig Erdkrümel von einem Totenkopf zu entfernen? Sie schüttelte sich bei dem Gedanken an Letzteres. Ein gut erhaltenes Skelett aus der Antike beim Buddeln zu finden – für Archäologen sicherlich eine Sensation, für sie ein Albtraum. Ob sie ihn mal googeln sollte? Aber auf ihrer Liste standen noch fünf weitere Grabungsorte, sie stand unter Zeitdruck und außerdem ließ sie sich auch viel lieber von dem persönlichen Eindruck eines ersten Gesprächs leiten. Nina war am Abend mit der Spätmaschine aus Hamburg zurückgeflogen und seit sechs Uhr morgens im Büro. Das Mittagessen hatte sie ausfallen lassen. Dass sie ihre Projekte zügig abarbeitete, war nichts Ungewöhnliches. Die Eile, die sie jetzt allerdings an den Tag legte, schon. Das hatte auch einen Grund.

»Nils, das zwischen uns ... also das war doch nie ... Jetzt hast du mich fast drangekriegt.« Sie hatte bei ihrem letzten gemeinsamen Essen beim Italiener vielleicht ein wenig zu hysterisch aufgelacht, in der Hoffnung, dass er darauf eingehen und die abstruse Idee mit der Kündigung selbst zu einem Witz erklären würde – wenn auch einen denkbar schlechten. Aber Nils hatte sie nur mit unbewegter Miene angesehen. Da war ihr das Lachen vergangen. »Hör mal, was auch immer du denkst, es wird sich nichts zwischen uns ändern, wenn du deinen Job kündigst. Verstehst du? Also tu das jetzt bloß nicht aus diesem Grund, denn dann muss ich dich leider enttäuschen.«

Ihren harten Worten war ein bedrücktes Schweigen gefolgt. Sie hatte mit angehaltenem Atem zugesehen, wie er weiß wie die Serviette wurde, die er in seiner Faust gerade zusammenballte. Dann hatte er sie auf seinen Teller geworfen und sich zu ihr vorgebeugt, und sie war vor dem Hass, der in seiner Miene aufgeflackert hatte, zurückgezuckt.

»Heuer du mal besser bei deinem Vater an. Immerhin kannst du ebenso skrupellos Gefühle zertrümmern wie er mit seiner Abrissbirne ehemalige Wohnträume anderer Menschen. Ich sag dir was: Du wirst mal ebenso verbittert und einsam enden wie er!« Die Überzeugung in seiner Stimme hatte ihr einen Schauer über den Rücken gejagt. Er war so laut geworden, dass die Gespräche an zwei Nebentischen verstummt und neugierige Blicke der anderen Gäste zu ihnen herübergeflogen waren.

Nina hatte scharf die Luft eingezogen, aber Nils war wortlos aufgestanden und gegangen. Sie hatte ihm fassungslos nachgestarrt. Was wusste er denn schon von ihrem Vater? Nur das Wenige, das sie allen, mit denen sie sich bei M&R gut verstand, erzählt hatte! Der Kellner war gekommen und hatte die Teller auf ein fahriges Nicken von ihr hin abgeräumt. »Wünschen Sie noch etwas? Espresso? Cappuccino?« Sein Blick wurde mitfühlend. »Oder vielleicht einen Grappa?«

Dankbar lächelnd hatte sie den Grappa bestellt und sich ein paar Minuten Zeit gegeben, sich zu sammeln, bevor ihr von dem Branntwein warm im Bauch wurde, sie die Rechnung für sie beide beglichen hatte und wieder zurück an die Arbeit geeilt war.

Warum war Nils so felsenfest davon überzeugt gewesen, nur die Firma stünde zwischen ihnen? Wie kam er denn darauf? In Gedanken war Nina unzählige Male ihre Gespräche seit jener gemeinsamen Nacht durchgegangen, soweit sie sich noch an sie erinnern konnte. Nur Belangloses, kein Hinweis von ihr, dass sie an einer Beziehung mit ihm interessiert wäre. Vielleicht hätte sie sich gleich von Anfang an klarer ausdrücken sollen. Oder hinterher beim Italiener subtiler. Oder sie hätte ihn einfach auflaufen und kündigen lassen sollen! Dann würde sie jetzt zumindest nicht in dieser vertrackten Lage sein. Aber Letzteres hätte sie nicht über sich gebracht. Sie wusste, was Nils die Arbeit bei M&R bedeutete und welche Überwindung es ihn gekostet haben musste, vorzuschlagen, ihr zuliebe seinen Job aufzugeben.

Umgekehrt wusste er das aber auch von ihr, und deshalb traf es sie vollkommen unerwartet, dass er plötzlich alles daransetzte, sie in der Firma in ein schlechtes Licht zu rücken. Es begann mit Kleinigkeiten, nicht erwiderten Grüßen, Getuschel im Open-Space-Bereich, das verstummte, sobald sie ihn betrat. Sie ignorierte es. Ein paar Tage Büroklatsch, das würde sich schon wieder legen. Doch dann hatte Nils in der letzten Teamsitzung ihren Vorschlag zu Roths Investition in ein Archäologieprojekt plötzlich schwer kritisiert, ihr mangelnde Recherchegenauigkeit und Fehler in der Kalkulation der Steuerersparnis vorgeworfen. Es war anstrengend gewesen, seine Argumente unter seinem eisigen Blick zu entkräften. Zum Glück war Mai-Lin ihr zur Seite gesprungen. Ihr hatte sie es auch zu verdanken, dass sie nach Hamburg hatte fliegen können.

Als Nina nach ihrer Rückkehr an diesem Morgen ihre Dateien in der firmeninternen Cloud öffnen wollte, stellte sie am Bearbeitungsdatum fest, dass sich jemand während ihrer Abwesenheit unter ihrem Namen vom Computer ihres Büros aus daran zu schaffen gemacht hatte. Niemand kannte ihr Passwort. Wie konnte das passiert sein? Sie war kein misstrauischer Mensch. Aber seit einer Kommilitonin an der Uni die Bachelorarbeit von ihrem Exfreund vom Rechner gelöscht worden war und sie deshalb ein Semester hatte wiederholen müssen, machte sie jeden Abend ein Backup ihrer Daten auf einem USB-Stick. Das hatte sie nach dem Studium auch bei M&R so fortgeführt und den Stick in einem der Schließfächer deponiert. Jetzt hatte sie die Daten in der Cloud mit denen des Sticks abgleichen können und sofort eine Gänsehaut bekommen. Die Kalkulationen waren eindeutig manipuliert worden, und ihr Gutachten wimmelte von Rechtschreibfehlern. War Nils in seinem verletzten Stolz wirklich so weit gegangen, ihre Arbeit zu sabotieren? Früher hätte sie ihm das niemals zugetraut. Oder hatte jemand anderes ihr Zerwürfnis ausgenutzt und wollte sie treffen, in der Hoffnung, sie würde sofort Nils verdächtigen? Während Nina die falschen Dokumente löschte und durch die richtigen ersetzte, überlegte sie, ob sie Mai-Lin davon erzählen sollte. Aber Kollegen ins Blinde hinein zu beschuldigen, ohne konkrete Beweise zu haben, kam für sie nicht in Frage. Sie beschloss, abzuwarten, und erst einmal würde sie für das Gutachten ohnehin verreisen. Vielleicht hatten sich hinterher die Wogen geglättet.

»Suchen Sie mir was Spektakuläres!«, hatte Roth in Hamburg zu ihr gesagt. Sie hatte wieder einmal den richtigen Riecher gehabt, was ihren Mandanten betraf. Er war von ihrer Idee begeistert gewesen. »Keine langweiligen Pfeilspitzen oder Tonscherben, mit denen kein Mensch etwas anfangen kann. Beeindruckende Wandmalereien, Gold- und Silberschmuck, etwas, das sich in meinem Jahresbericht sehen lassen kann!«

»Der archäologische Grabungserfolg wird aber schwer vorauszuberechnen sein«, hatte Nina vorsichtig eingewandt.

»Nicht, wenn man dort gräbt, wo bereits andere Schätze dieser Art gefunden worden sind«, hatte Roth optimistisch gerufen. »Grenzen Sie das Gebiet ein, suchen Sie sich einen Experten und machen Sie sich ein Bild von der Lage vor Ort! Ich möchte nicht ins Blaue investieren. Aber Phönizier-Archäologie«, seine Augen hatten begeistert gefunkelt, »damit haben Sie mich wirklich geködert, Frau Winter. Die besten Schiffsbauer der Antike vereint mit dem Namen der herausragendsten Schiffswerft unserer Zeit! Eine perfekte Kombination!«

Understatement wurde in Roths Augen offensichtlich überbewertet.

Gelves in Südspanien war der erste Punkt auf ihrer Liste möglicher Grabungsorte und versprach genau die Art von Investition zu sein, die ihrem Mandanten vorschwebte. Südlich von Sevilla lag die Kleinstadt nur wenige Kilometer von der mittlerweile brachliegenden Ausgrabungsstätte El Carambolo entfernt, die einen beeindruckenden Goldschatz der Phönizier zutage gefördert hatte. Nina stand auf, um sich noch einen Kaffee zu holen, bevor sie den Grabungsleiter anrief.

7

Graue Fliesen, graue Wände, graue Sitzgelegenheiten. Mit Madrid Atocha konnte der anlässlich der Weltausstellung in Sevilla neu erbaute Bahnhof Santa Justa wirklich nicht mithalten. Während Taran mit Ramón durch die Bahnhofshalle unter riesigen herabhängenden Werbebannern zum Ausgang lief und ihm von den Schnellimbissen der Geruch von Frittiertem entgegenschlug, musste er plötzlich grinsen und deutete auf eine der Imbissbuden im Bahnhof. »Man hat in Pompeji übrigens einen Vorläufer von McDonald's ausgegraben.«

»Ach, komm! Verarsch mich nicht!«, lachte Ramón.

Taran zog im Gehen sein Handy aus dem Sakko und öffnete die Nachrichten-App eines Archäologiemagazins. »Überzeug dich selbst! Gelb war schon in der Antike eine beliebte Signalfarbe für Snackbars.« Das Foto auf dem Display offenbarte einen antiken ockergelben Tresen aus Stein mit mehreren Löchern, in denen die warmen Speisen zum Verkauf gelagert wurden. Zur Straßenseite hin zeigte er bunte Malereien von Enten und einem Hahn, den Tieren, die für das kulinarische Angebot geschlachtet worden waren. Taran reichte Ramón sein Handy, damit er das Foto besser betrachten konnte. »In diesem Thermopolium – so nannte man ein Straßenrestaurant in römischer Zeit – hat man sogar noch Essensreste und Knochen entdeckt. Was für ein Schatz!«

»Komm schon, so wenig verdient ihr auch wieder nicht, dass ihr auf antike Essensreste angewiesen seid«, feixte Ramón.

»Woher willst du das wissen?«, ergänzte Taran grinsend.

»Hast du eine Ahnung, was man daraus über die Lebensumstände der Bevölkerung erfahren kann! Warte, das erinnert mich an einen Bauarbeitertrupp, der einen hunderte Jahre alten Räucherschinken in einem Kamin einer Burg gefunden und bereits zur Hälfte zur Brotzeit verputzt hatte, bis das archäologische Expertenteam eintraf.«

»Wohl bekomm's!«

»Und weißt du was?« Taran deutete wieder auf das Foto des antiken Thermopoliums. »Damals schon haben die Kunden gemeckert und ihre Unzufriedenheit mit dem Koch in Grafitti verewigt.«

Ramón schüttelte ungläubig den Kopf und gab ihm sein Handy zurück. »Wo? Etwa auf den Latrinen wie heute?«

»Nein, die waren nicht immer in unmittelbarer Nähe des Lokals und sind übrigens auch eine reiche Fundgrube für uns.«

»Erspar mir jetzt bitte die Einzelheiten!«

»Der unzufriedene Gast hat sich auf dem Tresen selbst verewigt. Vermutlich hat der Witzbold zu lange auf sein Essen warten müssen, denn er hat auf Latein in den Stein geritzt: *Nicias, schamloser Scheißer.*«

»Willst du wirklich wissen, was deine Phönizier erst alles im Alltag zum Besten gegeben haben?«, stöhnte Ramón und verdrehte die Augen.

»Ich würde sonst was für einen solchen Fund geben, glaub mir! Aber von ihnen gibt es leider kaum eigene schriftliche Quellen.«

»Was für ein Pech aber auch!«, brummte Ramón.

Aber Taran erinnerte sich an seine Enttäuschung, als er tönerne Siegelabdrücke auf Selinunt gefunden hatte. Die Papyrusrollen, die sie einst versiegelt hatten, waren in dem feuchtwarmen mediterranen Klima längst zerfallen gewesen und mit ihnen alle schriftlichen Zeugnisse der Phönizier, die dort gelebt hatten. Ein wehmütiges Lächeln huschte über sein Gesicht, als er an seine Zeit auf Sizilien dachte. Den Master für Klassische Archäologie frisch in der Tasche hatte er ein Reise- und Promotionsstipendium in Selinunt erhalten. Sie waren ein bunt zusammengewürfeltes Team aus allen möglichen Weltgegenden und Fachrichtungen gewesen. Zum ersten Mal hatte Taran begriffen, was interdisziplinäre Arbeit wirklich bedeutete, wie aufregend es war, das eigene Fachwissen durch das anderer Fachleute zu ergänzen und gemeinsam an dieser gewaltigen Aufgabe zu arbeiten: aus all diesen Bruchstücken ein bunt schillerndes Mosaik des antiken Seefahrervolks zu rekonstruieren.

Außerdem hatte er in Selinunt Yara kennengelernt.

Die libanesische Bauingenieurin war, wie er, für ihre Dissertation nach Sizilien gekommen. Als er Yara von seiner Arbeit erzählte, hatte sie lachend erwidert, in ihren Adern würde phönizisches Blut fließen. Sie waren zusammen nach San Pantaleo übergesetzt, einer Insel in einer Lagune im Westen Siziliens. Dort hatten die Phönizier 800 v. Chr. die Siedlung Mozia gegründet. Ein Team von Unterwasserarchäologen hatte ihnen angeboten, in einem mehrwöchigen Kurs den Schein zum archäologischen Forschungstaucher zu erwerben. Taran sah Yara in Gedanken wieder vor sich, wie sie sich im hautengen Neoprenanzug zwischen mit Muscheln, Gorgonien und Schwämmen bewachsenen antiken Schiffswracks auf dem Grund des Meeres bewegte. Ihr langes schwarzes Haar umfloss sie wie ein dunkler Schleier und ihre dunklen Augen hatten hinter dem Glas der Taucherbrille riesig und hinreißend schön gewirkt.

Vielleicht war es auch seiner ersten großen Liebe zu verdanken, dass er bei den Phöniziern hängen geblieben war, dachte Taran, als er mit Ramón auf den Bahnhofsplatz trat. Sie kämpften sich durch Wellen von Taxis und liefen zu dem Kurzzonenparkplatz gegenüber, wo Sofía, an ihren roten Seat gelehnt, schon mit einem breiten Lächeln wartete. Einen Moment lang ertappte Taran sich bei dem Gedanken, wie es sich anfühlen würde, wenn Yara und er zusammengeblieben wären und sie ihn jetzt hier lächelnd erwarten würde. Im Gegensatz zu der langbeinigen Modelschönheit war Sofía klein und zierlich wie eine Ballerttänzerin, aber eine willensstarke, warmherzige Frau mit Nerven aus Stahl. Sie gab einem sofort das Gefühl, sie könnte jedem Sturm des Lebens spielend trotzen. Darin unterschied sie sich von Yara, die dem Druck ihrer Familie nachgegeben und einen Mann geheiratet hatte, der seit ihrer Kindheit für sie bestimmt gewesen war.

»Du hast also meinen Mann entführt und bringst mir jetzt einen Frosch zurück?«, rief Sofía ihm lachend entgegen und gab Ramón einen zärtlichen Kuss. Dann umarmte sie Taran herzlich.

»Ich bin sicher, du zauberst im Handumdrehen wieder einen schneidigen Prinzen aus ihm«, entgegnete er belustigt.

Sie gab ihm einen Stupser. »Du hast doch keine Ahnung, wie viele Jahre harte Arbeit mich das gekostet hat!«, flüsterte sie mit einem verschwörerischen Seitenblick zu Ramón, der gerade den Kofferraum für ihr Gepäck öffnete.

»Das hab ich gehört, cariño!«, rief er und warf ihre Reisetaschen ins Auto.

Sofía ging grinsend zur Fahrertür, und Taran fegte ein paar Keksbrösel von der Rücksitzbank – hoffentlich waren das keine Schokoladenkekse gewesen –, bevor er sich hinter den Beifahrersitz quetschte und erschrocken zusammenzuckte, als ein lautes Quietschen erklang. Er sah nach unten in den Fußraum und entdeckte etwas Gelbes. War das eine Gummigiraffe?

»Sorry«, murmelte er und hob das Spielzeug auf, um es neben sich auf den Sitz zu legen. Er bereute es sofort, denn es fühlte sich eigenartig klebrig an. Und eine Giraffe war es auch nicht, sondern ein grellgelbes nackt gerupftes Plastikhuhn mit riesigem aufgerissenem rotem Schnabel und der spanischen Aufschrift »Ich liebe Hühner«. Taran schauderte.

»Nichts passiert«, rief Sofía fröhlich. »Das ist nur Blancas Spielzeug.«

Angewidert ließ Taran das Plastikvieh fallen. Blanca war die Hündin der Familie Pérez, laut Ramón ein Labradoodle, für ihn eine wilde Kreuzung aus Golden Retriever und Pudel, der, dem Aussehen nach, seine dicke schwarze Nase in eine Steckdose gesteckt hatte. Taran kramte nach einem Tempo in seinem Sakko, um den Sabber von seinen Fingern zu wischen.

»Was gibt's Neues?«, fragte Ramón unterdessen, und Taran rollte innerlich die Augen. Was sollte denn in den zwei Tagen schon viel Neues geschehen sein? Aber Sofía überraschte ihn mit einem ganzen Wortschwall.

»Deine Schwester hat sich endlich von Carlos getrennt und sich deshalb gestern stundenlang bei mir ausgeheult. Wenn du mit ihr sprichst, rede ihr bitte aus, sich wieder mit ihm auszusöhnen. Der Kerl nutzt sie doch seit Jahren nur aus!«

Ramón nickte zustimmend.

»Und jetzt halt dich fest: Nuria ist Klassenbeste mit ihrer Erlebniserzählung geworden.«

»Wirklich?«, rief Ramón erfreut. »War das die von der Astronautin auf Marserkundung?«

»Nein. Sie hat sich kurzfristig umentschieden, nachdem sie eine Reportage auf dem Discovery Channel angeschaut hat. Ihr Aufsatz handelt von einer jungen Fischerin, die sich mit einem Orca anfreundet und ihn vor aufdringlichen Touristen in Schnellbooten rettet. Sie will jetzt nach der Schule Meeresbiologin werden und sich für die Orcas in der Meerenge von Gibraltar einsetzen. Und Luis musste zur Strafe zwanzigmal den Satz *Ich darf nicht durch den Notausgang in den Pausenhof laufen* in sein Heft schreiben und möchte bei nächster Gelegenheit Jorge, der ihn bei der Lehrerin verpfiffen hat, verprügeln – ich frage mich manchmal schon, von wem er das hat, ich war in der Schule immer mustergültig.« Sie warf ihrem Mann einen inquisitorischen Blick zu, den dieser mit einem unschuldigen Augenbrauenheben quittierte. »Ach, und Blanca hat dem Großvater beim Abendessen den Jamón vom Teller gemopst, als er nach der Fernbedienung gesucht hat. Er hat sie ihr daraufhin gedankenlos hinterhergeworfen und sie ist jetzt kaputt. Wir müssen also eine neue bestellen, und da wir schon beim Thema Reparaturen sind …«

»Ich weiß, die Spülmaschine …«, stöhnte Ramón.

»Den Abwasch heute Abend erledigst jedenfalls du.«

»Mach ich, cariño.«

Taran war ein wenig schwindlig bei Sofías Aufzählungen geworden, aber noch mehr schockierte ihn Ramóns Gelassenheit, die ihm verriet, dass es im Hause Pérez ständig so turbulent zuging. Eben hatte er sich Yara herbeigesehnt, jetzt fragte er sich, wie er in ihrer überaus traditionell eingestellten libanesischen Großfamilie als Familienvater hätte bestehen sollen. Vielleicht war es doch besser, dass die Beziehung in die Brüche gegangen war und er auf ein warmes Willkommenslächeln am Bahnhof verzichten musste.

Sofías Eltern und Großeltern waren alteingesessene Sevillaner, denen zwei Wohnungen im Casco Antiguo, dem alten Viertel und historischen Stadtkern von Sevilla, gehörten. Ihr Vater, ehemals Jurist in einer renommierten Anwaltskanzlei für Zivil- und Strafrecht, hatte sich mit seiner Frau nach dem Verkauf der Anteilsrechte an der Kanzlei auf einen Landsitz zurückgezogen und unter dem Druck der Großeltern die Wohnung Sofía und Ramón überlassen. Taran hatte sein Motorrad vor ihrer Abfahrt nach Madrid bei ihnen abgestellt. Ramón hatte ihm im Vertrauen einmal erzählt, dass seine Schwiegereltern über die Partnerwahl ihrer Tochter nicht besonders glücklich gewesen waren.

»Warum?«, hatte Taran überrascht gefragt, denn für ihn waren die beiden das perfekte Paar, falls es so etwas überhaupt gab.

Ramón hatte die Augen verdreht. »Das fragst du? Ein Junganwalt aus seiner Kanzlei hätte Ignacio natürlich allein aufgrund der höheren Gehaltsaussichten mehr zugesagt als ein

Student der Geophysik. Außerdem hatte er zu dem Zeitpunkt immer noch nicht den Schock überwunden, dass seine einzige Tochter etwas so ›Unfeminines‹ wie Luft- und Raumfahrttechnik studieren wollte.«

»Was hatte ihm denn vorgeschwebt?«

»Keine Ahnung. Am meisten hatte es ihn verärgert, dass sie in vollem Umfang von ihren Großeltern unterstützt wurde. Das ist bis heute noch ein Zankapfel zwischen den beiden Parteien. An den Feiertagen herrscht bei uns im besten Fall kalter Krieg, meist fliegen die Fetzen.«

Taran hatte nur den Kopf geschüttelt und Ramón hatte fortgefahren: »Als ich Sofía an der Uni kennenlernte, wollte sie für das Abschlussjahr in die USA gehen und nach ihrem Master Astronautin werden. Sie hatte sogar schon die Unterlagen für eine Bewerbung bei der ESA ausgedruckt. Zu meinem Glück ist später alles anders gekommen.«

»Sie ist deinem Charme erlegen.«

»So kann man es auch nennen. Wir wissen bis heute noch nicht, wieso die Pille versagt hat und sie schwanger geworden ist.«

Sofía hatte ihre Lebensplanung umgekrempelt und sich mit Ramón in der Elternzeit gemeinsam um die kleine Nuria gekümmert, bis sie beide ihr Studium beendet hatten. Hinterher hatte sie sich als Ingenieurin für einen Job in einem jungen Energieversorgungsunternehmen für Offshore-Windenergie beworben. Eine gute Entscheidung, denn Ramón zufolge war sie mittlerweile die Besserverdienende von ihnen, hatte flexible Arbeitszeiten und konnte einige ihrer Aufgaben im Homeoffice abwickeln.

»Das ist hier in Andalusien in anspruchsvollen Positionen leider immer noch eine Seltenheit«, hatte Ramón geklagt.

Gut zwei Stunden später – Sofía hatte es sich natürlich nicht nehmen lassen, ihn noch zu ein paar Tapas und einem Glas

Sherry einzuladen – schlängelte Taran sich durch den dichten Verkehr der Avenidas von Sevilla. Er überholte einen grellroten Stadtbesichtigungsbus und freute sich schon darauf, das Stadtgetümmel hinter sich zu lassen und die Landstraße nach Gelves zu erreichen. Auch so früh im Jahr wimmelte es hier von Touristen. Mittlerweile hatte sich wohl herumgesprochen, dass die Sommermonate mit über vierzig Grad im Schatten nicht die beste Reisezeit für eine Stadtbesichtigung waren. Eine ganze Gruppe von Touristen mit Reiseführer überquerte vor ihm die Straße auf dem Weg zu den mächtigen steinernen Toren des Parque de los Principes, der um diese Zeit zwar noch nicht mit dem Blütenreichtum der nächsten Monate, dafür aber mit hübschen Flanierwegen entlang eines Sees und zwei Restaurants locken konnte. Taran stattete dem Park am liebsten im Mai einen Besuch ab, wenn die Orangenblüten ihren süßen Duft verströmten und die Jacarandabäume auf den Alleen einen blauvioletten Teppich aus kelchförmigen Blüten webten.

Endlich hatte Taran die Landstraße Richtung Süden erreicht und beschleunigte die Maschine. Sie war keines dieser laut röhrenden High-Speed-Motorräder, sondern ein schwarzes Retro-Bike – außen nostalgisches Design, innen moderne Technik. In Andalusien gab es wenig Regentage, dafür enge Gassen in den Dörfern, der Altstadt von Sevilla und anderenorts. Mit dem Motorrad kam er einfach überall problemlos hin und die gemächlichen Fahrten entlang der Küste waren phänomenal. Taran ließ seinen Blick an einem Vorortschild vorbei nach rechts schweifen. Wie fast alle spanischen Großstädte wurde auch Sevilla an der Peripherie von Hochhäusern und Gewerbegebieten gesäumt, die oft schnell und lieblos aus dem Boden gestampft worden waren. Aber diesseits des Flusses waren die Häuser hochwertig, verglichen mit den Wohnsilos im Poligono Sur auf der gegenüberliegenden Seite des Guadalquivir.

Nur zehn Minuten später kam er in Gelves an. Die kleine

ruhige Ortschaft lag nicht weit von der Ausgrabungsstätte entfernt und döste in der nachmittäglichen Sonne im Schatten der sanften Hügelketten des El Aljarafe.

Taran hatte sich direkt am Guadalquivir in der Nähe des kleinen Jachthafens in einem Apartmentblock ein Studio gemietet. Nicht allzu groß, modern und spartanisch möbliert, genügte es seinen Ansprüchen vollkommen. Die Küche verfügte über eine Mikrowelle, eine Waschmaschine und eine Kaffeemaschine, und ums Eck gab es einen kleinen Supermarkt und ein hübsches Lokal mit einer Terrasse, von der aus man einen Panoramablick über den gemächlich dahinfließenden Fluss und den Hafen hatte. Dort konnte er frühstücken, wenn er nicht wie üblich morgens nur einen Kaffee trank, und abends wurde hier gute spanische Küche mit frischem Fisch und Meeresfrüchten serviert. Was wollte man mehr?

Er hatte seine Reisetasche und den Rucksack rasch ausgeräumt und war duschen gegangen. Gerade lief er mit einem Handtuch um die Hüften die offene Treppe hoch zur Galerie, auf der sich sein Bett und ein Kleiderschrank befanden, als sein Handy klingelte. Fluchend drehte er um und eilte wieder nach unten. Wo hatte er es denn nur abgelegt? Im Rucksack? Aber den hatte er auf dem Schreibtisch ausgeleert. Dort gab es jetzt keinen freien Fleck mehr. Neben dem Motorradschlüssel und dem Helm stapelten sich Dutzende Bücher, Fachmagazine, große Rollen Landvermessungspläne, die Ramón ihm mitgegeben hatte, sowie diverse Fotos und Zettel mit handschriftlichen Notizen. Während er hektisch die Bücher, die er aus der Bibliothek des DAI in Madrid ausgeliehen hatte, beiseiteschob, tauchte unter einem Block tatsächlich das Handy auf. Er riss es gerade noch rechtzeitig hoch, bevor das Klingeln abbrechen konnte, drückte die Annahmetaste und rief ein wenig atemlos: »Digame!«

8

Nina wollte gerade wieder auflegen und den nächsten Grabungsleiter anrufen, als sich nach endlosem Klingeln eine etwas abgehetzt klingende Stimme meldete.

»Digame!«

»Spreche ich mit Dr. Taran Sternberg?«

»Der bin ich. Aber bitte ohne Doktor.«

Sie lächelte, stellte sich vor, erzählte ihm von ihrem Gespräch mit der Leiterin des DAI in Madrid und schilderte ihm das Interesse ihres Mandanten an einer Förderung seines Grabungsprojekts. »Bevor wir entscheiden, ob Ihr Projekt in die engere Wahl kommt, habe ich noch ein paar Fragen zu Ihrer Grabung.«

Nina holte Luft, doch gerade als sie mit ihrem Fragenkatalog loslegen wollte, unterbrach er sie.

»Freut mich wirklich sehr, dass die Ausgrabung Ihr Interesse geweckt hat, Frau Winter. Verraten Sie mir aber auch, wie Ihr Mandant ausgerechnet auf die Phönizier und auf Gelves kam?«

»Herr Roth besitzt eine der größten Werften Deutschlands, daher hat er zu den berühmten Schiffsbauern der Antike eine gewisse Affinität. Die engere Wahl der zu fördernden Grabung hat er meiner Expertise überlassen«, erklärte sie nicht ohne einen gewissen Stolz.

»Und Sie sind … wie genau auf mein Projekt gestoßen?«

Der nur mühsam unterdrückte Spott in seiner Stimme entging ihr nicht. Nina verengte die Augen. Sie hatte in der Vergangenheit schon Spendengeschäfte abgewickelt und war es gewohnt, dass die zu Beschenkenden sofort in helle Begeisterung und Hilfsbereitschaft ausbrachen. Das klang bei Dr. Sternberg erst einmal ganz und gar nicht nach Begeisterung. Zugegeben, das Geld floss nicht persönlich in seine Taschen, sondern erhielt nur seinen aktuellen Arbeitsplatz.

»Meinen Nachforschungen zufolge waren die Phönizier im Gebiet Ihres Grabungsareals sehr aktiv, und der nicht weit entfernt gelegene Fundort El Carambolo verspricht vielsagende Ergebnisse.« Sein unvermitteltes Lachen bei der Erwähnung des Ortes ließ sie irritiert innehalten.

»Sie begeben sich für Ihren Mandanten also auf Schatzsuche?«, unterbrach er zuerst die Stille.

Der Typ klang überraschend unverschämt für einen Grabungsleiter mit Doktortitel.

»Ich denke, das ist *Ihr* Metier, Herr Sternberg«, antwortete sie spitz.

»Vielsagende Ergebnisse zu liefern?«, fragte er mit kaum zu überhörender Ironie.

»In der Erde nach Schätzen der Vergangenheit zu graben.« Nina ließ auf ihrer Liste den Stift über dem Ortsnamen Gelves kreisen. Es juckte sie in den Fingern, ihn augenblicklich zu streichen. Schließlich war es nicht der einzige Grabungsort, der mit Phöniziern zu tun hatte. Besonders professionell klang dieser Dr. Sternberg nicht.

»Oh, dann bin ich allerdings Ihr Mann, das mache ich seit meinem neunten Lebensjahr.«

Ihr Stift verharrte über dem Tablet.

»Mit neun? Sie machen sich über mich lustig!«

»Keineswegs. Mein Vater war Geschichtslehrer und Hobbyarchäologe. Ich habe ihn bei seinen Expeditionen als Kind begleitet.«

Das verschlug ihr erst mal die Sprache.

»Hallo? Sind Sie noch dran? Ich hoffe doch, ich habe Sie nicht allzu sehr schockiert?«

Immer noch klang er furchtbar amüsiert, aber jetzt hatte er

ihr Interesse geweckt. Wenn er tatsächlich seit seiner Kindheit nach Schätzen grub, konnte er so schlecht nicht sein. Vielleicht ließ sich diese besondere Vita auch gut in einer Präsentation der Stiftung bei Roths Unternehmen einbauen.

»Keineswegs. Ich dachte nur gerade daran, dass mein Vater sich mit dem Zerstören der Vergangenheit beschäftigt hat und ich ihn als Kind dabei auch begeistert begleitet habe.«

So. Das sollte ihm erst einmal zu denken geben. Nina schmunzelte, als es tatsächlich einen Moment lang still am anderen Ende der Leitung wurde. Natürlich war ihre Aussage übertrieben. Aber sie hatte tatsächlich ihren Vater bei einigen wenigen besonders spektakulären Sprengungen von abbruchreifen Hochhäusern begleiten und dabei zusehen dürfen, wie die steinernen Kolosse gezielt und kontrolliert in sich zusammengefallen waren.

»Wir sind also seit unserer Kindheit Kontrahenten? Das müssen Sie mir unbedingt genauer erklären!«

Sie lachte. »Und Ihnen den Spaß am Rätseln nehmen? Kommt gar nicht in Frage. Erzählen Sie mir lieber von Ihren bisherigen Fortschritten, und wenn Sie mich überzeugen, kann ich es Ihnen persönlich bei einer Besichtigung vor Ort verraten.«

Was folgte war eine überraschend gut strukturierte Auflistung aller bisher vorgenommenen Untersuchungen des Gebiets seit vergangenem Herbst. Taran Sternberg hatte die beeindruckend samtige Stimme eines Hörbuchsprechers. Man konnte sich in sie hineinfallen lassen und alles um sich herum vergessen. Der Mann hatte definitiv eine Ahnung von seinem Job.

»Einen Fund wie den in El Carambolo kann ich Ihnen natürlich nicht versprechen«, schloss er seine Ausführungen. »Aber vollkommen ausgeschlossen ist er nicht, wie Ihnen auch der Geophysiker, der die Prospektion des Geländes durchgeführt hat, bestätigen kann.«

»Ich denke, das wird meinem Mandanten erst einmal genügen.«

Feuchtwarme Luft schlug Nina entgegen, als sie eine Woche später aus dem Flugzeug trat und die Gangway hinunterstieg. Um sie herum scharten sich Osterurlauber in bunter Freizeitkleidung, manche trugen sogar schon Flipflops. Kein Wunder, kamen einem doch die von der Pilotin angesagten zwanzig Grad hier an der Sonne wesentlich wärmer vor.

»Im Hotel spring ich erst einmal in den Pool!«, rief das Mädchen vor ihr auf den Stufen der Freundin zu.

Das würde Nina sich verkneifen müssen. In der fröhlichen Menge fühlte sie sich in ihrem hellbeigen Leinenkostüm und den Pumps overdressed. Aber der erste Eindruck zählte, und ihr Outfit unterstrich schließlich ihre Professionalität. Freizeitkleidung hatte sie natürlich auch im Koffer. Um Nils möglichst lange aus dem Weg zu gehen und ihm Zeit zu geben, ihre Abfuhr zu verdauen, hatte sie in Absprache mit Mai-Lin an die bewilligten sieben bis zehn Tage zur Prüfung und Gutachtenerstellung für Roth drei Wochen Urlaub angehängt. Zusammen mit den Osterfeiertagen würde sie fast fünf Wochen hier in Südspanien verbringen! In Ninas Bauch kribbelte es vor gespannter Erwartung und Vorfreude. Sie konnte sich nicht mehr erinnern, wann sie zuletzt so lange von ihrem Münchner Büro ferngeblieben war, und freute sich auf die Auszeit.

Als sie das Flughafengebäude betrat, umfing Nina nicht nur die angenehme Kühle von Klimaanlagen, sondern auch ein Ambiente, das sie verblüfft einen Moment innehalten ließ. Vor ihr öffnete sich keine nüchterne Flughafenarchitektur aus Glas und Stahl, vielmehr ein palastartiges hohes Gewölbe mit Säulen und mehreren tiefblauen Kuppeln im maurischen Stil. Staunend ließ sie sich in der Menschenmenge bis zur Kofferausgabe mittreiben. Während sie in der Schlange vor der Gepäckausgabe stand, vibrierte ihr Handy in ihrem Blazer, das sich in das spanische Netz einwählte. Sie zog es heraus, wartete, bis sie Empfang hatte, und schrieb dann eine SMS an ihren Vater: »*Bin gut gelan-*

det. Hier ist traumhaftes Wetter. Freu mich schon auf die alten Steine und die Auszeit hinterher. Mach's gut, Paps! Nina«

Natürlich hatte ihr Vater sich, seit er von ihrem Projekt erfahren hatte, darüber lustig gemacht, dass ausgerechnet sie sich nun *alte Steine* anschauen würde. Kaum hatte sie die SMS abgeschickt, kam eine neue herein. Sie war von Orlando Torres. Er teilte ihr mit, dass er bereits am Ausgang auf sie warten würde. Gut. Sie schätzte Pünktlichkeit.

Nina war auf den Archäologen Torres durch seinen Gastartikel über die Ausgrabungsstätte von El Carambolo in der spanischen Tageszeitung *El País* gestoßen, den er geschrieben hatte. Darin hatte er den Zustand der Fundstätte kritisiert.

»Das Areal, das einen der größten Phönizier-Schätze der Bronzezeit verborgen hatte, gleicht heute einer Müllhalde. Die Zäune sind an vielen Stellen niedergerissen worden oder weisen Löcher durch Vandalismus auf. Jeder kann hier rein- und rausspazieren und wertvolles Kulturgut durch privates Graben beschädigen.«

So ganz wurde Nina auch nicht schlau daraus, warum die Ausgrabung nicht weitergeführt worden war. Lag es nur an den Geldmitteln – wie bei so vielen archäologischen Projekten – oder versprachen sich die Experten keine weiteren Entdeckungen? Jedenfalls hatte sie sich bei der Tageszeitung nach seiner E-Mail-Adresse erkundigt und ihn angeschrieben. Es hatte sich herausgestellt, dass Torres als Sachverständiger bereits archäologische Gutachten für private Unternehmen, Auktionshäuser und den andalusischen Staat angefertigt hatte. Er konnte Nina dabei unterstützen, die Ausgrabung in Gelves und Sternbergs Arbeit näher in Augenschein zu nehmen. Ihre E-Mail-Korrespondenz und ein darauffolgendes persönliches Gespräch waren angenehm verlaufen. Torres hatte ihr seinen Stundensatz genannt und die Zeit, die sein Gutachten voraussichtlich beanspruchen würde. Außerdem hatte er ihr versichert, gute Kontakte zum Denkmalpflegeamt und anderen Ämtern zu haben, um rasch zu überprüfen, ob auch alle notwendigen Genehmigungen ordnungsgemäß eingeholt worden waren. Da Nina sich bewusst war, eine Vase aus einem Keramikladen am Straßenrand sicher nicht von einer echten antiken Amphore unterscheiden zu können, war sie froh darüber, einen Experten an ihrer Seite zu wissen, wenn sie Taran Sternberg gegenübertrat. Je schneller sie das Gutachten für Roth erstellt hatte, umso früher konnte sie ihren Urlaub genießen.

Das Gepäckband setzte sich in Bewegung und Nina hatte Glück. Ihr Koffer war einer der ersten. Sie zog ihn vom Band und machte sich auf den Weg zum Ausgang.

9

Während Orlando zwischen Busfahrern und Reiseführern bewaffnet mit Namensschildern oder bunten Logos ihrer Reiseagentur wartete, kam er sich in seinem eleganten maßgeschneiderten Anzug und dem Schild mit der Aufschrift »Nina Winter« in der Hand wie ein Golfspieler in Burberry vor, der versehentlich in den Mannschaftsbus eines amerikanischen Baseballteams eingestiegen war. Himmel, er hätte diesem Job niemals zustimmen dürfen! Aber er hatte den Fehler gemacht, Leon am Partyabend von der E-Mail der Unternehmensberaterin zu erzählen – eigentlich nur, um von dem heiklen Thema Rosa abzulenken.

»Das kommt doch wie gerufen, nimm es an!«, hatte Leon zu Orlandos Entsetzen begeistert erwidert, während er mit ihm zum Aufzug marschiert war, um sich der Partygesellschaft wieder anzuschließen.

»Leon, das ist ein Haufen Arbeit! Ich habe schon seit einer Ewigkeit kein archäologisches Gutachten mehr erstellt.«

»Umso wichtiger, es jetzt zu tun, wo alle Welt auf uns schaut und jeden verdammten Fussel auf unserer Weste überprüft.«

Orlando bezweifelte, dass man unter dem Schlamm auf den Westen so mancher Geschäftsfreunde von Leon überhaupt noch Fussel finden würde. Aber er kam nicht umhin, seinem Chef zuzustimmen. Sein archäologisches Image konnte wirklich mal wieder aufpoliert werden. Auch wenn ihm dieser Auftrag gerade jetzt denkbar ungelegen kam, da Leon ihm zusätzlich zu seiner Arbeit aufgehalst hatte, seinen Sohn im Auge zu behalten.

Was für ein Glück der Milchbart doch hatte, dass Leon sich

trotz allem so rührend um ihn sorgte! Für seinen eigenen Vater war Orlando nach dem Unfalltod der Mutter nur noch ein unliebsamer Klotz am Bein gewesen. Er wusste nicht, wie er die erste Zeit nach ihrem Tod ohne den Großvater überstanden hätte. Sein Trost währte nicht lange. Kurz nach Weihnachten starb sein geliebter Abuelo, ob geschwächt von einer Lungenentzündung oder vor Trauer um den Verlust seiner einzigen Tochter Mariella, konnte er rückblickend nicht mehr sagen. Nur dass sich von diesem Moment an sein Leben von Grund auf verändert hatte. Alles begann am Tag der Beerdigung.

Orlando sah nachdenklich zu Boden, die Gespräche um ihn herum im Terminal verklangen und wechselten zu dem monotonen Gemurmel von Gebeten an jenem feuchtkalten Tag im Januar vor 21 Jahren. Dröhnend hallten die Glocken und nur wenige Schritte vor ihm stand der Sarg. Orlandos Großvater hatte ihn eigenhändig lange vor seiner Geburt aus dem Holz seiner Olivenbäume gezimmert.

»Ich werde in einem Stück Heimat liegen«, hatte er seinem Enkel später mal erklärt. Das sperrige Ding hatte oben auf dem Dachboden der Scheune gewartet wie ein ungeladener Gast. Damals hatte Orlando sich nichts dabei gedacht, sich sogar manchmal beim Spielen mit seinen Freunden darin verborgen, das beste Versteck überhaupt – wer wollte schon einen Sarg öffnen? Jetzt konnte er nicht aufhören, ihn anzustarren. Zu sechst trugen die Nachbarn ihn nach der Andacht aus der Kirche. Orlando führte neben seinem Vater den Trauerzug zum Friedhof an, gefolgt von Nachbarn und Freunden. Sie waren Großvaters einzige nahe Angehörige. Die Friedhofsmauern am Stadtrand waren weiß gekalkt wie die Stämme der Zypressen, die in einer endlosen Allee ihren Weg säumten. An diesem Morgen trieben sich zwischen ihnen ein paar junge Kerle herum. Orlando mied ihre Blicke, bis einer plötzlich laut »Gitano!« rief und vor sich auf den Boden ausspuckte. Sein Vater presste die Lippen fest aufeinander, aber dann hatten sie schon das Tor erreicht – dahinter nichts als Steine. Wegen der Kälte waren nur wenige Gräber mit Blumen geschmückt. Nebel zog vom Fluss herauf und schob sich zwischen den Trauernden durch das marmorne Grau. Orlandos Schuhe drückten schmerzhaft, aber seit Mamás Tod sprach er nie wieder davon, dass er neue brauchte. Sie marschierten an dem verwitterten Engel mit der auffordernden Miene vorbei, der eingesponnen von Efeuranken in einer Mauernische stand, in der einen Hand sein Schwert, die andere Orlando entgegengestreckt. Die steinernen Augen schienen ihm auf seinem Weg zu folgen. In den vergangenen Monaten, wenn er auf dem Heimweg von der Schule am Friedhof vorbeigelaufen war, um seine Mamá zu besuchen, hatte er sich oft vorgestellt, wie er diese kalte riesige Hand ergreifen und der Erzengel Michael ihn hochhieven und zu ihr in den Himmel führen würde. Ein paarmal hatte er sogar versucht, zu den steinernen Fingern hochzuspringen. Aber Michael ruhte auf einem Podest und Orlandos Beine waren viel zu kurz gewesen.

Endlich hatte der Trauerzug das Grab, in dem die Mutter und Großmutter beigesetzt worden waren, erreicht. »Familia Hidalgo Torres« stand auf dem Grabstein und darunter »Paz Eterna«. Man hatte ihn zur Seite geschoben, und Orlando hatten sich die Haare im Nacken aufgestellt, als er hineinspähte, ob er vielleicht den Sarg der Mutter oder gar ihr Skelett sehen würde. Doch da war nur lehmige Erde. Sonst nichts. Nach der Beerdigung waren der Notar und Señor Hernández mit ernsten Mienen zu ihnen getreten, hatten aber nur ihm ihr Beileid ausgesprochen. Aus den Augenwinkeln sah er, wie sein Vater sich anspannte.

»Djamel«, hatte der Notar zu ihm gesagt, »komm morgen früh vorbei, damit wir über das Geschäftliche sprechen.« Orlando erinnerte sich noch heute daran, wie sein Vater die Stirn gerunzelt und knapp genickt hatte.

»Señor Torres?«

Orlando fuhr zusammen, kehrte in die Gegenwart der Ankunftshalle des Flughafens zurück und sah von seinen blank polierten italienischen Designerschuhen auf, direkt in ein Paar blaue Augen, umrahmt von sorgfältig getuschten Wimpern. Sie erinnerten ihn an das dunkle, tosende Meer an Levante-Tagen im Frühjahr.

»Nina Winter.« Eine schmale blasse Hand streckte sich ihm entgegen und erlöste ihn aus seiner Erstarrung und dem gleichsam aufgewühlten Meer in seinem Inneren.

»Orlando. Hatten Sie einen angenehmen Flug?« Während er sich in Begrüßungsfloskeln und ein paar Bemerkungen über das Wetter flüchtete, versuchte er, seine anfängliche Benommenheit mit einem souveränen Lächeln zu kaschieren. Nina Winter war eine Frau, an der viele Blicke hängen bleiben mussten. Groß und schlank, die blonden langen Haare locker im Nacken zu einem Knoten zusammengebunden, aus dem ihr einzelne Strähnen in die Stirn fielen, bewegte sie sich so zielstrebig wie elegant. Den Koffer ließ sie sich nicht abnehmen, sondern rollte ihn geschickt neben sich her. Bei den selbstbewussten Frauen, die Orlando kannte – in seiner Branche gab es erschreckend wenige –, war ihm ein forscher, meist geradezu herrischer Unterton in der Stimme aufgefallen, so als wollten sie etwaigen Widerstand schon vorneweg im Keim ersticken. Bei Nina Winter stand das selbstsichere Auftreten in einem faszinierenden Kontrast zu ihrer weichen melodisch-hellen Stimme. Sie sprach Spanisch fließend, wenn auch mit Akzent. Er mochte die Art, wie sie seinen Namen betonte, das R rollte ein bisschen länger über ihre Zunge als nötig. Vielleicht war es doch gar keine schlechte Idee gewesen, diesen Auftrag anzunehmen.

»Haben Sie ein Hotel in Sevilla gemietet?«

»Ja, aber wenn es Ihnen nichts ausmacht, würde ich lieber sofort nach Gelves fahren und mir einen ersten Eindruck vom

Ausgrabungsort machen, bevor wir morgen loslegen«, sagte sie mit einem gewinnenden Lächeln.

Wahrhaft eine Frau der Tat. Er unterdrückte ein Schmunzeln. »Wenn Sie das möchten, fahre ich Sie natürlich gleich nach Gelves und bringe Sie hinterher zu Ihrem Hotel.« Er sah sie von der Seite an. »Von mir aus können wir uns übrigens gerne duzen.«

Sie nickte zustimmend. Die Kurzparkzone war nicht weit entfernt. Bei seinem Cabrio angekommen, öffnete er ihr die Beifahrertür und beobachtete aus dem Augenwinkel, wie ihre Miene unverändert blieb, während sie in seinen neuen Audi stieg. Offenbar war sie es gewohnt, in Autos der gehobenen Kategorie zu fahren. Gut. Dann musste er sich nicht unnötig verstellen, um den mittellosen Archäologen zu mimen. Als er ihren Koffer verstaute, fasste er gedanklich die ersten Eindrücke zusammen. Jahrelang hatte er sich darin geübt, Menschen so gewissenhaft wie ein Bodyguard zu studieren. Gepflegte Hände, trainierte Figur, blasse Haut. Kein übertriebenes Make-up. Ein Büromensch, der wenig Zeit im Freien verbrachte, aber ins Fitnessstudio ging. Kein Ring am Finger. Ihr Kostüm saß wie angegossen, vermutlich war es ebenso maßgeschneidert wie sein Anzug. Am Telefon hatte sie den Eindruck einer Geschäftsfrau hinterlassen, die ihre Projekte zügig und professionell abwickelte. Er ging nicht davon aus, dass sie lange für ihr Gutachten brauchen würde, sobald er ihr seine archäologische Expertise lieferte.

»Warst du schon oft in Spanien?«, fragte er beim Einsteigen und startete den Motor. »Dein Spanisch ist hervorragend.«

Ihre Wangen färbten sich leicht rosa und sie lächelte verlegen, fast mädchenhaft. Diese Frau steckte voller faszinierender Widersprüche.

»Danke. Aber das habe ich meiner strengen Spanischdozentin an der Uni zu verdanken. Ich war nur in meiner Kindheit ein paarmal in Spanien. Aber weiter nördlich, an der Costa Brava.

Mein Vater verträgt die Hitze nicht so gut und meinte, im Süden wäre es im Sommer geradezu mörderisch heiß.«

»Womit er nicht unrecht hat«, lachte Orlando. »Und deine Mutter hat die Hitze besser vertragen?«

Er lenkte den Wagen zur Schranke.

Ein Schatten huschte über ihr Gesicht. »Sie ... ist gestorben, als ich noch klein war.« Sie sah ihn dabei nicht an, sondern wandte den Blick zum Seitenfenster. Orlando wusste nur zu gut, dass man auf so eine Äußerung hin alles andere als das übliche »Oh, das tut mir leid« aus dem Mund eines Fremden hören wollte, dem es natürlich fernlag, Trauer über den Verlust einer Unbekannten zu empfinden. Er hatte das selbst schon zu viele Male erlebt. Deshalb schwieg er, ließ sein Fenster hinunter und hielt die Kreditkarte an den Scanner des Zahlautomaten. Die Schranke fuhr hoch. Er steckte die Karte zurück in sein Sakko und schloss das Fenster. Während er losfuhr, sagte er, ohne lange darüber nachzudenken: »Wir glauben, unser Elternhaus ist einfach nur die Vergangenheit und die Straße unsere Zukunft. Aber wenn wir bleiben, geht ein Stück von uns immer voraus und wenn wir gehen, bleibt ein Stück von uns immer zurück. Am Ende sind es doch nur die Liebe und der Tod, die die Dinge endgültig für uns ändern.«

Ihr Kopf fuhr zu ihm herum, die dunkelblauen Augen überrascht geweitet.

»Stammt nicht von mir«, gab er verlegen zu, »sondern von Khalil Gibran, dem libanesischen Dichter. Ich habe seine Gedanken nur ein wenig umformuliert.«

In dem Moment wusste er selbst nicht, warum er das gesagt hatte. Die Menschen in seinem Umfeld hätten ihn ausgelacht, wenn er einen Dichter zitierte. Und jetzt sprach er mit einer völlig Fremden darüber! Den Gedichtband hatte er vor einer Ewigkeit im Büro seines Uni-Professors auf dem Schreibtisch entdeckt. Ein kleiner schmaler Leineneinband mit orientalischem

Muster. Orlando musste ihn wohl zu lange angestarrt haben, während der Dozent seine Seminararbeit überflog.

»Nimm ihn mit, Orlando!«, hatte Professor Jimenez plötzlich gesagt und auf das Buch gedeutet. »Gibran ist die poetische Verbindung zwischen Orient und Okzident. Seine Worte werden dir gefallen.«

Poesie? Mehr aus Anstand denn echtem Interesse hatte Orlando den Band ausgeliehen, doch zu seiner eigenen Überraschung hatte er das Büchlein an einem Abend durchgelesen und war tags darauf in die Casa del Libro geeilt, um sich sein eigenes Exemplar zu kaufen. Gibrans Gedankengänge hatten ihn bewegt, vor allem die Passage mit dem Elternhaus und wie Liebe und Tod unser Leben veränderten. Er hatte an seine Mutter und den Großvater denken müssen und daran, wie sein Vater ihm seine Liebe für immer entzogen hatte.

Das Lächeln, das Nina ihm jetzt schenkte, war auf einmal ein anderes. Es zupfte ganz zart an ihren Mundwinkeln und brachte ihre Augen zum Leuchten. Orlandos Herz schlug unwillkürlich schneller, und er war froh, den Blick abwenden zu müssen, um sich auf den Verkehr zu konzentrieren. Was hatte ihn nur dazu gebracht, so persönlich zu werden? Dios, er hatte doch vorgehabt, diesen Auftrag rasch über die Bühne zu bringen, um sich dann wieder seinen eigentlichen Aufgaben zu widmen!

»Du hast selbst jemanden verloren, der dir nahestand, nicht wahr?«, stellte sie mit klarer Stimme fest.

Dass sie intelligent war, wusste er schon seit ihrem ersten Telefonat. Ihre warme Stimme bewies ihm, dass sie auch einfühlsam sein konnte. Er schluckte. »Ebenfalls meine Mutter. Autounfall. Damals war ich acht. Und bei dir?«

»Krebs. Ich war erst vier.«

»Mierda!«

Sie schwiegen eine Weile. Plötzlich lachte sie leise. »Die Phönizier verfolgen mich in Sevilla also vom ersten Moment an!«

Orlando hob überrascht die Augenbrauen.
»Kamen sie nicht auch aus dem Gebiet des heutigen Libanon wie dieser Dichter?«
»Allerdings«, pflichtete er schmunzelnd bei.

Unterwegs erzählte Orlando ihr, dass das Gebiet im Westen der Provinz Sevilla, zu dem auch der Ausgrabungsort nahe Gelves gehörte, von den Arabern El Aljarafe, das Hochland, genannt wurde. »Eine vegetationsreiche Hügellandschaft mit Bächen und den großen Flüssen Guadalquivir und Guadiamar. Früher, aber auch zum Teil heute noch kommt es in den Regenzeiten zu Überschwemmungen.«
»Wie früher beim Nil in Ägypten«, warf Nina ein. »Sie haben das Land fruchtbar gemacht. Wann gab es die ersten Menschen hier?«
»Oh, schon sehr früh! In Valencina de la Concepción hat man Megalith-Gräber mit Dolmen gefunden, die etwa 2000 vor Christus errichtet wurden. Tartessen, Römer und Almohaden haben hier in Gelves auch schon gelebt.«
Orlando hatte sein Geschichtswissen vor ihrer Ankunft noch einmal aufgefrischt und war nun bemüht, die Unternehmensberaterin davon abzulenken, dass er es nicht für nötig gehalten hatte, die Ausgrabungsstätte vorab zu besichtigen, wie es eigentlich seine Aufgabe gewesen wäre. Zwei wichtige Lieferungen waren für Leon angekommen, er hatte viel zu organisieren gehabt und nur wenig Schlaf abbekommen. Außerdem hatte er fest damit gerechnet, Nina Winter vom Flughafen direkt ins Hotel zu bringen und hinterher noch auf einen Sprung in Gelves bei diesem Taran Sternberg vorbeizuschauen. Nun blieb ihm nichts anderes übrig, als den GPS-Daten und Ninas Anweisungen folgend über Feldwege mit Schlaglöchern zu fahren. Zweimal setzte er mit der Karosserie auf dem Boden auf und er konnte nur hoffen, dass kein größerer Schaden an dem Cabrio

entstanden war und ihn womöglich in die peinliche Lage brachte, einen Abschleppdienst rufen zu müssen.

»Normalerweise benutze ich für meine Arbeitseinsätze einen Geländewagen«, erklärte er entschuldigend, als er erneut mit dem Sportwagen aufsetzte und Nina ihm von der Seite einen skeptischen Blick zuwarf. Den würde er ab morgen von Leons Fuhrpark nehmen. »Ehrlich gesagt dachte ich, du würdest nach deiner Ankunft erst einmal sofort ins Hotel wollen.«

»Du hättest doch nur was sagen müssen!« Sie sah kopfschüttelnd auf ihr Tablet mit Sternbergs Wegbeschreibung. »Moment, gleich müssten wir zum Tor kommen und ... Stopp!«

Staub wirbelte über die Windschutzscheibe, als Orlando hart bremste. Mierda! In die Waschstraße musste er hinterher auf jeden Fall. Zum Glück hatte er das Verdeck geschlossen, als sie in den Feldweg eingebogen waren, sonst wären sie mittlerweile vollkommen eingestaubt worden und er hätte auch noch den Innenraum reinigen lassen müssen. Das Schilf am Wegrand war hier so hoch, dass er das Gittertor, mit dem die Zufahrt zur Ausgrabungsstätte provisorisch abgesperrt worden war, übersehen hatte. Er fuhr ein Stück zurück und stellte den Motor ab.

Nina zückte ihr Handy und rief Sternberg an, damit jemand kam, um ihnen das Tor zu öffnen. Ein einfaches Vorhängeschloss an einer Kette! Jeder jugendliche Fahrraddieb konnte das knacken. Mit großen Reichtümern rechnete Sternberg bei seiner Ausgrabung offenbar nicht.

10

Nina wusste nicht so recht, was sie von Orlando Torres halten sollte. Sie hatte ein kleines Foto von ihm in dem Artikel über die Ausgrabung von El Carambolo gesehen und ihn daher am Flughafen gleich erkannt, als er in Gedanken versunken den Boden betrachtet hatte. Der spanische Archäologe, der sie bei ihrem Gutachten für Alexander Roth unterstützen sollte, war, den Schatten unter seinen Augen nach, müde und überarbeitet. Diesen Zustand kannte sie nur zu gut. Vielleicht hatte er aber auch nur ein paar durchgefeierte Nächte hinter sich. Orlando war charmant und gutaussehend. Mit seinen dunklen Augen und dem warmen südländischen Teint erinnerte er sie ein bisschen an den Schauspieler Antonio Banderas in jungen Jahren. Jedenfalls war Nina froh, dass sie das Kostüm angezogen hatte, denn offensichtlich legte auch er Wert auf einen korrekten Business-Dresscode. Und er machte nicht den Eindruck, als würde er sich selbst an Ausgrabungen beteiligen. Dazu waren seine Hände zu gepflegt, die Nägel maniküRt, sein Anzug wohl kaum für die Feldforschung geeignet und auf der Uhr an seinem Handgelenk funkelte das Logo eines Luxusuhren-Markenherstellers. Seine gesamte Erscheinung sprach dafür, dass er sich darauf spezialisiert hatte, Gutachten für Ämter, private Institutionen oder Privatleute zu erstellen und sich nicht selbst die Hände schmutzig zu machen.

Umso besser für sie. Ein Mann, der sich nicht in unnötigen Fakten und archäologischen Details verlor. Jemand, mit dem sich ihr Projekt bestimmt schnell und effizient abwickeln ließ. Sie hatte gerade begonnen, sich in seinem Cabrio zu entspannen, das warme frühlingshafte Wetter und die mediterrane Allee aus hohen Palmen, die den Flughafen säumten, zu genießen und in Gedanken eine To-do-Liste für die nächsten Tage aufzustellen. Da hatte Orlando sie mit der Frage nach ihrer Mutter und seiner überraschenden Antwort aus der Fassung gebracht. Zum ersten Mal musterte sie ihn genauer. Es steckte also mehr hinter der glatten Fassade des Geschäftsmanns, als sie vermutet hatte. Dass er ihr den Wunsch erfüllte, sofort zur Ausgrabungsstätte zu fahren, obwohl er damit nicht gerechnet hatte und sein Cabrio offensichtlich nicht dafür geeignet war, schmeichelte ihr und verärgerte sie zugleich. Denn sie hatte angenommen, dass er zumindest einmal vorab einen Blick auf die Ausgrabung geworfen und Taran Sternberg bereits kennengelernt hatte.

Ziemlich durchgeschüttelt von der holprigen Fahrt starrte Nina nun aus der staubbedeckten Windschutzscheibe. Nichts rührte sich auf dem Feldweg hinter dem Tor.

»Jemand kommt gleich zu Ihnen«, hatte Sternberg ihr am Handy versprochen. Ungeduldig spielte Nina mit dem Saphiranhänger ihrer Halskette, ein Erbstück ihrer Mutter. Orlando trommelte unterdessen leise im Takt der Musik im Radio.

Dann kniff sie die Augen zusammen, als sie etwas in der Ferne wahrnahm, das sich ihnen rasch näherte. Der Anblick eines schwarzen Motorrads mit chromblitzenden Felgen und Rundscheinwerfer, das rasant über zwei Schlaglöcher flog und eine helle Wolke aus Staub wie einen Kometenschweif hinter sich herzog, hatte etwas Surreales. Nina fühlte sich in einen Endzeit-Cinemascope-Film versetzt. Fehlte nur noch der dramatische Sonnenuntergang und Mad Max im Wüstenstaub. Kurz bevor der Fahrer sie erreichte, bremste er in einer Halbkurve ab, driftete dabei ein Stück über den Schotter zur Seite, und für einen Augenblick hielt sie die Luft an, weil sie dachte, er würde in der Schräglage zu Boden kippen. Aber er brachte die Maschine nur mit Schwung zum Stehen, stieg lässig ab und marschierte auf das Tor zu.

»Hombre!«, murmelte Orlando neben ihr.

Nina musterte den Mann, während er sich an dem Schloss zu schaffen machte. Er war sehr groß und schlank, trug eine dunkelgraue Jeans und olivbraune Lederboots. Die langen Ärmel seines karierten Hemds hatte er über einem weißen T-Shirt hochgekrempelt, sodass seine gebräunten kräftigen Unterarme zu sehen waren. Unter dem elfenbeinfarbenen Motorradhelm mit dunkel getöntem Visier konnte sie seine Gesichtszüge nur undeutlich erkennen. Kurz hob er die behandschuhte Hand zum Gruß und öffnete die Torflügel. Dann trat er zur Seite. War das Sternbergs Assistent? Orlando fuhr ein Stück auf den Weg hinein, wartete jedoch, bis der Mann das Tor wieder hinter ihnen geschlossen hatte, sich auf sein Motorrad setzte und vorneweg fuhr. Kurze Zeit später hatten sie den Ausgrabungsort erreicht. Orlando hielt neben zwei Geländewagen, die schlammverspritzt, mit ihrer wuchtigen Karosserie, dem Frontschutzbügel und riesigen Reifen geradezu nach Offroad-Einsatz schrien. Sein tiefergelegtes Cabrio sah neben ihnen wie ein Matchboxauto aus.

Das Areal, das Nina ihrem Mandanten als geheimnisvollen Hort eines noch unentdeckten außergewöhnlichen Schatzes für seinen nächsten Jahresbericht verkaufen wollte, präsentierte sich denkbar unspektakulär als gerodetes, in Planquadraten mit Schnüren und Messlatten abgestecktes Gebiet inmitten von Feldern. Überreste alter Mauern mit unregelmäßigen grob behauenen Steinen ließen eine städtische Bebauung mehr erahnen als – für einen Laien wie sie – beweisen. Der Größe nach konnten das auch Ziegen- oder Pferdeställe gewesen sein. Nina hob die Hand und beschattete ihre Augen. Ein gutes Stück weit entfernt erspähte sie eine Neubausiedlung, an deren Rande sie Bau- und Industrieschutt wie Betonpfeiler mit Armierungsstahl und alte Autoreifen erkennen konnte. Das würde sich auf den

Fotos für Roth gar nicht gut machen. Sie sah zurück zu dem unterteilten Bereich. Mehrere Sonnenschirme boten Sternbergs Grabungsteam Schatten bei der Arbeit. Ein alter, rostiger Bauwagen und zwei mobile Toiletten waren der einzig erkennbare Komfort weit und breit. Vor ihm standen mehrere Campingtische, auf denen unzählige Kästchen und Schalen aus Plastik mit bunten Beschriftungen ausgebreitet lagen. Auf Klappstühlen davor saßen zwei junge Frauen mit breitkrempigen Sonnenhüten und sortierten etwas. Sie schauten auf, als Nina ausstieg, warfen sich belustigte Blicke zu und lachten über das, was eine von ihnen sagte. Etwa dreißig Meter entfernt sah sie zwei Männer mit Schaufeln vor einem kleinen Bagger. Drei weitere Männer und eine Frau kauerten in der Grube unmittelbar vor ihr, die schon ausgegraben war. Einer bemühte sich, mit einer Kamera eine Vertiefung im Boden zu fotografieren – oder das, was auch immer darin lag. Die etwa fünfzigjährige Frau saß mit mehreren Kästchen und einer Mappe mit verschiedenen Pinseln und kleinen Spateln daneben und bearbeitete etwas vor sich im lehmfarbenen Erdreich. Sie trug eine olivgrüne Cargohose und eine langärmlige beige Bluse. In ihrem dunkelbraunen Haar, das unter dem Strohhut auf ihre Schultern fiel, schimmerten graue Strähnen. Nina fühlte sich in ihrem Kostüm plötzlich sehr unwohl. Sie blickte sich um.

Bis auf ein paar freigelegte bröckelige Mauerreste war für einen Laien nicht viel zu erkennen. Nach den Schilderungen Sternbergs über die bisher durchgeführten Arbeitsschritte hatte sie mehr erwartet. Der älteste Mann, ein fülliger Mittfünfziger mit Bart und schütterem Haar, sah zu ihr auf und nickte ihr freundlich zu. Das musste er sein.

»Herr Sternberg?«, rief sie und trat einen Schritt näher an die Grube heran. »Hallo!« Sie winkte ihm zu. »Ich bin Nina Winter von Macmillan & Richardson. Kann ich zu Ihnen hinunterkommen?«

»Das würde ich in den Schuhen lieber bleiben lassen.« Nina fuhr zu der Stimme herum und sah sich dem Mann gegenüber, der das Motorrad gefahren hatte. Er hatte seinen Helm mittlerweile abgenommen. Braunes kinnlanges Haar fiel ihm ins Gesicht. Er war leicht gebräunt, hatte einen Dreitagebart und ein markantes Kinn. Schmale Hüften, breite Schultern und muskulöse Unterarme. Der Kerl hätte auf der Stelle am Set eines Hollywood-Blockbusters auftreten können. Leider galt sein Blick nicht ihr, sondern ihren Füßen, besser gesagt, ihren Pumps. Die waren zwar nur ein paar Zentimeter hoch und beileibe keine Stilettos, aber für den Sprung in die Grube nicht wirklich geeignet. Nina wollte dennoch zu einer patzigen Antwort ansetzen, da hob er den Kopf und streckte ihr seine Hand entgegen.

»Taran Sternberg. Immer schön, seine langjährigen Kontrahenten einmal persönlich kennenzulernen.«

Überrumpelt sah sie in ein Paar amüsiert aufblitzende grüne Augen, erwiderte seinen festen Händedruck und antwortete Orlando zuliebe auf Spanisch, dass sie sich ebenfalls freue, in den Ring mit ihm zu steigen. Das brachte ihr einen verdutzten Blick von ihrem Expertengehilfen ein, aber sie würde es ihm später erklären. Erst einmal war sie froh, dass er neben sie trat und sich Taran Sternberg vorstellte. Das gab ihr ein paar Sekunden Zeit, sich wieder zu fangen. *Bleib ganz cool, Nina!* Zumindest trägt er weder Peitsche noch Revolver am Gürtel. Nach all den Lobeshymnen der Leiterin des DAI über Auszeichnungen und wissenschaftliche Publikationen Sternbergs hatte sie weder damit gerechnet, dass er in ihrem Alter war, noch, dass er wie ein fleischgewordener Indiana Jones aussah, nein, sogar noch besser.

Etwas zupfte bei seinem Anblick ganz leicht an ihrer Erinnerung, aber sie kam nicht darauf, woher er ihr bekannt vorkam. Nina hatte ein ausgezeichnetes Gedächtnis für Gesichter. Vielleicht hatte sie sein Foto in einem archäologischen Bericht gesehen? Unmöglich, ein Mann wie er wäre ihr aufgefallen. Hatte er früher womöglich keinen Dreitagebart getragen? Sie zwang sich, die Gedanken beiseitezuschieben, und hob ihr Kinn.

»Entschuldigen Sie meinen Überfall. Ich weiß, Sie haben mich erst morgen erwartet, aber ich war einfach zu neugierig darauf, einen Blick auf Ihre Ausgrabung zu werfen, Herr Sternberg«, sagte sie mit einem gewinnenden Lächeln.

»Taran. Wenn es dir recht ist?«

»Gerne per du.« Der Archäologe hielt entweder selbst nicht viel von Förmlichkeiten oder hatte genügend Zeit hier verbracht, um das schnelle Duzen der Spanier anzunehmen.

»Möchtest du vielleicht vorab einen Kaffee, bevor du dir das Genick brichst?«, entgegnete er, und sein Blick wanderte von ihren Schuhen zu der Grube. Nina war schon vielen schwierigen männlichen Verhandlungspartnern begegnet, hatte im Laufe der Zeit gelernt, Überheblichkeit, herablassende Bemerkungen und sexistische Sprüche abzuwehren oder anzügliche Blicke zu ignorieren. Nicht einmal Alexander Roth hatte es geschafft, ihr das Gefühl zu geben, ein unwissendes Schulmädchen zu sein. Sie hatte keine Ahnung, warum Taran Sternberg sie derart verunsicherte. War es sein anziehendes Äußeres? Seine Gelassenheit? Er wirkte vollkommen in sich ruhend, als könnte ihn nichts und niemand erschüttern, und strahlte dadurch ein bezwingendes, natürliches Selbstbewusstsein aus. Sein unschuldiges jungenhaftes Lächeln ließ nicht erkennen, ob er sie beleidigen oder ob er einfach nur witzig sein wollte, und das machte es für sie noch schwieriger, ihm etwas zu entgegnen. Bei Gutachten für Spendenprojekte überschlugen sich die Leute meist mit aufgesetzter Höflichkeit. Taran schien es gleichgültig zu sein, was sie von ihm hielt. Vielleicht war er auch davon überzeugt, sie könnte sein Projekt ohnehin nicht begreifen. Zugegeben, bislang hatten sich ihre Firmenbesichtigungen auf klimatisierte Büroräume, Vorratslager oder die Durchquerung von Werkshallen beschränkt. Alles hier war neu für sie, sie kannte sich überhaupt nicht im Bereich Archäologie aus, im Gegensatz zu den Bewertungen von Grundstücken, IT-Technik oder Jachten, für die sie jede Menge Leitfäden und konkrete Bewertungskriterien zur Verfügung gehabt hatte. Ihr war zu wenig Zeit geblieben, um sich gründlicher in dieses Projekt einzuarbeiten, wie es sonst ihre Gewohnheit war – ein Umstand, der sie jetzt zutiefst verunsicherte. Und es passte ihr gar nicht, dass sie sich nahezu vollkommen auf Orlandos Expertise über Tarans Arbeit verlassen musste. Vielleicht war auch einfach das der Grund, warum sie sich im Umgang mit Sternberg so eingeschüchtert fühlte. Und Kaffee? Ihr Blick glitt schaudernd zu dem rostigen Bauwagen. Unwillkürlich fielen Nina Zeitungsberichte über Keime in Wassertanks von Campingwagen und Duschen in drittklassigen Hotels ein.

»Nein, danke, ich hatte schon einen im Flugzeug«, rief sie ein wenig überstürzt, weil sie nicht sofort geantwortet hatte – zeitgleich mit einem fröhlichen »Aber gerne!« seitens Orlandos. Sie wandte den Kopf. *Auch du, Brutus!* Er schenkte ihrem verzweifelten Blick ein entschuldigendes Lächeln und zuckte die Schultern. »Kaffee ist mein Lebenselixier. Ich trinke ihn von morgens früh bis spät in die Nacht.«

Nina seufzte und ergab sich heldenhaft in ihr Schicksal. »Also gut, dann nehme ich einen Cortado.«

Sternberg war nach ihrer Begrüßung aus Höflichkeit gegenüber Orlando auch in die Landessprache umgeschwenkt. Jetzt ergänzte er trocken auf Deutsch: »Keine Sorge, wir benutzen Mineralwasserflaschen für unsere Espressomaschine und haben Kondensmilch. Mit Soja kann ich allerdings nicht dienen.«

Konnte der Kerl ihre Gedanken lesen?

Ohne ihre Antwort abzuwarten, drehte Sternberg sich um und marschierte mit langen Schritten voran. Nina war nicht klein, aber in den Pumps und dem engen Rock auf dem unebenen Boden konnte sie ihm tatsächlich nur mühsam folgen, und sie verfluchte sich mittlerweile für ihre Idee, direkt vom Flughafen hierherzufahren. Beim Bauwagen angekommen, stellte er ihnen die zwei Mitarbeiterinnen vor, die davorsaßen. Franziska, eine dünne junge Frau mit schwarzem kurzem Bobhaarschnitt, war Studentin für Klassische Archäologie aus Berlin. Die brünette Nicole mit den fröhlichen Sommersprossen und dem breiten Lächeln kam aus Paris und studierte Kunstgeschichte und Restaurierung an der Sorbonne. Beide waren hier für ein mehrwöchiges Praktikum, trugen Jeans, T-Shirt und robuste Schuhe, um die Nina sie gerade sehr beneidete. Sie musterte die unzähligen lehmfarbenen Scherben vor ihnen in den Plastikschubern. Mit feinen Haarpinseln säuberten die zwei Studentinnen die Keramikbruchstücke.

»Was ist das?«, fragte sie neugierig.

»Fragmente einer phönizischen Kleeblattkanne«, antwortete Taran.

»Eine besondere Form antiker Kannen und bei den Griechen sehr beliebt«, ergänzte Orlando und deutete auf eine gebogene Scherbe. »Man nennt sie so, weil die Mündung der Kanne von oben betrachtet einem Kleeblatt ähnelt.«

Nina konnte in dem Scherbenhaufen nichts entdecken, was auch nur annähernd einem Kleeblatt geglichen hätte, aber sie nickte und bemühte sich um einen interessierten Gesichtsausdruck. Dann folgte sie Taran über eine Metalltreppe ins Innere des Bauwagens. Leider war auch das nur auf Zehenspitzen möglich, denn die Stufen bestanden aus einem Gitter mit quadratischen Löchern, die offenbar als Absatzkiller konzipiert worden waren. So fehl am Platz war sich Nina schon lange nicht mehr vorgekommen.

Im Inneren des Wagens sah sie sich überrascht um. Hier herrschte nicht das befürchtete Chaos. Alles war ordentlich und sauber. An der rechten Wagenseite hingen aneinandergereiht

Werkzeuge zum Graben wie Spaten, Schaufeln, Hacken sowie kurze und lange Besen und Pinsel mit weichen Borsten, einige von ihnen nicht größer als Zahnbürsten. Gegenüber gab es eine kleine Teeküche mit Kühlschrank, Spüle und einem Hängeschrank, unter dem an Haken mehrere gespülte Becher hingen. Vier Packungen mit je sechs Eineinhalb-Liter-Wasserflaschen waren daneben gestapelt. Sternberg holte aus dem Schrank eine Dose mit Kaffee und machte sich an der Espressomaschine neben der Spüle zu schaffen, während er sich mit Orlando über dessen Studienschwerpunkte und die derzeitige Auftragslage als freiberuflicher Archäologe unterhielt. Das gab Nina die Gelegenheit, ein paar Schritte weiter nach hinten zu gehen. Sofort fielen ihr die vielen gefalteten Papiermöwen auf, die an feinen Schnüren über einem Schreibtisch segelten, der das gesamte gegenüberliegende Ende des Bauwagens einnahm. Auf ihm standen ein Laptop und ein kleiner Drucker, beide von zahlreichen Ausdrucken, Fotos, Notizzetteln, einer Digitalkamera, Messapparaturen und Stiften übersät. Ein runder Stein mit abstrakten Symbolen beschwerte einen der ausgedruckten Papierstapel. Direkt neben dem Laptop stand ein benutzter Kaffeebecher. Nina trat näher, um die Aufschrift zu erkennen.

Archäologe – eine Person, die präzise Aussagen über die Vergangenheit nach der Auswertung unverlässlicher Daten, mehrdeutiger Befunde und fragwürdiger Quellen trifft.

Sie grinste. Das sollte sie Alexander Roth besser verschweigen. An der Bauwagenwand gegenüber waren zwei große Kork-Pinnwände befestigt, an denen ebenfalls ein unüberschaubares Sammelsurium an Post-its, Visitenkarten und Fotos hing. Unwillkürlich musste sie an ihr Seminar bei Macmillan & Richardson zur Einführung in das neue Arbeitskonzept nach dem Umzug in ihre Büroräume denken.

Klarheit auf dem Tisch führt zu Klarheit im Kopf.

Nach dem Motto dürfte Taran Sternberg keinen einzigen vernünftigen Gedanken zustande bringen. Der Duft von Kaffee stieg ihr in die Nase und sie drehte sich um. Orlando war neben sie getreten und reichte ihr einen dampfenden Becher. Nina dankte ihm und nippte an der heißen Flüssigkeit. Der Cortado schmeckte stark und um Längen besser als der Kaffee im Flugzeug.

»Hast du die Möwen gebastelt?«, fragte sie Taran, als er mit seinem Becher ebenfalls zu ihnen in den hinteren Teil des Wagens kam.

»Nein.« Er sah zu den Origami-Vögeln auf. »Die sind ein Geschenk unseres Geophysikers. Immer wenn wir uns bei den Sedimentbohrungen oder der Auswertung seiner Magnetometerwerte und Drohnenvideos fachlich in die Haare geraten sind, hat Ramón mir tags darauf eine Möwe geschenkt.«

»Zur Entschuldigung?«, fragte Orlando ungläubig.

»Zur Erinnerung daran, dass Möwen die Lage von oben besser überblicken als Leute wie ich, die unten in der Erde wühlen.«

Nina lachte auf. »Da hängen aber eine ganz schöne Menge Möwen!«

»Nur ein Beweis dafür, was für ein sturer Esel Ramón ist.« Taran schob ihr den Klappstuhl zu. »Setz dich doch, dann kann ich dir am Laptop zum Einstieg unser neues Dokumentationssystem zeigen.« Während sie sich auf dem Stuhl niederließ, warf er einen Blick zu Orlando und verkündete: »Für diese Ausgrabung haben wir erstmals photogrammetrische Aufnahmen erstellt, um ein detailliertes 3D-Modell des jeweiligen Objekts anzufertigen. Hast du damit auch schon gearbeitet?«

Ihr Experte schüttelte den Kopf und verzog den Mund. »Ein guter Archäologe kann auch aus einer simplen Zeichnung seine Schlüsse ziehen.«

In der Stille, die seinen Worten folgte, war die Spannung zwischen den beiden Männern greifbar. »Ein Purist also. Ich bin der Meinung, dass wir jede technische Möglichkeit nutzen sollten, um so viel wie möglich über den Fundort zu dokumentieren.« Taran beugte sich über Nina, griff nach der Maus und öffnete einige Ordner auf dem Schreibtisch des Rechners. Der angenehme frische Duft seines Deodorants stieg ihr in die Nase. Und dann erschien ein erstaunliches Bild auf dem Bildschirm und sie beugte sich fasziniert näher, um es genauer zu betrachten. Vor einem schwarzen Hintergrund zeichneten sich hell die Umrisse einer Mulde im Erdreich ab. Allerdings war es keine der üblichen Ansichten von oben. Vielmehr sah es aus wie ein Profilbild, als würde man sich selbst im Erdinneren befinden und wie ein Maulwurf von vorne auf eine Amphore mit Bruchstellen und zwei kleinere danebenliegende Gefäße im Erdreich schauen.

»Wow!«, rief sie beeindruckt.

»Wie ich dir am Telefon schon erzählt habe, stehen wir mit unseren Forschungen erst am Anfang«, erklärte Taran. »Diese Ausgrabung stellt für uns eine große Chance zu neuen Entdeckungen dar, denn hier konnten wir sowohl eine Siedlung als auch eine Nekropole nachweisen. Was du hier siehst«, er deutete auf das Bild, »nennt man eine Structure-from-Motion/ Multiview-Stereo-Auswertung einer Grabnische.«

»Phönizier haben ihre Toten also verbrannt?«, fragte Nina mit Blick auf die Amphore. So ein Hightech-Foto würde Roth gefallen und machte sich auch gut in einer Präsentation. »Richtig. Wir wissen das von vergleichbaren Funden aus Karthago Mitte des siebten Jahrhunderts vor Christus. Durch diese dreidimensionale Erfassung ist es uns möglich, die Grubenform exakt zu rekonstruieren und einen hochgenauen Bezug zur Position der einzelnen Gefäße in dem Schacht darzustellen.«

Orlando schnaubte. »Wie gesagt, man kann den Fundort auch durch verschiedene Zeichnungen von Profilansichten dokumentieren.«

»Millimetergenau?«, fragte Taran eisig. »Wir haben für unsere 21 photogrammetrischen Modelle 1600 Digitalbilder gemacht.«

»Kein Wunder, dass ihr nach neuen Geldgebern sucht, bei dem Aufwand«, schoss Orlando zurück und Nina konnte hören, wie Taran scharf einatmete.

Sie räusperte sich unbehaglich. »Wozu ist diese Detailgenauigkeit bei der Dokumentation des Fundortes denn wichtig?« Sie sah vom Bildschirm auf. Dabei streifte ihr Blick Tarans linkes Handgelenk, mit dem er auf das Foto gedeutet hatte, denn in der rechten Hand hielt er den halbleeren Kaffeebecher. Nina erstarrte und hörte nur noch mit halbem Ohr zu, was der Archäologe ihr über den Unterschied von Funden und Befunden erzählte und warum sich oft erst viel später so manche historischen Rätsel durch die genaue Betrachtung und Dokumentation des Umfelds eines offengelegten Gegenstands lösen ließen. Sie hatte nur noch Augen für seinen Armreif aus braungoldenem Metall. Die Patina verriet, dass er schon sehr alt sein musste. Filigran ineinander verschlungenes Flechtwerk, das in der Mitte ein Rad enthielt. Seine vier Speichen umfassten einen mattgrünen Stein. Auf einmal spürte Nina Gänsehaut auf ihren Armen, sie hob den Blick und sah Taran ins Gesicht. Schilfgrüne Augen mit winzigen goldenen Sprenkeln um die Pupille. Und plötzlich wusste sie wieder, woher er ihr bekannt vorgekommen war.

11

Alles kam noch viel schlimmer, als Taran befürchtet hatte. Er war davon ausgegangen, dass die Unternehmensberaterin wusste, was Feldforschung bedeutete, und zumindest ihr Outfit entsprechend wählen würde. Was hatte sie denn um Himmels willen erwartet? Einen roten Teppich, der sie zu einem Palast von Knossos mit blank poliertem Marmorboden führte, damit sie in ihrem Businesskostüm zwischen den Säulen lustwandeln und mit ihm einen Prosecco schlürfen konnte, während er ihr die bereits restaurierten Fresken an der Decke zeigte?

Und wo zum Teufel hatte sie ihren archäologischen Experten ausgegraben? Orlando hatte vielleicht Nina weismachen können, dass er mit seinen Gutachten und Zeitungsartikeln genug verdiente, um mit einem Cabrio im maßgeschneiderten Anzug und Designerschuhen auf Ausgrabungen aufzutauchen und mit halbgarem geschichtlichen Allgemeinwissen aufzuwarten. Schon nach wenigen, an der Kaffeemaschine gewechselten Sätzen war Taran jedoch klar geworden, dass Orlando sich seit seinem Studium nicht mehr in seinem Fach fortgebildet hatte. Zumindest was die aktuelle Forschung anbelangte, hatte er nicht den blassesten Schimmer. Er wusste nichts von den verschiedenen Forschungsclustern, unter denen die moderne Archäologie kulturelle Phänomene weltweit zu zentralen Fragen zusammenfasste, um neue Erkenntnisse zu gewinnen.

Um Ninas Experten weiter auf den Zahn zu fühlen, hatte Taran das photogrammetrische Bildmaterial am Monitor gezeigt und Orlandos Überraschung genau beobachtet. Offensichtlich hatte er so etwas noch nie zuvor gesehen. Ein Ding der

Unmöglichkeit, wenn er wirklich als Archäologe an Instituten tätig war, wie er vorgab. Taran vermutete, dass er es stattdessen wie so viele seines Fachs hielt: Er ging einer Arbeit nach, die nichts mit seiner Ausbildungsrichtung zu tun hatte, nicht nur befristete Arbeitsverträge in Aussicht stellte und deutlich lukrativer war. Wie auch immer Nina auf ihn gestoßen war und warum er den Auftrag angenommen hatte, war ihm ein Rätsel. Aber es ärgerte ihn, dass dieser Freizeit-Archäologe nun nicht nur seine Arbeit bewerten, sondern auch noch über künftige finanzielle Mittel und die Verlängerung seines Forschungsprojekts entscheiden sollte.

Orlando hatte plötzlich den Blick vom Monitor gehoben und bemerkt, dass er ihn im Visier hatte. Schlagartig wurde Taran bewusst, dass er einen Fehler gemacht hatte. Der spanische Archäologe verengte die Augen und seine Miene verfinsterte sich. Er hatte ihn durchschaut und machte sich sofort bereit zur Gegenwehr, indem er ihm unterstellte, unnötige Kosten zu produzieren. Und Nina? Sie hatte ihn auf einmal minutenlang angestarrt, als wäre er eine Mumie, die gerade lebendig geworden war, und hörte ihm überhaupt nicht mehr zu. Dabei hatte er wirklich versucht, ihr nahezubringen, warum es so entscheidend war, die Befunde akribisch zu dokumentieren. Es war zum Haareraufen.

Zu seinem Glück hatte sie hinterher nicht mehr darauf bestanden, in die Grube zu stöckeln, sondern war mit dem archäologischen Anzugträger unter dem Vorwand verschwunden, sie hätte noch einige Telefonate vom Hotel aus mit ihrer Kanzlei zu führen.

»Du siehst aus, als ob du einen Sherry vertragen könntest«, spottete Ethan Browne, der kanadische Fotograf, und legte seine Kamera neben dem Laptop ab. Taran war so in Gedanken versunken gewesen, dass er ihn gar nicht in den Bauwagen hatte klettern hören.

»Eher einen Aguardiente«, stöhnte er und der Kollege lachte und klopfte ihm auf die Schulter.

»Kolumbianischen Schnaps? Jetzt übertreibst du. Du hättest es schlimmer treffen können!«

Ethan Browne war für die Aufnahmen zuständig, die zusammen mit der Spezialsoftware die detaillierten Bilddokumentationen lieferten.

»Tatsächlich?«, entgegnete er verzweifelt.

»Immerhin bietet sie einen reizvollen Anblick.«

Taran verzog den Mund. Natürlich war ihm Ninas Figur in diesem engen Kostüm nicht entgangen. Doch ihre Augen hatten ihn mehr beeindruckt. Ein dunkles Blau wie der Saphir an dem sternenförmigen Anhänger, den sie an einer feingliedrigen Kette um den Hals trug. Aber sie erinnerte ihn viel zu sehr an seine ehrgeizige, zielstrebige Schwester Jennifer und daran, wie sie sich damals auf die Seite ihrer Mutter geschlagen hatte. Das letzte Mal hatte er sie vor Jahren getroffen, als sie noch Jura studierte. Heute war sie sicher eine erfolgreiche Staatsanwältin, jederzeit bereit, *Verbrecher* wie Max Sternberg hinter Schloss und Riegel zu bringen.

»Wenn du meinst.«

»Besser als der glutäugige Model-Archäologe im Luxusschlitten«, spottete Ethan. »Sohn von reichen Eltern, der Stargate spielen will oder Hochstapler? Was denkst du?«

»Schwer zu sagen. Aber für die Rolle eines Dr. Daniel Jackson hat er zu wenig Ahnung von aktuellen Forschungsentwicklungen. Soll der Typ in der Serie nicht drei Doktortitel haben?«

»Mindestens! Ich glaube, das waren Archäologie, Philologie und Anthropologie.«

»Morgen früh statten sie uns erneut einen Besuch ab.« Taran strich sich die Haare aus der Stirn, drehte sich dann zum Schreibtisch und schnappte sich Ethans Kamera. »Bist du mit der Halsamphore in Grab sechs fertig?«

»Ja. Kai sagt, unter der Keramik liegen Knochenfragmente. Aber du sollst dir die Urne selbst mal anschauen. Sie ist zu brüchig, um sie in einem Stück zu bergen, wenn wir weitergraben.«

»Die Knochen könnten von einem Tier stammen, das mit dem Verstorbenen beerdigt wurde«, überlegte Taran und zog die Speicherkarte aus der Kamera, schob sie in den Laptop und öffnete den Ordner mit den Bildern. Er vergrößerte einige davon und seufzte. Kai war ein langjähriger Grabungstechniker, der in der sachgemäßen Bergung von Fundstücken mehr Erfahrung hatte als Taran selbst. Deshalb vertraute er Kais Urteil, auch wenn die letzte Entscheidung als Grabungsleiter bei ihm lag.

»Ich sehe, was Kai meint. Für eine Blockbergung müssen wir sie restauratorisch sichern, am besten mit einer Gipskappe. Gibst du Franziska Bescheid, dass sie das Material anrührt? Ich komme gleich raus zu euch.«

»Geht klar.«

Nina Winter ging ihm einfach nicht mehr aus dem Kopf. Während der Gips trocknete und er mit dem Zollstock einzelne Nägel als Referenzpunkte für die Vermessung vor der Blockbergung der Halsamphore in der lehmigen Erde platzierte, fragte sich Taran, warum sie ihn auf einmal so seltsam angestarrt hatte. Es schien, als hätte irgendetwas, das er gesagt hatte, Ninas Gedanken in eine völlig andere Richtung gebracht. Was könnte das nur gewesen sein? Aus dem Augenwinkel nahm er eine Bewegung wahr, und plötzlich zupfte ihn jemand am Hemdsärmel.

»Ähm, Taran?« Franziska kauerte neben ihm, ihre Augenbrauen waren in die Höhe gewandert und Ethan grinste breit hinter ihr. Verdammt, er hatte gar nicht mitbekommen, dass sie ihn etwas gefragt hatte. Fehlte noch, dass die beiden jetzt dachten, er würde von der hübschen Unternehmensberaterin Tagträume haben.

»Entschuldigt, ich habe nur gerade darüber nachgedacht, ob

wir noch eine Holzrampe hier runter bauen müssen, um nicht statt der ersehnten Förderung Schadensersatzansprüche an den Hals zu bekommen. Ist halt nicht jeder ein Fashion-Star mit ...«, er ließ seinen Blick zu Franziskas Trekkingschuhen wandern, »... Lowas? Ernsthaft, Franzi?« Sie lachte verlegen und bekam gleichzeitig rote Wangen.

»Hey, die waren im Sale! Und ich hab dich gerade gefragt, woher du weißt, wie du diese Nägel setzen musst.«

»Nägel und zu fotografierende Funde müssen auf einer Ebene liegen. Pro Ebene brauchst du also immer neue Nägel.«

Die Studentin runzelte die Stirn. »Okay«, sagte sie. »Und wozu das Ganze?«

Taran lächelte. Franzi war im dritten Semester. Von praktischen Vorgehensweisen bei Ausgrabungen und der Erfassung von 3D-Modellen konnte sie noch gar nichts wissen. »Es ist im Grunde ganz einfach. Wir geben dem Computer mit den Nägeln Koordinaten. Ethan fotografiert den Fundort ja mit unterschiedlichen Objektiven und Brennweiten, von ganzen Landschaften bis hin zur Makrofotografie. Wenn wir das im Rechner später auswerten und ein dreidimensionales Bild vom Fundort bekommen wollen, müssen wir die Fotos für die Software berechen- und vergleichbar machen.«

»Jetzt verstehe ich, sonst passen die Größenverhältnisse nicht mehr zusammen!«, rief Franziska.

»Genau. Wir bilden mit den Nägeln einen Rahmen, an dem die Software sich für die 3D-Modelle orientieren kann.«

Sie grinste. »Wird ein langer Abend für dich werden, bis du all die Daten von heute eingehackt hast.«

»Kannst mir gerne dabei helfen«, entgegnete Taran augenzwinkernd. Er kam nicht umhin, mindestens einmal täglich die Daten parallel zu den Ausgrabungstätigkeiten zu erfassen, um zu verhindern, dass er etwas übersah, und um die Vorteile der Digitalisierung schon im laufenden Grabungsbetrieb zu nutzen.

Meist genoss er die stillen Abende und Nächte, wenn er am Rechner über den Daten brütete, und im Glücksfall erkannte er auf einmal Zusammenhänge, die ihm in der Alltagshektik entgangen waren.

»Lass dich bloß nicht darauf ein«, brummte Ethan. »Dieser Sklaventreiber kennt keinen Feierabend. Der lässt dich noch bis morgen früh Zahlenkolonnen in archäologische Datenbanken klopfen und hochladen.«

»Bitte? Ich bereite sie nur auf ihr Leben als künftige Archäologin vor. Je früher sie lernt, damit umzugehen, umso besser. Spätestens bei der Bachelorarbeit muss sie sich damit auseinandersetzen. Und überhaupt, wer braucht schon einen Feierabend?«

»Es soll Menschen geben, die haben noch ein Sozialleben neben dem Job«, spottete Ethan und schraubte das Standardobjektiv von seiner Digitalkamera, um es durch ein Makro zu ersetzen. »Archäologen pflegen keine tiefen Freundschaften – außer mit den Überresten ihrer menschlichen Funde.«

Franziska kicherte. »Du bist unglaublich motivierend, Taran, weißt du das?«

Er steckte gerade die nächste Nadel in den Lehmboden und hob den Zollstock in einer scherzhaften Drohgebärde. »Tut mir leid, wenn ich deine romantischen Lara-Croft-Vorstellungen zertrümmere. Ich hoffe dennoch, dass du das Studium nicht vor dem Bachelor schmeißt und damit der Statistik recht gibst, dass mehr junge Frauen abbrechen als ihre männlichen Kollegen. Allein das sollte dich motivieren. Du hast Geduld und stellst die richtigen Fragen. Beste Voraussetzungen, um den Kerlen zu zeigen, was in dir steckt!«

»Jetzt schwingt er auch noch die Emanzipationskeule!«, stöhnte Ethan und verdrehte die Augen. »Aus dir spricht pure Verzweiflung. Aber wir haben schon im *La Cantaora* einen Tisch reserviert. Komm lieber mit! Die Scherben hier laufen dir nicht weg.«

Doch bis zum Abend hatte sein Team so viel dokumentationsfähiges Material zusammengetragen, dass Taran sich im milden Schein der untergehenden Sonne lieber mit seinem Laptop auf die Treppe des Bauwagens setzte. Er stellte eine Tasse heißen Tees neben sich ab und winkte Ethan, Franziska und Nicole hinterher, die fröhlich lachend nach Sevilla aufbrachen. Sein Grabungstechniker Kai Hansen und die spanische Restauratorin Ana Martín waren schon vor einer Stunde mit dem Rest des Teams aufgebrochen, als die zwei Nachtwächter angekommen waren, die vorne am Tor Stellung bezogen hatten.

»Viel Spaß beim Tablao!«, rief Taran den Studenten nach und kam sich plötzlich ziemlich alt vor. Vielleicht sollte er sich auch mal wieder einen Abend abseits der Archäologie gönnen. Es war schon eine Weile her, dass er mit Ramón und Sofía im *La Cantaora* gegessen und eine Flamenco-Darbietung genossen hatte, die nichts mit kitschigen touristischen Tanzshows zu tun hatte. In dem kleinen Lokal mit wenigen Tischen und traditionellem andalusischen Essen traten nur Künstler der Region auf, die den Zuschauern die Wurzeln des Flamencos der Gitanos nahebrachten. Den Namen hatte es von Rita la Cantaora, einer der berühmtesten spanischen Flamenco-Sängerinnen, die Ende des neunzehnten Jahrhunderts in den *Cafés Cantantes* auftrat, in denen Flamenco-Künstler sangen und tanzten. Taran lächelte in sich hinein. Damals hätten sich Akademikerkinder wie Franzi und Nicole sicher nicht in diese Cafés getraut, in denen es derb und laut zuging, Glücksspiel, Liebschaften und Schlägereien an der Tagesordnung waren.

Er trank einen Schluck Tee, während er die 3D-Scans auf seinem Bildschirm betrachtete. Vielleicht hatte er Orlando Unrecht getan. Auch in Deutschland gab es einen immensen Unterschied zwischen Grabungen im Rahmen eines Forschungsauftrags eines Instituts oder einer Universität und Notgrabungen, die von Archäologen aus der Bodendenkmalpflege durchgeführt wurden. Das war in Spanien sicher nicht anders. Und nach dem, was er von dem spanischen Kollegen erfahren hatte, gehörte er zu Letzteren. Während Taran sich glücklich schätzen konnte, im Auftrag des DAI nach neuesten wissenschaftlichen Erkenntnissen und Methoden mit einer Hightech-Ausrüstung zu arbeiten und in aller Regel viel mehr Zeit zur Verfügung zu haben, sah Archäologie bei Notgrabungen anders aus. Stieß man beispielsweise bei der Errichtung einer neuen Windkraftanlage, wie Sofía sie plante, auf ein altes Gräberfeld, wurde der Auftraggeber derselben für die archäologischen Arbeiten zur Kasse gebeten. Von genauen Dokumentationen, wie er sie durchführte, konnten die Kollegen nur träumen. Meist verlief die Ausgrabung in einem Rekordtempo unter dem Einsatz von schweren Maschinen, die mehr vom Fundort zerstörten als sicherten.

»Da hätten wir gleich das gesamte Areal mit dem Großbagger ausheben und hinterher durchsieben können, um wenigstens die Funde zu sichern«, hatte ein Kollege nach einer Notgrabung einmal frustriert zu ihm gesagt. »Was du treibst, ist purer Luxus.«

Taran ließ seinen Blick über das abgesteckte Gebiet, die antiken Mauerreste und Erdlöcher schweifen. Ein Gecko huschte über den staubigen Boden und verschwand unter einem Gestrüpp neben einer Agave. Ihre breiten stachligen Blätter hatten den Ton dunkler Feigen in der Dämmerung angenommen, und lilafarbene Wolken zogen träge zu den orangeroten Flammen der untergehenden Sonne am Horizont. In der Ferne bellten Hunde. Taran sah zu den Wohnblöcken hinüber, über denen schon der Mond am blauschwarzen Himmel leuchtete – ihm fehlte nur noch ein kleines Stück zum Vollmond. Lichter brannten hinter den Fenstern, wo sich Familien oder Freunde zum Abendessen versammelten. Seufzend wandte er sich wieder seinem Laptop zu, öffnete den Datenstick, den er von Ethan erhalten hatte, und machte sich an die Arbeit.

12

Nina stützte die Arme auf die Brüstung der Dachterrasse und ließ ihren Blick von den Baumkronen mit ahornförmigen Blättern der fast haushohen Platanen über die Dächer von Sevilla schweifen. Es war gleich elf und sie fand keinen Schlaf. Der Stadt schien es ähnlich zu gehen. Aus der Ferne erklangen Musik, Stimmen und dumpfes Trommeln, unter ihr tummelten sich erstaunlich viele Menschen in der Straße. Die Giralda, ehemaliges Minarett der Moschee und später Glockenturm der Kathedrale, hob sich golden vom schwarzen Firmament ab. Sie wünschte, sie könnte ein paar Sterne sehen, aber der Himmel war bewölkt. Nur wenige Sekunden lang brach die Wolkendecke auf und ließ zumindest den bleichen Mond hervorblitzen, der hinter dem Turm für ein dramatisches Lichtspiel aus blauschwarzen Wolkenheeren sorgte, die zu ihren Rändern hin weiß auffaserten. *Wie in einem Gemälde von El Greco,* dachte sie. Süß und schwer wogte der Duft der Orangenblüten von den Bäumen jenseits der Straße zu ihr herüber. In der Hotelwerbung auf ihrem Schreibtisch hatte das spanische Sprichwort gestanden: »Quien no ha visto Sevilla – no ha visto maravilla!« – Wer Sevilla nicht gesehen hat, hat noch kein Wunder gesehen! Doch an Wunder hatte Nina zuletzt mit vier Jahren kurz vor dem Tod ihrer Mutter geglaubt.

Bei dem Gedanken an Tarans schilfgrüne Augen bekam sie Gänsehaut. Das war wirklich total verrückt! Wie wahrscheinlich war es, bitte schön, einen unbekannten Jungen siebzehn Jahre später in einer fremden Stadt wiederzusehen und dann auch noch beruflich mit ihm zu tun zu haben? Überwältigt von ihren

Gefühlen hatte sie geradezu fluchtartig den Ausgrabungsleiter verlassen. Nach ihrer Forderung, sofort zur Ausgrabungsstätte zu fahren, musste ihr überstürzter Rückzug Orlando ziemlich seltsam vorgekommen sein. Zum Glück hatte er ihr bei der Fahrt zum Hotel keine Fragen gestellt, sondern nur den technischen Aufwand, den Taran mit seiner Grabung betrieb, kritisiert. Sie hatte ihm nur mit halbem Ohr zugehört und war den Verdacht nicht losgeworden, dass er sich von dem deutschen Kollegen fachlich in die Enge gedrängt gefühlt hatte. Ein gemeinsames Essen hatte sie mit der Begründung ausgeschlagen, noch einige Telefonate führen zu müssen, und hatte stattdessen vereinbart, ihm eine Checkliste zuzusenden, die sie in den nächsten Tagen zusammen abarbeiten würden. Pünktlich um acht Uhr wollte Orlando sie morgen mit einem geländetauglichen Fahrzeug abholen. Der Hotelboy hatte ihr kaum den Koffer aufs Zimmer gestellt und die Tür hinter sich zugezogen, da war sie schon zu dem kleinen Schreibtisch geeilt, hatte den Laptop aus der Umhängetasche gezogen und sich ins hoteleigene WiFi eingeloggt. »Taran Sternberg« hatte sie in die Suchmaschine eingegeben und versucht, ihr flatterndes Herz zu ignorieren. Die Liste der Artikel über ihn war erwartungsgemäß lang. Man hatte sie beim DAI in Madrid nicht belogen, was seine wissenschaftlichen Veröffentlichungen und seine Forschungsarbeiten anbelangte. Aber das war es nicht, wonach sie gesucht hatte. Seine berufliche Vita würde sie jederzeit für ihr Gutachten von ihm oder dem DAI einholen können. In einem Lebenslauf aus seiner Unizeit hatte sie jedoch das Gymnasium, das er besucht hatte, entdeckt. Humanistisch – na, wer hätte das gedacht! Eine weitere Stunde später hatte sie eine Vielzahl von Schulprojekten seines Gymnasiums in der regionalen Lokalzeitung durchforstet und endlich ein Foto von Taran als Schüler gefunden. Nina hatte die Luft angehalten.

»Scheiße«, hatte sie geflüstert und das Bild vergrößert. Denn nun gab es keinen Zweifel mehr. In ihrer Erinnerung war wieder der Strand von Sant Martí aufgetaucht, und sie ahnte jetzt, was der Junge, der ihr geholfen hatte, damals in der Hand gehalten hatte: eine Metallsonde. Taran war tatsächlich schon seit seiner Kindheit mit dem Vater auf Schatzsuche gegangen.

Den restlichen Tag über hatte sie sich nur mit Mühe auf ihre Arbeit konzentrieren können und war froh gewesen, sich auf ihre daheim erstellten Notizen stützen zu können. Sie hatte Orlando die Checkliste geschickt, die vor allem die Genehmigungen der andalusischen Behörden sowie eine Aufstellung und Einschätzung der bereits ausgegrabenen Funde nach wissenschaftlicher Bedeutung und Wert beinhaltete. Dann hatte sie sich Essen aufs Zimmer bringen lassen und es sich mit einer Selektion Tapas, panierten Schafskäsebällchen, gegrillten Sardinen, Tomaten sowie einem Glas Rioja auf dem Bett bequem gemacht. Bis in die Nacht hinein hatte sie sich durch Tarans Veröffentlichungen über Phönizier gescrollt. Am meisten hatten sie jedoch einige Videoaufzeichnungen zu seinen Vorträgen auf Kongressen oder an Universitäten beeindruckt. Der Kerl konnte vielleicht reden! Dagegen war Nils eine Schlafdroge.

Das Leuchten in seinen Augen und der Tonfall seiner Stimme, wenn er über seine Forschungsergebnisse sprach, ging Nina auch jetzt auf der Terrasse nicht mehr aus dem Kopf. Von Menschen, die in ihrem Job ihre Berufung gefunden hatten, ging ein ganz besonderes Charisma aus. Frischer Wind kam auf, und sie zog die Strickjacke enger um sich. Sie sollte längst schlafen, um morgen besser bei der Sache zu sein, aber immer noch fragte sie sich, ob sie Taran von ihrer Entdeckung erzählen sollte.

Ach, übrigens, ich bin diejenige, die dich mit ihrem Kite damals über den Haufen gesprungen und sich hinterher nicht mal für deine Hilfe bedankt hat.

Nein. Das ließ sie besser bleiben.

Es gab nicht viele Momente, in denen Nina eine richtige

Freundin vermisste. Zu den Klassenkameradinnen oder zu Studienfreundinnen hatte sie längst keinen Kontakt mehr. Die wenigen, die nach dem Abschluss noch ihre Gesellschaft gesucht hatten, waren irgendwann ihre Ausreden von Überstunden und Fortbildungen leid gewesen. Und die Konkurrenzsituation bei M&R förderte es nicht, einer Kollegin Privates anzuvertrauen. Doch jetzt gerade wünschte sie sich, kichernd, mit einer Schüssel Nachos auf dem Schoß und einem Glas Wein in der Hand, zu einer besten Freundin so etwas Irrwitziges sagen zu können wie: »Glaubst du auch, Taran Sternberg erneut zu begegnen, ist Karma?«

Sie hörte Stimmen hinter sich, riss sich von dem malerischen Anblick des nächtlichen Sevillas los und drehte sich um. Ein junges Paar hatte den Fahrstuhl verlassen und steuerte die verwaiste Poolbar an, auf der ein Schild darauf hinwies, dass sie heute bereits um elf, also in wenigen Minuten, schließen würde. Der Barkeeper schien auch gerade dabei zu sein, alles aufzuräumen, aber Nina beschloss, sich noch einen Gin Tonic vor dem Einschlafen zu genehmigen. Während sie auf die Theke zuschritt, vernahm sie lautes Trommeln und Trompeten ganz in der Nähe.

»Sollen wir nicht lieber auf die Straße gehen?«, fragte der junge Mann seine Begleiterin auf Englisch mit amerikanischem Akzent, als Nina ihren Drink bestellte.

»Ach, da geht es so furchtbar zu! Schauen wir uns die Prozession lieber von hier oben aus an.« Sie wandte sich an den Barkeeper. »Man sieht die Pasos doch auch von hier, oder nicht? Welche Bruderschaft zieht denn heute vorbei?«

Prozessionen? Himmel, die hatte Nina in der Aufregung ganz vergessen! Dabei hatte das ferne Trommeln sie am Nachmittag bei der Arbeit noch so sehr genervt, dass sie die Fenster ihres Zimmers geschlossen hatte. Sie war ausgerechnet am Montag der Semana Santa angekommen. Ein Grund mehr, warum sie so schwer ein Hotelzimmer in der Stadtmitte bekommen hatte und einen stattlichen Preis bei ihren Reisespesen für die Dauer ihrer Prüfungszeit ansetzen musste. Für hinterher, wenn ihr Urlaub begann, hatte sie noch gar nichts gebucht. Das hatte sie spontan entscheiden wollen, sobald sie Zeit fand, die Reiseführer anzusehen und zu überlegen, was sie sich in Andalusien alles ansehen wollte. In der Hotelbroschüre auf ihrem Tisch hatte sie gelesen, dass in der Karwoche vor Ostern in Sevilla täglich feierliche Prozessionen zu der Passion Christi stattfanden. Die Stadt war offenbar in ganz Spanien dafür berühmt. Doch ein Blick auf die Fotos mit schmerzverzerrten, goldgekrönten Marienstatuen mit Porzellanpuppengesichtern und Prozessionsteilnehmern in weißen Gewändern, die ihren Kopf mit Spitzhauben verhüllten und Ku-Klux-Klan-Mitgliedern erschreckend ähnlich sahen, hatte sie davon überzeugt, dass sie sich dieses Spektakel sparen konnte.

»Die Hermandad San Gonzalo. Den Paso mit Jesus vor dem Hohepriester Kaiphas werden Sie schon sehen«, sagte der Barkeeper, während er Nina den Gin Tonic zuschob. »Aber von der Jungfrau können sie von hier oben nur einen Blick auf den Baldachin erhaschen. Wäre schade, wenn Sie sich das nicht live unten anschauen. Ihnen werden hier oben jede Menge Details entgehen.«

»Welche denn?«, fragte die Frau.

»Na, zum Beispiel die mit Spitze und Brokat verzierten Gewänder, die Silberarbeiten der Baldachinstangen und Kerzenständer, überhaupt diese ganz besondere Atmosphäre. Das kann man nur auf der Straße richtig miterleben.«

»Dann lass uns runtergehen«, erwiderte die Frau und verließ mit ihrem Freund die Terrasse.

Nina nippte an ihrem Drink. Sie war nicht besonders religiös. Seit dem frühen Tod ihrer Mutter hatte ihr Vater mit ihr nie wieder einen Gottesdienst besucht, nicht einmal an Ostern oder Weihnachten. Sie hatten nicht darüber gesprochen, aber sie wusste, dass Paps Gott grollte. Rückblickend wunderte sie sich, dass ihr Vater sie überhaupt in den Religionsunterricht gesteckt und nicht das Fach Ethik für sie in der Schule gewählt hatte. Vielleicht war das Mamas Wunsch gewesen, den er respektiert hatte. Es gab in ihrer Kindheit auch einen Weihnachtsbaum, eine alte Krippe mit handbemalten Figuren und bunte Eier an Ostern. Aber von der Kirche hielt ihr Vater sich fern. Nina hatte nur an Schulgottesdiensten teilgenommen und sie hatte durchgesetzt, dass sie zur Kommunion gehen durfte, weniger aus religiösem Antrieb heraus, sondern weil sie nachmittags mit den Freundinnen zusammen den Gruppenunterricht hatte besuchen wollen. Paps war während der Feier zur Heiligen Kommunion mit versteinerter Miene neben Colette und einer Großtante, die Nina an diesem Tag seit fünf Jahren zum ersten Mal wiedergesehen hatte, in der Kirchbank gestanden und hinterher waren sie nur zu viert beim Italiener essen gegangen. Wie hatte sie damals ihre Klassenkameraden um die Feiern im Kreis einer großen Verwandtschaft beneidet! Auf die Firmung ein paar Jahre später hatte Nina dann verzichtet. Sie sah den Barkeeper neugierig an.

»Ich war noch nie bei einer Prozession dabei. Wie läuft das denn ab?«

Er hob den Blick von dem Glas, das er gerade mit einer Serviette abtrocknete. »Hier in Sevilla? Pompös.« Ein Lächeln glitt über sein müdes Gesicht, und sie fragte sich, wie lange er schon hier stand und wann er Feierabend hatte. »Die Vorbereitungen dauern viele Monate. Sitzreihen und Tribünen werden auf den Plätzen, an denen die Züge vorbeikommen, aufgebaut. Die Kapellen studieren verschiedene Requiems und die Sängerinnen Saetas ein.« Er fing ihren fragenden Blick auf. »Das sind sehr intensive traurige Gesänge mit Flamenco-Einflüssen. Haben Sie denn gar nicht bemerkt, dass unsere Straße seit dem Nachmittag gesperrt ist und auch keine Busse mehr fahren? Die Prozession ist hier schon einmal um halb sechs vorbeigekommen.«

Nina schüttelte verlegen den Kopf. Wenn sie sich recht erinnerte, hatte sie um diese Zeit ein Bad genommen. Es war ihr peinlich, zuzugeben, dass sie den ganzen Tag seit ihrer Ankunft im Hotelzimmer verbracht hatte. Da war sie in einer der schönsten Städte der Welt und hockte mit dem Laptop auf dem Bett, um Berichte über Phönizier und längst vergangene Zeiten zu lesen, während ihr aktuelles Leben an ihr vorüberzog.

»Ich musste leider arbeiten.«

Er nickte verständnisvoll und sprach lauter, denn nun schwollen die Klänge von Trommeln und Trompeten immer mehr an. »Ich mache jetzt Schluss hier. Wenn Sie möchten, gehen wir gemeinsam vors Hotel und ich erzähle Ihnen, was es mit den einzelnen Abschnitten des Zugs auf sich hat.«

»Oh ... das ... das wäre großartig! Vielen Dank!«, erwiderte Nina, überrumpelt von der unerwarteten Hilfsbereitschaft, und kippte ihren Gin Tonic hinunter. Wärme breitete sich in ihrem Bauch aus und sie sagte sich, dass sie schließlich nicht nur beruflich hier war, sondern auch, um Urlaub zu machen und etwas von der andalusischen Kultur zu erleben. Damit konnte sie ebenso gut heute Nacht anfangen.

Wenig später reihte sie sich mit Alvaro, so hieß der Barkeeper, in die Menge der wartenden Schaulustigen nahe dem Hotel ein. Es war inzwischen kurz vor Mitternacht und sie wunderte sich, dass es hier zuging wie am hellen Tag. Zuschauer drängelten sich zu beiden Seiten der Straße. Viele hielten Kerzen in ihren Händen, Väter hatten kleine Kinder auf die Schultern gehoben, damit sie besser sehen konnten, und die Nacht war erfüllt von einer andächtig angespannten Stimmung und leisem Gemurmel. Sie sah nach oben zu den beleuchteten Fenstern. Nahezu auf jedem Balkon drängten sich Familien. Alvaro berührte sie am Arm und deutete die Straße hinauf, die zur Altstadt führte.

»Sie kommen«, sagte er. Nina kniff die Augen zusammen, um besser sehen zu können. In schwarzen Uniformen mit Messingknöpfen, goldenen Schulterklappen und Wappen auf der Brust näherte sich ihnen die Kapelle. Vorneweg schritt der Fahnenträger der Bruderschaft, ihm folgten die Musikanten. »Von ihrer Heimatkirche zur Kathedrale und wieder zurück sind die Hermandades rund dreizehn Stunden zu Fuß unterwegs.«

»So lange?«, rief Nina verblüfft. »Das muss ganz schön anstrengend sein.«

»Vor allem für die Costaleros, die die Pasos tragen«, stimmte Alvaro zu und deutete auf die Prozessionsmotive mit aufwendig geschmückten lebensgroßen Figuren auf einem barock anmutenden, goldenen Podest im Hintergrund. »Jeder von ihnen trägt bis auf wenige Pausen die ganze Prozession über fünfzig Kilo auf den Schultern.«

»Bekommen sie dafür Geld?«

Alvaro lachte laut auf und sah sie kopfschüttelnd an. »Natürlich nicht! Für sie ist es eine Ehre, wenigstens einmal im Leben Jesus mit dem schweren Kreuz auf den Schultern nachgefolgt zu sein.«

Nina biss sich auf die Unterlippe und kam sich ungeheuer dumm vor. Alvaro war anzusehen, was er von ihr hielt. Eine einfältige Touristin, der er vermutlich sogar weismachen konnte, erst gestern an seiner Bar Miguel de Cervantes einen Rioja ausgeschenkt zu haben. Zum Glück wusste er nicht, dass sie ursprünglich gedacht hatte, die aufgebauten Szenen aus der Passion Christi oder die Marienabbildungen würden auf einem Wagen die Straßen entlanggerollt werden wie bei Karnevalsumzügen.

»Und was haben die Leute in den weißen Gewändern mit den spitzen Hauben zu bedeuten?«, fragte sie, denn jetzt war es auch schon gleichgültig, was er von ihr dachte.

»Das sind Büßer. Früher verhüllten die Nazarenos ihr Gesicht mit Kapuzen, schließlich waren sie der Meinung, Schlimmes getan zu haben, und wollten nicht erkannt werden. Heute ist das nur noch Tradition, denn viele Positionen werden in den Bruderschaften innerhalb der Familien weitervererbt.«

Feierlich schritten Fahnenträger und Musikanten an ihnen vorüber, während die Trompeten ohrenbetäubend laut schmetterten, begleitet von den düsteren Trommelschlägen. Alle Gespräche um Nina herum waren plötzlich verstummt. Ein eigenartiges Gefühl überkam sie. Der Kapelle folgten in Zweierreihen die Nazarenos in bodenlangen weißen Gewändern mit gelben Schärpen und spitzen Kapuzen über Kopf und Gesicht. Sie hielten lange, dunkle Kerzen oder schwarze Kreuze in den Händen. Zwei von ihnen trugen ein riesiges, im Flammenlicht der Kerzen silbern funkelndes Kreuz. Auf einmal fiel ihr auf, dass manche der Büßer in Socken, andere wiederum barfuß auf dem kalten Asphalt liefen. Sicher gehörte auch das zu ihrer Reue, aber sie traute sich nicht, Alvaro danach zu fragen, wegen der andächtigen Ruhe und Ergriffenheit der Menschen um sie herum. Gänsehaut kroch Nina im Nacken hoch. Es war etwas völlig anderes, Fotos von Prozessionen in einem Werbeprospekt zu sehen und sie hier live mitzuerleben. Die Zahl der weißgewandeten Büßer schien gar kein Ende mehr zu nehmen. Manche hatten sich schwere Ketten umgebunden, was sie an Gefangene oder – schlimmer noch – die Spanische Inquisition erinnerte. Nina war froh, als der reich mit Gold, barocken Engeln und frischen Blumen verzierte Paso mit der Jesusfigur vor dem Hohepriester Kaiphas auf ihrer Höhe angelangt war. Dutzende Kerzen illuminierten die Passionsszene und von den Balkonen wurden Blütenblätter auf die Prozession geworfen. Weihrauch stieg ihr in die Nase, waberte zwischen den flackernden Flammen in den nächtlichen Himmel, und die düster-traurige Musik schwoll an, denn hinter dem Prozessionsmotiv lief eine neue Kapelle. Alvaro nahm seine Erklärungen wieder auf und erzählte etwas von Süßigkeiten und Wachstropfen, die von den Nazarenos an Kinder ausgeteilt wurden, damit sie sich nicht vor den vermummten Gestalten fürchteten, aber sie hörte nur mit halbem Ohr zu. Ihr war von dem Wein, dem Gin Tonic und dem vielen Weihrauch ein wenig schummrig geworden. Die langen Reihen von Büßern in ihren weißen Kapuzengewändern, die der zweiten Kapelle folgten, kamen ihr wie ein endloser Zug namen- und gesichtsloser Geister vor und sie fröstelte.

»Wie viele Büßer nehmen denn an so einer Prozession teil?«, flüsterte sie.

»Ich glaube, über zweitausend.«

Nina wollte nicht auf die Uhr sehen, aber sie war sicher, dass schon eine Dreiviertelstunde vergangen war, und immer noch schien der Zug kein Ende zu nehmen. Die Augen tränten ihr vom Weihrauch, und auf einmal schwamm hinter dem Strom von Nazarenos in einem Meer aus brennenden Kerzen der Paso mit der Mutter Gottes auf sie zu, und Ninas Blick saugte sich an ihrem Gesicht fest. Die Augen der Statue waren nach unten gerichtet, ihr Mund vor Bestürzung halb geöffnet. Sekundenlang schien die Gottesmutter Nina direkt anzusehen. Tränen glänzten auf ihren Wangen und wirkten in der spärlichen Beleuchtung unter dem reich verzierten Baldachin erschreckend echt. Über der Kopfbedeckung aus weißer Spitze trug sie eine funkelnde Krone mit Sternen, die sich auch in der langen, nachtschwarzen Samtschleppe ihres Mantels mit goldenem Faden eingestickt wiederfanden. Ninas Kehle schnürte sich plötzlich zu und sie fühlte, wie ihre Wangen feucht wurden. Hastig wischte sie sich mit dem Handrücken darüber, stolperte einen Schritt zurück, aber sie war in der Menge von Zuschauern eingekeilt. In dieser Sekunde wurde ihr alles zu viel. Die ernsten Menschen, diese schreckliche, furchtbar traurige Musik, der schwermütige Gesang einer weiblichen Stimme, der jetzt über allem schwebte wie ein Mantel aus Kummer. Weiße Rosenblätter rieselten wie

Schnee auf sie herab und verfingen sich in ihrem Haar. Nina schwankte, suchte nach Halt und fand keinen. Sie musste fort von hier! Da griff jemand nach ihrem Arm und sie schrie auf.

»Geht es Ihnen nicht gut?«, fragte Alvaro und seine dunklen Augen musterten sie eindringlich und ein wenig erschrocken.

»Der Weihrauch«, stöhnte sie und taumelte. »Mir ist furchtbar schlecht und schwindlig.«

Der Spanier legte den Arm um ihre Taille. »Stützen Sie sich auf mich, ich bring Sie zurück ins Hotel.«

Dankbar hielt sie sich an ihm fest, während er für sie einen Weg durch die Menge zur Lobby bahnte. Ihr Herz schlug im schnellen Rhythmus der Trommeln auf der Straße. Nina wünschte, sie könnte sie abstellen. Zumindest klangen sie im Foyer angelangt nicht mehr ganz so markerschütternd. Alvaro führte sie zu einem der Sessel und wechselte ein paar Worte mit der Rezeptionistin. Während sie erschöpft, wie nach einem Dauerlauf im Stadtpark, in die Polster sank, eilte er los, um ihr ein Glas Wasser zu besorgen. Nina trank in gierigen Zügen und stellte es dann auf einem Beistelltisch ab.

»Tut mir leid, Señora«, sagte der Barkeeper zerknirscht, aber sie winkte rasch ab.

»Nein, *mir* tut es leid. Sie konnten schließlich nicht wissen, dass ich den Weihrauch nicht vertrage, ich wusste es doch selbst nicht. Und jetzt haben Sie wegen mir das Ende der Prozession verpasst.«

Er lächelte. »Keine Sorge, die hole ich ein. Die Hermandad de San Gonzalo wird erst gegen drei Uhr in ihre Kirche zurückkehren. Dort warten meine Frau und mein Sohn auf mich, wir leben nämlich im selben Stadtviertel. Soll ich Sie noch zu Ihrem Zimmer begleiten?«

Nina schüttelte den Kopf. »Nein, machen Sie sich bitte keine Umstände. Sie haben schon genug für mich getan. Ich danke Ihnen. Gute Nacht!«

»Die wünsche ich Ihnen auch. Und falls Sie Hilfe brauchen, können Sie jederzeit bei Maria anrufen.« Er nickte mit dem Kopf zur Rezeption.

»Das mache ich. Aber es geht mir schon viel besser.«

Alvaro winkte noch der Rezeptionistin zu, dann verließ er die Lobby. Mit wackligen Beinen stand Nina auf und ging zum Aufzug. In ihrem Zimmer angekommen, bewegte sie sich vollkommen mechanisch. Sie zog sich aus, wusch sich, putzte die Zähne, schlüpfte in ihr Schlafshirt und stellte den Wecker. Erst als sie im Bett lag und an die Decke starrte, erlaubte sie sich, über das Geschehen nachzudenken. Sie war kein in spirituellen Welten schwebender Mensch, sondern stolz darauf, mit beiden Beinen fest auf dem Boden zu stehen. Nina glaubte weder an Tarotkarten noch Klangschalen oder innere Erkenntnis durch Räucherstäbchen. Sie hatte sich nie mit philosophischen Betrachtungen ihres Daseins beschäftigt und sich schon gar nicht die Frage gestellt, was nach ihrem Tod geschah. Aber irgendetwas hatte diese Prozession in ihr ausgelöst. Eine Sehnsucht, die sie für längst vergessen gehalten hatte, und die Angst, dass nichts blieb, wenn man starb, außer einem Haufen Knochen, die irgendwann ein Archäologe wie Taran Sternberg ausgraben würde, um verrückte Theorien über ihr jetziges Leben anzustellen.

Immer, wenn du die Sterne siehst, wird Mami bei dir sein.

Die Augen der Madonna hatten so lebendig ausgesehen! Sevilla maravilla – Stadt der Wunder! Vielleicht war ihre Mutter heute Nacht tatsächlich bei ihr gewesen. Nina bekam eine Gänsehaut, rollte sich auf die Seite und zog die Decke fester über sich.

Ihr Wecker riss sie um halb sieben Uhr aus dem Schlaf. Draußen war es noch dunkel, nur ein Streifen fahles Mondlicht fiel zwischen den Vorhängen auf ihren Nachttisch und langsam kehrten die Erinnerungen an den gestrigen Tag zu ihr zurück.

Kein Wunder, sondern eher Karma ist dein aktueller Zustand, weil du gestern nicht bei dem Vorsatz geblieben bist, nur ein Glas Wein zu trinken und schlafen zu gehen, statt erst auf dem Dach und hinterher bei einer Prozession herumzugeistern.

Stöhnend setzte sie sich auf, schwang die Füße aus dem Bett und schlurfte ins Bad. Frisch geduscht, in Jeans, T-Shirt und marineblauer Strickjacke lief sie zum Restaurant, das im obersten Stockwerk mit großen Panoramaglasscheiben und angrenzender Dachterrasse einen zauberhaften Ausblick auf die Stadt bot. Weil es recht frisch war, suchte sie sich lieber drinnen einen Tisch. Die Sonne war noch nicht aufgegangen, aber am Horizont tauchte ein erster goldener Streifen über den Dächern von Sevilla auf. Nina bestellte einen doppelten Café Largo zum Munterwerden und holte sich vom Buffet eine Schüssel Müsli und frisches Obst. Während sie aß, las sie auf ihrem Tablet die Nachrichten und zuckte zusammen, weil jemand sie ansprach. Sie hob den Blick.

»Orlando!«, stieß sie verblüfft aus und sah auf ihre Uhr.

»Darf ich mich zu dir setzen?«, fragte er. »Ich weiß, ich bin früh dran, aber ich habe noch nicht gefrühstückt und dachte, das hole ich bei dir im Hotel nach.«

»Na klar, eine gute Idee!«

Er sah ganz schön müde aus. Vielleicht hatte er vergangene Nacht auch einer Prozession beigewohnt. Ihr fiel auf, dass Orlando heute ebenfalls zu einem legeren Freizeitlook übergegangen war. Über einem enganliegenden T-Shirt hatte er lässig einen cremefarbenen Cardigan geknotet. Dazu trug er eine dunkelbraune Chino. Der Archäologe bestellte einen Café con leche und stand auf, um sich etwas vom Buffet zu holen. Dort scherzte er kurz mit dem Küchenmädchen, das gerade die Croissants nachfüllte, und Nina beobachtete amüsiert, wie sie tief errötete, bevor sie mit dem leeren Tablett in die Küche eilte. Das charmante Lächeln noch auf den Lippen kehrte Orlando mit einem Teller voll süßem Gebäck an den Tisch zurück. Meine Güte, der Typ musste viel Sport treiben, wenn das seine übliche Frühstücksportion war.

»Wie sieht dein Plan heute aus?«, fragte er, entfaltete die Serviette und legte sie sich auf den Schoß. »Ich hab mir deine Checklisten gestern Abend angeschaut. Womit fangen wir an?«

»Oh, ich richte mich gerne nach dir. Du bist der Experte. Im Grunde müssen wir in den nächsten Tagen drei Dinge klären. Was kostet die Fortführung der Ausgrabung, wie viel Zeit nimmt sie in Anspruch und wie hoch ist die Wahrscheinlichkeit eines, nun ja, bedeutenderen Fundes als dem zerbrochener Tonscherben einer Kleeblatt-Amphore.«

Sein Lachen war wirklich einnehmend. »Letzteres wird Sternberg aber gar nicht gerne hören.«

Nina seufzte und verdrehte die Augen. »Ich weiß. Gestern hab ich mich durch seine Veröffentlichungen zum Thema Phönizier gekämpft.«

Orlando biss in sein Croissant. »Kein Wunder, dass du ein wenig abgekämpft aussiehst.« Sie hob eine Augenbraue. »Tut deiner Schönheit wahrlich keinen Abbruch, und den meisten Leuten würde es auch nicht auffallen. Ich bin es nur gewohnt, Menschen genau zu beobachten«, entschuldigte er sich.

Sie fühlte, wie ihr Herzschlag sich beschleunigte, und trank einen Schluck Kaffee, um eine Antwort zu umgehen. Er schaffte es, Komplimente so geschickt ins Gespräch einzuflechten und dabei ein so ehrliches Gesicht aufzusetzen, als würde er nur nüchtern feststellen, dass die Sonne gerade aufging.

»Warum beobachtest du Menschen so ausführlich?«

Orlando zuckte die Schultern. »Das habe ich schon als Teenager gemacht. Eine genaue Beobachtungsgabe ist in meinem Job wichtig.«

»Kann ich mir vorstellen, wenn man an all die Kleinigkeiten denkt, auf die man in der Archäologie achten muss.«

Seine Mundwinkel zuckten amüsiert. »Nicht bei allen Ausgrabungen wird ein so hoher Aufwand betrieben. Hast du denn noch andere archäologische Projekte als dieses hier zur Auswahl?«, fragte er. »Nur für den Fall, dass Sternberg sich nicht kooperativ in deinem Sinne verhält.«

Was meinte er damit?

»Na ja, für meinen Mandanten sollten es schon die Phönizier sein. Es gibt noch eine Ausgrabung auf Mogador, einer Insel vor der marokkanischen Atlantikküste. Aber Tarans Projekt ist am weitesten fortgeschritten, und die Leiterin des DAI hat ihn mir wärmstens als kompetenten Ansprechpartner empfohlen. Ein bedeutender Fund sollte einem Experten wie ihm doch umso wahrscheinlicher glücken.«

»Das kann man nie mit Gewissheit sagen. El Carambolo wurde seinerzeit von Bauarbeitern beim Baggern entdeckt. Aber der ganze bürokratische Wahnsinn um Voruntersuchungen und Genehmigungen entfällt zumindest, das stimmt. Das Andalusische Denkmalpflegeamt wird dir übrigens die Kopien demnächst per Mail zusenden, ich habe gestern mit der für Sternbergs Grabung zuständigen Beamtin, Gabriela Vidal, gesprochen.«

»Prima! Hast du ihr mal auf den Zahn gefühlt, ob das Denkmalpflegeamt grundsätzlich einer Verlängerung der Ausgrabungsgenehmigung zustimmen würde? Immerhin war doch ursprünglich ein Bauträger an dem Grundstück interessiert, wenn ich mich nicht täusche.«

»Vergiss ihn!«, Orlando hatte das Croissant verputzt und tunkte jetzt seinen Churro in den Kaffee. »Der wird sich schön ruhig verhalten, bis das archäologische Team abzieht.«

»Warum?«, fragte sie verdutzt.

»Grundsätzlich ist es so, dass die Denkmalschutzbehörde darüber entscheidet, ob und in welchem Umfang archäologische Ausgrabungen vor einem Bauvorhaben getätigt werden müssen. Die Kosten aber muss der Bauträger tragen.«

»Wirklich? Warum finanziert das DAI dann überhaupt Tarans Projekt?«

»Wahrscheinlich ist dem Bauträger durch die Immobilienkrise vorerst das Geld zum Bauen ausgegangen. Es macht ihm also nichts aus, ein wenig zu warten, und er kann seine Gläubiger mit der bequemen Ausrede hinhalten, dass die archäologischen Arbeiten noch nicht abgeschlossen sind, er für die Verzögerungen also gar nicht verantwortlich ist. Zum anderen wird das DAI durch einen Forschungsauftrag verhindern wollen, dass er einen Sachverständigen anschleppt, der eine zeit- und kostenminimale Kalkulation zur Dokumentation und Sicherung der phönizischen Nekropole auf den Tisch legt. Oder das Gutachten am Ende so schreiben lässt, dass eine Ausgrabung für das Denkmalpflegeamt gar nicht mehr von Interesse ist.«

»Kann er das denn so einfach machen?«

»Damit verdiene ich mein Geld, Nina.«

Sie starrte ihn an. »Mit Gefälligkeitsgutachten, um langwierige, kostspielige Ausgrabungen zu verhindern?«

Ein spöttisches Lächeln glitt ihm über das Gesicht. »Was für ein böses Wort! Willst du mir weismachen, dass *ihr* bei euren Gutachten in Zweifelsfällen nicht *für* euren Mandanten kalkuliert?« Sie schwieg betroffen. »Lass uns offen sein, schließlich sitzt kein hoffnungsloser Idealist wie Sternberg hier am Tisch. Wenn eine Gemeinde eine neue Grundschule bauen will und beim Aushub auf ein paar Bruchstücke von Kleeblatt-Amphoren stößt, muss man gut überlegen, ob sich eine mehrjährige Archäologieforschung für die Gemeinde als Bauherrin tragen lässt oder das Geld nicht lieber in die Bildung der Kinder investiert wird.«

Nina nickte zögernd. Von dem Standpunkt aus hatte sie die Sache noch gar nicht betrachtet. »Du meinst, die drei Parteien haben in diesem Fall eine Art Deal geschlossen?«

»Das würden jeder von ihnen natürlich vehement bestreiten,

aber im Grunde läuft es darauf hinaus. Die Denkmalschützer stehen ständig unter Beschuss von öffentlichen oder privaten Bauherren, die archäologische Arbeit im Rekordtempo verlangen. Das Deutsche Archäologische Institut hat ihnen angeboten, die Kosten einer Ausgrabung nach neuestem wissenschaftlichem Stand zu übernehmen, vorausgesetzt, es steht ihnen ein größerer Zeitraum dafür zur Verfügung, um auch wirklich jede Mini-Scherbe mit Laserscanner zu vermessen und mehrmals täglich hübsche 3D-Bilder vom Grabungsfortschritt zu machen. Natürlich werden sie einer Verlängerung zustimmen, solange der Bauträger keinen Ärger macht, bereit ist, abzuwarten, und das DAI oder dein Mandant die Kosten übernehmen. Sternberg kann glücklich wie ein kleiner Junge herumgraben und eine wunderbare wissenschaftliche Arbeit auf Deutsch und Spanisch publizieren, um sein Renommee zu steigern. Mit ihr können sich hinterher sogar auch das Andalusische Denkmalpflegeamt, das DAI und dein Mandant als Förderer schmücken. Womöglich stellt sich sogar der Bauträger den fetten Wälzer mit unzähligen 3D-Fotos von restaurierten Keramiken in sein Chefbüro. Und alle sind am Ende zufrieden.«

Orlando unterbrach seinen Redeschwall, als die Kellnerin kam, um zu fragen, ob noch jemand einen Kaffee möchte. Nina verneinte, aber er bestellte einen Cortado nach. Sie ließ ihren Blick zu den Panoramascheiben schweifen. Die aufgehende Sonne vergoldete in diesem Augenblick die Kathedrale und die Giralda. Sie konnte nicht sagen, ob sie sich über Orlandos zynische Offenheit freuen oder vollkommen schockiert sein sollte. Nils hätte ihn vermutlich trotz früher Stunde sofort zu einem Drink eingeladen. Im Grunde musste sie ihm zustimmen. Und natürlich kalkulierte M&R primär auch für seine Mandanten. Es wurden keine Zahlen geschönt, aber man hatte bei Bewertungen immer einen gewissen Spielraum und das war offensichtlich in der Archäologie nicht anders. Doch nach den leidenschaftlichen Reden, die sie vergangenen Abend von Taran auf YouTube angesehen hatte, hatte sie bei Orlandos berechnenden Worten ein eigenartiges Gefühl im Bauch. Ihr war aufgefallen, dass er nicht seinen Vornamen nannte, wenn er von ihm sprach, obwohl Taran es ihnen beiden angeboten hatte, ihn zu duzen. Es war, als wollte er, zumindest ihr gegenüber, seine Distanz zu dem Grabungsleiter betonen. Er beugte sich über den Tisch und der Duft seines Rasierwassers wallte ihr entgegen. »Sprachlos?«

»Keineswegs. Ich schätze deine Ehrlichkeit und nüchterne Einschätzung des Projekts. Von kostspieligen ideologischen Träumereien wird mein Mandant gewiss nichts wissen wollen. Die Tatsache allerdings, dass das DAI das Projekt bislang aus eigenen Mitteln finanzierte, bedeutet jedoch, dass man wirklich neue Erkenntnisse oder besondere Funde erwartet.« Sie schenkte ihm ein Lächeln, als er nur die Schultern zuckte. »Was schlägst du also hinsichtlich Tarans Ausgrabung vor?«

»Was will dein Mandant?«

»Am liebsten einen zweiten El-Carambolo-Schatz, der nur durch seine finanziellen Mittel möglich wurde.«

»Sein Namensschild an der Vitrine im Archäologischen Museum von Sevilla.«

»Exakt. Möglichst mit einem riesigen Porträt daneben.«

»Er wird im Museumskatalog die wenigen Leser mit seinem strahlenden Konterfei beglücken müssen, es sei denn, er hat vor, auch noch das Archäologische Museum selbst mit einer Finanzspritze zu verjüngen.«

»Das kann ich mir nicht vorstellen.«

Orlandos Cortado wurde gebracht und er rührte einen Löffel Zucker hinein, während er die Stirn in Falten legte.

»Du sagst, dein Mandant ist Schiffsbauer?«

»Ja. Im Luxuspreissegment. Nichts, was für die gehobene Mittelklasse erschwinglich wäre.«

»Möglicherweise muss es gar kein Schatz sein, sondern ein

Fund, der auf die Kenntnisse der Phönizier im Schiffsbau hinweist oder ein Superlativ.«

»So etwas wie die *älteste* Kleeblatt-Amphore auf spanischem Boden?«

Orlando lachte und zwinkerte ihr zu. »Wir verstehen uns, Nina.« Seine Zielstrebigkeit war beeindruckend. Der Mann roch förmlich nach Ehrgeiz und Erfolg. »Ich schau mir Sternbergs Funde mal genauer an und entscheide, ob sich daraus schon was stricken lässt oder ob die archäologischen Prospektionen des Gebiets Aufschluss über künftige Objekte nach dem Geschmack deines Mandanten ergeben. Erst dann mach ich mich an eine Aufstellung der Kosten einer Verlängerung der Ausgrabung.«

»Perfekt«, sagte Nina. »Dass Letztere bei Tarans Gewissenhaftigkeit hoch sein werden, ist schließlich zu erwarten.«

13

Die Übergabe war um vier Uhr morgens, und Orlando hatte alle Mühe, Ricardos verwöhnten Hintern rechtzeitig aus dem Bett zu bekommen. Dabei war Leons jüngerem Sohn mehr Schlaf vergönnt gewesen als ihm, schließlich lebte er nur etwa eine halbe Stunde vom Übergabeort entfernt in einer Villa in Sotogrande. Er dagegen hatte schon um eins von Sevilla losfahren müssen. Doch die Straßen waren so früh am Morgen frei, und er war vorsichtig genug, nicht so schnell zu fahren, dass er in eine Polizeikontrolle geriet. Das würde gerade noch fehlen! Leon hatte ihm einen Zweitschlüssel zu der Villa seines Sohnes anvertraut. Nur für alle Fälle. Aber Orlando hatte ihn noch nie benutzt und sich gehütet, Ricardo überhaupt davon zu erzählen. Zum Glück hatte der Junge ihm nach mehrfachem Klingeln, Klopfen und Handyanrufen kurz vor drei selbst geöffnet, bevor der Schlüssel zum Einsatz kam.

»Alter, hast du mal auf die Uhr geschaut? Wir haben noch massig Zeit!«

Orlando musterte ihn von oben bis unten. »Willst du etwa in Flipflops und Boxershorts antanzen, Rico?« Er schob sich an ihm vorbei und hielt die Luft an. Leons Sohn sah nicht nur vollkommen verkatert aus, er stank auch nach Schnaps und Gras. Die ganze Villa roch abgestanden. Rauch, gegrilltes Fleisch und noch etwas anderes konnte er ausmachen. Instinktiv glitt sein Blick zu Ricardos nackten Oberarmen. Die sahen zum Glück in Ordnung aus. Wahrscheinlich lag nur der Geruch von Gras in der Luft.

»Hey, ich brauch kein Kindermädchen!« Er fuhr sich fahrig durch die ungewaschenen, verschwitzten Locken.

»Und ich hab keine Lust, deins zu spielen. Aber wenn du das heute Nacht versaust, wird dein Vater ganz andere Leute als mich schicken, verlass dich drauf!« Das hatte er zwar bislang noch nicht erwähnt, doch die Drohung wirkte. Ricardo wurde eine Spur blasser und winkte mit beiden Händen ab. Es gab einige Typen in Leons Imperium, mit denen er es sicher nicht zu tun bekommen wollte.

»Schon gut! Gib mir ein paar Minuten.«

Während er die Treppe hinauf in den ersten Stock stapfte, begab sich Orlando ins Wohnzimmer mit Designer-Kochinsel und Bartheke. Angewidert sah er auf die halbleeren Schachteln von angeliefertem Essen, offene Weinflaschen und Tequila. Zwei Gedecke. Der Kerl verdiente genug, um seine Freundinnen auch mal schön auszuführen, statt sie immer nur daheim mit China to go oder Tapas para ti abzuspeisen. Wie um seinen Verdacht zu bestätigen, hörte er von oben leises Gemurmel, dann das Rauschen der Klospülung. Kopfschüttelnd ging Orlando zur Terrassentür und schob sie auf. Frische Luft strömte ins Zimmer. Der Himmel war bewölkt, kein Stern am Firmament, selbst der Mond war mit einem sanften Schimmer nur mühsam hinter der Wolkendecke zu erahnen. Er atmete tief durch und schloss die Augen. Typen wie Ricardo würden immer im Schatten ihres mächtigen Vaters stehen. Vielleicht war es auch Glück gewesen, dass seiner ihm so früh seine Liebe entzogen hatte. Widerwillig drehte er sich um und marschierte zurück zu der Küchenzeile. Aus dem Hängeschrank neben dem Kühlschrank nahm er ein Kopfschmerzmittel, schenkte Wasser aus einer Karaffe am Tisch in ein Glas und löste das Medikament darin auf. Dann stellte er zwei Tassen unter die Espressomaschine und schaltete sie ein. Das Mahlwerk dröhnte und kurz darauf erfüllte der himmlische Duft den Raum. Er hatte seinen Kaffee gerade ausgetrunken, als Ricardo wieder herunterkam. Seine Haare waren noch feucht vom Duschen und Wasser tropfte ihm aus den Haarspitzen aufs

T-Shirt. Orlando rümpfte die Nase. Dios! Dass er seine Alkoholfahne nun in teurem Herrenparfüm ertränkte, machte es nicht besser.

»Aspirin?«, fragte Ricardo und deutete auf die noch leicht sprudelnde Flüssigkeit im Glas.

Orlando nickte und sah zu, wie der Dreiundzwanzigjährige das Wasser hinunterkippte und anschließend nach der Kaffeetasse griff. Leons jüngerer Sohn hatte, im Gegensatz zu seinem Bruder Alejandro, nicht die kantigen Züge ihres Vaters geerbt. Sein Gesicht war schmal und weich, die Lippen voll. Er trug das lockige, dunkelblonde Haar kinnlang, und unter dichten Augenbrauen und langen Wimpern sahen ihn rehbraune Augen jetzt mit einem Bambi-Blick an, dem die meisten nicht widerstehen konnten, am wenigsten seine Mutter. Orlando war jedoch seit geraumer Zeit immun dagegen.

»Du hast nicht alle Späher organisiert«, sagte er kalt. »Und ein paar haben sich beschwert, dass sie nicht die vereinbarten tausend bekommen haben.«

Ricardo stöhnte und stellte die Tasse so heftig ab, dass die Untertasse klirrte. »Du klingst schon wie mein verdammter Vater! Fuck, Lando, ist doch scheißegal, ob zehn oder zwanzig Kids mehr auf den Dächern rumlungern. Die Bullen können uns eh nichts.«

»Das soll auch so bleiben. Dein Vater hat seit Jahrzehnten vierzig bis fünfzig Späher vom Hafen bis zu unseren Lagern verteilt. Meinst du, er zahlt die alle aus seiner sozialen Neigung heraus?«

Ricardos Augen wurden schmal. »Setzt du dich so für sie ein, weil du selbst mal einer von ihnen warst?«

Orlando hatte gute Lust, ihn zu ohrfeigen. Es machte keinen Spaß, an ruhmlose Anfänge erinnert zu werden. Ihm am allerwenigsten. In abgerissenen Kleidern und halb verhungert hatte er mit vierzehn vor Kälte zitternd im Winter auf den Hausdächern ausgeharrt. Eines Tages war es ihm gelungen, Leons Leuten einen entscheidenden Tipp zu geben. Beamte der Guardia Civil waren gerade vor einem der Lagerhäuser Streife gefahren, nichtsahnend, dass sie sich nur zehn Meter vor einer Garage mit fast fünf Tonnen in Blöcke gepressten Haschischs aufhielten. Der Jeep, der neue Ware anliefern sollte, hatte sich dem Lager nur zwei Straßenecken entfernt genähert. Orlando war auf die gegenüberliegende Dachseite gesprintet, hatte sich das Sweatshirt vom Kopf gerissen und hinunter auf die Windschutzscheibe von Leons Jeep geworfen. Ihm war schlicht keine Zeit geblieben, seinen Mittelsmann über das Handy zu verständigen. Die Leute im Wagen hatten ungläubig nach oben zu dem Jungen mit nacktem Oberkörper gestarrt, und mit ein paar Handzeichen hatte er ihnen die Gefahr begreiflich gemacht, in der sie schwebten. Sie hatten gewendet und sich zu einem anderen Depot begeben. Am selben Abend noch hatte Leon ihn zu sich bestellt und ihm persönlich zweitausend Euro bar in die Hand gedrückt.

»Gute Arbeit, Orlando. Streng dich an, dann kannst du es bei mir weit bringen.« Noch nie zuvor hatte er so viel Geld auf einmal gesehen. Aber wichtiger waren ihm an diesem Tag Leons Lächeln, der Handschlag und sein Lob gewesen. Seit dem Tod des Großvaters hatte ihm das keiner mehr geschenkt, und er war darin ertrunken wie ein Verdurstender in seinem ersten Schluck Wasser.

»Ich setz mich nur für deinen Vater ein«, sagte er jetzt. »Für niemanden sonst.«

»Ja, ja, kriech ihm nur in den Hintern und sing ihm Gitano-Weisen.«

Mit einem Satz war Orlando bei ihm, packte ihn am T-Shirt und schmetterte ihn mit dem Rücken gegen die Wand neben der Kaffeemaschine. Sein rechter Arm rutschte in jahrelang einstudierter Bewegung zu Ricardos Kehle und fixierte ihn, während seine Linke zur Faust geballt nur wenige Zentimeter drohend vor seiner Schläfe in der Luft verharrte. Die Augen von Leons Sohn weiteten sich überrascht. Noch nie zuvor hatte Orlando ihn angegriffen.

»Ja, ich bin der Sohn eines Tagelöhners vom Land, eines Gitanos. Und gerade deshalb halte ich mich im Gegensatz zu den Schmeißfliegen, die sonst deinen Vater umschwirren, an einen Ehrenkodex. Er hat mich damals aus dem Dreck gezogen, mir die Schule und das Studium bezahlt und einen Neuanfang ermöglicht. Dafür werde ich ihn und seine Familie mit meinem Leben beschützen, selbst wenn das beinhaltet, seinem Sohn die Scheiße aus dem Leib zu prügeln, damit er sich endlich mal zusammenreißt und versucht, sich in den Griff zu kriegen.«

Er ließ ihn abrupt los und trat einen Schritt zurück. Ricardo fasste sich an die Kehle. Einen Moment lang starrten sie sich schweigend an. »Ich könnte Papá sagen, dass du mich angegriffen hast.«

Orlando unterdrückte ein verächtliches Lachen. Leon hatte ihm wortwörtlich erlaubt, *alles* zu tun, um Ricardo wieder in die Spur zu bekommen. Aber er wollte das Vater-Sohn-Verhältnis nicht noch mehr belasten, indem er ihm das verriet.

»Nur zu, dann wird er von mir erfahren, dass du dich nicht um die Späher gekümmert hast.«

»Du hast es ihm noch gar nicht verraten?«, fragte Ricardo überrascht.

»Warum sollte ich? Lieber hab ich mich darum gekümmert, dass alles so läuft, wie er es angeordnet hat. Die Späher sitzen da, wo sie sein sollen, und deine Schulden hab ich bei ihnen beglichen. Und jetzt komm endlich, wir müssen los.«

Ricardo folgte ihm ohne Widerspruch. Ihre Fahrt verlief schweigend. Erst als sie auf der Autobahn am Aussichtspunkt El Higuerón vorbeigefahren waren, murmelte er: »Ich zahl dir das Geld natürlich zurück.«

Orlando schüttelte den Kopf und starrte auf den Felsen von Gibraltar, der sich in der Ferne im Meer aus dem Wasser erhob wie ein Koloss. Im Altertum war er eine der Säulen des Herakles gewesen. Unter dem weißen, steil abfallenden Kalkstein schmiegten sich die Lichter der Stadt und verliehen ihm ein mystisches Aussehen. Er hob eine Hand vom Lenkrad und deutete hinunter zum Meer.

»La Línea ist kein Kreisligisten-Spiel, Rico. Es ist die verdammte Champions League. Hier geht es um Schnelligkeit, Sicherheit und Effizienz. Die Konkurrenz schläft nicht. Wenn du dein bequemes Leben beibehalten willst, musst du dich an die Regeln halten.«

»Die mein Vater aufstellt!«

»Er ist ein schlauer Fuchs. Keiner hat vor ihm das Geschäft so professionalisiert. Sobald das Boot am Strand ankommt, stehen die Springer bereit. In vier bis fünf Minuten ist die Ware auf den Jeeps. Bevor die Guardia überhaupt realisiert, was los ist, sind sie schon wieder weg. Teilweise sogar mitten am Tag unter all den Badegästen. Das hat vor ihm noch niemand gewagt.«

»Für dich ist er ein halber Gott. Du hast keine Ahnung, wie es ist, sein Sohn zu sein.«

»Glaub mir, du hättest nicht meinen Alten kennenlernen wollen.« Orlando klopfte ungeduldig mit den Fingern auf das Lenkrad. »Ohne Ehre läuft das Geschäft eben nicht. Wer nicht vertrauenswürdig ist, ist tot.«

Ricardo lachte bitter auf. »So weit wird es noch kommen.«

»Ich versteh dich einfach nicht! Warum fällst du deinem Vater gerade jetzt in den Rücken? Die Lage ist angespannt. Er steht von allen Seiten unter Druck, von der Guardia, der neuen Staatsanwältin, Journalisten und dem Castañas-Clan. Hier geht es schon längst nicht mehr nur um ein paar Kilo Hasch aus Marokko oder Dokumentenfälschung. Er baut sich was völlig Neues auf.«

»Spar dir den Vortrag darüber, wie er ins große Geschäft ein-

steigen will. Ich weiß, dass die südamerikanischen Kartelle neuerdings über Westafrika den Stoff nach Europa schleusen! Das hör ich andauernd von ihm oder Alejandro.«
»Dann vertrau wenigstens deinem Bruder!«
Ricardo lachte. Aber es klang alles andere als fröhlich. »*Du warst für mich schon immer viel mehr großer Bruder als er.*«
Überrascht warf Orlando ihm einen kurzen Blick zu, bevor er sich wieder dem Steuer zuwandte. Lange genug, um zu sehen, dass dem Jungen Blut aus der Nase lief. Verdammtes Koks! Er deutete mit der Hand aufs Handschuhfach. »Da sind Tissues drin. Wisch dir das Gesicht ab.«
Während Ricardo seiner Aufforderung nachkam, dachte er über seine Worte nach. Leon hatte ihn mit vierzehn unter seine Fittiche genommen, und Orlando war oft mit seinen Söhnen zusammen gewesen. Sie waren über die Jahre Freunde geworden, aber er hätte nie vermutet, dass der Junge geschwisterliche Gefühle für ihn hegte. Zumindest hatte sein Bruder nie einen Zweifel daran aufkommen lassen, dass er in ihrem Hause nur geduldet war, solange er tat, was sein Vater von ihm verlangte. Eine Zeitlang hatte Alejandro sogar selbst versucht, ihm alle möglichen Befehle zu erteilen. Er war nur ein Jahr jünger als Orlando, Ricardo dagegen war erst acht gewesen, als sie sich kennenlernten. Wenn er auf seine erste Zeit bei den Ferers zurückblickte, war Alejandro mit seinem kleinen Bruder wirklich nie besonders nett umgesprungen, aber war das unter Geschwistern nicht völlig normal? Er hatte keine gehabt, aber Alejandro hatte es unglaublich genervt, wie Rico ihnen, den Großen, hinterhergelaufen war. Tatsächlich war Orlando in dieser Zeit immer derjenige gewesen, der mehr Geduld mit dem Kleinen aufgebracht hatte, schon allein, um es sich nicht mit Leon zu verscherzen. Plötzlich sah er ihn wieder vor sich, wie er im Garten mit eingefallenen Schultern auf einer Mauer gekauert und sein ganzer Körper gebebt hatte.

»So ein Mädchen!«, hatte Alejandro geschimpft. »Nur weil sein Köter so blöd war, vors Auto zu laufen.« Er war ins Haus zurückgestapft, aber Orlando hatte sich neben Rico gesetzt und den Arm um ihn gelegt. Er wusste schließlich nur zu gut, wie es sich anfühlte, seinen Hund zu verlieren.

»Dann hör auf *mich*!«, sagte er bei der Erinnerung nun sanfter.

»Ich möchte so gerne aussteigen«, flüsterte Rico kaum hörbar. »Weggehen. Irgendwohin. Nichts mehr mit der Familie zu tun haben.«

Orlando runzelte die Stirn. »Dein Vater wird das niemals zulassen. Und wovon willst du dann leben? In irgendeiner Bar kellnern? Das hältst du doch gar nicht durch. Als Leon dir gesagt hat, dass du lernen und studieren gehen sollst, wolltest du lieber auf Partys rumhängen.«

»Als ob das etwas geändert hätte. Schau Rosa an! Schau dich an! Ihr seid doch auch abhängig von ihm. Wen er nicht gehen lassen will, der kommt nicht fort. Mein Leben ist eine einzige Katastrophe!«

»Du lebst in einer Fünfhundert-Quadratmeter-Villa in einem Luxusresort am Meer und musst für deinen Vater an ein paar Tagen im Monat arbeiten. Sorry, aber du hast überhaupt keine Ahnung, was ein hartes Leben bedeutet.«

»Und du verstehst einfach nicht, was es heißt, Leons Sohn zu sein. Was damit sonst noch alles zusammenhängt.«

Es hatte keinen Zweck. Sie schwiegen den Rest der Fahrt über und Orlando telefonierte mit Manuel, der die Springer koordinierte. Die warteten bereits mit ihren Jeeps auf einem Supermarktparkplatz an einer der Ausfallstraßen von La Línea de la Concepción. Dann sprach er mit Khalid, der schon am Vortag mit dem Schnellboot nach Tanger gefahren war. Wenn alles nach Plan lief, hatte ihn ihr Kontaktmann in Marokko erreicht und sie würden die Ware aus der Provinz Nador an dem vereinbarten Strandabschnitt von einem Schnellboot ins andere verladen.

»Wie weit seid ihr?«

»Gleich fertig. Hast du schon mit Jamal gesprochen?«

»Noch nicht.« Das würde Orlandos nächster Anruf werden. Er blinkte und fuhr von der Autobahn ab. »Er sagt, es kreisen in Algeciras gerade verdammt viele Helis. Sollen wir warten?«

»Nein. Zu riskant, dass die marokkanische Polizei euch erwischt oder schlimmer noch, die Mocros.« Die niederländische Mafiabande hatte ihnen schon einmal eine volle Ladung Kokain gestohlen. Aber sich mit ihrem Chef einzulassen, glich einem Todesurteil. Niemand in ihrem Geschäft hatte so viele Menschen auf dem Gewissen wie er. Und er scheute sich auch nicht, Familienmitglieder oder Vertraute seiner Zielpersonen zu erledigen. Kollateralschäden nannte er das zynisch. Daher ging Leon den Mocros lieber aus dem Weg und mied offene Konfrontationen. »Aber seid vorsichtig. Wo Helis fliegen, sind auch die Boote der Guardia Civil nicht weit.«

Ein raues Lachen tönte vom anderen Ende der Leitung. »Gegen unsere neuen Power-Pakete haben die Loser in ihren Staatskuttern aber keine Chance.«

»Sag bloß, ihr habt endlich das Schlauchboot mit den drei 300-PS-Außenbordern bekommen? Die Kiste muss ja übers Wasser fliegen!«, meldete sich Ricardo, der bislang eher desinteressiert dem Gespräch zugehört hatte, nun aufgeregt über die Freisprechanlage zu Wort. Orlando verdrehte die Augen. Er wusste, dass bei einigen ihrer Leute inzwischen der Adrenalinkick mehr wog als das Geld, das sie im Drogenhandel machten. Den Schnellbooten der Guardia Civil in letzter Sekunde entkommen zu sein, wurde hinterher immer groß gefeiert. Das Geld verlor bald seinen Reiz, wenn man es aus Tarnungsgründen nicht sofort ausgeben durfte. Manchmal hatte er das Gefühl, einen Haufen unreifer Kinder zu koordinieren und nicht hartgesottene *Söldner* im Drogengeschäft – wie sie sich selbst gerne bezeichneten. Fast alle gingen langweiligen Berufen im Alltag nach. So wie er seinen archäologischen Bewertungen oder dem Schreiben von Fachartikeln. Unwillkürlich musste er an Nina Winter denken und spürte, wie sich ein Lächeln auf seinem Gesicht breitmachte. Nun, auch der Alltag hatte seinen Reiz. Während Ricardo mit Khalid vereinbarte, zusammen mit dem Boot eine Spritztour zu machen, überlegte er, ob er es schaffen würde, rechtzeitig wieder zurück in Sevilla zu sein, um mit ihr zu frühstücken. Es wurde Zeit, mit ihr Klartext zu reden und ihr auf den Zahn zu fühlen, in welche Richtung diese Bewertung gehen sollte.

Ein paar Straßenhunde stromerten in der Calle Santa Maria vor den Mülltonnen in der Nähe einer Bar herum. Vermutlich erfolglos, falls nicht Strandbesucher ihre Brotzeit fortgeworfen hatten, denn das Gebäude war verfallen, eine Seite sah aus, als hätte dort ein Brand gewütet, die anderen Gebäudereste waren mit Graffiti besprüht. Fischerkähne, von deren Rümpfen bereits die Farbe abblätterte, lagen im milchigen Schein der Straßenlaternen direkt hinter der menschenleeren Promenade auf dem Sand. Kein Fahrzeug der Guardia Civil weit und breit. Die Späher hatten gute Arbeit geleistet. Leons Mannschaft fuhr in einer Kolonne hintereinander wie bei einer Hochzeit und kam kurz nach der verlassenen Bar zum Stehen.

Salzige Meeresluft schlug Orlando entgegen, als er ausstieg. Ricardo öffnete die Hecktür des Jeeps. Lange mussten sie nicht warten. Das Motorengeräusch eines sich mit hoher Geschwindigkeit nähernden Schnellbootes übertönte das Brausen des Windes ebenso wie das harte Aufschlagen des Rumpfs. Man sagt, Wasser habe keine Balken, aber Orlando hatte selbst genügend Einsätze begleitet, um zu wissen, dass es sich bei Höchstgeschwindigkeit in einem Schlauchboot genauso anfühlte, als würde man über Holzplanken springen. In das Geräusch mischte sich aus der Ferne das Dröhnen eines Helikopters.

»Mierda!«, fluchte Rico, der Richtung Algeciras spähte, von woher er angeflogen kam.

»Wird knapp, aber das schaffen wir.« Orlando stieg auf die niedrige Mauer, die den Strand von der Promenade trennte, und zog ein Nachtsicht-Fernglas heraus. Er sah aufs offene Meer hinaus und entdeckte seinen Überbringer. Ein Leuchtscheinwerfer blitzte hinter ihm in einiger Entfernung auf. »Khalid wird von der Guardia verfolgt. Vamos! Gleich ist er da.«

Er ließ das Fernglas sinken, erteilte Befehle und hetzte seine Leute über den Sand. Zu seiner Überraschung lief Ricardo freiwillig mit und versuchte gar nicht erst, sich zu drücken. Und dann ging alles unglaublich schnell. Khalid hatte ihren Übergabeort erreicht und warf den Springern im Standgas die in Plastiktüten verpackten Pakete zu. Die Jungs rannten flink wie Wildkatzen über den Strand zu den Jeeps, in denen die Fahrer bereits die Motoren laufen ließen. Auch Orlando hatte sich zurück ans Steuer gesetzt und beobachtete mit angehaltenem Atem das Geschehen, während über sein Handy neue Nachrichten mit Straßennamen eintrudelten und im Fahrzeugdisplay aufschienen. Die Guardia war nun auch noch auf dem Land auf dem Vormarsch. Sein Jeep vibrierte von den Paketen, die von den Springern in den Laderaum geworfen wurden, bevor sie zurück zum Boot sprinteten, um neue Ware zu holen. Er spürte, wie sein Puls hochschoss, fühlte sich trotz nächtlicher Stunde hellwach, klopfte ungeduldig aufs Lenkrad und fuhr sich mit der Zunge über die trockenen Lippen. Das war der Moment, in dem sich alles entschied. Der Helikopter hatte sie zum Glück noch nicht erreicht, aber sicherheitshalber zog nun auch er wie die anderen eine schwarze Sturmhaube über, für den Fall, dass eine Kamera ihn aufnahm und das Bild hinterher vergrößert wurde. Darauf, sein Gesicht auf Fahndungsplakaten bei *Radio y Televi-*

sion Española zu sehen, konnte er verzichten. Die ersten Jeeps fuhren los, und Orlando ballte die Hände zu Fäusten, als er sah, dass nun auch das Schnellboot der Polizei Khalid erreicht hatte. Drei seiner Leute sprangen gerade vom Strand über die Mauer und hetzten zu dem Jeep vor ihm. Nur Ricardo war noch da draußen. Schweiß brach ihm aus, als er erste Schüsse hörte, die vom Meer zu ihm herüberhallten. Schossen sie jetzt auf das Boot? Auf seine Leute? Wo zur Hölle blieb Ricardo? War er etwa zu Khalid an Bord gesprungen und wollte mit ihm fliehen? Das war doch gar nicht ausgemacht gewesen!

»LAUF! LAUF! LAUF!«, brüllte er im Wagen und schlug auf das Lenkrad ein, obwohl das natürlich nichts brachte, denn der Junge konnte ihn in der Brandung gar nicht hören. Leon würde ausrasten, wenn die Polizei Ricardo schnappte. Plötzlich sah er die beiden. Khalid und Leons Sohn hetzten Seite an Seite über den Strand. Vom Guardia-Civil-Boot aus wurden Warnschüsse abgefeuert, die neben ihnen im Sand einschlugen, der kniehoch aufspritzte. Zwei Polizeibeamte nahmen ihre Verfolgung auf und Orlando begann zu beten. Das hatte er seit einer halben Ewigkeit nicht mehr getan. Aber er konnte nichts für den Jungen tun, stieg er aus, würden sie ihn nur ebenfalls erwischen, und wer sollte hinterher den Wagen steuern? Schweiß sammelte sich in seinem Nacken und lief ihm den Rücken hinunter. Und dann hatten sie wie durch ein Wunder seinen Jeep erreicht, sprangen ins offene Heck und Orlando raste los, bevor sie die Hecktür noch geschlossen hatten. Khalid stöhnte und Ricardo rief nach vorne, dass er einen Streifschuss am Arm abbekommen hätte, nichts Schlimmes. Außerdem hätte die Guardia den Schlauch des Boots durchlöchert und deshalb hätte Khalid nicht mit dem Boot wegfahren können. Orlando hörte nur mit halbem Ohr zu. Darum konnte er sich jetzt nicht kümmern. Er musste sich beeilen, ihren Unterschlupf zu erreichen, bevor der Helikopter oder ein Fahrzeug der Guardia Civil sie eingeholt hatte. Waren sie erst einmal im Visier der Polizeihubschrauber, hatten sie verloren. Über die Freisprechanlage ließ er sich von den Spähern zur nächsten freien Garage lotsen.

Als er ankam, stand sie schon offen, ein Junge im Alter von vielleicht sechzehn, mit kurzen schwarzen Haaren, lehnte an der Mauer. Orlando fuhr mit solchem Schwung hinein, dass die Reifen beim Bremsen quietschten. Hinter ihm schloss der Junge das Garagentor blitzschnell wieder und Orlando schaltete den Motor ab. Minutenlang verharrten sie schwer atmend in völliger Dunkelheit, zu groß war die Gefahr, dass verräterisches Licht durch die Bodenritzen des Tors nach außen dringen könnte. Khalid wimmerte leise und Ricardo flüsterte ihm beruhigend zu. Von draußen drang das Wummern des Hubschraubers, der jetzt über der Stadt kreiste, kam näher, wurde immer lauter und schwoll dann wieder ab. Orlandos Herzschlag normalisierte sich.

Sie hatten es geschafft.

Nächte wie diese hatten vor allem eines gemeinsam: Man stand hinterher wie unter Strom und fühlte sich unbesiegbar.

Orlando hatte seinen Sportwagen in La Línea de la Concepción gelassen und war mit einem der Jeeps mit neuem Nummernschild nach Sevilla weitergefahren. Als er um halb neun mit Nina zu der Ausgrabungsstätte aufbrach, freute er sich schon darauf, mit Taran Sternberg in den Ring zu steigen. Vor allem, da er seit dem angenehmen Frühstück Nina auf seiner Seite wusste. Es gefiel ihm, dass sie das Projekt ebenso realistisch betrachtete und nicht irgendwelchen schöngeistigen Idealen nachhing. Sie hatte eine schnelle Auffassungsgabe, war schlagfertig und humorvoll und hatte nicht mit der Wimper gezuckt, als sie ihm *Gefälligkeitsgutachten* unterstellt hatte. Eine taffe Geschäftsfrau, keine Träumerin! Vermutlich sah sein offizieller Lebenslauf nicht danach aus, aber auch er hatte feste Ziele vor Augen gehabt und seine Karriere gut durchdacht. Klassische Archäologie war kein Studium, das einem nach dem Uniabschluss Reichtümer versprach. Orlando hatte es aus zwei Gründen gewählt. Zum einen hatte es ihm, als er das Bachillerato an einer von Leon finanzierten Privatschule nachgeholt hatte, besonders das Fach Geschichte angetan. Aus der Vergangenheit konnte man eine Menge lernen, besonders, wenn man sich die Biografien der Mächtigen dieser Welt anschaute. Zum anderen hatte er in den Cafés am Universitätscampus rasch von den Kommilitonen in Erfahrung gebracht, dass man in diesem Studiengang praktisch nicht durchfiel und ein lockeres Leben hatte. Der Grund dafür lag auf der Hand. Die Professoren rangen um die wenigen Studierenden aus meist gut situierten Akademikerhaushalten, denen die Aufnahme eines »brotlosen« Studiums seitens der Eltern gestattet war. Die an den Universitäten verteilten Gelder wurden schließlich an ihrer Menge und der *Anzahl* – nicht der Qualität – ihrer Abschlüsse bemessen. Selbst wirklich schlechte Klausuren gingen demnach meist mit einem »befriedigend« durch, hatte ihm ein Student im dritten Semester versichert. Da Orlando seine Zukunft nicht in einer Karriere in seinem Studienfach, sondern an Leon Ferers Seite sah, war die Archäologie die perfekte Wahl gewesen, um rasch und sicher an einen Universitätsabschluss zu gelangen und hinterher den Schein zu wahren und glanzvoll als Akademiker auftreten zu können.

Sie hatten gerade die Brücke Isabella II überquert und fuhren am Guadalquivir entlang Richtung Osten, da rief Nina: »Ist das der Torre del Oro?«

Orlando warf einen kurzen Blick über sie hinweg zum gegenüberliegenden Ufer. »Ja. Wobei golden hat er zuletzt bei seiner Errichtung im dreizehnten Jahrhundert geglänzt. Einige behaupten, er wäre oberhalb des Fensterkranzes mit vergoldeten Azulejos verkleidet gewesen. Andere sagen, der Name käme von den Edelmetallen, die von den Kolonien aus Übersee hierhergeschafft und darin gelagert worden sind. Such dir was aus.«

Sie lachte. »Mir ist jede Version recht, aber schau nur, wie mystisch er gerade im Sonnenaufgang und mit den vom Fluss aufsteigenden Nebelschwaden aussieht! Kannst du bitte kurz am Straßenrand halten, damit ich ein Foto machen kann?«

Orlando fuhr in eine Parklücke und stieg mit ihr aus. Sie liefen über die Straße zum Flussgeländer und sahen ans andere Ufer. Von den Cafés in unmittelbarer Nähe zog der Duft von frischen Backwaren und Kaffee zu ihnen herüber. Nina hatte recht. Es war ein herrlicher Morgen. In der aufgehenden Sonne glänzte das Wasser des Guadalquivir wie flüssiges Gold. Ausflugsschiffe dösten an der Uferpromenade mit Platanen, Orangenbäumen und Palmen vor dem Turm und im Hintergrund brannte der Himmel orangerot. Die Sonne vertrieb das dunkle Lila der Nacht, das sich nur noch in den Wolken fand, deren Ränder sich rosa färbten. Er konnte nicht sagen, wann er sich das letzte Mal die Zeit genommen hatte, einen Sonnenaufgang zu betrachten, ohne tausend andere Gedanken im Kopf zu haben. Sein Blick glitt von dem Gebäude zu Nina, wie sie da am Geländer lehnte, die Hände mit dem Handy zum Fotografieren ausgestreckt. Ein andächtiges Lächeln umspielte ihren Mund, und ein Windstoß wehte ihr eine Strähne ihres langen blonden Haars ins Gesicht. Sie löste eine Hand von ihrem Handy und strich sie sich in einer anmutigen Geste hinter das Ohr.

Orlando stand da wie gelähmt und in diesem Augenblick beschloss er, dass er Nina Winter für sich gewinnen wollte – und sei es nur für eine einzige magische Nacht.

14

Etwas war anders zwischen Nina und Orlando, als sie an diesem Morgen auf der Ausgrabungsstätte eintrafen. Nicht nur ihr Äußeres, das sie zum Glück den praktischen Erfordernissen einer Feldbegehung angepasst hatten. Sie wirkten wie ein gut eingespieltes Team, und er wurde den Eindruck nicht los, dass sie sich seit gestern gegen ihn verschworen hatten. War Nina sauer, weil er eine Bemerkung über ihre Schuhe gemacht hatte? *Du hättest besser den Mund gehalten und sie hineinstöckeln lassen!*

»Versteh mich nicht falsch, Taran«, sagte Nina mit geschäftsmäßigem Lächeln, als sie jetzt in der Grube vor Brandgrab neun standen, dessen Halsamphore sie am Vortag geborgen hatten. »Aber es gibt einige Archäologen im Mittelmeerraum, die zurzeit an der Phönizier-Forschung arbeiten. Ich muss meinem Mandanten gegenüber begründen können, warum gerade *dein* Projekt besonders ist. Was zeichnet es aus? Welche Funde erwartest du? In welchem Zeitraum rechnest du mit Ergebnissen? Und welche Kosten kommen auf meinen Mandanten zu?«

Taran stellten sich die Haare im Nacken auf, und er verkniff sich die Bemerkung, dass das die falschen Fragen waren, weil ein Archäologe kein Unternehmer war, der Schätze am Fließband *produzierte* und mit dem sie nun über Stückzahl, Markttauglichkeit und zu erwartende Produktreife verhandeln konnte. Gut, vermutlich konnte sie in ihrem Job gar nicht anders denken. Dagegen musterte ihn Orlando bei Ninas Worten eindringlich, und das Funkeln in seinen Augen zeigte ihm, dass der Kollege sehr wohl wusste, was eben in ihm vorging und dass er sich gerade köstlich darüber amüsierte. Am liebsten hätte er die beiden einfach stehen lassen. Aber so naiv war er nicht. Das DAI war einer seiner Hauptauftraggeber, nicht nur für das aktuelle, sondern auch für künftige Projekte. Es blieb ihm also gar nichts anderes übrig, als sich kooperativ zu zeigen. So hinreißend Nina Winter an diesem Morgen aussah, so unsympathisch war sie ihm. Alles an dieser Frau erinnerte ihn an seine Schwester oder schlimmer noch an seine Mutter, die nie verstanden hatten, wie man sich für die Vergangenheit interessieren konnte, wenn doch gar kein Geld dabei heraussprang. Wobei den geschäftstüchtigen Phöniziern ihre Einstellung sicher gefallen hätte.

»Ich kann euch gerne eine detaillierte Aufstellung aller bisherigen Funde geben«, erklärte er kühl. »Welche Bedeutung sie für deinen Mandanten haben, kann ich nicht beurteilen, sondern dir nur ihren Wert für die Wissenschaft erläutern. Wie ich dir bereits am Telefon sagte, ein Fund wie der in El Carambolo ist jederzeit möglich, aber nicht sicher. Vielleicht sprichst du später mit meinem Geophysiker darüber.« Taran war unendlich froh, dass er heute Morgen mit Ramón telefoniert und der ihm versprochen hatte, am Vormittag vorbeizuschauen. Seine Arbeiten hier waren im Grunde so gut wie abgeschlossen. Er musste nur noch einen Bericht verfassen und die zahlreichen Messdaten auswerten. Aber Ramón würde gelassener sein und sich nicht so leicht provozieren lassen. Tarans Herz hing nun mal an diesem Projekt und er spürte schon nach zwei Stunden Besichtigung und Unterhaltung mit den beiden, wie es in ihm brodelte.

»Nun, es muss nicht unbedingt ein Schatz sein, den du in absehbarer Zeit findest«, lenkte Orlando zu seiner Überraschung ein. »Hilfreich wären auch Funde, die anderweitig durch Außergewöhnlichkeit überzeugen.«

Taran nickte. Das konnte er ihnen liefern. »Bei der Ausgrabung handelt es sich um die ältesten archäologisch belegten Gräber der Phönizier auf der Iberischen Halbinsel, falls das weiterhilft. Ich stehe mit meiner Forschung erst am Anfang und dieser Ort hier«, er machte eine ausholende Bewegung mit seinem Arm, »bietet uns die einmalige Chance, mehr über ihre Reiserouten, die wirtschaftlichen Gründe ihrer Fahrt in den Westen, das Leben der immigrierten Phönizier und die Auswirkungen ihrer Kontakte mit der einheimischen Bevölkerung zu erfahren. Es ist ein seltener Glücksfall, hier sowohl eine Siedlung als auch eine Nekropole an einem Ort nachweisen zu können. Ich arbeite eng mit anderen Archäologen in Spanien und Marokko zusammen, die sich der Phönizier-Forschung gewidmet haben, und ich habe alle Ausgrabungen der Region besucht. Glaubt mir, in Gelves könnten wir einige Rätsel lösen, die uns bislang Kopfzerbrechen bereiten.«

»Von welchen Ausgrabungen sprichst du?«

Orlando hatte ein Heft aus seiner Umhängetasche herausgezogen und machte sich Notizen. Mit einem Montblanc-Füller. Erneut fragte sich Taran, womit der Kerl sonst sein Geld verdiente. Sicher nicht ausschließlich mit archäologischen Gutachten.

»Auf Mogador wird an den Überresten eines Astarte-Tempels geforscht. In Coria del Río zehn Kilometer weiter südlich betrieben die Phönizier einen Hafen und Handelsstützpunkt am Guadalquivir. Los Castillejos de Alcorrín in der Provinz Málaga war ein befestigter Siedlungsplatz von außergewöhnlicher Bauweise. An manchen Stellen waren die Außenmauern fast fünf Meter breit und neun Meter hoch, die Bastionen sogar elf Meter. Schon dort konnte man eine Verschmelzung der einheimischen mit der phönizischen Bauweise feststellen und ich bin überzeugt davon, dass wir hier Ähnliches vorfinden werden. Und dann wäre da noch die westlichste Besiedlung Ayamonte am Guadiana.«

»Am Grenzfluss zu Portugal?« Orlando wirkte überrascht. »Von der habe ich bislang noch gar nichts gehört.«

»Das DAI in Madrid hat erst vor fünf Jahren dort eine Nekropole ähnlich wie diese hier entdeckt.«

Orlando drehte sich zu Nina um, die der Aufzählung mit interessierter Miene gelauscht hatte. »Womöglich wären das Alternativen für deinen Mandanten, falls ihn diese Ausgrabung hier nicht überzeugt.« Taran fühlte sich, als hätte er ihm eben die Faust in den Bauch gerammt. Daher also sein plötzliches Interesse und die Notizen! Er biss die Zähne so fest zusammen, dass es in seinem Ohr knackte. Aber es kam noch schlimmer.

»Vielleicht lassen sich deine Arbeiten auch mit neuen revolutionären Ideen ausschmücken. Wie stehst du denn zu den Theorien, Phönizier könnten in der Antike nach Amerika gesegelt sein?«

»Wirklich? Das hört sich großartig an!«, rief Nina euphorisch. »Ist da was Wahres dran?«

»Nein!«, rief Taran eine Spur zu barsch, denn er hatte plötzlich das surreale Gefühl, gleich müsste ein Team von *Verstehen Sie Spaß?* aus Orlandos Jeep hopsen und die Kameras auf ihn richten. Alternativ wäre jetzt ein günstiger Zeitpunkt, aufzuwachen. Leider trat weder das eine noch das andere ein. Er zwang sich zu einem ruhigen Tonfall, ärgerte sich, dass er es dem spanischen Archäologen so leicht machte, ihn herauszufordern, und wandte sich an Nina.

»Moderne Archäologie funktioniert heutzutage nicht mehr wie bei Heinrich Schliemann. Wir stellen keine absurden Theorien auf und suchen uns dann die Funde zusammen, die sie untermauern könnten.«

»Aber seine Homer-Lektüre hat ihn am Ende dann doch zu Troja geführt«, warf die Unternehmensberaterin ein. Hätte er sich denken können, dass sie ihn verteidigte. Schliemann war der Prototyp des unternehmerischen Machers und Abenteurers. Schon klar, dass die beiden auf einer Welle schwammen.

»Eben nicht. Nach neuesten Forschungen fand er eine frühbronzezeitliche Handelsmetropole der Hethiter, weder Troja noch einen Schatz des Priamos. Bei Letzterem ist man sich übrigens noch gar nicht sicher, ob es nicht eine neuzeitliche Fälschung Athener Juweliere ist. Von möglichen Betrugsversuchen aber einmal abgesehen hinterließen seine Ausgrabungen nach heutigem Verständnis eine grauenvolle Spur der Verwüstung.«

»Warum das denn?«, fragte sie verdutzt.

»Er hat auf seiner Suche nach Troja im Erdreich alle späteren Siedlungsspuren vernichtet«, erklärte Taran, »und damit archäologische Befunde unwiederbringlich zerstört. Dokumentationen der einzelnen Schichten fanden bei ihm schlicht nicht statt. Er ließ alles, was seine Theorien von Troja nicht unterstützte, einfach beiseiteschaufeln.«

»Das wusste ich gar nicht. Der Artikel, den ich über Schliemann gelesen habe, sprach nur von den kritischen Zeitgenossen, die ihm den Erfolg neideten.«

Taran hatte so etwas in der Art befürchtet. »Es existieren immer noch jede Menge unseriöser oder veralteter Berichte über den archäologischen Last Action Hero im Internet«, spottete er. »Seine Reiseerzählungen sind keine Grabungsberichte, sondern selbstverliebte Abenteuergeschichten. Heute funktioniert seriöse Archäologie genau umgekehrt. Das DAI bezahlt mich und meine Mitarbeiter nicht nach weggeräumten Kubikmeter Schutt wie Schliemann, um die hübschen Legenden, die ich den Leuten erzählen will, zu untermauern. Wir tragen Schicht für Schicht ab, geraten in hitzige Diskussionen über die Funde und Befunde und sind offen und neugierig darauf, welche Geschichten sie uns am Ende von der Vergangenheit erzählen werden.«

»Was Taran uns ein wenig umständlich zu erklären versucht, ist, dass er hier bislang keinen Beweis für eine Fahrt der Phönizier nach Übersee gefunden hat und daher diese Theorie bei seinen Grabungen auch nicht berücksichtigen kann«, sagte

Orlando mit einem aalglatten Lächeln, das er ihm am liebsten aus dem Gesicht geschlagen hätte.

Das Geräusch eines sich nähernden Autos ersparte ihm glücklicherweise die Antwort. Noch nie hatte er sich so gefreut, Ramóns klapprigen Suzuki zu sehen, wie in diesem Augenblick. Er ließ die beiden kurzerhand stehen, kletterte, froh über die kleine Verschnaufpause, aus der Grube, und ging ihm entgegen. Sie begrüßten sich mit einer kurzen Umarmung.

»Wie läuft's denn?«, raunte sein Freund ihm zu, nahm seinen Rucksack vom Beifahrersitz und schloss die Tür des Jeeps.

»Traumhaft. Wir proben ein Schauspiel wahrhaft passend zur Heiligen Woche.«

»Und welche Rolle spielst du dabei?«, gluckste Ramón und warf sich den Rucksack über die Schulter. »Jesus, Judas oder den Hohepriester?«

»Aktuell mime ich den Gockel auf dem Mist, den man auch nach dem zweiten Krähen noch nicht wahrhaben will.«

»Kein Wunder. Ich finde deine Ausführungen zu dem archäologischen Wert von Latrinen auch immer reichlich ermüdend.«

Sie schlenderten auf die Grube zu und Ramón flüsterte bei Ninas Anblick: »Dios! *Das* ist sie?«

»Lass dich nicht von dem Engelsgesicht täuschen. Sie ist eiskalt und interessiert sich nur für nackte Zahlen. Ich hoffe, du hast ihr genügend davon mitgebracht.«

»Keine Sorge, ich hab alles dabei. Und der Kerl an ihrer Seite?«

»Ein Archäologe, der vom Glauben abgefallen ist.«

»Seit wann seid ihr denn gläubig? Ihr stellt doch alles und jeden in Frage.«

»Eben. Und er tut das nicht.«

»Wie erholsam!«

Sie hatten die Grube erreicht und er stellte ihm Nina und Orlando vor.

»Schenkst du mir auch eine Papiermöwe?«, fragte sie grinsend, als Ramón ihr die Hand reichte und ihr das Du anbot. Ramón klopfte Taran auf die Schulter und entgegnete lachend: »Wenn du mir dann auch bei der nächsten Prospektion assistierst, so wie er?«

Taran hob warnend den Zeigefinger. »Mach dich aber darauf gefasst, ohne Metallteile am Körper in Jogginghose, T-Shirt und in Gummistiefeln mit einer Wäscheleine von ihm übers Gelände in Dornenbüsche und Kakteen gescheucht zu werden.«

»Das ist nicht dein Ernst?« Ihr Lachen vertrieb die Falten, die sie während ihrer Diskussion über die Ausgrabung im Gesicht gehabt hatte. Es war so verflucht anziehend, dass Taran sich zwingen musste, sich wieder seinem Freund zuzuwenden.

»Meine Messgeräte reagieren sehr sensibel auf Metall«, rechtfertigte sich Ramón schulterzuckend. »Und beim Vermessen brauche ich einen Assistenten. Zum Glück ist Taran nicht gepierct. Wobei ein Nasenring ihm gar nicht schlecht stehen würde.«

»Geophysiker sind die reinsten Sklaventreiber«, sagte Taran.

»Archäologen sind nur sauer, weil wir schneller zu stichhaltigeren Ergebnissen kommen«, verteidigte sich Ramón.

Orlando verschränkte die Arme über der Brust. »Und die wären im Fall von Gelves?«

»Ich sehe großes Potenzial in dieser Ausgrabung. Wollen wir in den Bauwagen gehen und einen Kaffee trinken? Ich habe euch die Kopien von meinen Messergebnissen mitgebracht.« Er zwinkerte Nina zu. »Dort kann ich dir auch eine Papiermöwe basteln.«

Ramón war vielleicht kein guter Redner vor einem großen Publikum. Viele Menschen machten ihn einfach nervös. Aber im engen Kreis war er witzig und charmant und schaffte es tatsächlich, die Stimmung zu heben und Nina für seine Messwerte einzunehmen. Taran konnte nur hoffen, dass seine Auflistung der bisherigen Funde sie ebenfalls überzeugte, als sie am frühen

Nachmittag die Ausgrabung verließ. Nur Orlando schien wenig erfreut über die Entwicklung. Taran wurde aus dem Kollegen nicht schlau. Ihm konnte es doch gleichgültig sein, ob er die Förderung erhielt oder nicht. Warum legte der Spanier ihm also Steine in den Weg? Das Honorar für sein Gutachten würde sich schließlich nicht ändern. Dann erinnerte er sich wieder, wie er ihn nach weiteren Phönizier-Projekten gefragt hatte. War das nur eine Finte gewesen? Wollte er Nina womöglich zur Unterstützung einer anderen Ausgrabung überreden? Er sollte sich beim Andalusischen Denkmalpflegeamt und dem DAI einmal nach diesem Orlando Torres erkundigen.

15

Nachdenklich drehte Nina die Papiermöwe, die Ramón für sie gefaltet hatte, zwischen ihren Fingern und sah aus dem Seitenfenster. Felder, triste Vorortsiedlungen mit großen Supermärkten, Möbelhäusern und Industriebauten wechselten sich auf ihrem Rückweg nach Sevilla ab. Der Vormittag war anstrengend gewesen. Nun stand ihr ein Nachmittag in einem Konferenzzimmer ihres Hotels mit Orlando bevor, wo sie den ganzen Datenkram, den sie von dem Geophysiker und Taran teils als Ausdruck, teils auf einem USB-Stick erhalten hatten, zusammen auswerten würden. Sie musste sich eingestehen, dass sie sich in einer Zwickmühle befand. Nina wollte Taran so gerne helfen, allein schon ihrer gemeinsamen Vergangenheit wegen, von der er zum Glück nichts ahnte. Seine Argumente konnte sie durchaus nachvollziehen, besonders das, was er ihr über Schliemann erzählt hatte. Sie war überzeugt davon, dass er einer der Besten seines Fachs war und dieses Projekt wirklich ernst nahm – das bewiesen allein schon sein Lebenslauf und die vielen lobenden Worte der Leiterin des DAI Madrid. Aber sie konnte den Wert dieser Ausgrabung nicht nach rein wissenschaftlichen Kriterien beurteilen. Nina musste das für ihren Mandanten Bestmögliche wählen. Alexander Roth war ein wichtiger Kunde von M&R, sie durfte es sich nicht durch persönliche Sentimentalitäten mit ihm verscherzen. Hätte Taran sich doch nur auf Orlandos Vorschläge eingelassen! War es denn wirklich so schwer, ein wenig, nun ja, *Fantasie* bei der Auswertung der Befunde aufkommen zu lassen? Ein paar vage Spekulationen einzuflechten, die es ihr ermöglichen würden, seine Ausgrabung ihrem Mandanten leichter und in seinem Sinne förderungswürdiger zu verkaufen?

»Hast du Hunger?«, unterbrach Orlando ihre frustrierenden Gedankengänge. »Ich kenne da ein gutes Tapas-Lokal im Barrio San Lorenzo.«

Das Nein lag ihr schon auf der Zunge. Sie könnten sich schließlich auch in ihrem Hotel eine Kleinigkeit in den Konferenzraum bringen lassen, um sich gleich an die Arbeit zu machen. Aber der Ausdruck in Orlandos Gesicht und die Art, wie er sie von der Seite musterte, bevor er sich wieder auf den Straßenverkehr konzentrierte, ließ sie zögern.

»Jedes Abenteuer beginnt mit einem *Ja*, Nina.«

Sie lachte auf. »So gewagt ist die Speisekarte?«

»So ereignisreich kann dein Leben sein, wenn du mutig genug bist, dich einmal kurz von deiner Alltagsroutine zu verabschieden. Obgleich Sixtos kulinarische Kreationen dich ebenfalls überraschen werden.« Er zwinkerte ihr zu. »Die Bewertung läuft nicht weg und deine Vorgesetzten in Deutschland schauen dir hier nicht über die Schulter.«

»Sagst du so einfach!«, schnaubte sie. »Ich muss meine Arbeitszeit schließlich dokumentieren. Wenn das Material, das Taran und Ramón uns gegeben haben, nicht ausreicht, muss ich mich schlimmstenfalls auf die Suche nach einem neuen Projekt machen. Ich habe schließlich kein unendliches Budget zur Verfügung, Orlando. Und ich ...« Sie zögerte einen Moment, ob sie ihm das verraten sollte, rang sich aber dann doch zur Wahrheit durch. »Und ich stehe auch in der Firma aktuell unter Erfolgsdruck. Mit leeren Händen nach Hause zu kommen und meinem Mandanten etwas Neues abseits der Archäologie vorzuschlagen, kann ich mir nicht leisten. Zur Not muss ich meine Freizeit opfern.«

Das würde sie auch tun. Lieber die Urlaubstage dazu verwenden, eine neue Ausgrabung zu finden, als sich Nils' Beschuss auszusetzen. Er wartete sicher nur darauf, dass sie einen Fehler beging.

»Du bist Sternberg gerade sehr ähnlich.«
»Wie bitte?« Überrascht drehte sie sich zu ihm um. Kleine Grübchen hatten sich um seine Mundwinkel gebildet. »Wie meinst du das?«
»Bloß nicht vom Kurs abweichen, alles nach altbewährtem Schema und ganz genau machen, selbst wenn dein Auftraggeber das gar nicht von dir verlangt.«
Nina kniff die Augen zusammen. »Natürlich will er eine exakte und ausführliche Beurteilung der Lage! Was glaubst du denn?«
»Nach allem, was du mir erzählt hast, interessiert sich dein Mandant nicht im Geringsten für wissenschaftliche Auswertungen eines Herrn Sternbergs. Du kannst sie schon für ihn in einem Gutachten hübsch aufbereiten – und ihn damit zu Tode langweilen.«
Sie schwieg einen Moment betroffen und betrachtete die vorbeifliegende Landschaft. »Das weiß ich«, gestand sie schließlich. »Genau da liegt ja das Problem.« Sie hatte sich freiwillig in ein Projekt verrannt und ihrem Mandanten blauäugig Dinge in Aussicht gestellt, die sie jetzt nicht liefern *konnte*. Sonst hatte sie Firmen bewertet. Die Unternehmer hatten ihre Produkte in den Himmel gelobt und mit allen möglichen Erfolgsprognosen ihre Einmaligkeit unter Beweis zu stellen versucht. Aber weder Taran noch Ramón konnten Schatzfunde oder Sensationen versprechen und wollten das auch gar nicht tun. Alles, was Nina nun für ihre Bewertung besaß, waren ellenlange geophysikalische Messberichte, Fotos von Gebeinen, wahrscheinlich denen eines antiken Hundes, Tonscherben und ein paar restaurierte Amphoren. Und wer wusste schon, ob es bei anderen Ausgrabungen nicht ähnlich oder noch schlimmer lief. Immerhin war ihr Tarans Projekt vom Deutschen Archäologischen Institut wärmstens ans Herz gelegt worden.
»Nein. Das Problem liegt bei *dir*«, riss Orlando sie aus ihren

Überlegungen. Sie zog die Augenbrauen hoch, aber er fuhr unbeirrt fort. »Okay, ich erklär's dir. Die Phönizier haben vor dreitausend Jahren gelebt. Ist nicht unbedingt so, dass wir zu dieser Zeit noch richtig Bezug haben. Hast du dir mal aktuelle Dokus zur Archäologie angesehen?«

»Nein«, antwortete sie knapp. Sie kam selten dazu, fernzusehen. So etwas war bei ihrem Arbeitspensum einfach nicht drin.

»Im Idealfall geht es darin um den Fund von Schätzen. Wie der aus El Carambolo. Falls die nicht vorliegen, werden wissenschaftliche Forschungen herangezogen, aber nur, wenn sie sich auf Sex, Mord oder im besten Fall Kannibalismus beziehen.«

»Warum das denn?«

»*Only bad news are good news.* Das gilt auch in der Archäologie. Die Leute sind nun mal ebenso fasziniert vom Makabren wie von neuen Sensationen einer Atlantiküberquerung oder dem versunkenen Atlantis. Aber mir war vom ersten Augenblick an klar, dass Sternberg bei einer Why-not-Archäologie nicht kooperieren wird. Er ist ein Idealist, der strahlende Kreuzritter, der ins Gelobte Land zieht, nichts als Verwüstung hinterlässt und sich dennoch im Recht glaubt.«

»Verwüstung? Nun übertreibst du aber!« Sie mochte nicht, wie höhnisch er über Taran sprach.

»Abgrundtiefe Finanzlöcher«, sagte er schulterzuckend.

»Wenn man dich so sprechen hört, glaubt man nicht, dass du selbst Archäologe bist!«

Er klopfte vergnügt aufs Lenkrad. »Das hier ist Andalusien, Nina, ein Land der Gegensätze. Hier treffen Orient und Okzident aufeinander. Nicht nur in der gotischen Kathedrale und der maurischen Giralda. In vielen von uns stecken noch orientalische Geschichtenerzähler.«

Jetzt musste sie lachen. Orlando war definitiv ein guter Erzähler und sie konnte ihm nicht richtig böse für seinen Spott sein, aber auch er stieß an seine Grenzen. »Selbst einem fantasiebgabten Archäologen mit möglicherweise orientalischen Wurzeln wie dir wird es aber nicht gelingen, das versunkene Atlantis mit den Phöniziern hier in Spanien zu verorten!«, neckte sie ihn.

»Ich kann alles für dich möglich machen, Nina, wenn du mich nur lässt.« Er wandte ihr kurz den Kopf zu und sie musste schlucken, als sein intensiver Blick sie traf. Himmel, der schmalzige Begriff *glutäugig* bekam bei diesem Mann wirklich eine erschreckend reale Dimension.

»Ich glaub dir kein Wort!«

Sie hatten Sevilla erreicht, und Orlando fädelte sich geschickt in den hektischen Stadtverkehr ein. »Lass dich von mir zum Tapas-Essen einladen und ich erzähle dir von Atlantis und den Phöniziern.«

Nina schüttelte ungläubig den Kopf und blickte an ihm vorbei aus dem Fenster zu dem Wolkenkratzer aus Glas und rotem Stahl, der sich einsam in den strahlend blauen Himmel schraubte, kurz bevor sie den Fluss überquerten. Sie wusste genau, was sie zu tun hatte. Sie sollte ihn an seinen Auftrag erinnern, sich auf dem schnellsten Wege ins Hotel begeben und die Listen nach altbewährter Prüfermethode abarbeiten. Vielleicht ein Telefonat mit Mai-Lin führen und sie um Rat in der Angelegenheit fragen. Sie hatte es ihr angeboten, weil ihr die Spannung zwischen Nils und Nina nicht entgangen war. Aber dann dachte sie an Orlandos Worte. *Jedes Abenteuer beginnt mit einem Ja.*

»Also gut. Zeig mir diese Tapas-Bar!«

Das Barrio San Lorenzo entpuppte sich als typisch spanisches Altstadtviertel mit engen Einbahnstraßen, Kopfsteinpflaster und einem von Laubbäumen beschatteten Platz mit Zeitungskiosk und Lotterie vor einer Kirche, die sich backsteinrot mit ockergelben Akzenten deutlich von der übrigen Bebauung abhob. Die Fassade des Glockenturms war unverputzt in Natursteinen belassen und an der dem kleinen Lokal gegenüberliegenden Wand schmückte ein buntes Madonnenbild aus bemalter Keramik die Kirchenwand. Ein paar Stehtische standen unmittelbar davor auf dem Gehweg, die voll besetzt mit einem gemischten Publikum aus Geschäftsleuten, Künstlertypen und Shoppinglustigen mit Einkaufstüten waren. Gegenüber, an der Kirchenmauer, waren ebenfalls Tische mit Stühlen und Sonnenschirmen zwischen Orangenbäumen aufgebaut worden. Nur einer war noch frei. Das Lokal schien wirklich beliebt zu sein. Orlando lotste sie ins Innere, wo Nina ein modernes Ambiente mit hellem Holz, Glas und blau getünchten Wänden erwartete. Schwarze Tafeln hingen gegenüber einer Bar, auf denen mit weißer Kreide die Gerichte standen. Ein Schild wies auf eine Verkaufstheke mit Speisen zum Mitnehmen hin. Über der Bartheke befand sich ein Weinregal, links daneben hingen die für Spanien typischen luftgetrockneten Schinken von der Decke. Jamón Serrano – Paps aß diese hauchdünn geschnittene Schinkenart am liebsten.

»Hola, Orlando!«

Ein Mann um die vierzig mit schütterem Haar und buschigen Augenbrauen in strenger Kellner-Uniform kam auf sie zu. Über seiner schwarzen Hose hatte er eine weiße, knielange Schürze gebunden. Die Ärmel seines Hemds waren hochgekrempelt, die dunkle Krawatte mit einer Krawattennadel an der Knopfleiste festgesteckt, vermutlich, damit sie ihm nicht ins Essen hing. Er begrüßte Orlando mit einer Umarmung, bevor er sich mit einem Lächeln an Nina wandte und ihr einen guten Tag wünschte. Sie hatte keine Ahnung, wo er sie hier noch platzieren wollte. Wegen des Stimmengewirrs konnte sie nur schwer verstehen, was Orlando zu ihm sagte, aber der Mann nickte, verschwand hinter den Schwingtüren der Küche und kam kurz darauf mit einem Schlüssel zurück, den er ihm in die Hand drückte. Fragend sah Nina ihren Begleiter an.

»Wir suchen uns ein ruhigeres Plätzchen«, sagte er, schnappte sich im Gehen zwei Speisekarten von der Theke und öffnete ihr die Tür zu einem Treppenhaus. Im ersten Stock angekommen, erwartete Nina einen weiteren Speiseraum vorzufinden, doch als Orlando die Tür aufschloss, betrat sie ein modernes Apartment mit Wohn-/Essbereich und kleiner Küchenzeile.

»Wohnst du hier?«, fragte sie überrascht.

»Oh, nein. Das wäre mir zu bescheiden«, antwortete er, ging auf den Tisch zu und rückte ihr einen Stuhl zurück. »Bitte, setz dich. Sixto hat die Räume über seinem Lokal umgebaut und vermietet die Apartments an Touristen. Wir haben Glück, dass dieses gerade frei ist. Die nächsten Mieter reisen erst morgen an.«

»Aber dann muss er hier hinterher wieder saubermachen«, warf Nina verwundert ein, während sie sich auf dem Stuhl niederließ. »Wir hätten doch auch draußen einen Platz gefunden.«

»Mach dir darüber keine Gedanken, Sixto macht das gerne für mich, er ist mir noch einen Gefallen schuldig.« Orlando schob ihr die Speisekarte zu und Nina schlug sie neugierig auf. Sie hatte schon davon gehört, dass Tapas eine ganz besondere Spezialität in Andalusien waren und man darunter nicht nur kleine, mit Schinken belegte Brötchen erwarten durfte. Aber das Angebot überraschte sie. Gänseleber in Bittermandelgelee, frittierter Oktopus auf Rucola mit Blauschimmelkäsesoße, Spinatkroketten in Zucchinicreme, knusprige Schweinerippchen in Rosmarinhonig. Das las sich nicht wie das Menü eines Imbisslokals.

»Das klingt alles unheimlich verlockend«, sagte sie und konnte sich gar nicht entscheiden, was sie davon probieren sollte. In diesem Moment klopfte es an der Tür und auf Orlandos Zuruf kam ein Kellner mit einem Servierwagen herein. Er deckte den Tisch ein und stellte eine Flasche Mineralwasser und Weißbrot, frisch aus dem Steinbackofen, dazu. Es verströmte einen so köstlichen Duft, dass Nina erst jetzt bewusst wurde, wie hungrig sie schon war.

»Möchtest du ein Glas Rotwein?«, fragte Orlando. Sie nickte, und er bestellte eine Flasche Rioja Gran Reserva und zum Essen für sich Entenleberpastete in Amaretto-Gelee auf Orangenbrot. Nina wählte das Kroketten-Trio, das krosse Bällchen mit verschiedenen Füllungen versprach.

»Und natürlich musst du auch die frittierten Sardellen probieren«, bestand Orlando in gespielter Strenge. »Die *boquerones* sind hier so etwas wie eine Nationalspezialität. Sixto wendet sie vor dem Ausbraten in Kichererbsenmehl, das saugt nicht so viel Fett auf, und die Würzmischung aus Oregano, Zitronensaft, Pfeffer und Knoblauch gibt ihnen einen unglaublichen Geschmack.«

Sixto war der Inhaber des Lokals, ein grauhaariger Mann um die sechzig, der persönlich bei ihnen vorbeischaute, nachdem das Essen serviert worden war, und sich erkundigte, ob alles zu ihrer Zufriedenheit war.

»Es schmeckt ausgezeichnet!«, erwiderte Nina ehrlich begeistert.

»Köstlich wie immer«, ergänzte Orlando und forderte ihn auf, sich doch ein wenig zu ihnen zu setzen.

Sixto verriet Nina bei einem Glas Wein, dass er eine Weile in Paris gelebt hatte und es ihm ein Anliegen war, neuen Schwung in die traditionelle andalusische Küche zu bringen. »Wissen Sie, der Starkoch Ferran Adriá hat in Katalonien eine gastronomische Revolution mit Schäumen und Gelees ausgelöst, die später unter dem Begriff *Molekularküche* bekannt wurde. Ich habe ihn in Barcelona getroffen. Er war der Sohn eines Malermeisters, hatte die Schule abgebrochen und als Tellerwäscher gejobbt, bevor er verschiedene Hilfskochstellen annahm. Ein Meisterkoch in Nizza hat einmal zu ihm gesagt: *Kreativ zu sein heißt, nicht zu kopieren.* Das hat er sich zu Herzen genommen, und das ist auch meine Devise. Ich möchte die *Nouvelle Tapa* hervorbringen.« Er deutete mit leuchtenden Augen auf ihren Teller. »Die Sevillanos kannten beispielsweise keine Soßen zu den Tapas.«

»Wie schade! Diese hier ist nämlich wirklich ganz besonders schmackhaft«, sagte sie und entlockte ihm ein Lächeln.

»Ach, junge Frau, die Küche ist wie die Liebe. Man muss einfallsreich sein und sich immer wieder neue Überraschungen ausdenken, um sie am Leben zu erhalten und keine Langeweile aufkommen zu lassen.« Er zwinkerte Orlando zu, der zustimmend nickte und sein Glas hob.

»Auf die Kunst zu kochen und zu lieben.« Nina blinzelte verlegen, doch zum Glück wechselte Orlando nach dem Anstoßen das Thema.

»Wie geht's deiner Frau und den Kindern?« Anschließend sprachen er und Sixto darüber, wie die Vermietung und die Tapas-Bar liefen. Sie hatte keine Ahnung, welchen Gefallen er dem Mann erwiesen hatte, aber der Gastronom behandelte ihn mit einer höflichen Zuvorkommenheit, die sie sonst nur von Angestellten gegenüber ranghohen Chefs einer Firma wahrgenommen hatte. Ihre Wangen waren von dem starken Wein heiß geworden und sie ertappte sich dabei, wie viel sie über die Anekdoten, die die beiden erzählten, lachte und wie leicht sie die Sorgen, wie es daheim mit Nils bei M&R weitergehen sollte und ob Alexander Roth mit dem archäologischen Projekt Sternbergs zufrieden sein würde, verdrängte. Gerade berichtete sie Sixto von ihrem Besuch der Prozession am Vorabend, als Orlandos Handy klingelte und er nach einem kurzen Blick auf das Display auf den Balkon ging.

Etwas veränderte sich in Sixtos Gesichtsausdruck, Nina konnte nicht sagen, was es war, aber er schien ihr nicht mehr richtig zuzuhören, sondern linste geradezu angespannt zu Orlando hinüber. Doch sein Gespräch währte nicht lange, und als er zurückkam und entschuldigend lächelte, war Sixto wieder ganz der Alte.

»Dann haben Sie noch gar nichts von Sevilla gesehen? Orlando!«, rief er empört. »Statt ihr die Schönheiten und Besonderheiten unserer Stadt zu zeigen, schleppst du diese junge Dame ausgerechnet in mein bescheidenes Lokal!«

Der Archäologe grinste verschmitzt. »Deine Bar *ist* eine Spezialität Sevillas, Sixto, und gerade eben kann ich mir keinen Ort in Sevilla vorstellen, der mir mehr Schönheit bietet.« Nina erstarrte unter seinem durchdringenden Blick.

»Dem kann ich nur zustimmen«, erwiderte Sixto irgendwo in der Ferne und dass er aufgestanden war und sie verlassen hatte, bemerkte sie erst, als die Tür ins Schloss fiel. Das brachte sie wieder zur Besinnung. Nina räusperte sich und hob drohend die Hand mit der Gabel.

»Du hast mir Atlantis versprochen. Glaub nicht, dass du dich mit Komplimenten herausmogeln kannst.«

Orlandos Augen funkelten. Er beugte sich über den Tisch und sein warmer, herb nach Rotwein duftender Atem schlug ihr entgegen. »Hast du schon einmal von Tartessos gehört?«

»Nein.« Nina nippte an ihrem Wein, der ihr zunehmend zu Kopf stieg.

»In der Antike wurde eine Region im Süden Spaniens so genannt. Der Name bezeichnete auch den Fluss, an dessen Mündung sie gelegen haben soll. Nach Herodot war es eine Metropole, ein an Silber reiches Eldorado des Altertums hinter den Säulen des Herakles.«

Nina verschluckte sich und hustete. Der Wein brannte in ihrer Kehle.

»Gibraltar?« Dass der Fels eine der Säulen gewesen sein soll, hatte sie gelesen.

»Ganz genau.«

»Dann wäre der Guadalquivir jener Fluss, der dort mündete«, folgerte sie weiter.

»Herodot beschreibt, wie ein Schiff unabsichtlich in einem Sturm durch den Willen der Götter zwischen den Säulen des Herakles hindurch nach Tartessos geweht wurde. Sie kamen mit so reichen Erlösen zurück wie noch nie zuvor ein hellenisches Schiff.«

»Moment mal, jetzt fällt es mir wieder ein, *du* hast Tartessen in Zusammenhang mit dem El-Carambolo-Schatz erwähnt!«, rief sie. »Ich habe dich so verstanden, dass es die früheren Bewohner der Region waren, bevor die Phönizier kamen.«

»Ihre Kultur war stark durch den Handel mit den Phöniziern geprägt. Es kam zu Vermischungen, einem antiken Melting Pot, wenn du es so nennen willst. Nach neuesten isotopischen Untersuchungen stammt das Gold für den Schatz zwar aus den Minen der heutigen Region Sevilla, es wurden aber phönizische Goldverarbeitungstechniken angewandt.«

Nina spielte gedankenverloren mit ihrer Serviette. »Schön und gut, nehmen wir mal an, Tartessen und Phönizier hätten hier zusammengelebt oder sich zumindest beeinflusst – aber was hat das jetzt alles mit Atlantis zu tun?«

»Platon erwähnte in seiner Erzählung der untergegangenen Stadt ebenfalls die Säulen des Herakles und das Gadeirische Land, das einige Atlantis-Forscher mit dem heutigen Cádiz gleichsetzen. Außerdem sprach er von schlammigen Untiefen, in denen die Stadt versunken sein soll. Ebensolche finden sich an den Mündungen großer Flüsse wie dem Guadalquivir. Und das Wichtigste: Man hat vor einigen Jahren anhand von Satellitenaufnahmen der NASA entdeckt, dass es ringförmige, wohl von Menschenhand geschaffene Strukturen im Mündungsgebiet des Flusses gibt, genau wie Platon die Anlage der Stadt beschreibt, und zwar nördlich von Cádiz, im heutigen Doñana-Nationalpark.«

»So weit weg vom Meer?«

»Die Küstenlinie hat sich über die Jahrtausende verändert, Nina. Das wird dir auch Sternbergs Geophysiker bestätigen. Erst vor ein paar Jahren behauptete ein amerikanischer Universitätsprofessor, dort Spuren einer altertümlichen Stadt entdeckt zu haben, die in einem Tsunami untergegangen ist. Er ist davon überzeugt, dass es sich um Atlantis handelt und dass die Phönizier Nachfahren der Atlantier gewesen wären.«

»Du nimmst mich doch auf den Arm?«

»Keineswegs.«

»Und warum erfährt man in der Öffentlichkeit davon nichts?«

Orlando lehnte sich in den Stuhl zurück und trank einen Schluck Wein. »Oh, der Professor tat sein Bestes, diese Theorie durch ein Buch, Fernsehauftritte und einer *National-Geographic*-Dokumentation bekannt zu machen und die Arbeit seiner zuvor daran forschenden spanischen Kollegen zu kapern. Letztere fanden das gar nicht witzig und sind nun diejenigen, die den Fund in der muslimischen Zeit verankern. Ich bin sicher, Taran Sternberg würde seine Atlantier-Theorie ebenfalls als unwissenschaftlich abtun. Glanz und Wahrheit sind nicht immer leicht zu unterscheiden.«

»Ich verstehe. Und wie würdest du Tarans Projekt mehr *Glanz* verleihen?«

»Gib mir ein paar Tage. Ich habe ein Team von Studenten zur Hand, die sich anschauen können, was wir von Sternberg und dem Geophysiker bekommen haben. Sie werden die wichtigsten Daten für uns vorab herausfiltern, zusammenschreiben, ein paar Recherchen betreiben und ich lass mir hinterher was einfallen. Was Sternberg dir nicht liefern kann und will, werde ich in meinem Gutachten für deinen Mandanten beisteuern.«

Nina straffte die Schultern. »Orlando, mein Budget reicht nicht aus, um ...«

»Das kostet dich und deinen Mandanten keinen Cent mehr«, unterbrach er sie. »Ich hatte sie ohnehin bei meinen Gutachterkosten eingeplant. Aber ich stelle eine Bedingung: Während sie die Vorarbeiten leisten, zeig ich dir die Stadt. Sixto hat recht, es ist eine Schande, dass du noch nichts von Sevilla gesehen hast.«

Es klang zu schön, um wahr zu sein. Orlando bot ihr an, all

ihre Probleme zu lösen, und sie müsste am Ende nur die von ihm gesammelten Fakten in einem Gutachten für Alexander Roth übernehmen. Konnte sie sich wirklich darauf einlassen? Ihr Bauchgefühl sagte Nein. Sie kannte diesen Mann doch gar nicht! Was sollte sie tun, wenn das, was er ihr am Ende präsentierte, nicht für eine Bewertung nach den strengen Kriterien von M&R ausreichte? Blieb ihr dann überhaupt genug Zeit für eigene Analysen? *Du hast immer noch deinen Urlaub als Notanker!*, flüsterte ihre innere Stimme. *Letztlich ziehst du ihn nur ein wenig vor.* Nina sah unschlüssig von ihren nervös mit der Serviette spielenden Fingern auf. Auf Orlandos Lippen lag ein Raubtierlächeln.

»Ich verspreche dir, dass ich dich nicht enttäuschen werde. Lass uns mit einer Besichtigung beginnen, die du für dein Gewissen auch als berufliche Recherche verbuchen kannst – dem Schatz von Carambolo im Archäologischen Museum von Sevilla.«

Nina seufzte und gab sich geschlagen. Den Schatz wollte sie sich auf keinen Fall entgehen lassen.

16

Taran hielt es für kein gutes Zeichen, dass Nina nicht mehr bei der Ausgrabung aufgetaucht war, als er am Gründonnerstagabend die Baufolien mit Ethan und Kai über den Brandgräbern spannte, bei denen die Untersuchungen noch nicht vollständig abgeschlossen waren. Die Wetter-App hatte mit einer Wahrscheinlichkeit von dreißig Prozent Regen angesagt, und er wollte lieber kein Risiko über das verlängerte Osterwochenende eingehen. Nina hatte sich mit den Worten »Dann bis morgen, Taran!« von ihm verabschiedet. Was bedeutete es jetzt, dass sie nicht mehr kam? Ihm fielen nur ein paar Möglichkeiten ein und keine davon war günstig für ihn.

Entweder, sie kämpfte sich akribisch durch alle Daten und Fakten und würde damit vermutlich erst im Sommer fertig werden oder gar am Ende des Jahres. Bis dahin würde das DAI ihm längst die Mittel gestrichen haben, und er wäre gezwungen, sich nach einem neuen Forschungsprojekt umzusehen.

Oder sie verstand von dem Material, das er und Ramón ihr gegeben hatten, nur die Hälfte, wollte das jedoch nicht zugeben und daher lieber die Förderung des Projekts ablehnen. Er hätte ihr gerne mehr erzählt, ihr alles erklärt, möglichst ohne ihren *Experten*, der ihm ständig ins Wort fiel und seine Vorgehensweisen angriff.

Vielleicht hatten sie in Orlandos Sportwagen einen Autounfall gehabt und lagen jetzt beide irgendwo im Krankenhaus – der *Kollege* hoffentlich auf der Intensivstation.

Oder Orlando hatte ihr das Projekt bereits ausgeredet, um ein anderes zu fördern, für das er heimlich eine Provision einstrich, oder er hatte sie mit seinem Don-Juan-Charme im Hotel verführt und sie dachten beide überhaupt nicht mehr an ihren Auftrag.

Es sollte ihm vollkommen egal sein, aber aus irgendeinem Grund war das letzte Szenario besonders abstoßend für ihn. Irgendwann hatte er die Spekulationen aufgegeben und nicht mehr stündlich auf sein Handy geschaut, ob dort vielleicht eine Nachricht von ihr eingegangen war.

»Wir kriegen Besuch«, sagte Ethan jetzt und riss ihn aus seinen Gedanken. Taran hoffte für einen Moment, dass Nina doch noch vorbeikam. Er schaute über den Rand der Grube und entdeckte Ramón, der gerade aus dem Jeep stieg. Bestimmt würde er ihn nach dem Fortschritt von Ninas Untersuchungen fragen und ihm hinterher Vorhaltungen machen.

»Du hast schon mal mehr Charme versprüht«, hatte sein Freund ihn am Dienstag kritisiert, nachdem Nina und Orlando abgezogen waren. Als ob er das nicht selbst wusste. »Herrscht eigentlich immer so ein Konkurrenzkampf unter euch Archäologen, oder wollt ihr vor der hübschen Dame nur beweisen, wer das tiefere Loch buddeln kann?«

»An Nina Winter interessiert mich nur ihr finanzstarker Mandant. Und ja, wir Archäologen stehen ständig in Konkurrenz um die wenigen Forschungsaufträge.«

»Dann solltest du es doch gewohnt sein, dein Projekt zu vertreten, ohne bei jeder spitzen Bemerkung von diesem Torres den eingeschnappten Jungen zu spielen, dem man gerade die Schaufel weggenommen hat.«

Taran hatte ihn überrascht angestarrt. War das wirklich so rübergekommen? Er konnte es sich nicht erklären. Bei seinen Forschungsstipendien hatte er es sogar mit zwei Fachgutachtern zu tun bekommen, die er von seiner Arbeit hatte überzeugen müssen. Auch sie hatten die Ergebnisse seiner Forschungsarbeit schon vorneweg wissen wollen, obwohl ein Scheitern in der

Archäologie doch durchaus im Rahmen des Möglichen war. Wieso also ging ihm dieser Orlando jetzt derart gegen den Strich? Warum lachte er nicht einfach über seine spekulativen Thesen, mit denen er ihn doch offensichtlich nur provozieren wollte? Er hatte etwas Gefährliches an sich. Nichts an ihm passte zusammen. Das teure Auto und die Designerkleidung und dann ein Job als Gutachter und Schreiberling von Artikeln für populärwissenschaftliche Magazine? Damit konnte er sich das doch gar nicht leisten. Irgendwas verbarg der Kerl! Dass Nina ihm an den Lippen hing wie einem Propheten, ärgerte ihn am meisten.

»Willst du mir vorhalten, dass ich selbst daran schuld bin, wenn aus der Förderung nichts wird?«, fragte er Ramón missmutig, nachdem er aus der Grube geklettert und zu ihm gegangen war. »Ich stehe hier für Rede und Antwort bereit. Keiner von den beiden hat sich seit Dienstag wieder blicken lassen.«

»Der Berg soll also zum Propheten kommen.«

»Wie bitte?«

»Ich weiß, was dir die Arbeit hier bedeutet, Taran. Aber wenn du deinen Hintern nicht hochkriegst und schleunigst was unternimmst, um diese Unternehmensberaterin von dir zu überzeugen, erwartet dich weit Schlimmeres als eine Ablehnung einer finanziellen Unterstützung.«

»Wie meinst du das?«

Ramóns Miene verhieß nichts Gutes. Dass er ihn jetzt von Ana wegzog, die er mit einem freundlichen Winken begrüßt hatte, und seine Stimme senkte, beunruhigte ihn noch mehr.

»Am Dienstag hab ich zufällig die beiden im Archäologischen Museum gesehen. Sie haben sich den El-Carambolo-Fund angeschaut.«

Taran hob die Augenbrauen. »Na und? Nina spricht doch die ganze Zeit über davon, dass sie einen vergleichbaren Schatz finden will. Vielleicht möchte sie ein paar Fotos für ihren Mandanten machen.«

»Ich hab sie beobachtet. Dieser Torres plustert sich vor ihr auf wie die Weißstörche auf der Balz.«

Er versuchte das Rumoren in seinem Bauch bei diesem Bild zu verdrängen und steckte die Hände in die Taschen seiner Jeans, um sie nicht zu Fäusten zu ballen. »Seit wann bist du denn so ein Moralapostel? Die Frau ist fast dreißig! Soll ich ihr etwa was von Verhütung erzählen? Oder ihr verraten, dass der Typ – oh Wunder – es nicht ernst mit ihr meinen wird? Vielleicht ist sie ganz scharf auf ein bisschen Spaß abseits ihrer Bewertungstätigkeit.«

»Das lässt dich also vollkommen kalt?«

»Ja«, sagte Taran im Brustton der Überzeugung. Nina Winter war doch überhaupt nicht sein Typ. Warum sollte es ihn interessieren, mit wem sie ihre Freizeit verbrachte? Außerdem würde er sich nie mit einer Frau einlassen, von der gewissermaßen sein berufliches Fortkommen abhing. Das brachte nur jede Menge Ärger mit sich.

»Dann findest du es vermutlich auch überhaupt nicht ungewöhnlich, dass ich heute Morgen im Andalusischen Denkmalpflegeamt den Tipp bekommen habe, dass ein gewisser Orlando Torres möglicherweise bald als neuer Leiter dieser Ausgrabung hier gehandelt wird?«

Taran riss die Augen auf. Er hatte das Gefühl, in eines seiner Brandgräber gestolpert zu sein und unter einem Haufen über ihn hereinprasselnder Erde zu ersticken. »Was sagst du da? Das ist doch nicht möglich! Von wem hast du das?«

»Darf ich dir nicht verraten und ist auch der Grund, warum ich hier persönlich vorbeikomme und nicht anrufe. Aber wenn du nicht als Hilfsarbeiter von Torres enden willst, der sich hinterher mit den Lorbeeren deiner Mühen schmückt, solltest du dich bei der Unternehmensberaterin besser mal blicken lassen.«

»Das würde Elena niemals zulassen!«

Ramón klopfte ihm auf die Schulter. »Elena hat das nicht allein zu entscheiden. Das DAI ist dankbar für jeden Sponsor, und wenn der als Bedingung einen Orlando Torres haben will, müssen sie zähneknirschend darauf eingehen. Wer zahlt, schafft an. Der Typ hat schließlich wie du eine archäologische Ausbildung und seine Kompetenz durch diverse Veröffentlichungen in Fachzeitschriften nachgewiesen. Mit welcher Begründung wollen sie ihn denn ablehnen?«

Taran marschierte aufgeregt vor ihm auf und ab und strich sich die Haare aus der Stirn. »Mit der Begründung, dass das *meine* Arbeit ist, in die ich schon sehr viel Zeit, Wissen und Geduld gesteckt habe, und …«

»Himmel, Taran, denk doch mal realistisch! Elena wird selbstverständlich auf deiner Seite stehen. Sie wird schimpfen und toben, aber am Ende wird sie dich auffordern, deine Arbeit wie bisher weiterzumachen – der hehren Wissenschaft zuliebe – und Orlando als neuen Chef zu akzeptieren. Der wird sich hier gar nicht blicken lassen, oder glaubst du etwa, er will sich die manikürten Nägel schmutzig machen? Na ja, ab und zu wird er sich hier vor dir vielleicht ein wenig aufgockeln.«

Fassungslos schüttelte Taran den Kopf. Ihm war schlecht geworden.

»Und am Ende kassiert er deine Ergebnisse ein.«

»Das mache ich nicht mit«, presste Taran hervor.

»Nicht? Dann verscherzt du es dir also lieber mit dem DAI? Sie werden bei künftigen Projekten zweimal überlegen, ob sie es dir zuschanzen.«

»Scheiße!«, stöhnte Taran, fuhr sich jetzt mit beiden Händen durch die Haare und blieb in seinem Marsch vor ihm stehen. »Verdammte Scheiße! Du hast recht. Aber warum macht der Kerl das?«

»Um möglichst elegant und ohne Arbeit sein Renommee aufzupolieren? Das ist doch wie ein Geschenk. Er muss nichts weiter tun, als eine hübsche Frau zu bezirzen, dass sie ihm die Leitung überträgt, und kassiert hinterher das Lob für deine

Arbeit. Wäre nicht der erste Wissenschaftler, der auf so eine Idee kommt.«

Irgendwie klang Ramóns Stimme gerade sehr bitter. Taran kniff die Augen zusammen. »Du hast so was selbst schon mal erlebt?«

Sein Freund winkte ab. »Darüber sprechen wir ein andermal. Noch ist es nicht zu spät. Schwing dich auf dein Motorrad und schau bei ihr vorbei. Lad sie zum Essen ein, zeig ihr die Umgebung, präsentiere dich von deiner Schokoladenseite. Du bist lang genug hier und weißt, wo es um diese Jahreszeit am schönsten ist.«

»Ich soll für sie den Touristenführer spielen?«, stöhnte Taran.

»Hombre, ich versteh dich nicht! Willst du jetzt diesen Auftrag oder nicht?«

»Schon gut! Ich versuch's.«

»Ich mach dir einen Vorschlag. Am Sonntag sind Sofía und ich mit den Kindern und den Großeltern bei ihren Eltern am Meer. Ich freu mich ja so darauf.« Er verzog das Gesicht zu einer leidenden Grimasse. »Aber am Ostermontag kommt ihr beide zum Abendessen zu uns. Sofía wird schon aus Nina herausbekommen, ob sie mit Orlando unter einer Decke steckt.«

»Das würdest du für mich tun?« Taran schluckte. »Danke, mein Freund.«

Ramón winkte ab. Keine große Sache. Dich hätten wir ohnehin eingeladen. Und ich hab den Eindruck, ohne ihren Experten im Schlepptau ist diese Nina gar nicht so übel.«

Zwei Stunden später verabschiedete sich Taran mit Umarmungen von seinen Teammitgliedern und wünschte ihnen frohe Osterfeiertage. Ana und Kai besuchten ihre Familien. Ethan und die Praktikantinnen hatten beschlossen, zusammen an den Stauseen des Río Guadalhorce zelten zu gehen und eine Wandertour auf dem Caminito del Rey zu unternehmen. Den ganzen Nachmittag hatten sie darüber gesprochen, und Taran hatte gute

Lust, sie zu begleiten, statt mühsam mit Süßholzraspeln seinen Job zu retten. Er war den Weg auf Holzbohlen, der auf hundert Metern Höhe den Windungen des smaragdgrünen Flusses folgte, vergangenen Herbst entlanggewandert. Nur einen Meter breit klebte er an den senkrecht abfallenden Felswänden, aber die Aussicht auf das vom tobenden Wasser ausgehöhlte, bizarre Gestein hatte ihm den Atem geraubt.

»Schwindelfrei müsst ihr aber schon sein«, sagte er grinsend. »Spätestens auf der Hängebrücke wird sich zeigen, ob ihr Höhenangst habt.«

Nicole stieß ihn in die Seite. »Hör auf! Wir schaffen das, nicht wahr, Franzi?«

»Ich hab die Fotos vor seiner Restaurierung gesehen.« Franziska schüttelte sich. »Dagegen ist das, was uns übermorgen bevorsteht, ein Klacks.«

»Dafür konnte man früher beeindruckendere Fotos schießen«, beschwerte sich Ethan. »Ich darf nicht mal meinen Fotorucksack mitschleppen.«

»Genieß lieber die Aussicht, statt nur Bilder zu machen. Und wenn ihr schon in der Gegend seid und noch Lust auf Archäologie habt, könnt ihr bei den Ruinen der Festung von Bobastro vorbeischauen.«

»Noch nie gehört«, brummte Ethan.

»Ihr Erbauer war eine Art muslimischer Asterix. Er verschanzte sich mit Aufständischen auf Bobastro und kämpfte fünfunddreißig Jahre lang gegen den Emir von Córdoba.«

»War er wenigstens erfolgreich?«, fragte Franziska.

»Dass er sich überhaupt so lange gehalten hatte, war schon ein Erfolg. Am Ende wurde er jedoch von dem ersten Kalifen von Sevilla geschlagen, dem er die Treue schwören musste.«

Sie versprachen, bei der Festung vorbeizuschauen, falls sie noch Zeit übrighatten, und nachdem alle gegangen waren, machte sich Taran auf den Weg.

Er erreichte Ninas Hotel gegen sechs Uhr abends und war froh, mit einem Motorrad unterwegs zu sein, um den Prozessionen auf den großen Straßen in kleinen, engen Gassen ausweichen zu können. Zuvor hatte er überlegt, ob er sie anrufen sollte, sich dann aber doch entschlossen, sie einfach zu überfallen. Wenn er schon an der Rezeption stand, konnte sie sich schließlich nicht verleugnen lassen. Immer noch tobte die Wut in ihm über das, was Ramón ihm erzählt hatte. Von der Ferne hallten die Trommeln und Trompeten der Prozessionen herüber. Er stellte das Motorrad auf einen Moto-Parkplatz ab, zog den Helm vom Kopf und betrat die Lobby. Zu seiner Überraschung hatte Nina ein gediegenes, altes Familienhotel gewählt, keines der modernen Ketten. Es war natürlich restauriert worden, aber man hatte sich bemüht, in der Lobby den antiken Flair eines ehemals offenen, nun überdachten Innenhofes zu erhalten, indem die Wände natursteinbelassen und die Holzsäulengänge des Peristyls nicht abgerissen, sondern geschickt in die Einrichtung integriert worden waren. Taran schenkte der Rezeptionistin ein Lächeln und bat sie, Nina Winter zu sagen, dass er hier auf sie warten würde. Er hatte keine Ahnung, ob sie überhaupt da war, aber das Glück war auf seiner Seite.

»Frau Winter kommt in fünf Minuten zu Ihnen«, verkündete die Hotelangestellte. Taran schlenderte zu einem der Sessel und nahm Platz. Während er wartete, zog er sein Handy heraus und scrollte durch die Nachrichten. Dann schrieb er seinem Vater, dass er ihn morgen Vormittag gerne anrufen würde, wann es ihm passte.

Max Sternberg musste gerade selbst am Handy gewesen sein, denn gewöhnlich antwortete er nicht so schnell. »*Jederzeit. Ich bin ab 6 Uhr wach. Freu mich schon auf Neuigkeiten von deiner Ausgrabung!*«

Er seufzte. Über die Neuigkeiten, die er diesmal zu berichten hatte, würde sein Vater sich ganz bestimmt nicht freuen. Und sechs Uhr? So früh hatte Taran nicht vor, aufzustehen. Er wollte ihm gerade antworten, dass er ihn um neun anrufen würde, als er eine weibliche Stimme hörte:

»Taran?« Das Handy rutschte ihm fast aus der Hand, als er den Blick hob. Nina stand vor ihm in einem bunt geblümten Seidenkleid mit enger Taille, kurzen Ärmeln und weitem Glockenrock. Wie bei den Darstellungen der keltischen Frühlingsgöttin Brigid fiel ihr das lange blonde Haar offen in sanften Wellen über die Schultern, auf ihren Wangen hatte sich eine zarte Röte ausgebreitet und jetzt stieg ihm auch noch der blumige Duft ihres Parfums in die Nase. Es fehlte nur, dass sie einen Blumenkranz im Haar trug, und die Illusion wäre perfekt. Sie blinzelte und lächelte viel zu schüchtern für die unglaubliche Gemeinheit, die sie mit Orlando hinter seinem Rücken plante. Entweder Nina war eine begnadete Schauspielerin oder sie ahnte überhaupt nicht, was der spanische Archäologe vorhatte. Ihm fiel plötzlich die Handtasche ins Auge, die sie über ihrer Schulter trug, und das kurze Bolerojäckchen in ihrer Hand. Wollte sie gerade ausgehen?

»Hallo ... du kommst unerwartet. Gibt es noch etwas zum Projekt zu besprechen? Orlando und ich wollten eigentlich gleich ...« Sie brach ab. Womöglich hatte er sie gerade ziemlich finster angesehen, denn ihre Pupillen weiteten sich. Der dunkle Eyeliner und die stärker als sonst getuschten Wimpern brachten das Blau ihrer Augen geheimnisvoll zum Strahlen. Taran räusperte sich und kämpfte seine verwirrenden Gefühle hinunter, verdammt, er hatte sich wohl zu lange auf seine Arbeit konzentriert und keinen Sex mehr gehabt, dass der Anblick dieser Frau ihn dermaßen aus der Fassung brachte.

»Ich wollte dich nur fragen, ob du morgen schon was vorhast.« Er fuhr sich nervös durchs Haar und sah, wie ihr Blick seiner Handbewegung folgte. Wahrscheinlich hatte sie seinen Armreif entdeckt. Den fanden die meisten Menschen ungewöhnlich.« »Wenn du magst, kann ich dir die Gegend zeigen. Ich kenne ein paar hübsche Flecken abseits der üblichen Touristenrouten, und außerdem soll ich dich von Ramón schön grüßen lassen. Er und seine Frau Sofía haben uns am Ostermontag zum Abendessen geladen. Du wirst sie mögen. Sie hat Luft- und Raumfahrttechnik studiert und wollte einmal Astronautin werden«, sprudelte er hastig hervor, bevor sie ihm eine Abfuhr erteilen konnte. Er kam sich wie ein dummer Schuljunge vor, der seine erste Liebe um ein Date bat. *Himmel, das kannst du wirklich besser!* Glücklicherweise schien sie es gar nicht zu bemerken.

»Astronautin?« Nina schüttelte ungläubig den Kopf. »Wow. Also, vielen Dank, ich komme gerne. Und ich hab auch morgen noch nichts Festes geplant.«

Er lächelte erleichtert. »Dann darf ich dich so gegen zehn hier abholen?«

Sie nickte und er erhob sich aus dem Sessel. »Zehn Uhr ist perfekt.« Unschlüssig standen sie ein paar Sekunden voreinander, und ihre Nähe und ihr Duft machten ihn ein wenig schwindlig. Aus dem Augenwinkel nahm er eine Bewegung wahr. Er wandte den Kopf und sah, wie Orlando im dunkelblauen Anzug gerade die Lobby betrat. Seine Miene gefror, als er ihn bemerkte. Vielleicht war es sein nervöser Blick oder Ninas süßer Duft, der ihn dazu brachte, sich blitzschnell vorzubeugen und ihr ins Ohr zu flüstern: »Die keltische Frühlingsgöttin Brigid könnte heute Abend nicht strahlender leuchten als du, Nina.«

Er wusste selbst nicht, was ihn da plötzlich übermannt hatte.

»Taran, wie schön dich zu sehen!«, rief Orlando, der auf sie zugeflogen sein musste, und er hob den Kopf – nicht, ohne Nina noch ein Lächeln zu schenken. Zufrieden registrierte er die tiefe Röte, die in ihre Wangen gezogen war, bevor er sich an den spanischen Archäologen wandte.

»Ach, ich war zufällig in der Gegend und dachte, ich frage mal nach, wie weit ihr mit der Bewertung seid und ob ihr noch Unterlagen benötigt.«

»Danke. Es läuft alles bestens. Nächste Woche sind wir so weit, dass wir dir mehr sagen können, nicht wahr, Nina?«

»Auf jeden Fall!« Sie sah ihn an. »Komm doch heute Abend mit!«

Es war einmalig, wie Orlandos Gesichtszüge bei ihren Worten entgleisten. Am liebsten hätte Taran das Angebot angenommen, nur, um den Spanier zu ärgern. Aber was wäre damit gewonnen? Die Spannung zwischen Orlando und ihm würde Nina den ganzen Abend verderben und ihr Vorschlag verriet ihm auch so schon genug. Sein Herz schlug verdächtig schneller. Es lief also nichts zwischen den beiden und sie hatte offenbar nicht vor, das heute Nacht zu ändern. Er wollte gerade dankend ablehnen, als Orlando ihm zuvorkam.

»Nächstes Mal gerne. Ich fürchte, sie haben im Abantal keinen Platz mehr frei. Gerade für die Karwoche muss man lange im Voraus reservieren.«

»Oh, dann hast du schon gewusst, dass du an diesem Abend in weiblicher Begleitung erscheinen wirst?«, konnte sich Taran nicht verkneifen und bemerkte, wie Ninas Mundwinkel zuckten.

»Ein zweites Gedeck an einem Einzeltisch aufzulegen, stellt für ein gutes Restaurant wohl kaum ein Problem dar. Bei dreien wird es schon schwieriger.«

Das Abantal war ein berühmtes Sternerestaurant der Stadt. Ramón hatte ihm erzählt, dass sein Schwiegervater dort seinen siebzigsten Geburtstag gefeiert hatte. Sofía hatte sich vorab lange mit dem überaus kreativen Koch unterhalten, weshalb er später im Menü viele Anspielungen auf den Weltraum gemacht hatte. Die aufgeschäumte Soße auf dem nachtschwarzen Teller ähnelte der Form der Milchstraße, eine Jakobsmuschel war mit Blattgold bestäubt und stellte die Sonne dar, aus Tintenfischfilets hatte er mit einer Glasur aus Wein, Kakao, Zwiebeln und

Meersalz und verschiedenfarbigen Pigmenten die unterschiedlichen Planeten gezaubert.

»Hört sich beeindruckend an«, hatte Taran damals zu Ramón gesagt, der sein Gesicht grimmig verzogen hatte. »Hat es dir denn nicht geschmeckt?«

»Es war so gut, dass Sofía ihm um den Hals gefallen ist und kurz davor war, mit ihm durchzubrennen.«

Bei dem Gedanken an seinen eifersüchtigen Freund musste Taran grinsen. Hoffentlich erging es Orlando heute ähnlich.

»Dann wünsche ich euch einen schönen Abend«, sagte er gut gelaunt zu Nina gewandt. »Der Koch im Abantal soll wirklich phänomenal sein. Genieß das Essen!«

Es war noch viel zu früh, um nach Hause zu fahren, aber in den Trubel der Gründonnerstagsprozessionen wollte Taran sich heute Abend nicht mehr stürzen. Er steuerte sein Motorrad am Guadalquivir und der malerischen Uferpromenade mit gewaltigen Jacaranda-Bäumen entlang, deren lilablaue Blüten sich leider erst in einem Monat öffnen würden. Hier trafen sich meist bis in die frühen Morgenstunden junge Leute am Fluss zum Feiern. Am Platz des alten Stadttors Puerta de Jerez in nächster Umgebung des Real Alcazar bestimmten die sevillanischen Pferdekutschen mit ihren gelb lackierten Rädern und den schwarzen Wägen mit offenem Verdeck das Stadtbild. Doch Tarans Ziel war nicht der Palast, sondern der Park María Luisa, der wie eine grüne Insel inmitten der Stadt lag. Mit ihren Wasserspielen, gekachelten Bänken, Orangen-, Zitronenbäumen und Palmen erinnerte er ihn an die märchenhaften maurischen Gärten der Alhambra in Granada. Taran parkte sein Motorrad und lief in den Park. Er mied den breiten Weg, der geradewegs zur Plaza de España führte – dem würde er erst am Schluss einen Besuch abstatten –, und schlug sich in die Seitenalleen. Wind rauschte in den Palmenzweigen und trug ihm den fruchtigen Duft von Orangen- und das süße Aroma von Mandelblüten entgegen. Die weißen zarten Blätter schwammen wie Schneeflocken auf dem Wasser des Lotusteichs. Während er unter einer mit Bougainvillea eingesponnenen Pergola durchging, überlegte er, was er morgen mit Nina unternehmen sollte. Am besten erschien es ihm, sich ein paar Dinge zurechtzulegen und sie einfach zu fragen, was sie am liebsten besichtigen würde. Er hatte auf seiner Wanderung gerade das Denkmal des Dichters Gustavo Adolfo Bécquer erreicht, als ihm einfiel, dass es am nächsten Morgen knapp werden würde, seinen Vater anzurufen, wenn er pünktlich im Hotel bei Nina sein wollte. Niemand außer ihm befand sich in dem mit schmiedeeisernen Gittern eingezäunten Rondell, in dessen Mitte der Stamm einer riesigen Trauerweide von einem weißen Marmorsockel eingefasst worden war. Darauf thronte die Büste des spanischen Dichters neben fünf anderen Figuren. Gusseiserne Bänke luden zum Verweilen und Betrachten des Kunstwerks ein und Taran setzte sich auf eine von ihnen, zog sein Handy heraus und wählte die Nummer seines Vaters.

»Wie geht es dir?«, fragte Max Sternberg nach der Begrüßung, und das pfeifende Geräusch im Hintergrund verriet Taran, dass er sich eben einen Tee kochte. Sofort baute sich in ihm ein Bild aus seiner Kindheit auf, sein Vater, wie er abends in dem großen Ohrensessel saß, ein Buch in der Hand und auf dem Beistelltisch daneben Pfefferminztee. Den frischen Minzgeruch verband er heute noch mit dem Gefühl von Geborgenheit und Wärme.

»Wie läuft die Ausgrabung?«

»Gut. Wir haben gestern einen Skarabäus in Grab acht gefunden.«

»Lass mich raten, Quarzsandgestein wie bei den ägyptischen Fayencen?«

Taran schmunzelte. »Die Analysen stehen noch aus, aber ich

bin mir ziemlich sicher. Auf der Rückseite konnten wir ägyptische Schriftzeichen entziffern. Cha-ef-Re.«

Wie erwartet stieß sein Vater einen Überraschungslaut aus. »Der Erbauer einer der drei Pyramiden von Gizeh?«

»Der mittleren, um genau zu sein.«

»Aber das ist ja unerhört! Was für ein Fund!«

Taran lachte. »Lass dich jetzt bitte nicht verführen, den Skarabäus auf seine Regierungszeit zu datieren. Die Skarabäenform entwickelte sich erst fünfhundert Jahre später.«

Sie diskutierten eine Weile darüber, dann fragte sein Vater: »Was ist eigentlich aus deiner Förderung geworden? Hast du schon einen positiven Bescheid?«

»Schön wär's«, Taran seufzte. »Aktuell sieht es eher so aus, als würde mich der Experte, den Nina Winter für ihre Bewertung herangezogen hat, über den Tisch ziehen und aus meiner Position des Ausgrabungsleiters verdrängen wollen. Ich bin mir nicht sicher, ob ich hinterher seinen Handlanger mimen will. Ich meine, du weißt, was mir dieses Projekt bedeutet, aber irgendwann ist's genug.«

»Warum lässt das denn diese Unternehmensberaterin zu?«

»Tja, für sie zählt offenbar nur das Ergebnis. Eine Geschäftsfrau ohne Interesse an Kultur, genau wie meine Mutter.« Letzteres war ihm einfach so herausgerutscht und er bereute es sofort, denn am anderen Ende der Leitung herrschte plötzlich bedrücktes Schweigen.

»Tut mir leid, ich wollte nicht ...«

»Wann hast du mit deiner Mutter oder Jennifer zuletzt gesprochen, Taran?«

Da hatte er was angerichtet! Vorwürfe, dass er sich bei dem Rest der Familie nicht rührte, konnte er nun überhaupt nicht brauchen.

»Keine Ahnung. Worüber soll ich mit ihnen denn reden? Nichts, was mir am Herzen liegt, interessiert sie und umgekehrt.

Ich weiß, du hast Mama verziehen, aber ich kann das nicht. Bitte akzeptiere das endlich.«

»Ach, Junge, so einfach war das damals für deine Mutter auch wieder nicht. Sie hat Fehler gemacht, ich habe Fehler gemacht. Zum Streiten gehören immer zwei.«

»Hättest *du* sie verlassen, wenn es umgekehrt gewesen wäre? Wenn die Polizei *sie* abgeholt hätte? Das kann ich mir nicht vorstellen!«

Wütend starrte Taran auf das Dichterdenkmal und die drei davorsitzenden Frauenfiguren, die verschiedene Zustände der Liebe präsentierten: die Aufregung ersten Verliebtseins, das stille Glück, Liebe zu besitzen, und die Trauer, sie verloren zu haben. Bécquer war ein Dichter der Romantik. Manche seiner Liebesgedichte waren für seinen Geschmack schmalziger als ein spanischer Schinken. Vielleicht war er aber auch nur durch die Ehe, die seine Eltern geführt hatten, desillusioniert. Taran glaubte einfach nicht an die wahre, einzigartige Liebe. Er war auf Selinunt verrückt nach Yara gewesen. Doch niemals kopflos. Eines hatte er aus der Beziehung seiner Eltern jedenfalls gelernt: Man musste einen Menschen finden, der sich für dieselben Dinge begeistern konnte wie man selbst. Alles andere war auf Dauer zum Scheitern verurteilt.

»Vermutlich nicht«, räumte sein Vater ein. »Aber ich verstehe inzwischen besser als damals, wie sehr deine Mutter unter dem allen gelitten hat. Und mit Jennifer habe ich mich erst vor kurzem getroffen. Sie hat ihr zweites Staatsexamen erfolgreich bestanden und arbeitet seit einem Jahr als Rechtsanwältin für Strafrecht.«

»Wunderbar. Gratuliere ihr von mir, wenn du sie wieder einmal siehst«, entgegnete Taran zynisch.

»Warum tust du das nicht selbst? Sie hat dir angeblich schon mehrfach auf Band gesprochen.«

Ja, das hatte sie. Doch Taran hatte jede einzelne Nachricht gelöscht, ohne sich bei seiner Schwester zu melden. »Sei nicht so stur, Junge!«

Es hatte nichts mit Sturheit zu tun, sondern mit Loyalität. Er schloss die Augen und quälend kehrte die Erinnerung an den Tag zurück, als er seiner Schwester den Rücken gekehrt hatte. Kurz nach der Trennung seiner Eltern – eine Ewigkeit war das jetzt her. Sie war fünfzehn gewesen, hatte ihr Haar kurzgeschnitten wie Keira Knightley in *Kick it like Beckham* und Fußballspielen begonnen. »Wie kannst du das Mama antun?«, hatte sie auf der Wiese hinter dem Sportplatz geschrien. »Sie war immer für uns da, ist nie wie Papa in der Weltgeschichte herumgezogen. Mama hat alles für ihn ausbaden müssen. Und jetzt haust du ab, genau wie er! Hast du eine Ahnung, wie weh ihr das tut?«

»*Sie* ist doch mit uns weggegangen! Papa wollte sich gar nicht von ihr trennen.«

»Natürlich nicht! Er musste sich ja auch um nichts kümmern. Mama hat ihm einfach alles abgenommen, damit er Schatzsucher spielen kann. Total realitätsfremd, der Mann. Du wirst sehen, spätestens in einem Monat bist du wieder zurück.«

»Nein. Ich will bei Papa bleiben.«

Sie hatte bitter gelacht und ihre Fäuste in die Hüften gestemmt. »Dann viel Glück, Taran. Du wirst es brauchen.«

»Kommst du uns mal besuchen?« Seine Stimme hatte fast flehend geklungen und was er eigentlich hatte sagen wollen, war: Komm mit. Papa liebt dich doch ebenso wie mich.

Aber Jennifer hatte nur den Kopf geschüttelt. »Nein. Ich will mit ihm nichts mehr zu tun haben. Wenn du mich sehen willst, musst du schon Mama und mich besuchen kommen. Ehrlich, Taran. Ich bin froh, dass das jetzt endlich vorbei ist und wir uns nicht mehr schämen müssen und ganz neu anfangen können.«

Etwas war bei ihren Worten in ihm zerbrochen. Vielleicht

hatte er es bis zu diesem Augenblick nicht wahrhaben wollen, hatte geglaubt, dass die Trennung und der Umzug in eine andere Stadt nur eine Episode waren, die vergehen würde.

»Weißt du was, Jennifer, ich habe mich noch nie für Papa geschämt. Aber ich schäme mich jetzt für dich!«

Was seine Schwester an diesem Tag zu ihm gesagt hatte, hatte er seinem Vater nie erzählt und würde das auch nicht in Zukunft tun. Es tat seinem Vater gut, dass sie nach all den Jahren Kontakt zu ihm aufgenommen hatte. Taran wechselte das Thema. Aber irgendwie fühlte sich das Gespräch nicht mehr an wie vorher. Manche Worte hinterlassen Abgründe, über die man erst wieder Brücken bauen muss.

Nachdem er aufgelegt hatte, ging er zurück auf den Hauptweg, und wenig später erreichte er die Plaza de España. In den goldenen Strahlen der Abendsonne sah das halbkreisförmige Gebäude in seiner verspielten Mischung aus Renaissance- und Barockstil mit den orientalisch anmutenden Azulejos wie einem opulenten Märchen entsprungen aus. Kein Wunder, dass der Platz als Setting für diverse Hollywoodstreifen wie *Lawrence von Arabien* oder *Star Wars* hergehalten hatte, dachte Taran. Er war natürlich zuvor schon hier gewesen, hatte sich aber nie die Zeit genommen, die geschichtsträchtigen Keramiknischen genauer zu betrachten. Meist war er auf direktem Wege zu dem zweiten großen Platz des Parks, der Plaza de América, gegangen, denn dort befand sich das Archäologische Museum. Nun überquerte Taran eine der vier Brücken über dem künstlich angelegten Wasserlauf, lief an Souvenirverkäufern vorbei, die auf Leintüchern bunte Fächer und Kastagnetten auf dem Boden ausgelegt hatten, und steuerte die Keramikbänke an. An ihren Wänden erzählten sie wie ein historisches Bilderbuch jeweils ein bedeutendes Ereignis in der Geschichte der spanischen Provinzen. Bis auf das Anfangs- und Endbild, die natürlich Sevilla zeigten, waren die einzelnen Episoden alphabetisch angeordnet, von Álava bis Zaragoza, und es dauerte bis zu dem Buchstaben G, dass Taran wie angewurzelt vor den Azulejos stehen blieb.

Das Bild der Keramik zeigte die Schlüsselübergabe der Stadt Granada durch den Emir Abu Abdallah Muhammad XII. an die katholischen Könige Isabella I. von Kastilien und Ferdinand II. von Aragón. Der von den Christen der damaligen Zeit *Boabdil* genannte Herrscher hatte sich an die Macht geputscht, um seinen Vater zu stürzen. Eine Familienfehde mit weitreichenden Folgen, denn Zeitzeugen zufolge soll er nicht zum großen Krieger getaugt haben. Schon als er mit seinem Heer durchs Stadttor aus Granada ritt, sei er mit seiner Lanze gegen einen Torbogen geknallt, sodass deren Spitze abbrach. Derweil eroberte das Power-Couple des Katholizismus Festung um Festung. Nach seiner Kapitulation habe er ein letztes Mal auf Granada geblickt und schwermütig geseufzt, woraufhin seine kämpferische Mutter verächtlich gesagt habe, er solle nicht wie ein Weib betrauern, was er zuvor nicht wie ein Mann habe verteidigen können.

Während Taran nun auf das Bild starrte, hatte er plötzlich das Gefühl, in einer ganz ähnlichen Situation wie der unglückliche Boabdil zu stecken. Sollte er sich von Orlando und Nina einfach so überrollen lassen und ihnen symbolisch den Schlüssel zu seinem mühsam erarbeiteten Projekt übergeben? Vielleicht taugte er ebenso wenig zum aggressiven Kämpfer, und ganz sicher fehlte es ihm an der hinterhältigen List seines spanischen Kollegen. Aber er würde es ihm verdammt noch mal nicht so einfach machen, ihm sein Werk in den Schoß zu legen und sich seufzend in sein Schicksal zu ergeben. Eine Stadtbesichtigung morgen früh würde nicht ausreichen, um Nina umzustimmen, wenn abends wieder dieser Orlando darauf lauerte, sie in Gourmet-Tempeln zu verführen. Die Feiertage und das Wochenende standen vor der Tür. Vier ganze Tage, in denen er alles tun musste, um Nina Winter von sich und seiner Arbeit zu überzeugen. Das konnte er jedoch nur, wenn er sie räumlich von Orlandos Einfluss trennte. Warum es nicht zumindest versuchen? Mehr als Nein sagen konnte sie schließlich nicht.

Das Geräusch von Flügelschlägen ließ ihn zusammenzucken. Eine blaugraue Taube hatte sich auf einer der Keramikbänke niedergelassen und beäugte ihn mit schief gelegtem Köpfchen misstrauisch. Als er sich nicht rührte, pickte sie hastig ein paar Brotkrumen vom Stein. Und in diesem Moment schoss Taran eine Idee durch den Kopf. Er machte auf dem Absatz kehrt und marschierte zügigen Schrittes zurück zu seinem Motorrad. Die restlichen Azulejos konnten warten. Es gab noch eine Menge heute Abend zu planen.

17

Nächte in Sevilla waren lang. Nach der Geschmacksexplosion eines umwerfenden Sieben-Gänge-Menüs war Nina mit Orlando in einem Nachtclub im Metropol Parasol gelandet. Unter Strobosphärenlicht und buntem Meteorschauer hatten sie getanzt, gelacht und dem Flamencoauftritt eines jungen Mannes zugeschaut, der mit freiem durchtrainiertem Oberkörper in enger schwarzer Jeans und Schuhen mit Absätzen leidenschaftlich eine Farruca aufs Parkett klopfte und dafür tobenden Applaus erntete.

»Izan Mendez wird als Nachfolger von Joaquin Cortes gehandelt«, hatte Orlando ihr zugerufen, um die lauten Gitarren- und Streicherklänge zu übertönen. Es war eine wahrhaft berauschende Nacht. Als sie gegen drei Uhr beschwipst den Club verließen, wo noch bis sieben Uhr morgens weitergefeiert wurde, legte Nina den Kopf in den Nacken und sah zu den gewaltigen Schirmen des Metropol Parasols hoch, die mit blauen und gelben Lampen beleuchtet wie magische Pilze aus einer Fantasiewelt aus dem Boden wuchsen. Kalter Wind streifte ihre vom Tanzen schweißbedeckte Haut, und sie fröstelte. Orlando zog sich sein Sakko aus und legte es ihr um die Schultern. Einen Augenblick lang hielt er sie in den Armen und sie fühlte sich wie betäubt von seinem männlichen Duft und seiner Nähe.

»Nina«, raunte er heiser ganz nah bei ihrem Ohr, »möchtest du noch mit zu mir kommen?«

Im selben Moment blitzte in ihr die Erinnerung an jene verhängnisvolle Nacht in München auf, Nils' Gesicht am Tag darauf und alles, was hinterher passiert war. Auf einen Schlag fühlte sie sich wieder nüchtern. Orlando war gutaussehend, charmant und ein hinreißender Tänzer. Wahrscheinlich auch ein guter Liebhaber. Es war verführerisch, es einfach geschehen und diese perfekte Nacht in zärtlichen Liebkosungen und perfektem Sex enden zu lassen. Ihre Haut prickelte unter seinen Händen. Doch sie horchte in sich hinein und fand kein tiefes Gefühl, keine Schmetterlinge im Bauch bei dem Gedanken an ihn, nichts, das sie mit diesem Mann verband, außer der stillen Sehnsucht, von jemandem aufrichtig geliebt zu werden. Aber Nina war realistisch genug, um zu wissen, dass Orlando ihr das nicht geben konnte. Selbst wenn er nicht nur auf einen Flirt und ein paar leidenschaftliche Nächte bis zu ihrer Abreise aus war – wovon sie ausging –, würde sie sich überhaupt in einen Mann wie ihn verlieben *wollen*? Sie hatte auch seine andere Seite kennengelernt. Orlando konnte ebenso kalt berechnend sein wie Nils. Nein, sie würde nicht denselben Fehler noch einmal machen und sich von einem Mann wie ihm überrumpeln lassen. Entschlossen löste sie sich von Orlando und drehte sich um. In seinen dunklen Augen brannte eine Leidenschaft, die sie überraschte.

»Das war ein wundervoller Abend, Orlando, ich danke dir für alles. Aber ich bin müde und möchte lieber zurück ins Hotel.«

Enttäuschung flackerte über sein Gesicht. »Ich wollte dich nicht überfallen, es ist nur«, er fuhr sich durch die Haare und wirkte auf einmal gar nicht mehr so selbstsicher, wie sie es von ihm gewohnt war, »du bedeutest mir viel. Zu viel für die kurze Zeit, die wir uns erst kennen. Und schon bald ist dieses Projekt zu Ende. Das macht mir Angst.«

Sie wollte etwas erwidern, aber er hob abwehrend die Hand. »Nein, bitte lass mich das sagen, bevor mich der Mut verlässt. Ich weiß, wie das auf dich wirken muss. Aber du bist eine sehr attraktive Frau, ich habe mich schon am Flughafen gefragt, ob sich zwischen uns etwas ergeben könnte.« Er lächelte schief. »Inzwischen habe ich dich näher kennengelernt. Und ich möchte mehr mit dir erleben als ein paar romantische Nächte, mehr von deinem Lachen, unseren Gesprächen, deinem scharfen Verstand, deiner Zielstrebigkeit. Ich möchte dich auch wiedersehen, wenn dein Job hier längst vorbei ist. Du musst jetzt nichts sagen. Ich fahre dich ins Hotel zurück, und du rufst mich an, wenn du darüber nachgedacht hast. Mein Leben ist – schonend ausgedrückt – *kompliziert*. Aber wenn dir auch ein bisschen an mir liegt, würde ich es dir gerne zeigen, dir von mir erzählen und dich Menschen vorstellen, die mir in meinem Leben etwas bedeuten.«

Nina schluckte schwer. Irgendwie überforderte sie das alles. Mit so einem Verlauf des Abends hatte sie nicht gerechnet. War Orlandos Geständnis vielleicht nur ein Trick, um sie doch noch ins Bett zu bekommen? Glaubte er, sie würde sich eher mit ihm einlassen, wenn er so tat, als hätte er ernsthaftes Interesse an ihr? Aber da war etwas Verletzliches in seiner Miene, unmöglich, dass er ihr das nur vorspielte.

»Okay«, sagte sie und lächelte, während sie das Sakko fröstelnd enger zog. »Ich lass es mir morgen durch den Kopf gehen und ruf dich an.«

Sevilla maravilla.

Ninas fünfter Tag in der Stadt voller Wunder brach mit Kopfschmerzen, einem flauen Gefühl im Magen und höllischem Muskelkater an. Sie kam langsam in das Alter, wo sie das Partyfeiern bis in die Morgenstunden Jüngeren überlassen und sich einen Mann für gemütliche Couchpotato-Abende suchen sollte. Vielleicht hatte Paps gar nicht so Unrecht damit, dass sie sich langsam mal einen festen Freund zulegen sollte. Sie verfehlte den Wecker auf dem Nachttisch, der scheppernd auf den Boden krachte und halb unters Bett rutschte. Bei dem Versuch, ihn darunter hervorzuangeln, wäre sie ums Haar selbst von der Matratze gerutscht. Aus irgendeinem Grund ließ das verdammte Ding sich auch nicht ausschalten. Vielleicht war er beim Aufprall beschädigt worden, jedenfalls brachte sie das schrille Ungetüm nur zum Schweigen, indem sie die Abdeckung auf der Rückseite abzog und die Batterien entfernte. Erschöpft ließ sie sich zurück in die Kissen sinken. Egal, sie hatte schließlich noch das Handy oder konnte das Hotelpersonal mit einem Weckdienst beauftragen. Zu dem Pochen in ihrem Kopf hatte sich nun noch Schwindel gesellt.

»Maravilla« war es höchstens, in dieser Stadt nicht vollkommen den Verstand zu verlieren. Seit ihrer Ankunft hatte sie das Gefühl, sich in eine Achterbahn der Emotionen gesetzt zu haben, die sie in schwindelerregendem Tempo in ekstatische Höhen und gleich danach in abgründige Tiefen katapultierte und jederzeit drohte, sie komplett aus der Spur zu schleudern. Erst stellte sich Sternberg als der Junge heraus, von dem sie monatelang als Zahnspangen-Teenager geträumt hatte. Ihr Ritter in der Not, der sich heldenhaft zu ihrer Rettung von seinem Pferd beziehungsweise von seinem Magnetometer weg über den Sand geschwungen hatte. Sie erinnerte sich sogar daran, wie sie versucht hatte, diese unglaublichen schilfgrünen Augen zu malen. Erfolglos natürlich. Ihre künstlerischen Fähigkeiten waren unterirdisch.

Dann erwies sich ihre kühne Idee, Alexander Roth könnte sich für die Phönizier-Archäologie begeistern, als eine Fallgrube, die sie sich selbst geschaufelt hatte. Eine sehr, sehr tiefe Grube, aus der Orlando ihr netterweise herausgeholfen hatte. Sie hatte buchstäblich schon vor sich gesehen, wie Nils sich die Hände rieb, weil sie dieses Projekt mit dem nüchternen Taran und seinen Zahlenkolonnen in den Sand setzte und Roth es sich anders überlegte. Der Luxusjachtenbauer förderte bestimmt keine Ausgrabung von Amphoren-Bruchstücken, die normale

Menschen selbst unter der Lupe nicht von der Töpferware der Straßenhändler unterscheiden konnten. Da half auch all das Gerede von der angeblichen Kleeblattform nichts. Und jetzt gestand Orlando ihr nach vier Tagen Bekanntschaft seine Liebe und wollte ihr seine Familie vorstellen? Hilfe, was kam denn noch alles auf sie in Sevilla zu? Sie mochte Orlando, war ihm dankbar, aber das ging nun wirklich zu schnell. Was sollte sie ihm nur sagen? Eine vertrackte Situation, schließlich war sie auch noch von seinem für Roth dramatisch aufpolierten Archäologie-Gutachten abhängig. Stöhnend setzte sich Nina im Bett auf und rieb sich die Augen. Sie hatte sich schon ganz anderen Bewertungssituationen gestellt und war kein Feigling, aber am liebsten hätte sie jetzt die Koffer gepackt und wäre abgehauen. Am besten auf den Mond.

Warme und kalte Wechselduschen, viel Aufwand mit dem Make-up und eine doppelte Portion extra starken Kaffees ließen sie immerhin nicht wie einen Zombie aussehen, als sie kurz vor zehn die Lobby betrat, wo sie sich mit Taran verabredet hatte. Er saß in einem der Sessel, hatte ein Bein über das andere geschlagen und las in einem Buch. Aus irgendeinem Grund wirkte er in dieser entspannten Haltung so sexy, dass sie weiche Knie bekam. Vielleicht war aber auch nur der Kaffee zu stark gewesen.

»Guten Morgen!«, rief sie mit fester Stimme. »Was liest du da?«

Er sah auf. »*Der englische Patient*. Kennst du es?«

Sie ließ sich auf den Sessel neben ihm nieder. »Ich hab den Film gesehen.«

»Der ist gut. Bildgewaltig. Ich liebe die Aufnahmen in der Wüste. Aber das Buch ist trotzdem besser.« Er reichte es ihr, nahm seine Tasse und trank einen Schluck. »Magst du auch einen Kaffee?«

Nina schüttelte lachend den Kopf. »Noch eine Tasse mehr und du kannst mich in der Notaufnahme abliefern.« Sie schlug das

Buch wahllos in der Mitte auf und entdeckte einige Sätze, die Taran mit Bleistift angestrichen hatte. Darin ging es um Verstellung, Imitieren und Häuten. Darum, dass man sich nur verteidigen konnte, wenn man die Wahrheit im anderen suchte. Ein interessanter Gedanke.

»So *lang* war die vergangene Nacht?«

Nina sah auf und fühlte sich ertappt. Taran grinste und seine Augen funkelten. »Ich bin nicht erst seit gestern hier in Sevilla und kann die Zeichen einer Partynacht erkennen. Wo wart ihr denn?«

Sie sollte sich dringend ein besseres Make-up besorgen. »In einem Club im Metropol Parasol. Ich bin erst gegen vier ins Bett gekommen, und meine Füße fühlen sich wie nach einem Marathon an«, stöhnte sie. Eigentlich war das nicht verwunderlich. Seit ihrer Zeit an der Uni konnte sie die Anzahl ihrer durchtanzten Nächte vermutlich an zwei Händen abzählen.

»Wenn du mir eine Nachricht geschrieben hättest, hätte ich dich gerne auch später abholen können.«

In ihrem Alltag war Nina umgeben von Menschen, für die Termine heilig waren und die jedes Verschieben entweder als Beweis von Unfähigkeit oder für eine Unverschämtheit hielten. Aber für Taran schien es vollkommen okay zu sein, spontan seine Pläne zu ändern. Es fühlte sich seltsam an, hier mit ihm in der Lobby zu sitzen, als gäbe es kein Morgen. Gleich bei ihrem ersten Treffen war ihr aufgefallen, welche innere Ruhe er ausstrahlte. Nina war sicher, gleichgültig, was er heute vorgehabt hatte, würde sie ihn jetzt darum bitten, noch eine Stunde hier in der Lobby mit ihr zu plaudern, er hätte nichts dagegen. Das war ... unfassbar cool. Dieser Mann schien jedem einzelnen Moment seines Lebens die Möglichkeit zu geben, sich frei zu entfalten und sich in eine völlig andere Richtung zu entwickeln als ursprünglich vorgesehen. Sie beneidete ihn um diese Flexibilität. Vielleicht lag das an seinem Job? Ihr wurde plötzlich wieder bewusst, dass er keine Ahnung hatte, ob er in einem halben Jahr noch hier war oder irgendwo anders auf der Welt. Das hing jetzt ganz allein von ihrer Bewertung ab, und er ließ es einfach auf sich zukommen.

»Okay, was sollen wir unternehmen?«, fragte er, und sie musste sich zusammenreißen, ihn nicht weiter anzustarren wie ein exotisches Tier im Zoo.

Nina zuckte die Schultern. »Ich hatte bislang keine Zeit, mir die Reiseführer anzuschauen und Pläne zu schmieden. Mit Orlando war ich in den vergangenen Tagen im Archäologischen Museum, der Kathedrale und im Alcázar.«

»Die typischen Highlights also. Und was hat dir am besten gefallen?«

»Der Königspalast. Ich war noch nie im Orient und mag die Mudéjar-Architektur, die verspielten Ornamente, Säulen und Bögen.«

Er nickte, trank seine Tasse leer und stellte sie ab. Als er sich ihr wieder zuwandte, hatte sie das eigentümliche Gefühl, er würde direkt in die Tiefen ihrer Seele blicken.

Er lächelte. »Also, es ist so: Bis auf das Abendessen bei Ramón und Sofía am Ostermontag habe ich in den nächsten drei Tagen noch überhaupt nichts vor. Die vergangenen Monate sind ziemlich arbeitsintensiv gewesen und ich bin nicht viel rausgekommen. Wir könnten natürlich heute hier durch Sevilla oder die Umgebung streifen. Aber vielleicht möchtest du noch mehr von Andalusien sehen? Wenn dir der Alcázar gefallen hat, wird dich die Alhambra in Granada erst recht begeistern. Ich hätte unheimlich Lust, mal wieder einfach mit meinem Motorrad loszufahren. Anzuhalten, wo es mir gefällt, ein bisschen Freiheit zu genießen. Was ist? Kommst du mit? Du kannst als Sozius bei mir mitfahren.«

Nina glaubte, sich verhört zu haben. Ein Roadtrip mit ihm auf seinem Motorrad durch Andalusien? Wow. Das war …

… LEBENSGEFÄHRLICH, brüllte sofort die Stimme ihres Vaters in ihrem Kopf. *Ach, Paps, das Leben ist immer lebensgefährlich!*

… die perfekte Chance, erst einmal Abstand zu Orlando zu gewinnen, ohne ihn vor den Kopf zu stoßen, denn schließlich war es Tarans Idee.

… genau das, was sie schon immer hatte machen wollen, aber nie die Gelegenheit dazu bekommen hatte. *Nimm sie wahr!*

… vollkommen verrückt. Sie war noch nie Motorrad gefahren. Vielleicht bot sich so eine Möglichkeit nie wieder in ihrem Leben? Hielt man sich dabei an dem Fahrer fest? Wie würde das sein, eng an Taran geschmiegt durch die malerische Landschaft zu kurven?

Hitze schoss ihr in die Wangen, während all diese Stimmen in ihrem Kopf durcheinanderwirbelten. Taran wartete geduldig und drängte sie nicht zu einer Entscheidung.

»Möchten Sie noch etwas trinken?« Die Worte des Kellners rissen sie aus dem Orkan in ihrem Inneren. Wo kam der denn plötzlich her?

»Ja!«, stammelte sie, schüttelte dann sofort den Kopf und rief: »Ich meine: Nein! Entschuldigen Sie bitte, das galt gar nicht Ihnen, ich möchte nichts, danke.«

Der Kellner hob die Augenbrauen und räumte Tarans Tasse ab. Nachdem er gegangen war, beugte Taran sich vor.

»Gott sei Dank. Noch länger hätte ich nämlich die Luft trotz Taucherausbildung nicht mehr anhalten können.« Sein Lächeln spiegelte sich in den schilfgrünen Augen wider, und in Ninas Bauch kribbelte es. »Wirklich *Ja*?«

»Ja!« Sie lachte und fühlte sich ein wenig betrunken, obwohl sie doch gar keinen Alkohol seit gestern Nacht zu sich genommen hatte. Dann holte sie tief Luft und straffte die Schultern. »Ja. Gut. Was muss ich tun? Was soll ich packen? Und wohin fahren wir zuerst?«

18

Nina Winter, die aussah, als würde sie sich sogar eine To-do-Liste mit Kästchen zum Abhaken für ihre tägliche Morgenroutine machen, hatte zugestimmt, mit ihm auf dem Motorrad einfach so ins Blaue zu fahren! Taran bekam das Grinsen gar nicht mehr aus dem Gesicht, während er draußen vor dem Hotel auf und ab wanderte. Er hatte am Vorabend noch überlegt, ob er einen Mietwagen für die drei Tage nehmen sollte, aber dann hatte er beschlossen, alles auf eine Karte zu setzen. Irgendwie kam er sich gerade wie Cäsar vor, als er den Rubikon überquerte. *Alea iacta est.* Der Würfel war gefallen, und wie auch immer dieses Abenteuer ausgehen würde, er freute sich darauf. Außerdem tat es verdammt gut, dem eingebildeten Orlando auf diese Weise den Krieg zu erklären.

Er hatte ihr seine wasserdichte Motorradhecktasche überlassen, die siebzig Liter Fassungsvermögen hatte. Ihm genügte für die paar Tage ein Rucksack. Zwei kleine Satteltaschen fürs Handgepäck konnten sie zur Not auch noch vollpacken. Als er gerade auf dem Handy nachschaute, wo das nächste Motorradbekleidungsgeschäft in Sevilla war, schwang hinter ihm die Tür in der Lobby auf, und Nina kam mit einem Hotelportier heraus, der die Tasche schleppte und sie ächzend vor Tarans Motorrad abstellte. Sie gab dem jungen Mann offenbar so viel Trinkgeld für seine Mühe, dass sein Grinsen so breit wurde wie der Kragen seiner Uniform.

Hatte sie da Steine hineingelegt? Taran wuchtete das Gepäckstück hoch und zurrte es fest. Dann drehte er sich um und musterte Nina prüfend. Sie trug eine schwarze Jeans und Turnschuhe. Über das T-Shirt hatte sie sich einen hellgrauen Hoodie angezogen und die Haare in einem Pferdeschwanz gebändigt. In dieser Aufmachung sah sie viel jünger aus und hatte mit der streng wirkenden Unternehmensberaterin, die er am Montag im Businesskostüm kennengelernt hatte, wenig gemeinsam.

Ninas Augen blitzten übermütig. »Halte ich der Überprüfung stand?«

Mehr als das.

»Nicht ganz. Ich habe zwar einen zweiten Helm, aber wir brauchen zumindest noch eine Jacke mit Protektoren für dich. Sicherheit geht vor.«

Sie legte die Stirn in Falten. »Heute ist Karfreitag.«

Taran winkte ab. »In Spanien gelten nicht so strenge Öffnungszeiten in den Geschäften wie bei uns. Ich habe schon eines ausfindig gemacht.« Er reichte ihr seinen cremefarbenen Ersatzhelm und sie zog ihn über. Dann überprüfte er den Sitz. »Hm. Richtig ideal sitzt der aber auch nicht.«

»Ein bisschen zu groß«, stimmte sie zu. »Aber vielleicht finde ich in dem Geschäft, zu dem du fahren willst, einen besseren.«

»Das wäre gut.«

Taran ließ Nina zuerst aufsteigen, sagte ihr, wo sie ihre Füße abstellen konnte und wie ein optimales Verhalten des Beifahrers während der Fahrt aussah. Ihm fiel auf, dass sie so entspannt auf dem Sitz saß wie Rotkäppchen beim Anblick des Wolfes. Nervös drehte sie eine Haarsträhne zwischen den Fingern.

»Hast du Angst? Also, wir können auch einen Wagen anmieten, wenn dir das lieber ist.«

»Nur Lampenfieber. Vergeht bestimmt, solltest du endlich mal mit den langwierigen Erklärungen aufhören und losfahren.«

Er schwang sich auf die Maschine und zog den Helm über. »Bereit?«, fragte er über die Schulter und spürte im nächsten Moment, wie sie ihre Arme zögernd um seine Taille schlang.

Vielleicht hätte er ihr noch sagen sollen, dass es für langsame Fahrten auch einen Griff zum Festhalten am Sitzpolster hinter ihrem Rücken gab? Aber das würde sie schon selbst herausfinden, wenn sie es denn wirklich wollte. Taran startete den Motor und fuhr bewusst vorsichtig durch die Stadt, damit sie sich erst einmal an das Fahrgefühl gewöhnen konnte. An der Plaza Nueva, in deren Nähe sich das Motorradbekleidungsgeschäft befand, hielt er an. Nina kletterte von der Maschine und schenkte ihm ein schiefes Lächeln, bevor sie im Geschäft verschwand. Einen Augenblick lang überlegte er, ob er ihr folgen sollte. Aber was konnte er da drin schon tun? Ihr beim Anprobieren verschiedener Jacken und Helme zusehen? Er wäre sich wie dieser reiche Businessfritze in *Pretty Woman* vorgekommen. Nein, Nina war zu selbstbewusst und nicht der Typ Frau, die eine Modeschau vor ihm aufführen wollte, und die Angestellten konnten sie bestimmt kompetenter beraten als er.

Taran ließ seinen Blick über den Platz schweifen. An einem Zeitungskiosk kauften zwei Jungen Comic-Hefte. Von einer Chucheria streifte ihn der Duft frittierten Hefeteigs. Eine Gruppe alter Männer spielte am Rand des Platzes Boule. Er erinnerte sich an einen Zeitungsartikel, den er vor einiger Zeit gelesen hatte. Die Menschen, die heute hier über das Pflaster schlenderten, ahnten bestimmt nicht, dass fünfzehn Meter unter ihnen ein altes Schiff gelegen hatte. Seine Holzüberreste aus dem zehnten und ein Anker aus dem sechsten Jahrhundert waren bei den Bauarbeiten für die U-Bahn entdeckt worden. Seither schlummerten die geborgenen Fundstücke im Depot des Archäologischen Museums von Sevilla. So in Gedanken versunken, schrak er zusammen, als ihn jemand an der Schulter berührte. Taran wandte sich um und starrte in das rauchschwarze Visier eines schwarzen Motorradhelms, unter dem langes, blondes Haar über einer engen Bikerjacke quoll. Sein Blick glitt tiefer. Die Jeans endeten nicht mehr in hellen Sneakers, sondern in klassischen Bikerboots mit Schnallen und Absatz. Taran hob den Kopf.

»Wer sind Sie?«, fragte er ernst.

Ein dumpfes Lachen erklang unter dem Helm, dann klappte Nina das Visier hoch. In dem tiefen Blau ihrer Augen lag ein Leuchten, wie er es zuvor bei dieser Frau noch nie wahrgenommen hatte. Als hätte er die Patina aus Staub und Sand von einem unscheinbaren Kiesel entfernt und darunter einen funkelnden Saphir freigelegt.

»Hm, lass mich mal raten, Brigid beim Frühlingsblumenpflücken?«

Sie hatte sein Kompliment also nicht vergessen.

»In dem Outfit wohl eher Medb beim Köpfeabschlagen.«

Er mochte ihr Lachen. »Muss ich sie googeln oder verrätst du mir, wer sie ist?« Sie öffnete eine der Satteltaschen und quetschte eine Plastiktüte, in der vermutlich ihre Turnschuhe steckten, hinein.

»In der keltischen Mythologie Irlands war sie die Königin von Connacht. Schön, stark, kriegerisch und unerbittlich.« Er verschwieg ihr besser, dass Medb darüber hinaus diverse männliche Mitstreiter durch die *Gunst ihrer Schenkel* gewonnen haben soll.

»Hoffen wir, dass ich nicht ebenso unerbittlich in meinem Gutachten sein werde«, spottete sie und zog schwungvoll den Reißverschluss der Tasche zu.

Haha! Willkommen zurück, Nina Winter. Eben hast du noch so hinreißend gewirkt.

Taran deutete zum Platz. »Sollten du oder Orlando wieder einmal auf der Suche nach viel besseren zu fördernden Projekten als meinem sein, könnt ihr auch einfach hier graben. Unter der Plaza Nueva befinden sich die Überreste eines phönizischen Hafens.«

Sie überhörte seinen Zynismus und starrte auf die Steinwüste vor ihnen. »Ein *Hafen*? Hier ist doch überhaupt kein Wasser!«

»Heute ist der Fluss auch knapp vierhundert Meter entfernt. Aber früher verlief hier ein Seitenarm des Guadalquivir. Die Hafenanlage war sogar noch im neunten Jahrhundert nach Christus den Wikingern bekannt gewesen. Sie segelten bis nach Sevilla und besetzten sieben Tage lang die Stadt.«

»Es ging nicht gut aus für sie, nehme ich an, sonst würden jetzt keine maurischen Paläste, sondern Holzhäuser und Schiffe mit Drachenköpfen zu Andalusien gehören.«

»Die Wikinger waren auf Plünderungen und die Gefangennahme von Frauen und Kindern aus und nicht darauf, hier Niederlassungen zu gründen. Am Ende gelang es den Arabern, ihre Schiffe zu zerstören, die Männer zu töten oder zu versklaven, und einige hängte man zur Abschreckung in den Palmen auf.«

Nina schauderte, während ihr Blick zu den Palmen auf dem Platz wanderte. »Was für grausame Zeiten!« Sie setzte sich hinter ihn und hielt sich an seiner Jacke fest.

Taran startete den Motor und fuhr los.

Da er nicht hatte wissen können, ob Nina überhaupt einem Roadtrip zustimmen würde, mussten sie vorab bei ihm daheim vorbeifahren.

»Ich brauche nicht lange«, sagte er, als sie die Wohnung betraten, zog seine Jacke aus und warf sie auf die Couch. »Magst du was trinken? Kaffee oder Tee? Müsli ist auch noch da.«

»Danke, ich bin noch satt vom Frühstück.« Sie sah sich mit interessiertem Gesichtsausdruck um und schlenderte zur Balkontür. »Darf ich?«

»Klar.« Taran ging ins Bad und begann, seinen Waschbeutel zu packen.

»Du hast eine tolle Aussicht auf den Hafen!«, rief Nina vom Balkon.

»Das war auch einer der Gründe, warum ich mich für dieses Studio entschieden habe«, antwortete er, zog den Reißverschluss des Beutels zu, kam zurück ins Wohnzimmer und stieg die Treppe nach oben. Er war gerade dabei, die notwendigsten Sachen aus seinem Kleiderschrank zusammenzusuchen, als er ein Kratzen an der Haustür, gefolgt von einem kläglichen Maunzen hörte. Ein Blick über die Galerie hinunter in den Wohn-/Essbereich zeigte ihm, dass Nina wieder hereingekommen war und nun eingehend seinen Schreibtisch und das Bücherregal dahinter studierte.

»Nina!«, rief er. Sie zuckte zusammen und sah ertappt zu ihm hinauf. Doch Taran kümmerte es nicht, dass sie sich auf seinem Tisch umgesehen hatte. Er deutete zur Tür. »Das ist El Cid. Magst du ihm ein wenig Katzenfutter geben? Steht auf dem Kühlschrank. Das Schälchen dazu findest du auf dem Balkon.«

»Du hast einen Kater?«, fragte sie erstaunt.

»Nicht direkt. Der kleine Straßenkämpfer schaut nur ab und zu mal bei mir vorbei und ...« Doch Nina hörte gar nicht mehr hin, sondern war bereits zur Tür gelaufen, um sie aufzureißen. Die folgende Szene hätte Taran nur zu gerne gefilmt, wenn er sein Handy dagehabt hätte. El Cid starrte Nina wie vom Donner gerührt an, sträubte sein Fell und streckte seinen buschigen Schwanz senkrecht in die Höhe. Vermutlich wirkte selbst auf den Kater ihr schwarzes Biker-Outfit wie eine Kriegserklärung. Sie dagegen gab einen entzückten Laut von sich, ging vor dem getigerten Kerl auf die Knie und lockte ihn mit zärtlicher Stimme: »Aaaw, du bist ja soooo ein Süßer! Komm her, lass dich streicheln.«

Taran konnte sich nur mit Mühe das Lachen verkneifen. Wie gut, dass El Cid ihre Worte nicht verstand. Welcher Kämpfer, der was auf sich hielt, wollte schon als *Süßer* bezeichnet werden? Schließlich sprachen sein eingerissenes Ohr und diverse Narben unter dem Fell Bände. Während der Kater mit halb zugekniffenen Augen Nina misstrauisch beäugte, begann die Spitze seines

Schwanzes unschlüssig hin und her zu zucken. Sie robbte auf Knien näher an ihn heran und streckte die Hand aus.

»Vorsicht, Nina. Ich glaube, er ist heute nicht besonders gut drauf.«

»So ein niedlicher Tigerrrr!«, gurrte sie, ohne auf seine Warnung zu hören. Vielleicht sollte er den Rabauken öfter zum Einsatz bringen, wenn er weibliche Bekanntschaften machte. Nina war überhaupt nicht mehr wiederzuerkennen in ihrer Begeisterung. El Cid stufte sie wohl angesichts dieses Tonfalls als harmlos ein, stolzierte auf sie zu und strich hoheitsvoll um ihre Knie. Ungläubig sah Taran zu, wie er sich erst von ihr streicheln und dann sogar auf den Arm nehmen ließ. Das hatte er noch nie bei ihm zugelassen! Auf seinem Handrücken hatte er einige feine Narben von El Cids scharfen Krallen. *Ich bin also nur der dumme Kerl, der dir Trockenfutter in die Schüssel füllen darf!* Womöglich fing er jetzt auch noch bei ihr zu schnurren an! Kopfschüttelnd wandte er sich wieder seinem Kleiderschrank zu. Nachdem er gepackt hatte und hinuntergegangen war, fand er die beiden auf seiner Couch. Der fellige Verräter schnurrte nicht nur, er räkelte sich genüsslich auf seiner Jacke und bedachte ihn mit einem trägen Zieh-Leine-Blick.

Oh nein! Meine Jacke! Mein Mädchen!

Moment mal. Wo kam denn der Gedanke plötzlich her?

Nina hob den Kopf und Taran überlegte, wie ein Maler die Farbe ihrer Augen nennen würde. Atlantikblau? Kobaltblau? Indigofarben?

»Hey«, sagte er sanfter in Richtung Kater als beabsichtigt. »Ihr zwei müsst euch jetzt aber mal verabschieden, sonst kommen wir heute nicht mehr nach Córdoba.«

»Ich dachte, wir fahren nach Granada?«

Er ging zur Küchentheke, holte sein Handy, setzte sich neben sie und öffnete die Karten-App. »Wie du magst. Aber die Mezquíta ist wirklich sehenswert, und da wir schon spät dran sind, könnten wir ebenso gut mit der Stadt der Kalifen beginnen. Die Fahrt dauert auch nur zwei Stunden.«

Nina nahm ihre Hand von El Cids Bauch und schaute auf die Uhr. »Meine Güte, du hast recht, es ist schon Mittag. Warum nicht? Aber da du ohnehin ein wandelndes Geschichtsbuch zu sein scheinst, musst du mir in Córdoba dann auch alles von der Kalifenzeit erzählen.«

»Mit Vergnügen.«

»Und was wird aus El Cid, während du weg bist? Muss der arme Kerl nicht hungern?«

»Schau dir mal seinen Bauch an. Er sieht aus wie eine spanische Version von Garfield.«

»Hör nicht auf ihn! Du hast eine perfekte Raubkatzenfigur«, sagte sie zu dem Tiger und kraulte seine Raubkatzenwampe.

»Ehrlich, Nina, er bekommt so viel Fischabfälle unten im Restaurant, bis zu meiner Rückkehr hält er locker durch.«

Flugzeuge donnerten über ihren Köpfen hinweg, als sie am Flughafen von Sevilla vorbei auf der Autobahn nach Córdoba fuhren, und Taran spürte, wie Nina sich enger an seinen Rücken schmiegte.

»Ich weiß, es ist leichter gesagt als getan. Aber als Sozius musst du versuchen, dich während der Fahrt zu entspannen und die Bewegungen des Motorrads mitzumachen«, hatte er ihr vor der Abfahrt erklärt. Und die des Fahrers. Doch das hatte er sich verkniffen, es klang zu zweideutig. »Wenn irgendwas ist, gib mir Bescheid, und ich ziehe bei der nächsten Ausfahrt raus.«

Aber Nina schien genug Vertrauen in ihn zu haben, um sich seinem Fahrstil anzupassen. Erst kurz vor Écija machte er Halt und behauptete, er müsste tanken. Tatsächlich wollte er sehen, wie es ihr ging. Sie stieg ab, zog den Helm hinunter, strich sich die verschwitzten Haare aus der Stirn und streckte sich.

»Alles klar bei dir?«, fragte er. »Oder hast du schon genug?«

Nina schüttelte den Kopf. »Nein. Ganz im Gegenteil. Na ja, auf der Autobahn habe ich erst einmal den Atem angehalten, als du Gas gegeben hast, und mich total angespannt. Das war ein Gefühl wie das Beschleunigen in einer Achterbahn. Und als du dann in die erste Kurve gegangen bist. Wahnsinn! Ich hätte wirklich nicht gedacht, dass es mir so viel Spaß macht.«

»Besser als Zahlen analysieren?«

»Kommt ganz auf das Ergebnis an«, erwiderte sie augenzwinkernd.

Er lächelte, während er den Tankdeckel wieder zuschraubte.

»Sollen wir nicht vorab ein Hotel buchen?«, fragte Nina und tippte auf ihrem Handy herum. »In der Karwoche ist doch bestimmt alles ausgebucht.«

Taran zog ein paar Papiertücher aus dem Spender und wischte sich die Hände ab. »Also ein Freund von mir betreibt ein kleines Privatmuseum im jüdischen Viertel und vermietet auch Zimmer. Bed & Breakfast auf Spanisch sozusagen. Ich habe ihn angerufen, während du Helm und Jacke gekauft hast. Er hat noch zwei Zimmer frei. Wenn du aber lieber in ein Hotel gehen möchtest ...«

»Nein, gerne was Authentisches.« Sie legte ihren Helm auf dem Motorrad ab. »Bin gleich wieder da.«

Taran sah ihr nach, wie sie über den Parkplatz zum Rastplatzshop ging. Ihre blonden Haare wippten bei jedem Schritt über der taillierten schwarzen Lederjacke. In den Boots war ihr Gang noch etwas selbstbewusster. Drei junge Männer verließen gerade den Shop, und zwei von ihnen drehten sich nach ihr um. Taran grinste. Verdammt, Lara Croft konnte Nina Winter ganz sicher nicht das Wasser reichen.

19

Ich fliege!
Nina schloss die Augen, hörte auf, starr und auf gebührendem Abstand bedacht hinter Taran zu sitzen, und schmiegte sich stattdessen eng an ihn. Wie an einen Liebhaber, ging ihr durch den Kopf. Der Wind rauschte in ihren Ohren, und ihr Herz schlug viel zu schnell, sie glaubte, es müsse zerspringen. Sie gab sich ganz dem Hier und Jetzt, diesem einzigartigen Moment hin und wollte schreien vor Glück. Sie wurde in die Zeit ihres Kitesurf-Kurses zurückkatapultiert, vor so vielen Jahren hier in Spanien. Nach ihrem Sturz hatte ihr Vater sie nämlich nie wieder auf ein Board gelassen. Doch jetzt fühlte sie erneut den Wind, die Geschwindigkeit, jede Bewegung von Tarans muskulösem Körper, das satte Dröhnen des Motors unter ihr, der in den Sitzen vibrierte. Als Taran von der Autobahn abfuhr und das Motorrad in eine Kurve legte, lehnte sie sich mit ihm hinein und spürte plötzlich einen metallischen Geschmack im Mund, weil sie sich vor Aufregung auf die Zunge gebissen hatte. So frei, so wild und so lebendig hatte sie sich seit Jahren nicht mehr gefühlt, es war, als hätte Taran Sternberg sie aus einem langen Schlaf erweckt, und sie wünschte, diese Fahrt würde niemals enden.

Knapp zwei Stunden später hielten sie vor einer riesigen steinernen Fußgängerbrücke in Córdoba, und er klappte das Visier seines Helms auf. Oh, diese grünen Augen! Was zur Hölle passierte da gerade mit ihr? War sie ernsthaft dabei, sich erneut wie ein Teenager in ihn zu verlieben? Das war ganz und gar unmöglich! Wie sollte sie seine Arbeit neutral und unvoreingenommen bewerten, wenn sie nicht aufhören konnte, ihn anzustarren?

»... die Serie gesehen?«, fragte Taran.

»Ähm, was?«, hakte sie nach und klappte ihr Visier nun ebenfalls hoch. »Sorry, ich hab dich unter dem Helm kaum verstanden«, log sie.

»*Game of Thrones*. Die lange Brücke von Volantis wurde hier gedreht.«

Nina kniff die Augen zusammen und sah zu der kolossalen Steinbrücke hinüber. Sie hatte nicht viele Serien gesehen, aber von *Game of Thrones* hatte sie einige Folgen angeschaut. »Tatsächlich!«, murmelte sie verblüfft.

»Die Häuser und Geschäfte auf der Brücke von Volantis sind natürlich nachträglich mit dem Computer hinzugefügt worden.«

»Wann ist denn die echte Brücke entstanden?«

»Im ersten Jahrhundert vor Christus. Die Römer haben sie errichtet. Die Altstadt liegt dahinter. Magst du zu Fuß rüberlaufen, und ich hole dich auf der anderen Seite in Volantis ab?«, fragte er.

»Oh ja!«, rief sie, denn das gab ihr Gelegenheit, sich zu sammeln, ein wenig Abstand von ihm zu gewinnen und hoffentlich wieder zur Vernunft zu kommen. Sie stieg vom Motorrad und marschierte los. Die Brücke war gewaltig. Nina beugte sich über ihre steinerne Brüstung und blickte hinunter. Das Ufer war dicht bepflanzt und der Guadalquivir hatte eine gelbgrüne Farbe und floss träge unter den mächtigen Steinbögen hindurch. Einige schwarzgefiederte Enten schwammen auf dem Wasser. Als Nina die Mitte der Brücke erreichte, entdeckte sie eine Menschenansammlung an einer Statue am Brückengeländer, vor der Dutzende von Kerzen brannten.

»Wer ist das?«, fragte sie eine ältere Frau auf Spanisch, die neben ihr stand und zwei Votivkerzen in roten Plastikbehältern in der Hand hielt.

»San Rafael«, erwiderte sie. »Der Schutzpatron von Córdoba und Engel der Heilung. Wollen Sie eine Kerze für jemanden anzünden, der krank ist?«

Ganz bestimmt nicht. Wenn Heilung in San Rafaels Zuständigkeitsbereich fiel, war er bei der Krankheit ihrer Mutter wohl gerade flügellahm gewesen. Sie wusste, es war kindisch, so zu denken. Nach all den Jahren sollte sie sich mit dem Schicksal, mutterlos aufgewachsen zu sein, endlich abgefunden haben.

»Ich habe gerade keine dabei«, erklärte sie ausweichend. »Und zum Glück ist auch niemand bei mir daheim krank.«

»Ach, wissen Sie, Rafael beschützt auch die Reisenden«, ergänzte die Frau lächelnd, und dann hielt sie ihr völlig unerwartet eine ihrer Kerzen entgegen. »Bitte! Zünden Sie die doch für meine Tochter an. Sie ist in Ihrem Alter und gerade auf einer Rundreise durch Südamerika.«

Nina schluckte. Wie konnte sie das ablehnen? Zögernd nahm sie ihr die Kerze ab, trat vor die Statue und entzündete sie an einem der brennenden Lichter. Behutsam stellte sie sie in eine freie Metallhalterung. Ein seltsames Gefühl von Unruhe überkam sie, während sie in die Flamme starrte und in Gedanken einer unbekannten jungen Frau viel Glück auf ihrer Reise wünschte. Sie dachte an ihre Fahrt mit Taran hierher, diese vertrackte Bewertung, seine Hoffnung, die Ausgrabung fortsetzen zu können, an Alexander Roth und seine Forderungen und an Nils, der nur auf die Gelegenheit wartete, dass ihr ein Fehler unterlief. Auf einmal überwältigte sie das Gefühl, selbst eine Reisende zu sein – nicht einfach nur hier in Spanien – sondern überhaupt in ihrem Leben. Bislang hatte sich eine breite, gerade Straße vor ihr aufgetan. Doch in letzter Zeit schien ihr Weg holpriger zu werden, als würden sich immer mehr Schlaglöcher auftun. Vielleicht wartete sie nur darauf, an eine Kreuzung zu kommen und eine bessere Route einzuschlagen? Aber welche sollte das sein? Ihr Handy vibrierte in ihrer Jackentasche und in der Erwartung, dass es Taran war, der sie fragte, wo sie blieb, nahm sie das Gespräch an, ohne auf den Namen des Anrufers zu achten.

»Ich bin schon unterwegs!«, rief sie, winkte der Frau zum Abschied zu und wandte sich zum Gehen.

»Nina?«

Verflucht! Sie nahm das Handy kurz vom Ohr und starrte aufs Display. Unter *Torres, Archäologe* hatte sie Orlando als Kontakt gespeichert. Er hatte sie nicht verstanden, weil sie auf Deutsch gesprochen hatte.

»Oh, hola Orlando!«

»Hola, wie geht es dir? Sag mir bitte, dass du auch Muskelkater vom Tanzen hast, damit ich mich nicht wie ein alter Mann fühle.«

Sie musste lachen. »Und wie! Und verkatert war ich heute Morgen auch.«

»Da hilft am besten frische Luft. Ich wollte dich fragen, ob du vielleicht heute Nachmittag mit mir ans Meer fahren möchtest? Ich habe eine Villa südlich von Málaga in der Nähe vom Strand. Wir könnten ein bisschen spazieren gehen und reden. Vielleicht einen Kaffee hinterher auf der Terrasse trinken und abends grillen.«

»Das klingt toll! Aber es geht leider nicht. Ich bin gar nicht in Sevilla.«

»Wo bist du denn?«, fragte er überrascht.

Es hatte keinen Zweck, es zu leugnen. Früher oder später würde er es erfahren.

»In Córdoba. Taran hat mir heute Morgen überraschend angeboten, mit mir über die Feiertage eine kleine Tour durch Andalusien zu machen, und ich habe zugesagt.« Einen Augenblick lang herrschte Schweigen. Sie glaubte, ihn scharf einatmen zu hören. Dann fragte er kühl:

»Hältst du das für klug? Man könnte dir Befangenheit bei deiner Bewertung vorwerfen.«

Jetzt war es an Nina, nach Luft zu schnappen. »Weil er mir die Mezquíta und die Alhambra zeigt? Wohl kaum! Und selbst wenn, wäre das nicht *dein* Problem!«

»Okay, entschuldige, das ist mir einfach so herausgerutscht und war nicht angebracht. Es ist nur ... also, falls du das wegen gestern Abend tust ... ich wollte dich wirklich nicht in Verlegenheit bringen oder bedrängen. Ich hatte wohl ein bisschen zu viel getrunken, zu ausgiebig mit dir getanzt und ... ach, Mist, darüber möchte ich eigentlich lieber mit dir persönlich reden.«

Am anderen Ende der Brücke erspähte Nina in diesem Moment Taran auf dem Motorrad, der ihr zuwinkte. Sie winkte zurück, verlangsamte aber ihren Schritt.

»Treffen wir uns doch am Dienstag wieder zum Frühstück im Hotel. Und, Orlando: Dass ich mit Taran ein paar Sehenswürdigkeiten über die Feiertage anschaue, hat überhaupt nichts mit der Bewertung, mit gestern Abend oder dem, was du gesagt hast, zu tun. Ich glaube, er möchte einfach nur höflich sein.«

»Natürlich. Alles klar. Dann bis Dienstag und viel Spaß noch!« Er klang immer noch sauertöpfisch.

»Bis dann!«

Sie legte auf und steckte das Handy zurück in ihre Jeans. Unter anderen Umständen hätte sie gelacht. Sie war doch nur ein paar Mal mit ihm ausgegangen. Das gab ihm lange nicht das Recht, sich wie ein eifersüchtiger Liebhaber zu benehmen. Aber dass es nicht ratsam war, zu viel Zeit mit Taran zu verbringen, wusste sie selbst.

Sonnenstrahlen warfen in diesem Moment einen goldenen Schimmer in seine braunen Locken. Vor dem wuchtigen Festungsturm an das chromblitzende Retro-Motorrad gelehnt sah er aus wie der Hauptdarsteller eines Blockbusters in einer 50er-Jahre-Filmkulisse. Nur noch wenige Schritte trennten sie von ihm.

Und ihr dummes Herz schlug mit jedem einzelnen schneller.

Der Nachmittag überrollte sie mit einer bunten Vielfalt von Eindrücken und übertönte die warnende Stimme in ihrem Kopf. Nina glaubte, in einem Märchen aus Tausendundeiner Nacht gelandet zu sein. Das lag nicht nur an dem verwunschenen Haus aus dem zwölften Jahrhundert, das Tarans Freund im Judenviertel führte. Halb Museum, halb Pension überraschte es sie mit verträumten, blumen- und azulejosgeschmückten Patios und einer Mischung aus maurischem und mittelalterlichem Stil. Auch die hinreißenden Lichtspiele in dem Wald aus Säulen und rot-weiß gestreiften Bögen in der Mezquíta, die ihr buchstäblich den Atem raubten, oder das in zigtausenden Goldmosaiken glänzende Mihrab samt Kuppel waren nicht allein daran schuld, dass sie sich wie in einer Märchenwelt fühlte.

Es war vor allem Tarans angenehme Erzählerstimme, die vergangene Zeiten wie einen fliegenden Teppich vor ihr entrollte und ein farbenprächtiges *Al-Andalus* vor ihrem inneren Auge aufblühen ließ. Ein Reich, das die Araber im achten Jahrhundert auf der Iberischen Halbinsel gegründet hatten, und *Qurtuba* war eine seiner Perlen mit monumentalen Bauten, Gärten mit Wasserspielen und zahllosen öffentlichen Bädern, den Hamams. Er erzählte ihr von Orangenhainen, in denen Dichter und Lautensänger sich mit ihren Darbietungen überboten, von Palästen, wo Steinmetze ziselierte Verse und Ornamente in die Wände meißelten, von einem Ort, an dem bedeutende Astronomen, Mathematiker, Ärzte und andere Gelehrte forschten, wo Christen, Juden und Muslime friedlich zusammenlebten. *Convivencia* konnte sie sich heute, nach islamistischen Terroranschlägen und dem Dauerbrennpunkt des Nahostkonflikts, kaum mehr vorstellen. In Übersetzerschulen wurden gemeinsam die Werke antiker arabischer Philosophen ins Lateinische übersetzt und christliche Ritter, wie der berühmte El Cid, wechselten vom Dienst beim kastilischen König an den muslimischen Hof in Zaragoza. Nicht nur militärisch-politisch, auch kulturell versuchten die Herrscher der damaligen Reiche, sich gegenseitig zu übertrumpfen.

Während Orlando sie von einem Gourmettempel zum nächsten geführt hatte, kamen sie jetzt wegen all der Besichtigungen tagsüber kaum dazu, die rasch unterwegs gekauften Torrijas, eine spanische Variante der »Armen Ritter«, zu verzehren. Abends landeten sie in einer kleinen Taberna, in der es laut und fröhlich zuging und sie eine Fischpaella für zwei Personen bestellten.

»Wie kannst du dir nur all diese Dinge merken?«, fragte sie anerkennend und trank einen Schluck von dem süffigen Hauswein.

»Die Vergangenheit interessiert mich einfach.«

»Hast du dir nie überlegt, Geschichtslehrer zu werden, wie dein Vater? Die Kinder würden dir an den Lippen hängen.«

Ein Schatten fiel über sein Gesicht, und er schüttelte den Kopf. »Das bezweifle ich, und es hat mich auch nie gereizt. Dazu liebe ich die Forschung und das Reisen viel zu sehr.«

Nina drückte einen Zitronenschnitz auf einer Miesmuschel aus. »Du willst also lieber berühmt werden«, neckte sie ihn.

»Besser, als andere Leute reich und berühmt zu machen«, konterte er.

»Touché!« Sie legte die Zitrone beiseite und trocknete sich die Hand an der Serviette ab. »Also, was wäre dein Traum? In die Liste der bedeutendsten Archäologen auf Wikipedia aufgenommen zu werden?«

»Da steh ich schon.«

Nina ließ die Gabel sinken und griff nach ihrem Handy, das neben der Serviette lag. »Ernsthaft?«

»Nein. Das war ein Witz.«

Sie legte das Handy wieder weg und warf ihm einen bösen Blick zu, den er mit einem frechen Grinsen erwiderte.

»Sag jetzt nicht, ich würde es nicht verstehen. Den ganzen Tag lang höre ich dir schon zu. Versuch mal, mir Laien mit einfachen

Worten zu erklären, was dich an deinem Beruf so sehr begeistert.«

»Also gut.« Er dachte einen Augenblick nach. »Vergleich es mit dem Gefühl, das Entdecker wie Christoph Kolumbus oder Alexander von Humboldt gehabt haben mussten. Archäologe zu sein bedeutet, dass jeder Tag eine Erkenntnis bringen kann, die unser Weltbild verändert, manchmal sogar vollkommen auf den Kopf stellt. Ich glaube, wir alle träumen davon, etwas zu finden, das die Geschichte neu schreibt.«

»Tun das nicht auch die Historiker?«

»Ja, aber sie beschränken sich auf die schriftlichen Zeugnisse von Menschen. Wir Archäologen legen mit unseren Ausgrabungen ein Bild des Werdegangs der Menschheit seit ihren Anfängen frei. Wir verleihen auch denjenigen eine Stimme, die entweder nicht schreiben konnten oder über deren Leben und Sterben nichts berichtet wurde. Dem Inka-Mädchen, das in der *capacocha* geopfert wurde, unbekannten Handwerkern, die an den Pyramiden in Gizeh arbeiteten oder die Ziegel von Susa im Iran glasierten. Historiker konzentrieren sich vorrangig auf die Mächtigen. Wir geben den einfachen Leuten ein Gesicht, erforschen, wie ihr Alltag aussah, woran sie glaubten, was sie sich erhofften, wovon sie träumten.« Tarans Augen hatten zu leuchten begonnen, während er sprach, und in seiner Stimme schwang eine Begeisterung mit, die ansteckend war.

»Ihr seid also Detektive der Geschichte«, überlegte Nina. »Aus den Funden konstruiert ihr, was geschehen ist.«

»Ja, gewissermaßen ist es wirklich wie das Zusammenpuzzeln von Indizien, um am Ende ein Rätsel zu lösen, von dem man vorab gar nicht wusste, dass es existierte. Sherlock Holmes hätte einen guten Archäologen abgegeben. Außerdem macht es Spaß, in einem internationalen Team mit unterschiedlichen Fachleuten zusammenzuarbeiten. Keine andere Wissenschaft ist so völkerverbindend wie die Archäologie.«

Nina schüttelte den Kopf. »Quatsch. Auch in der Bewertung arbeiten wir weltweit und interdisziplinär. Wir haben mit Physikern, Geologen, Mathematikern und Technikern zu tun. Oder eben mit Archäologen, wie ich gerade eben mit dir und Orlando. Wie sonst sollten wir Gutachten erstellen, ohne sie um Rat zu fragen?«

Sein Gesicht verfinsterte sich bei der Erwähnung von Orlandos Namen. »Mag sein. Aber eure Ziele und Beweggründe sind doch vollkommen andere.«

»Weil unsere Mandanten vermögend sind und durch geschickte Investitionen ihren Reichtum mehren wollen? Du bist kurzsichtig! In den meisten Gutachten, die ich betreue, geht es nicht um Archäologie, sondern um aktuelle Entwicklungen und Erfindungen. Neue Produkte sollen auf den Markt kommen, beispielsweise in der Medizintechnik. Hörgeräte, Prothesen oder andere Dinge, die den Menschen nutzen, die *heute* leben. Dafür werden Geldgeber gesucht und die wollen sich ihren Einsatz natürlich vergüten lassen. Welchen Wert bringt dagegen die Beschäftigung mit den Toten der Vergangenheit?« Tarans Augenbrauen wanderten bis zu seinem Haaransatz. »Schau nicht so, das soll kein Angriff sein. Ich würde es wirklich gerne wissen.«

»Welchen Nutzen bringen Kunst, Literatur, Religion oder Musik?«, entgegnete er. »Ist Kultur Luxus oder gehört es zum Menschsein dazu? Abgesehen davon hat Archäologie natürlich Auswirkungen auf die Gegenwart.«

»Wie das?«

»*Wer in der Zukunft lesen will, muss in der Vergangenheit blättern.* Das hat André Malraux gesagt. Der Literat war übrigens auch auf der Jagd nach altertümlichen Schätzen. Er ist in den Zwanzigerjahren in Phnom Penh zu drei Jahren Haft verurteilt worden, weil er einen Tempel in Angkor plünderte und sich mit dem Verkauf des Diebesguts finanziell sanieren wollte.«

Taran trank einen Schluck Wein und Nina lachte. »Der scheint mir recht abgebrüht gewesen zu sein. Meinem Mandanten hätte ein Mann wie er gut gefallen. Vielleicht wurde seine hübsche Aussage von der Presse auch nur zensiert und was er eigentlich hatte sagen wollen, war: Wer in der Zukunft gut leben will, muss sich an der Vergangenheit bereichern.«

Taran verschluckte sich, hustete und trank Wasser hinterher. »Dein Hang zu krimineller Auslegung von Literatur ist wirklich erschreckend!« Sie kicherte und zuckte die Schultern.

»Aber in seinem Ausspruch steckt schon ein wahrer Kern. Weltweit mussten sich in der Vergangenheit Kulturen an Klima- und Umweltveränderungen anpassen oder soziale Konflikte eindämmen. Wir könnten viel für unsere Zukunft daraus lernen.«

»Es geht dir also nicht primär um Ruhm, sondern um Wissenserwerb zum Wohl der Menschheit?«

»Vermutlich. Ich liebe meine Arbeit und finde es spannend, Neues zu entdecken oder neue Theorien aus den Funden und Befunden abzuleiten. Was gefällt dir denn an der Unternehmensbewertung so gut?«

Nina schob sich noch eine Gabel voll von dem würzigen safranfarbenen Reis in den Mund und überlegte. »Wenn ich so darüber nachdenke, sind es erst einmal ganz ähnliche Dinge. Die unterschiedlichen Tätigkeitsfelder, reisen, verschiedene Fachrichtungen und Leute kennenlernen. Beratung erfordert viel Fingerspitzengefühl. Ich freu mich, wenn meine Mandanten hinterher zufrieden sind, weil ich ihre Wünsche richtig erkannt und den besten Partner für eine Fusion oder das für sie passende Projekt gefunden habe. Und, na ja, der Verdienst ist auch nicht ohne.«

Taran verzog den Mund. »Bei Letzterem muss ich passen. Archäologen kommen meist gerade so über die Runden.«

Sie blinzelte. »Aber Orlando scheint nicht schlecht davon zu leben.«

»Seltsam, nicht wahr?«

»Wie meinst du das?«

Taran legte das Besteck neben seinen leeren Teller, faltete die Hände und beugte sich vor. »Ich versichere dir, dass weder sein Outfit, die Wahl seiner Restaurants noch sein Luxusschlitten dem entsprechen, was sich ein Archäologe gewöhnlich leisten kann. Auch nicht jemand mit einem gewissen Renommee. Es sei denn, er würde es schaffen, einen Bestsellerroman über seine Ausgrabung zu schreiben, was eher unwahrscheinlich ist. Dein *Experte* hat aber nur ein paar Artikel in Fachzeitschriften veröffentlicht und die betreffen allesamt nicht Projekte, die er persönlich geleitet hat. An Kongressen scheint er ebenso wenig teilgenommen zu haben. Dein Mandant in Deutschland hat vermutlich einen höheren Bekanntheitsgrad in archäologischen Kreisen als Orlando«, spottete er.

»Du hast Nachforschungen über ihn angestellt?«, fragte sie. War das wirklich noch der normale Konkurrenzkampf unter Archäologen oder lag es an diesem speziellen Projekt? Sie runzelte die Stirn.

»Ich habe ihn einfach nur gegoogelt«, verteidigte Taran sich.

»Warum? Du solltest dich lieber mit ihm arrangieren und zusammenarbeiten. Ich werde Orlando doch nicht ersetzen, nur weil dir sein Auto nicht passt. Er hat sich schon in das Projekt eingearbeitet, und ich hätte gar nicht die Zeit, jemand anderen zu beauftragen. Außerdem ...«

Eine Kellnerin kam und räumte ihr Geschirr ab. Das Klirren des Porzellans hallte plötzlich überlaut in Ninas Ohren, während Tarans intensiver Blick sie gefangen hielt. Die Stimmung war von einer Sekunde zur anderen gekippt.

»Möchtest du noch einen Kaffee oder eine Nachspeise?«, fragte er gepresst.

»Kaffee? Was hast du denn heute noch geplant?« Von dem vielen Herumlaufen tagsüber und nach der durchtanzten letzten Nacht fielen Nina bereits jetzt fast die Augen zu, und so bequem ihre Schuhe auch waren, die Füße taten ihr inzwischen weh. Die Kellnerin sah wartend von einem zum anderen. »Die Rechnung bitte«, sagte Nina freundlich.

Nachdem sie gegangen war, erklärte Taran säuerlich: »Ich möchte dich einladen.«

»Das musst du nicht. Schließlich fährst du mich den ganzen Tag durch die Gegend und willst nicht, dass ich mich an den Spritkosten beteilige. Und du erzählst mir die Highlights aus mehreren Jahrhunderten …«

»Ich habe dir nicht von den finanziellen Verhältnissen von Archäologen erzählt, weil ich jetzt von dir das Essen spendiert haben möchte«, sagte er, und in seiner Stimme schwang unterschwelliger Zorn mit.

»Das weiß ich doch. Aber …« Sie rang nach Worten. »Na ja, in Anbetracht unserer geschäftlichen Verbindung wäre es vermutlich besser, wenn wir getrennt zahlen.«

Taran starrte sie ungläubig an. »Glaubst du ernsthaft, ich wollte dich mit einer Fischpaella für ein Gefälligkeitsgutachten bestechen? Wow. Ich wusste gar nicht, dass ihr Unternehmensbewerter so billig zu kaufen seid.«

»Vielleicht hast du auch gehofft, mir bleibt eine Gräte im Hals stecken.« Sie versuchte, mit Ironie die Stimmung wieder zu heben.

»Um hinterher ausschließlich Orlandos Wohlwollen ausgeliefert zu sein?« Er schauderte. »Wohl kaum!«

Nina seufzte. Dieser Abend verlief anders, als sie erhofft hatte. »Orlando ist nicht gegen deine Ausgrabung. Er sieht diese Bewertung vielleicht auf andere Weise als du, aber ich bin sicher, dass er einen guten Job machen wird.«

Taran atmete tief durch und fuhr sich durchs Haar. »Okay. Weißt du was? Einigen wir uns doch am besten darauf, dass wir in den nächsten Tagen nicht mehr über mein Projekt oder Orlando Torres sprechen.«

»Einverstanden.« Nina lächelte, glücklich darüber, dass ihm die Sache ebenso unangenehm war wie ihr. »Du darfst heute Abend auch zahlen«, sagte sie versöhnlich.
»Sehr großzügig von dir. Aber ich stelle eine Bedingung.«
»Ich wusste, dass ein Haken dabei ist.«
»Wir fahren anschließend noch zur Medina Azahara.«

Die letzte Nachtbesichtigung war gerade vorüber, und Touristen strömten ihnen auf dem Parkplatz entgegen, als sie bei den Ruinen der einstigen Palaststadt ankamen.
»Wie schade, wir sind zu spät dran«, sagte Nina und gähnte.
»Ich regle das«, erwiderte Taran, zog den Helm ab und stieg vom Motorrad. Er schlenderte zu einem Mann, der neben dem Tor beim Ausgang stand. Sie begrüßten sich mit einer Umarmung und nach kurzer Zeit kehrte der Archäologe mit einem Lächeln auf dem Gesicht zurück. »Wir dürfen noch für eine halbe Stunde rein, während Mateo alles zusammenpackt.«
»Sag mal, kennst du halb Andalusien?«
»Nur die wirklich wichtigen Leute.«
An Tarans Seite die verlassene, sanft illuminierte Ruinenanlage im Dunkel der Nacht zu besuchen, versetzte Nina in eine eigenartige Stimmung. Fernab von den Touristenströmen, die sie tagsüber erlebt hatte, meinte sie, in dem Rascheln der Palmenwedel Stimmen wispern zu hören. Hinter den mächtigen Arkadenbögen eines Säulengangs erschrak sie vor ihrem eigenen Schatten, und der einsame Klang ihrer Schritte auf dem Kies bescherte ihr eine Gänsehaut. Vielleicht war das auch nur ein Resultat ihrer Übermüdung, dennoch konnte sie sich der spukhaften Atmosphäre dieses Ortes nicht entziehen.
»Beeindruckend«, flüsterte sie, denn es kam ihr vor, als würde sie die Toten wecken, wenn sie laut sprach. »Warum hat man denn so nah an Córdoba einen weiteren Palast errichtet?«
Taran raunte ebenfalls. »Abd ar-Rahman III. widmete diesen

Palast seiner Konkubine Zahra. Er soll ihr zuliebe ganze Felder von weiß blühenden Mandel- und Aprikosenbäumen angelegt haben, weil sie den Ausblick auf die schneebedeckte Sierra Nevada vermisste. Es war eine Palaststadt der Superlative. Bis zu 25 000 Menschen haben hier gelebt, und für die Ausgestaltung war das Beste gerade gut genug gewesen.« Sie wanderten von den Überresten der Moschee nach rechts zur mittleren Terrasse mit dem hoch gelegenen Garten, vorbei an fürstlichen Bädern zu einer fünfschiffigen Basilika. »Über viertausend Marmorsäulen aus rotem, weißem und blauem Marmor, Ebenholz, Elfenbein, Gold, Edelsteine und Perlen wurden hier verschwenderisch eingesetzt. Für den enormen Wasserverbrauch der Bäder, Gärten, Zierteiche und Wasserspiele wurden eigens Aquädukte errichtet, um Wasser aus den Bergen zu transportieren.« Nina sah an den Wänden hoch, die mit Reliefplatten aus Marmor verkleidet waren und neben geometrischen Ornamenten und Inschriften vor allem Arabesken mit rankendem Blattwerk enthielten. »Das altarabische Lebensbaummotiv«, hatte Taran ihr heute schon in der Mezquíta erklärt.

Zurück auf der Terrasse nahm Taran sein Handy und wählte eine Nummer. »Du kannst jetzt beginnen«, sagte er.

Nina wollte gerade fragen, was das zu bedeuten hatte, da erloschen ringsherum die Lampen. Sie stieß einen Schreckenslaut aus und griff instinktiv nach Tarans Arm.

»Keine Sorge, ich habe Mateo darum gebeten.« Sie ließ verlegen los, und er trat dicht hinter sie, nicht so nah, dass er sie berührte, aber nah genug, um seine Wärme zu spüren und seinen Duft einzuatmen. »Schau nach oben, Nina«, wisperte er.

Sie legte den Kopf in den Nacken und erstarrte angesichts des funkelnden Lichtermeers, das über ihr hereinbrach. Nie zuvor in ihrem Leben hatte sie so viele Sterne auf einmal gesehen. Es war, als würden Millionen von Glühwürmchen durch die Luft schwirren, um dem Himmel den Glanz zu verleihen, den einst dieser Palast besaß. Ninas Kehle wurde bei dem Anblick eng. Die Palastanlage lag fernab von bewohntem Gebiet, und ohne die Lichtverschmutzung der Städte sah der Nachthimmel hier vollkommen anders aus als daheim. In diesem Moment zupften leise die Saiten einer Gitarre aus nahe gelegenen Lautsprechern, dunkel, melancholisch, gefolgt von einer hellen Kaskade von Tönen.

»*Capricho Árabe*, aus einem Konzert von Narciso Yepes«, raunte Taran. »Ich dachte, das hier ist das passende Ambiente, um dich tausend Jahre in die Vergangenheit zurückreisen zu lassen.«

Ergriffen lauschte Nina den Klängen, und als der letzte Ton verhallt war und die Lichter wieder aufflammten, fühlte sie sich geblendet von der grellen Wirklichkeit.

»Danke«, flüsterte sie mit erstickter Stimme. Wie benommen stolperte sie Taran hinterher zum Ausgang und verabschiedete sich mit einer spontanen Umarmung von Mateo. Mit roten Wangen stieg dieser in seinen Seat und winkte ihnen zum Abschied zu.

»Müde?«, fragte Taran lächelnd und reichte ihr den Helm.

»Zum Umfallen müde, aber glücklich.« Er drehte sich um und zog seinen eigenen Helm über. Sie tat es ihm gleich, schloss den Riemen unter dem Hals und setzte sich hinter ihn aufs Motorrad. Als er den Motor startete, schlang sie die Arme fest um seine Mitte und legte ihren Kopf an seinen Rücken. In langen Serpentinen fuhren sie die Anhöhe hinunter und auf die Landstraße zurück nach Córdoba.

20

Orlando warf sein Handy quer durch den Raum auf die Couch, wo es abprallte und mit einem dumpfen Ploppen auf dem Teppich landete. Das durfte doch nicht wahr sein! Nina war mit Sternberg in Córdoba unterwegs! Er stieß ein paar wilde Flüche aus. Wie hatte er das nur so gründlich vermasseln können? Warum hatte er es gestern Nacht nicht bei der Frage, ob Nina noch zu ihm kommen wollte, bewenden lassen? Zu viel Alkohol und die Anstrengungen eines fast Dreißig-Stunden-Tages hatten seinen Verstand offenbar weichgekocht. Dumm! So dumm! Er konnte sich nicht mehr an den genauen Wortlaut seiner überstürzten Liebeserklärung erinnern, aber daran, dass er von den Menschen, die ihm etwas bedeuteten, gefaselt hatte. Wahrscheinlich glaubte Nina jetzt, er würde sie zu seinem Vater oder erzkonservativen Großeltern schleppen, die überprüften, ob sie auch zu ihm passte und gut Paella kochen konnte. Mierda! Kein Wunder, dass sie Reißaus genommen und sich lieber zu einer kleinen Rundfahrt durch Andalusien mit Sternberg entschlossen hatte. Dabei hatte er doch nur an Leons Einladung zum Mittagessen gedacht.

»Du kommst doch auch am Ostersonntag, Orlando?«, hatte der ihn vor ihrem Einsatz in La Línea gefragt.

»Tut mir leid. Dieses Jahr möchte ich mit der deutschen Unternehmensberaterin lieber einen Ausflug zu mir ans Meer machen.«

»Ah, die Ausgrabung in Gelves! Das hatte ich ganz vergessen. Gibt es dort tatsächlich was von Wert auf den Feldern?«

»Schwer zu sagen. Bislang sind nur ein paar armselige Tonscherben aufgetaucht.«

»Ist sie wenigstens hübsch?«

»Die Ausgrabung oder Nina Winter?«

Leon hatte gelacht und ihm auf die Schulter geklopft. »Was frage ich, du würdest nicht deine Freizeit für sie opfern, wenn sie es nicht wäre. Weißt du was, bring sie doch mit!«

»Zu dir nach Hause?«, hatte Orlando ungläubig gefragt.

»Warum nicht? Ostern ist der Familie vorbehalten, es wird nicht übers Geschäft geredet, und Alejandro hat auch seine neue Freundin dabei.«

Familie. Leon hatte keine Ahnung, was dieses Wort in ihm auslöste und wie die Selbstverständlichkeit, mit der er ihn dazuzählte, ihn beflügelte. Seit Leon ihn unter seine Fittiche genommen hatte, verbrachte er die Festtage im engsten Kreis der Ferers. Aber die Einladungen hatten nur ihm gegolten, nie hätte er es gewagt, einfach eine Freundin mitzubringen. Vielleicht hoffte Leon, dass Rosa ihre Schwärmerei für ihn aufgab, wenn er mit einer attraktiven Frau an der Seite auftauchte, und das konnte Orlando nur recht sein.

Damit war es jetzt vorbei, und Orlando stand wie ein Idiot da. Denn vor Dienstag würde er Nina wohl nicht mehr zu Gesicht bekommen, und daran war er selbst schuld. Er hätte sich von seinen Gefühlen vergangene Nacht nicht überwältigen lassen dürfen. Das sah ihm gar nicht ähnlich! Jahrelang hatte er sich darin geübt, sich unter Kontrolle zu haben, erst bei seinem brutalen Vater, dann in Leons Clan. Aufgewühlt lief Orlando im Wohnzimmer seines Lofts auf und ab. Er war in seinem Leben schon einige Male verliebt gewesen, aber diesmal hatte es ihn schlimm erwischt. Dabei kannte er Nina Winter nüchtern betrachtet doch kaum. Schlagfertig, kühl kalkulierend und verdammt schwer zu beeindrucken war sie tagsüber – nur um sich nachts in einen vollkommen anderen Menschen zu verwandeln. Wie sie in dem grellen Lichterregen getanzt hatte … ihr war gar nicht aufgefallen, dass er selbst im Tanz innegehalten hatte, nur um sie besser betrachten zu können. Sie hatte sich selbstversunken mit der Anmut und Leidenschaft einer Flamencotänzerin bewegt, und Orlando konnte seither nicht mehr aufhören, sich vorzustellen, wie sie sich wohl unter oder auf ihm bewegen würde.

Seine Faust donnerte auf die blankpolierte Marmorplatte der Kücheninsel. Aber der Schmerz, der durch seine Hand zog, brachte seine innere Wut nicht zum Versiegen. Er hatte Taran Sternberg gründlich unterschätzt, und das war ihm seit langer Zeit bei keinem Gegner passiert. *Beruhig dich und denk nach!*

Orlando goss sich ein Glas Sherry ein, trank es in einem Zug aus, schenkte sich nach und marschierte damit zur Couch. Er hob sein Handy auf und ließ sich in die Polster fallen. Sein Hinterkopf pochte. Er würde später ein Kopfschmerzmittel nehmen müssen. Müde wanderte sein Blick über die moderne Einrichtung, die er vergangenes Jahr von einer Designerin hatte auswählen lassen, nachdem er die lichtdurchflutete Loftwohnung im Stadtteil Remedios gekauft hatte. Rosa war hinterher beleidigt gewesen, weil er sie nicht um Rat gefragt hatte. Vermutlich wäre ihr Stil weniger avantgardistisch und liebevoller in den Details ausgefallen. Er wusste, dass sie einen guten Geschmack besaß. Aber die Vorstellung, Leons Tochter würde sein Schlafzimmer einrichten, verursachte ihm Gänsehaut. Es war besser, hier eine klare Grenze zu ziehen. Während der Alkohol in seiner Kehle brannte, erwog er seine Möglichkeiten. Ein Vorteil der Situation war, dass ihm nun genügend Zeit blieb, das Gutachten zu verfassen. Natürlich hatte er keine Studenten darauf angesetzt, wie er bei Nina behauptet hatte. Für Expertisen dieser Art hatte er vorgefertigte Textmuster und -bausteine, die er nur mit Sternbergs Zahlen füllen und ein wenig abändern musste. Einen Tag Arbeit würde das allerdings schon kosten, und ein paar Dinge musste er hinterher noch mit Sternberg selbst klären. Er hatte die Fäden in der Hand und könnte Nina sicher genügend Fakten aufzählen, um Sternberg auf den Mond zu schießen. Doch was hätte er damit gewonnen? Nina würde sich nach einem neuen Förderprojekt umsehen müssen, sie hätte keine Zeit mehr für ihn oder ihren im Anschluss an die Bewertung geplanten Urlaub. Und ziemlich sicher würde sie vermuten, dass er sich bei Sternberg dafür revanchieren wollte, sie ihm *entführt* zu haben. Nein, so kurzsichtig war er nicht.

Orlando würde sein Versprechen halten und Nina die perfekte Grundlage für ihr Gutachten für ihren Mandanten liefern und gleichzeitig zusehen, dass nicht Sternberg, sondern er die Projektleitung übertragen bekam. Ursprünglich hatte er gedacht, sie könnte das für ihn erledigen und bei der Leiterin des DAI vorsprechen. Aber der Kerl würde sicher auf diesem Kurztrip ein wahres Feuerwerk an Charme versprühen, um das zu verhindern. Ahnte er es bereits? Hatte er so gute Kontakte zum Andalusischen Denkmalpflegeamt? Falls das so war, hatte er Nina nichts davon erzählt, dazu hatte sie bei ihrem Telefonat viel zu unbefangen gewirkt.

Blieb ihm also noch Leons weitreichender Einfluss. Darauf musste er nun zurückgreifen. Orlando leerte den Rest des Sherrys und stellte das Glas auf den Tisch. Sein Blick fiel auf ein aufgeschlagenes Magazin, das eine Parfumwerbung mit einem Schönling auf seinem Motorrad zeigte. Sein Magen verkrampfte sich. Hatte Sternberg überhaupt einen Wagen? Die Vorstellung, dass Nina eng an ihn geschmiegt auf seiner Maschine mit ihm unterwegs war, verursachte ihm Übelkeit. Er ballte die Hand zur Faust. Es war leider nicht zu leugnen, dass der Typ obendrein gutaussehend war.

Geduld ist der Schlüssel zur Freude, hatte sein Großvater immer zu ihm gesagt, wenn er als kleiner Junge aufgebraust war und zu schnell bei Herausforderungen aufgeben wollte.

Und Nina war eine verdammte Herausforderung.

So charmant die Vorstellung seines ursprünglichen Plans war, die Leitung des Projekts zu übernehmen und Sternberg zu seinem Handlanger zu machen – damit hätte er ihn nicht endgültig aus dem Weg geräumt. Die Gefahr, die von ihm ausging, war zu groß. Er hatte den Kerl schließlich reden gehört, hatte gesehen, wie Nina an seinen Lippen gehangen hatte. Womöglich flog sie noch mit ihm nach Deutschland und stellte ihn ihrem Mandanten vor. Es war unheimlich schwer, gegen einen verdammten *Erzengel* der Archäologie zu bestehen.

Orlando zog seinen Laptop näher und begann, alles zu durchforsten, was er über Taran Sternbergs privaten und beruflichen Lebenslauf finden konnte. Es dauerte nicht einmal eine Stunde, dann wusste er, wie er Ninas Glauben an diesen Götterboten erschüttern, ihm die Flügel stutzen und ihn hinab in die Hölle stürzen konnte.

21

Diese Reise verlief nicht, wie Taran es erwartet hatte. Er hatte gedacht, dass es schwierig werden würde, sich mit Nina zu unterhalten, und es deshalb Glück war, ein mögliches peinliches Schweigen im Auto durch die Tour auf dem Motorrad zu umgehen. Glück stellte sich auch tatsächlich durch das Motorradfahren ein. Er ertappte sich dabei, wie er innerorts absichtlich Umwege kurvte, weil er so lange wie möglich Ninas Nähe auf der Maschine genießen wollte. Bei ihren Besichtigungen unterhielt er sich bald so zwanglos mit ihr wie mit Ramón. Zumindest seit sie sich darauf geeinigt hatten, die Ausgrabung in Gelves und Torres nicht mehr zu erwähnen.

Vielleicht war das ein Fehler. Womöglich sollte er jede Sekunde nutzen, ihr sein Projekt schmackhaft zu machen. Aber es gefiel ihm viel besser, sie für die turbulente Geschichte dieses Landes zu begeistern. Er liebte es, wie ihre Augen funkelten, wenn er ihr eine besonders spannende oder überraschende Anekdote erzählte, es reizte ihn, ihr immer wieder aufs Neue ein Lachen zu entlocken. Außerdem konnte er sich nicht sattsehen daran, wie sie ihre langen Beine über sein Motorrad schwang, an der Art, wie sie ihr Haar hinter die Ohren strich oder es schüttelte, nachdem sie den Helm abgenommen hatte. Der Blick, mit dem sie ihn manchmal ansah, wenn sie glaubte, er würde es nicht bemerken, ließ ihn vergessen, warum er das hier überhaupt machte. Nein, er wollte gerade wirklich nicht an diese Bewertung, eine Stiftung und damit eine Verlängerung seines Vertrags beim DAI nachdenken.

»Meine Praktikantinnen sagen, ich könnte locker einen Bogen

von der Steinzeit bis zur Französischen Revolution schlagen, ohne Luft zu holen. Wenn dir meine Geschichten also irgendwann zu viel werden und du dir denkst *Wann hält der Kerl endlich mal den Mund?*, dann sag es einfach«, hatte er sie in der Mezquíta gewarnt.

Aber sie hatte ihn nur angegrinst, sich vorgebeugt und in verführerischem Tonfall geraunt: »Du hast eine ganz neue Seite in mir zum Vorschein gebracht, Taran: Ich stelle fest, ich stehe auf historischen Gossip! Davon kann ich scheinbar gar nicht genug bekommen.«

Taran hatte plötzlich Konzentrationsschwierigkeiten beim Denken gehabt und nicht gewusst, was er reden sollte, zumal es auf einmal sehr warm in dem Säulenwald mit all den vielen Menschen um ihn herum geworden war.

Nina schien es ebenso viel Freude zu bereiten, ihn zu necken, wie Ramón, und spätestens seit dem Zauber jener sternenklaren Nacht in der Medina Azahara wusste er, dass er dabei war, sein Herz zu verlieren. Mit jeder Minute, die sie gemeinsam verbrachten, wurde es immer schwerer, dagegen anzukämpfen.

Morgen in der Schlacht denk an mich ...

Er war Richard III. vor Bosworth.

Er war Varus auf dem Rückweg vom Sommerlager. Orlandos Hinterlist hatte ihn auf diesen ausweglosen Pfad geführt, wie Arminius einst den römischen Feldherrn, und jetzt war er hoffnungslos verloren. Unmöglich, Nina zu sagen, was er für sie empfand! Sie würde sofort vermuten, dass er diese ganze Reise nur eingefädelt hatte, um ihr nahezukommen und ihr ein wohlwollendes Gutachten abzuringen. Und im Grunde war es doch auch so gewesen. Wenn Ramón ihm nicht von Orlandos Plänen erzählt hätte, wäre er nie auf die Idee gekommen, sie zu dieser Reise zu überreden. Leider hatte er nicht im Traum damit gerechnet, *echte* Gefühle für Nina zu entwickeln. Es war zum Verrücktwerden!

Sie hatten in Granada ein Stadthotel nur wenige Minuten zu Fuß von der Alhambra entfernt gefunden und saßen am Ostersonntagmorgen gerade beim Frühstück, als Nina ihn fragte: »Was sind das eigentlich für Glocken? Gehören die an Ostern hier zur Tradition wie die riesigen Schokoladeneier am Büfett?«

Taran folgte ihrem Blick zu einem Mädchen und einem Jungen, die mit ihren Eltern das Restaurant verließen und fröhlich tönerne Glöckchen in ihren Händen schwenkten. »Ich glaube, man nennt sie facundillos.«

Sie lachte. »Kommt das von *facundo*, also redselig? Die machen wirklich einen ganz schönen Lärm.«

»Ich fürchte, die hören wir heute den lieben langen Tag in Granada. Soweit ich weiß, werden sie bei den Ostersonntagsprozessionen geschwenkt. Das habe ich dich noch gar nicht gefragt, warst du schon auf einer der Prozessionen? Sie sind wirklich sehenswert.«

Zu seiner Überraschung legte sich ein Schatten über ihre Miene. »Ich war gleich nach meiner Ankunft in Sevilla bei einer.«

»Hat es dir nicht gefallen?«, fragte er vorsichtig.

Nina seufzte. »Die Prozessionen sind schon pompös und es steckt sicher unheimlich viel Arbeit und Vorbereitungszeit dahinter, aber diese emotionsgeladene religiöse Atmosphäre und die vielen Statuen von der trauernden Mutter Gottes ...« Sie schluckte und griff an den sternenförmigen Saphiranhänger, den sie an der Kette hin und her schob. »Du musst wissen, meine Mutter ist gestorben, als ich erst vier war, und mein Vater wollte hinterher nichts mehr von Kirche oder Glauben wissen. Und ich ...« Sie stockte und er konnte sehen, wie sie innerlich nach Worten rang. »Ich habe zuletzt kurz vor ihrem Tod gebetet, dass sie wieder gesund wird. Und später nur noch in der Schule im Religionsunterricht, aber das war, als würde ich ein Gedicht aufsagen. Mir ging es mehr darum, dazuzugehören und keine

Außenseiterin zu sein. Ich habe nicht wirklich daran *geglaubt*, verstehst du?«

Taran nickte verständnisvoll. »Das muss eine harte Zeit für dich gewesen sein. Für euch beide.«

Sie ließ den Anhänger los, trank einen Schluck Kaffee und umklammerte den Becher mit den Händen, als könnte er ihr Halt geben. »Paps hat nicht mehr neu geheiratet. Ich glaube, er könnte niemals wieder für eine andere Frau so empfinden wie für sie. Ihre Liebe muss was Besonderes gewesen sein.« Sie schüttelte nachdenklich den Kopf und lächelte schief. »Setzt einen manchmal ganz schön unter Druck, das kannst du mir glauben.«

»Auch einen Partner zu finden, den du so sehr lieben kannst?«

Röte schoss in ihre Wangen, und sie wich seinem Blick aus. »Ja. Aber vielleicht halten auch nur alle Kinder die Ehe ihrer Eltern für perfekt.«

Taran lachte bitter auf. »Weiß Gott, nein!«

Jetzt sah sie ihn überrascht an.

»Meine Eltern haben sich scheiden lassen, als ich elf war. Ich habe hinterher bei meinem Vater gelebt, meine Schwester bei meiner Mutter.«

Sie stellte den Kaffeebecher ab. »Warum seid ihr denn nicht beide bei einem Elternteil aufgewachsen? Es muss doch schlimm für dich gewesen sein, auch noch von deiner Schwester getrennt zu werden.«

»Hast du denn Geschwister?«

»Nein.«

»Jennifer ist ein vollkommen anderer Typ als ich. Sie hat Jura studiert und hat mit Archäologie nichts am Hut. Wir haben uns als Teenager nicht besonders gut verstanden, und nach der Trennung unserer Eltern kam es endgültig zum Bruch. Anfangs habe ich bei meiner Mutter und ihr gelebt, weil …« Taran stockte. *Weil mein Vater im Gefängnis saß.* Er sah sein Gesicht wieder vor sich. Bleich, ausgemergelt, mit dunklen Ringen unter den Augen, ein Schatten des Mannes, der ihm begeistert von den Abenteuern griechischer Helden und wagemutiger Entdecker erzählt hatte. »… weil mein Vater sich erst neu orientieren musste, umgezogen ist, einen anderen Arbeitsplatz suchte. Aber sobald es ging, zog ich zu ihm. Ich habe mich bei ihm einfach wohler gefühlt.«

»Und deine Mutter? Wie hat sie es aufgenommen, dass du bei ihm leben wolltest?«

»*Das meinst du nicht ernst!*«

»*Doch, Mama.*«

Tränen stürzen ihr in die Augen, laufen ihr über die Wangen und ihre Wimperntusche malt schwarze Verzweiflung auf ihre Haut.

»*Warum denn, Taran? Geht es dir bei uns nicht gut? Tu ich nicht alles für dich? Schatz, ich liebe dich doch!*«

»*Das tust du nicht. Du siehst immer nur Papa in mir und das macht dir Angst.*«

»*Aber nein, das stimmt nicht. Ich will dir nur die Möglichkeit geben, neu anzufangen, Freunde zu suchen. Dinge zu machen, die andere Jungen in deinem Alter tun.*«

»*Aber ich bin nicht wie die anderen. Das war ich noch nie.*«

»*Das hat dir doch nur dein Vater eingeredet. Wenn du erst einmal versuchst …*«

»*Kapier es endlich! Ich will nichts versuchen, ich will zurück zu Papa. Er versteht mich viel besser als du.*«

Ihre Miene wird kalt. »*Nein. Das lasse ich nicht zu. Niemals! Du bleibst hier bei mir und deiner Schwester.*«

Sein Herz klopft ihm bis zum Hals vor Schreck. »*Du kannst mir nicht verbieten, zu ihm zu gehen*«, *murmelt er betroffen.*

»*Das kann und werde ich. Zu deinem eigenen Wohl.*«

Ein paar lange Sekunden starren sie sich an. Etwas geschieht mit ihm. Seine Hände beginnen zu zittern und gleichzeitig verkrampft sich sein Magen, Säure schießt ihm bis in die Kehle hoch, brennt in seinem Hals. »Ich hasse dich!«, brüllt er. »Ich hasse dich! Nur du bist schuld, dass das alles mit Papa passiert ist.«

»Sie hat mit allen juristischen Mitteln versucht, zu verhindern, dass ich bei meinem Vater aufwachse«, sagte er stockend. »Ich ... ich musste in dem Sorgerechtsstreit sogar vor dem Familiengericht aussagen.«

Nina griff spontan über den Tisch nach seiner Hand. »Wie furchtbar! Das tut mir leid.«

Die Berührung pflanzte sich in seinem Inneren fort wie eine warme Welle, die die Kälte, die sich in ihm bei der Erinnerung an den Gerichtssaal aufgebaut hatte, einfach wegspülte. Ihre Finger waren weich und ruhten noch ein wenig länger auf seinem Handrücken, während er in die Tiefen ihrer geheimnisvollen Augen hinabtauchte wie in das kobaltblaue Tyrrhenische Meer vor Sizilien. Als sie ihre Hand zurückzog, musste er sich zwingen, nicht erneut nach ihr zu greifen. Er lächelte traurig.

»Ist schon lange her. Aber mit dem Begriff *Mutterliebe* habe ich seither meine Schwierigkeiten, und an eine perfekte Ehe mag ich auch nicht glauben.«

»Dann halten wir uns am besten von Madonnen und Prozessionen heute fern und marschieren lieber auf direktem Wege zur Alhambra«, schlug sie vor.

»Guter Plan.«

Seltsam, wie leicht es ihm gefallen war, Nina von dem Sorgerechtsprozess zu erzählen. Das hatte er bislang noch niemandem verraten, nicht einmal Ramón. Der wusste nur, dass er sich seit der Scheidung seiner Eltern nicht mit seiner Mutter und der Schwester verstand. Während sie in einer unübersichtlichen Schar von Besuchern durch die Nasriden-Paläste geschoben wurden und Nina hunderte von Fotos vor Entzücken machte – sie musste wirklich eine enorm große Speicherkarte in ihrem Handy haben –, erinnerte er sich wieder daran, wie glücklich er war, als er endlich bei seinem Vater hatte einziehen können. Nina zupfte ihn am Ärmel und deutete nach oben zu dem achtzackigen Stern der Kuppel.

»Wahnsinn, nicht wahr?«, murmelte sie ehrfürchtig. »Ich fühle mich wie in einer Tropfsteinhöhle. Was für eine Architektur!«

Er war ebenso ergriffen gewesen, als er die Anlage zum ersten Mal besucht hatte. Damals hatte allerdings nicht so ein Andrang geherrscht wie heute am Ostersonntag.

»Die Araber nennen diese Form von Gewölbe Muqarnas.«

»Diese Verzierungen und Ornamente sind wahnsinnig aufwendig. Liegt das daran, dass im Islam Bilderverbot herrscht? Die Künstler mussten andere Ausdrucksformen entwickeln, um die Paläste und Moscheen zu verschönern, nicht wahr?«

»Davon geht man aus. Wobei gerade hier in der Alhambra sogar gegen das Bilderverbot verstoßen wurde.«

»Wirklich?« Sie sah sich an den Wänden um.

»Nicht in diesem Raum. Hinter den Gärten im Königssaal sind die ersten zehn Könige der Nasriden-Dynastie an der Decke verewigt. Lass uns zum Löwenhof weitergehen. Vielleicht können wir dort ein wenig durchschnaufen. Hier fühlt man sich wie in einem Ameisenbau.«

Den Nachmittag verbrachten sie im Albaicín, dem ältesten Stadtviertel Granadas, auf einem der drei Bergrücken der Stadt. Enge Gassen, weiß getünchte Hauswände, die jetzt an Ostern besonders üppig mit Blumen in bunter Keramik geschmückt worden waren, begeisterten Nina ebenso wie der Ausblick auf die Alhambra mit der schneebedeckten Sierra Nevada im Hintergrund. Das brachte Taran auf eine Idee.

»Zieh dir nachher was Warmes an«, sagte er abends im Hotel, wo Nina sich vor dem Essen noch frisch machen wollte.

»Was hast du denn vor?«, stöhnte sie. »Eine neue Nachtführung? Ehrlich, Taran, langsam gehe ich in die Knie. Ich habe schon Blasen an den Füßen.«

»Keine Sorge, du musst diesmal gar nicht weit laufen. Aber in dem Restaurant, das mir zum Abendessen vorschwebt, ist es ziemlich kühl.«

Sie hatte ihm einen misstrauischen Blick zugeworfen, bevor sie die Tür zuzog. In Windeseile lief er zu seinem eigenen Zimmer, duschte, zog sich um und eilte die Treppe hinunter. An der Rezeption ließ er sich die nächstgelegene Tapas-Bar empfehlen und hatte das Glück, einen großen Korb ausleihen zu können, den er mit einer Wolldecke aus seinem Zimmer auf dem Motorrad festschnallte. Sein Magen begann zu knurren, als er das Lokal betrat und ihm ein verführerisch würziger Duft entgegenschlug. Es war gar nicht so einfach, sich zu entscheiden, welche der Köstlichkeiten er wählen sollte, und so kaufte er ein buntes Sortiment von Tapas, dazu frisches Baguette, eine Flasche Sherry und Mineralwasser. Der Verkäufer half ihm, alles in dem Korb zu verstauen. Als Taran beim Hotel ankam, wartete Nina bereits in der Lobby. Sie saß in einem cremefarbenen Sessel mit Heraldik-Stickereien und sah auf ihr Handy. Ihr Haar, das sie tagsüber in einem Pferdeschwanz bändigte, trug sie offen, es umschmeichelte in der vorgebeugten Haltung sanft die feinen Linien ihrer Wangenknochen. Er fragte sich, wie es sich anfühlen würde, wenn ihre Haarspitzen seine Haut liebkosten, kitzelnd über seine nackte Brust strichen, tiefer glitten … In der Lobby schien es plötzlich sehr stickig zu sein, und Taran wischte fast etwas verärgert über sich selbst den Tagtraum beiseite. Nina sah auf und ihr Lächeln traf ihn mitten ins Herz.

»Bereit?«, fragte er.

»Ich sterbe vor Neugier, was du dir diesmal ausgedacht hast.«

Sie sprang auf und schlenderte an seiner Seite aus dem Hotel. Die Wolldecke hatte er so über dem Picknickkorb festgebunden, dass sie ihn nicht gleich zu Gesicht bekam, als sie vor dem Motorrad stehenblieben.

»Muss ja mächtig kalt in dem Restaurant sein«, erklärte sie verwundert.

»Furchtbar. Es zieht von allen Seiten.«

»Okayyyyyy ...«, sagte sie gedehnt und legte verwundert die Stirn in Falten. »Dann ist das Essen sicher eine Wucht?«

Er zuckte die Schultern. »Geht so. Die Darbietung ist dafür umso opulenter und macht einem Appetit auf mehr.« Ihre Augenbrauen wanderten so hoch, dass er nur mit Mühe seinen neutralen Gesichtsausdruck wahren konnte.

»Aha.« Sie setzte sich aufs Motorrad. »Gibt es da auch was für mich zu sehen, oder ist die *Darbietung* nur für dich *üppig*?«

»In diesem Etablissement ist für jeden Geschmack was dabei, Nina.« Er zog den Helm über, setzte sich vor sie und genoss die Selbstverständlichkeit, mit der sie die Arme um ihn schlang, bevor er den Motor startete.

Die Fahrt dauerte gerade mal zehn Minuten und führte sie aus dem Stadtgebiet hinaus auf den der Alhambra gegenüberliegenden Hügel. Das Gelände lag wie erwartet verwaist im Mondschein, das Pförtnerhaus war leer und die schweren Gittertore abgesperrt. Gefeiert wurde heute Nacht unten in der Stadt. Taran blieb stehen und nahm den Helm ab.

»Wo sind wir hier?«, fragte Nina verwundert und starrte auf das verfallene Gebäude vor ihnen.

»Am Silla de Moro, einer Burgruine aus dem dreizehnten Jahrhundert, die zur Verteidigung erbaut wurde, weil sich einem von hier aus ein hervorragender Blick auf die Alhambra *darbietet*.«

Ein paar Sekunden lang war es still, und sie dachte wohl über seine Wortwahl nach, dann gab sie ihm einen Stoß in den Rücken. »*Das* meintest du mit opulenter Darbietung?«

Er stieg ab und reichte ihr grinsend die Hand. »Ich verspreche dir, die Aussicht wird dich nicht enttäuschen.«

»Du willst nicht wirklich über den Zaun klettern und einbrechen? Hast du mal einen Blick auf die Kameras da drüben geworfen?«

»Ich habe kriminelle Wurzeln«, spottete er. Leider war das nicht einmal gelogen. Taran machte sich daran, die Schnallen von der Decke zu lösen.

»Schön. Aber *ich* habe keine Lust, heute Nacht noch in einer Zelle der Policia Local zu landen.« Nina hatte die Hände in die Hüften gestemmt und machte keine Anstalten, vom Motorrad zu steigen. Sie sah unheimlich sexy in dieser Pose aus. Er konnte nicht anders, als sie weiter zu necken.

»Du wolltest doch das authentische Andalusien mit mir erleben.«

»Zu viel Realität bekommt mir nicht.« Sie schnupperte und drehte sich nach dem Korb um, den er jetzt von der Decke befreit hatte. »Sag bloß, du hast was zu essen mitgebracht?«

»Ich kann es auch gerne alleine futtern, falls du hier sitzen bleiben willst.«

»Untersteh dich!«

Sie sprang so schnell vom Motorrad, dass ihm fast der Korb herunterfiel. Taran deutete mit einem Kopfnicken zu dem Hügel gegenüber der Ruine. »Ich wollte dort oben ein nächtliches Picknick machen. Die Aussicht ist nahezu dieselbe. Du musst allerdings klettern.«

»Was man alles für ein paar Happen Essen bei dir tun muss!«

Nina schnappte sich die Decke und er sich den Korb, dann kletterten sie zwischen stachligem Gestrüpp und Steinbrocken den Hügel hinauf. Der Duft von frischen Kiefern empfing sie, je höher sie kamen. Hier war es so friedlich und still, nur ab und zu verirrten sich die typischen Geräusche der Stadt zu ihnen nach oben, eine Krankenwagensirene, Hupen oder das Läuten einer Kirchturmuhr. Der Gesang der Grillen, im Sommer geradezu ohrenbetäubend, war um diese Jahreszeit noch nicht zu hören.

Der Anstieg war gar nicht so leicht, wie er ihn sich vorgestellt hatte. Ginster und Gras waren stachelig, immer wieder drohte einer von ihnen über eine Wurzel zu stolpern, und Kies löste sich unter ihren Schuhen und kullerte den Abhang hinab. Aber dann hatten sie es geschafft. Auf einem schmalen Plateau, mit Pinien, Kiefern und Sträuchern in ihrem Rücken, eröffnete sich ihnen ein spektakulärer Ausblick auf die Paläste und das dahinterliegende Granada. Taran breitete die Decke aus und machte sich daran, den Wein zu entkorken, während Nina sich niederließ und das Essen inspizierte.

»Mmmmh, Fischkroketten und gegrillte Champignons!«

»Ich hoffe, es schmeckt dir. Ehrlich gesagt hatte ich nicht viel Zeit zum Aussuchen und habe einfach von jeder Sorte etwas einpacken lassen.« Er nahm zwei Gläser aus dem Korb und schenkte den Wein ein. Dann setzte er sich zu ihr und sie stießen an.

»Frohe Ostern, Nina.«

»Dir auch!« Sie tranken einen Schluck und sahen schweigend über die Wipfel einiger besonders hoher Pinien und Kiefern hinunter auf den Generalife, den Sommerpalast der Nasriden, die Alhambra und die fernen Lichter der Stadt. Nicht nur die Zitadelle mit den Türmen schimmerte rotgolden, auch die Paläste schienen in Flammen zu stehen. Von der Farbe der Außenmauern leitete sich ihr Name ab, al-hamrā, Brand oder Rost. Der Sternenhimmel war nicht ganz so beeindruckend wie in der Palastruine der Medina Azahara, dazu war das Lichtermeer unter ihnen viel zu hell. Aber am lilablauen Firmament hing der Vollmond wie ein silbernes Medaillon.

»Weißt du«, begann Taran und sah nach oben, »mit der

Archäologie ist es im Grunde wie mit den Sternen. Du glaubst, du nimmst ein genaues Abbild des Hier und Jetzt wahr, aber in Wahrheit reist du in ebendiesem Moment in die Vergangenheit.«

»Das verstehe ich nicht.«

»Licht, das von der Mitte der Galaxie kommt, braucht tausende Jahre, um zu uns zu gelangen. Du siehst also eine Zeit, die unvorstellbar weit weg ist, und die Sterne, die gerade in diesem Augenblick für dich leuchten, können längst vergangen sein. Und dennoch haben sie für deine Gegenwart eine Bedeutung, erfreust du dich an ihrem Schein.«

»So wie die Nasriden untergegangen sind, aber ihre Baukunst und Kultur Millionen Menschen heute in Staunen versetzt?«, fragte Nina.

»Ja. Gerade sterbende Sterne entwickeln noch einmal ein kosmisches Feuerwerk und leuchten tausendmal heller als zuvor. Moderne Architekten weltweit haben sich von der Alhambra inspirieren lassen, Schriftsteller erinnern an die Zeiten, in denen christliche und muslimische Gelehrte in friedlichem Dialog standen. Und die Phönizier haben über 2000 Jahre vor den Nasriden die Grundlage für alle möglichen späteren Alphabete geschaffen und auf ihren Fahrten hierhergebracht. In der klassischen Archäologie konzentrieren sich viele Kollegen nur auf die Zeit des Hellenismus und sprechen von einer griechischen Leitkultur im Mittelmeerraum. Aber davor waren die Phönizier ein Bindeglied zwischen Orient und Okzident. Welchen Einfluss genau sie hatten, will ich erforschen. Stell dir vor, was wir Menschen verloren hätten, wäre ihre Welt oder die der Nasriden«, er deutete auf die Alhambra, »all ihr Wissen unter vielen Metern von Schutt unentdeckt begraben worden.«

»Ich glaube, ich verstehe jetzt, was du meinst. Archäologie ist wie ein Schlüssel«, sagte Nina. »Du bist auf der Suche nach der passenden Tür, und wenn du sie gefunden hast und sie öffnest, können sich Vergangenheit und Gegenwart begegnen, so wie wir jetzt gerade diese vergangenen Sterne leuchten sehen.«

Taran drehte sich zu ihr um. Ninas Gesicht war dem Himmel zugewandt und schimmerte hell im Vollmondlicht. Er stellte sich vor, wie antike Künstler darum streiten würden, ihre Schönheit in Marmor zu verewigen.

»In meinem Job dreht sich alles um Zeit. Jede Minute ist kostbar und muss genutzt und für die Abrechnung dokumentiert werden, sei es für ein Gutachten, Meetings oder Fortbildung. Ich will ehrlich sein, Taran. Ich hatte keine Ahnung, worauf ich mich hier einlasse. Dieses Projekt wollte ich abhandeln wie jedes andere, schnell, effizient und zur Zufriedenheit meines Mandanten.« Sie machte eine Pause, und er konnte nicht aufhören, ihren Mund anzustarren. Er wollte den feinen Schwung ihrer Lippen mit dem Finger nachzeichnen und feststellen, ob sie so kühl waren, wie sie im Mondschein aussahen.

»Aber irgendwie bin ich seit meiner Ankunft vollkommen aus dem Lot gekommen.« Sie drehte sich um und schaute ihn an. »Es ist wie … Magie, als würde die Zeit und alles, was ich im Alltag so tue, angesichts dessen, was Menschen vor uns erschaffen haben, keine Rolle mehr spielen.«

»Ich weiß«, flüsterte er und seine Stimme klang rau. »Genau diese Ehrfurcht empfinde ich auch.«

Und Taran fragte sich, warum es sich so verdammt falsch anfühlte, sich jetzt nicht herunterzubeugen und sie zu küssen, obwohl das doch eindeutig die einzig vernünftige Entscheidung war. Und wie viel Zeit ihm noch bleiben würde, bis Nina seine wahren Gefühle für sie durchschauen würde.

22

Durch den Gardinenspalt drang das Licht der Straßenlaternen in Ninas Zimmer und warf einen diffusen Kegel bis zu ihrem Bett. Sie dachte daran, wie nah Taran ihr auf der Picknickdecke gewesen war, wie sie die kantige Linie seines Kiefers betrachtet hatte, die so gar nicht zu seiner weichen Stimme passte und dem, was er ihr über die Sterne erzählt hatte. Sie hatte sich noch nie mit Astrophysik beschäftigt, und es war ihr nicht in den Sinn gekommen, dass sie am Firmament etwas sehen könnte, das gar nicht mehr existierte. So wie ihre Mutter nicht mehr lebte, aber durch die lebendigen Geschichten ihres Vaters immer noch in ihrem Herzen leuchtete. Sie hatte es ihm erzählen wollen, aber einfach nicht die richtigen Worte gefunden. Ebenso wenig hatte sie den Mut aufgebracht, ihm endlich zu verraten, dass sie beide sich schon einmal über den Weg gelaufen waren.

Sie dachte an die Zeit mit ihm und die mit Orlando, seit sie hier in Spanien war, und stellte fest, dass ihr noch nie zwei Menschen des gleichen Berufes begegnet waren, die so unterschiedlich waren. Nina hatte es perfektioniert, realistisch und ergebnisorientiert zu sein. Sich mit Orlando über diese Bewertung zu unterhalten, war wie eine lange einstudierte Choreografie. Ihre Gedanken, Vorgehensweisen und Ziele schwangen perfekt synchron, obwohl sie zuvor noch nie miteinander zu tun gehabt hatten. Er war gewissermaßen ihr männliches Alter Ego. Es hatte Spaß mit ihm gemacht, zusammen wegzugehen, in schicken Restaurants zu essen und nachts zu tanzen. Beide erfolgreich in dem, was sie taten, würden sie beruflich ein Power-Couple abgeben, dem sich so schnell niemand widersetzen konnte. Ihr Vater wäre hingerissen von so einem zielstrebigen jungen Mann.

Aber würde sie privat mit einem Partner wie Orlando glücklich werden? Was bedeutete *glücklich sein* überhaupt?

Nina wurde plötzlich klar, dass sie noch nie bewusst zwischen ihrem Beruf und ihrem Privatleben unterschieden hatte, weil es faktisch seit Jahren immer ein und dasselbe gewesen war. Sie hatte es sich einfach gemacht und war den wichtigen Fragen des Lebens immer aus dem Weg gegangen. Schließlich hatte sie genug zu tun gehabt und für Privates war später immer noch Zeit. Plötzlich fiel ihr Jans Kündigung ein, wie unkonzentriert er gewesen war und dass er nur Fehler gemacht hatte, weil er um das Leben seiner Zwillingsschwester gebangt hatte. Und Jan war einige Jahre jünger als Nina! Der Gedanke jagte ihr einen Schrecken ein.

Sie dachte an Nils' Worte: *Immerhin kannst du ebenso skrupellos Gefühle zertrümmern, wie er mit seiner Abrissbirne ehemalige Wohnträume anderer Menschen.* Dabei war Nils selbst alles andere als zartfühlend.

Aber er ist zumindest in der Lage, den Unterschied zu erkennen.

Nina fühlte, dass sie hier, fern von daheim, an einem Scheideweg angelangt war. Taran hatte ihr eine Welt jenseits des Glanzes gezeigt. Es war, als hätte er eine Tür in ihrem Inneren aufgestoßen, die sie sorgsam verschlossen hatte, weil es viel zu gefährlich war, durch sie hindurchzugehen. Denn dahinter lauerte eine verrückte, wilde Welt ohne Checklisten, Sicherheitsnetze oder Karriereleitern. Dafür war sie voller Träume, Hoffnung, Visionen und Gefühlen, die sie nun mit unerwarteter Intensität überrollten, und Taran Sternberg war der verfluchte *Kronprinz* dieses Reichs!

Stöhnend massierte Nina sich die pochenden Schläfen.

Sie wünschte, sie könnte sich einreden, dass er das alles nur getan hatte, um sein Projekt zu retten. Aber dann dachte sie an seine funkelnden schilfgrünen Augen, wenn er von vergangenen Zeiten sprach, an das Gitarrenkonzert unter dem Sternenfirmament und ein Picknick über der rotgoldenen Alhambra. Tränen brannten in ihrer Kehle und sie wusste auf einmal, sie würde alles tun, damit Alexander Roth Tarans Projekt förderte. Gleichgültig, wie Orlandos Gutachten ausfiel. Zur Not interpretierte sie es anders oder schrieb es einfach um. Gleichgültig, ob es wirklich das war, was Roth tatsächlich fördern wollte.

Selbst wenn Taran nur eine Handvoll weiterer Amphorenscherben finden würde – sie würde ihm dabei helfen, seinen Traum zu verwirklichen.

Roth hat schließlich Geld wie Heu. Dem kann es doch völlig egal sein, für welchen wohltätigen Zweck er es ausgibt.

Nina ignorierte ihre Gewissensbisse hinsichtlich dieses Plans, ihren Mandanten zu betrügen, um dem Ruf ihres Herzens zu folgen, und konnte endlich einschlafen.

Am letzten Tag ihrer gemeinsamen Reise brachen sie früh auf. Die Einladung zum Abendessen bei Ramón und seiner Frau war – typisch spanisch – für 21 Uhr, sie konnten also auf ihrem Rückweg nach Sevilla noch einiges besichtigen. Nina sollte nach nur fünf Stunden Schlaf müde sein, doch sich endlich zu einer Entscheidung in Bezug auf diese Bewertung durchgerungen zu haben, beflügelte sie, und ein starker Kaffee und ein ausgiebiges Frühstück wirkten Wunder. Sie fuhren auf der Autobahn Richtung Süden und eine gute halbe Stunde später konnte Nina das Meer unter sich erkennen. Azurblau erstreckte es sich von den Küstenorten bis zum Horizont, wo es, von einem lichten Streifen getrennt, stufenweise in das Blau des Himmels überging, der an diesem Morgen nahezu dieselbe Farbe besaß. Ein letzter rosa Schimmer von Morgenröte lag darüber, wie ein Filter, der langsam verblasste. Zuletzt hatte Nina vor drei Jahren Urlaub am Meer gemacht. Sie hatte nicht gewusst, wie sehr sie diesen Anblick vermisste.

»Wer in Granada lebt«, hatte Taran ihr gestern angesichts der schneebedeckten Sierra Nevada erklärt, »kann morgens Skifahren und am Nachmittag im Meer baden gehen.«

»Erinnere mich bitte daran, wenn ich genügend Geld verdient habe, um mich hier niederzulassen«, hatte sie geantwortet, aber Taran hatte nur den Kopf geschüttelt.

»Kennst du Bölls *Anekdote zur Senkung der Arbeitsmoral?*«

»Sollte ich?«

Sein Lächeln war voller Ironie. »Du ganz besonders, Nina!«

Aber nach dem abendlichen Picknick hatte sie nicht mehr daran gedacht, die Kurzgeschichte zu googeln. Dafür erinnerte sie sich jetzt an das Zitat eines spanischen Dichters über einen blinden Bettler, das im Speisesaal ihres Hotels gehangen war: »*Gib ihm Almosen, Frau! Es gibt doch nichts Traurigeres im Leben, als ein Blinder in Granada zu sein.*«

Nina fühlte sich, als wäre sie in den vergangenen Jahren ebenfalls blind gewesen, aber nun konnte sie wieder klar sehen. Den ganzen Tag über wartete sie auf den richtigen Zeitpunkt, Taran ihre Entscheidung mitzuteilen.

»Taran, ich habe lange darüber nachgedacht und ich wollte dir sagen …«, hatte sie zum Sprechen angesetzt, als sie in den malerischen Tropfsteinhöhlen *Cueva de Nerja* waren. In dem sechzig Meter hohen Gewölbe mit seinen bizarren Steinformationen und der schummrigen Beleuchtung fühlte man sich wie in einer Kathedrale der Natur – welchen passenderen Rahmen für die frohe Nachricht, die sie zu verkünden hatte, konnte man sich wohl vorstellen? Aber dann wurde sie von der Tourführerin unterbrochen, die ihnen einen imposanten Tropfsteinpfeiler zeigte. Ein herabhängender Stalaktit und ein vom Boden aufsteigender Stalagmit hatten sich innerhalb von 800 000 Jahren zu einer zweiunddreißig Meter hohen Säule vereint. Nach ihrer Erklärung war klassische Musik in der Höhle angegangen und sie hatte die Atmosphäre nicht durch ihr Flüstern stören wollen.

Und draußen auf dem Parkplatz nebenbei zu sagen »Hey, mach dir keine Sorgen, ich werde Roth dazu bringen, dass dein Projekt verlängert wird«, wollte sie auch nicht. Es sollte schon ein besonderes Ambiente sein.

Eine zweite Chance hatte sie sich beim Mittagessen am Strand von Malagueta erhofft. Doch in dem kleinen Chiringuito gab es zwar köstlichen Seefisch, dafür wenig Ruhe, ein spanischer Popsender dröhnte aus dem Radio, und die eng zusammengestellten Tische und lauten Gespräche ließen nicht wirklich das Gefühl von Privatsphäre aufkommen. Hinterher hatten sie Málaga-Eis in einer Eisdiele gekauft, ihr erstes Eis des Jahres, und waren über den Strand gelaufen. Statt die Gelegenheit jetzt endlich beim Schopf zu ergreifen, hatte Nina ihr Tabu gebrochen, weil ihr Blick über den Strand zu einem der Hügel mit Häusern gewandert war.

»Orlando soll hier irgendwo eine Villa haben.« Es war ihr in ihrer Nervosität einfach so herausgerutscht, weil sie an die Bewertung gedacht hatte und nach einem Anfang gesucht hatte. Nina bereute ihre Aussage, noch bevor sich Tarans Miene verfinsterte.

»Wundert mich, dass er sie dir nicht längst gezeigt hat.«

»Warum sollte er?«

»Weil er doch sonst keine Gelegenheit auslässt, um … ach, vergiss es. Wir hatten ausgemacht, nicht über die Bewertung und ihn zu reden, oder?«

Aber genau das hatte sie doch gerade tun wollen. Und erneut ihre Chance verpasst.

Auf ihrem Weg nach Ronda durchquerten sie in engen Serpentinen die wilde Berglandschaft der Sierra de las Nieves. Sie fuhren entlang von Schluchten, Gebirgsflüssen und spitzen, schneebedeckten Bergkämmen. Kleine weiße Dörfer säumten ihren Weg, und bei einer kurzen Rast in El Burgo zeigte ihr Taran das Denkmal eines grimmig dreinschauenden Mannes mit Hut.

»Pasos Largos und einige andere andalusische Banditen haben hier im frühen 19. Jahrhundert ihr Unwesen getrieben«, erklärte er.

»Warum setzt man ihm denn ein Denkmal?«, fragte Nina.

»Ich denke, die Bandoleros wurden rückwirkend in der Bevölkerung als Helden und Kämpfer gegen das Unrecht gesehen. Sie waren überwiegend Räuber, Wilderer und Entführer, aber man sagt ihnen nach, dass sie gegen die brutale Ausbeutung der Kleinbauern durch die Großgrundbesitzer vorgegangen wären.«

»So wie Robin Hood?«

»Genau. Sie haben sich hier in den Bergen der Serranía de Ronda in Höhlen versteckt. Man hat ihnen Filme und Serien gewidmet und in Ronda, wo wir gleich hinkommen, findet jedes Jahr im Mai ein Stadtfest ihnen zu Ehren statt.«

»Unglaublich!« Nina zupfte an dem Reißverschluss ihrer Jacke und räusperte sich. »Hör mal, was ich dir noch sagen wollte ...« Aber Taran setzte sich schon auf sein Motorrad.

»Sag's mir in Ronda. Wir müssen Kilometer machen, wenn wir es noch schaffen wollen, vor dem Abendessen mit Ramón und Sofía zu duschen und uns umzuziehen.«

Kurz darauf stand Nina auf einer Brücke vor dem gähnenden Abgrund einer gewaltigen Schlucht und fand keine Worte mehr. Sie liefen durch malerische kleine Gassen und erhaschten bei ihrem Rundgang immer wieder verblüffende Ausblicke auf den rund hundertzwanzig Meter tief unter ihnen in der Talenge El Tajo fließenden Fluss.

»Ich war letztes Jahr im Herbst hier«, sagte Taran. »Dichter Nebel lag in der Schlucht und war durch die Straßen gezogen, es hat ausgesehen, als würde die Stadt auf Wolken schweben.«

»Das hätte ich zu gerne gesehen.«

Taran lachte und deutete auf ein Schild am Straßenrand, auf dem in mehreren Sprachen stand, wie man sich vor der großen

Hitze schützen könne. »Die fand ich damals, bewaffnet mit Schal und Winterjacke, besonders witzig.«

Sie tranken einen Cortado in einer Tapas-Bar und aßen ein paar Häppchen, aber auch hier hatte Nina kein Glück, weil ein junges Paar sich zu ihnen gesellte und Taran nach verschiedenen Routen durch die Berge befragte, und so beschloss sie, nach dem Abendessen bei der Familie Pérez mit ihm zu sprechen, wenn sie ungestört waren und nicht mehr dem Zeitdruck einer Rückfahrt ausgesetzt.

Es war kurz vor sieben, als sie in Ninas Hotel in Sevilla ankamen. Taran trug ihr die Tasche in die Lobby und erklärte, dass er sie in eineinhalb Stunden abholen würde. Er war so schnell wieder draußen, dass sie es nicht einmal geschafft hatte, sich für die Fahrt zu bedanken. Nina stand sekundenlang wie betäubt im Eingangsbereich, hörte aus dem Hotelrestaurant das Klappern von Besteck und Klirren von Porzellan und die Klingel des Telefons der Rezeptionistin und hatte das Gefühl, gerade ein Déjà-vu zu haben.

Na, das kommt dir doch bekannt vor, Nina! Am Strand ist er damals auch so schnell abgehauen.

»Entschuldigen Sie bitte, benötigen Sie Hilfe mit Ihrem Gepäck?«, fragte eine Stimme und riss sie aus ihren Gedanken. Sie sah zu dem Hotelboy auf und lächelte.

»Oh ja, vielen Dank.«

Nina glaubte, eine monatelange Reise hinter sich zu haben, als sie nach vier Tagen die vertraute Umgebung ihres Zimmers wieder betrat.

23

Der Duft von Orangenblüten lag in der Luft vor dem Haus der Pérez, einem Gebäude mit schmiedeeisernen Balkonen, Stuck an den Fensterlaibungen, Rundbogenfenstern aus Holz und einer Dachterrasse, deren üppige Pflanzenpracht in Blumenkübeln sogar von der Straße aus zu erahnen war. Im Treppenhaus roch es nach gekochtem Essen und Möbelpolitur. Sie zwängten sich an einem Dreirad und einem Kinderwagen vorbei und stiegen die Treppe hinauf. Nina fiel auf, dass einige Mieter Grünpflanzen oder Töpfe mit Geranien neben die Eingangstür zu ihrer Wohnung gestellt hatten. Das hatte sie in Deutschland noch nicht gesehen und es wirkte gleich viel wohnlicher im Treppenhaus. Sie hatte Taran nicht mehr fragen können, wie förmlich es bei den Pérez zuging, aber bei ihrer ersten Begegnung hatte er nicht den Eindruck gemacht, als ob sie sich für diese Einladung groß in Schale werfen müsste. Sie hatte sich dafür entschieden, das geblümte Sommerkleid anzuziehen, das Taran so gut gefallen hatte, als sie mit Orlando ausgegangen war.

»Brigid also?«, hatte er mit einem Lächeln beim Abholen gefragt. Er hatte die Jeans gegen hellbraune Slacks getauscht und trug über einem Hemd einen weißen Pullover mit dezentem Muster.

»Medb braucht schließlich auch mal eine Kampfpause.«

Familia Pérez stand in kindlicher Schrift auf einem handbemalten ovalen Holzbrett mit blauen Blümchen, das neben dem Schild mit der Klingel hing, und Nina war froh, dass sie in der

Hotelküche nicht nur eine Flasche Wein als Gastgeschenk, sondern auch eine bunte Mischung gefüllter Konditor-Schokoladeneier hatte auftreiben können. So hatte die ganze Familie etwas von ihrem Mitbringsel. Taran hatte einen Frühlingsblumenstrauß dabei, den Nina während der Fahrt für ihn gehalten hatte, weil er nicht mehr zusammen mit der Schokoladeneierpackung und dem Wein in den offenen Korb auf dem Motorrad passte, den Taran hinter dem Sitz befestigt hatte.

»Wo hast du den eigentlich auf die Schnelle aufgetrieben?«, fragte sie.

»Alba, die Wirtin unten im Restaurant, war so freundlich, ihn für mich zu besorgen. Ich habe sie von unterwegs aus angerufen und ...«

Die Tür schwang auf und vor ihnen stand ein schwarzgelockter Junge im Grundschulalter, der sie mit großen braunen Augen musterte und dann über das ganze Gesicht zu strahlen begann. Nina wurde warm ums Herz.

»Frohe Ostern!«, trällerte er, drehte sich um und rief laut in den hinteren Teil der Wohnung. »Mamá, Papá, Taran ist mit seiner Freundin da!«

Sie spürte, wie sie errötete.

»Frohe Ostern, Luis!«, entgegnete Taran lachend und wuschelte dem Jungen durch die Haare. Sie traten ein und zogen ihre Schuhe und Jacken an der Garderobe aus, die fast überquoll. Das Parkett aus dunklem Holz hatte so viele Kratzer, wie kleine Familienfotos und Zeichnungen oder Bastelarbeiten der Kinder an den Wänden hingen. Während sie dem Jungen über den Gang folgten, schwang eine Tür rechts von ihnen auf und etwas cognacfarbenes Felliges schoss auf sie zu, kam auf dem glatten Parkettboden zum Schlittern und stürzte gegen Tarans Schienbeine.

»Hi, Blanca«, sagte er und warf Nina einen Blick von der Seite zu. »Ich hoffe, du hast keine Angst vor Hunden?«

»Aber nein! Mein Gott, ist der niedlich. Was ist das denn für eine Rasse?«

Blanca hatte sich aufgerappelt und hüpfte auf zwei Beinen wie ein Gummiball an Taran hoch, bis er sich hinunterbeugte und sie streichelte. Die Hündin hatte einen wuscheligen Kopf mit Schlappohren, eine schwarze Stupsnase und dunkelbraune Knopfaugen.

»Ich würde ja auf eine Kreuzung aus Golden Retriever und Steckdose tippen, aber Ramón behauptet, sie sei ein Labradoodle.«

»Échate, Blanca!«, rief eine Männerstimme, doch der Wirbelwind ignorierte den Befehl, sich hinzulegen, wandte sich stattdessen Nina zu und ließ sich hinter den Ohren kraulen. So ein seidig weiches Fell!

»Frohe Ostern, ihr zwei! Ich sehe, du hast die Tage mit ihm überlebt?« Ramón kam ihnen entgegen, um seine Hüften hatte er eine schwarze Kochschürze gebunden. »Sofía und ich haben schon Wetten abgeschlossen und uns auf einen Noteinsatz gefasst gemacht, um dich vor dem Ertrinken zu retten.«

Nina kicherte, als sie Tarans verwunderten Gesichtsausdruck sah. Er hatte ihr Ramóns Handynummer gegeben, weil sie sich bei ihm für die Einladung zum Osteressen hatte bedanken wollen, und Ramón hatte ihr geschrieben, dass sie jederzeit anrufen könnte, falls sie einen Abholservice bräuchte.

»Du weißt aber schon, dass wir mit dem Motorrad und nicht auf See unterwegs waren?«, fragte Taran stirnrunzelnd.

»Ich dachte auch eher an ein Ertrinken in deinem Redeschwall. Wir hatten als Safeword *Tsunami* ausgemacht, solltest du ihre Botschaft heimlich abfangen und unseren Rettungseinsatz verhindern wollen.«

Nina, die in die Hocke gegangen war, um Blanca den Bauch zu streicheln, stand gerade auf, als Taran sich zu ihr umdrehte. »War ich wirklich so schlimm?«

Sie zuckte die Schultern und erwiderte ernst. »Ich fürchte, Tsunamis haben es so an sich, einen mit einer Geschwindigkeit zu überrollen, die das Absenden eines Hilferufs vollkommen unmöglich machen.«

»Ihr zwei seid furchtbar«, sagte Taran kopfschüttelnd. »Ist Sofía im Wohnzimmer? Ich brauch jetzt einen Drink.«

Ramóns Frau und Tochter waren gerade dabei, den Esstisch zu decken, als sie das Wohnzimmer betraten. Nina hatte eine athletische große Frau erwartet, nachdem Taran ihr von ihren Ambitionen, in den Weltraum zu fliegen, erzählt hatte, und war überrascht, eine zierliche Person anzutreffen, die einen halben Kopf kleiner als sie war. Sofía umarmte sie zur Begrüßung, und Nuria gab ihr ein wenig schüchtern die Hand. Sie hatte dieselbe dunkelblonde Haarfarbe wie ihre Mutter, aber während Sofía sie in einem kinnlangen, geraden Bob trug, waren Nurias Haare gelockt, wie die ihres Vaters.

»Kann ich was helfen?«, fragte Nina höflich.

»Wir sind so gut wie fertig, aber wenn du magst, kannst du uns beim Salat unterstützen.«

Kurz darauf stand Nina in einer kleinen Küche und trug zum Schutz ihres Kleides vor Tomatenspritzern eine Schürze mit der Aufschrift »*Hütet euch vor mir! Ich bringe selbst die Zwiebeln zum Weinen*«. Taran fand das urkomisch, und sie streckte ihm die Zunge heraus, als er sie unbedingt beim Tomatenschneiden fotografieren musste.

»Mach dich gefälligst nützlich und wasch den Eisbergsalat!«, rief sie ihm zu. Ramón schnitt derweil mit Sofías Hilfe dünne Scheiben von einer Lammkeule, und Nuria schaufelte mit konzentrierter Miene Bacalao-Fischfilet mit einem Bratenwender auf eine Servierplatte. Als auch noch Luis und Blanca in den Raum drängten, stöhnte Ramón auf.

»Schaff Blanca hier raus, Luis!«

»Aber sie hat die ganze Zeit kläglich vor der Tür gewinselt.«

»Ich winsle auch gleich, wenn sie hier ans Essen rangeht. Gib ihr einen Hundeknochen, dann gibt sie Ruhe.«

»Dann haben wir nichts mehr, um sie während des Essens ruhig zu halten«, warf Sofía ein.

»Wenn sie sich aufführt, schaff ich sie runter zu deinen Großeltern.«

»Die schlafen doch schon.«

»Wir könnten sie auch auf der Straße aussetzen. Vielleicht haben wir Glück und ein dummer Mensch nimmt sie mit.«

»Papá!«, schimpfte Nuria.

»War nur ein Witz, cariño. Keine Sorge, Nina, sie wird sowieso nur bei Taran betteln, weil der ihrem treuen Hundeblick nie widerstehen kann und ihr immer was abgibt.«

»El Cid wird schockiert sein, dass du den Feind fütterst«, sagte Nina grinsend zu ihm.

»In Kriegszeiten muss man die Seiten wechseln, wenn man seinen Waffenrock nicht beschmutzen will. Von wegen treuer Hundeblick. Ich versuche nur, zu verhindern, dass sie meine Hose vollsabbert.«

Wenig später saßen sie im Esszimmer, und Nina führte skeptisch einen Löffel der Ajoblanco-Suppe zum Mund. Ihr Leibgericht würde sie sicher nicht werden, aber sie hatte sich das Geschmackserlebnis schlimmer vorgestellt, nachdem sie erfahren hatte, dass diese kalte Vorspeise aus Weißbrot, gemahlenen Mandeln, Knoblauch, Olivenöl und Essig bestand, wozu als Kontrast Zuckermelonenstückchen und Trauben serviert wurden. Dummerweise machte die Suppe unglaublich durstig, und der Sherry, den Ramón dazu reichte, schmeckte ausgezeichnet, weshalb sie schon zwei Gläser davon getrunken hatte, als Taran und Ramón das Hauptgericht auftrugen.

Es wurde ein fröhlicher Abend. Nina hatte schon lange nicht mehr in Gesellschaft anderer so ungezwungen gelacht. Taran saß direkt neben ihr und seine Nähe brachte ihre Haut zum Glühen. Hatte sie angefangen, sich während ihrer Tour in ihn zu verlieben, so stand sie nun kurz davor, ihm einen Heiratsantrag zu machen.

Jetzt reicht es aber mit dem Wein, Nina!

Ja, vielleicht war sie beschwipst.

Oder einfach nur trunken von Glück. Sie erzählten von ihrer Reise und Ramón berichtete, wie ihr letzter Vortrag bei den Phönizier-Tagen gelaufen war. Als er wie ein Frosch zu quaken anfing, musste Nina zusammen mit seinen Kindern so sehr lachen, dass ihr Tränen in den Augen standen. Sie begegnete Tarans Blick, und die Art, wie er sie in diesem Moment ansah, ließ sie erschauern. Und dann ergaben sich die Worte plötzlich ganz von selbst.

»Aber nichts, was ihr mir erzählen könnt, kann meine Anekdote übertrumpfen!«, verkündete sie beim Dessert siegessicher.

»Hört, hört!«, rief Ramón und klopfte mit der Kuchengabel gegen den Tellerrand.

Sie schenkte Taran einen verschwörerischen Blick, der seine Augenbrauen nach oben wandern ließ.

»Halt, bevor du loslegst, will jemand einen Espresso?«, fragte Sofía und stand auf.

»Wir wollen Ninas Geschichte hören! Sei still, Mama!«, empörte sich Nuria.

»Nicht so unhöflich, junge Dame, sonst musst du auf der Stelle ins Bett«, erwiderte Ramón.

»Ha, ha, ha!«, rief Nuria gänzlich unbeeindruckt von der Drohung.

»Ich möchte einen. Nina hat so einen komischen Ausdruck im Gesicht, mir schwant nichts Gutes«, gab Taran von sich.

»Bring ihm lieber einen doppelten«, rief Nina. Sie gab ihrer Miene das, was sie für ein durchtriebenes Medb-Lächeln hielt, und brachte ihn damit zum Lachen. Das musste sie vor dem Spiegel noch üben.

»Jetzt bin ich aber gespannt«, sagte Ramón und legte die Hände aneinander. »Hast du für mich auch einen Kaffee, Liebes?«, rief er seiner Frau nach, die schon auf dem Weg zur Küche war. »Ich muss den Kummer über meine viel zu früh verlorene väterliche Autorität in einem schwarzen Loch ertränken.«

Nuria verdrehte die Augen und spießte ein großes Stück Schokoladentorte auf die Kuchengabel.

»Mama hat gesagt, wenn man einem schwarzen Loch zu nahe kommt, wird man Weltraumspaghetti«, verkündete Luis mit vollem Mund und todernster Miene.

»Wirklich?« Ramón sah schockiert drein.

»Ein schwarzes Loch krümmt den Weltraum nämlich ins Unendliche, also wirst du unendlich langgezogen«, erklärte Nuria altklug, »und dann verbrennst du bewegungsunfähig als Spaghetti am Ereignishorizont.«

»Vielleicht nehme ich doch lieber keinen Kaffee«, murmelte Ramón und kratzte sich am Kopf.

Nina lachte und schob sich auch ein Stück Kuchen in den Mund. »Der schmeckt göttlich, Ramón!«, sagte sie. »Sieh zu, dass du noch nicht so schnell zu Spaghetti wirst.«

»Und ich hatte darauf gewettet, dass du eine von diesen Fanatikerinnen bist, die Zucker verteufeln und statt Butter zermantschte Banane und Süßstoff in den Kuchenteig rühren. Heute Morgen habe ich noch überlegt, ob ich nur einen Obstsalat zum Nachtisch schnipsle.«

»An Ostern?«, rief Luis mit weit aufgerissenen Augen. »Das hätte ich dir nie verziehen, Papá!«

»Ich nehme nur nicht zu, weil ich meist so in der Arbeit versunken bin, dass ich das Essen vergesse«, gab Nina ehrlich zu. »Außerdem, wer kann denn bei Schokolade schon widerstehen?«

Nachdem Sofía den Kaffee verteilt hatte, richteten sich alle Augen erwartungsvoll auf Nina. Ihr Puls schlug schneller und dann sagte sie geradeheraus:

»Ob ihr's glaubt oder nicht – Taran und ich sind uns schon früher einmal begegnet.«

Taran hatte gerade an seinem Espresso genippt und setzte die Tasse mit einem schmerzverzerrten Gesichtsausdruck ab. »Mist, jetzt hab ich mir die Zunge verbrannt.«

»Die Galaxis schlägt zurück!«, deklamierte Ramón mit theatralisch erhobenen Händen.

»Etwa in einem früheren Leben?«, fragte Taran an Nina gewandt. »Ich wusste gar nicht, dass du auf so einen Esoterikkram stehst.«

»Wie kommst du denn darauf?« Seine Frage brachte sie aus dem Konzept.

Taran beugte sich vor. »Weil ich mich an eine Frau wie dich auf jeden Fall erinnern würde.«

Ihr Mund wurde trocken und sie starrte auf die goldenen Punkte in seiner schilfgrünen Iris.

»Cariño, sollten wir nicht besser die Kinder zu Bett bringen, solange das hier noch jugendfrei ist?«

»Ramón!«, stöhnte Sofía mit Blick zur Decke, und Nuria kicherte. Ihre Wangen glühten vor Begeisterung. Luis nutzte die Ablenkung der Erwachsenen und warf ein Stück Schokokuchen zu dem Hund. Nina wünschte sich plötzlich, sie könnte zu Blanca unter den Tisch verschwinden. War bestimmt gemütlich da unten.

»Wo hast du ihn denn schon einmal gesehen?«, fragte Nuria neugierig.

»Oh, also, wir sind uns hier begegnet. Ich meine natürlich, nicht hier in Sevilla, aber in Spanien«, stotterte Nina. Verdammt, sie hatte das alles viel lockerer und witziger rüberbringen wollen, aber seit Tarans Worten flatterten nicht nur Schmetterlinge in ihrem Bauch, es summten auch noch Hummeln in ihrem Kopf und auf ihren Armen schien eine Ameisenkolonie gerade zu ihrem Bau unterwegs zu sein. Als wäre sie wirklich die Frühlingsgöttin, und all diese Insekten hatten beschlossen, in genau diesem Moment Brigid zu huldigen. »An der Costa Brava.«

»Bist du sicher?« Taran legte die Stirn in Falten. »Dort war ich tatsächlich mal mit meinem Vater als Kind im Urlaub. Aber ich erinnere mich nicht, dass ...« Er stockte.

»Es war in der Nähe dieser Ruinen, ach, wie hießen sie doch gleich? Die mit der Statue von dem griechischen Gott der Heilkunst.«

Die Hummeln stellten irgendwas mit ihrem Denkvermögen an.

»Asklepios«, murmelte Taran, und Bestürzung zeichnete sich in seinem Gesicht ab. Ninas Magen verkrampfte sich. Oje! Wahrscheinlich dämmerte ihm jetzt, wer sie war, und er fand das überhaupt nicht komisch. Musste sie auch von den alten Zeiten anfangen!

»Ihr seid euch bei den Ruinen von Empuries begegnet?«, hakte Sofía nach.

»Wie romantisch«, spottete Ramón. »Zwei junge Herzen finden sich im Angesicht jahrtausendealter Zerstörung. Ganz nach Tarans Geschmack.«

Nina entging nicht der vernichtende Blick, den sein Freund ihm zuwarf.

»Aber nein, es war am Strand.«

»Lass mich raten. Taran hat im Sand gebuddelt«, gluckste er, den Blick seines Freundes ignorierend.

»Ach, du bist unmöglich, Ramón!«, schimpfte Sofía. »Manchmal könnte ich dich auf den Mond schießen.«

»Damit du eine Ausrede hast, mich dort zu besuchen?« Er grinste frech.

»Erzähl weiter, Nina. Zur Not fessle und knebele ich ihn und entsorge ihn morgen in einem meiner Brandgräber«, erklärte Taran.

»*Das* dürfte deinen Kollegen der Zukunft aber wirklich einiges zum Rätseln geben.«

»Nichts Neues. Menschen, die ihren Mund nicht halten konnten, wurden in der Vergangenheit haufenweise ermordet.«

Nina beschloss, dem ein Ende zu bereiten. »Ich war Surfen und hab die Kontrolle über meinen Kite verloren. Ehe ich reagieren konnte, bin ich direkt aufs Ufer zugerast und dort standst du und hast …« Sie brach ab, als Taran erst einen verdutzten Laut von sich gab und dann zu lachen begann.

»*DU* warst das?« Er lachte erneut und Nina knetete ihre Finger. »Sie hat mich einfach niedergemäht, ich wusste erst gar nicht, wie mir geschieht«, erklärte er den anderen.

»Das ging mir mit Sofía bei unserer ersten Begegnung auch so«, grinste Ramón.

Taran achtete nicht auf seinen Freund und dessen warmen Blick zu seiner Frau. Er schien jeden Zoll von Ninas Gesicht zu analysieren. Wahrscheinlich warf er ihr gleich vor, wie unhöflich sie gewesen war, dass sie sich nicht einmal bei ihm für seine Hilfe bedankt hatte.

»Hast du mich denn sofort erkannt, als du in Gelves angekommen bist?«, fragte er stattdessen.

Nina blinzelte. »Nein. Du kamst mir zwar irgendwie bekannt vor, aber ich konnte dich erst nicht einordnen, doch dann …« Ihr Blick fiel auf sein Armband und er nickte.

»Daran hast du mich also wiedererkannt! Das ist unglaublich! Warum hast du es mir nicht gleich gesagt?«

Oje. Sie konnte ihm wohl kaum verraten, dass sie erst einmal ausgiebig im Internet nach Bildern von ihm recherchiert hatte, auf denen er jünger war.

»Ich war mir nicht sicher. Und später hat sich irgendwie nie die Gelegenheit ergeben. Wie alt ist er denn?«, fragte sie, um das Thema zu wechseln.

Er zog den Armreif von seinem Handgelenk und reichte ihn

ihr. Das Metall war noch warm von seiner Haut. Vorsichtig fuhr sie die Speichen des Rads entlang. Der mattgeriebene Stein in der Mitte hatte fast die Farbe von Tarans Augen.

»Der Reif stammt aus der Spätlatènezeit, etwa hundert vor Christus. Mein Vater hat ihn auf einem Acker in der Nähe von Regensburg gefunden.«

Vor Schreck ließ sie ihn fast fallen. Gänsehaut kroch ihr über den Rücken bei der Vorstellung, dass dies ein Armreif war, den ein Mensch vor über zweitausendeinhundert Jahren getragen hatte. Sie hob den Blick und sah, wie Ramóns Augenbrauen nach oben wanderten.

»Er hatte natürlich die Genehmigung der Eigentümerin und das Feld war nicht im Bayerischen Denkmalatlas verzeichnet«, erklärte Taran bestimmt.

»Denkmalatlas?«, wiederholte Nina.

»Ganz Bayern ist nach möglichen oder bekannten Bodendenkmälern kartografiert.« Er zog sein Handy heraus und öffnete eine Seite des Bayerischen Landesamtes für Bodendenkmalpflege. »Nenn mir einen Ort!«

Nina überlegte. »Regensburg? Wo dein Vater den Armreif fand.«

Er gab den Namen in eine Suchmaske ein und kurz darauf erschien eine Karte, die wie eine Google-Maps-Ansicht aussah, auf der jedoch immer wieder kleine oder große Bereiche rot markiert waren. Die meisten davon betrafen die Innenstadt. Taran deutete auf einen dieser roten Flecken.

»Überall dort darf man nicht ohne Genehmigung nach archäologischen Funden suchen. Nicht einmal mit einer Metallsonde.«

»Aber eine Sonde verletzt doch gar nicht den Boden?«, wunderte sich Nina.

»Die deutschen Behörden vermuten sicher, dass jemand, der damit unterwegs ist, es nicht dabei belässt, sobald sie etwas anzeigt«, warf Sofía schulterzuckend ein.

»Zu Recht«, stimmte Taran zu.

Nina erinnerte sich plötzlich an den Stab, den er damals bei ihrer Kollision am Strand über den Sand bewegt hat. War das nicht auch eine Sonde gewesen?

»Ist das in Spanien anders?«, fragte sie vorsichtig.

»Nein. Auch hier bedarf das einer ausdrücklichen Genehmigung der Denkmalschutzbehörde. Zumindest wird es potenziellen Hobby-Schatzsuchern hinterher nicht glücken, sich auf die Hadrianische Teilung zu berufen«, erklärte Taran. Irgendwo hatte Nina diesen Begriff schon mal gehört, aber er sprach bereits weiter. »Dieses Rechtsprinzip geht auf den Kaiser Hadrian zurück. Der Finder und der Besitzer der Sache, in dem der Fund verborgen war, teilen sich den Schatz zu gleichen Teilen auf.«

»Und der Staat geht dabei leer aus?«, wunderte sich Nina.

»In Bayern schon. Allerdings hat der Finder von Bodendenkmälern eine Meldepflicht, gleichgültig, ob es sich um etwas handelt, das er mitnehmen kann, beispielsweise eine Münze oder einen Armreif«, er deutete auf das Schmuckstück in ihren Händen, »oder ob er auf das Fundament eines Bauwerks stößt. Er soll auch die Fundstelle und die Umstände seines Funds dokumentieren und natürlich muss er den Eigentümer des Grundstücks vorab um Erlaubnis fragen und hinterher über seinen Anteil informieren.« Taran seufzte.

»Klingt nicht so, als ob sich alle immer daran halten würden.«

»Plünderungen, Raubgräberei und Antikenhehlerei sind ein Thema, mit dem ich euch wirklich nicht diesen Abend verderben möchte.«

»Aber zurück zu deinem Vater«, sagte Ramón. »Wie kommt's, dass du heute diesen Armreif trägst? Ehrlich gesagt hielt ich ihn die ganze Zeit über für ein gut gemachtes Imitat.«

Taran lachte schallend. »Du hast ernsthaft geglaubt, ich hätte mir ein auf antik getrimmtes Schmuckstück anfertigen lassen?«

»Ich habe schon jede Menge verrückter Nerds kennengelernt.«

»Besten Dank aber auch, dass du mich zu ihnen zählst!« Taran schüttelte sichtlich amüsiert den Kopf, wurde dann jedoch ernst. »Mein Vater war ein zäher Hobbyarchäologe. Er hatte mehrere Wochen lang den Grund abgesucht und war eigentlich einem bajuwarischen Reihengräberfeld auf der Spur. Der Armreif ist aber wohl keltischen Ursprungs. Darauf deutet auch die Radform hin, die Taranis, dem Gott des Himmels und des Donners, gewidmet wurde.«

»Dein Name!«, rief Nina perplex.

Ein Lächeln zog über sein Gesicht. »Ich bin nur ein paar Wochen nachdem mein Vater diesen Fund gemacht hat, zur Welt gekommen. Mein Vorname war seine Idee, er meinte, er müsse mir aufgrund des Schatzfunds Glück bringen, und Hilde, die Frau, der dieser Acker gehörte, wurde meine Taufpatin. Als Taufgeschenk hat sie auf ihren Anteil an dem Armreif verzichtet.«

»Wie viel ist er denn wert?«, platzte Nuria heraus, die während der Erzählung aufgesprungen war und sich jetzt über Ninas Schulter beugte, um das Schmuckstück zu bestaunen. Nina reichte ihr den Armreif.

»Nuria!«, schimpfte Sofía. »Das fragt man nicht.«

Aber Taran winkte ab. »Ist doch nur verständlich, dass sie das interessiert.« Er zwinkerte der Kleinen verschwörerisch zu. »Ich muss dich allerdings enttäuschen, wenn du einen Gordo erwartest. Die amtliche Schätzung des Denkmalpflegeamts belief sich auf rund sechshundert Euro.« Nuria sah aus, als hätte Taran ihr gerade das letzte Stück Schokoladenkuchen vor der Nase weggeschnappt. »Aber weißt du was? Für mich ist er mehr wert, als du Sterne am Himmel zählen kannst.«

»Er ist auch total schön!«, sagte sie und gab ihm mit ehrfürchtiger Miene den Reif zurück. Taran zog ihn wieder über das Handgelenk.

»Da er keinen immensen Wert hat und es viele solcher Funde gibt, musste mein Vater keine Auflagen zum Erhalt des Armreifs erfüllen.«

»Was für ein besonderes Andenken! Hier in Spanien hätte dein Vater ihn nicht behalten dürfen, selbst wenn er nur hundert Euro wert wäre«, warf Ramón ein.

»Dann gibt es die Hadrianische Teilung hier nicht?«, fragte Nina.

»Dem Grunde nach schon. De facto wurde aber 1985 ein Gesetz zum Schutz von historischem Erbe eingeführt, demzufolge alle Objekte von archäologischem Interesse automatisch öffentliches Eigentum werden. Jeder Fund muss innerhalb von dreißig Tagen dem Denkmalpflegeamt gemeldet werden.«

»Abgesehen davon betrifft die Hadrianische Teilung nur *zufällig* Gefundenes. Jede *geplante* archäologische Grabung muss genehmigt werden«, ergänzte Taran.

»Wie wollen die Behörden das einem denn hinterher nachweisen?«

»Also zumindest dürfte es die Schatzjäger, die mit Spaten, Metallsuchgeräten und Drohnen durch die Gegend marschieren, bei Entdeckung durch die Polizei vor Erklärungsnöte stellen. Und kein Mensch buddelt metertiefe Löcher beim Sonntagsspaziergang in den Feldern.«

Nuria kicherte. »Blanca könnte sie gegraben haben.«

»Deine Tochter verfügt über einen erstaunlichen kriminellen Einfallsreichtum«, lachte Taran.

»Mama, darf ich Fernsehen gucken?«, quengelte in diesem Moment Luis.

»Eigentlich ist Bettgehzeit für euch zwei.« Sofía erntete wildes Protestgeschrei.

»Es sind doch Ferien!«

»Mama, biiiittte!«

»Also gut, aber nur weil heute Ostern ist!« Sofía stand auf

und ging zum Couchtisch, um die Fernbedienung zu holen, schaltete den Fernseher ein und ein Zeichentrickfilm mit dramatischer Musik erfüllte den Raum. Sofía stellte den Ton etwas leiser.

Nina schwirrte der Kopf. Sie war gerührt von Tarans Erzählung, was seinen Namen und den Armreif anbelangte, aber gleichzeitig musste sie wieder an den Stab denken, den er damals über den Sand bewegt hatte, und ihr fiel auch ein, dass sein Vater einen ähnlichen dabeigehabt hatte. Das konnte doch kein Zufall sein! Vielleicht war die Rechtslage damals anders gewesen? Aber hatte Ramón nicht eben gesagt, dass dieses Gesetz 1985 eingeführt worden war?

»Dann wird eine Hobby-Schatzsuche in Spanien also viel strenger bewertet als in Deutschland?«, fragte sie.

Taran schüttelte den Kopf. »In fast allen Bundesländern Deutschlands gilt keine Hadrianische Teilung. Alle herrenlosen Funde unterliegen dem Schatzregal des jeweiligen Landes und das sieht meist volles Eigentumsrecht des Staates vor. Ein Grund mehr, warum auffallend viele *Schätze* kurz hinter der bayerischen Grenze gefunden werden und uns Archäologen hinsichtlich ihres Fundzusammenhangs vor Rätsel stellen.«

Nina schenkte sich noch ein Glas Wasser ein. Von dem vielen Wein war ihr ein wenig schwindlig geworden und sie hatte Mühe, ihren Blick zu fokussieren. Nachdem sie einen Schluck getrunken hatte, fragte sie: »Aber würden nicht viel mehr Schätze gefunden werden, wenn man Hobby-Schatzsuchern wie deinem Vater einen Anteil an dem Fund zugestehen und das Absuchen von Gebieten mit Metallsuchgeräten auch ohne vorherige Anmeldung erlauben würde? Du sagst doch selbst, er hat das sehr ernst genommen und alle Auflagen erfüllt.«

Tarans Kiefer wirkte auf einmal angespannt, und er wich ihrem Blick aus und griff nach seinem Handy. »Natürlich können Sondengänger einen wichtigen Beitrag zur Geschichte leisten. Mein Vater war voller Tatendrang und Begeisterung, er ging in seinem Hobby vollkommen auf und das, was ich heute bin, verdanke ich zu einem Großteil ihm. Was ohne staatliche Regelungen geschehen kann, siehst du aber hier.«

Er suchte etwas im Internet und hielt ihr dann das Handy hin. Nina sah auf zwei Fotos, scheinbar Luftaufnahmen, die den Umrissen nach denselben Ort zeigten. Oder auch nicht. Denn auf dem ersten Bild war ein in mehrere Rechtecke planmäßig eingeteiltes Gebiet auszumachen. Waren das Felder mit Wegen dazwischen? Auf dem Foto rechts daneben war davon nichts mehr zu erkennen, und die ehemals glatte Struktur sah aus wie eine gigantische zerklüftete Mondlandschaft.

»Was ist das?«, flüsterte sie.

»Satellitenaufnahmen aus Syrien. Seit dem Bürgerkrieg sind Plünderungen, Raubgräberei und Antikenhehlerei Programm. Der Handel mit Antiken wird im Westen, unter anderem auch in Deutschland, abgewickelt und finanziert den internationalen Terrorismus. Ein immenses kulturelles Erbe wird hier vernichtet. Syrien war für uns Altertumskundler früher das Paradies.«

»Das sieht ja furchtbar aus. Aber wie will man das an einem Kriegsschauplatz, wo so viele Menschen umkommen oder ums Überleben kämpfen, verhindern?«

»Man muss bei den Abnehmern des Raubguts ansetzen«, schlug Sofía vor. »Hat man nicht vor ein paar Jahren eine Kuratorin des Getty Museums in Los Angeles deswegen angeklagt?« Sie sah Taran fragend an, der in Gedanken versunken schien und erst reagierte, als Nina ihn anstupste. Sofía wiederholte ihre Frage.

»Allerdings«, bestätigte er grimmig. »Sie hätte diese Kulturgüter niemals ankaufen dürfen, ohne zu überprüfen, ob der Herkunftsnachweis nicht gefälscht ist. Schätzt mal, an welcher Stelle steht der illegale Handel mit Kulturgütern, verglichen mit anderen kriminellen Geschäften?«

»Keine Ahnung, vielleicht an zehnter?«, vermutete Nina.

»Nach dem Drogen- und Waffenhandel auf Platz drei.«

Sie starrte ihn an, konnte das nicht glauben. »Kein Witz?«

»Das FBI schätzt das Gesamtvolumen weltweit auf zehn Milliarden US-Dollar.«

Lautes Lachen der Kinder ließ sie zusammenzucken und zur Couch hinübersehen.

»Sprechen wir von was Angenehmerem«, sagte Ramón, der aufgestanden war und eine neue Flasche Sherry geholt hatte, die er jetzt entkorkte. »In zwölf Tagen beginnt die Feria de Abril. Bist du dann noch in Sevilla, Nina?«

Eine völlig harmlose Frage.

Und zu ihrer Überraschung musste sie feststellen, dass sie darauf keine Antwort wusste. Nicht mehr. Zu viel war in den letzten Tagen auf dieser Reise mit Taran geschehen. Ihr ursprünglicher Plan, nach der Bewertung auf eigene Faust eine Rundreise durch Andalusien zu machen, hatte ihren Glanz verloren. Sie fühlte Tarans Blick auf sich ruhen und schaffte es nicht, ihn zu erwidern. Alles hätte ihre Mimik in diesem Moment preisgegeben, Dinge, die sie ihm lieber sagen wollte, wenn sie allein waren. Denn in diesem Augenblick begriff sie plötzlich, dass es ihr vollkommen egal war, wo sie in zwölf Tagen sein würde, ob am Nordpol oder hier in Sevilla – wenn er nur bei ihr war.

Verflucht, wie hat es dich nur so erwischen können!

Nina versuchte, das Zittern aus ihrer Stimme zu bannen.

»Oh, keine Ahnung. Darüber habe ich mir noch gar keine Gedanken gemacht. Lohnt sich die Feria denn?«, rief sie betont fröhlich.

Du bist eine lausige Schauspielerin.

»Machst du Witze?« Ramón schaute regelrecht beleidigt drein. »Die Feria von Sevilla ist das größte Volksfest Andalusiens!«

»Er ist nur auf den guten Sherry scharf«, spottete Sofía mit

Kopfnicken zu der Flasche in seiner Hand. »Der fließt auf der Feria wie beim Oktoberfest in München das Bier.«

Nina musste lachen.

»Von wegen der Sherry. Es ist die einzige Gelegenheit im Jahr, meine wunderschöne Frau in einem traditionellen Flamencokleid zu bewundern und mit ihr eine Sevillana zu tanzen.« Ramón schenkte Sofía einen glühenden Blick und Nina musste lächeln, weil sie errötete wie ein Mädchen, das er gerade erst kennengelernt hatte. Wie schön musste das sein, auch nach vielen Jahren noch so verliebt zu sein.

»*Du* tanzt?«, fragte Taran ungläubig.

»Jeder Mann, der etwas auf sich hält, sollte mit seiner Herzensdame tanzen.«

»Möglichst, ohne ihr dabei auf die Füße zu treten«, flüsterte Sofía mit einem verschwörerischen Augenbrauenheben Nina zu.

»DAS ist mir nur ein einziges Mal passiert!«, empörte sich Ramón. »Also, wie schaut's aus bei euch? Wollen wir uns alle zusammen ins Festgetümmel stürzen und feiern? In der Caseta deiner Eltern ist genug Platz für zwei Personen mehr.«

»Muss ich dann etwa auch tanzen?«, stöhnte Taran verzweifelt.

»Unbedingt! Ich bringe dir ein paar heiße Schritte bei.« Er begann mit seinen Hüften zu wackeln, und Nina fiel in Sofías Kichern ein.

»Wenn Taran tanzt, komme ich mit. *Das* lass ich mir nicht entgehen.« Nina grinste ihn an. »Aber was ist eine Caseta?«

»Kleine Festzelte. Davon gibt es rund tausend auf dem Festplatz. Einige gehören Parteien oder Unternehmern, doch die meisten sind privat.«

»Für die alteingesessenen Familien in Sevilla, die oberen Zehntausend, zu denen meine Schwiegereltern sich zählen«, erklärte Ramón spöttisch.

24

Taran hatte Nina für oberflächlich gehalten, für eine zugegebenermaßen hübsche junge Frau mit festen Zielen und einer unumstößlichen To-do-Liste für die nächsten zehn Jahre ihres Lebens im Kopf. Wehe dem, der ihr dazwischenfunkte! Orlando Torres und sie schienen wie geschaffen füreinander.

Dann hatte er gemerkt, dass dieser Gedanke ihm nicht gefiel und er etwas dagegen unternehmen wollte – nicht zuletzt, um sich nicht einfach kampflos diesem eingebildeten Idioten und seinem Gutachten zu ergeben.

Vielleicht war die Atmosphäre von Córdoba und Granada schuld oder er war auch nur einfach blind für das Offensichtliche gewesen. Für den besonderen Menschen hinter der glänzenden Businessfrau-Rüstung. Immer wenn er glaubte, er wüsste, woran er mit Nina war, zeigte sie ihm eine neue Seite von sich. Er dachte an die Verletzlichkeit in ihrer Miene, als sie von dem Verlust ihrer Mutter gesprochen hatte, an ihre offene Neugier, wenn sie etwas besichtigten, an ihr Lachen und ihr Interesse an dem, was er ihr von vergangenen Zeiten erzählte. Wie sie El Cid und Blanca gekrault, in Ramóns Küche Gemüse geschnippelt und mit seinen und Sofías Kindern gescherzt hatte. Die Blicke, die sie Taran verstohlen zugeworfen hatte.

Er wollte all diese Seiten erkunden.

Er wollte *sie* erkunden.

Die Vorstellung, sie würde in ein paar Tagen verschwinden wie eine Sternschnuppe, die sein Leben nur für einen flüchtigen Augenblick erhellt hatte, fühlte sich furchtbar an.

Die Nacht war kühl, Wind rauschte in den Blättern und trieb Orangenblüten wie Schneegestöber über den Platz. Einige verfingen sich in ihrem Haar, und er konnte sich nur mit Mühe beherrschen, sie nicht herauszupflücken, bevor sie ihren Helm aufsetzte und zu ihm aufs Motorrad stieg. Nina schlang die Arme um seine Taille, und in seinen Ohren begann es zu rauschen. Zuerst dachte er, es wäre der Fahrtwind und das Motorengeräusch. Doch als er an der ersten Ampel hielt, ließ das Brausen nicht nach, und Taran musste sich eingestehen, dass es sein rasender Puls war. Er fuhr Umwege, brauchte viel länger zurück zu ihrem Hotel, obwohl um diese Uhrzeit kein Verkehr mehr herrschte, und hoffte, dass sie ihn nicht dabei ertappte. Plötzlich bemerkte er, wie ihre Hände zitterten, und er erschrak. Sie trug nur ihre Bikerjacke und dieses dünne Frühlingskleid! Auf dem schnellsten Wege fuhr er zum Hotel zurück.

Nina stieg vom Motorrad, nahm ihren Helm ab, und er tat es ihr gleich. Im Schein der Straßenlaterne leuchtete ihr Gesicht wie einer dieser längst vergangenen Sterne, von denen er ihr erzählt hatte. Ein Windstoß zerzauste ihm das Haar, und plötzlich streckte Nina die Hand aus und strich ihm eine Strähne aus dem Gesicht. Er roch ihr blumiges Parfum und sah, wie sie sich auf die Lippe biss.

»Kommst du noch einen Augenblick mit nach oben?«

Er musste sich verhört haben. Ganz sicher hatte sein überdrehter Verstand ihm einen Streich gespielt. Wie in weiter Ferne hörte er sich antworten. »Ja. Klar.«

Wirklich, ungeheuer geistreich, Taran!

Aber sein Kopf, in dem sonst tausende Geschichten darauf warteten, erzählt zu werden, war plötzlich wie leergefegt. In der Stille zwischen ihnen im Aufzug hörte er jedes mechanische Geräusch der Kabine überlaut, und sein Bauchgefühl warnte ihn davor, gerade eine sehr große Dummheit zu begehen. Er ignorierte es.

Und dann standen sie in ihrem Zimmer. Nina zog die Bikerjacke aus und hängte sie an die Garderobe. Sie sah auf einmal überhaupt nicht mehr wie die forsche, überlegene Unternehmensberaterin aus, sondern nur wie eine junge Frau, die verlegen nach Worten suchte.

»Also, erst einmal danke für diese unglaublichen letzten drei Tage und ... und was ich dir heute schon die ganze Zeit über sagen wollte ...« Sie brach ab und musterte ihn. »Oh ... entschuldige, vielleicht magst du ablegen und dich setzen?«

Er zog Jacke und Schuhe aus, während sie bereits hastig weitersprach, als würde der Mut sie verlassen, wenn sie es nicht schnell genug herausbrachte. »Ich habe mir das mit deinem Projekt noch einmal durch den Kopf gehen lassen und ...«

Sein *Projekt*? Hatte sie vollkommen den Verstand verloren? Fuck, er wollte heute Nacht nicht mehr über seine Arbeit reden, nicht jetzt, nicht nach diesem großartigen Tag und einem Abend voller Lachen, gutem Essen und Wein und dem Zauber ihrer Nähe. Taran hängte die Jacke an den Haken und überlegte nicht weiter, denn sein Instinkt übernahm plötzlich die Führung. Er wirbelte herum. Mit zwei Schritten war er bei ihr, beugte sich hinunter und drückte seine Lippen auf ihre, um sie zum Schweigen zu bringen. Nina schmeckte süß und gleichzeitig ein wenig herb. Auch in ihrem Kuss fand er diese Gegensätze wieder, die ihn so an ihr faszinierten. Ein Schauer lief durch ihren Körper, und eine Sekunde lang dachte er, sie würde ihn empört von sich stoßen. Stattdessen hakten sich ihre Finger in den Gürtel seiner Hose und sie zog ihn an sich, bis sein Unterleib den ihren berührte. Hitze schoss durch seinen Körper, Nina entwich ein Stöhnen und sie öffnete ihren Mund. Zärtlich umspielte ihre Zunge die seine, während seine Hände auf ihrem Rücken über den seidenen Stoff ihres Kleids glitten, den Reißverschluss fanden und ihn aufzogen. Ihre Finger flogen über sein Hemd, zerrten ungeduldig an den Knöpfen, öffneten sie, und im nächsten Moment lagen ihre

Hände auf seiner Brust. Unendlich zärtlich und quälend langsam strichen sie im Vergleich zu ihrer vorhergehenden Eile zu seinem Bauch hinunter. Taran hörte auf, zu denken, tauchte in einen Ozean von Gefühlen, ging darin unter, verlor sich in dem Strudel dieser magischen Nacht, verlor sich in den Armen einer Frau, die ihm so viele Rätsel aufgab wie kein Mensch zuvor.

Als er wieder zu sich kam, flutete Sonnenlicht das Zimmer, er lag in einem zerwühlten Bett, ihr Bein lag über seinem und seine Hand auf ihrer nackten Brust. Einen Augenblick lang sah er sie nur an, ihre zerzausten Haare auf dem Kopfkissen, den leicht geöffneten Mund und den feinen Schwung ihrer Nase. Er strich zwischen ihren Brüsten langsam nach oben zu der kleinen Kuhle inmitten ihrer Schlüsselbeine, verharrte dort ein paar Sekunden, bevor er sich hinunterbeugte und zärtlich ihren Mund liebkoste. Da schlug Nina die Augen auf.

»Noch mal?«, flüsterte sie und die Mischung aus Erschöpfung und Verlangen in ihrer Stimme ließ ihn erschauern.

Sein Blick glitt zu seinem Handgelenk mit der Uhr. »Ich fürchte, dafür fehlt uns die Zeit. Wann wolltest du dich heute mit Torres treffen?«

Sie zuckte zusammen und sah ebenfalls auf das Ziffernblatt. »Oh, mein Gott! In einer halben Stunde!«

Er stemmte die Arme neben ihrem Kopf ins Kissen und hielt sie mit seinem Körper gefangen. »Du könntest ihn anrufen und sagen, dass du dir den Magen verdorben hast.«

»Und wenn er hinterher zur Ausgrabung fährt und dich dort nicht vorfindet?«

»Dann hab ich eben auch eine Magenverstimmung. Ramón ist ein miserabler Koch.«

»Das würdest du deinem Freund nicht antun!«

»Ramón würde das verstehen.« Taran grinste, und sie schlug gegen seine Brust.

»Lass mich raus!«

Er rollte sich lachend zur Seite und beobachtete sie dabei, wie sie nackt zum Kleiderschrank hastete. »Himmel, Taran, ich bin so spät dran, dass ich nicht einmal mehr duschen kann«, jammerte sie, während sie Unterwäsche, T-Shirt und Jeans herausriss und auf einem Sessel verteilte.

»Du riechst nach Sex. Es gibt kein besseres Parfum.«

Nina warf die Hände in die Luft und sah ihn finster an. Dann veränderte sich plötzlich ihre Miene. »Jetzt bin ich immer noch nicht dazu gekommen, es dir endlich zu sagen!«

»Dass du mich unwiderstehlich findest?«

»Sei nicht so eingebildet!« Sie streckte ihm die Zunge heraus. »Dass ich eine Entscheidung bezüglich der Ausgrabung getroffen habe. Moment, ich bin gleich wieder da.«

Er erinnerte sich daran, dass sie mitten in der Nacht über sein Projekt hatte sprechen wollen. Diese Frau! An ihrem Timing musste sie wirklich noch arbeiten. Nina verschwand im Bad, ließ aber die Tür offen und kurz darauf hörte er Wasserrauschen. Offenbar hatte sie doch beschlossen, zu duschen. Taran gähnte, stand auf und folgte ihr. Nina schlüpfte gerade aus der Kabine, als er eintrat, und er reichte ihr ein Handtuch vom Heizkörper. Sie schenkte ihm einen raschen Kuss und rubbelte sich in Rekordgeschwindigkeit trocken, während er selbst in die Dusche stieg. Taran schloss die Augen und ließ das warme Wasser der Regendusche über sich prasseln, wusch sich die Haare und fühlte sich so großartig wie seit langem nicht mehr, als er die Duschwand beiseiteschob und auf den Badvorleger trat. Er nahm ein frisches Handtuch vom Regal und trocknete sich ab. Nina hatte in der Zwischenzeit Zähne geputzt und sich angezogen.

»Hör mal, wir wissen doch beide«, sagte sie, bürstete sich die Haare und band sie zu einem Pferdeschwanz, »zumindest, wenn du mal ehrlich zu dir selbst bist und versuchst, die Dinge realistisch zu sehen, dass mein Mandant keine bedeutenden Funde von deinem Projekt erwarten kann. Orlando sieht das zum Glück genauso und hat deshalb vorgeschlagen, sein Gutachten so auszuschmücken, dass es Roth zufriedenstellt. Irgendwas Spektakuläres will er in den Unterlagen von dir und Ramón raussuchen oder zur Not reininterpretieren, damit mehr dabei rausschaut als nur ein paar Amphorenscherben, mit denen Roth bestimmt nichts anfangen kann.« Sie öffnete einen Kosmetikbeutel mit Schminkutensilien am Waschbecken. Ohne auf ihn zu achten, trug sie verschiedene getönte Cremes und Puder auf, verteilte sie mit einem Pad auf ihrer Haut und sprach dabei munter weiter.

Jedes Wort war ein Schlag.

»Du kennst meinen Mandanten nicht, er erwartet mindestens ein zweites Troja, am besten ein ganzes Phönizier-Schiff, beladen mit Gold und Edelsteinen, in respektablem Erhaltungszustand und ...«

Taran hatte das Gefühl, er wäre nicht der Dusche, sondern dem Eisloch eines zugefrorenen Sees entstiegen. Er starrte Nina an und fragte sich, wo die Frau geblieben war, die gestern noch seinen Geschichten von Kalifen in Granada gelauscht und die nachts in seinen Armen gelegen hatte. Was war das alles für sie gewesen? Blumige Märchen ohne Wahrheitsgehalt? Hirngespinste seiner mit ihm durchgehenden Fantasie? Hatte sie immer noch nicht begriffen, worum es ihm in seiner Arbeit ging? Dass eben gerade jede Tonscherbe sehr wohl eine Geschichte erzählen konnte und dazu beitrug, die Rätsel der Vergangenheit zu entschlüsseln. Dass man vorab, trotz aller heutigen technischen Hilfsmittel, nicht wissen konnte, was im Verborgenen der Erde schlummerte. Dass es in seiner Arbeit verdammt noch mal nicht darum ging, die Käufer von Luxusjachten mit einer abenteuerlichen antiken Tragödie zu unterhalten, während man auf der Hauptversammlung Austern schlürfte und Champagner in sich hineinschüttete? Hitze schoss in seinen Bauch und vertrieb die Kälte.

»… und daher weiß ich nicht, ob er das jetzt noch tun wird.« Er hatte verpasst, was sie dazwischen gesagt hatte, und konnte den Blick, den sie ihm nun über den Badspiegel zuwarf, nur stoisch erwidern. »Guck nicht so, Taran! Dir muss doch klar sein, dass Orlando eins und eins zusammenzählen wird und daher längst weiß, was zwischen uns läuft. Es ist mir im Grunde auch egal.« Sie schenkte ihm über den Spiegel ein Lächeln, das er nicht erwiderte. Das schien sie zu irritieren, denn nun drehte sie sich endlich zu ihm um, und ihre Stimme wurde sanft. »Was ich damit sagen will: Ich verspreche dir, dass du dein Projekt fortführen kannst und das Deutsche Archäologische Institut die Geldmittel von Roth bekommt. Wenn Orlando mir nicht das passende Material dazu liefert, werde ich es eben selbst in die Hand nehmen und die Fakten entsprechend …«, sie zögerte kurz, »… optimieren.«

Wasser tropfte aus seinen Haarspitzen auf seine Schultern und lief über seine Brust, auf der sich Gänsehaut bildete, und er war immer noch nicht in der Lage, sich aus seiner Erstarrung zu lösen. Sie trat näher und hob die Hand zu einer Liebkosung, doch Taran schob sie entschlossen beiseite.

»Was … was ist? Freust du dich denn gar nicht?«

Er atmete tief durch und unterdrückte den Reflex, sie anzubrüllen. »Worüber, Nina? Dass du deinen Mandanten hintergehen willst, indem du mein Projekt *optimierst*?«

»Ach, jetzt sei doch nicht so empfindlich! Vielleicht war das nicht die passende Wortwahl, aber du verstehst doch, was ich meine!«

»Nein, Nina. Ich verstehe es nicht. Ganz und gar nicht. Warum solltest du so etwas tun? Ihn belügen? Als kleines Dankeschön für unsere Tour? Weil wir miteinander geschlafen haben?« Seine Stimme zitterte mittlerweile vor unterdrückter Wut.

»Weil ... weil ich ... mich durch dich verändert habe«, entgegnete sie zaghaft.

Er lachte so laut auf, dass sie vor ihm zurückzuckte. »Ich habe keine Ahnung, *wie* du vor unserer Reise warst, aber wenn ich dich in irgendeiner Weise beeinflusst haben sollte und *dies* das Resultat ist, dann tut es mir aufrichtig leid!«

Sie wurde blass. »Was soll das, Taran? Ich sage dir, dass ich dafür sorgen werde, dass du deinen Job behältst, und statt eines Dankes beleidigst du mich?«

»Oh, tut mir leid, auf meine geheuchelte Dankbarkeit musst du leider verzichten, ich bin nun mal kein Callboy, den du für seine Dienste bezahlen musst.«

Er wusste, dass er damit zu weit gegangen war, aber er konnte einfach nicht anders. Zu viel war gestern geschehen, zu viel tiefe echte Gefühle hatte er für sie empfunden, die sie eben auf einen Schlag zerstört hatte. Er fühlte sich wie ein Verletzter, in dessen Wunden sie immer weiter mit ihren Worten wühlte. Er ertrug es nicht mehr, ihr zuzuhören.

Sofort schoss Röte in ihr Gesicht und ihre Augen funkelten. »Glaubst du etwa, ich habe es nötig, jemanden dafür zu bezahlen, dass er mit mir schläft? Ich wollte das für dich tun, weil ich dachte ... Aber ich habe mich getäuscht. Aber so was von getäuscht!« Die letzten Worte schrie sie ihm entgegen.

»Das haben wir dann wohl beide«, sagte er kalt.

Taran schob sich an ihr vorbei aus dem Bad und begann, seine Kleidung, die auf dem Boden verteilt lag, zusammenzusuchen und anzuziehen. Sie lief ihm nach und blieb mit verschränkten Armen stehen.

»Dann war das alles nur eine Lüge? Du bist überhaupt nicht scharf darauf, dieses Projekt weiterzuführen?«

Taran zog gerade den Gürtel seiner Hose zu und schlüpfte kopfschüttelnd in sein Hemd. »Ich würde nichts lieber tun. Aber ich hätte nie von dir verlangt, dass du deshalb deinen Mandanten hintergehst, der dir offenbar vertraut. Wenn jemand gelogen hat, dann du, als du mir anfangs erzählt hast, du müsstest ihm gegenüber ehrlich begründen, warum mein Projekt förderungswürdig ist. Ich hatte dich auf einen Roadtrip mitnehmen und dir ein wenig von der Geschichte Andalusiens zeigen wollen, damit du verstehst, was mir diese Ausgrabung bedeutet. Warum es wichtig ist, sich mit der Vergangenheit auseinanderzusetzen und was man daraus lernen kann. *Das* hättest du deinem Mandanten vermitteln sollen. Aber wie könntest du? Du begreifst nichts! Ich hätte es mir denken können.«

»Ach, ja? Du bist ein naiver Träumer, Taran! Niemand, der bei Verstand ist, würde diese Ausgrabung fördern! Ich hatte nur vor, dafür zu sorgen, dass Roth das tut, weil ... weil ich mich in dich verliebt habe!«

Taran fuhr herum. Tränen hatten sich in ihren Augen gesammelt, lösten die Wimperntusche und liefen jetzt in schwarzen Rinnsalen über Ninas Wangen. Trotz allem versetzten ihm ihre Worte und dieser Anblick einen Stich. Aber er wusste, dass es zwecklos war.

»Was auch immer du in mir siehst, Nina, ich bin nicht der Mann, für den du mich hältst und mit dem du jemals glücklich werden könntest. Und das beruht auf Gegenseitigkeit, das muss dir doch klar sein.«

Taran schlüpfte in seine Schuhe, zog die Jacke vom Garderobenhaken und legte die Hand auf die Klinke der Zimmertür. Kurz hielt er inne, kämpfte die sich gegen seinen Verstand aufbäumenden Gefühle nieder. Dann riss er die Tür auf und verließ den Raum.

ZWEI

Ich falle.

Das Geräusch der sich mit einem sanften Klicken hinter Taran schließenden Tür hallt so laut in meinen Ohren, als hätte er sie mit aller Kraft zugeworfen. Mir ist übel, schwarze Flecken pulsieren am Rande meines Sichtfelds und das geometrische Muster des Teppichs verschwimmt. Ein Zittern läuft durch meinen Körper und meine Beine geben einfach nach. Ich sacke auf dem Boden zusammen wie eine Marionette, deren Fäden man durchtrennt hat, werde von heftigem Schluchzen geschüttelt, ringe nach Atem und möchte meine ganze Wut und Enttäuschung und Trauer in dieses Zimmer hinausbrüllen, in dem noch immer Tarans Duft hängt wie eine süße Erinnerung an etwas, das nie wiederkehrt. Aber ich bringe nur ein klägliches Wimmern zustande.

Noch nie zuvor habe ich mich so gedemütigt gefühlt.

Noch nie zuvor bin ich so von einem Menschen verletzt worden.

Dabei hatte ich Taran doch nur helfen und ihm meine Liebe gestehen wollen! Plötzlich wird mir bewusst, was für ein Bild ich gerade abgeben muss, so wie ich hier zusammengekrümmt liege. Ich presse die zitternden Finger auf den Mund, als wollte ich mich selbst knebeln.

Du Scheißkerl! Du verdammter elender Scheißkerl!

Mühsam rapple ich mich so weit auf, dass ich es hinüber zum Bett schaffe, wo ich mich hineinfallen lasse und zudecke, denn jetzt, da meine Wut nachlässt, friere ich. Doch im Bett haftet sein Duft noch stärker an der Wäsche als in der Luft. Ich liege wie betäubt da und sauge gierig den Geruch des Kopfkissens ein, auf dem er letzte Nacht gelegen hat, wie ein Junkie, der sich nach dem nächsten Trip sehnt.

Du bist so erbärmlich, Nina!

Ich weiß nicht, wie viele Papiertaschentücher ich aus der Box auf dem Nachttisch gerissen und verbraucht habe. Oder wie viel Zeit vergangen ist. Zehn Minuten? Eine halbe Stunde? Geradezu lächerlich stark habe ich mich immer gefühlt und jetzt verabscheue ich mich für diesen Anfall von Schwäche. Das Kissen ist nass und voller schwarzer Flecken von Wimperntusche und Kajal. Im nächsten Augenblick klingelt das Telefon, und ich stoße einen Schrei aus. Das Herz schlägt mir bis zum Hals. Ist das Taran? Bestimmt nicht. *Der kommt nicht mehr zurück.*

Und wenn doch? Ich ignoriere mein verräterisches Herzklopfen und versuche, mich auf das Naheliegende zu konzentrieren. Hat sich jemand bei der Rezeption beschwert, weil ich so laut war? Steht jetzt draußen ein Krankenwagen, der die hysterische Frau mit dem Nervenzusammenbruch aus Zimmer 211 in die nächste Klinik abtransportieren will? *Fuck you, Taran! Das hat noch keiner vor dir geschafft.*

Ich räuspere mich, atme tief durch und gehe ran. Es ist die junge Frau von der Rezeption. Sie sagt, dass ein Señor Torres nach mir fragt. Ach, du Scheiße! Orlando habe ich vollkommen vergessen. Ich brauche keinen Spiegel, um zu wissen, dass ich ihn unmöglich treffen kann. Auch mit Tonnen von Make-up kann ich mein verquollenes Gesicht nicht mehr kaschieren. Meine Gedanken überschlagen sich, während ich nach dem Handy auf dem Nachttisch taste. Mehrere Nachrichten von ihm leuchten auf dem Display. Wenn ich ihn damit zurückrufe, würde er mir eine Menge Fragen stellen. Das Telefon der Frau an der Rezeption blockiert er sicher nicht so lange.

»Können Sie ihn mir bitte kurz geben?«, frage ich matt. »Und sagen Sie in der Küche Bescheid, dass man mir eine Kanne Kamillentee macht und zusammen mit Zwieback aufs Zimmer bringt.«

»Nina?« Orlandos Stimme klingt beunruhigt. Seine Fürsorge lässt erneut Tränen in mir aufsteigen. *Zum Teufel, Taran Sternberg hat ein Nervenbündel und eine Heulsuse aus dir gemacht!*

»Tut mir leid, dass ich nicht ans Handy gegangen bin.«

»Das macht doch nichts. Aber geht es dir gut?«

»Nein.« Mein Schniefen muss ich nicht mal spielen. »Ich bin total am Ende. Vielleicht habe ich eine Fischvergiftung. Zumindest musste ich mich die halbe Nacht übergeben«, lüge ich.

»Dios! Das tut mir so leid. Waren du und Taran nicht bei Ramón?«

Ich überlege, ob das eine Fangfrage ist. Konnte es sein, dass er ihm über den Weg gelaufen ist? Aber selbst wenn, könnte ich immer noch behaupten, er habe nur nach mir sehen wollen. Taran würde ihm bestimmt nicht erzählen, was zwischen uns vorgefallen ist.

»Ja. Keine Ahnung, wie es ihm und den anderen geht. Vielleicht habe auch nur ich eine Muschel erwischt, die nicht in Ordnung war. Bist du so lieb und erkundigst dich nach ihnen? Du musst heute leider allein zur Ausgrabung fahren, ich hoffe, ich bin morgen wieder fit.«

»Soll ich einen Arzt verständigen?«

Ja. Einen Psychiater, der das Chaos in meinem Kopf wieder ordnet.

»Nein, so schlimm ist es auch nicht. Ich brauch nur etwas Ruhe.«

»Kein Problem. Schlaf du dich nur ruhig aus, ich komme mit Sternberg schon klar. Es gibt noch ein paar Punkte, die ich mit ihm abklären muss, dann kann ich das Gutachten fertigmachen.«

»Danke, Orlando. Ich schulde dir was.«

Er lacht. »Allerdings. Einen Ausflug ans Meer.«

Oh ja, weit weg von Sevilla und Taran. »Ich freu mich drauf.«

Feige ist, wer andere kritisiert, aber sich nicht seinen eigenen Fehlern stellt, hat Paps immer gesagt. Ich starre an die weiße Decke über mir und verfluche ihn für seine weisen Sprüche. Ein feiner Haarriss verläuft von der Lampe in der Mitte bis zum Fenster und verschwindet hinter der Stuckleiste. Ich würde es ihm gerne gleichtun. Stattdessen zwinge ich mich, mein Gespräch mit Taran noch einmal Revue passieren zu lassen. Was ist nach dieser magisch schönen Nacht eigentlich so furchtbar schiefgelaufen? Wann genau ist die Stimmung gekippt?

Darüber nachzudenken, fühlt sich an wie diese gruselig schmerzhaften Epiliergeräte, die jedes Härchen einzeln packen und mitsamt Wurzel ausreißen. Gänsehaut bildet sich auf meinen Armen, und ich grabe die Finger in die Bettdecke, halte mich an ihr fest und versuche, mich an meine und seine Worte zu erinnern.

Wenn jemand gelogen hat, dann du ... ich bin nun mal kein Callboy, den du für seine Dienste bezahlen musst ... du deinen Mandanten hintergehen willst, indem du mein Projekt optimierst ... ich hätte das nie von dir verlangt ... Niemand, der bei Verstand ist, würde diese Ausgrabung fördern! ... Warum es wichtig ist, sich mit der Vergangenheit auseinanderzusetzen ... du begreifst nichts ... nichts ... nichts ...

Doch! Das tue ich.

Nur leider zu spät.

Taran hat mir auf seine poetische Art gezeigt, wie hell vergangene Sternstunden der Menschheit immer noch am Firmament unserer Gegenwart leuchten und welche Bedeutung sie für uns heute haben. *Das* sollte ich meinem Mandanten erklären. Und was habe ich getan? Ihm gesagt, dass ich Roth eine neongrelle Leuchtreklame mit der Aufschrift »Hier geht's zum Schatz« präsentieren werde. Ich habe ihn nicht nur enttäuscht, ich habe ihm gezeigt, dass ich keinen Anstand besitze, weil ich das Vertrauen meines Mandanten jederzeit rücksichtslos missbrauchen würde. Nicht mal mein Berufsethos, auf das ich mir doch immer so viel eingebildet habe, konnte ich wahren. Am liebsten würde ich noch tiefer unter die Decke kriechen.

Und zu allem Überfluss habe ich Taran offenbart, dass ich nicht an seine Arbeit glaube. Es war mir gar nicht in den Sinn gekommen, dass diese märchenhafte Reise sein Versuch war, mir seine Welt zu zeigen. Wahrscheinlich habe ich die ganze Zeit über unbewusst vermutet, er möchte mich damit bestechen. Kein Wunder also, dass er sich durch die Art und Weise, *wie* ich ihm Roths finanzielle Unterstützung zugesichert habe, benutzt vorkam.

Immerhin kannst du skrupellos Gefühle zertrümmern, hat Nils gesagt.

Das hast du heute wieder einmal unter Beweis gestellt.

Bei dem Gedanken an Nils frage ich mich, ob meine Abweisung damals für ihn ebenso bitter war wie die von Taran heute für mich. Nils' Wut kann ich auf einmal viel besser nachvollziehen. Doch ich bin nicht wie er. Ich möchte zumindest nicht wie er sein. *Du hast alles in deinem Leben bisher falsch gemacht, Nina. Nicht nur privat, auch beruflich. Aber ist es je zu spät für einen Neuanfang?*

Vielleicht wird Taran mich nie wieder küssen und mir den Sternenhimmel an irgendeinem mysteriösen Ort auf dieser Welt zeigen. Sehr wahrscheinlich wird er das nicht tun. Vielleicht habe ich heute den einzigen Menschen, mit dem ich je glücklich werden könnte, für immer vertrieben. Aber ich möchte ihm zumindest beweisen, dass er sich in mir in jener Nacht nicht getäuscht hat.

25

Ein Hotelangestellter in Uniform mit blank polierten Messingknöpfen hielt Orlando die Tür auf und er verließ die Hotellobby, als wäre er auf dem Weg in eine Schlacht. Dios! Er hatte fast eine Stunde lang auf Nina im Restaurant gewartet und sich schon alles Mögliche ausgemalt, warum sie ihn versetzte. Zuletzt, da sie weder auf seine Nachrichten noch auf die Anrufe am Handy reagiert hatte, war ihm der Gedanke gekommen, dass sie gar nicht auf ihrem Zimmer war, sondern die Nacht bei Sternberg verbracht haben könnte. Schließlich passte es überhaupt nicht zu ihr, dass sie ihn nicht verständigte. Sein Kaffee hatte auf einmal ziemlich bitter geschmeckt, und er war aufgesprungen, hatte sein Frühstück bezahlt und war zur Rezeption gegangen, um sie auf ihrem Zimmer anrufen zu lassen. Er fragte sich, was zwischen Nina und dem deutschen Archäologen auf dieser Reise geschehen war. Hatte sie wirklich nur eine Magenverstimmung? Schon allein um das herauszufinden, würde er nach Gelves fahren und Sternberg auf den Zahn fühlen. Zwei junge Frauen joggten an ihm an der Uferpromenade des Guadalquivir vorbei, während er zu seinem Parkplatz marschierte. Ninas Hotel verfügte über keine Tiefgarage, und er hatte eine Weile suchen müssen, denn nicht einmal im Halteverbot war etwas frei gewesen.

Ostern lag ihm schwer im Magen. Als er mit Leons Jeep über die Puente Cristo de la Expiracíon auf die Stadtautobahn fuhr, dachte er daran, wie sehr er sich doch als kleiner Junge auf diese Zeit gefreut hatte – im Gegensatz zu heute. Er hörte wieder das Lachen der anderen Kinder und spürte die Tropfen des eiskalten Wassers im Gesicht, wenn sie um den Brunnen auf dem Dorfplatz gespielt hatten. Die feierliche Stimmung hatte bereits am Samstag, eine Woche vor Ostern, begonnen. Gemeinsam hatten Männer und Frauen Tische und Stühle auf den Kirchplatz unter die schattenspendenden Platanen und Orangenbäume getragen und Palmzweige darauf verteilt, die die Kinder zu Sträußen binden sollten. Es hatte eine Atmosphäre wie bei einem Dorffest geherrscht. Die Älteren begrüßten sich, lachten und erzählten sich den neuesten Tratsch während des Schmückens der Zweige. Die Kinder spielten Fangen oder Verstecken. Hinterher aßen alle gemeinsam Torrijas und tranken Zitronenlimonade. Orlando erinnerte sich noch gut daran, wie ungeduldig er gewesen war und wie er sich absichtlich ungeschickt beim Knüpfen der bunten Bänder aus Stoff oder Krepppapier um die Palmzweige angestellt hatte. Denn ein bisschen hatte er schon mithelfen müssen, bevor er mit den Kindern über den Dorfplatz jagen und spielen durfte. Er hatte es kaum erwarten können, dass Mama ihm über den Kopf wuschelte und lachend sagte: »Na, los, lauf zu den anderen.« Meistens hatte sie ihm mit einem verschwörerischen Blick noch ein paar von den buntverpackten Bonbons und Schokoladentäfelchen zugesteckt, mit denen der Strauß ebenfalls geschmückt wurde. Streng genommen war es erst erlaubt, sie am Sonntag, nach der Segnung, zu essen. Aber streng war in der Familie ausschließlich sein Vater, und der war fast nie bei Dorffesten dabei, nur der Großvater.

»Papá hat noch zu tun.«

Wie leicht Kinder doch solche Ausreden glaubten. Erst viel später sollte er begreifen, dass Djamel aus Rücksicht auf die anderen Familienmitglieder Dorfveranstaltungen gemieden hatte. Nur zum Gottesdienst war er regelmäßig gegangen. Das konnten sie ihm schlecht verweigern, nachdem selbst der Papst den spanischen Roma Ceferino Giménez Malla als katholischen Märtyrer seliggesprochen hatte, weil er im Bürgerkrieg für seinen Glauben gestorben war.

Orlando bog nach Gelves ab und atmete tief durch. An seinen Vater zu denken war, als würde er Spiritus über ein schwelendes Feuer gießen. Gitanos hatten mit Tanz und Gitarrenmusik die Kultur Andalusien geprägt. Als Flamencostars wurden sie gefeiert, als Nachbarn gemieden und verachtet. Er hatte das am eigenen Leib erlebt, als er Djamels – seine – Familie kennengelernt hatte, die südlich vom Poligono Sur hier in Sevilla hauste. Wie sein Vater und seine Mutter sich gefunden hatten, war ihm ein Rätsel geblieben. Er wusste nur, dass Djamel ihr zuliebe seine Sippe verlassen und in ihr Heimatdorf gezogen war, wo ihm von Anfang an Misstrauen und Ablehnung entgegengeschlagen waren. Davon, dass keiner im Dorf verstand, wie Francesco die Hochzeit seiner einzigen Tochter Mariella mit einem Gitano hatte zulassen können, merkte Orlando lange Zeit nichts. Umso schlimmer traf ihn die Verachtung nach dem Tod der Mutter und des Großvaters.

»Der Gitano hat den Alten vergiftet, um über das Kind an sein Erbe zu gelangen«, war nur eine von vielen Verleumdungen, die die Runde gemacht hatten.

»Apurate ya, Orlando!« Bücken, Strecken, am Boden knien, um die reifen Oliven behutsam in Jutesäcke zu schaufeln – gegen Ende der Erntezeit schluckte sein Vater morgens mit dem Café con leche hochdosiertes Ibuprofen gegen die Rückenschmerzen und die Arthrose im Knie. Er war launisch in den Februartagen nach dem Tod des Großvaters gewesen und hatte Orlando noch zorniger in die Bäume hochgescheucht, um die Oliven zu ernten, an die er mit dem Stab nicht rankam. Drei Kilo waren nötig, um einen Liter Öl zu produzieren. Bei dem zu Beginn der Saison im Oktober geernteten Virgen Extra wurden für einen Liter gleich sieben Kilo benötigt. Sein Vater hatte mit den letzten Ersparnissen des Großvaters einen Pick-up gekauft, der so verrostet war, dass man Angst hatte, er würde auf der Fahrt zur Kooperative unter ihnen zusammenbrechen.

»Wer Land besitzt, wird niemals Hunger leiden«, hatte der Abuelo ihm versprochen. Aber das stimmte nicht. Das Land, das formell nun Orlando gehörte und für das sein Vater sorgte, machte sie nicht satt. Als sie in den Hof eingebogen waren, hatten schon fünf Kleintransporter vollbeladen mit prallgefüllten Olivensäcken vor der Anlieferstation gewartet. Orlando hatte die Männer höflich gegrüßt, wie es seine Mutter ihm beigebracht hatte, aber sie waren eine stumme Wand aus dunklen Mänteln und noch finstereren Gesichtern gewesen.

»Ich kann dir die Oliven nicht abnehmen, Djamel. Francesco hat viel bessere Qualität abgeliefert«, hatte der Fabrikchef behauptet. »Die hier kann ich nicht zusammen mit den anderen pressen.«

Orlando war der Mund offen gestanden vor Staunen. Sie hatten nie eine bessere Ernte gehabt, das verstand sogar er.

An diesem Abend hatte sein Vater begonnen, sich zu betrinken, und Orlando hatte sich vor seinem Zorn in der Scheune versteckt. Djamel versuchte sein Glück bei weiteren Ölmühlen und Kooperativen. Vergeblich. Es war, als hätten sich alle gegen sie verschworen. Wahrscheinlich hatten sie das auch, aber damals hatte er das nicht glauben wollen, waren es doch dieselben Menschen gewesen, die mit seiner Mutter und dem Großvater auf dem Dorfplatz gescherzt und Wein getrunken hatten. Nur wenige Wochen später war Señor Hernandez mit seinem Mercedes auf dem Hof vorgefahren. Die Oliven lagen immer noch in den Säcken auf dem Pick-up, die Hälfte der ehemals dunklen Perlen hatte inzwischen ein weißes pelziges Schimmelkleid bekommen, und ihr Gestank zog über den ganzen Hof. Der Bankier zupfte an seiner Krawatte, dunkelblau wie der Anzug, und machte einen weiten Bogen um das Fahrzeug.

Heute konnte Orlando sich zusammenreimen, was damals geschehen war, auch wenn sein Vater nie mit ihm darüber gesprochen hatte. Weil sie die Schulden nicht hatten bezahlen können, wurde sein Besitz am Ende zwangsversteigert. Das Geld, das dabei erzielt wurde, reichte angeblich nicht einmal aus, um die Hypothek zu bedienen. Orlando war gerade erst in die vierte Klasse gekommen, als sie die Koffer packen mussten und das Dorf verließen.

»Wann kommen wir wieder nach Hause?«, hatte er seinen Vater gefragt und keine Antwort erhalten.

»Papá! Wir müssen doch Osito nachholen!«

Schweren Herzens hatte Orlando am Morgen von seinem Hund Abschied genommen und ihn zu Gabriel und seiner Frau ins Haus gebracht.

»Ich pass auf ihn auf, bis du wiederkommst«, hatte der versprochen und dabei zum Fenster hinausgeschaut, wo Djamel im Auto gewartet hatte. »Sag deinem Vater ... sag ihm, dass es mir leidtut.«

Sie waren in den Süden Richtung Almería gezogen, und er hatte Osito nie wiedergesehen. Orlando war auf der Fahrt eingenickt, und als er aus dem Schlaf aufgeschreckt war und aus dem Fenster geschaut hatte, hatte sein Herz vor Freude gehüpft, weil sich hell glitzernd und endlos das Meer bis zum Horizont erstreckte. Er hatte sich vorgestellt, wie er über den Sand laufen und sich in die kühlen Fluten stürzen würde. Doch als sie näher kamen, musste er feststellen, dass es nur Plastikplanen waren, die hier in der Sonne funkelten. Millionen Tonnen von Gemüse wurden wassersparend unter den Folien auf einer Fläche, größer als Ibiza, angebaut. Später, während seines Studiums, hatte er sich die Gegend einmal auf Satellitenbildern angeschaut. Sogar vom Weltraum aus war das *Mar de Plástico* gut zu erkennen. Paprika, Tomaten, Gurken, Auberginen und Zucchini lösten die Oliven ab, bei deren Ernte er bisher geholfen hatte. Für Orlando war es zu einem Meer des Grauens geworden. Statt des geräumigen Bauernhauses mit eigenem Kinderzimmer teilten sie sich jetzt zusammen mit zwei anderen Männern einen winzigen

Stahlcontainer. Im Sommer stiegen die Temperaturen auf zweiundvierzig Grad, und Orlando glaubte, darin gegrillt zu werden und zu ersticken.

»Muss ich denn nicht mehr zur Schule gehen?«

»Du bist bald zehn, alt genug, um mitzuarbeiten«, hatte Djamel gesagt. »In deinem Alter habe ich auch schon dazuverdient, um die Familie zu ernähren. Sprich mit niemandem, hörst du, und bleib immer an meiner Seite.«

Zweimal waren die sogenannten Gewerkschaftler gekommen. Orlando hatte keine Ahnung gehabt, wer das war, aber einer der Männer aus dem Container hatte ihm gesagt, dass sie ihn seinem Vater wegnehmen würden. Deshalb rannte er davon, wenn sie auftauchten, leicht zu erkennen an ihren sauberen Hemden und gebügelten Hosen. Orlando hatte nicht geglaubt, dass er jemals die Schule vermissen würde oder dass es noch schlimmer in seinem Leben kommen konnte als damals in Almería. Er sollte sich in beidem täuschen.

Ein alter Pick-up kam ihm auch jetzt auf dem Schotterweg vor der Ausgrabungsstelle entgegen und riss Orlando aus seinen düsteren Erinnerungen. Dario, einer von Sternbergs Nachtwächtern, war auf dem Weg nach Hause und hielt auf seiner Höhe an. Orlando ließ das Fenster herunter, allerdings nicht, ohne zuvor in den Rückspiegel zu schauen, ob sie jemand beobachtete. Vielleicht verspätete sich Sternberg oder einer aus seinem Grabungsteam, und er wollte nicht im Gespräch mit Dario gesehen werden.

»Alles klar?«, fragte er, weil sie weit und breit die Einzigen auf diesem Feldweg waren.

Dario grinste breit und offenbarte die Zahnlücke zwischen seinen Schneidezähnen. Mundgeruch und ein Hauch von billigem Aguardiente schlugen Orlando entgegen, und er unterdrückte den Reflex, die Scheibe wieder hochzufahren. Der Branntwein war der Grund gewesen, warum er Dario dem anderen Nachtwächter für diese Aktion vorgezogen hatte.

»Läuft alles nach Plan. Hör mal, wegen der Kohle. Gibt's die Möglichkeit, einen Vorschuss zu haben? Meine Kleine ...«

»Nein!«, sagte Orlando schroff. »Erst wenn deine Aussage glaubwürdig war! Und jetzt fahr weiter, bevor noch jemand auf uns aufmerksam wird.«

Der Mann griff sich an die Brust. »Du hast mein Ehrenwort. Niemand bringt das so gut rüber wie ich. Wenn du wüsstest, welche Geschichten ich schon meiner Alten aufgetischt habe, wenn ich ...«

»Ich muss los!«, sagte Orlando. »Sternberg erwartet mich.«

Was nicht stimmte, aber er hatte keine Lust darauf, noch im letzten Augenblick hier mit dem Mann gesehen zu werden. Vielleicht hätte er doch besser Pablo gewählt. Dieser Dario war ein Quatschkopf. Er konnte nur hoffen, dass er sich nicht um Kopf und Kragen redete, wenn es darauf ankam.

Sternberg stand mit einer Tasse in der Hand am Bauwagen und wirkte alles andere als glücklich, ihn zu sehen. Dunkle Schatten lagen unter seinen Augen, und sein Teint war fahl. Anders als befürchtet, löste daher sein Anblick bei Orlando Heiterkeit aus. Wer dreinblickte, als hätte man ihn gerade erst aus dem Gefängnis entlassen, konnte weder eine aufregende Liebesnacht noch eine angenehme Reise hinter sich haben. Sehr erfolgreich war er bei seinem offensichtlichen Versuch, Nina mit dieser Fahrt zu bestechen, wohl nicht gewesen.

»Guten Morgen!«, rief Orlando daher bestens gelaunt. »Heute komme ich allein. Nina hat gestern wohl etwas auf den Magen geschlagen. Bei dir und Ramón alles in Ordnung?«

»Mir geht's gut. Ramón auch, nehme ich an. Willst du einen Kaffee?«

»Gerne.«

Orlando begrüßte den Rest des Teams, während der deutsche Archäologe sich an seiner Kaffeemaschine zu schaffen machte. Konnte nicht schaden, einen guten Eindruck zu hinterlassen. Umso glaubwürdiger konnte er später seine Unschuld beweisen und vielleicht würde er bald dieses Team leiten. Bis auf den Fotografen, der nur knapp zurücknickte, schienen ihm auch alle gewogen. Er kletterte zu Sternberg in den Bauwagen.

»Wie waren die Feiertage?« Er konnte es sich nicht verkneifen, nachzufragen.

Taran hielt ihm die Tasse entgegen und stellte seine für einen zweiten Kaffee darunter. »Anstrengend. Und bei dir?«

Du hast doch keine Ahnung, was anstrengend bedeutet, dachte Orlando amüsiert.

»Oh, ich war bei guten Freunden eingeladen. Es gab viel zu essen und zu trinken, und man hat die üblichen Anekdoten ausgetauscht.«

Traditionell hatten sich die Ferers mitsamt den Familien ihrer wichtigsten Mitarbeiter mittags in der Kathedrale von Sevilla zum Ostergottesdienst versammelt. Hier nickte man den Männern und Frauen mit Einfluss in Politik und Wirtschaft zu, hier wurde die Konkurrenz misstrauisch beäugt. Wer war anwesend? Wer fehlte und vor allem, warum? Sicherheitshalber hatte Orlando es persönlich in die Hand genommen, Ricardo abzuholen, damit er nicht auf die dumme Idee kam, erst hinterher zum Essen im Elternhaus aufzukreuzen und sich den Gottesdienst zu sparen.

»Jedes Jahr dasselbe Theater«, stöhnte er. »Ich komme mir vor wie am Pferdemarkt.«

»Dann sieh zu, dass du ein gutes Rennpferd abgibst«, spottete Orlando. Er war froh, dass es heute an Ricos Äußerem nichts zu beanstanden gab. Der Anzug saß perfekt, er war frisch rasiert und gekämmt und hatte auch offenbar nichts getrunken. *Du denkst schon wie seine Mama!*, schalt er sich selbst.

»Reicht doch, dass meine Eltern sich das antun. Müssen wir immer alle geschlossen antanzen? Sogar das Personal? Ich meine, die Guardia braucht nur jemanden abzustellen, der Fotos macht, und weiß hinterher ganz genau ...«

»... dass ein Haufen ehrbarer Leute für die Auferstehung unseres Herrn gebetet hat.«

Er verdrehte die Augen. »Wenn du das sagst.«

»Irgendwann werden Alejandro und du mal zusammen die Geschäfte übernehmen«, hatte Orlando schulterzuckend erwidert. »Gewöhn dich besser an das Katz-und-Maus-Spiel mit der Guardia.«

Rico hatte ihn erst mit großen Augen angestarrt und war dann in schallendes Gelächter ausgebrochen. »Das meinst du doch wohl nicht ernst? Ja, Alejandro, der schon, ich werde ganz bestimmt nicht die Geschäfte führen. Dann noch eher du!«

Orlando hatte kurz ausgeschert, weil er nicht nur den Kopf, sondern auch leicht das Lenkrad herumgerissen hatte. »Spinnst du? Ich gehöre doch gar nicht zur Familie. Da würde Leon ja noch lieber Rosa deinem Bruder zur Unterstützung an die Seite setzen, und außerdem ...« Er konnte nur den Kopf über so viel Naivität schütteln und konzentrierte sich dann wieder auf die Straße. »... willst du deinen Bruder wirklich ein Leben lang anbetteln, dass er dich unterhält? Das wird nicht angenehm werden, Rico.«

»Als ob ich das nicht wüsste! Du redest schon genau wie Iza...«, er hustete, und für einen Moment befürchtete Orlando, er würde gleich wieder Nasenbluten bekommen, wie bei ihrer letzten Autofahrt. Sie hätten nicht mehr die Zeit, zurückzufahren und Anzug oder Hemd zu wechseln, falls es blutig wurde. Aber vielleicht hatte Rico sich auch einfach nur erkältet.

»... wie Izabella.«

»Deine neue Freundin? Warum bringst du sie nicht endlich mal mit?«

»Um sie den Haifischen im Familienbecken vorzuwerfen?« Ricardo hatte eine selbstgedrehte Zigarette aus dem Blazer gezogen, und aus dem Augenwinkel heraus konnte Orlando sehen, wie seine Finger zitterten.

»Nicht in meinem Wagen«, sagte er ruhig, aber mit einem Unterton, der keinen Widerspruch duldete.

»Mann, bist du kleinlich. Nur einen zur Entspannung.«

»Kiff, soviel du willst, aber nicht hier drin. Ich habe keine Lust, dass meine Karre hinterher danach riecht. Und was diese Izabella anbelangt: Wenn sie nicht einmal die Ostertreffen nervlich packt, suchst du dir besser eine neue Freundin.«

»Iza kann knallhart sein und hat viel stärkere Nerven als ich.«

Orlando grinste. »Oha, dich hat's aber ganz schön erwischt, was?«

Rico schenkte ihm ein schiefes Lächeln und zuckte die Schultern.

»Nichts gegen deine Mutter, aber ich find's beruhigend, dass du nicht Leons oder Alejandros Frauenideal übernommen hast.«

»Weiß Gott, nein!«

»Willst du sie deshalb nicht mitnehmen? Damit sie sich nicht heute mit deinem Vater überwirft?«

»Das würde Iza gnadenlos tun. Eine Kämpfernatur durch und durch.« Ricardo lachte leise, und als Orlando ihn kurz von der Seite musterte, fiel ihm ein Strahlen in seinen Augen auf, das er darin schon lange nicht mehr gesehen hatte. Irgendwie rührte es ihn. Er mochte den Jungen. Vielleicht hatte Leon erkannt, dass er sich viel mehr um ihn sorgte als sein eigener Bruder, und ihn deshalb beauftragt, ein Auge auf seinen Jüngsten zu haben.

»Und das ist das Problem. Iza würde allen schonungslos die Meinung sagen. Das pack ich an Ostern nicht. Mama würde in Tränen ausbrechen und … ach, vergiss es!«

»Musst du wissen. Aber wenn du sie liebst – und das würde

dir im Moment sogar ein Fixer mit einer Überdosis im Blut ansehen, dann solltest du auch zu ihr stehen.«

Ricardo versetzte ihm mit dem Ellenbogen einen Hieb gegen den Arm, doch das Grinsen auf seinem Gesicht erlosch. Er fuhr sich durch die Haare. »Ich weiß. Fuck! Ist nur nicht so einfach in meiner Familie.«

»Sie wird dir weglaufen, wenn du es nicht irgendwann tust.«

»Ich bin schon dabei, an einer Lösung zu arbeiten.«

»Gut.«

Wenn Orlando auf ihrer Fahrt nach Sevilla gewusst hätte, wie Ricardos Lösung für sein Problem aussah, wäre er rechts rangefahren und hätte ihn verprügelt. So erfuhr er es erst während des Osteressens in Leons Haus und noch nicht mal von ihm selbst, sondern seiner Schwester.

Nein, Taran Sternberg hatte überhaupt keine Ahnung, wie anstrengend Feiertage sein konnten. Orlando trank einen großen Schluck Kaffee und kam dann gleich zur Sache.

»Hör mal, es ist so. Nina möchte nicht mehr Aufwand als nötig in diese Bewertung stecken, schließlich will sie anschließend noch ihren Urlaub genießen und ihn nicht mit der Suche nach neuen Ausgrabungen mit wenig Potenzial vergeuden. Letztlich dürfte es ihrem Auftraggeber auch vollkommen egal sein, welches archäologische Projekt er fördert, da er davon nicht die geringste Ahnung hat. Ich würde daher vorschlagen, wir zwei begraben mal für einen Augenblick unsere unterschiedlichen Einstellungen zur Archäologie.« Orlando lächelte, als Sternberg die Augen verdrehte. »Wir ziehen an einem Strang und bringen diese Sache so schnell wie möglich hinter uns.«

»Ich werde nicht unwissenschaftliche Sensationsmeldungen auf Boulevardpresse-Niveau verkünden, wenn du das darunter verstehst.«

Das weiß ich, du selbstherrlicher akademischer Sunnyboy. Schließlich wäre dann dein guter Ruf in Gefahr.

Niemand, der nicht wie Orlando zumindest einmal in seinem Leben buchstäblich Dreck gefressen hatte und auf die unterste Stufe der sozialen Leiter abgerutscht war, konnte sich ausmalen, welchen Hass er in diesem Augenblick auf den Mann vor sich empfand und welche Kraft es ihn kostete, ruhig zu bleiben.

Wenn du wüsstest, dass du dir um deinen Ruf bald keine Gedanken mehr machen musst ...

»Deshalb bin ich hier. Es sollte uns doch gelingen, einen Kompromiss zu finden, mit dem wir beide leben können.«

Sternberg musterte ihn immer noch skeptisch. Der Mann war wirklich eine harte Nuss. Aber er musste das hier zu einem guten Abschluss bringen, wollte er nicht riskieren, dass der Verdacht hinterher auf ihn fiel.

»Warum willst du mir plötzlich helfen?«

»Na, hör mal, wir sind doch Kollegen«, versuchte es Orlando, merkte aber an Sternbergs Gesichtsausdruck sofort, dass er das Falsche gesagt hatte.

»Sind wir das? Bislang hatte ich nicht den Eindruck, dass du dich überhaupt hierfür«, er deutete nach draußen auf die Ausgrabung, »interessierst. Wie wäre es zur Abwechslung mal mit ein bisschen Ehrlichkeit? Du verdienst aktuell dein Geld sicher nicht vorrangig mit der Erstellung archäologischer Gutachten. Also, warum hast du dich um das Projekt bemüht?«

So dumm war der ja gar nicht. Orlando überflog blitzschnell seine Möglichkeiten. Erschöpft, wie Sternberg von der Reise mit Nina wirkte, musste er das Interesse an ihr verloren haben. Falls überhaupt je eines bestanden hatte und er nicht nur charmant war, um seinen Job fortführen zu können. Der Typ war wirklich ein absoluter Nerd. Womöglich hatte ihm noch niemand gesagt, wie das mit den Bienen und den Blumen lief. Bei dem Gedanken tat Sternberg ihm fast leid.

»Okay. Ich bin im Import-Export-Geschäft tätig.« So konnte man das durchaus auch bezeichnen. »Ab und zu erstelle ich archäologische Gutachten, weil es mir Freude macht, wieder mit dem zu tun zu haben, wofür ich ursprünglich einmal gebrannt habe.« Das musste Sternberg doch gefallen und tatsächlich wurde sein Gesichtsausdruck ein wenig milder. »Und nachdem ich das erste Mal mit Nina Winter geskypt habe, wollte ich sie unbedingt kennenlernen. Wahnsinnsfrau, findest du nicht?«

»Geschmäcker sind unterschiedlich«, seufzte Sternberg, und Orlando unterdrückte ein Grinsen. Nina musste ihm wirklich ganz schön zugesetzt haben. »Dann will ich mal auch ehrlich sein. Mir ist zu Ohren gekommen, du würdest diese Ausgrabung hier übernehmen wollen.«

Gut zu wissen. Diese undichte Stelle im Denkmalschutzamt musste er dringend überprüfen. »Wer hat dir denn das gesagt?« Orlando lachte. »Nein, danke. Ich will dir jetzt nicht zu nahetreten, aber findest du nicht, dass deine Tätigkeit hier unterbezahlt ist? Ich habe während meines Studiums auch Praktika bei Ausgrabungen gemacht. Das hat mir gereicht, um hinterher einen Job im Museum anzustreben. Na ja, du weißt selbst, wie begrenzt die Stellenangebote da sind. So bin ich dann in den Import-Export gekommen.«

Zum ersten Mal schenkte ihm Sternberg ein schmales Lächeln. »Also gut. Erzähl mir, was du für Nina zusammenschreiben wolltest, und ich sage dir, ob das funktioniert.«

26

Taran hatte gerade das Stadtgebiet von Sevilla verlassen und fuhr noch auf der Autobahn, als er sich fragte, ob er jetzt vollkommen den Verstand verloren hatte. Die letzten vier Tage waren das Beste gewesen, was ihm seit langem passiert war, von der gestrigen Nacht ganz zu schweigen. Er hatte geahnt, dass hinter Ninas kühler Fassade starke Gefühle stecken würden, aber mit dieser Leidenschaft hatte er nicht gerechnet. Sie war über ihn hinweggefegt wie damals als kleines Mädchen mit ihrem Kite und hatte ihn mit sich in den Himmel gerissen. Taran hatte nicht aufhören können, jeden Zentimeter ihrer Haut mit seinen Lippen und seiner Zunge zu erkunden und sie mit Küssen zu bedecken, nur um diesen hinreißenden Geräuschen aus ihrem Mund zu lauschen. Noch nie zuvor hatte er eine Frau derart begehrt. Sex mit Nina war ein Sturm aus Gefühlen, ein farbenfroher Rausch, eine Explosion aus Geschmack und Duft, ein Erbeben, Gänsehaut und zugleich Feuer, das ihn von innen verbrannte – intensiv in jeder Hinsicht.

Und dann?

Hatte er gerade ernsthaft der Frau, die ihm all das beschert und ihre Liebe erklärt hatte, die noch dazu für sein berufliches Weiterkommen sorgen wollte, eine Abfuhr erteilt, weil er ein idiotischer, überempfindlicher Moralapostel war?

Er umklammerte die Griffe des Lenkers fester und versuchte, die Gedanken daran zu verdrängen, dass er weiterhin nachts den fordernden Druck ihrer Schenkel um seine Hüften spüren könnte. Dass sie ihn tagsüber mit ihren klugen Bemerkungen zum Nachdenken und ihrem Humor zum Lachen bringen würde, wenn er einfach nur seinen verdammten Mund gehalten hätte.

Du bist ein naiver Träumer, Taran! Niemand, der bei Verstand ist, würde diese Ausgrabung fördern!

Nein.

Keiner von ihnen würde auf Dauer glücklich in dieser Beziehung werden. Lieber ein schnelles Ende als das, was sein Vater erlebt hatte. Da half auch der beste Sex seines Lebens nicht darüber hinweg. Er wünschte nur, es wäre nicht so unschön geendet, er hätte sich besser beherrscht und sie nicht zum Weinen gebracht.

Höchste Zeit, sich ein neues Projekt zu suchen. Vielleicht ging er zurück in den Libanon. Hatte er nicht erst kürzlich von einer Ausschreibung zu Ausgrabungen auf dem Tell el-Burak, südlich von Sidon, gelesen? Das klang doch gut. Warum fühlte es sich dann so an, als würde er davonlaufen?

Taran fuhr nach Hause, duschte und zog sich um. Er kochte extra starken Kaffee, machte sich ein Müsli und schüttete es nach wenigen Löffeln in den Müll, weil Ninas Gesicht mit der verlaufenen Wimperntusche vor seinem inneren Auge erschien. Als er ein Kratzen an der Tür hörte und er El Cid hereinließ, beäugte ihn der Kater mit schiefgelegtem Kopf.

»Schau nicht so vorwurfsvoll! Ich will gar nicht wissen, wie vielen Katzendamen du schon das Herz gebrochen hast.«

Er schüttete Trockenfutter in seine Schale und dachte daran, wie Nina den Kerl hingebungsvoll gekrault hatte. Jetzt schmeckte ihm auch der Kaffee nicht mehr. Er ließ ihn stehen und brach auf.

Als er bei der Ausgrabung ankam, hatten die anderen schon die Planen von den Brandgräbern entfernt und erzählten ihm von ihrer Tour über den Caminito el Rey. Taran unterdrückte ein Gähnen und zwang sich zu einem Lächeln, hörte aber nur mit halbem Ohr zu. Er gab Anweisungen für den Tag und marschierte dann zum Bauwagen, um sich erneut einen Kaffee zu machen. Die Nacht war einfach zu kurz gewesen, um sie ohne Koffein zu überstehen.

In diesem Moment traf Orlando ein.

Taran hätte ihm am liebsten sein falsches Lächeln aus dem Gesicht geschlagen. Aber dann besann er sich eines Besseren. Zumindest das konnte er für Nina noch tun: sich kooperativ zeigen, damit sie mit möglichst wenig Aufwand ihre Bewertung beendete und Orlando als neuen Grabungsleiter einsetzte. Sollte sie immer noch Taran vorschlagen – wovon er nach seinen beleidigenden Worten nicht ausging –, würde er seinen jetzigen Vertrag auslaufen lassen und nicht mehr verlängern. Dann musste sie eben Orlando nehmen, und der würde sich einen anderen Handlanger suchen, der für ihn dann die Arbeit erledigte.

»Tut Ramón dir nur einen Gefallen, oder ist er wirklich der Meinung, du könntest hier auch einen Goldschatz finden?« Der Spanier riss ihn aus seinen Gedankengängen. Sie saßen im Bauwagen vor dem Laptop und besahen sich noch einmal seine Messergebnisse.

»Keine Ahnung«, sagte Taran ehrlich. »Er ist mein Freund, aber ich glaube nicht, dass er lügen würde, nur um mir einen Gefallen zu tun. Hier in diesem Areal«, er deutete mit der Hand auf einen Planabschnitt, der jenseits der Brandgräber in Richtung der Hochhäuser lag, »konnte er mithilfe von Radartechnik die Grundrisse von Häusern ausmachen. Das Gebiet liegt aber so nah an der Ortschaft und dem Sperrmüll, dass der Eisenschrott und Betonmüll die Messdaten verzerren.«

»Du hast also die Ausgrabung bei der Nekropole begonnen, weil du davon ausgegangen bist, dass hier eher mit bedeutenden Funden zu rechnen ist, wegen der Grabbeigaben?«

»Nicht deshalb. Ich suche nach einem Beweis für den interkulturellen Austausch mit der einheimischen Bevölkerung.«

»In den *Gräbern*?«, fragte Orlando lachend.

»Genau dort lässt er sich am besten beweisen.«

»Das musst du mir erklären.«

»Phönizier haben ihre Toten verbrannt, und die Grabbeigaben bestehen meist aus Skarabäen oder anderen Schutzamuletten für ihren Weg ins Jenseits. Sie ...«

»Das haben sie von den Ägyptern übernommen«, unterbrach ihn Orlando. »Aber die sind nicht besonders wertvoll.« Er deutete auf die Skarabäus-Fayence einen Tisch weiter, die sie kurz vor Ostern entdeckt hatten. »Besteht aus Quarzsandgestein, nicht wahr?«

Taran nickte und ersparte sich eine zynische Bemerkung zu Orlandos Einschätzung von *wertvoll*. Ein dehnbarer Begriff. Stonehenge, das nur aus Steinen besteht, müsste für einen Mann wie ihn demnach vollkommen wertlos sein. Erneut fragte er sich, warum der Typ ausgerechnet Archäologie studiert hatte. Aber es half nichts, er würde das jetzt hinter sich bringen.

»Genau. Umso überraschender war es, dass Ramóns Messgeräte hier fast in derselben Intensität Metall orteten, obwohl Stahlbeton und Schrott ein ganz schönes Stück weiter entfernt lagen.« Taran deutete auf die Zahlen auf dem Bildschirm.

Orlandos Augenbrauen wanderten nach oben. »Vielleicht eine Schatulle aus Metall, mit Gold- und Silberschmuck?«

Mühsam unterdrückte Taran ein Lachen. »Für mich wäre schon ein Skelett ein gewaltiger Schatz.« Er sah, wie es hinter Orlandos Stirn arbeitete.

»Weil dann ein Einheimischer nach eigenen Riten beigesetzt wurde und das auf ein friedliches Zusammenleben schließen lässt? Gar nicht dumm. Sie würden wohl kaum nebeneinander im Grab liegen, wenn sie sich zu Lebzeiten bekämpft hätten.«

»Außer bei Massengräbern nach Schlachten.«

»Aber davon ist hier nicht auszugehen.« Orlando scrollte über die Kartenansicht, die die einzelnen Brandgräber und ihre Lage im Areal zeigte. »Jetzt verstehe ich! Andere Bestattungsriten beinhalten womöglich wertvollere Grabbeigaben als bei den Phöniziern.«

Wenn er jetzt noch einmal von der Schatztruhe mit Gold und Silber sprach, würde Taran ihn am Kragen packen und aus dem Bauwagen werfen. Aber zum Glück sagte er nur: »Beispielsweise Waffen wie Dolche oder Schwerter.«

»Bei Phöniziern unüblich, im tartessischen Milieu äußerst beliebt.«

»Warum hast du das denn nicht gleich bei unserem ersten Besuch hier gesagt?« Orlando sah ihn kopfschüttelnd an.

»Weil ich nur Vermutungen und keine Beweise dafür habe, solange ich nicht auf etwas stoße, das diese Theorie untermauert.« *Und mir das inzwischen gleichgültig ist, weil ich mich von dieser Ausgrabung ohnehin verabschieden muss.* »Im Gegensatz zu dir und Ninas Mandanten geht es dem DAI und mir vor allem um die einmalige Gelegenheit, hier an zwei Clustern forschen zu können, nämlich technische und soziale Innovationen und kulturelle Interaktion. Was haben die Phönizier von den Einheimischen übernommen und umgekehrt? Wie ist dieser friedliche Austausch erfolgt? Warum kam es nicht zu einer Invasion mit Unterdrückung der Kultur der indigenen Bevölkerung? Und was können wir für uns heute daraus lernen?«

Orlando lachte laut auf und beugte sich vor. »Du solltest vor allem daraus lernen, ein wenig geschäftstüchtiger zu denken, Taran. Deine Phönizier hatten es als Handelsvolk offenbar besser drauf, ihre Innovationen zu verkaufen. Hättest du in der damaligen Zeit gelebt, wärst du vermutlich der einsame Phönizier-Nerd gewesen, der das Alphabet erfunden und in seiner Hütte klammheimlich vor sich hin auf einen Papyrus gepinselt hat, bis jemand wie ich vorbeikam, um deine Idee zu verbreiten und zu Gold zu machen.«

Eins zu null für Orlando, wisperte eine teuflische Stimme in ihm.

Dabei hatte Taran sich immer darum bemüht, seine Forschungsarbeiten gut zu verkaufen, allerdings einem wissenschaftlichen Gremium aus anderen Forschern, die ihn verstanden, und keinem geldgierigen Businessfritzen.

»Es sind meist Menschen, die das Risiko eingehen, auch mal keinen Gewinn abzustauben, die die größten Innovationen hervorgebracht haben«, sagte er verärgert. Aber im Grunde wusste er, dass ein Fünkchen Wahrheit in Orlandos Aussage lag. Entdeckungen mussten einer breiten Öffentlichkeit nahegebracht werden.

»Und ihre Ideen wären nie bekannt geworden, wenn andere nicht eine Gewinnchance darin gewittert hätten. Mal ehrlich, gibt es einen Grund dafür, warum du dich gar so dagegen wehrst, dass man mit Archäologie auch Geld verdienen könnte? Alles, was auch nur im Entferntesten auf einen Profit hinausläuft und nichts mit deinen ehrenwerten Forschungsidealen zu tun hat, scheint dir ein regelrechter Graus zu sein.«

Die Worte rasten auf Taran zu und trafen ihn mit voller Wucht. Sekundenlang starrte er Orlando nur an, der ihn mit spöttischer Miene durchdringend aus dunklen Augen musterte. Er hatte einen wunden Punkt getroffen, von dem Taran selbst nicht einmal gewusst hatte, dass er immer noch existierte und seine Arbeit und sein Leben weiterhin bestimmte. Eine Erinnerung blitzte in ihm auf, scharfkantig wie die Klinge eines Messers.

»Hallo«, sagt die Frau freundlich und lächelt. »Sind deine Eltern da?«

»Mama ist beim Einkaufen.«

»Und dein Vater?«

»Der repariert was in der Küche.«

Eine Hand legt sich von hinten auf Tarans Schulter, dann hört er die Stimme seines Vaters im Rücken. »Guten Tag.«

Der Blick der Frau wandert von ihm zurück zu Taran. Einen Moment lang glaubt er, Bedauern in ihrer Miene zu sehen. Wer sind diese zwei Fremden an der Tür?

»Sind Sie Max Sternberg?«, fragt der Mann.

»Ja. Was wollen Sie?«

»Können wir Sie allein sprechen?«

Taran wird es unbehaglich unter ihrem Blick. Er spürt, wie die Hand seines Vaters zuckt und unwillkürlich fester zupackt. Sein Griff wird so unangenehm, dass er überlegt, ob es unhöflich vor diesen Leuten wäre, sich seinem Vater zu entwinden, aber dann lässt er von selbst los und sagt: »Geh auf dein Zimmer, Taran!«

Das würde er vermutlich auch tun, wäre die Stimme seines Vaters nicht irgendwie eigenartig gewesen. Deshalb läuft er nur zur Küche und lehnt die Tür auch nur an, sodass er alles hören kann.

»Guten Tag, Herr Sternberg. Frey und Metzler von der Kriminalpolizei. Wir haben einen Haftbefehl gegen Sie und einen Durchsuchungsbeschluss für Ihr Haus. Sie sind Beschuldigter in einem Ermittlungsverfahren wegen Hehlerei. Als Beschuldigter können Sie etwas zum Sachverhalt sagen. Sie müssen aber keine Angaben machen und können jederzeit einen Verteidiger beauftragen. Haben Sie die Belehrung verstanden?«

Tarans Knie werden weich, in seinen Ohren beginnt es zu rauschen, und seine Kehle schnürt sich zu. Haftbefehl? So etwas passiert doch nur in Filmen. Warum sollte die Polizei Papa verhaften? Er ist doch kein Verbrecher! Was ist das überhaupt: Hehlerei? Er versteht nicht, was sein Vater antwortet oder ob er überhaupt etwas gesagt hat. Aber die Polizeibeamtin fährt nun fort: »Hier sind der Haftbefehl und der Durchsuchungsbeschluss. Da können Sie nachlesen, was Ihnen konkret vorgeworfen wird. Mein Kollege wird Sie in Ihr Schlafzimmer begleiten. Dort können Sie sich umziehen, falls Sie das möchten, und dann müssen Sie uns begleiten. Sie werden heute noch dem Haftrichter vorgeführt, der darüber entscheidet, ob er den Haftbefehl in Vollzug setzen wird.«

»*Aber … meine Kinder. Ich kann sie doch nicht einfach hier allein lassen.*«

»*Ihre Frau ist beim Einkaufen?*«

»*Ja.*«

»*Können Sie sie anrufen?*«

»*Ich weiß nicht, ob sie ihr Handy dabeihat. Moment, ich versuche es.*«

Taran hört Schritte auf die Küchentür zukommen und drückt sich an die Wand. Als sein Vater in Begleitung des Polizisten eintritt, ist er so weiß wie die Wand. Er weicht Tarans fragendem Blick aus und greift nach dem Telefon auf dem Küchentisch. Seine Hände zittern beim Wählen, und Taran hält den Anblick nicht mehr aus. Er drückt sich an dem Mann vorbei aus der Tür. Im Gang steht die Polizistin und telefoniert gerade auf ihrem Handy.

»*… nicht besser, wenn wir die Ehefrau gleich hier vor Ort vernehmen? … Gut, dann frage ich sie, bei wem sie die Kinder in der Zwischenzeit unterbringen kann, und nehme sie mit auf die Dienststelle.*«

Sie sieht auf, als sie Taran bemerkt, und er dreht sich auf dem Absatz um und rennt zu Jennifers Zimmer, aus dem immer noch laute Musik dröhnt. Tarans Herz klopft in einem wilden Trommelwirbel. Die können doch nicht einfach ihre Eltern mitnehmen! Wegen der Lautstärke sieht seine Schwester ihn erst, als er vor ihr steht.

»*Scheiße, hast du mich erschreckt! Kannst du nicht anklopfen? Was willst du denn?*«, herrscht sie ihn an.

»*Zwei Polizisten sind da und wollen Papa verhaften*«, brüllt Taran über die Musik hinweg.

»*WAS? Du spinnst doch!*« Jennifer dreht am Lautstärkeregler ihrer Anlage. Die plötzlich eintretende Stille fühlt sich an wie ein viel zu enger Mantel, der ihm die Luft abschnürt.

»*Nein. Sie sind mit Papa in der Küche.*«

»*Haha, heute ist nicht der erste April.*«

»Ich schwör's.«

Ob es seine Worte oder die Panik in seiner Stimme ist, kann Taran hinterher nicht sagen, aber Jennifer runzelt die Stirn und marschiert wortlos zur Tür. Doch die wird im selben Augenblick aufgerissen und die Polizistin steht vor ihnen. Jennifer prallt zurück und sieht erst sie, dann Taran mit großen Augen an. Plötzlich fällt ihm auf, dass die beiden Fremden gar keine Uniform tragen. Sind das vielleicht gar keine richtigen Polizisten? Soll er das seinem Papa sagen?

»Hallo«, sagt die Frau, »du bist Jennifer, nicht wahr?« Seine Schwester wird blass. »Ich heiße Frey und bin von der Polizei. Wir müssen ein paar Dinge mit euren Eltern besprechen und uns ein wenig hier im Haus umsehen.« Sie schenkt ihnen ein Lächeln, das keiner erwidert. »Auch in euren Zimmern. Aber ich verspreche euch, dass es nicht lange dauern wird. Am besten, ihr kommt jetzt erst einmal mit mir in die Küche.«

Dort sitzen sie gefühlt eine Ewigkeit, und das Ticken der Küchenuhr hallt überlaut in Tarans Ohren. Tick. Tick. Tick. Jennifer zupft an ihren Fingernägeln. Durch das Küchenfenster hört er, dass ein Auto vorfährt, eine Tür wird zugeschlagen, das Gartentor quietscht und schnelle Schritte klopfen auf den Asphalt.

Und dann mischt sich in das Geräusch der Uhr die schrille Stimme seiner Mutter auf dem Gang. »MAX? Max, was hat das alles zu bedeuten?«

Andere Stimmen, weniger gut verständlich, und plötzlich sein Vater.

»Aber meine Frau hat doch mit alldem gar nichts zu tun! Bitte, lassen Sie sie aus der Sache raus! Sie hat gar keine Ahnung, dass ich …« Er stockt und bricht ab. Die Küchentür geht auf und Papa schaut zu ihnen herein. Er trägt seine Jacke und Straßenschuhe. Sein Gesicht ist aschfahl und das Lächeln, das er ihnen schenkt, gerät zu einer Grimasse. »Kinder, Frau Krause hat angeboten, heute Nachmittag auf euch aufzupassen. Am Abend sind Mama und Papa wieder zurück.«

Er hebt ein wenig unbeholfen die Hand zum Abschied. Dann schiebt sich ihre Mutter an ihm vorbei in die Küche und ihr Vater verschwindet aus seinem Blickfeld.

Später hatte Taran sich Vorwürfe gemacht, dass er ihn nicht umarmt oder zumindest irgendwas zum Abschied gesagt hatte. Denn es sollte eine Weile dauern, bis er seinen Vater wiedersah.

Er hatte versucht, sich einzureden, dass er das längst alles hinter sich gelassen hatte. Aber wenn er ehrlich zu sich war, stimmte das nicht. Schließlich sprach er immer noch nicht mit seiner Mutter oder seiner Schwester – im Gegensatz zu seinem Vater, der viel mehr Gründe gehabt hätte, den Kontakt dauerhaft zu beenden. War das, was an jenem Tag ins Rollen gekommen war, vielleicht auch verantwortlich dafür, dass er so empfindlich heute Morgen auf Ninas Vorschlag, die Fakten für ihren Mandanten zurechtzubiegen, reagiert hatte?

»*... weil ich mich in dich verliebt habe!*«

Auch sein Vater hatte geglaubt, aus Liebe zu handeln, auch er wollte seine Liebe nicht verlieren – mit katastrophalen Folgen. Und dann hatte seine Liebe ihn verlassen.

So wie er heute Nina.

Taran schluckte. Orlandos Worte waren wie ein Schlag gegen die Mauer, die er sorgsam über fast zwei Jahrzehnte um sich herum errichtet hatte. Und jetzt prasselten immer neue Bruchstücke von verdrängten Erinnerungen auf ihn ein.

Die Grillfeier am See. Tim, der fragt, wer das heiße Girl ist, das die ganze Zeit schon von der Gruppe junger Leute vorne am Steg zu ihm herüberstarrt. Er folgt seinem Blick. »Scheiße. Das ist meine Schwester.«

»WAS?« Tim lässt sich vor Lachen rückwärts ins Gras fallen, während Taran ihr entgegengeht, bevor sie noch auf die glorreiche Idee kommt, hier bei seinen Freunden anzutanzen und ihm Vor-

würfe zu machen, weil er sich nie bei ihr meldet. Sie treffen sich auf halber Strecke, wie Unterhändler zwischen zwei verfeindeten Heerlagern, denkt er.

»Hi, Jen.«

»Hey!« Sie lächelt und streicht sich eine Haarsträhne hinters Ohr. »Keine Sorge, ich verschwinde gleich wieder, wollte dir nur zu deinem Abi gratulieren.«

»Danke.« Sie sieht nicht mehr so angespannt aus wie früher, sondern glücklich. Wahrscheinlich sollte er jetzt fragen, wie es ihr in ihrem Studium geht. Taran steckt die Hände in die Taschen seiner Jeans. »Na, dann ... Alles Gute!«

»Warte doch! Was ... was machst du denn jetzt?«

»Studieren. Klassische Archäologie, wenn du es genau wissen willst.«

»Oh. Okay. Mama hat so was schon befürchtet.«

Taran lacht. »Richte ihr aus, dass sie nun nichts mehr dagegen unternehmen kann. Nur für den Fall, dass sie mich wieder vor Gericht zerren und das Beste für mich will.«

»Du solltest dich dringend mal mit ihr aussprechen.«

»Das ist meine Sache.«

Er wendet sich ab. »Taran!«, ruft sie ihm hinterher. Als er sich umdreht, ist ihr Gesicht ernst. »Es tut mir leid, was ich damals gesagt hab, okay? Hast du ... ich meine ... weiß Papa ...?«

»Nein.«

Sie atmet tief durch. »Danke. Und ich wünsch dir viel Freude bei deinem Studium, ganz ehrlich. Aber Taran, du kannst die Sache nicht mit eigenem Ehrgeiz wieder reinwaschen.«

»Und du ihn nicht ein weiteres Mal aburteilen. Er hat seine Strafe gehabt.«

»Ich studiere doch nicht Jura, weil ...«

»Schon klar. Dann unterstell du mir nicht, dass ich wegen ihm Archäologie studiere.«

27

Nina saß mit ihrem Laptop auf dem Schoß auf dem Bett und kämpfte sich durch Tarans Aufzeichnungen zu der Nekropole in Gelves, als es an der Tür klopfte. Zusammen mit dem Servierwagen hielt der Duft von Kaffee und Hefekuchen Einzug in ihr Hotelzimmer. Sie gab der jungen Service-Frau Trinkgeld und schnupperte an dem heißen Getränk. Es war schon nach fünf und sie hatte seit dem Kamillentee und dem Zwieback heute Morgen nichts mehr zu sich genommen. Sie gähnte und rieb sich über die Augen. Der Kaffee würde hoffentlich ihre Lebensgeister wecken. Die Beurteilung von Tarans Aufzeichnungen verlangte ihr einiges ab. Nicht, weil sie fachlich so kompliziert war, da hatte Nina in Gutachten bei der Bewertung von Medizintechnik schon ganz andere Dinge lesen müssen. Es fiel ihr so schwer, weil zwischen all den Zeilen immer wieder Tarans Leidenschaft für seine Arbeit und die Phönizier-Forschung durchblitzte. Sie konnte das goldene Funkeln in seinen schilfgrünen Augen buchstäblich vor sich sehen und malte sich aus, wie er ihr in seiner beeindruckenden Erzählstimme aus den Unterlagen vorlas. Bei manchen Passagen musste sie fünfmal hintereinander ansetzen, weil ihr zwischendrin der Text vor den Augen verschwamm. Dann saß sie minutenlang im Schneidersitz mit dem Laptop auf dem Schoß im Bett und fragte sich, wie es sein konnte, dass lächerliche vier Tage ausreichten, um ihren inneren Kompass zu einem sich wild drehenden Kreisel werden zu lassen, der seinen Nordpol nicht mehr fand.

Schon immer hatte sie sich zur Ablenkung von persönlichen Problemen in Arbeit gestürzt. Bis zum Nachmittag hatte sie ein grobes Konzept entwickelt, das sie ihrem Mandanten so schnell wie möglich vorab präsentieren wollte. Zum Teufel, sie wusste ganz genau, wie Alexander Roth tickte. Aber sie verstand nun auch, was Taran an seiner Arbeit faszinierte, was den besonderen Zauber der Archäologie für ihn ausmachte.

Okay, Nina, das hier ist im Grunde ein Projekt wie jedes andere, du hast es bislang nur vollkommen falsch angepackt.

Es war beruhigend, zumindest wieder den alten Biss, die Herausforderung in ihrer Arbeit zu fühlen, wenn schon ihr Privatleben gerade wie eine Lawine ins Tal gerutscht war.

Wenn wirklich eine gute Beraterin in dir steckt, wirst du es schaffen, Tarans Funken überspringen zu lassen und ein Feuer für die Archäologie in Roth zu entfachen. Und wenn nicht – pack deine Koffer und such dir gefälligst einen neuen Job.

Nina brach ein Stück von dem Mona de Pascua ab, einem Osterkranz mit Zuckerguss, gehackten Mandeln und Schokoladenei in seiner Mitte. Er schmeckte ein bisschen nach Heimat. Colette hatte häufig Gugelhupf gebacken und mit Marzipan, kandierten Früchten und Haselnusskrokant verfeinert. Sie war viel mehr als Paps Haushälterin für Nina gewesen. In der Weihnachtszeit hatte sie stundenlang mit ihr in der Küche gesessen, Plätzchen ausgestochen und Pralinenmasse zu Kugeln gerollt, während aus der Stereoanlage Weihnachtsmusik schallte. Ihr fiel wieder ein, was Taran von seiner Mutter gesagt hatte. Hatte sein Vater nach der Trennung von ihr erneut geheiratet? Sie hatte immer gedacht, das Schlimmste, was einem als Kind passieren könnte, wäre der frühe Tod eines Elternteils. Aber sicher war es noch bitterer, sich von der eigenen Mutter verlassen und ungeliebt zu fühlen. Colette war für Nina zwar kein Mutterersatz gewesen, aber sie stand ihr nach ihrem Vater so nahe wie niemand sonst. Am Sonntag erst hatte sie mit ihr telefoniert, um ihr frohe Ostern zu wünschen, jetzt griff sie spontan erneut zu ihrem Handy und wählte ihre Nummer.

»Nina! Wie geht es dir? Bist du noch auf der Rundreise? Ach, ich freu mich so für dich, dass du mal aus dem Alltagstrott rauskommst, ma chérie. Und dein Vater auch.«

Na, der musste gerade reden. Wann hatte Paps bitte schön zuletzt Urlaub gemacht?

»Mir geht's gut«, sagte sie. Dann hielt sie inne und seufzte. »Also, nein, eigentlich stimmt das nicht. Ich ... ist Paps in der Nähe?«

»Du weißt doch, er kommt immer erst gegen sieben. Soll ich ihm was ausrichten?«

»Nein, ich wollte tatsächlich mit dir sprechen.«

»Ist etwas passiert?« Ihre Stimme klang alarmiert.

»Versprichst du mir, dass du es Paps nicht verrätst?«

»Wenn du das nicht möchtest, aber jetzt machst du mir Angst, Nina.«

»Ich ... ich glaube ...« Himmel, warum war es nur so schwer, es auszusprechen? Nina hatte das Handy auf laut gestellt und vor sich auf der Bettdecke abgelegt. Jetzt starrte sie auf Colettes Gesicht am Display. Ihre kurzen widerspenstigen rotblonden Locken fielen ihr in die Stirn, sie lächelte und ihre hellblauen Augen waren voller Wärme.

»Ich glaube, ich habe mich verliebt.« Nina merkte selbst, dass ihre Stimme dabei so finster klang, als offenbarte sie ihr, dass man ihr gekündigt habe.

»Aber das ist doch wunderbar! Lass mich raten, in diesen Archäologen mit dem ungewöhnlichen Namen? Wie hieß er doch gleich? Tarzan?«

Sie musste lächeln. »Taran. Und es ist ganz und gar nicht wunderbar. Ich meine ... anfangs war es das, aber heute Morgen haben wir gestritten, und jetzt ist alles aus und ... ach, ich weiß einfach nicht, was ich nun machen soll.«

»Aber was ist denn passiert, Liebes?«

Nina zögerte einen Moment. Das letzte Mal hatte sie mit

Colette über Liebesangelegenheiten gesprochen, als sie siebzehn und zum ersten Mal in ihrem Leben verliebt gewesen war. Jetzt fühlte sie sich ähnlich verunsichert. Sie begann mit dem Essen bei Ramón und Sofía und erzählte ihr dann, was vorgefallen war. Colette hatte sie zwischendrin immer wieder mit Ausrufen wie *Oh mein Gott* oder *Oh nein* unterbrochen. Nun schwieg sie und Nina biss sich nervös auf die Unterlippe. »Er hasst mich und ich kann es ihm nicht mal verdenken.«

»No, ma chérie, ich sehe das anders. Er ist ähnlich verrückt nach dir wie du nach ihm. Ihr seid nur zwei sehr verschiedene Seiten ein und derselben Münze.«

»Aber dann wäre er doch nicht weggegangen!«

»Für ihn war es so, als ob du ihm einen Hundert-Euro-Schein nach eurer gemeinsamen Nacht auf den Tisch gelegt hättest.«

»Aber ich wollte doch nicht, dass es so rüberkommt«, sagte Nina und fühlte, wie ihr die Kehle eng wurde. »Hätte ich ihm nur schon unterwegs von meinem Plan erzählt!«

»Sei froh! Sonst wäre es vermutlich gar nicht erst zu eurer gemeinsamen Nacht gekommen. Würdest du das wirklich besser finden?«

Wehmut lag in ihrer Stimme und ließ Nina aufhorchen. »Klingt, als ob du mal was Ähnliches erlebt hättest.«

»Ach, Nina, das ist schon eine halbe Ewigkeit her. Stell dir vor, ich war auch mal jung und unglücklich verliebt. Er war Musiker, ein Mann voller Leidenschaft und Talent. In seinen Songs steckte unglaublich viel Gefühl. Einen hat er mir gewidmet.«

»Wie romantisch! Das hast du nie erzählt.«

»Weil es in die Brüche ging. Sein Elternhaus hat diese brotlosen Träumereien, wie sie es nannten, nicht unterstützt und ich fürchte, ich war ihm am Ende auch keine Hilfe.«

»Und was würdest du deinem damaligen Ich heute raten?«

Nina griff zum Nachttisch und angelte sich die Kaffeetasse. Sie konnte sich nicht vorstellen, dass Colette von ihrem Exmann sprach. Soweit sie wusste, hatte sie den erst mit vierundzwanzig kennengelernt, ihre Ehe hielt nur fünf Jahre und das wenige, was sie von ihm erzählt hatte, war nicht freundlich gewesen. Sie nippte an ihrem Kaffee.

»Das bleibt jetzt aber auch unter uns, Nina. Dein Vater wäre überhaupt nicht begeistert von meinem Rat.«

»Natürlich. Frauenehrensache.«

»Schicksal ist was für Feiglinge. Wirf deinen Stolz über Bord, nimm dein Leben selbst in die Hand und gewinne ihn zurück.«

Das verschlug Nina erst einmal die Sprache. So direkt hatte Colette noch nie mit ihr gesprochen. »Ich meine es ernst, ma chérie. Wenn du diesem Mann nichts bedeuten würdest, hätte er deine Unterstützung dankend angenommen und wäre nicht entsetzt über deine Skrupellosigkeit deinem Mandanten gegenüber gewesen. Dieser Taran hat viel mehr Anstand und Rückgrat als die meisten Männer in seiner Situation. Lieber verzichtet er auf sein Herzensprojekt, als es sich mit deinem Verrat zu erkaufen. Wenn du mich fragst, hast du den wahren Schatz dieser Ausgrabung bereits entdeckt!«

Und wieder verloren.

Nach dem Gespräch mit Colette fühlte Nina sich nicht gerade besser. *Wirf deinen Stolz über Bord ...* Wenn das mal so einfach wäre. Taran würde sie doch gar nicht anhören und vermutlich seinen letzten Funken Zuneigung verlieren, wenn sie jetzt bei ihm angekrochen kam wie eine liebeskranke Idiotin. Nein, sie konnte sich nur bemühen, diese Bewertung in Tarans Sinne Roth nahezubringen. Aber würde ihr Mandant darauf eingehen, und selbst wenn, wie sollte Taran erfahren, dass sie ihn auf ehrliche Weise und nicht durch Lügen überzeugt hatte? Er würde ihr doch gar keinen Glauben mehr schenken. Aber vielleicht konnte sie es so einfädeln, dass Orlando ihm davon erzählte? Nina griff nach ihrem Handy und wählte nach kurzem Zögern seine Nummer.

»Kannst du heute Abend noch vorbeikommen, damit wir durchsprechen, was du bei Taran erreicht hast?«, fragte sie ihn gleich nach der Begrüßung.

»Geht es dir denn schon wieder so gut?«, fragte Orlando überrascht.

»Ich habe den ganzen Tag Zwieback geknabbert und Kamillentee getrunken und sterbe jetzt vor Hunger.«

»Ich bewundere deine Willensstärke. In einer halben Stunde bin ich bei dir. Treffen wir uns im Restaurant?«

»Nein, ich lass uns lieber was in einen Konferenzraum bringen.«

28

Durchdringendes Klingeln und Klopfen an der Wohnungstür rissen Taran am Mittwochmorgen aus dem Schlaf. Er fühlte sich wie gerädert. Die Nacht war kurz gewesen. Bis zum späten Nachmittag hatte er Orlando bei der Anfertigung seines Gutachtens unterstützen müssen. Der Kerl hatte sich einfach in seinem Bauwagen breitgemacht und seine Arbeit vor Ort beenden wollen, was er ihm schlecht verweigern konnte. Er hatte ihn so lange mit Fragen gelöchert, bis Taran sich schließlich zu ihm gesetzt und es mit ihm zusammen zu Ende geschrieben hatte. Es war ihm nicht leichtgefallen, den Mann zu unterstützen, der scheinbar vorhatte, seinen Platz einzunehmen. Er hatte es nur Nina zuliebe getan, nachdem Orlando zu ihm gesagt hatte: »Keine Ahnung, wo dein Kumpel die Muscheln gekauft hat, aber Nina geht es wirklich miserabel. Und ausgerechnet morgen hat sie einen Videocall zu der Ausgrabung hier mit ihrem Mandanten. Ich habe ihr versprochen, ihr so schnell wie möglich die Unterlagen für das Gespräch vorbeizubringen. Viel ist nicht mehr zu tun, aber es wäre toll, wenn du auch noch einen Blick als Experte darauf wirfst.«

Von wegen. Es war eine Menge Arbeit gewesen, und das falsche Lächeln konnte sich Orlando sparen.

Nachdem er endlich gegangen war, hatte Taran eine Teamsitzung zu den Ergebnissen der Grabung gehabt, hatte Ethans Fotos auf der Speicherkarte mit nach Hause genommen und bis spätnachts die Befunde am Schreibtisch dokumentiert. Das hatte ihn zumindest von seinem schlechten Gewissen und der Sehnsucht nach Nina abgelenkt. Dem hatte er sich später leider nicht mehr entziehen können. Während er eine Flasche Wein geleert hatte, waren seine Gedanken erneut zu ihr gewandert und er hatte sich gefragt, warum sie sich überhaupt mit ihm eingelassen hatte. *Ich habe mich in dich verliebt ...* Hätte Nina diesen einen Satz nicht gesagt, wäre er nach all ihren Worten überzeugt gewesen, dass sie nur ein wenig Spaß mit ihm hatte haben wollen, die Ausgrabung zu seinen Gunsten bewerten würde, weil sie sich erstens bei ihm für die gemeinsamen vier Tage bedanken wollte und zweitens keine Lust hatte, ihren anschließenden Urlaub mit der Suche nach einem neuen Projekt, das besser zu ihrem Mandanten passte, zu opfern. *Ich habe mich in dich verliebt.* Das klang, als hätte sie sich ernsthaft eine Zukunft mit ihm ausgemalt. Aber sie verachtete ihn doch offenbar für seine Arbeit! Er wurde aus Nina nicht schlau. Mit der Überlegung, dass er ein weiteres Gespräch mit ihr suchen sollte, war er schließlich eingeschlafen.

Taran rieb sich die Augen und quälte sich aus dem Bett. Das Klopfen an der Tür war mittlerweile so infernalisch laut wie das schmerzhafte Pochen in seinem Kopf. Womöglich war es doch keine gute Idee gewesen, dem Wein noch zwei Shots Gin folgen zu lassen. Er war gerade mitten auf der Treppe, da drang lautes Rufen durch die Tür.

»Aufmachen! Guardia Civil. Wir haben einen Durchsuchungsbeschluss.«

Er stolperte und wäre um ein Haar gestürzt, fing sich jedoch im letzten Moment. Alles in seinem Kopf drehte sich. Was bedeutete das? War die spanische Polizei auf der Suche nach einem flüchtigen Verbrecher?

»Einen Moment, ich komme!«, rief er, zog sich im Wohnzimmer hastig die Jeans an und fuhr sich mit den Händen durchs Haar. Dann öffnete er die Tür. Draußen standen vier Beamte der Guardia Civil in grüner Uniform, mit Headset, kugelsicherer Schutzweste und schwarzen Militärstiefeln. Einer hielt eine

Waffe auf ihn gerichtet und eine Frau streckte ihm ihren Dienstausweis entgegen.

»Taran Sternberg?«

»Ja.«

»Gegen Sie liegen ein Haftbefehl und ein Durchsuchungsbeschluss für Ihre Wohnung vor. Sie werden des Raubes und Verkaufs von Antiken beschuldigt, die Eigentum des spanischen Staates sind. Außerdem wird Ihnen Hehlerei von Kulturgütern aus Syrien zur Last gelegt und illegaler Drogenbesitz. Sie können sich zur Aufklärung der Sachverhalte äußern, haben aber das Recht zu schweigen und einen Verteidiger zu kontaktieren. Sollten Sie …«

Was sie sonst noch sagte, ging in dem Rauschen in Tarans Kopf unter. Er glaubte, einem Déjà-vu zu unterliegen, und wurde in seiner Erinnerung zurückgeworfen zu einem anderen Tag, mitten hinein in die Angst eines zehnjährigen Jungen, der nicht verstand, warum man ihm den Vater wegnahm. Die Gefühle von damals überrollten ihn, und es dauerte einen Moment, bis er sich wieder auf das Hier und Jetzt konzentrieren konnte, während mehrere Polizisten an ihm vorbei in die Wohnung drängten. Jemand drückte ihm einen Zettel mit dem Haftbefehl und Durchsuchungsbeschluss in die Hand. Zu seiner Überraschung war er auf Deutsch verfasst.

»Kann ich einen Bekannten anrufen?«, fragte er und bemühte sich, ruhig zu bleiben.

»Ein Anruf vor einem von uns steht Ihnen frei.«

Taran rief bei Ramón an, der jedoch schon unterwegs zur Arbeit war, aber er erreichte Sofía. In knappen Worten – er musste das Telefon dabei vor der Polizeibeamtin laut stellen – schilderte er ihr, was gerade in seiner Wohnung vor sich ging. Sofía glaubte kurz an einen dummen Scherz, versprach dann aber sofort, sich um einen Strafverteidiger und alles Notwendige zu kümmern.

»Mach dir keine Sorgen, Taran. Es kann sich doch nur um eine

Verwechslung handeln. Sag nichts, bis der Anwalt bei dir ist. Wir klären das ganz schnell auf.«

Taran legte auf. Er fühlte sich wie betäubt. Rasch zog er sich ein frisches Hemd an und spritzte sich im Bad eiskaltes Wasser ins Gesicht. Dann bat er darum, ein Kopfschmerzmittel nehmen zu dürfen. Nachdem der Originalzustand der Packung von einem Beamten misstrauisch untersucht worden war, spülte er die Tablette mit einem Glas Wasser hinunter. Unterdessen räumten zwei Polizisten Müslipackungen, Mehl- und Zuckerdosen aus dem Küchenschrank und schütteten sie aus. Ein anderer machte sich im ersten Stock an seinem Kleiderschrank zu schaffen. Taran bekam Handschellen verpasst, wegen angeblicher Fluchtgefahr, und wurde dann von zwei Beamten der Guardia Civil zu ihrem Einsatzwagen abgeführt. Die zurückbleibenden Beamten stellten währenddessen seine ganze Wohnung auf den Kopf. Das war ein verdammter Albtraum!

Im Auto sagte man ihm, dass er innerhalb von 72 Stunden vor einem Haftrichter geladen würde, der darüber entscheiden sollte, ob sein Haftbefehl zur weiteren Untersuchung aufrechtgehalten oder der Vollzug ausgesetzt würde.

»Haben Sie Ihre Rechte verstanden?«, fragte einer der Guardia-Civil-Beamten. »Oder möchten Sie einen Dolmetscher haben?«

Tarans Spanisch war gut, aber würde es ausreichen, um juristische Feinheiten vor Gericht zu verstehen? Deshalb bat er darum, diese Sache erst mit seinem Anwalt zu besprechen. Er hoffte, Sofía würde einen guten Strafverteidiger für ihn finden, schließlich war ihr Vater ein Starjurist. Aber würde er sich überhaupt einen guten Anwalt leisten können? Deckte seine Rechtsschutzversicherung auch Strafprozesse ab? Womöglich war es besser, sich vom Gericht einen Verteidiger stellen zu lassen. Sie hatten mittlerweile das Stadtgebiet von Sevilla erreicht. Er starrte aus dem Fenster auf die Geschäfte, bei denen gerade erst die Jalousien hochgekurbelt wurden. Zeitungshändler schoben die Stände vor ihren Kiosk, und vor den Cafés bauten Kellner Tische und Stühle auf. Es war absolut unwirklich, dass das Leben hier einfach weiterging, während er nicht wusste, wann man ihn wieder freilassen würde. Die Handschellen fühlten sich unangenehm kalt auf seinen Handgelenken an. Himmel, in der ganzen Aufregung hatte er sogar vergessen, seinem Team Bescheid zu sagen, dass er heute nicht kommen konnte! Was sollte er ihnen überhaupt erzählen? War es nicht besser, sie erst einmal hinzuhalten, eine Krankheit vorzutäuschen, bis alles geklärt und er wieder auf freiem Fuß war? Taran wusste genau, wie schnell Gerüchte die Runde machten. Ob Ramón daran dachte, sobald Sofía ihn erreichte? Oder hatte sie bereits Kai und Ana verständigt? Und würde die Polizei sein Team verhören? All diese Gedanken prasselten jetzt auf ihn ein und ließen ihm keine Ruhe. Was wurde ihm vorgeworfen? Antikenhehlerei und der Handel mit geraubten Kulturgütern aus Syrien? Das war doch vollkommen absurd! Drogenbesitz … während seines Studiums hatte er einmal ein paar Spacecakes in einem Coffeeshop in Amsterdam gekauft, und mit Yara hatte er aus ihrer Heimat geschmuggelte Roter-Libanese-Joints geraucht. Das waren seine einzigen Erfahrungen mit Drogen gewesen. Ihre Wirkung hatte ihn nicht umgehauen, weshalb er seit Jahren die Finger davon gelassen hatte. Moment mal. Wenn man ihm den Besitz von Drogen unterstellte, mussten sie welche bei ihm gefunden haben. Aber seine Wohnung hatte die Guardia Civil heute Morgen zum ersten Mal betreten. Es sei denn …

Plötzlich fügten sich die Bilder in seinem Kopf zusammen wie Puzzleteile, und Taran wurde schlagartig übel und eiskalt. Er dachte an Ramóns Kontakt zum Andalusischen Denkmalpflegeamt und seine Behauptung, Orlando Torres würde als sein Nachfolger gehandelt. Er sah Ninas Gesicht vor sich, ihre verweinten Augen, wie sie behauptet hatte, dass sie dafür sorgen würde, dass *er* sein Projekt weiterführen dürfe. Vor seiner Reise mit ihr hatte er gedacht, die beiden würden unter einer Decke stecken und planen, dass ihm das Projekt entzogen wurde, sobald ihr Mandant die Förderung bewilligte. Aber scheinbar war das gar nicht der Fall. Oder Nina hatte ihre Meinung geändert und Torres davon in Kenntnis gesetzt. Nach dem Gespräch mit ihr war er bei ihm auf der Ausgrabung aufgetaucht, und Taran hatte ihm dabei geholfen, sein Gutachten für Nina zu beenden. Heute wurde er verhaftet. Das konnte doch alles kein Zufall sein! Und Torres war in seinem Bauwagen auf der Ausgrabung in Gelves gewesen, hätte also genug Zeit gehabt, dort etwas zu deponieren, während er kurzfristig immer wieder mal zu seinem Team nach draußen gegangen war, um den Grabungsfortschritt zu begutachten.

Verdammt! Er ballte die Hände zu Fäusten. Wenn wirklich etwas an diesen Vorwürfen dran war und es sich nicht um eine Verwechslung handelte, dann hatte er wahrscheinlich Orlando Torres gestern effizient dabei unterstützt, ihn ans Messer zu liefern und sein Projekt zu übernehmen.

29

Ninas Handy-Weckruf klang an diesem Morgen anders als sonst. Es dauerte einen Moment, bis sie begriff, dass es gar nicht der voreingestellte Wecker, sondern der Klingelton war. Verschlafen griff sie zum Telefon und starrte auf das Display. Sofía? Was wollte die denn so früh von ihr? Sie hatten nach dem Abendessen vor zwei Tagen Nummern ausgetauscht, weil sie sich demnächst mal in einem Café verabreden wollten, ohne Ramón und Taran im Schlepptau. Letzterer würde nach ihrem Streit nun ohnehin nicht mehr zu einem privaten Treffen erscheinen. Ob Taran Sofía von ihrer Auseinandersetzung erzählt hatte? Sollte sie einfach nicht reagieren? *Sei nicht so ein Feigling!* Nina wappnete sich vor Sofías Vorwürfen und ging ran.

»Entschuldige, dass ich dich so früh störe«, sagte Ramóns Frau. Sie klang ein wenig heiser und räusperte sich. »Hast du schon von Taran gehört?«

»Nein. Sollte ich?«

»Ich dachte, er hätte dich zuerst angerufen, weil ... na ja, ich hatte den Eindruck, dass ihr zwei euch ... nahesteht.«

Also hatte Taran ihr nichts von ihrem Streit erzählt. Nina setzte sich auf.

»Ist was passiert?«

Im ersten Moment musste sie an einen Motorradunfall denken und bekam sofort ein flaues Gefühl im Magen. Er hatte sie gestern ziemlich aufgewühlt verlassen, vielleicht ...

»Also ... ich weiß nicht, ob es ihm recht ist, dass ich es dir erzähle«, sagte Sofía zögernd.

Das machte ihr noch mehr Angst. Die Stille zwischen ihnen

dehnte sich aus und Nina bekam eine Gänsehaut. »Entschuldige, ich glaube, ich muss das erst mit ihm besprechen. Tut mir leid für die frühe Störung.«

»Schon okay. Das macht doch nichts«, murmelte Nina mechanisch.

Sofía legte auf und Nina starrte auf das Display. Der Bildschirmschoner ging an und zeigte ein Foto, das Taran von ihr vor dem Abgrund von Ronda gemacht hatte. Wie passend. Sie hatte gerade das Gefühl, erneut vor eben einem solchen zu stehen. Auf dem Bild lachte sie, hatte die Arme weit ausgebreitet und in ihren Augen lag ein Strahlen, wie sie es lange nicht auf einem Foto gesehen hatte. Kein Wunder. Nina war so glücklich an diesem Tag gewesen. Taran war kein Mann, der mit Komplimenten so verschwenderisch umging wie Orlando, aber dafür war alles, was er sagte, eindringlicher und ehrlicher. Sie dachte an seine verstohlenen Blicke, die sie mitten ins Herz getroffen hatten. Doch als ihre Gedanken zu ihrer gemeinsamen Nacht kamen, schluckte Nina den Kloß in ihrem Hals hinunter, stand auf und ging ins Bad. Während sie duschte, musste sie wieder daran denken, wie Taran vor der Dusche gestanden hatte und seine Miene immer ernster geworden war. Sie hatte immer weitergeredet und viel zu spät bemerkt, dass er das alles völlig falsch verstand. Es half auch nicht, dass sie jetzt den Duschhahn auf kalt stellte, um ihre aufsteigenden Tränen zu unterdrücken und wieder einen kühlen Kopf zu bekommen. Schlotternd stieg sie aus der Dusche und rieb sich trocken und warm. Dann fasste sie einen Entschluss und lief zurück zum Bett und griff nach dem Handy. Aber Sofía ging nicht ran. Sie versuchte es erneut. Dann marschierte sie auf dem Teppich im Zimmer auf und ab, acht Schritte bis zur Badtür, acht Schritte zurück. Pausenlos wählte sie Sofías Nummer. Sie würde sie für vollkommen verrückt halten, wenn sie das später sah.

Geh bitte ran!

Endlich meldete sich Sofías Stimme am anderen Ende.

»Nina?«

»Sofía, bitte, leg nicht gleich auf! Ich will ehrlich sein. Taran und ich ... wir ... also wir haben die Nacht zusammen verbracht, nachdem wir von euch fortgefahren sind. Es war wundervoll, einfach perfekt«, sie hielt inne, weil das nicht annähernd das ausdrückte, was sie in jener Nacht empfunden hatte, »aber dann sind wir am nächsten Morgen furchtbar ins Streiten gekommen und jetzt ...« Sie atmete tief durch. »Ich bin ziemlich durcheinander seitdem, und ich weiß nicht, wie es ihm damit geht. Oder was passiert ist. Aber ich mach mir Sorgen, und wenn ich irgendwie helfen kann ... bitte sag mir wenigstens, ob ihm was Schlimmes zugestoßen ist.«

Einen Augenblick lang herrschte Schweigen, und Nina konnte förmlich spüren, wie Sofía mit sich rang. »Bist du noch im Hotel?«

»Ja.«

»Kannst du ein Taxi zu mir nehmen? Das würde ich gerne mit dir unter vier Augen besprechen.«

»Klar, natürlich. Ich bin gleich bei dir.«

Mit halb nassen Haaren und ungeschminkt, in Jeans, T-Shirt und Hoodie stand Nina wenig später vor der Wohnung. Sofía öffnete ihr mit dem Handy am Ohr und winkte sie mit gerunzelter Stirn herein, während sie weitertelefonierte. Aus irgendeinem Zimmer schoss Blanca heraus, kam auf dem Boden ins Schlittern, als sie in die Kurve ging, und prallte mit dem felligen Hinterteil gegen die Wand. Nina musste unwillkürlich lächeln. Sie wuschelte ihr durchs Fell und freute sich über die stürmische Begrüßung.

»Nein, ich habe auch keine Ahnung«, sagte Sofía in einem nervösen Ton. »Das weiß ich doch, Ramón! Ja, natürlich, ich habe Papá gleich angerufen, und Enrico ist schon auf dem Weg zu ihm. ... Ja, er ist der Beste für so einen Fall. ... Mehr können wir im Moment einfach nicht tun. Hör mal, Nina ist gerade gekommen, ich ruf dich an, sobald ich mehr weiß, in Ordnung? ... Ich lieb dich auch, cariño.«

Sie beendete das Gespräch, legte das Handy beiseite und nahm Nina in die Arme. »Du siehst aus, als ob du einen Kaffee genauso nötig hast wie ich.«

Nina hätte sie für diese Worte am liebsten gleich noch einmal an sich gedrückt. Kurz darauf saßen sie an dem Esstisch im Wohnzimmer. Nina umklammerte mit beiden Händen ihre Kaffeetasse. Sofía hatte Croissants, Feigenmarmelade und Ziegenkäse auf den Tisch gestellt, aber im Moment war ihr nicht nach Essen. Ihre Gastgeberin trank einen großen Schluck, dann stellte sie die Tasse ab und sah Nina forschend an. Es kam ihr vor, als wollte sie mit ihrem Blick ihre Reaktion abschätzen, als sie zu sprechen begann.

»Taran ist heute Morgen von der Guardia Civil verhaftet worden. Sie beschuldigen ihn der Hehlerei von spanischen und syrischen Kulturgütern. Außerdem soll er Drogen besessen haben.«

»Was?« Nina glaubte, sich verhört zu haben. »Unmöglich!«

»Das war auch meine und Ramóns erste Reaktion.« Sie trank einen weiteren Schluck Kaffee, und Ninas Gedanken rasten. Sie stellte sich vor, wie Taran in einer Zelle saß und darauf wartete, vor Gericht auszusagen. Diese Anschuldigungen waren doch aus der Luft gegriffen! Das passt alles gar nicht zusammen. Was war da los? Plötzlich fiel ihr etwas ein.

»Aber Taran hat uns erst vor zwei Tagen ein Satellitenfoto von einer völlig zerstörten Ausgrabung in Syrien gezeigt und sich furchtbar darüber empört.«

»Ein eigenartiger Zufall, nicht wahr?«, sagte Sofía nachdenklich.

»Willst du damit etwa sagen ...«

»Nina, ich kenne Taran jetzt seit einem Dreivierteljahr, und Ramón hat eng mit ihm zusammengearbeitet. Wenn ich je von einem Mann gesagt hätte, dass er Anstand und ein hohes Unrechtsempfinden besitzt, dann von ihm. Aber man kann nie in Menschen hineinschauen. Auch dir würde ich beispielsweise nicht zutrauen, dass du Taran sein Projekt entziehen und Torres die Leitung übergeben würdest.«

Nina blinzelte überrascht. »Orlando?« Sie schüttelte den Kopf. »Ich kann mir nicht im Traum vorstellen, dass er so einen Job überhaupt machen wollte. Er scheint mit seinen Gutachten auch ganz gut zu verdienen.«

»Du hältst nicht viel von Tarans Arbeit«, stellte Sofía nüchtern fest. »War das der Grund für euren Streit?«

Nina zuckte zusammen. Ihr war wieder einmal nicht bewusst gewesen, wie das eben geklungen hatte. Sie wollte jetzt nicht darauf eingehen, warum sie sich gestritten hatten. »So hatte ich das gar nicht gemeint. Ich wollte nur sagen, dass ich Orlando für keinen guten Ausgrabungsleiter halte. Er teilt weder Tarans Begeisterung für die Forschung noch seine Geduld. Aber wie kommst du denn auf diesen Vergleich?«

Sofía tunkte ihr Croissant in den Kaffee und biss ein Stück davon ab. »Ist er so abwegig?«

»Natürlich! Erstens kann ich mir nicht vorstellen, dass Orlando Tarans Job übernehmen will. Zweitens habe ich doch gar nicht die Macht, das zu entscheiden. Drittens würde ich das überhaupt nicht ...« Sie stockte, als ihr plötzlich bewusst wurde, dass sie sehr wohl die Möglichkeit hätte, dem DAI eine Personalempfehlung nahezulegen, sofern es zu einer Förderung durch ihren Mandanten käme.

Sofía tunkte seelenruhig erneut ihr Croissant in den Kaffee. Jetzt begann es in Nina zu brodeln. »Okay. Könnten wir vielleicht mal offen miteinander reden und aufhören, wie die Katzen um den heißen Brei zu schleichen? Was hat Taran dir und Ramón denn von Orlando und mir erzählt?«

»Taran? Nur das Offensichtliche.«

»Und das wäre?«

»Dass ihr beide euch bestens versteht und von ihm am liebsten pseudowissenschaftliche Utopien zu der Ausgrabung in Gelves hören würdet, um deinen Mandanten zufriedenzustellen.«

»Das stimmt doch gar nicht!« Nina fing ihren Blick auf und fügte kleinlaut hinzu. »Okay, zumindest jetzt nicht mehr. Nicht, nachdem ich mit ihm unterwegs war und er mir seine Welt gezeigt hat, und ich …«, sie schluckte und flüsterte, »… mich in ihn verliebt habe.«

Sofía legte das Croissant beiseite und griff spontan über den Tisch nach Ninas Hand. Sie war warm und ihre Geste beruhigte sie, nachdem sie sich gerade eben noch Sofías Kreuzverhör ausgeliefert gefühlt hatte.

»Nina, Ramón hat aus sicherer Quelle schon vor eurer Reise nach Córdoba erfahren, dass Orlando diese Ausgrabung demnächst leiten soll.«

Nina sah auf. »Das kann nicht sein! Ich schwöre dir, falls das stimmt, habe ich nichts damit zu tun! Das muss dann die Entscheidung des DAI sein.«

Sofía nickte und tätschelte ihre Hand. »Ich glaube dir. Aber das DAI mit Dr. Munez steht fest hinter Taran.«

»Bist du sicher? Aber wer sonst außer dem DAI würde darüber entscheiden, wer die Ausgrabung leitet?«

»Du und dein Mandant.«

»Alexander Roth kennt Orlando nicht und es ist noch nicht gewiss, dass er das Projekt überhaupt fördern wird. Außerdem habe ich gestern erst mit Orlando das Gutachten durchgesprochen. Er hat immer nur davon geredet, Taran zu unterstützen. Bist du denn sicher, dass Ramóns Informant verlässlich ist?«

»Absolut.«

»Das macht gar keinen Sinn! Orlando ist durch und durch Geschäftsmann. Taran hat mir gegenüber schon geäußert, dass er einen anderen lukrativeren Job haben muss, sonst könnte er sich seinen Lebensstil nicht leisten. Warum sollte er dann plötzlich scharf darauf sein, die Ausgrabung in Gelves zu leiten? Jetzt sag schon, von wem hat Ramón das erfahren?«

»Einen Namen darf ich dir nicht nennen, aber es war jemand vom Andalusischen Denkmalpflegeamt.«

Nina nahm kopfschüttelnd ihre Kaffeetasse und trank einen großen Schluck. »Wenn deine Theorie stimmt, dann müsste Orlando, sobald Tarans Verhaftung bekannt wird, auf mich zukommen und mir anbieten, die Leitung zu übernehmen. Ich könnte ihm mal auf den Zahn fühlen.«

»Sei vorsichtig, Nina. Ich werde bald Näheres über den Anwalt erfahren, der Taran verteidigen soll. Er ist ein Partner in der ehemaligen Kanzlei meines Vaters. Aber ich kann mir vorstellen, dass die Akteneinsicht starke Beweise hervorbringen wird. Ohne konkreten Verdacht wird die Guardia Taran nicht verhaftet haben.«

»Du meinst, sie haben wirklich Drogen und geraubte Kulturgüter bei ihm gefunden?«

»Das befürchte ich. Und wenn Orlando dahinterstecken sollte ...«

»... ist er ein Krimineller. Das würde jedenfalls erklären, warum er finanziell so gut dasteht.« Nina bekam eine Gänsehaut, weil sie an Orlandos spöttische Miene dachte, als er sagte, er würde mit Gefälligkeitsgutachten für Gemeinden sein Geld verdienen. Er hatte es wie ein Kavaliersdelikt aussehen lassen und ihr von Kindern erzählt, die dringend eine neue Schule brauchten. »Du meinst, er hat sie ihm untergeschoben, um an die Projektleitung zu kommen? Aber warum? Gerade wenn er krumme Geschäfte macht und damit so gut verdient, ergibt das doch gar keinen Sinn.«

»Ja, das habe ich mich auch schon gefragt. Vielleicht braucht er die Ausgrabung zur Tarnung? Ich kenne mich mit Antikenhehlerei nicht aus, aber soweit ich weiß, werden die Gegenstände oft mit einem anderen Fundort ausgewiesen.«

»Taran und Ramón haben doch letztens selbst erzählt, dass

alle Funde von Wert dem spanischen Staat gehören. Wenn er also einen in Syrien geraubten Fund als hier in Gelves gefunden deklariert, erfreut er damit höchstens den andalusischen Staat.« Konnte Orlando wirklich in internationale Antikenhehlerei und Drogenhandel involviert sein? Das konnte Nina sich erst recht nicht vorstellen.

»Vielleicht hat man bei Taran auch nur ein paar Joints und gar keine harten Drogen gefunden«, überlegte sie laut.

»Auch das ist möglich«, stimmte Sofía zu. »Wie gesagt, bis ich nicht von Enrico mehr erfahre, ist alles nur reine Spekulation. Aber ich wollte es dir sagen, damit du Bescheid weißt, falls Orlando dir vorschlägt, Tarans Projekt zu übernehmen.«

»Dann sage ich es dir sofort. Hältst du mich auch über alles auf dem Laufenden, was die aktuellen Ermittlungen betrifft? Gefängnis. Mein Gott, für einen so freiheitsliebenden Menschen wie Taran muss das furchtbar sein.«

Sofía lächelte sanft. »Du magst ihn immer noch, trotz eures Streits.«

»Ja ... der war auch ... meine Schuld.« Sie zögerte einen Moment, dann gab sie sich einen Ruck und erzählte Sofía, wie es zu ihrer Auseinandersetzung gekommen war. Sie hatte erwartet, dass sie empört reagieren würde, doch sie brach in Lachen aus.

»Entschuldige Nina, das war wirklich nicht geschickt von dir, aber Taran ist schon eine ganz schöne Mimose, was seine Arbeit anbelangt. Kein Wunder, dass er und Ramón sich so gut verstehen. Der tickt ganz ähnlich. Vielleicht hat seine Reaktion aber auch noch andere Gründe.« Sie wurde wieder ernst. »Er hat mir und Ramón gegenüber einmal erwähnt, wie sehr für seine Mutter finanzielle Erfolge im Vordergrund standen und dass sie seinem Vater hart zugesetzt hat, weil er ihren Ansprüchen nicht genügt hat.«

»Er war Geschichtslehrer. Was hatte sie denn gedacht? Dass er wie ein Großindustrieller verdient?«, wunderte sich Nina.

»Das Problem war wohl sein kostspieliges Hobby. Er verstand sich als ehrenamtlicher Helfer in der archäologischen Forschung. Ständige Forschungsreisen, teures Equipment.«

Nina fühlte einen Stupser am Oberschenkel und schrak zusammen. Aber es war nur Blanca, die aus ihrem Körbchen aufgestanden sein musste und jetzt von ihr gestreichelt werden wollte. Gedankenverloren kraulte Nina sie hinter den Ohren.

»Als ich Taran das erste Mal kennenlernte …«, begann sie.

»Du meinst, als du dich mit vollem Körpereinsatz auf ihn gestürzt hast«, lachte Sofía.

Nina grinste schief. »Ehrlich, ich fand ihn damals schon attraktiv und habe sogar versucht, seine Augen zu malen.«

»Hast du es ihm erzählt?«

»Nein! Und du erzählst es ihm bitte auch nicht.«

»Wie schade. Er könnte sicherlich etwas Aufmunterung vertragen«, sagte Sofía.

»Was ich sagen wollte«, fuhr Nina fort. »Damals haben sein Vater und er am Strand Magnetometer bei sich gehabt.«

Sofía verschluckte sich an ihrem Kaffee. »Bist du sicher?«

»Als Kind dachte ich, es wäre eine futuristische Blindenstockausgabe. Aber inzwischen bin ich überzeugt davon, dass es Magnetometer waren.«

»Eigenartig.« Sofía runzelte die Stirn. »Aber der St.-Martí-Strand liegt praktisch direkt vor den Ruinen von Empuries. Ich kann mir nicht vorstellen, dass er dort ohne Erlaubnis suchen durfte. Und dass das Katalanische Denkmalpflegeamt ausländischen Touristen eine solche erteilt, ist kaum denkbar.«

»Hoffentlich ist an den Vorwürfen gegen Taran nicht doch was dran«, sagte Nina, und ihr Herz zog sich bei dem Gedanken schmerzhaft zusammen.

30

Auf der Polizeiwache musste Taran seine persönlichen Gegenstände abgeben, und ein junger Guardia-Civil-Beamter nahm von ihm die Fingerabdrücke, machte Fotos und tippte die Personalien in den Computer. Da der Anwalt, den Sofía für ihn verständigen wollte, noch nicht aufgetaucht war, fand keine weitere Befragung statt. Taran stand in Handschellen an der Wand und betrachtete seine Umgebung wie ein Passant, der zufällig vorbeigekommen war und den das alles nicht betraf. Es kam ihm vor wie ein Albtraum, aus dem er jeden Moment wieder aufwachen musste. Er konzentrierte sich auf Einzelheiten. Die Schranke mit Pförtnerhaus vor der Zufahrt in den Hof der Wache, die er durch das gegenüberliegende Fenster sehen konnte. Das Chaos aus Papierstapeln auf dem Tisch des Polizisten vor ihm. Seine halbleere Kaffeetasse. Ein Kaffeefleck neben der Tastatur, die dringend mal entstaubt werden sollte. Drei junge Frauen in Uniform, die lachend an ihm vorbei zum Ausgang schlenderten. Eine hatte einen langen geflochtenen Zopf, der ihr unter dem Barett über den Rücken wippte. Er schrak zusammen, als jemand laut sagte:

»Señor Sternberg? Vamos!«

Irrwitzigerweise spulte sein vollkommen aus dem Konzept gebrachtes Gehirn jetzt den Song *Vamos a la playa* ab, während er mit zwei Beamten die Treppe hinunter in den Keller lief, wo sie ihn in eine Gefängniszelle führten, in der es nach einer entsetzlichen Mischung aus Zitrusreiniger, Urin und Exkrementen stank. Sie war winzig, von oben bis unten weiß gekachelt, ohne Fenster oder Mobiliar. An der gegenüberliegenden Wand gab es als einzige Sitz- und scheinbar auch Schlafmöglichkeit auf einem gemauerten und gefliesten Vorsprung eine fünf Zentimeter dicke, steinharte Matte aus grauem Kunstleder mit einer fleckigen Wolldecke, die Taran sofort angewidert beiseiteschob. Er setzte sich, weil ihm plötzlich schwindlig wurde. Wenigstens hatten sie ihm seine Armbanduhr gelassen. Bisher hatte er nie unter Platzangst gelitten, aber jetzt brach ihm der Schweiß aus, und er musste die Augen schließen und sich dazu zwingen, in diesem fensterlosen Loch ruhig zu bleiben und nicht daran zu denken, dass es ihm wie seinem Vater ergehen könnte.

»Wann kommt Papa endlich wieder nach Hause?« Taran stochert im Abendessen herum. Nudeln mit gekaufter Bolognesesoße wechseln sich mit Fertigpizza, Käsespätzle und Tütensuppen ab. Seit sein Vater verhaftet wurde, arbeitet seine Mutter noch länger als sonst und ist abends zu müde zum Kochen. Papa kochte immer unter der Woche.

»Keine Ahnung.« Mama presst die Lippen zu einem schmalen Streifen zusammen.

»Kann ich ihn besuchen?«

»Erspar dir das lieber, Schatz.«

»Aber ich will ihn sehen!«

Mama steht auf und räumt ihren Teller ab. »Jennifer, kümmerst du dich bitte um den Abwasch? Ich bin hundemüde und muss mich hinlegen.«

»Aber ...«, beginnt Taran, doch Jennifer stößt ihn unter dem Tisch gegen das Schienbein und sieht ihn durchdringend an. Er schweigt, zumindest so lange, bis Mama ihre Tabletten eingenommen hat, die ihr beim Einschlafen helfen. Sobald sie im Bad ist, platzt es aus ihm heraus: »Im Fernsehen dürfen die Kinder auch immer ihre Papas im Gefängnis besuchen.«

»Woher willst du denn wissen, dass er dich überhaupt sehen möchte?«

Taran muss ein so erschrockenes Gesicht gemacht haben, dass seine Schwester einlenkt und ihm das Geschirrhandtuch in die Hand drückt. »Okay, du trocknest ab und ich schau nachher mal im Internet nach.«

Während Taran den Teller fest mit einem Stück des Handtuchs hält, damit das nasse Porzellan nicht aus seinen Fingern rutscht, und er mit der anderen Seite darüberrubbelt, murmelt er: »Glaubst du, er mag mich wirklich nicht sehen, Jen?«

Seine Schwester gibt einen unwilligen Laut von sich, aber dann wuschelt sie ihm durchs Haar. »So hab ich das nicht gemeint, Taran. Natürlich will er dich sehen, du warst doch schon immer sein Lieblingskind.« Bitterkeit schwingt in ihrem Tonfall mit, aber bevor er widersprechen kann, fährt sie fort: »Ich kann mir nur vorstellen, dass es ihm megapeinlich ist, im Knast zu sitzen. Dass er vielleicht gar nicht möchte, dass du ihn dort besuchst.«

Aber sie hält ihr Versprechen und eine Stunde später sitzt Taran vor dem Computer und sieht sich ein Informationsvideo der Caritas an: Dein Besuch im Gefängnis. Aufmerksam liest er sich durch, was er alles mitnehmen darf und was nicht. Dann scrollt er zu den Bildern von Gefängniszellen. Schließlich nimmt er ein Stück Papier, schreibt etwas auf, steht auf und geht zum Elternschlafzimmer. Vorsichtig schiebt er das Blatt unter dem Türspalt hindurch.

Taran öffnete in der Gefängniszelle die Augen. Sein Panikgefühl war verschwunden. Die Erinnerung an sein stures jüngeres Ich hatte die düsteren Gedanken verdrängt. Er lächelte in sich hinein, als er an den Zettel dachte.

Libe Mama,
bite scheng mir keine Legopiramiede zum Geburdstag sondern las mich Papa besuchn.
Dein Taran

Sein erster Ausflug ins Gefängnis war an einem sonnigen Herbsttag gewesen. Die Laubbäume auf dem Parkplatz hatten in goldgelben und orangeroten Farben geleuchtet. Neben dem Eingang waren zwei Männer damit beschäftigt gewesen, die Blätter zusammenzurechen. Taran erinnerte sich noch daran, wie er sie neugierig beobachtet und sich gefragt hatte, ob sie wohl Gefangene waren. Auf der Website der Caritas hatte er nämlich gelesen, dass Häftlinge arbeiteten und dafür Geld bekamen, damit sie sich an dem Gefängniskiosk etwas kaufen konnten. Überall im Eingangsbereich waren Kameras an den Wänden gehangen. Seine Mutter und er waren durch eine Sicherheitsschleuse wie beim Flughafen gegangen, hatten die Handtasche und seinen Kinderrucksack durch einen Scanner laufen lassen und hinterher in ein Schließfach gesperrt. Nur das Bild einer mittelalterlichen Burg, das er für seinen Vater gemalt hatte, hatte er mitnehmen dürfen. Fast zwei Monate nach seiner Gefangennahme hatte Taran seinen Vater das erste Mal wiedergesehen. Die Tränen in seinen Augen, die er wegzublinzeln versuchte, und sein bleiches Gesicht waren ihm in Erinnerung geblieben. Worüber sie damals gesprochen hatten, wusste er nicht mehr. Es sollte noch weitere vier Monate dauern, bis er aus dem Gefängnis kam. Die Guardia-Civil-Beamten hatten Taran erklärt, dass er in maximal 72 Stunden dem Haftrichter vorgeführt wurde, der darüber entschied, ob er in Untersuchungshaft blieb oder nicht.

Sein Vater war unglaubliche sechs Monate in Untersuchungshaft gesessen.

Verurteilt worden war er am Ende zu fünfzehn Monaten Freiheitsstrafe auf Bewährung und einer Zahlung von fünftausend Euro an die Deutsche Stiftung Denkmalschutz. Die Geldstrafe hatte seinen Vater nicht so hart getroffen wie die fünfzehn Monate auf Bewährung. Denn bei einer Strafe von über zwölf Monaten verlor man seinen Beamtenstatus und so hatte er nicht mehr als Lehrer an einer öffentlichen Schule arbeiten können.

Als er aus dem Gefängnis gekommen war, hatte Tarans Mutter bereits die Scheidung eingereicht und einen Makler zum Verkauf des Reihenhauses, in dem sie lebten, beauftragt. In den täglichen Streitereien, dem Sorgerechtskampf und seinem unfreiwilligen Umzug mit Mutter und Schwester war der Grund für Max Sternbergs Verhaftung untergegangen. Und nachdem Taran endlich wieder zu seinem Vater hatte ziehen dürfen, war über der Vergangenheit ein Tabu gelegen. Wenn er jetzt zurückdachte, hatte bei ihnen ein ähnlicher Verdrängungsmechanismus eingesetzt wie bei Überlebenden eines schlimmen Unglücks. Das Schweigen war ihr schützender Kokon, der dünne Schorf auf einer Wunde, die nicht verheilen wollte. Sie hatten viel in diesen ersten Tagen gesprochen und sich im Grunde nichts gesagt. Indem sein Vater alle Erinnerungen begrub, ließ er die Fragen, die Taran nicht zu stellen wagte, offen. Sie fraßen sich wie Motten durch seine Vergangenheit. Seine Kindheit bestand seit dieser Verhaftung aus löchrigen Kleidern, durch die der Wind pfiff und ihn frösteln ließ.

An manchen Tagen spürte er diese Kälte heute noch immer.

So wie gerade eben.

Taran lehnte sich mit dem Rücken an die Wand. Er musste versuchen, aus den Fehlern seines Vaters zu lernen und nicht ebenso blauäugig nach seiner Verhaftung zu sein. Taran rief sich in Erinnerung, wann er begonnen hatte, Fragen zu stellen. Das war irgendwann während seines Studiums gewesen. Fundunterschlagung, Hehlerei und versuchte Hehlerei hatten in der Urteilsverkündung gestanden. Ausgerechnet sein Vater! Warum hatte er das getan? Max Sternberg hatte sich immer als ein ambitionierter ehrenamtlicher Archäologe gesehen und bis zu jener verhängnisvollen Raubgrabung alle Funde und Befunde ordnungsgemäß gemeldet. Auch sonst hatte er sich in seinem

Leben nichts zuschulden kommen lassen. Seine größten Vergehen hatten – soweit er sich an das Telefongespräch seiner Mutter mit dem Anwalt erinnerte – in einer Handvoll Strafzettel wegen zu schnellen Fahrens und falschen Parkens bestanden. Trotzdem war sein Haftbefehl nicht gegen eine Sicherheitsleistung außer Vollzug gesetzt worden. Mit festem Wohnort, Arbeit als Gymnasiallehrer und Familie hatte man ihm kaum Fluchtgefahr unterstellen können! Und warum war sein Vater später nicht gegen dieses ungewöhnlich harte Urteil in Berufung gegangen?

All diese Ungereimtheiten waren ihm erst aufgefallen, als er während seines Archäologiestudiums in einem Zeitungsartikel auf den Fall eines jungen Sondengängers aufmerksam geworden war, der in einem Wald in Sachsen-Anhalt Münzen und Goldbeschläge gefunden und sie stolz auf YouTube präsentiert hatte. Es war nicht sein erster Sondengang gewesen und er hatte bereits zu einem Antikenhehler Kontakt aufgenommen. Der junge Mann war lediglich zur Herausgabe des Fundes und zu einem halben Jahr auf Bewährung und der Zahlung von dreihundert Euro an eine gemeinnützige Einrichtung verurteilt worden. Unter Tarans Archäologie-Kommilitonen war der Fall heftig diskutiert worden, denn der Sondengänger hatte den gesamten Fundort so gründlich durchwühlt, dass eine Nachgrabung kein weiteres Wissen hatte hervorbringen können. Tarans Studienkollegen hatten damals empört ein härteres Vorgehen gegen die illegalen Sondengänger gefordert. Taran hatte geschwiegen, sich seine eigenen Gedanken gemacht und begonnen, auf juristischen Internetseiten zu recherchieren.

»Warum musstest du damals eigentlich so lange in Untersuchungshaft sitzen?«, hatte er seinen Vater am Abend unvermittelt gefragt.

Max Sternberg war in seinem Lehnsessel gesessen und hatte überrascht aufgeschaut. »Wie kommst du denn jetzt darauf?«

»Du hast mir nie erzählt, was geschehen ist.«

Sein Vater hatte geseufzt und das Magazin beiseitegelegt, das er gerade gelesen hatte. »Ach, Taran, das ist jetzt schon so lange her. Müssen wir darüber reden?«

»Ich will deine Version hören. Bislang weiß ich nur, was Mama uns gesagt hat. Nämlich, dass du mit zwei anderen Männern unerlaubt in Sachsen mit Sonden unterwegs warst, ihr Silberteller, Münzen, Fibeln und zwei Schwerter gefunden habt und die beiden dich dazu überredet haben, die Sachen an einen Händler zu verkaufen und den Erlös durch drei zu teilen, anstatt den Fund der Denkmalschutzbehörde zu melden. Hinterher hat der Händler die Sachen mit einem satten Aufschlag an einen der Kripo bekannten Hehler in der Schweiz veräußert und da ist das Ganze dann aufgeflogen.«

Er hatte seinem Vater verschwiegen, dass er die Details nicht von seiner Mutter erfahren hatte, sondern die Urteilsverkündung im Internet gefunden und gelesen hatte. Offenbar galt Sternbergs Fall als wichtig und der Öffentlichkeit zugänglich zu machen. Das hatte Taran noch mehr in seiner Vermutung bestärkt, dass der Richter damals ein Exempel an ihm hatte statuieren wollen.

»Im Großen und Ganzen ist das richtig.«

Tarans winzige Hoffnung, er würde alles abstreiten und ihm eine ganz neue Wahrheit verkünden, hatte sich in Luft aufgelöst. »Warum? Du hast mir andere Dinge beigebracht und nicht erst nach deiner Verurteilung. Wie man einen Fundort bewahrt und mit dem Denkmalschutz zusammenarbeitet, habe ich nicht erst im Studium erfahren.« Taran hatte den Arm mit dem Armreif gehoben. »Selbst den hattest du ordnungsgemäß gemeldet.« Aber sein Vater war seiner Frage ausgewichen.

»Wir rennen unbekümmert in den Abgrund, nachdem wir irgendetwas vor uns hingestellt haben, das uns hindern soll, ihn zu sehen. Das hat Blaise Pascal einmal gesagt. Ich will dir nichts vormachen. Damals wusste ich, was ich tat, Taran. Gleich nach meiner Verhaftung habe ich mich schuldig bekannt, noch bevor der Anwalt eintraf.«

Taran hatte die Augenbrauen hochgezogen. »Das war aber nicht besonders klug, oder?«

»Die Polizisten wollten deine Mutter verhören. Noch lag gegen sie kein Haftbefehl vor, und ich musste durch meine Aussage verhindern, dass es erst dazu kam. Die ganze Zeit über hatte ich nur Angst, dass sie ebenfalls in Untersuchungshaft landen und ihr Kinder in ein Heim kommen würdet. Sie hatte im Übrigen wirklich keine Ahnung, was ich gemacht habe.«

Daran, dass er Jennifer und ihn hatte schützen wollen, hatte Taran noch gar nicht gedacht. »Aber warum konnten sie dich überhaupt so lange in U-Haft halten? Mit welcher Begründung?«

Sein Vater zuckte die Schultern. »Ich hatte vermutlich keinen besonders guten Anwalt. Es war ein junger Pflichtverteidiger. Zunächst hieß es, man befürchte Verdunklungsgefahr.«

»Dass du noch weitere Antiken besitzt und wegschaffen könntest?«

»Genau. Und dann wurde mit dem Ermittlungsumfang argumentiert. Gutachten über den Wert der Gegenstände mussten erstellt werden, später erfuhr ich, dass die Polizei festzustellen versuchte, ob deine Mutter irgendwelche Hehler kontaktierte.«

»Kann es sein, dass sie besonders streng gegen dich vorgehen wollten?«

»Gut möglich. Immerhin hatte ich von Sachsen eine Genehmigung zum Sondengehen erhalten, einen Forschungsschein. Ich konnte daher nicht mit Unwissenheit argumentieren.«

»Und was war mit den Hehlern? Wie bist du überhaupt an die geraten?«

»Ich kannte sie nicht. Das Geschäft lief über Erwin und Kenny.«

»Die zwei Kerle, die zusammen mit dir angeklagt wurden und die Polizei überhaupt erst auf deine Spur gebracht haben? Aber sie haben doch behauptet, dass du ihnen den Hehlerkontakt vermittelt hast!«

»Ich weiß. Doch das stimmt nicht. Ich habe sie beim Sondengehen im Wald getroffen. Sie hatten keine Genehmigung, aber haben anfangs auf mich nicht den Eindruck gemacht, als wollten sie einen möglichen Fund behalten. Wir sind einige Tage zusammen durch die Gegend gezogen. Weißt du ... in der Zeit hat es mir gutgetan, mich auch mal mit anderen austauschen zu können.« Sein Vater hatte an Taran vorbei zum Fenster gesehen. Wind war aufgekommen und hatte dunkle Regenwolken herangebracht.

Taran war aufgestanden und hatte das Licht angeschaltet. »Sie haben dich also dazu überredet, nicht wahr? Warum hast du das vor Gericht nicht gesagt?«

»Das habe ich. Aber es standen zwei Aussagen gegen eine. Und natürlich war ich derjenige mit mehr Erfahrung und Sachkenntnis gewesen, der genau wusste, wo man suchen musste. Niemand nahm mir ab, dass sie es waren, die die Kontakte zu den Hehlern hatten. Sie waren beide unter fünfundzwanzig und behaupteten, ich hätte ihnen nicht einmal erzählt, dass sie eine Genehmigung für die Sondengänge brauchen und dass sie das zum ersten Mal machen würden.«

»Sie haben es so dargestellt, als ob du sie nur zum Graben gebraucht hast und um sie bei den Hehlern vorzuschicken«, hatte Taran grimmig gesagt und war im Zimmer auf und ab gegangen. »Warum hast du dich von ihnen überhaupt zum Verkauf überreden lassen und den Fund nicht gemeldet wie all die Male zuvor?«

Sein Vater hatte eine Weile geschwiegen. »Dafür gab es verschiedene Gründe«, hatte er schließlich gesagt. »Hausschulden, ein neues revolutionäres Sondengerät, von dem ich geträumt habe, den Familienurlaub, vor allem aber meine grenzenlose Dummheit ... ich habe es später bitter bereut, glaub mir.« Das wusste Taran, aber er wusste auch, dass sein Vater den wahren Grund nie aussprechen würde. Max Sternberg war der Versuchung, kriminell zu werden, erlegen, weil seine Frau nichts als Verachtung für seine hobbyarchäologische Tätigkeit übriggehabt hatte. Er wollte ihr beweisen, dass seine Grabungen auch was einbrachten. Und dann war ausgerechnet dieser Versuch, seine Beziehung zu kitten, in einer Katastrophe gemündet.

Schritte vor der Tür rissen Taran aus seiner Vergangenheit. Ein Guardia-Civil-Beamter trat ein und forderte ihn auf, mitzukommen. Sie liefen den Gang entlang zu einem Raum, in dem sich ein Tisch mit zwei gegenüberstehenden Stühlen befand. Taran fragte, ob er ein Glas Wasser bekommen könnte. Drei Stunden waren seit seiner Gefangennahme vergangen, und seine Hände steckten immer noch in Handschellen.

»Später«, blaffte der Polizist. »Setzen Sie sich, gleich kommt Ihr Anwalt.«

Taran leistete der Anweisung Folge, legte die Hände auf den Tisch und wartete. Was, wenn er sich Sofías Anwalt gar nicht leisten konnte? Er würde ihn bitten müssen, bei seiner Rechtsschutzversicherung anzurufen, um zu überprüfen, ob sie auch Strafverfahren abdeckte. Und falls nicht? Würde es ihm mit einem Pflichtverteidiger ähnlich ergehen wie seinem Vater? Wie lange saß man in Spanien eigentlich maximal in U-Haft? Wie sollte er seine Unschuld beweisen, wenn Orlando oder jemand anderes tatsächlich Beweisstücke im Bauwagen platziert hatte? Taran war bewusst, dass die grauenhafte Zelle hier auf der Polizeiwache nicht für eine längere Unterbringung gedacht war, sondern nur eine kurzfristige Etappe war, bis zur Entscheidung des Richters darüber, ob er überhaupt in Untersuchungshaft kommen würde. Dennoch war er nicht neugierig darauf, spanische Gefängniszellen für eine Dauerinhaftierung kennenzulernen. Aber wer war das schon? Ein bisschen hatte er gespart und vielleicht konnte er Freunde um einen Kredit bitten, um den Anwalt zu bezahlen.

Seine Gedanken schweiften zu Nina. Was würde sie jetzt von ihm halten, wenn sie von seiner Verhaftung erfuhr? Nachdem er ihr Vorwürfe wegen eines Gefälligkeitsgutachtens gemacht hatte, landete er nun selbst wegen Hehlerei und Drogenbesitzes im Gefängnis! Lächerlich war das. Er musste vollkommen scheinheilig auf sie wirken. Sie würde nichts als Verachtung für ihn übrighaben. Und er hatte nicht einmal mehr die Möglichkeit, ihr alles zu erklären.

... weil ich mich in dich verliebt habe.

Die Tür schwang auf, ein etwa vierzigjähriger athletischer Mann mit kurzem schwarzen Haar und ersten grauen Strähnen betrat den Raum. Sein ernster Gesichtsausdruck ließ seine Hoffnung, der Untersuchungshaft doch noch zu entgehen, wie eine Seifenblase zerplatzen. Und dabei wusste dieser Anwalt bestimmt nicht, dass sein Vater wegen Hehlerei von Antiken vorbestraft war.

31

Orlando steckte so tief im Schlamassel, dass er sich eine von Sternbergs Ausgrabungsschaufeln leihen sollte, um sich daraus wieder zu befreien. Es war Nachmittag, und er stand mit einem Glas Rotwein in seiner Wohnung an der langgezogenen Fensterfront und blickte auf die Stadt. In dem Hochhaus gegenüber lehnte ein älterer Mann mit einer Zigarette am Geländer seines schmiedeeisernen Balkons und beobachtete den unter ihm tosenden Verkehr – nach den Feiertagen schien alle Welt irgendwelche Besorgungen machen zu wollen. Vor Orlandos innerem Auge tauchte Nina auf, wie sie gestern Abend blass und ungeschminkt, aber dennoch voller Elan in der Lobby ihres Hotels aufgetaucht war. Was für eine Powerfrau! Diesmal hatte sie sich nicht in Schale geworfen, und als er ihr den Vortritt in den Konferenzraum gelassen hatte, hatte er sich dennoch an den wiegenden Bewegungen ihrer Hüften in der engen schwarzen Jeans nicht sattsehen können. Nina besaß so viel natürliche Anmut und Schönheit. Und sie war entschlossen, dieses Projekt zu einem Ende zu bringen, gleichgültig wie anstrengend ihre Reise mit Sternberg und wie erschöpfend die Muschelvergiftung gewesen sein mochten. Das gefiel ihm. Auch er hatte gelernt, die Zähne zusammenzubeißen und harte Zeiten zu überstehen, und er wünschte sich eine Partnerin an seiner Seite, auf die er gleichermaßen zählen konnte.

Nicht ein verwöhntes Nesthäkchen wie Rosa, die ihn seit Jahren anhimmelte, aber sich nicht traute, mit ihm offen über ihre Gefühle zu reden.

Díos, hätte er doch vor dem Osteressen ebenfalls eine Lebensmittelvergiftung gehabt! Seit sechzehn Jahren arbeitete er nun für Leon Ferer und hatte sich Schritt für Schritt die Position des Vertrauten und verlässlichen Mannes im Hintergrund aufgebaut. Und das sollte – wenn es nach Orlando ging – auch künftig so bleiben. Bis heute wussten vermutlich weder die Guardia Civil noch Leons Konkurrenten, wie groß sein Einfluss auf den mächtigen Ferer-Clan tatsächlich war, wie er Fäden zog und die Geschäfte am Laufen hielt, während er stets darauf achtete, nach außen eine weiße Weste zu zeigen. Die Geschichte seines Vaters hatte ihn gelehrt, dass es besser war, nicht im Schussfeld und der Aufmerksamkeit der Öffentlichkeit zu stehen. Es war wirklich eine gute Idee von Leon gewesen, dieses Gutachten anzunehmen, und die Vorstellung, diese Ausgrabung offiziell leiten zu können, gefiel ihm von Tag zu Tag besser und eröffnete ihm neue Möglichkeiten. Orlando hatte sich in den vergangenen Jahren ein neues lukratives Geschäftsfeld erschlossen, indem er über Ferers Drogenhändlerverbindungen in Marokko Kontakt zu Antikenhehlern aus Syrien aufgenommen hatte. Seither wurden mit den Drogenpäckchen immer wieder auch geraubte Antiken, vor allem aus Palmyra, zu ihm geschleust. Der IS brauchte für seinen Kampf Geld, und während einige kulturelle Schätze in Museen plakativ unter Videoaufzeichnung zerstört worden waren, um hinterher den Westen mit Veröffentlichung dieser IS-Propagandafilme zu schockieren, gelangten andere über geheime Kanäle zu gerade den Leuten, die sich offen gegen die Kulturzerstörer aussprachen. Orlando fand die Scheinheiligkeit mancher Museumskuratoren, die problemlos über seine gefälschten Herkunftsnachweise der Antiken hinwegschauten, äußerst amüsant. Es musste ihnen klar sein, dass sie Raubgut erwarben, aber auch hier wurde auf höchster Ebene gemenschelt und während man sich über die Primitivlinge des Islamischen Staates empörte, ließ man sich für sensationelle Neuerwerbungen für das Museum feiern, mit denen man wiederum indirekt ihren Terrorkampf unterstützte. Weniger amüsant hatte Orlando das Video gefunden, das die Dschihadisten, denen er die geraubten Kunstgegenstände abkaufte, vor drei Jahren auf der Bühne des römischen Theaters von Palmyra gedreht hatten. Fünfundzwanzig Regierungssoldaten waren darin von jugendlichen IS-Anhängern vor der atemberaubend schönen Kulisse der antiken Stätte mit Kopfschuss ermordet worden. Orlando war nicht zimperlich, es kam immer wieder auch zu Hinrichtungen im Drogenmilieu, aber in den vergangenen Jahren hatte es zumindest keinen offenen Clan-Krieg mehr gegeben, daher war er ganz froh, über Drittleute mit den Schlächtern des IS verhandeln zu können.

Die offizielle Leitung einer archäologischen Ausgrabung würde jedenfalls sein Renommee auch für die Erstellung dieser Herkunftsnachweise heben und von seinen sonstigen Aktivitäten ablenken, und wer wusste schon, dass er nicht tatsächlich mit Kelle und Schaufel in der Grube stand, sondern einen anderen Archäologen die Arbeit machen ließ? Er hätte auch gar nichts dagegen gehabt, dass dieser andere Sternberg gewesen wäre – hätte der Typ nicht so unverschämt gut ausgesehen und es den Anschein erweckt, als würde Nina sich für ihn interessieren. Das hatte sich glücklicherweise als Trugschluss herausgestellt. Dennoch wollte er sich nicht darauf verlassen, dass Nina ihm durch Fürsprache beim DAI die Ausgrabung übertrug, sondern die Dinge selbst in die Hand nehmen. Heute Morgen hatte sein Informant ihn über Sternbergs Verhaftung in Kenntnis gesetzt. Die Würfel waren gefallen, und er hatte keine Gewissensbisse dem Archäologen gegenüber. Für die Ausgrabungstätigkeit würde er andere Handlanger finden.

Aber Nina ... sie wollte er nicht aufgeben, und das war nach dem, was an Ostern passiert war, nicht klug.

Anfangs war der Ostersonntag wie alle anderen Feiertage zuvor gelaufen. Nach dem Gottesdienst war man zu den Ferers gefahren. Leon hatte vor vierzehn Jahren eine elegante Stadtvilla mit fünfundzwanzig Meter langer Front mit Stuck und repräsentablem Säulen-Entree und einem unglaublichen Panoramablick auf die Gärten der Reales Alcazares erworben. Einem König würdig sollte sie sein, und dass man von den Südfenstern aus die juristische Fakultät der ehrwürdigen Universität von Sevilla sah, war für Leon immer ein willkommener Anlass zum Spott gewesen.

»Dort büffeln die künftigen Rechtsverdreher, die uns vor Gericht raushauen werden, wenn uns die Guardia-Hohlköpfe blödkommen«, hatte er einmal zu Orlando gesagt, als sie am Fenster seines Arbeitszimmers gestanden waren. Dass dort auch künftige Staatsanwälte studierten, ignorierte er. Orlando war gerade siebzehn Jahre alt geworden, als er die majestätische Eingangshalle des Hauses nach dem Umzug der Ferers erstmals betreten hatte. Der ehemalige Innenhof war mit einem Glasdach versehen worden, und er schritt über einen Teppich, der so hochflorig war, dass es sich anfühlte, als würde er in dickes Moos einsacken. Antike Sitzmöbel gruppierten sich um einen runden Tisch in der Mitte des Raums, auf dem ein Blumenbouquet stand, das auch einen Hochaltar hätte schmücken können. Er war sich wie in einem Palast vorgekommen und hatte versucht, sich nicht durch diese ungewohnte Umgebung einschüchtern zu lassen. Davor hatte Leon auf einer Finca etwas außerhalb von Sevilla gewohnt. Auch das war ein schönes Haus gewesen, aber nicht vergleichbar mit diesem. In einem spiegelverglasten Aufzug mit Messing-Paneelen war er in den ersten Stock gefahren. Eine der hohen Türen aus Kirschholz hatte sich geöffnet, und Leon hatte Orlando in sein neues Arbeitszimmer gewunken. Auch hier hatte er beim Anblick des wuchtigen Schreibtischs, des Stucks an der Decke, der goldgerahmten Ölgemälde und der seidenbestickten Vorhänge geschluckt. Bis Leon ihm auf die Schulter geklopft und ihm erzählt hatte, dass seine Familie aus den Ghettos von La Línea de la Concepcíon stammte. Orlando hatte ihn mit offenem Mund angestarrt, denn bis dahin hatte er gedacht, die Ferers wären eine alteingesessene Familie aus Sevilla.

»Das alles hier«, Leon hatte mit dem Arm ausgeholt, als wollte er den Raum umfassen, »habe ich mir selbst erwirtschaftet und du«, er hatte mit dem Finger auf ihn gedeutet, »kannst das auch. Ich lese es in deinen Augen. In dir steckt dieselbe Leidenschaft, derselbe Ehrgeiz und Grips.« Er hatte an seinen Kopf getippt. »Du musst nur erst einmal die Blockade da drin loswerden, dass Leute, die so etwas hier besitzen, vornehmer, klüger oder in irgendeiner Weise besser sind als du. Ich könnte mir jederzeit einen Adelstitel kaufen, wenn ich wollte. Aber wozu? Ich mag meinen Namen und bin stolz auf das, was ich erreicht habe. Schau in die Zukunft, Orlando! Ich habe dich in den vergangenen Jahren beobachtet. Alejandro und Ricardo sind wie Feuer und Wasser. Du kannst die Verbindung sein, die die beiden trotz aller Gegensätze zusammenschweißt. Beweise es mir und ich mach dich zum mächtigsten Mann in meinem Clan.« Orlando war Leon noch heute dankbar für diese Worte, die sein Leben verändert hatten.

Wie jedes Jahr war an Ostern die gesamte Familie Ferer in dem großen Esszimmer mit Kristallleuchter und einer Tafel für zwanzig Personen versammelt gewesen. Rosa hatte zwischen ihm und Ricardo gesessen, ihnen gegenüber hatten Alejandro und seine neue Freundin, irgend so ein Modepüppchen, das Ferers Sohn die ganze Zeit über nur angehimmelt und wenig gesagt hatte, Platz genommen. Zugegeben, Alejandro ließ sie auch kaum zu Wort kommen. Wie immer gefiel er sich in selbstherrlichen Ansprachen, denen man nur ab und zu ein Wort des Beifalls hinzufügen musste, um das Gespräch am Laufen zu halten. Orlando hatte die junge Frau erst beachtet, als sie ihn gefragt hatte: »Sind Sie auch als Handelsvertreter tätig?«

Offenbar war sie in die Geschäfte der Familie nicht eingeweiht worden, was nicht dafürsprach, dass Alejandro an einer langfristigen Beziehung mit ihr interessiert war.

»Nein. Ich spiele vor allem Indiana Jones«, hatte er erwidert, und Ricardo hatte fast den Wein auf den Tisch gespuckt vor Lachen.

»Orlando ist Archäologe«, hatte Rosa ergänzt, und aus ihrem Mund hatte es wie ein hoher Würdentitel geklungen. Sie war nervöser als sonst gewesen, hatte noch mehr gelächelt und zu viel Wein getrunken. Ihr affektiertes Lachen hatte ihn genervt. Die meiste Zeit über hatte er den neuen Wandteppich hinter Alejandro betrachtet, der die Reales Alcazares mit Springbrunnen und einem See mit Schwänen zeigte. Die Abbildung sah so »natürlich« aus wie das Blond von Alejandros Begleiterin. An seinem Kunstgeschmack sollte Leon bei Gelegenheit mal feilen oder seine Tochter die Wanddekoration auswählen lassen. Sein Blick war zu Rosas Mutter gewandert, die gerade mit einer Bediensteten sprach. Vielleicht hatte aber auch Lucia diesen Teppich im kitschigen Disney-Design in Auftrag gegeben. Zuzutrauen wäre es ihr. Als Rosa nach dem Essen gefragt hatte, ob er mit Ricardo und ihr in den Garten zum Luftschnappen gehen wollte, hatte er nur zugestimmt, weil er gehofft hatte, dass ein wenig Sauerstoff ihr guttun würde. Sie hatte sich bei ihm untergehakt, was angesichts ihres unsicheren Gangs in den hochhackigen Prada-Pumps keine schlechte Idee gewesen war, und mit Ricardo im Schlepptau waren sie die Stufen der großen überdachten Veranda nach unten gestiegen. Hinter akkurat geschnittenen Hecken lag ein Springbrunnen mit einer umlaufenden Steinbank aus weißem Marmor, und Rosa hatte darum gebeten, sich hinzusetzen. Bis zu diesem Zeitpunkt hatte Orlando sich noch keine Gedanken über die Blicke gemacht, die die Geschwister sich immer wieder zugeworfen hatten. Erst als Ricardo zu sprechen begann, begriff er, dass sie während des

Essens nur darauf gewartet hatten, endlich mit ihm allein zu sein, um ihm ihren absurden Plan zu unterbreiten.

Orlando verließ kopfschüttelnd das Wohnzimmerfenster und ging zur Küche, um sich Wein nachzuschenken, den er bei der Erinnerung an dieses Gespräch in einem Zug leerte. Mierda! Schlimmer hatte es gar nicht kommen können.

»Hör mal, Lando«, hatte Ricardo begonnen, »ich habe dir doch heute Morgen im Auto schon erzählt, dass ich kein Interesse habe, Papás Geschäfte gemeinsam mit Alejandro weiterzuführen. Erstens würden mein Bruder und ich uns ständig in den Haaren liegen, zweitens bin ich nicht der Typ dafür, und drittens möchte ich mir lieber mit Iza was eigenes aufbauen.«

»Und viertens habe ich dir gesagt, dass Leon das nicht zulassen wird. Vergiss es! Erkläre du es ihm!«, hatte Orlando sich genervt an Rosa gewandt, und sie hatte rote Flecken auf den Wangen bekommen. Ihm war plötzlich aufgefallen, dass sie nicht so übertrieben wie sonst geschminkt war. Ihr dichtes dunkles Haar kringelte sich in schweren Locken über der Spitze ihres elfenbeinfarbenen Kleides. Richtig hübsch sah sie heute aus.

»Ich werde dem Glück meines Bruders nicht im Weg stehen«, hatte sie ernst erwidert.

»Oh, bitte, spiel jetzt nicht die Gefühlskarte aus, Rosa!«, hatte Orlando händeringend gerufen. »Als ob *ich* etwas dagegen hätte, dass Rico glücklich wird! Aber du kennst deinen Vater und Alejandro. Wenn er nicht kooperiert, lassen sie es ihn büßen. Was soll er ohne Geld und Ausbildung machen? Oder, noch schlimmer, sie zwingen ihn. Deiner Izabella könnte ganz schnell was zustoßen. Willst du das riskieren?«

Ricardo wurde blass und fuhr sich durch die Haare. »Ich weiß«, erwiderte er düster. »Was meinst du wohl, warum ich sie noch nicht in die Familie eingeführt habe.«

»Du musst das mal aus der Sicht deines Vaters sehen«, hatte Orlando argumentiert. »Alejandro könnte einen Unfall haben, krank sein oder von der Guardia verhaftet werden. Dann müssen die Geschäfte weiterlaufen. Leon hat, seit ich ihn kenne, immer davon gesprochen, dass ihr Brüder gemeinschaftlich das, was er sich aufgebaut hat, fortführen sollt.«

»Ich kann das aber nicht.«

»Jetzt sei doch nicht so bockig, Rico! Ich bin schließlich auch noch da«, hatte Orlando aufmunternd gesagt und ihm auf die Schulter geklopft.

Ricardo hatte den Kopf gehoben, und in seinem Blick war eine abgrundtiefe Verzweiflung gelegen, die Orlando überrascht hatte. »Ich wäre nur Alejandros Marionette, das weißt du ganz genau. Wem ist damit bitte geholfen?«

»Alejandro ist hart genug für das Geschäft und kann sich durchsetzen, aber er ist noch eitler als Papá und dumm«, war ihm Rosa in den Rücken gefallen. »Er würde jedem Spitzel der Guardia auf den Leim gehen, insbesondere den weiblichen, und sich von Geschäftspartnern über den Tisch ziehen lassen. Und auf Rico würde er gar nicht hören. Das, was mein Vater sich aufgebaut hat, würde untergehen.«

»Das werde ich dann eben zu verhindern wissen«, hatte Orlando schulterzuckend erwidert und Rosa interessiert gemustert. Das hier war vermutlich das erste Gespräch übers Geschäft gewesen, das er je mit ihr geführt hatte. Bislang hatte ihre Konversation in Smalltalk über ihre Leidenschaft für die Kunst bestanden. Seit ihrer Jugend hatte sie vor allem ihre gemeinsame Zuneigung zu Ricardo verbunden. Die Sorge um den Bruder musste auch jetzt der Auslöser für Rosas plötzlich aufkeimendes Interesse an den Geschäften ihres Vaters sein. Bislang hatte sie nichts davon wissen wollen.

»Bist du sicher, dass deine Position noch dieselbe sein wird, wenn Papá sich aus dem Geschäft zurückzieht oder ihm etwas geschieht? Alejandro hat sich in den letzten Jahren stark verändert«, hatte Rosa flüsternd eingewandt und sich im Garten umgesehen, als fürchtete sie, ihr älterer Bruder würde gleich ums Eck springen.

Darüber hatte Orlando sich natürlich auch schon Gedanken gemacht. Gerade deshalb war es ihm so wichtig, dass Ricardo seinen vorgesehenen Platz einnahm. Er war vielleicht nicht so skrupellos wie sein Bruder, aber er hatte in der Vergangenheit bewiesen, dass er trotz Alejandros einschüchterndem Gehabe Rückgrat hatte. Orlando erinnerte sich nur zu gut an den Sommer vor fünfzehn Jahren, als Leons Rolex von der Liege am Pool verschwunden war und Alejandro ihn des Diebstahls bezichtigt hatte.

»Rico hat alles beobachtet, Papá«, hatte Alejandro behauptet, und Orlando hatte bemerkt, wie er seinem kleinen Bruder dabei einen Stoß in den Rücken gegeben hatte.

»Was hast du gesehen?«, hatte Leon seinen jüngeren Sohn zornig gefragt.

Ricardo hatte gezögert und sein Blick war zu Orlando gehuscht. *Alles aus*, hatte Orlando damals gedacht und der Angstschweiß war ihm ausgebrochen, denn er hatte sich schon als Fischfutter im Guadalquivir treiben sehen. Er war erst seit einem halben Jahr unter Leons Fittichen, und natürlich würde der Neunjährige seinen älteren Bruder verteidigen. Aber zum Glück hatte er sich in Ricardo getäuscht.

»Alejandro hat sie weggenommen.«

»WAS? Du spinnst ja wohl!« Alejandro hatte ihm einen brutalen Stoß versetzt, sodass Ricardo zu Boden gestürzt war und sich die Knie aufgeschlagen hatte. Aber nachdem sein Vater den älteren Sohn in die Mangel genommen hatte, hatte er schließlich gestanden, dass er sie einem von Leons Leuten gegeben hatte, um an Stoff für sich und seine Freunde zu kommen. Die Sache ging für den Drogenkurier nicht gut aus, und Alejandro war nach der Bestrafung seines Vaters nie wieder offen gegen Orlando vorgegangen. Aber ihre Freundschaft hatte das Ereignis auch nicht gerade gefördert. Rosa hatte schon recht, er wusste nicht, was geschehen würde, sobald sich Leon zur Ruhe setzte. Doch bevor er erneut darauf hatte pochen können, wie wichtig deshalb Ricardos Engagement war, hatte sie schon hastig weitergesprochen: »Rico und ich haben uns gedacht, dass die beste Lösung wäre, ich würde die Geschäfte übernehmen.«

Orlando, der gerade ein Bein über das andere hatte schlagen wollen, hatte das Gleichgewicht verloren und wäre um ein Haar rücklings in den Springbrunnen gekippt. *Das wird ja immer schöner*, hatte er belustigt gedacht.

»Rosa, mal ganz abgesehen davon, dass dein Vater dem niemals zustimmen würde, wie, um Himmels willen, möchtest ausgerechnet du Alejandro die Stirn bieten? Du hast dich doch seit Jahren herausgehalten und überhaupt keine Ahnung vom Geschäft.«

Sie hatte sich angesichts seiner Offenheit auf die Unterlippe gebissen, und dann war eine seltsame Veränderung in ihr vorgegangen. Mit gestrafften Schultern und hervorgerecktem Kinn hatte sie bestimmt erklärt: »Mit dir an meiner Seite würde ich das schaffen, Orlando.«

Es hatte einige Sekunden gedauert, bevor er begriffen hatte, was für einen Unterschied es ausmachen sollte, ob er jetzt Rico oder sie im Hintergrund unterstützte, und was ihre Worte eigentlich bedeuteten. Hatte sie ihm gerade ernsthaft einen Antrag gemacht? Ricardo hatte das unangenehme Schweigen zwischen ihnen zuerst gebrochen und ihm die endgültige Klarheit verschafft.

»Also, es ist so: Wenn du Rosa heiratest, gehörst du schließlich zur Familie, und es besteht überhaupt kein Grund mehr für Papá, dich nicht ebenbürtig an Alejandros Seite die Geschäfte führen zu lassen.«

»Seid ihr zwei jetzt vollkommen verrückt geworden? Das kommt überhaupt nicht in Frage!«, hatte er gerufen und sofort gesehen, wie sich Rosas Kiefer anspannte und sie zu blinzeln begann. Dann war sie aufgesprungen und davongelaufen.

»Musste das sein?«, hatte Ricardo gestöhnt und war aufgestanden, um seiner Schwester zu folgen.

»Du hättest mich vorwarnen können! Verdammt, Rico, du weißt, dass ich Rosa mag – aber eben nicht auf diese Weise. Díos, warum ist es so schwer für dich, neben Alejandro in die Fußstapfen deines Vaters zu treten? Und glaubst du im Ernst, er würde das alles einfach so zulassen? Ihr würdet einen Krieg mit eurem eigenen Bruder anfangen!«

»Versteh mich endlich! Ich kann nicht anders.«

»Ich habe dich doch bei der Übergabe am Strand gesehen. Du warst voll auf Adrenalin. Verarsch mich also nicht und erzähl mir, dass du moralische Probleme mit dem Geschäft hast. Die hat scheinbar nicht mal Rosa, und der hätte ich das überhaupt nicht zugetraut.«

Ricardo hatte sich bereits zum Gehen gewandt, hielt dann aber inne und trat noch einmal einen Schritt zurück. »Ich habe viele Gründe. Einer ist, dass ich es leid bin, in Alejandros Schatten zu stehen. Doch vor allem wird Papá Iza nicht akzeptieren, und ich werde sie niemals aufgeben. Eher sterbe ich.«

»Díos, wie melodramatisch! Willst du jetzt für eine Telenovela bei RTVE anheuern?«, spottete Orlando gehässig. So war das also. Ricardo wollte seine Liebe nicht verlieren, aber er sollte, wenn es nach den beiden ging, eine Frau heiraten, für die er bislang bestenfalls geschwisterliche Gefühle gehegt hatte. »Jetzt sag bloß noch, sie ist die Tochter einer der Chefs des Castañas-Clans, und ich breche gleich in Tränen aus wegen eurer rührseligen Romeo-und-Julia-Romanze.«

»Sie ist eine Gitana, wenn du's genau wissen willst, du Arsch!«

Orlando schenkte sich noch ein drittes Glas Wein ein. Nach dieser Eröffnung war er so verblüfft gewesen, dass er Ricardo nur noch nachgeschaut hatte, wie er Rosa hinterhergerannt war. Gitano war er auch. Zur Hälfte zumindest. Schon allein deshalb war es fraglich, ob Leon jemals einer Verbindung seiner Tochter mit ihm zustimmen würde. Aber daran hatten die beiden natürlich wieder einmal nicht gedacht. Dafür hatte Rosas kindische Reaktion ihm erneut bewiesen, dass sie nicht die Frau war, die er sich erträumte. Himmel, was hatte sie denn von ihm nach diesem Überfall erwartet? Dass er vor ihr auf die Knie fallen und einen Verlobungsring aus dem Sakko hervorzaubern würde, den er zufällig schon seit Wochen in der Tasche trug, aber Leons Prinzessin bislang nicht zu überreichen gewagt hatte? Und glaubte sie ernsthaft, die Drogengeschäfte ihres Vaters übernehmen zu können? Orlando hatte, so schnell es ging, die Ostergesellschaft unter dem Vorwand verlassen, er müsse noch an seinem archäologischen Gutachten weiterarbeiten.

Seine innere Stimme sagte ihm, dass er vollkommen verrückt war, diese Chance nicht auf der Stelle zu ergreifen und sich in absehbarer Zukunft an die Spitze eines der einflussreichsten Drogenclans Andalusiens zu schwingen. Krieg mit Alejandro hin oder her, er würde schon mit dem Kerl fertigwerden oder sich mit ihm arrangieren. *Davon hast du doch immer geträumt! Offshore-Konten in Gibraltar, zurück in das Dorf zu fahren und all den Heuchlern zu zeigen, wie weit der Gitano-Bastard es gebracht hatte. Dich zu rächen und einige dieser aufgeblasenen Typen in den Ruin zu treiben, damit sie endlich lernten, was Armut und Verzweiflung bedeuteten.*

Aber dann tauchte wieder Nina in seinen Gedanken auf, wie sie im Club mit ihm getanzt hatte, wie sie mit ihm gelacht und wie gut sie zusammengearbeitet hatten. Er konnte sich das mit Rosa einfach nicht vorstellen. Gut, sie war neun Jahre jünger als er und würde dazulernen. Aber er wollte eine starke Partnerin an seiner Seite haben. Rosa würde schon über seine Ablehnung hinwegkommen. Er traute ihr nicht zu, dass sie sich für seine Abweisung an ihm rächen würde, viel eher vergrub sie sich in ihrem Prinzessinnenzimmer, heulte sich die Augen aus und sagte niemandem ein Wort. Orlando konnte und wollte sich Nina nicht aus dem Kopf schlagen. Sie reizte ihn in mehrfacher Hinsicht. Eine Frau wie sie zu erobern – damit hätte er endgültig bewiesen, dass er es aus den Elendsvierteln des Poligono Sur geschafft hatte! Als hätte sie seine Gedanken gelesen, rief Nina in gerade diesem Moment auf dem Handy an. Er wertete das als gutes Omen.

32

»Hola, Nina! Wie geht's?«

Nina lief in ihrem Hotelzimmer auf und ab und unterdrückte die aufschäumende Wut in ihrem Bauch, als sie Orlandos fröhliche Stimme hörte. Wenn er wirklich etwas mit Tarans Verhaftung zu tun hatte, würde sie es herausbekommen. Noch hatte sie aber keine Beweise. Die musste er ihr liefern.

»Furchtbar. Hast du noch nicht von Tarans Verhaftung gehört?«

Sein ungläubiges Lachen am anderen Ende verunsicherte sie. Entweder Orlando war der geborene Schauspieler oder Sofía und sie täuschten sich gewaltig.

»Verhaftung? Was hat Sternberg getan? Ist er zu schnell mit seinem Retro-Bike geheizt? Hat er jemanden um den Verstand gequasselt?«

Oh ja, mich. Aber das willst du sicher nicht hören.

»Stell dir vor, laut Ramón haben sie ihn wegen Antikenhehlerei und Drogenbesitz verhaftet.«

»Nicht die Möglichkeit! Also das ... Hombre, stille Wasser sind tief.«

»Allerdings. Ich bin total durcheinander. Den Telefontermin mit meinem Mandanten habe ich erst einmal auf nächste Woche verschoben und Krankheit vorgeschützt. Ich kann ihm doch nicht Taran als Ausgrabungsleiter empfehlen, wenn hinterher rauskommt, dass er ein Krimineller ist. So ein Mist aber auch!« Nina hoffte, ihre Empörung gut genug zu spielen.

»Nein, das wäre wirklich nicht klug. Warte erst einmal ab, ob sich das Ganze nicht als Verwechslung herausstellt. Ich kann mir das immer noch nicht vorstellen. Sternberg sieht aus, als ob er kein Gänseblümchen umknicken könnte. Bei dem haben sie höchstens ein paar Joints gefunden.«

Sein Tonfall klang so schadenfroh amüsiert, dass Nina eine Gänsehaut bekam. »Ich hoffe nur, dass der Richter den Haftbefehl nicht in Vollzug setzt. Kommt man in Spanien eigentlich gegen Kaution raus?«, fragte sie und stellte sich so naiv wie nur möglich.

»Also, das musst du einen Juristen fragen. Ich nehme an, er hat einen Anwalt?«

»Sofía hat ihm einen Bekannten geschickt. Ihr geht das alles sehr nahe. Ramón und sie sind mit Taran schließlich gut befreundet. Aber ich kann ihnen auch nicht weiterhelfen. Mir gegenüber hat er nie etwas erwähnt, das mich auf die Idee gebracht hätte, dass er Antiken illegal verschachert. Ganz im Gegenteil.«

»Leider ist das nach dem Drogen- und Waffenhandel ein ganz lukratives Geschäft. Wer nicht wie ich mehrere Eisen im Feuer hat, verdient als Archäologe nicht aufregend viel. Da mag für den ein oder anderen die Verführung groß sein.«

»Lukrativ ist es nur, solange man nicht auffliegt«, erwiderte Nina und seufzte theatralisch. »Hätte er sich eben nicht so dumm anstellen und Beweismaterial in seinem Bauwagen rumliegen lassen sollen.« Für ein paar Sekunden war es still am anderen Ende der Leitung. Hatte sie sich zu weit vorgewagt? Ahnte Orlando, dass sie ihm damit eine Falle stellen wollte, um herauszubekommen, wie er solchen Geschäften gegenüber eingestellt war?

Falls er wirklich dahintersteckte, ließ er sich zumindest nicht so leicht aufs Glatteis führen, sondern wechselte das Thema.

»Nina, hör mal, was hältst du davon, wenn wir übers Wochenende ans Meer fahren? Ich habe ein Gästeapartment in meiner Villa. Du könntest ein wenig abschalten, und wir überlegen gemeinsam, was du deinem Mandanten am besten erzählst. Das DAI hat bis dahin vielleicht schon einen neuen Ausgrabungsleiter eingesetzt. Deine Bewertung ist letztlich an das Projekt und nicht an Sternberg gebunden.«

Nina schluckte schwer bei dem Gedanken, ein ganzes Wochenende allein mit Orlando in seiner Villa zu verbringen. Wenn er einen kriminellen Hintergrund hatte, war das wirklich nicht ratsam, und wie sollte sie ihn sich vom Leib halten, falls er zudringlich wurde?

»Keine Ahnung. Zumindest übergangsweise werden sie für einen Ersatz sorgen müssen. Und dein Angebot ...«, sie zögerte.

»Ich würde mich sehr darüber freuen. Allerdings warne ich dich. Montse, meine Haushälterin, wird dich mästen wollen.«

Erwähnte er diese Frau nur, um ihr die Angst zu nehmen, dass sie dort allein mit ihm sein würde? Nina dachte an Taran und wie verzweifelt er im Gefängnis sein musste. Vielleicht war das hier ihre einzige Chance, herauszubekommen, wer ihm diese Beweise für seine angeblichen Vergehen untergeschoben hatte. Sofía hatte sie zum Abendessen zu sich nach Hause eingeladen, um ihr zu berichten, was sie von Tarans Anwalt erfahren hatte. Nina schob den Vorhang in ihrem Hotelzimmer beiseite und sah hinaus auf den Guadalquivir. Ein Pärchen schlenderte Hand in Hand die Uferpromenade entlang. Sie gab sich einen Ruck.

»Eine Auszeit am Meer ist genau das, was ich jetzt brauche, danke dir für die Einladung. Aber wir können erst am Samstag abfahren, davor muss ich noch ein paar Dinge erledigen.«

»Wann immer du willst. Ich freu mich.«

»Ich ruf dich an.«

»Mach dir nicht zu viele Gedanken über Sternberg. Das wird sich schon alles zum Guten wenden. Bis Samstag, Nina.«

Nachdem sie aufgelegt hatte, ließ sich Nina aufs Bett fallen, schloss die Augen und dachte nach. In drei Stunden würde sie zu Sofía und Ramón fahren. Bis dahin könnte sie in Gelves vorbeifahren und mit Tarans Team sprechen. Vielleicht hatte einer von ihnen etwas gesehen, das ihn entlasten würde. Sie lächelte, als sie sich daran erinnerte, was Taran unterwegs zu ihr gesagt hatte:

»Mit der Archäologie ist es so: An manchen Tagen komme ich mir wie ein gerissener Sherlock Holmes der Altertumsforschung vor, der aus winzigen Puzzlestücken gewaltige Erkenntnisse für die Gegenwart schafft und die Macht hat, Geschichte vollkommen neu zu schreiben. An anderen halte ich mich für einen unterbezahlten Idioten.«

Was würde er wohl jetzt dazu sagen, dass sie Sherlock Holmes spielte, um ihn aus seiner misslichen Lage zu befreien? Plötzlich kam ihr ein Gedanke. Hatte er nicht erwähnt, dass seine Schwester Juristin ist? Zugegeben, sie verstanden sich wohl nicht besonders, aber würde sie ihrem Bruder in der Not nicht trotzdem helfen wollen? Nina schnappte sich ihren Laptop vom Nachttisch und setzte sich aufs Bett. Innerhalb weniger Minuten hatte sie Folgendes herausgefunden: Es gab 872 Einträge im Telefonbuch unter dem Namen Sternberg, aber nur eine einzige Juristin. Jennifer Sternberg. Bingo! Sie nahm ihr Handy und wählte die Nummer.

Ramóns Miene war düster, als er Nina kurz nach neun die Wohnungstür öffnete.

»Sieht ernst aus«, raunte er ihr zu, bevor er ihr die Jacke abnahm und an die Garderobe hängte. »Die Kinder müssen noch zu Abend essen, wir reden nachher darüber, wenn sie im Bett sind.« Ihr Herz verkrampfte sich. Also hatte Tarans Anwalt schlechte Neuigkeiten gehabt. Blanca sauste ihr entgegen, und es duftete verführerisch nach Knoblauch und Kräutern im Flur, und wenig später saßen sie zu fünft mit den Kindern am Tisch und aßen Nudeln mit Tomatensoße. Gedankenverloren streichelte Nina die Hündin, die neben ihr kauerte, und konnte es kaum erwarten, dass Sofía die Kinder nach dem Essen auf ihre Zimmer schickte, damit sie offen reden konnten. Während sie Nuria und Luis ins Bett scheuchte, kümmerten Ramón und sie sich in der Küche um den Abwasch.

»Sofía hat mir erzählt, dass Taran und du einen heftigen Streit hattet«, begann Ramón und nahm ihr die tropfnasse Soßenschüssel ab, um sie abzutrocknen. Nina blickte verlegen vom Spülbecken auf. »Oh, keine Details. Aber ich kann mir schon denken, was geschehen ist. Er kann wirklich ein engstirniger Idiot sein, wenn es um seine Ausgrabung geht. Anfangs habe ich das belächelt, ihm selbst sogar vorgeschlagen, er solle dir bei eurem ersten Telefonat einfach erzählen, dass durchaus ein Schatz wie der von El Carambolo in Gelves möglich wäre. Ich meine, ganz auszuschließen ist das schließlich nicht. Aber dagegen hat er sich geradezu lächerlich gesträubt.«

Nina erinnerte sich an ihr Gespräch mit Taran, daran, wie er zu lachen begonnen hatte, als sie den Schatz von El Carambolo erwähnt hatte. Das steckte also dahinter! »Heute habe ich von Elena etwas erfahren, das seine pingelige Genauigkeit bei der Dokumentation und seine Weigerung, spekulative Mutmaßungen in seine Auswertungen einfließen zu lassen, noch einmal in einem ganz anderen Licht erscheinen lässt.«

»Du meinst Dr. Munez, die Leiterin des DAI?«

»Ja. Ich wollte nicht, dass sie von der Polizei von Tarans Verhaftung erfahren muss. So konnte ich ihr versichern, dass das alles ein Missverständnis ist, sie sich aber Gedanken machen sollte, wer vorübergehend die Leitung des Projekts übernehmen könnte. Ich habe ihr Kai vorgeschlagen.«

Nina grinste. »Nicht Orlando? Kluger Schachzug von dir.«

»Das fehlte noch! Wie Taran dich an dem Abend, als ihr bei uns zu Besuch wart, angesehen hat ... Ich glaube, du bedeutest ihm viel, auch wenn er das vielleicht nicht ideal rübergebracht oder dich in eurem Streit beleidigt hat. Er scheint ein ziemliches Bündel aus seiner Vergangenheit mit sich herumzuschleppen.«

Nina schluckte gegen die Enge in ihrer Kehle, wandte sich wieder dem Spülbecken zu und schrubbte an einem imaginären Soßenfleck auf dem blanken Teller herum.

»Taran redet dich in Grund und Boden, wenn es um die Vergangenheit geht, außer es betrifft seine eigene. Dann macht er total dicht«, murmelte sie. »Ich weiß wenig über ihn. Nur, dass seine Eltern sich haben scheiden lassen, es einen unschönen Streit um das Sorgerecht gab und er seither weder seine Schwester noch seine Mutter sehen möchte. Dabei ist sie furchtbar nett und macht sich große Sorgen um ihn.«

»Wer?«, fragte Ramón verblüfft.

»Seine Schwester.«

»Du kennst sie?«

»Ich habe heute mit ihr telefoniert, weil Taran unterwegs einmal erwähnt hat, dass sie Juristin ist. Vielleicht kann sie ihm helfen. Nach allem, was ich über Verhaftungen gelesen habe, sind die ersten Aussagen vor einem Richter für den ganzen weiteren Verlauf der Verhandlung entscheidend. Nichts gegen euren Anwalt, aber Taran sollte jemanden an seiner Seite haben, der sich in Rechtsdingen auskennt und gleichzeitig hundertprozentig hinter ihm steht. Außerdem fand ich, seine Familie sollte wissen, in welchen Schwierigkeiten er steckt. Jennifer hat versprochen, seinen Eltern Bescheid zu geben, sofort Urlaub einzureichen und morgen einen Flug nach Sevilla zu buchen. Jetzt schau nicht so! Taran mag doch ohnehin nichts mehr mit mir zu tun haben, da ist es auch schon gleichgültig, dass ich mich in seine Privatangelegenheiten einmische.«

Ramón lachte schallend und schüttelte den Kopf. »Díos, sein Gesicht, wenn er das erfährt, möchte ich sehen! Du bist genauso ein Sturkopf wie er. Aber dass er nichts mit dir zu tun haben will, bezweifle ich.«

»Ich auch«, ließ sich Sofía vernehmen, die gerade die Küche betrat. »Seid ihr fertig? Es gibt eine Menge zu bereden.«

»Wollt ihr einen Sherry?«, fragte Ramón und griff hoffnungsvoll nach der Flasche auf der Theke.

»Mach uns lieber einen starken Kaffee, cariño, der Abend wird noch lang werden, und wir müssen unseren Verstand beisammenhalten.«

Kurz darauf saßen sie auf der Couch im Wohnzimmer. Sofía hatte einen Papierblock und Stifte auf dem Couchtisch bereitgelegt, um sich Notizen zu machen.

»Fang du an, Nina. Hast du Orlando erreicht?«

Sie erzählte ihnen, dass der Archäologe völlig überrascht gewirkt und bislang noch keine Andeutung gemacht hatte, dass er künftiger Ausgrabungsleiter werden möchte.

»Vielleicht wartet er ab, ob du das nicht praktischerweise vorschlägst?«, überlegte Ramón.

»Da kann er warten, bis er schwarz wird«, entgegnete Nina grimmig und schaufelte sich einen gehäuften Löffel Zucker in den Cortado, als könnte sie damit alle Bitterkeit bei dem Gedanken an ihn vertreiben.

»Ich werde meinen Kontakt im Andalusischen Denkmalpflegeamt noch einmal fragen, ob sich Orlandos Pläne inzwischen geändert haben.«

»Also, ich habe ein ungutes Gefühl dabei, dass du am Wochenende zu Orlando fahren willst«, sagte Sofía und warf ihr einen besorgten Blick zu.

Doch Nina ging nicht darauf ein. Ihr Entschluss stand spätestens seit dem Nachmittag fest. »Ich war in Gelves«, fuhr sie fort. »Keiner in Tarans Team kann sich vorstellen, dass etwas an den Anschuldigungen dran ist. Und Ethan hat mir erzählt, dass Orlando am Dienstag stundenlang in Tarans Bauwagen war und sie zusammen sein Gutachten zu Ende geschrieben haben. Bei mir hat er es aber hinterher so dargestellt, als habe er Taran nur ein paar Fragen gestellt.«

Ramón schnaubte. »Ich habe den Eindruck, Torres schmückt sich gern mit fremden Federn.«

»Wenn es nur das wäre«, seufzte Sofía. »Von Enrico haben wir erfahren, welche Beweise gegen Taran vorliegen.« Nina sah sie erwartungsvoll an. »Einer der Nachtwächter, die der Bürgermeister von Gelves zur Bewachung abgestellt hat, behauptet, Taran habe die Ausgrabung als Letzter verlassen und er habe hinterher auf seiner nächtlichen Runde Licht im Bauwagen entdeckt. Um es zu löschen, wäre er hineingegangen und habe auf einem der Tische mehrere Beutel mit einem weißen Pulver gesehen, was ihm eigenartig vorkam. Daneben wären ein Metallröhrchen und ein Schaber gelegen. Deshalb habe er die Polizei gerufen.«

»Und das nehmen sie ihm ab? Selbst wenn das Drogen waren …«, empörte sich Nina.

»Reines Kokain …«, warf Sofía ein.

»… wie wahrscheinlich ist es bitte, dass er so was in seinem Bauwagen einfach offen rumliegen lässt?«

»Tja, die Polizei geht davon aus, dass ihm diese Nachlässigkeit passiert ist, weil er eben vollkommen stoned war, als er von Gelves wegfuhr. Deshalb habe er auch das Licht angelassen, und der Nachtwächter bestätigt darüber hinaus, dass er ziemlich rasant gefahren sei und seine Augen glasig waren.«

»Moment mal, wie will er das denn gesehen haben? Taran fährt nie ohne Helm Motorrad. Und sein Fahrstil ist nun mal … schnittig.«

»Er hatte das Visier aufgeklappt, behauptet er«, meinte Ramón. »Das hat leider auch der andere Nachtwächter bestätigt.«

»Und was hat es mit den angeblich geraubten Antiken auf sich? Lagen die ebenfalls offen im Bauwagen rum?« Ninas Stimme war laut geworden und als Sofía einen besorgten Blick zur Tür warf, ermahnte sie sich, leiser zu sprechen, um die Kinder nicht zu wecken. »Womöglich mit dem Etikett *Made in Syria* versehen?«

»Ich habe ähnlich wie du reagiert, glaub mir. Enrico zufolge hat die Guardia Civil auf der Suche nach weiteren Drogen einen Karton unter dem Schreibtisch entdeckt, in dem Kunstgegenstände in Zeitungspapier eingewickelt lagen.«

»Lass mich raten. Es waren syrische Zeitungen.« Nina konnte sich nur mit Mühe beherrschen, still zu sitzen und nicht im Wohnzimmer auf und ab zu laufen. Das sah wirklich nicht gut für Taran aus. Sie war selbst in dem Bauwagen gewesen. Bis auf seinen Schreibtisch hatte dort alles ordentlich gewirkt. Und Funde von größerem Wert wurden laut Tarans Aufzeichnungen nicht in den Bauwagen gesperrt, sondern in das Depot des Archäologischen Museums von Sevilla überführt. An Kartone unter dem Tisch konnte sie sich jedenfalls nicht erinnern.

»Das hat die Polizeibeamten natürlich stutzig gemacht, und sie haben die Gegenstände beschlagnahmt. Ob es sich wirklich um Artefakte aus Syrien handelt oder sie in Spanien ausgegraben wurden und somit Eigentum des spanischen Staates sind, steht noch nicht fest. Das sollen jetzt archäologische Experten überprüfen.« Sofía seufzte. »Wie auch immer, für eine U-Haft dürften die Beweise zusammen mit den Drogen auf jeden Fall ausreichen, meint Enrico. Die Frage ist nur, könnte Taran gegen eine Sicherheitsleistung erst einmal rauskommen oder muss er wirklich einsitzen?«

»Müssten denn nicht Fingerabdrücke von ihm auf den Sachen sein, wenn er sie dort deponiert hat?«, fragte Nina und trank noch einen Schluck Kaffee.

»Das werden sie bestimmt überprüfen«, mutmaßte Ramón. »Aber er könnte Handschuhe getragen haben. Es gibt allerdings noch eine Sache, die nicht günstig für Taran ist. Dir habe ich das auch noch nicht erzählt, cariño.« Sofía hob die Augenbrauen und Nina wappnete sich für Schlimmes. Ramón trank einen Schluck Wasser und sah aus, als steckte ihm etwas im Hals fest und er wüsste nicht, wie er es loswerden soll.

»Jetzt sag schon«, stöhnte Sofía.

»Tarans Vater war Geschichtslehrer und ein ambitionierter Hobbyarchäologe.«

»Ja, das hat er uns erzählt.«

»Jahrelang hat er alles, was er entdeckt hat, auch ordnungsgemäß gemeldet«, fuhr Ramón ungerührt fort. »So wie Tarans Armreif. Aber dann ...« Sofías Augen weiteten sich und Ninas Puls schlug schneller. Sie ahnte, was jetzt kam. »... war er der Versuchung erlegen und hat einen Fund zusammen mit zwei anderen Raubgräbern an einen Hehler verkauft. Er wurde verhaftet, saß sechs Monate lang in U-Haft und wurde am Ende zu über einem Jahr auf Bewährung verurteilt, weshalb er seinen Job als Lehrer verlor. Elena sagte, in Deutschland dürften Lehrer, die Straftaten begangen und rechtskräftig verurteilt worden sind, nicht mehr an öffentlichen Schulen lehren.«

Ninas Gedanken überschlugen sich. War es Taran deshalb so wichtig gewesen, bloß keine falschen Gerüchte über seine Ausgrabung in die Welt zu setzen? Alles korrekt auszuwerten und ihren Mandanten nicht anzulügen? Ihn zu *betrügen*? Wenn sie das alles nur vorab gewusst hätte!

»Aber nur weil sein Vater kriminell wurde ...«, begann Sofía.

»Muss er das nicht auch sein. Ich bin sogar überzeugt davon, dass gerade das Taran dazu gebracht hat, so gewissenhaft bei seinen Ausgrabungen vorzugehen«, sprach Ramón aus, was sie dachte.

Taran hat das niemals getan. Das hatte Jennifer im Brustton der Überzeugung am Telefon zu ihr gesagt, und Nina hatte sich noch gewundert, wie sie so sicher sein konnte, da sie ihn doch so lange nicht gesehen hatte und eigentlich gar nicht wissen konnte, in welche Kreise er inzwischen geraten war. Sie war wegen der tragischen Vergangenheit ihres Vaters davon überzeugt gewesen.

»Wann wird Taran dem Untersuchungsrichter vorgeführt?«, fragte sie.

»Frühestens morgen Nachmittag, glaubt Enrico. Vielleicht sogar erst übermorgen.«

»Gut. Dann kann seine Schwester vorab mit ihm sprechen. Kannst du Enrico Bescheid geben, dass sie nach Sevilla kommt?«

»Na, klar. Ich rufe ihn gleich morgen früh an«, versprach Sofía. »Wann geht ihr Flug?«

Nina zog ihr Handy heraus und schaute in dem WhatsApp-Chat nach, den sie mit Jennifer eingerichtet hatte. »Sie kommt mit der Maschine um elf. Dieser Nachtwächter, der gegen Taran ausgesagt hat ...«, überlegte sie.

»Keine Sorge, um den kümmere ich mich«, erklärte Ramón und stellte sein Wasserglas so heftig auf den Tisch, dass es überschwappte.

33

Taran schreckte aus dem Schlaf hoch und rang nach Atem wie ein Taucher ohne Sauerstoffflasche, der zu tief und zu lange unter Wasser gewesen war. Die leichte Wolldecke fühlte sich wie Blei an. Er schob sie angeekelt von sich, setzte sich auf und versuchte, sich zu orientieren. Sein Brustkorb war wie zugeschnürt, und es brauchte einige schwere Atemzüge, bis sein Herzschlag sich wieder normalisierte und er erkannte, wo er war.

In seiner Zelle.

Taran angelte mit zitternden Fingern nach der PET-Flasche neben dem Mauervorsprung. Seine Schulter schmerzte von der steinharten Auflage. Jetzt erst fühlte er den Schweiß, und ein kalter Schauer lief ihm über den Rücken. Er trank die Flasche leer und lehnte sich erschöpft an die Wand. Auf die Uhr wollte er gar nicht erst sehen. Sicher wurde es bald Tag und er hatte höchstens zwei oder drei Stunden geschlafen. Zum Abendessen hatte es abgepackte Sandwiches und Wasser gegeben. Eine Ewigkeit war er nach dem Gespräch mit seinem Anwalt hinterher wachgelegen. Enrico Lozano war freundlich gewesen und hatte kompetent gewirkt. Um seine Kosten müsse Taran sich zum aktuellen Zeitpunkt keine Sorgen machen, hatte er gesagt, denn er wäre ein alter Freund der Familie Pérez und man würde das notfalls mit einem langfristigen Kredit regeln, falls seine Versicherung nicht dafür aufkam. Noch ein Pluspunkt. Danach war es allerdings mit den guten Neuigkeiten vorbei gewesen.

Kokain samt Drogenbesteck in seinem Bauwagen? Ein Zeuge, der gegen ihn aussagte und eine Schachtel voller geraubter

Antiken, deren Herkunft derzeit noch geklärt werde, die aber in syrischen Zeitungen verpackt gewesen wären? Taran hatte die Hände zu Fäusten geballt und sich gezwungen, nicht auf den Tisch zu hauen oder aufzuspringen.

»Ich habe nichts von alledem jemals zu Gesicht bekommen«, hatte er beteuert.

Enrico hatte ihn eingehend gemustert. »Haben Sie Feinde, Taran?«

Gute Frage. Aber die hatte er sich seit seiner Gefangennahme auch schon dutzende Male gestellt. Ergebnislos.

»Bis vor kurzem hätte ich das verneint. Sprechen Sie mit Ramón. Der behauptet, ein spanischer Archäologe namens Orlando Torres würde gerne meinen Posten übernehmen. Er hat mit mir gestern ein Gutachten fertiggestellt, das zu einer Förderung und Weiterführung meines Ausgrabungsprojekts dienen soll.«

»Ich weiß, das hat Ramón mir alles schon erzählt.« Sein Gesicht hatte dieselben Zweifel ausgedrückt, die Taran fühlte. Er hatte es zuerst ausgesprochen:

»Tja, kein Wunder, wenn man einen so attraktiven, gut bezahlten Job wie ich innehat. Das schafft natürlich Feinde.«

»Ich werde Orlando Torres überprüfen lassen, aber welches Motiv er haben soll, ist auch mir unklar«, gab Enrico zu. »Könnte es ein Racheakt des Nachtwächters sein, der gegen Sie aussagt?«

Taran dachte an den gemütlich wirkenden Mann mit Bierbauch und beginnender Halbglatze. Er hatte seinen Gruß immer freundlich erwidert. Es war ein furchtbares Gefühl, an jedem, dem er in den letzten Monaten begegnet war, plötzlich zu zweifeln. Taran hatte sogar schon seine Besuche im Andalusischen Denkmalpflegeamt rekapituliert und die anderen Teilnehmer an den Phönizischen Donnerstagen ins Auge gefasst und kam sich langsam vollkommen paranoid vor.

»Kann ich mir nicht vorstellen. Mehr als Smalltalk hat es zwischen mir und Dario nicht gegeben. Ich kenne den Mann doch kaum. Die zwei sind von der Gemeinde Gelves beauftragt, sie kommen erst zur Ausgrabung, wenn ich und mein Team sie abends verlassen. Und woher soll er all die Dinge haben, die in meinem Bauwagen lagen? Jemand anderes muss die Sachen dort deponiert haben, und er hat sie zufällig gefunden.«

Der Anwalt hatte sich Notizen in ein schmales marineblaues Heft gemacht und sah auf. »Erwarten Sie wertvolle Funde bei Ihrer Ausgrabung?«

Taran hatte die Schultern gezuckt. »Das liegt in den Sternen. Bei derartigen Projekten ist alles möglich. Aber konkrete Hinweise auf einen Schatz, wie er für potenzielle Raubgräber von Interesse wäre, gibt es derzeit nicht.«

Und das wusste auch Torres ganz genau. Warum zur Hölle war er also so erpicht darauf, diese Ausgrabung zu leiten? Er kapierte es nicht. Bei ihrem letzten Gespräch hatte er vermutet, dass der spanische Kollege eifersüchtig auf ihn wegen Nina sein könnte. Aber nachdem er klargestellt hatte, dass die Reise mit ihr anstrengend gewesen wäre und er kein Interesse an ihr hätte, konnte doch auch das kein Grund sein, ihn ins Gefängnis zu bringen?

Es sei denn, Orlando hatte seine Lügen durchschaut oder Nina hatte den Spanier abgewiesen.

... weil ich mich in dich verliebt habe.

Hatte sie das Orlando gestanden? Und würde er wirklich wegen Eifersucht Tarans Leben zerstören? Woher sollte er denn auf die Schnelle Kokain und geraubte Kunstgegenstände herhaben? Taran hatte Orlando von Anfang an misstraut und ihn für berechnend gehalten, aber konnte er wirklich der Drahtzieher hinter allem sein? Eins stand nämlich fest: Wer auch immer ihm das angetan hatte, musste es von langer Hand geplant haben und aus einem kriminellen Milieu stammen. Taran schaffte es nur schwer, einen solchen Menschen mit dem

Orlando in Einklang zu bringen, mit dem er vorgestern an dem Gutachten gearbeitet hatte.

Irgendwann wurde das Nachtlicht über der Tür ausgeschaltet und dafür die hellen Deckenlampen aktiviert. Es war endlich Tag geworden. Jetzt sah Taran doch zur Kontrolle auf seine Armbanduhr: sieben Uhr morgens. Ohne sie wäre er seinen Gefängniswärtern vollkommen ausgeliefert, denn in seiner fensterlosen Zelle hätte er keine Ahnung, wie spät es wirklich war. Mit Schaudern dachte er daran, wie Gefangene in früheren Zeiten in Kellerverliesen sich gefühlt haben mussten. Hätte man ihn vergangenes Wochenende in Granada gefragt, welche Dinge er sich am allermeisten wünschen würde, hätte er geantwortet:
1. Nina für sich zu gewinnen und gegen alle Vernunft und Widerstände in ihr die Frau zu finden, die an seiner Seite leben wollte.
2. Weiter in der archäologischen Forschung arbeiten zu können und genug für sein Auskommen zu verdienen.
3. Ferne Länder zu erkunden und aufregende neue Entdeckungen in seiner Arbeit zu machen, vielleicht sogar die Geschichte umzuschreiben.

Heute stand auf seiner Liste:
1. Nur ein einziges Mal Nina persönlich zu sehen und ihr zu sagen, dass er sich ebenfalls in sie verliebt hatte und wie sehr ihm ihr Streit und seine verletzenden Worte leidtaten.
2. Die Freiheit zu haben, jederzeit aufstehen und einfach überall hingehen zu können, wohin man wollte.
3. Morgens von den Strahlen der aufgehenden Sonne geweckt zu werden, ein Fenster öffnen und frische Luft atmen zu können, Regen auf der Haut und feinen Sand unter seinen Füßen zu fühlen oder den Duft würziger Pinien und das Salz einer Meeresbrise auf der Zunge zu schmecken, das Rauschen von Palmenblättern und den Schrei der Möwen oder El Cids Schnurren in Ninas Armen zu hören.

Herrgott, er sehnte sich so sehr nach all diesen Dingen, die er bisher als etwas völlig Alltägliches in seinem Leben hingenommen hatte! Aber am meisten sehnte er sich nach Nina. Und das brachte ihn vollkommen durcheinander. Er war seit vielen Jahren bis auf ein paar flüchtige Bekanntschaften Junggeselle gewesen. Es fühlte sich neu und ungewohnt an, dass seine Gedanken immer wieder zu ihr wanderten, er sich vorstellte, was sie wohl gerade tat, von dem Duft ihres Haares, dem Geschmack ihrer Haut oder von ihrer Stimme zu träumen. Davon, wie sie seinen Namen in sein Ohr gewispert und ihre Finger seinen Körper erkundet hatten.

Schritte schallten über den Gang, und Taran schreckte aus seinen Tagträumen hoch. Zum Frühstück gab es ein Croissant, das so künstlich schmeckte wie die Plastikfolie, in die es verpackt worden war, und Wasser. Taran beschloss, Kaffee ebenfalls auf seine innere Liste der Dinge zu setzen, die er sich am meisten in seinem Leben wünschte. Seine Gedanken wanderten immer wieder zu seinem Vater, der all das bereits durchgestanden hatte. Volle sechs Monate lang! Wie furchtbar musste die Haft erst für ihn gewesen sein? Taran war Single, aber Max Sternberg hatte sich in der Gefangenschaft um eine ganze Familie sorgen müssen. Er verstand plötzlich viel besser, warum sein Vater so vorschnell bei der Polizei ausgesagt hatte, um seiner Frau eine ähnliche Erfahrung zu ersparen, und nicht hatte riskieren wollen, dass er und Jennifer in einem Heim landeten. Unter was für einem Druck er gestanden haben musste! Tarans einzige Verantwortung galt der Leitung der Ausgrabung und dafür würde man Ersatz finden.

Es war lange her, dass er über seiner Vergangenheit gebrütet oder sich um seine Zukunft Gedanken gemacht hatte. Aber hier in dieser Zelle gab es nichts, was ihn vom Grübeln ablenken konnte, und zum ersten Mal in all den Jahren dachte er wieder an seine Mutter. An seine Weigerung, sie zu besuchen, und all die ungeöffneten Briefe, die sie ihm geschrieben hatte. Nachdem er zu seinem Vater gezogen war, hätte sie auf ihr Besuchsrecht bestehen können, aber sie hatte es nur ein paarmal versucht und dann bleiben lassen. Damals hatte er sich eingeredet, dass er ihr nichts bedeutete und sie nur seinen Vater hatte treffen wollen, als sie wie eine Löwin darum gekämpft hatte, dass er bei ihr blieb. Qualvoll tauchte die Erinnerung in ihm auf, wie er vor Gericht erklärt hatte, dass er lieber bei seinem Vater leben wollte. Die Augen seiner Mutter waren tiefe Gräben gewesen, die sich mit Tränen füllten. Und dann schaffte er, was ihm zuvor nie so richtig hatte gelingen wollen:

Er löste sich von der Perspektive des verängstigten Jungen, der seinen Vater nicht hatte verlieren wollen und die Schuld für alles, was geschehen war, seiner Mutter in die Schuhe schob. Zum ersten Mal versuchte er nachzuvollziehen, wie es für sie gewesen sein musste. Den Schock, den sie erlitten haben musste, als ihr Ehemann verhaftet worden war. Plötzlich alleinerziehend in einer Kleinstadt, in der sich das Schicksal ihrer Familie schneller herumsprach, als ihr lieb sein konnte, und das Wort Schande in ihre Gesichter schrieb. Ihre Angst, dass Max auf absehbare Zeit nicht wieder zurückkehrte, dass er seine Anstellung als Lehrer oder gar seinen Beamtenstatus verlieren würde und sie es doch gerade mal mit ihrem Job als Bankangestellte schaffen konnte, den Lebensunterhalt zu verdienen, aber nicht, die Kredite zu tilgen. Panik, ebenfalls in Untersuchungshaft zu kommen und die Kinder in ein Heim abgeben zu müssen. Wut, weil Max ihr all das angetan hatte wegen eines *Hobbys*, das schon davor der Hauptgrund für ihre Streitereien gewesen war. Hilflosigkeit gegenüber einem Sohn, der seinen Vater vergötterte und schrecklich vermisste und der ihr immer mehr entglitt. Sorge um eine Tochter, die sich in ihrer eigenen Welt vergrub und den Vater überhaupt nicht mehr sehen wollte.

Taran fühlte sich auf einmal noch elender als zuvor und fuhr zusammen, als plötzlich die Tür seiner Zelle geöffnet wurde und ein Polizeibeamter hereinkam, der ihm Handschellen anlegte und ihn abholte, angeblich weil sein Anwalt mit ihm sprechen wollte.

War das ein gutes Zeichen? Vielleicht würde er noch heute vor den Richter geführt werden, der darüber entschied, ob er weiter in Untersuchungshaft blieb. Voller Hoffnung betrat er das Zimmer, in dem er gestern bereits mit Enrico gesprochen hatte. Ein Schritt. Ein zweiter. Taran blieb stehen, als wäre er gegen eine Wand gelaufen. Neben Enrico saß seine Schwester Jennifer.

Sein Kopf war schlagartig wie leergefegt. Er starrte auf die vertrauten Sommersprossen auf ihren Wangen, die dunkelblonden Haare, die sie jetzt lang trug, in haselnussbraune Augen, die ihn ansahen wie damals, als sie ihn zum Abi beglückwünscht hatte, in dieser unerträglichen Mischung aus Neugier, Sorge und etwas anderem. Er konnte es nicht ganz zuordnen, und während der Polizeibeamte auf ihn einredete, wanderte sein Blick tiefer, über die helle Bluse, die sich unter ihren Brüsten spannte, und plötzlich begriff er, dass Jennifer schwanger war. Die Erkenntnis überrollte ihn mit noch mehr Wucht als ihre Anwesenheit. *Du wirst Onkel werden. Dem Bauchumfang zufolge sogar schon sehr bald.* Heilige Scheiße!

Jemand packte ihn grob am Arm, und Taran begriff, dass er weitergehen sollte. Mechanisch stolperte er auf den Stuhl zu und ließ sich darauf fallen.

»Hallo, Taran!«, sagte Jennifer. Ihre Stimme zitterte leicht, und ihre Finger in den gefalteten Händen auf dem Tisch bewegten sich, als wollten sie aus ihrem Gefängnis brechen genau wie er. Plötzlich verstand er, was da noch in Jennifers Blick lag: Angst.

Er wollte ihr sagen, dass es dafür keinen Grund gab, dass er sie diesmal nicht zurückweisen würde wie damals, als sie ihm am See gratuliert hatte, dass er ... einfach nur furchtbar glücklich war, sie zu sehen, ja, das war er, und wie! Bis zu diesem Augenblick hatte er es nicht gewusst, aber jetzt auf einmal fühlte er, wie sehr er seine Schwester all die Jahre vermisst hatte, ganz tief unter diesem verdammten Panzer, hinter dem er sich verkrochen hatte. Doch die Gefühle überrollten ihn, seine Kehle wurde eng, im Hintergrund standen zwei Guardia-Civil-Beamte und beobachteten die Szene, als müssten sie jederzeit eingreifen, um ihn zu bändigen. Er brachte nur heraus: »Was machst du denn hier?«

Sie strich sich eine Haarsträhne hinters Ohr und lächelte nervös. Kein Ring am Finger. Papa hätte ihm auch bestimmt erzählt, wenn sie geheiratet hätte. Wusste er, dass sie schwanger war?

»Ich ... also ... ich habe von deiner Verhaftung gehört und wollte dir helfen.«

»Da Ihre Schwester Juristin ist, könnte ich ihr, mit Ihrer Erlaubnis, Einblick in die Akten gewähren und sie in den Fall mit einbeziehen«, kam ihr Enrico zu Hilfe. »Sie kann mir, wenn Sie möchten, beratend zur Seite stehen.«

Einen Augenblick lang war es so still, dass Taran glaubte, nur seinen Herzschlag zu hören. Enricos Blick huschte unruhig zwischen ihnen hin und her.

»Kann ich mit Jennifer bitte kurz allein sprechen?«, fragte Taran.

Sein Anwalt sprang auf, als hätte sein Stuhl Feuer gefangen. »Oh, natürlich.« Er schlenderte zu einem der Beamten.

Jennifer verzog das Gesicht. »Ist schon okay, du musst nichts sagen, ich hab's verstanden«, sagte sie hastig, blinzelte und sah an ihm vorbei zur Tür.

»Nein, du verstehst gar nichts. Ich ... ich bin unheimlich froh, dich zu sehen. Danke, dass du extra wegen mir angereist bist.«

Ihr Blick flog zurück zu ihm. »Ehrlich?«, fragte sie ungläubig.

Es gab so viel, was er ihr sagen wollte. Aber für eine Aussprache war das hier weder die richtige Zeit noch der passende Ort. »Natürlich nur, weil du Juristin bist und es mir als Kriminellem nicht schaden kann, eine zweite loyale Verteidigerin zur Hand zu haben.«

Einen Moment lang starrte sie ihn mit großen Augen an, dann begannen ihre Mundwinkel zu zucken. »Ich glaube das nicht! Du bist immer noch derselbe verrückte Typ wie früher. Scheiße, Taran, ich habe deinen seltsamen Sinn für Humor und deine altklugen Kleiner-Bruder-Sprüche richtig vermisst.«

»Kein Wunder bei deinem trockenen Studiengang.«

»Sagt der Altertumsforscher. Oh Gott, ich bereue meine Reise hierher jetzt schon.«

Sie sahen sich an und grinsten, und irgendetwas in ihm löste sich, ein Gewicht, das er all die Jahre mit sich herumgeschleppt und gar nicht mehr bewusst wahrgenommen hatte. Das Atmen fühlte sich plötzlich viel leichter an.

»Dann rufe ich Enrico jetzt besser wieder her, sonst läuft uns noch die Besuchszeit davon.«

Nach ihrem Gespräch fühlte sich Taran geradezu euphorisch, obwohl es doch kein Stück besser für ihn aussah.

»Ich kenne meinen Bruder«, hatte Jennifer zu Enrico gesagt. »Ich weiß, dass er unschuldig ist.« Sie hatte ihm versichert, dass sie alles tun würde, um ihn aus dieser Lage zu befreien, und irgendwie fühlte es sich allein deshalb schon in der Einsamkeit seiner Zelle erträglicher an. Taran hätte so gerne länger mit ihr gesprochen, sie gefragt, wie es ihr in den vergangenen Jahren ergangen war, weshalb sie so gut Spanisch sprach, wo sie gerade arbeitete, ob sie glücklich war, sich auf ihr Baby freute und wovon sie träumte. Aber sie hatten nur über seinen Fall geredet und selbst dafür war die Zeit zu knapp gewesen. *Selber schuld! Du hattest jahrelang Zeit, dich mit ihr auszusöhnen und mit ihr zu sprechen.* Ja, er hätte sich schon viel früher dazu aufraffen sollen.

Es wäre schön gewesen, sie wenigstens zum Abschied zu umarmen, aber das ließen die strengen Vorschriften der Guardia Civil nicht zu. Erst in seiner Zelle kam ihm der Gedanke, von wem Jennifer überhaupt von seiner Verhaftung erfahren hatte. Sicher hatten Ramón oder Sofía irgendwie ihre Nummer herausgefunden oder die seines Vaters und der hatte dann Jennifer verständigt.

Tarans Gerichtstermin war um vier Uhr nachmittags. In Handschellen wurde er im Gefängniswagen vor den Eingang des siebenstöckigen cremefarbenen Justizpalasts gefahren, der sich in Prado de San Sebastián, nur zehn Gehminuten von der Plaza de España entfernt, befand. Dort hatte er vor gerade mal einer Woche beschlossen, mit Nina über Ostern eine kleine Rundreise durch Andalusien zu machen. Es kam Taran vor, als würde dieser Entschluss Monate oder gar Jahre zurückliegen. So viel hatte sich in dieser kurzen Zeit in seinem Leben verändert. Er hatte sich Hals über Kopf verliebt und seine Liebe sofort wieder verloren, war gefangen genommen worden, hatte seine Schwester wiedergetroffen und sich mit ihr ausgesöhnt.

Der Verhandlungsraum war an den Wänden ringsum mit dunklem Kirschholz getäfelt. Mehrere Lampen im Art-Déco-Design mit kelchförmigen Blüten aus Milchglas hingen von der Decke, die hohen Fenster wurden von bordeauxroten schweren Samtvorhängen mit Schabracken umrahmt. Die Tische standen in U-Form zusammen, an deren einem Flügel bereits sein Anwalt und Jennifer saßen. Ihnen gegenüber hatten ein ihm unbekannter Mann und eine Frau Platz genommen. An der Stirnseite im Rund saß ein Mann mit strenger Miene und grauen Haaren. Er trug eine Pilotenbrille und einen schwarzen Anzug und war gerade dabei, in einem Stapel Papieren zu blättern. Flankiert wurde er zu beiden Seiten von zwei riesigen Fahnen, der spanischen und der andalusischen mit den umayyadengrünen Streifen. Offenbar war das sein Richter. Er hob den Kopf von den Papieren und sah ihn an. Taran setzte eine möglichst neutrale Miene auf. Zu lächeln kam ihm in dieser Situation falsch vor, als versuchte er, den Richter für sich einzunehmen. Die Polizeibeamten führten Taran in die Mitte des Raums, wo nur wenige Schritte von dem Richtertisch entfernt ein einzelner Stuhl vor einem Tisch stand. Taran setzte sich und drehte sich noch einmal um. Hinter ihm gab es drei Bankreihen, auf deren vorderster die zwei Polizisten Platz nahmen. Zum Glück waren keine Zuschauer anwesend und Taran hatte auch keine Ahnung, ob Prozesse dieser Art in Spanien überhaupt öffentlich waren. Er sah wieder nach vorne. Was auch immer er erwartet hatte – sicher nicht das geschäftsmäßige Pingpong-Spiel, das nun folgte. Zu Beginn wurde Taran darauf aufmerksam gemacht, dass die Verhandlung aufgezeichnet und hinterher protokolliert würde. Die Richtigkeit des Protokolls würde sein Anwalt überprüfen und es unterzeichnen. In atemberaubender Geschwindigkeit verlas danach der Staatsanwalt, das war der Mann zu seiner Linken, die ihm bereits von der Polizei bekannten Anklagepunkte. Die Frau daneben war seine Dolmetscherin, die aber nicht simultan übersetzte, sondern immer in den Redepausen. Da er die spanische Version bis auf einige wenige juristische Fachausdrücke verstanden hatte, klang ihre Stimme daher für ihn wie ein verstörendes Echo seiner Anklage. Enrico erklärte, dass Taran sich in allen Punkten für nicht schuldig erkläre. Der Richter wandte sich an ihn und Taran erzählte ausführlich, was er am Dienstagabend gemacht hatte. Er wünschte, er könnte in der steinernen Miene des Mannes lesen. Glaubte er ihm?

Pingpong. Pingpong.

Enrico gab sein Bestes. Taran konzentrierte sich auf Jennifers Miene, ihre Lippen, die sie ab einem bestimmten Punkt der Verhandlung zu einem schmalen Strich zusammenpresste. Da wusste er Bescheid. Es stand schlecht für ihn.

Eine halbe Stunde später verkündete der Richter das Urteil im leiernden Tonfall eines Fernsehsprechers. Taran würde in Untersuchungshaft bleiben, bis die polizeilichen Ermittlungen abgeschlossen, die Gutachten über die geraubten Kunstgegenstände erstellt wären und es zur Verhandlung über seinen Fall käme. Keine Freilassung gegen Kaution. Denn es bestünde die Gefahr, dass er ins Ausland flüchtete, um sich seiner Strafe zu entziehen und seine Kontaktleute zu warnen. Er sprach von der Schwere der ihm vorgeworfenen Vergehen und von Verdunklungsgefahr. Davon, dass untersucht werden müsse, wie weit verzweigt dieser Fall wäre, ob er zu einem Netzwerk von internationalen Hehlern Kontakt hätte, da sein Vater bereits wegen derselben Straftat verurteilt worden wäre. Die Satzfetzen flogen wie Geschosse auf Taran zu, schlugen ein und raubten ihm die Luft zum Atmen. Was Enrico zu Haftprüfung und Haftbeschwerde sagte, ging in dem Rauschen seines Pulses unter. Wer auch immer dieses Komplott gegen ihn geschmiedet hatte, war gründlich vorgegangen und hatte dafür gesorgt, dass die Vergangenheit seines Vaters dem Richter bekannt sein würde. Was half ihm jetzt noch sein tadelloses Führungszeugnis? Sie würden ihn aufgrund falscher Beweise und falscher Zeugenaussage verurteilen und dann würde er nie wieder einen Forschungsauftrag von einem öffentlichen Auftraggeber erhalten. Vermutlich auch nicht von privaten Institutionen. Seine Laufbahn als Archäologe war vorbei.

Taran war zur Urteilsverkündung aufgestanden und schwankte leicht. Plötzlich waren die Polizeibeamten wieder neben ihm und forderten ihn auf, mitzukommen. Er konnte keinen klaren Gedanken mehr fassen. Gutachten über die geraubten Antiken? Polizeiliche Ermittlungen? Er wollte lachen und gleichzeitig brüllen und wegrennen. So weit wie möglich. Allein die Untersuchungshaft konnte demnach Monate, vielleicht sogar Jahre dauern. Seine Kehle wurde eng.

»Taran, alles wird gut werden. Ich verspreche es dir!« Jennifers Gesicht schob sich in sein Blickfeld, sie griff rasch nach seinen Händen, bevor die Polizeibeamten es ihr untersagten und ihn weiterzogen. Die Wärme ihrer Hände hatte nicht zu der Kälte in ihm durchdringen können. Er hatte nur mechanisch genickt und verließ dann mit den Polizeibeamten den Saal. Menschen kamen ihnen auf dem Gang und der langen Treppe entgegen. Die Stufen schienen endlos und seine Beine fühlten sich schwammig an, jeden Moment konnte er einknicken. Als er unter den hohen Arkadenbögen auf den Platz trat und gegen die Sonne blinzelte, fragte er sich unwillkürlich, wann er ihre Wärme das nächste Mal auf seiner Haut spüren würde. Wie oft war es in Untersuchungshaft erlaubt, in einen Gefängnishof zu gehen? Täglich? Wöchentlich? Ein Polizeibeamter schob ihn auf den Gefängniswagen zu und sein Blick fiel auf die Jacaranda-Bäume auf der gegenüberliegenden Straßenseite. Dieses Jahr würde er ihre lilablauen Blüten nicht blühen sehen. Steinbänke schmiegten sich in einem Kreis um ihre Stämme. Eine Gestalt saß auf einer von ihnen. Sie sprang auf, als sich ihre Blicke trafen.

»Nina«, flüsterte Taran ungläubig, schnappte nach Luft und blieb stehen. Lauter: »NINA!«

Sie lief los und der Polizeibeamte öffnete die Tür des Gefängniswagens und schob ihn vorwärts. »Steigen Sie ein!«, befahl er. Tarans Gedanken rasten. Wenn er sich jetzt wehrte, würde man das bestimmt gegen ihn auslegen. Er kletterte hinein, setzte sich auf die Bank und drehte sich sofort zurück zu der Hecktür. Kurz bevor der Polizist sie zuschlagen konnte, erhaschte er noch einen letzten Blick auf Nina, die hinter dem Beamten auftauchte. Ihre Augen waren aufgerissen und sie presste sich die Hand vor den Mund, als wollte sie einen Schrei unterdrücken. Bis er wieder aus dem Gefängnis kam, würde sie längst nicht mehr in Spanien sein. So hatte er sich nicht von ihr verabschieden wollen. Er lächelte ihr traurig zu.

Das Geräusch der zufallenden Tür fuhr ihm bis ins Mark.

Als hätte jemand ihn von ihr, seinem Leben, der ganzen Welt abgeschnitten. Der Motor wurde gestartet, und Tarans Atem ging schwer. Langsam sprang sein Verstand wieder an. Was tat Nina überhaupt hier? Es konnte doch kein Zufall sein, dass sie vor dem Gerichtsgebäude gewartet hatte. Ein Gedanke keimte in ihm auf. Das konnte nicht sein, oder doch? Er musste so schnell wie möglich mit Jennifer sprechen. So viele Vorurteile hatte er gegenüber dieser Frau gehabt. Und sie hatte ihn immer wieder eines Besseren belehrt.

Abwarten, sagte sein Verstand.

Aber sein Herz entfaltete bereits seine Flügel.

34

Nina saß an der Bushaltestelle und beobachtete die Fußgänger, die über den Prado de San Sebastián zu den Autobussen eilten. Die Sonne war ein Stück weitergewandert und brannte nun unbarmherzig auf sie herab. Tauben trippelten auf den Gehwegen und Rasenstücken und pickten Brotkrümel, die den Wartenden beim Essen von belegten Baguettes oder Keksen zu Boden gefallen waren. Der würzige Duft von Gekochtem aus einem nahe gelegenen Restaurant zog zu ihr herüber. Hunger hatte sie jedoch keinen, dafür war sie viel zu aufgeregt. Enricos silberner Kombi lag direkt in ihrem Blickfeld. Sie hatte ihn gleich entdeckt, als sie aus dem Taxi gestiegen war.

»Unmittelbar vor dem Gericht können wir nicht parken«, hatte er gestern zu Jennifer gesagt. »Dort dürfen nur amtliche Fahrzeuge wie Streifenwagen oder Gefängniswagen vorfahren. Aber ich lass dich so nah wie möglich beim Eingang raus und parke dann auf den Parkplätzen am Autobusbahnhof.«

»Warum?«, hatte Jennifer gefragt, und Enrico hatte rote Wangen bekommen.

»Weil ...«, sein Blick war zu ihrem Bauch gewandert und Jennifer hatte gelacht.

»Ich bin schwanger, Enrico, nicht krank. Ein kleiner Spaziergang zum Gericht wird mir guttun.«

Die Minuten verrannen zäh wie Stunden, und nachdem Nina zum zehnten Mal die Nachrichtenapp ihres Handys gecheckt hatte, hielt sie es nicht mehr aus, stand auf und lief zum Gerichtsgebäude vor. Das dauerte doch schon viel zu lange! Gegenüber von dem Eingang mit hohen Arkaden befanden sich unter weitausladenden Ästen von Bäumen beschattete Steinbänke. Nina setzte sich auf eine davon, behielt die Türen im Auge und wartete.

»Natürlich kommst du mit!«, hatte Jennifer am Vortag zu ihr gesagt. »Wenn alles klappt und Taran gegen eine Sicherheitsleistung erst einmal bis zu seiner Verhandlung freigelassen wird, müssen wir das doch zusammen feiern.«

»Er hat mehr als deutlich gemacht, dass er mich nicht sehen will«, hatte Nina eingewandt.

»Alte Gewohnheit. Mama und mich hat er auch von sich gestoßen und mir gestern gesagt, dass er sich freue, mich wiederzusehen.«

»Das ist doch was völlig anderes.«

»Nein. Taran sieht vielleicht aus, als ob er sich nur für Steine, Tonscherben und Skelette interessiert, aber er kann ganz schön impulsiv und emotional sein.«

Und sehr leidenschaftlich, ergänzte Nina in Gedanken und spürte, wie die Röte bei der Erinnerung an ihre gemeinsame Nacht in ihre Wangen kroch. *Verdammt. Daran solltest du jetzt zuallerletzt denken!*

»Ich warte im Hotel, und du schreibst mir, wie die Verhandlung gelaufen ist, okay?«

Aber natürlich hatte Nina sich an ihre eigenen Vorsätze nicht halten können. Sie war in ihrem Zimmer auf und ab getigert und hatte schließlich beschlossen, in der Nähe von Enricos Wagen zu warten, um zumindest einen Blick auf Taran zu erhaschen, zu sehen, wie es ihm ging. Im Verborgenen natürlich. *Das könnte immer noch funktionieren*, dachte Nina. *Wenn die drei rauskommen, verstecke ich mich hinter der Zeitung.* Sie hatte die *Diario de Sevilla* gekauft, aber bislang keinen Blick hineingeworfen. Menschen kamen und gingen, Streifenwagen fuhren vor und schließlich ein Gefängniswagen. Nina wollte gerade wieder auf ihr Handy schauen, als ihr der Atem stockte. Sie kannte den Mann, der zwischen zwei Guardia-Civil-Beamten in Handschellen das Gericht verließ. Sie würde ihn unter Tausenden wiedererkennen. Er war unrasiert, bleich, hatte den Kopf in den Nacken gelegt und blinzelte in die Sonne. Als er ihn wieder senkte, traf sein Blick sie mitten ins Herz. Nina sprang auf. Die Zeitung rutschte von ihrem Schoß zu Boden. Vergessen war jeder Impuls, sich dahinter zu verstecken. Sie sah, wie er die Lippen bewegte, und dann hörte sie, wie er über den Platz hinweg laut ihren Namen rief. »NINA!«

Sie erschauderte und rannte einfach los. *Scheiß auf deinen Stolz!* Als sie bei dem Gefängniswagen ankam, konnte sie nur noch für ein paar wertvolle Sekunden in sein Gesicht sehen. So viel Verzweiflung lag darin. Und Trauer. Nina schlug sich die Hand vor den Mund, um nicht laut seinen Namen zu schreien. Aber bevor der Beamte die Tür schloss, formten seine Lippen sich zu einem Lächeln. Wie benommen blieb sie vor dem Gerichtsgebäude stehen und starrte dem wegfahrenden Auto nach.

»Nina! Ich dachte, du wartest im Hotel? Gerade wollte ich dir schreiben.«

Sie wirbelte herum. »Was ist passiert?« Enrico und Jennifer verließen das Gerichtsgebäude und kamen auf sie zu. »Wohin bringen Sie Taran denn jetzt?«

»Du hast ihn noch gesehen?« Jennifer musterte sie verwundert. »Und mir hast du gesagt, ich darf auf gar keinen Fall erwähnen, dass du diejenige warst, die mich angerufen hat.«

»Ich habe es nicht ausgehalten. Ich musste ihn einfach sehen.« Nina biss sich auf die Unterlippe. Tarans Anblick hatte sie völlig aus der Bahn geworfen. »Taran sieht total fertig aus«, sagte sie unverblümt und hörte selbst den Vorwurf in ihrer Stimme. Dabei war ihr klar, dass seine Schwester und Enrico sicher ihr Bestes gegeben hatten, um ihm zu helfen.

Jennifers Miene wurde weich. »Ich wünschte, er wüsste, wie

viel er dir bedeutet.« Sie schaute zu Enrico, der stirnrunzelnd auf sein Handy schaute. »Fahren wir zu Ramón und Sofía?«

»Ich kann euch beide gerne bei ihnen vorbeibringen, aber ich muss leider dringend zurück in die Kanzlei.« Er verdrehte die Augen. »Eine Kollegin ist krank geworden und ich muss einspringen.«

»Oh, das kenne ich! Dann fahr nur lieber gleich hin. Nina und ich können auch ein Taxi nehmen.«

»Ich ruf dich an.« Enrico lächelte ihr erleichtert zu und verabschiedete sich rasch von ihnen, um zu seinem Auto zu eilen.

»Erzählst du mir jetzt endlich, was geschehen ist?«, fragte Nina ungeduldig und steuerte wieder die Steinbank in der kleinen Grünzone gegenüber dem Gerichtsgebäude an, auf der sie auf den Ausgang der Verhandlung gewartet hatte. Sie hob die Zeitung auf und legte sie neben sich auf die Bank. Jennifer nahm eine Mineralwasserflasche aus ihrer Handtasche und trank einen Schluck.

»Der Richter hat leider den Haftbefehl nicht außer Vollzug gesetzt. Er behauptete, es bestünde Flucht- und Verdunkelungsgefahr.«

»Und das heißt?«

»Taran kommt vorerst in Untersuchungshaft.«

»Auf der Polizeistation? Für wie lange denn?«

»Nein, man wird ihn sicher in eine Justizvollzugsanstalt überführen. Dort sind die Zellen für eine längerfristige Unterbringung geeigneter. Nicht, dass ich mir das für Taran wünsche. Und wie lange diese Untersuchungen dauern werden, ist schwer zu sagen. Ich kann nur hoffen, dass sie nicht wirklich einen internationalen Fall daraus machen werden.«

»Was meinst du damit?«

Jennifer seufzte. »Der Richter sprach von einem Schlag gegen den internationalen Drogenhandel und Antikschmuggel. Außerdem glaubt er, dass Taran aufgrund der Vergangenheit unseres Vaters Kontakte zu Hehlern hätte, die er warnen möchte. Das ist natürlich alles vollkommener Blödsinn, aber irgendwer muss ihm von dem Fall berichtet haben und ...« Sie unterbrach sich. »Du weißt vermutlich gar nichts davon, oder hat Taran dir das erzählt?«

Nina zögerte. Sie wollte Jennifer nicht verraten, dass Ramón schon mit der Leiterin des DAI in Madrid über die kriminelle Vergangenheit von Max Sternberg gesprochen hatte. Tarans Schwester fasste es als ein Nein auf. »Er ist vor zwanzig Jahren als Raubgräber und wegen Hehlerei verurteilt worden.«

»Was? Aber warum hat er das getan?« Nina konnte immer noch nicht diese Information mit dem Geschichtslehrer in Einklang bringen, von dem Taran mit so viel Wärme in der Stimme gesprochen hatte.

»Ja, ich weiß, wie das jetzt klingt. Damals habe ich auch nicht nachvollziehen können, warum er das getan hat. Ich war Teenager. Alles, was ich mir gewünscht habe, war, in der Menge unterzutauchen, nicht aufzufallen. Und dann hat mein Vater mit seiner Schatzsucherei alles zerstört. Wir standen plötzlich im Mittelpunkt des Interesses, waren Zielscheiben, die Familie eines Verbrechers. Ich habe mich natürlich sofort auf die Seite meiner Mutter geschlagen und erst hinterher begriffen, dass sie nicht ganz so unschuldig an dem war, was passiert ist, wie sie mich glauben lassen wollte.«

»Und Taran war auf der Seite eures Vaters gewesen«, flüsterte Nina, die anfing zu begreifen, wie dieses Ereignis sein ganzes Leben verändert hatte. »Das war dann auch der Grund für die Scheidung eurer Eltern?«

»Sag bloß, mein verschlossener Bruder hat dir davon erzählt?«

»Nur, dass eure Mutter ihn zwingen wollte, bei ihr zu leben, und er sich für euren Vater entschieden hatte.«

Jennifer trank noch einen Schluck Wasser und legte ihre Hand auf ihren Bauch. »Gekriselt hat es zwischen den beiden schon lange vorher. Sie hat ihm immer wieder vorgeworfen, dass sein Archäologie-Hobby nur einen Haufen Geld kostet und nichts einbringt. Und dann ist er diesen Typen im Wald begegnet.«

»Anderen Schatzsuchern?«

»Genau. Wahrscheinlich hätten sie ihn nie dazu überreden können, die Funde nicht ordnungsgemäß zu melden, wenn meine Mutter ihm nicht über Jahre hinweg so zugesetzt hätte. Ach, was soll's. Es bringt nichts, hinterher einen Schuldigen zu finden. Ich hoffe, ich bin dem Knirps da drin mal eine bessere Mutter«, murmelte sie. »Damals habe ich den einfachen Weg gewählt, meinen Vater als Sündenbock abgestempelt und mir später Vorwürfe gemacht, dass ich nicht für Taran da war. Dieser ganze Sorgerechtsprozess muss die Hölle für ihn gewesen sein.«

»Für eure Eltern war's sicher auch nicht leicht«, murmelte Nina. »Hast du deswegen Jura studiert?«

Jennifer nickte. »Nach dem Abi habe ich erst einmal ein Jahr Pause gemacht, bin gereist, hab als Au-pair gejobbt. Das hat meine Sichtweise auf die Geschehnisse verändert. Wenn Papa damals einen besseren Anwalt gehabt hätte, wäre er erst gar nicht ein halbes Jahr lang in Haft geblieben.«

Nina keuchte auf. »So lange? Oh Gott, kann das auch Taran blühen?«

Seine Schwester nickte stumm. »In Spanien kann die Untersuchungshaft sogar noch länger dauern, wenn es schlecht läuft.«

»Wie lange?«, flüsterte Nina, obwohl sie die Antwort am liebsten gar nicht hören wollte.

»Zwei Jahre, und die können sogar noch schlimmstenfalls um weitere zwei Jahre verlängert werden.«

Vier Jahre! Nina bekam eine Gänsehaut. Sie schwiegen eine Weile. Wind kam auf, fuhr zwischen die Blätter der Zeitung und wehte sie von der Bank. Als Nina sich nach ihr bückte, sagte Jennifer: »Das Schlimmste ist, dass diese ganze Sache nun auch noch auf Taran zurückfällt. Er hatte schon immer Interesse an Geschichte und Archäologie, ist ständig mit unserem Vater durch die Gegend gezogen und hat mit ihm darüber diskutiert. Ein richtiger Nerd war er als kleiner Junge, das kann ich dir sagen! Als ich hörte, er wolle Klassische Archäologie studieren, dachte ich, er möchte irgendwie den dunklen Fleck auf unserer Familiengeschichte wieder entfernen. Taran und Hehlerei! Er würde sich bestimmt eher die Hand abhacken, als auch nur einen einzigen Fund einzustecken. Du hast seine Arbeit beurteilt, ich bin sicher, er hat alles akribisch dokumentiert, oder nicht?«

Nina hatte nur noch mit halbem Ohr zugehört und starrte auf die Überschrift eines Artikels auf der Lokalseite der Zeitung. Hastig überflog sie den Inhalt der Nachricht unter einem Foto der Ausgrabung von Gelves. Das Bild musste zu Beginn des Projekts entstanden sein, denn im Hintergrund waren noch nicht die ausgegrabenen und abgesteckten Brandgräber zu sehen, dafür Taran mit seinem Team und dem Bürgermeister von Gelves.

»Nina?«

Sie drehte sich zu Jennifer um, die sie mit hochgezogenen Augenbrauen musterte, und hielt ihr die Zeitung hin. »Ich weiß jetzt, woher der Richter die Vergangenheit eures Vaters kannte. Das steht heute in der Zeitung.«

Jennifer erbleichte. »Unmöglich! Wie haben die Journalisten das so schnell herausgefunden? Der Zeuge oder jemand von der Polizei muss ihnen das erzählt haben.«

»Oder Orlando.«

»Du glaubst wirklich, er könnte hinter allem stecken? Magst du mit meinem Bruder darüber reden? Ich könnte eine Besuchserlaubnis für dich erwirken. Schließlich musst du doch abklären, wer jetzt für das Projekt künftig zuständig ist.« Sie zwinkerte ihr zu. Die Verführung war groß. Nina dachte an seinen Gesichtsausdruck. Sie würde sich so gerne mit ihm aussprechen. Aber falls Orlando tatsächlich dahintersteckte, hatte er womöglich auch Spitzel, die ihm von diesem Besuch erzählen würden. Schon heute hierherzukommen, war für ihr Vorhaben gefährlich gewesen. Aber sie wollte Jennifer mit dieser Vermutung nicht beunruhigen.

»Nichts lieber als das, aber erst, wenn ich herausgefunden habe, ob Orlando mit der Sache zu tun hat. Aber erzähl Taran nicht, dass ich zu ihm gehe.«

»Weil er mir sonst die Hölle heißmacht, um dich daran zu hindern?«

Nina lachte. »Vielleicht hofft er auch, mich auf diese Weise loszuwerden.«

»Ich sehe schon, er hat seinen ganzen Charme bei eurem letzten Treffen sprühen lassen.« Sie verdrehte die Augen, faltete die Zeitung und steckte sie in ihre Tasche. »Sofía hat mir übrigens erzählt, dass ihr Vater gute Kontakte zur Guardia Civil hat. Die Anwaltskanzlei, in der er früher Partner war, habe sich unter anderem darauf spezialisiert, Polizeibeamte bei Anklagen zu vertreten.«

»Du meinst, wir könnten mehr über den Stand der Ermittlungen gegen Taran durch sie erfahren?«

»Das hoffe ich.«

35

Orlando schreckte von einem seltsamen Geräusch aus dem Schlaf hoch und lauschte in die Nacht. Es war ein Summen wie von wütenden Bienen, ganz in seiner Nähe, und es wollte gar nicht mehr aufhören. Er drehte den Kopf und entdeckte den Übeltäter. Sein Handy lag mit dem Display nach unten auf dem Nachttisch. Er hatte es auf stumm gestellt, aber völlig vergessen, auch die Vibration abzuschalten. Jetzt brummte es auf dem Holz. Schlaftrunken tastete er danach und blinzelte gegen die Helligkeit des Displays. Es war kurz nach vier Uhr, und Ricardo lachte ihm als Kontaktfoto entgegen. Mierda! Hatte Leons Sohn jetzt völlig den Verstand verloren?

Nach jenem verhängnisvollen Ostersonntagstreffen hatte er immer wieder versucht, ihn anzurufen, aber Orlando hatte ihn weggedrückt. Schließlich hatte er genau gewusst, was er ihm sagen würde. Dass er das mit seiner Schwester wieder in Ordnung bringen sollte. Doch dazu war Orlando nicht bereit. Erst wollte er sehen, wie das Wochenende mit Nina lief, bevor er eine Entscheidung traf. Aber je länger er über die ganze Sache nachdachte, umso mehr ärgerte es ihn, mit welcher Dreistigkeit die zwei ihm hier das Messer auf die Brust zu setzen versuchten. Und alles nur, weil Ricardo sich Hals über Kopf in eine Gitana verliebt hatte. Gestern Abend war es ihm dann zu dumm geworden und er war doch rangegangen.

»Was willst du?«, hatte er ins Telefon geblafft. Er war gerade auf dem Sprung zu Dario gewesen, um ihm das vereinbarte Geld für seine Falschaussage bei der Polizei zu geben. Zumindest einen Teil. Den Rest würde er nach seiner Aussage vor Gericht erhalten.

»Das weißt du genau! So kannst du mit Rosa nicht umgehen. Ich habe erwartet, dass du dich bei ihr entschuldigst. Jetzt ist Donnerstag, und du hast sie immer noch nicht angerufen.« Ricardo schien nicht minder aufgeregt wie er.

»Wofür? Sie weiß seit Jahren, dass ich mir nichts aus ihr mache. Wenn sie sich mir an den Hals wirft, ist das allein ihr Problem.«

»Du hättest sie nicht so brutal abservieren dürfen«, schnaubte Ricardo.

Womit er nicht ganz unrecht hatte, aber Orlando war viel zu aufgebracht gewesen, um darauf einzugehen. Außerdem hatte er es kurz machen wollen, damit Dario nicht noch auf die Idee kam, bei ihm zu Hause anzutanzen, nur weil er unpünktlich zur Übergabe erschien. Sie sollte am Parkplatz des Lagoh stattfinden, eines der größten Einkaufszentren Sevillas. Er würde das Geld in einer Papiertüte von McDonald's verpackt in einen der Abfalleimer werfen und hinterher in ein Elektronikfachgeschäft gehen und ein Ladekabel für sein Handy kaufen. Nur für den Fall, dass ihn irgendjemand sah, der ihn kannte. Dario konnte die Tüte später unauffällig aus dem Müll fischen wie einer dieser armen Schlucker, die im Abfall wühlten auf der Suche nach Essbarem. Eine Erinnerung blitzte bei diesem Gedanken in ihm auf, seine eigenen Hände, schmutzstarrend zwischen Sandwichboxen und Milchtüten in der Nähe einer Grundschule. Sie war Öl im Feuer seiner Wut.

Das Jahr im Poligono Sur bei Djamels Familie gehörte zu den Dingen, die er ganz tief in sich begraben hatte. Aber offenbar nicht tief genug. *Las Vegas* wurde der Straßenbezirk hier von den Menschen genannt, obwohl er nicht weiter entfernt von der amerikanischen Spielmetropole mit ihren modernen Luxustempeln sein konnte. Die Hälfte der rund zwanzigtausend Einwohner waren Gitanos. Grundstücksspekulanten hatten in den Siebzigerjahren einen Großteil der ursprünglich in Triana lebenden Gitanos hierher vertrieben. Die Zahl der Arbeitslosen war enorm, viele wohnten hier illegal. Zu Letzteren hatten er und sein Vater gehört, als sie nach ihrer Plackerei auf den Erdbeerplantagen von Huelva hierhergekommen waren, weil Djamels Rückenschmerzen ihn umbrachten und er es nicht mehr ertrug, vierzehn Stunden am Tag in gebückter Haltung zu arbeiten. Von den registrierten Mietern der verwahrlosten Wohnblocks lebten die meisten von der Sozialhilfe. Auch Orlandos Großmutter. Vierhundertzweiundsechzig Euro hatte sie jeden Monat vom Staat bekommen. Die anderen Familienmitglieder waren ständig unterwegs gewesen, hatten den Bauern im Umland billig Obst und Gemüse abgekauft und versucht, es an Straßenkreuzungen mit Gewinn wieder zu verkaufen. Oder sie durchsuchten den Müll nach wiederverwertbarem Schrott, den sie an Schrotthändler veräußerten. Auf Straßen mit aufgerissenem Asphalt und absurden Namen wie »Der Wind im Dorf«, »Der Traum Andalusiens« oder »Straße der göttlichen Worte« hatte Orlando den Sperrmüll auf der Suche nach etwas Brauchbarem durchwühlt, das er verkaufen konnte, und im Müll nach Essensresten gestöbert. Einmal war er dabei von einem Straßenköter gebissen worden. Die Wunde hatte sich entzündet und er hatte Fieber bekommen. Das war das einzige Mal seit langer Zeit gewesen, dass sein Vater ihm Aufmerksamkeit gezollt hatte. Von dem Streit in der Familie hatte Orlando im Fieberdelirium nur wenig mitbekommen. Angeblich hatte Djamel seinen Onkel mit dem Messer bedroht. Irgendwie hatten sie das Geld aufgebracht, um Orlando von einem Privatarzt behandeln zu lassen und vermutlich vor einer schweren Blutvergiftung und dem Tod zu bewahren. In ein öffentliches Krankenhaus hatte Djamel ihn aus Angst vor Nachfragen des Jugendamts nicht bringen wollen. Als er wieder gesund war, hieß es, er müsse das von der Familie geliehene Geld abarbeiten. Das war im Sommer gewesen, und er hatte fast nur noch auf der Straße gelebt. Irgendwann kurz vor seinem vierzehnten Geburtstag war er dann Nael begegnet, der im Viertel dealte. Er hatte ihm erstmals von Leon Ferer erzählt und dass sie an der Küste unten immer Helfer brauchen konnten. Ein paar Tage später war er mit ihm nach La Línea de la Concepción aufgebrochen und Späher geworden. Von dem ersten verdienten Geld hatte er die Schulden an die Familie zurückbezahlt und ihnen fortan für immer den Rücken gekehrt.

»Orlando!« Ricardos zornige Stimme hatte ihn aus den albtraumhaften Erinnerungen seiner Kindheit gerissen. Er hatte den bitteren Geschmack in seinem Mund hinuntergeschluckt, die freie Hand zur Faust geballt und sie gegen die Wand geschlagen, während er ins Telefon gebrüllt hatte: »Ich habe dich immer gegenüber Alejandro verteidigt, dein Versagen deinem Vater verheimlicht und deine Fehler ausgebügelt. Ich bin bereit, das auch künftig für dich zu tun. Aber ich werde nicht deine Schwester heiraten, nur um deinen Job zu übernehmen, damit du dir ein schönes Leben mit deiner Gitana in deiner Villa am Meer machst. *Niemals*, hörst du? Das kannst du Rosa sagen, wenn du das nächste Mal mit ihr telefonierst und sie sich bei dir ausheult, statt endlich erwachsen zu werden und mit mir persönlich zu sprechen.«

»Aber Rosa hat doch gar nicht ...«

Orlando hatte aufgelegt. Schweratmend hatte er die Wohnung verlassen, um zu der Geldübergabe zu fahren.

Während er jetzt auf das Display starrte und sah, wie Ricardo ihn pausenlos zu erreichen versuchte – inzwischen schon zum fünften Mal –, überkam ihn plötzlich ein seltsames Gefühl von Unruhe. Wenn er betrunken oder zugedröhnt war, würde er es spätestens nach dem dritten Mal aufgeben. Orlando entsperrte das Handy und ging ran.

»Orlando Torres?«, fragte eine männliche, gehetzt klingende Stimme, in der ein dringlicher Unterton lag und etwas, das er nicht ganz zuordnen konnte. Er war sofort hellwach, setzte sich im Bett auf und knipste das Nachtlicht an. Sein erster Gedanke war, dass jemand Ricardo das Handy geklaut hatte. Der zweite, dass er gerade mit seinem Entführer sprach.

»Wer will das wissen?«

Stille. Angestrengtes Atmen. Und mit den nächsten Worten stürzte Orlandos Welt zusammen. »Izan Mendez, Ricardos Freund. Er hat ... er ist ...«, ein zittriges Schluchzen, dann hatte er seine Stimme wieder unter Kontrolle. »Er hat 2C-B genommen und einen Joint geraucht und ... ich glaube, er hat sich noch was anderes eingeworfen. LSD? Keine Ahnung. Plötzlich hat er angefangen, wie verrückt zu schwitzen und zu lachen. Ich habe gesagt, er muss was trinken, und habe ihm Mineralwasser gegeben, aber dann fing er zu kotzen an und zu zittern, wurde ganz heiß und hat geschrien, dass seine Ohren verbrennen, und hat sich Eiswürfel gegen und sogar ins Ohr hineingedrückt und immer mehr Panik bekommen und dann ist er plötzlich einfach umgekippt. Fuck, er rührt sich überhaupt nicht mehr. Ich habe versucht, ihn zu beatmen, aber ich ...«

»Hast du den Notarzt gerufen?«

»Nein, noch nicht, die Polizei würde Rico doch ...«

»RUF SOFORT DEN NOTARZT AN!«

»Okay. Gut. Aber was ...?«

»Sag ihnen nichts von den Drogen. Sag, dein Freund hatte einen Herzinfarkt oder eine Fischvergiftung. Erst wenn sie bei dir sind, erzählst du ihnen die Wahrheit, hast du verstanden? Die Ärzte sind zum Schweigen verpflichtet.«

»Ja, verstanden.«

»Leg ihn auf die Seite und schieb ein Kissen unter seinen Kopf, damit er nicht an seiner Kotze erstickt. Wo wohnst du?« Orlando schickte ein Stoßgebet gen Himmel, dass die beiden nicht in Sotogrande waren. Und es wurde erhört.

Izan gab ihm eine Adresse in Sevilla, und er versprach, sich sofort auf den Weg zu ihm zu machen. Nachdem er aufgelegt hatte, rannte er erst einmal ins Bad und spritzte sich eiskaltes Wasser ins Gesicht. Dann zog er sich in Windeseile an. Einen Anzug, um seriöser auf Ärzte und Krankenschwestern im Krankenhaus zu wirken. In seinem ganzen Leben war er nur einmal auf einem schlechten Trip gewesen, auch auf LSD, und seither hatte er die Finger von allen Drogen gelassen. Gerade eben glaubte er allerdings, wieder einen Höllentrip zu durchlaufen. Während er mechanisch die Schuhe anzog, Geldbeutel, Handy und Autoschlüssel in die Sakkotaschen steckte, rauschten seine Gedanken wie in einer Achterbahn durch seinen Kopf. Izan Mendez. Er hatte seine Stimme nicht sofort wiedererkannt, aber nachdem er seinen Namen genannt hatte, gab es keinen Zweifel mehr. Erst vor kurzem hatte er sie verstärkt durch ein Mikrofon gehört. Der Flamencotänzer hatte sich bei dem Publikum des Clubs, in dem er mit Nina tanzen gegangen war, für den tosenden Applaus bedankt. Izan. Iza. *Izabella*. Großer Gott! Er wartete nicht auf den Aufzug, sondern rannte die Treppen hinunter zum Ausgang. Er konnte jetzt unmöglich darauf warten, bis das lahme Ding zu ihm hochgekrochen wäre. Ein Gitano war Mendez tatsächlich, so viel zu dem einzigen Teil, den Ricardo nicht erlogen hatte. Aber alles andere ... Orlando hatte das Gefühl, über ein Feld mit explodierenden Minen zu laufen, als ihm die Tragweite seines Geheimnisses aufging. Endlich verstand er, warum er sich geweigert hatte, seine *Freundin* zu den Familientreffen mitzunehmen.

Um sie den Haifischen im Familienbecken vorzuwerfen?
Iza kann knallhart sein ... Eine Kämpfernatur durch und durch.

Orlando lachte, obwohl ihm eher danach war, zu schreien. Das glaubte er ihm sofort. Er war kein Boulevardmagazinleser, aber wer es aus den Armutsverhältnissen der meisten Gitanos schaffte, in dem harten Flamenco-Showgeschäft aufzusteigen, war nicht nur körperlich fit. Er konnte sich allerdings nicht erinnern, je gelesen zu haben, dass Mendez homosexuell war. Vielleicht stand er genauso unter Druck, sich nicht zu outen, wie Ricardo? Schrieb seine Agentur ihm das vor, um ihn besser an die weiblichen Fans als »sexiest man alive« verkaufen zu können? Orlando hatte den letzten Treppenabsatz erreicht und riss die Tür zur Straße auf. Kalte Luft schlug ihm entgegen und ließ ihn in dem durchschwitzten Hemd frösteln. Sein Herz raste wie seine Gedanken. Ricardo hatte früher schon von verschiedenen Freundinnen gesprochen, aber irgendwie hatte nie jemand sie zu Gesicht bekommen. Er wollte sich im Moment nicht ausmalen, wie Leon auf diese Neuigkeit reagieren würde. Von Alejandro gar nicht zu reden. Zahlreiche Unterhaltungen, in denen ganz nebenbei Schwulenwitze gefallen waren, kamen ihm in den Sinn.

»Papá wird Iza nicht akzeptieren, und ich werde sie niemals aufgeben. Eher sterbe ich.«

Mierda! Orlando schlug die Autotür so heftig zu, dass es in seinen Ohren dröhnte. Hastig schnallte er sich an und fuhr mit durchdrehenden Reifen rasant aus der Parklücke. Das Müllfahrzeug vor sich überholte er halsbrecherisch und umklammerte das Lenkrad wie einen Rettungsring, während ihm klar wurde, was er in seinem Zorn bei dem gestrigen Anruf angerichtet haben könnte. Dann kam ihm ein neuer Gedanke. Rosa! Rico musste seine Schwester als Einzige in der Familie eingeweiht haben, nur so ließ sich das Gespräch am Ostersonntag erklären. Wut flammte in ihm auf, und er tippte im Fahren auf dem Autodisplay herum, bis ihre Nummer gewählt wurde. Nach dem zweiten Durchklingeln ging sie ran. In der Ferne hörte Orlando jetzt die Sirenen von Rettungswagen. Hoffentlich kamen sie noch rechtzeitig.

»Lando?«, fragte Rosa und ihre Stimme klang über die Freisprechanlage verschlafen und ungehalten zugleich. »Hast du eine Ahnung, wie früh es ist?«

Er unterdrückte den Impuls zu brüllen. »Warum hast du mir nichts von Izan Mendez erzählt?«

Stille. Er hörte das Rascheln von Stoff. Vermutlich setzte sie sich eben im Bett auf. »Rico hat es dir gesagt?«

»Nein, hat er zufällig nicht. Ich weiß es von Izan höchstpersönlich. Er ist gerade dabei, deinen Bruder in die Notaufnahme zu schaffen.«

»Oh, mein Gott! Was ist passiert?«

Jetzt hatte er ihre Aufmerksamkeit und Orlando genoss es in vollen Zügen, seine Angst und Schuldgefühle an sie weiterzugeben. »Du hättest es mir verdammt noch mal sagen müssen! Vielleicht wäre das heute Nacht niemals passiert. Aber nein, du schiebst ja deinen Bruder sogar dann vor, wenn es darum geht, mir endlich zu gestehen, dass du von mir gevögelt werden willst. Wie alt bist du eigentlich, Rosa?«

»Sei nicht so vulgär!« Ihr Schluchzen machte ihn nur noch wütender.

»Ich bin ein Gitano-Bastard. Ich komme aus Las Vegas und damit meine ich nicht die Wüstenstadt in den USA, sondern den Poligono Sur. Dein Vater hat mich buchstäblich aus dem Dreck geholt. Was erwartest du von mir? Wenn meine Wortwahl deine kindische Schwärmerei endlich abkühlt, umso besser.« Sie hörte auf zu schluchzen, er konnte förmlich vor Augen sehen, wie sie verzweifelt um Fassung rang. Aber er war noch nicht fertig. Vor ihm lag die Straße, in der Mendez wohnte. Er konnte die Blaulichter in einiger Entfernung bereits wahrnehmen. »Von wegen *Izabella* und von wegen ausgerechnet *du* willst plötzlich die Geschäfte übernehmen. Also, was steckt in Wahrheit dahinter? Was hattet ihr zwei geplant?«

»Izan hat das einmalige Angebot bekommen, auf Welttournee mit seiner eigenen Show zu gehen, und Rico wollte ihn begleiten und ihn in den USA heiraten.«

»Lass mich raten, in Las Vegas.« Orlando hatte einen Punkt

erreicht, an dem er nicht mehr wusste, ob er hysterisch lachen oder rechts ranfahren und irgendetwas demolieren sollte.

»Nein, in New York, wenn du's genau wissen willst, aber was spielt das denn für eine Rolle? Wo ist Rico jetzt? Sag mir endlich, was passiert ist!«

Orlando hatte den Krankenwagen erreicht. Gerade wurde eine Krankentrage hineingeschoben. Dann schlossen sich auch schon die Türen. Auf der Straße stand ein junger Mann in oversized Shirt und Jogginghose, und wenn er ihn nicht erst kürzlich auf der Bühne gesehen hätte, hätte er den begnadeten Flamenco-Interpreten niemals erkannt. Der Krankenwagen fuhr los und Orlando hupte. Mendez wirbelte herum und schien erst jetzt das Scheinwerferlicht wahrzunehmen, in dem er so bleich wirkte, als hätte man ihm gerade literweise Blut für eine Blutspende abgenommen. Er hob die Hand und blinzelte, und Orlando ließ die Scheibe runter.

»Steig ein!«

»Mit wem sprichst du?«, fragte Rosa über die Freisprechanlage.

»Mit Izan. Ich kann dir keine Details am Telefon sagen und muss jetzt Schluss machen. Wir fahren zu Rico ins Krankenhaus.«

Izan Mendez öffnete die Tür und stieg ein.

»Ruf mich an, sobald du weißt, wohin sie ihn bringen, ja?«, rief Rosa. Ihre Stimme zitterte. »Ich komme dann sofort nach.«

Orlando fuhr los, bevor Mendez sich noch angeschnallt hatte, um den Krankenwagen einzuholen, der zwei Seitenstraßen weiter gerade rechts abbog. Das Anschnallsignal tönte unangenehm laut in seinen Ohren.

»Deine Anwesenheit ist Rico keine Hilfe. Ihr zwei hättet vorher mit mir über eure Pläne reden sollen, anstatt mir am Ostersonntag lauter Lügenmärchen aufzutischen. Überleg dir lieber mal, was du deinem Vater erzählen willst, wenn du im Geschichtenerfinden so gut bist. Bis nachher, Rosa.«

Er hob die Hand zum Autodisplay und legte auf.

»Meine Worte«, sagte Mendez trocken neben ihm. »Ich habe das Ganze gleich für eine Schnapsidee gehalten und Rico gesagt, er soll endlich offen mit dir reden. Und ehrlich gesagt, hätte ich dich auch lieber unter anderen Umständen kennengelernt.«

Orlando warf ihm einen kurzen Seitenblick zu und verzog spöttisch den Mund. »Kein Wunder. Du hast bestimmt schon mal besser ausgesehen.«

Izan schnaubte. »Davon gehe ich aus.« Er fuhr sich durch die langen Haare, die ihm in fettigen Strähnen im Gesicht klebten. Schweißperlen standen ihm auf der Stirn, und seine Pupillen waren deutlich geweitet. Man sah ihm die Angst, Rico könnte diese Nacht nicht überleben, an. Orlando starrte auf die Rücklichter des Krankenwagens vor ihnen und musste an die Eleganz und Geschmeidigkeit denken, mit der er sich auf der Bühne bewegte. War Rico ihm in einer seiner Shows begegnet? Wie lange ging diese Heimlichtuerei schon? Mendez' Worte kamen ihm wieder in den Sinn.

»Warum dachtest du, Rico könnte mit mir offen reden?«

»Du hast keine Ahnung, wie er über dich spricht, oder?«

»Ich will's gar nicht wissen.«

»Anfangs war ich eifersüchtig auf dich gewesen.«

Orlando schüttelte den Kopf. »Keine Sorge, Rico ist mir nur von seinem Vater zum Schutz anvertraut worden.« *Wem willst du hier was vormachen?* Er zögerte, aber dann sprach er es doch aus. »Ich kenne ihn schon seit seiner Kindheit. Er ist wie ein kleiner Bruder für mich.«

»Das habe ich gemerkt. Du hättest Rosa gerade am liebsten geohrfeigt, nicht wahr?«

»Ich schlage keine Frauen.« Eine weitere unangenehme Erinnerung drängte sich Orlando auf, und er unterdrückte sie sofort wieder. Nein, er wollte jetzt nicht mehr an die Zeit im Poligono Sur, den täglichen Kampf ums Überleben und seine Familie dort denken.

»Rosa kann nichts dafür. Rico hat sie zu allem überredet. Wenn es nach ihr ginge, würde sie dich immer noch nur aus der Ferne anhimmeln.«

»Willst du mich jetzt auch mit der unschuldigen, lieblichen Rosa verkuppeln?«, fragte Orlando genervt.

»Nein. Man kann sich nicht aussuchen, in wen man sich verliebt. Glaub mir, ich wünschte auch, mir wäre nicht gerade der Sohn eines mächtigen Clan-Bosses über den Weg gelaufen. Als Rico es mir endlich gestanden hat, war es leider schon zu spät.«

»Wie habt ihr euch das überhaupt mit Ricos Ausstieg aus den Geschäften seines Vaters vorgestellt?«

Izan hatte den Kopf an das Seitenfenster gelehnt und gähnte. Vermutlich hatte er die ganze Nacht über kein Auge zugetan. »Ich verdiene genug Geld für uns beide. Rico muss nicht weiter den Handlanger für seinen Vater spielen.«

»Soll er lieber deinen Garderobier mimen? Meinst du, das macht ihn glücklich?«

»Bist du immer so brutal ehrlich oder willst du dich nur weiter abreagieren, weil du ihn gestern fertiggemacht hast? Was hast du ihm überhaupt alles am Telefon gesagt?«

Orlando atmete tief durch und versuchte, Izans feindseligen Blick zu ignorieren.

»Nichts, was er nicht vorher schon wusste. Dass ich den Plan, den die beiden ausgeheckt haben, nicht durchziehen werde.«

Der Flamencotänzer schüttelte den Kopf. »Du und Rico seid euch ähnlicher, als ihr denkt.«

In der Ferne tauchte der riesige Gebäudekomplex der Universitätsklinik Virgen del Rocío auf, was Orlando Grund zu Hoffnung gab. Ärzte und Ausstattung der Klinik hatten einen ausgezeichneten Ruf. Wenn Rico irgendwo gerettet werden konnte, dann dort. Und wenn nicht, würde sein Vater einen Sündenbock suchen. Das sollte nicht er sein.

»Ich halte uns für ziemlich unterschiedlich.«

»Ach, ja? Ihr seid wie zwei Läufer, die kurz vor dem Ziel Panik bekommen, langsamer werden und sich mit dem zweiten Platz begnügen. Bei Rico ist es die Angst vor dem Outing. Was ist es bei dir? Deine Vergangenheit? Denkst du deshalb, Leons Platz nicht einnehmen zu können? Weil du ein halber Gitano bist? Ich kenne deinen Vater und deine Geschichte. Glaubst du immer noch, für den Tod deiner Mutter büßen zu müssen? Du ... Pass auf! VORSICHT!«

Orlando bremste so stark, dass sie nach vorne geschleudert wurden und der Gurt ihm den Brustkorb abdrückte. Um ein Haar wäre er bei der Einlassschranke auf den Krankenwagen aufgefahren, weil er den Kopf zu Izan herumgerissen hatte. Während die Ambulanz zur Notaufnahme weiterfuhr, bog Orlando auf den Parkplatz ein, der um diese Uhrzeit nahezu leer war. Er hielt an, machte den Motor aus und drehte sich ruckartig zu Izan um. Sein Blick musste ziemlich einschüchternd sein, denn der junge Mann zuckte vor ihm zurück.

»Was weißt du von meinem Vater?«, fragte er scharf.

Izan hob beschwichtigend die Hände. »Hey, reg dich ab. Rico hat immer so von dir geschwärmt, und als er erwähnte, dass du ein Gitano aus dem Poligono Sur bist, habe ich mich mal bei unseren Leuten umgehört. Ich wollte einfach wissen, woher du kommst und was man so über dich erzählt und ob Rico und ich dir vertrauen können.«

»Und was erzählt man sich über mich?«

»Das willst du nicht wissen!« Er lachte und Orlando wollte ihm das Grinsen aus dem Gesicht schlagen, aber er beherrschte sich. »Dann habe ich deinen Vater getroffen. Djamel verkauft inzwischen Gemüse auf Wochenmärkten in den Randbezirken. Wir sind ins Gespräch gekommen.«

»Du hast ihn ausgefragt!«

»Ja, das habe ich, verdammt! Rico ist mir wichtig, und wenn er so große Stücke auf dich hält, musste ich wissen, was du für ein Mensch bist, ganz besonders in eurem Metier. Mierda, ich hatte Angst, du würdest Leons Söhne aus dem Weg schaffen und selbst der Boss werden wollen!« Er hielt inne und atmete tief durch. »Dein Vater sagte, er habe viele Fehler gemacht. Sein größter war, dir nicht verziehen zu haben. Er meinte, er habe das erst erkannt, als du fast an einer Blutvergiftung draufgegangen bist. Aber hinterher bist du kaum noch daheim gewesen, und er hätte nicht gewusst, wie er mit dir über all das reden soll. Und dann wärst du plötzlich an die Küste abgehauen und in Leons Fänge geraten. Später wolltest du nichts mehr mit Djamel und deiner Familie zu tun haben.«

»Zu Recht!«

»Er ist dein Vater!«

Orlando lehnte den Kopf zurück und lachte bitter. »Díos, ihr zwei seid einfach unglaublich. Erst wollt ihr mir eine Frau andrehen, die ich nicht liebe, und jetzt soll ich mich also mit meinem Vater versöhnen? Gibt's noch ein paar Dinge in meinem Leben, über die ihr glaubt, bestimmen zu können?«

»Ja. Hör endlich auf, dir was vorzumachen, und lauf durchs Ziel. Dafür hast du dir doch all die Jahre an Leons Seite den Arsch aufgerissen. Keines seiner Kinder ist skrupellos und gerissen genug, dieses Geschäft zu übernehmen. Du schon.«

Izan riss die Tür auf, stieg aus und schlug sie wütend hinter sich zu. Orlando starrte ihm nach, wie er mit langen Schritten zum Krankenhaus eilte, und fragte sich, was in seinem Leben so verdammt schiefgelaufen war, dass ein fremder Gitano ihn besser durchschaute als er sich selbst.

36

Die ganze Fahrt über ging Taran Ninas Blick nicht mehr aus dem Kopf. Dass sie sehen musste, wie man ihn in Handschellen abgeführt hatte, machte ihm zu schaffen. Was dachte sie wohl von ihm? Hielt sie ihn für schuldig?

Centro Penitenciario Sevilla 1 las Taran wenig später an der Wand des roten Backsteingebäudes, in das die Guardia-Civil-Beamten ihn gebracht hatten. Es folgte eine Prozedur, die er aus Filmen kannte. Er musste seine Kleidung und Wertgegenstände abgeben, konnte sich endlich wieder duschen, wurde hinterher ärztlich untersucht und neu eingekleidet. Zum Glück war es keine Gefängniskleidung, sondern Jeans, T-Shirt und Sweater.

»Sie können sich auch von Ihren Angehörigen Ihre eigene Kleidung bringen lassen, solange sie funktionell ist und es sich nicht um Luxusmarken handelt«, erklärte ihm eine Krankenschwester, die dem Arzt assistierte.

Hinterher wurde er von zwei Beamten lange steril wirkende Gänge mit Linoleumboden entlanggeführt, die wie Krankenhauskorridore wirken konnten, wären sie nicht in regelmäßigen Abständen mit Sicherheitsgittern versperrt und würden nicht militärisch grüne Stahltüren mit kleinen Fensterklappen den Weg säumen. Endlich blieben sie vor einer Tür mit der Nummer 25 stehen. Sie wurde aufgesperrt, und er trat in einen Raum, der vielleicht zwölf oder dreizehn Quadratmeter groß war. Zumindest besaß er ein vergittertes Fenster an der gegenüberliegenden Seite der Wand, die, wie auch das spärliche Mobiliar, ganz in Weiß gehalten war. Zu seiner Rechten stand ein Stockbett, gegenüber ein Regal, das zu beiden Seiten von zwei kleinen

Schreibtischen mit je einem Stuhl flankiert wurde. Unmittelbar neben Taran trennte eine Nische, die ihm etwa bis zur Brust reichte, ein Stahlwaschbecken vom Rest des Raumes ab. Die Tür fiel hinter ihm ins Schloss, und Taran zuckte zusammen, als sich plötzlich in dem unteren Bereich des Stockbetts etwas regte und sich ein Mann aufsetzte, der ihn interessiert musterte. Er schien ein wenig älter als er zu sein, vielleicht machte das aber auch nur der dunkle Vollbart aus. Taran wurde plötzlich bewusst, dass er ihn immer noch anstarrte, und sagte rasch: »Hola, ich bin Taran Sternberg.«

In letzter Sekunde verkniff er sich ein »Freut mich, Sie kennenzulernen«. Das kam ihm angesichts der Lage, in der sie sich befanden, dann doch ziemlich albern vor. Der Mann stand auf, kam auf ihn zu und hielt ihm die Hand hin. Er grinste.

»Felipe Álvarez. Du bist nicht von hier, oder?«

Taran schüttelte ihm die Hand. »Ich bin Deutscher.«

Er hob die Augenbrauen. »U-Haft oder haben sie dich schon verurteilt?«

»U-Haft.« Taran zögerte einen Moment. War es üblich, dem Mitbewohner einer Gefängniszelle zu verraten, weswegen man verhaftet worden war? Konnte es ihm schaden?

Felipe lehnte sich an den Schreibtisch. »Ich bin seit drei Monaten in U-Haft. Steuerhinterziehung. Und bei dir?«

Innerlich atmete Taran erleichtert auf. Er hatte keine Ahnung, wie er darauf hätte reagieren sollen, wenn Felipe Raubmord oder Vergewaltigung gesagt hätte.

»Antikenhehlerei und Drogenbesitz.«

Felipes Augen wurden groß. »Wow. Das ist mal exotisch. Also, das Erste. Mit Drogen hat hier jeder Zweite gedealt.«

Taran seufzte. »Ich habe weder das eine noch das andere getan.«

»Unschuldig? Sagen sie alle. Zumindest die in U-Haft.« Felipe deutete auf den Schreibtisch vor der Tür. »Du kannst den hier haben und die unteren Fächer im Regal.« Er ging zurück zum Bett und setzte sich. Die Unterhaltung schien vorerst beendet. Taran wandte sich um und öffnete die Tür neben dem Waschbecken. In dem winzigen Raum waren eine Eckdusche und eine Toilette untergebracht. Purer Luxus nach der provisorischen Haftzelle auf der Polizeiwache. Er schloss die Tür wieder und ging zurück. Auf Felipes Schreibtisch am Fenster stand ein gerahmtes Foto, das eine Familie zeigte. Ein paar Bücher und eine Zeitung lagen daneben. An der Wand klebte mit Tesafilm befestigt die Zeichnung eines Kindes. Große und kleine Menschen, die sich an den Händen hielten, eine Sonne, Gras, etwas, das ein Hund oder auch eine Katze sein konnte. In seinen Regalfächern hatte Felipe fein säuberlich seine Kleidung gestapelt. Ein Fach enthielt einen Waschbeutel und einen Becher. Die Erkenntnis, dass er nichts besaß, was er überhaupt in dieses Regal räumen konnte, traf Taran wie ein Schlag. Selbst wenn er Jennifer bat, ein paar persönliche Dinge mitzubringen, musste er sich ganz genau überlegen, welche das sein sollten, denn viel Platz hatte er nicht. Taran war kein Mensch, der überbordend viele Dinge in seinem Leben hortete. Das ließ seine Reisetätigkeit allein gar nicht zu. Aber das hier war noch einmal eine ganz neue Dimension von puritanischer Lebensführung. Durfte man hier einen Computer benutzen? Gab es eine Bibliothek? Konnte man irgendetwas tun, um die Stunden des Tages schneller vergehen zu lassen? Er ging zum Fenster und sah durch die grün lackierten Gitterstäbe hinaus auf einen Gefängnishof. Eine Gruppe von Männern joggte über einen Platz. Tausend Fragen lagen ihm auf der Zunge, aber er wollte Felipe nicht sofort damit überfallen und sich gleich am ersten Tag unbeliebt machen. Wer wusste schon, wie lange er hierbleiben musste.

Bis zum Freitagnachmittag hatte er in Erfahrung gebracht, dass er einen Fernseher für seine Zelle beantragen konnte, aber keinen Computer. Doch Felipe hatte schon einen Antrag gestellt, sodass sich das für ihn erübrigte.

»Hättest du den nicht längst bekommen müssen, wenn du schon seit zwei Monaten hier drin bist?«, hatte er ihn gefragt.

Felipe hatte mit den Schultern gezuckt. Ich habe mich anfangs nicht besonders beliebt gemacht. Das tragen sie einem nach. Taran beschloss, sich das zu merken. Es gab eine Bibliothek, aber der Bestand war in seiner alten Schulbücherei größer gewesen, und über die hatten alle gemeckert. Essen wurde in der Kantine eingenommen. Die Tische dort waren im Boden verankert und über gebogene Stahlrohre mit den Stühlen verbunden, sodass man sich nicht durch das Mobiliar gegenseitig verletzen konnte. Man konnte im Gefängnis arbeiten. Beispielsweise wurde hier Schutzkleidung für Krankenhäuser gefertigt. Zum Sporttraining musste man sich anmelden. Sein Anwalt durfte ihn jederzeit sehen, wenn es für seine Verteidigung notwendig war. Aber Besuch war nur zweimal im Monat für jeweils eine Stunde erlaubt. Nachdem Taran Letzteres erfahren hatte, war er eine halbe Ewigkeit am offenen Fenster gestanden, hatte in den frühlingsblauen Himmel gestarrt und bei jedem Atemzug geglaubt, zu ersticken.

»Hey. Warn mich, bevor du durchdrehst«, hatte Felipe vom Bett aus gerufen.

»Wer sagt dir, dass ich das tue?«

Er hatte nur geschnaubt. »Ich weiß, wie die ersten Wochen sich anfühlen. Es wird besser.«

Wenn er damit meinte, dass man sich daran gewöhnen würde, eingesperrt zu sein, konnte Taran nur lachen. Er würde sich für alle Sportmöglichkeiten, die es gab, eintragen müssen, um sich so weit zu erschöpfen, dass er zumindest schlafen konnte. Gerade als er das Felipe sagen wollte, hörte er ein Geräusch an der Tür.

»Sternberg?«

»Ja?«

»Mitkommen! Ihr Anwalt wartet auf Sie.«

Rasch folgte er dem Mann nach draußen. Er wurde in einen Raum geführt, in dem zwei Dutzend Glaskabinen aneinandergereiht waren. Jede von ihnen besaß eine Nummer.

»Gehen Sie zur Acht«, sagte der Beamte. Taran marschierte an den Kabinen entlang, und sein Herz machte einen Satz vor Freude, als er nicht nur Enrico, sondern auch Jennifer hinter dem Trennglas erkennen konnte. Rasch, um nur ja keine kostbare Minute zu verlieren, trat er ein und schloss die Tür hinter sich. Er ließ sich auf den Stuhl fallen und suchte nach einem Telefonhörer oder einer anderen Möglichkeit, mit seinen Besuchern sprechen zu können. Vor ihm, unterhalb des Fensters, war ein Lautsprecher eingelassen, daneben befand sich ein Knopf. Taran drückte ihn.

»Wie geht es dir?«, fragte Jennifer sofort.

Er wollte ihr sagen, dass es ihm furchtbar ging, er sich nicht ansatzweise vorstellen konnte, hier monatelang oder gar Jahre auszuhalten, ohne den Verstand zu verlieren. Dass sie alles tun sollte, um ihn sofort aus dem Gefängnis herauszuholen. Dass er am liebsten brüllen und toben und diese Kabine in Stücke schlagen wollte. Dass es so verdammt unfair war, ihn einzusperren. Aber Jennifer sah so blass aus, und er musste plötzlich an ihr Baby denken, wie anstrengend das alles für sie sein musste, und deshalb erklärte er nur gefasst: »Den Umständen entsprechend.«

Sie atmete erleichtert auf und lächelte.

»Ich werde gegen das Urteil des Richters mit einer Haftprüfung vorgehen«, erklärte Enrico und begann, ihm seine nächsten juristischen Schritte zu erläutern. Taran hatte Schwierigkeiten, sich darauf zu konzentrieren, aber Enricos Tonfall verriet ihm genug. Die Beweislast war erdrückend. Ein Zeuge, der gegen ihn ausgesagt hatte, Raubgut und Drogen in seinem Bauwagen, ein

Vater, der ebenfalls wegen Antikenhehlerei verurteilt worden war – dass die Haftprüfung eine unrechtmäßige Inhaftierung ergeben würde, war mehr als unwahrscheinlich, da musste schon ein Wunder geschehen. Wann hatte er zuletzt an Wunder geglaubt? Er hatte keine Ahnung. Vermutlich würden allein die Untersuchungen der archäologischen Gegenstände, die man bei ihm gefunden hatte, viele Monate lang dauern. Er dachte mit Schaudern daran, dass das Boot, das man auf der Plaza Nueva geborgen hatte, seit zehn Jahren im Depot des Archäologischen Museums von Sevilla war, obwohl man bei seiner Bergung vollmundig versprochen hatte, es gleich nach der Untersuchung im Museum für die Öffentlichkeit auszustellen. Wenn es sich bei den Gegenständen wirklich um Raubgut aus Syrien handelte, war die Lage noch viel komplizierter. Wie sollte man die Herkunft ohne Nachfragen bei den Experten vor Ort eindeutig nachweisen? Und die hatten in dem vom Bürgerkrieg zerrütteten Land aktuell wahrlich andere Sorgen.

»Deine Freunde tun ihr Bestes, um mehr Informationen über den Zeugen und denjenigen, der dir das angetan haben könnte, herauszufinden«, erklärte Jennifer und lächelte ihn aufmunternd an. »Wir holen dich raus. Versprochen.«

Aber das hatte sie schon einmal gesagt, und er tat sich schwer, daran zu glauben. Hatte sie Bedenken, dass ihr Gespräch abgehört werden könnte, weil sie nicht im Klartext sprach? Taten *seine Freunde* etwas, das sie hier nicht näher erläutern wollte, falls ihr Gespräch nicht unter vier Augen blieb? Sie konnte nur Sofía und Ramón meinen. Vielleicht sein Ausgrabungsteam oder ...

»Jen, hast du Nina Winter getroffen? Die Unternehmensberaterin, die mein Projekt bewerten soll?« Er kannte seine Schwester immer noch viel zu gut, um nicht das Zucken ihres Augenlids zu bemerken. »Bitte, sag mir, woher sie von dem Prozess wusste. Es kann doch kein Zufall sein, dass sie vor dem Gerichtsgebäude war.«

Enrico räusperte sich und erklärte, seine Angelegenheiten wären nun besprochen und er würde schon mal vorgehen und draußen auf Jennifer warten, damit sie sich in Ruhe unterhalten konnten. Taran war ihm unendlich dankbar dafür.

»Sie haben gesagt, ich kann nur zweimal im Monat Besuch empfangen«, sagte er und verzog den Mund, »deshalb musste ich dich das vor ihm fragen.« Aber Jennifer winkte ab.

»Das gilt nicht für deine Anwälte.«

Taran fiel ein Stein vom Herzen. »Wie gut, dass du Jura studiert hast.«

»Dass ich das mal aus deinem Mund höre!« Sie grinste, wurde dann aber ernst. »Taran, Nina will nicht, dass ich dir das verrate, aber ich finde, du solltest es wissen. Ich bin nur hier, weil sie meine Telefonnummer herausgefunden und mich angerufen hat.«

»Nina war das gewesen? Wann und wie?«

»Nur Stunden nach deiner Verhaftung. Sie hat sich daran erinnert, dass du ihr erzählt hast, ich sei Juristin. Sie ist sozusagen auch im Team Befreiung.«

»Und ich habe mich wie ein Arsch ihr gegenüber benommen«, rutschte es ihm heraus.

»Oh, das habe ich schon vermutet, sonst wäre sie nicht so sehr darauf bedacht, dass ich dir nichts verrate.«

Taran hatte noch nie das Gefühl gehabt, aufspringen und jubeln und gleichzeitig im Boden vor Scham versinken zu wollen. »Meinst du, du kannst sie überreden, mich am Wochenende zu besuchen? Ich würde ihr gerne persönlich sagen, wie leid mir das alles tut.«

»Ich glaube, am Wochenende klappt es nicht, aber Montag bestimmt.«

Taran horchte auf. Es war ein seltsamer Unterton in Jennifers Stimme gelegen, und jetzt sprach sie auch schon hastig und betont fröhlich weiter.

»Gibt es etwas, das ich dir besorgen soll? Bücher, Fachzeitschriften, Kleidung oder ...«

»Wo ist Nina am Wochenende?«

»Ach, keine Ahnung, sie meinte nur, sie fährt ans Meer.« Jetzt klang Jennifer geradezu aufgekratzt, und bei Taran klingelten sofort die Alarmglocken.

Ans Meer ...

Er sah Nina wieder vor sich am Strand von Malagueta, wie die Meeresbrise ihr durchs Haar fuhr, sie genüsslich an ihrem Eis schleckte und verkündete, dass es nach Sommer schmeckte und ihr erstes Eis des Jahres war. Ihre Augen hatten in der Sonne wie Meeresleuchten gefunkelt und er hatte den Blick nicht mehr von ihrem Mund abwenden können und ganz andere Vorstellungen davon gehabt, was er jetzt zum ersten Mal schmecken wollte, während er ihr irgendwas von den Eisexperimenten der Römer und Perser erzählt hatte. Und in genau diesem Augenblick hatte sie seine sehnsüchtige Stimmung mit den Worten erstickt:

Orlando soll hier irgendwo eine Villa haben.

»Sie will zu Torres, nicht wahr?«, unterbrach Taran seine Schwester, ohne ihr überhaupt zugehört zu haben.

Jennifer verdrehte die Augen. »Himmel, ja, aber du brauchst gar nicht so böse zu gucken. Sie macht das nur wegen dir. Ihr liegt nichts an ihm. Du kannst dir doch denken, was sie herausfinden will.«

»Allerdings. Und ich möchte das nicht. Wenn es stimmt, was wir vermuten, ist das viel zu gefährlich. Ich meine ... denk nur mal an die Beweise gegen mich!«

»Ich stimme dir von Herzen zu, aber erstens ist Nina nicht der Typ Frau, dem man so leicht etwas ausreden kann, und zweitens ist sie schon unterwegs.«

Es fühlte sich an wie ein Schlag in den Bauch. »Verdammt, Jen! Hast du wenigstens Kontakt zu ihr?«

»Natürlich. Wir schreiben uns, mach dir keine Sorgen.«

Doch, genau die machte er sich. Auch Stunden danach im Bett noch. Er wälzte sich unruhig hin und her, bis Felipe zu schimpfen begann und ihn fragte, ob er Flöhe hätte. Sie hatten die Gardine vor dem Fenster offengelassen, und Taran spähte von dem oberen Stockbett aus in den Sternenhimmel. Plötzlich wusste er wieder, wann er zuletzt an ein Wunder geglaubt hatte. Auf dem Silla de Moro gegenüber der Alhambra, als er Nina von dem Leuchten vergangener Sterne erzählt hatte. Er hatte völlig falsche Vorstellungen von der Reise mit ihr gehabt und sie für einen ganz anderen Menschen gehalten. Es war ihm wie ein Wunder vorgekommen, dass sie auf der Decke unter den Sternen saßen, so nah, er hätte nur die Hand ausstrecken müssen, um sie zu berühren. Seine Erinnerungen sprangen zu ihrer gemeinsamen Nacht. Er vermisste den Geschmack ihrer Haut, ihre zarten Lippen, ihre schlanken Finger, die über seinen Rücken zu seinen Hüften glitten. Taran starrte an die Decke, nur einen halben Meter über ihm. Wenn Orlando Nina etwas antat, würde Taran ihn fertigmachen, sobald er aus diesem Loch herauskam.

In seiner winzigen Zelle war es vollkommen still.

In seinem Kopf brüllte er wie ein Wahnsinniger.

37

Nina war froh, dass es ihr gelungen war, für Tarans Schwester im selben Hotel ein Zimmer zu reservieren, in dem auch sie wohnte. Nach ihrem Besuch bei Sofía und Ramón waren sie abends noch lange zusammengesessen und hatten Pläne geschmiedet. Jennifer war ihr auf Anhieb sympathisch gewesen, und je länger sie mit ihr zu tun hatte, umso mehr mochte sie die vier Jahre ältere Frau, die sich so sehr für ihren Bruder engagierte, obwohl er seit seiner Kindheit nahezu jeden Kontakt zu ihr abgebrochen hatte.

Zum Frühstück erschien Jennifer an diesem Freitagmorgen verspätet, und Nina wollte sie gerade anrufen, als sie das Restaurant betrat. Sie sah blass aus und hatte dunkle Schatten unter den Augen. Ungeschminkt, die Haare hastig zu einem Pferdeschwanz gebunden, sah sie aus, als wäre sie eben erst aufgestanden.

»Guten Morgen! Entschuldige, ich wollte dich nicht warten lassen, aber ich habe eine furchtbare Nacht hinter mir«, sagte sie ein wenig atemlos, als sie sich zu ihr an den Tisch setzte.

»Schon in Ordnung, ich habe mir schon mal einen Kaffee gegönnt.« Nina zwinkerte ihr zu und wurde dann ernst. »Aber du siehst ganz schön fertig aus. Machst du dir Sorgen um Taran?«

»Das auch.« Sie seufzte und legte die Hände auf ihren gewölbten Bauch. »Und der Knirps hat ausgerechnet heute Nacht beschlossen, Flamenco zu tanzen. Perfektes Timing. Ich dachte schon, die Wehen setzen ein, aber die Schmerzen waren nicht regelmäßig, und dann war der Spuk plötzlich wieder vorbei.«

Nina erschrak. »Oh, nein! Willst du nicht lieber abklären lassen, ob alles mit dem Kleinen in Ordnung ist?«

Jennifer nickte. »Sollte ich wohl tun. Kommt immer alles auf einmal zusammen, was?« Sie seufzte und zog ihr Handy aus der Tasche. »Keine Ahnung, wo hier der nächste Gynäkologe ist.«

»An deiner Stelle würde ich lieber sofort in eine Klinik fahren. Pass auf, du sagst mir jetzt erst mal, was du essen möchtest, ich such es dir am Buffet zusammen, und in der Zwischenzeit googelst du das nächstgelegene Krankenhaus mit gynäkologischer Abteilung.«

»Du bist ein Schatz, Nina.« Sie lächelte. »Hätte nicht gedacht, dass Taran doch noch einmal auf einen stößt.«

Nina spürte, wie ihre Wangen rot wurden, und gleichzeitig fühlte sie einen Stich in der Brust. »Ach, Jen. Ob dein Bruder mit mir noch was zu tun haben will, steht in den Sternen.«

»Ich trete ihm in seinen hübschen Hintern, sobald er rauskommt.«

»Kommt gar nicht in Frage. Ich möchte auch nicht, dass du ihm von meinem geplanten Treffen mit Orlando erzählst und was ich sonst noch mithelfe, um ihn freizubekommen. Er soll sich nicht aus Dankbarkeit verpflichtet fühlen, mit mir zusammen zu sein. So was kann auf Dauer nicht funktionieren. Und wahrscheinlich hat er recht und wir zwei sind einfach zu unterschiedlich.«

»Ja, ja, schon gut! Ich bin mir dennoch sicher, dass ihr zwei gut zusammenpasst – stur und stolz seid ihr jedenfalls beide. Aber das zwischen euch ist was Besonderes. Im Übrigen hat der Knast auch seine Vorteile. Er kann sich zumindest nicht zum Trost nach eurem Streit gleich in eine neue Beziehung stürzen, wie gewisse andere Mitglieder der Spezies Mann.« Sie strich gedankenverloren über ihren Bauch.

»Sein Vater ...«, begann Nina vorsichtig.

»... ist ein Arsch!« Jennifer schüttelte stirnrunzelnd den Kopf.

»Bring mir bitte ein Müsli mit Obst und einen Kaffee, dann erzähle ich dir von Thomas.«

Zwei Stunden später saß Nina im Wartesaal der Gynäkologie der Universitätsklinik Virgen del Rocío. Tarans Schwester war als Erstes Blut abgenommen worden, und jetzt wurde sie gerade untersucht. Sie hatte ihr beim Frühstück erzählt, dass sie den Vater des Kleinen schon während ihres Studiums kennengelernt hatte. Thomas und sie waren vier Jahre lang zusammen gewesen. Nach ihrem Staatsexamen hatte Jennifer das Angebot erhalten, in der Kanzlei einzusteigen, in der sie schon ein Praktikum gemacht hatte. Thomas wollte lieber nach New York zu einer internationalen Kanzlei gehen. Darüber waren sie in Streit geraten.

»Wir haben uns beide vorgeworfen, egoistisch zu sein. Na ja, wahrscheinlich waren wir das zu dem Zeitpunkt auch. Alle möglichen Kleinigkeiten, die uns schon lange an dem anderen aufgefallen waren, kochten plötzlich hoch. Thomas hat dann seine Koffer gepackt, woraufhin ich ihm gesagt habe, er brauche nicht glauben, dass er wiederkommen könne, wenn er jetzt ginge.«

»Aber das Baby …?«, hatte Nina eingewandt.

»Von dem Baby in meinem Bauch wussten wir damals beide noch nichts.« Jennifer hatte den Mund verzogen. »Ich wollte es ihm sagen, sobald ich von der Schwangerschaft erfahren hatte. Aber erst einmal war ich selbst total durcheinander. Dann habe ich gehofft, er würde sich irgendwann bei mir melden und sich entschuldigen. Oder zumindest mal nachfragen, wie es mir denn gehe. Aber die Monate vergingen, und als ich mich endlich dazu durchgerungen hatte, mit ihm zu sprechen, habe ich auf seinem Instagram Account lauter strahlende Selfies von ihm mit einer anderen Frau vor der Skyline von Manhattan entdeckt.«

»Scheiße!«

»Du sagst es. Da habe ich beschlossen, Elias allein großzuziehen.«

Nina lächelte. »Schöner Name. Aber du solltest dir dennoch gut überlegen, ob du Thomas nicht besser von eurem Kind erzählst. Ich meine, der Kleine wird dich früher oder später doch nach seinem Papa fragen.«

»Ich weiß.« Jennifer hatte ihre Stirn massiert. »Ich warte jetzt erst einmal ab, bis er auf der Welt ist. Dass es dem Kind gutgeht und Tarans Unschuld bewiesen wird, hat aktuell Vorrang. Mit Thomas kann ich mich hinterher noch auseinandersetzen.«

»Wann siehst du Taran denn jetzt wieder?«

»Wenn mit dem Baby alles in Ordnung ist, werde ich heute Nachmittag Enrico ins Gefängnis begleiten.«

Während Nina auf Jennifer wartete, versuchte sie, die Gedanken daran, wie Taran sich nach dem Urteil fühlte und wie ihr Gespräch mit ihm in seinem neuen Gefängnis verlaufen würde, zu verdrängen und konzentrierte sich auf ihren Plan. Zuerst telefonierte sie mit Elena Munez vom DAI in Madrid.

»Frau Winter? Ich kann mir denken, weshalb Sie anrufen. Sie haben sicher von der Verhaftung von Taran Sternberg gehört. Ich versichere Ihnen, Herr Sternberg ist ...«

»Sie brauchen ihn nicht zu verteidigen Dr. Munez«, sagte Nina.

»Oh, dann haben Sie bereits entschieden, dieses Projekt ihrem Mandanten nicht zur Förderung vorzuschlagen?« Ihre Stimme klang belegt.

»Ganz im Gegenteil. Ich halte die Ausgrabung in Gelves nach wie vor für ein außergewöhnliches Projekt und habe mich ausführlich mit Ihrem Ausgrabungsleiter darüber unterhalten. Obwohl ich ihn erst seit kurzem kenne, bin ich davon überzeugt, dass die Anschuldigungen, die man gegen ihn erhoben hat, ungerechtfertigt sind. Das bringt mich allerdings in eine moralische Zwickmühle. Ich müsste meinem Mandanten über Dr. Sternbergs Verhaftung Bescheid geben, gehe aber davon aus, dass er dann von einer Förderung von Gelves Abstand nehmen wird.«

»Ich verstehe und bin wirklich sehr froh, dass Sie Taran ebenso ehrenhaft einschätzen wie ich. Aber was schlagen Sie nun vor?«

»Ich möchte Herrn Roth gerne sagen, dass ich ihm erst Ende nächster Woche Bescheid geben kann, da das Gutachten noch nicht ganz fertiggestellt ist. Sollte er bei Ihnen anrufen, was unwahrscheinlich, aber nicht völlig auszuschließen ist, würde ich Sie daher bitten, ihm nichts von Tarans … ich meine, Herrn Dr. Sternbergs Verhaftung zu sagen.«

»Das werde ich sehr gerne tun. Ich danke Ihnen für Ihr Vertrauen, Frau Winter. Und ich hoffe sehr, dass sich die Missverständnisse in kurzer Zeit klären werden und Taran wieder freigelassen wird.«

»Das hoffe ich auch, Frau Dr. Munez.«

Kaum hatte Nina aufgelegt, rief sie Alexander Roth an. Das Glück war auf ihrer Seite. Er hatte offenbar gerade massive Probleme mit Zulieferern von Maschinenteilen für seine Jachten.

»Hören Sie, Frau Winter, ich habe im Moment wirklich ganz andere Sorgen. Meine Telefone stehen nicht still, und ich muss gleich in ein wichtiges Meeting mit einem Lieferanten aus China. Von mir aus können Sie gerne bis nächste Woche prüfen, solange Sie mir hinterher nicht Unmengen von Überstunden in Rechnung stellen.«

»Ich versichere Ihnen, die Kosten für mein Gutachten werden nicht über den vereinbarten Preis hinausgehen, und kann Ihnen jetzt schon zusichern, dass Gelves aller Voraussicht nach als Kandidat für Ihr Fördervorhaben in Frage kommt. Aber ich liefere nicht gerne Halbgares ab und möchte meine Bewertung mit gutem Gewissen zu einem Abschluss bringen.«

»Das sollten Sie mal meinen Zulieferern erzählen. Die haben

weniger Probleme damit, mir halbfertige oder kaputte Ersatzteile zu schicken.«

Anschließend gab sie im Münchner Büro Bescheid, dass alles nach Plan laufe, sie in Kürze das Gutachten an Roth senden und dann in ihren Osterurlaub gehen werde. »Ich schick dir meine Stundenzahl und die Kostenaufstellung bis Ende April zu, Mai-Lin.«

»Alles klar. Schönen Urlaub. Und, Nina ...«

»Ja?«

»Wenn du wieder zurück bist, müssen wir zwei uns mal über Nils unterhalten.«

»Was ist mit ihm?«

»Na ja, ich sag dir das nur ungern, aber der heizt hier die Gerüchteküche mit Geschichten über dich an ... ich kenne dich zum Glück lange genug, um zu wissen, dass das alles gelogen ist. Aber die Neulinge ...«

Nina war aufgesprungen und zum Fenster gegangen. Sie bemerkte, wie ihr Herz plötzlich schneller klopfte. »Man glaubt ihm?«

»Na ja, du weißt, wie einnehmend Nils sein kann. Er macht das auch sehr geschickt, behauptet Dinge, die angeblich nur er beobachtet hat, weshalb man ihm nur schwer widersprechen kann. Wenn ich dabei bin oder andere, die dich gut kennen, hält er sich zurück, aber ich weiß aus einigen vertraulichen Quellen, dass er bei anderen Gelegenheiten kein gutes Haar an dir lässt.«

»Okay. Danke für die Warnung, Mai-Lin.«

»Wir kriegen das schon in den Griff. Vielleicht hilft es, wenn ihr euch einmal richtig ausspricht.«

Das bezweifelte Nina. Sie dachte schaudernd an Nils' abfällige Worte über Jan. Damals war ihr nicht bewusst gewesen, wie rachsüchtig er sein konnte.

»Genieß du jetzt erst einmal deinen Urlaub.«

Nina lehnte ihre Stirn an die Fensterglasscheibe und hatte plötzlich das Gefühl, keine Luft mehr zu bekommen. Die Sorge um Taran, die Ungewissheit vor dem Wochenende mit Orlando und jetzt auch noch Mobbingaktionen hinter ihrem Rücken von Nils. Oh ja, sie wusste genau, wie charmant er sein konnte. Es war einfach, ihm zu glauben. Sie sammelte sich und ging zur Anmeldung, um nach Jennifer zu fragen.

»Es fehlen noch die Ergebnisse der Blutuntersuchung. Der Doppler-Ultraschall ist gleich fertig. Anschließend hat sie ein Gespräch mit dem Arzt.«

»Sagen Sie ihr bitte, ich bin nur kurz draußen, um frische Luft zu schnappen. Ich komme gleich wieder.«

Nina eilte durch die Krankenhauskorridore, als wäre sie auf der Flucht. Kopfschmerzen stellten sich bei ihr ein und sie blieb kurz stehen, um sich einen Kaffee aus dem Automaten herauszulassen. Vielleicht half Koffein. Zur Not musste sie eine Schmerztablette nehmen. In ihrer Handtasche hatte sie immer ein kleines First Aid Kit dabei. Sie ging nun langsamer, damit der Kaffee nicht aus dem Pappbecher schwappte, und trat durch die Tür ins Freie. Nach dem klimatisierten Krankenhausinneren, in dem sie froh über ihre Lederjacke über dem T-Shirt gewesen war, umfing sie hier die wohlige Wärme der Frühlingssonne. Es war bereits elf Uhr. Sie trank einen Schluck Kaffee und wanderte gedankenverloren über den Parkplatz zu dem Grünstreifen, wo einige Bänke für Besucher und ihre Angehörigen aufgestellt waren. In Gedanken bei Nils und was sie daheim gegen seine hinterhältigen Anfeindungen unternehmen sollte, achtete sie nicht weiter auf ihre Umgebung. Erst als sie eine Stimme hörte, die sie eindeutig kannte, schaute sie auf und schüttete sich vor Schreck den heißen Kaffee über die Hand. Verflucht!

Nur wenige Schritte von ihr entfernt stand Orlando zusammen mit einem jüngeren Mann und einer zierlichen Frau mit langen schwarzen Haaren. Zum Glück hatte er ihr den Rücken zugewandt.

»… ihm auch nicht geholfen«, schimpfte er laut.

»Das sagst du nur, weil du immer Papás Interessen vertrittst«, rief die Frau. Sie war ausgesprochen hübsch, aber sah erschöpft aus. Der Mann in Jogginghose und T-Shirt kam ihr vage bekannt vor, aber Nina konnte ihn nicht recht zuordnen. Orlando sah wie immer wie aus dem Ei gepellt in seinem Anzug aus. Was sollte sie jetzt tun? Am besten, sich umdrehen und gehen, bevor er sie bemerkte.

»Vielleicht fragst du ihn selbst, was er sich wünscht, wenn er wieder aus dem Koma aufwacht«, entgegnete der junge Mann aufgebracht.

»Es geht weder um Leon noch darum, was Rico nach dem Aufwachen von sich gibt. Glaubst du ernsthaft, er würde glücklich werden, wenn seine einzige Aufgabe darin besteht …« Orlando hatte wild gestikuliert und sich beim Reden in genau dem Moment zu ihr umgewandt, als Nina gerade wieder zurückgehen wollte. Er brach ab und seine Augen weiteten sich überrascht.

Nina beschloss spontan, die Flucht nach vorn anzutreten, alles andere wäre verdächtig. Sie setzte ein strahlendes Lächeln auf und ging auf die Gruppe zu.

»Hola, Orlando!«

»Nina, was machst du denn hier? Ist etwas passiert?«

»Nichts Schlimmes.« Von Tarans Schwester durfte sie ihm auf keinen Fall erzählen. »Ich begleite nur Sofía zu einer Routineuntersuchung.«

Ihr Blick wanderte zu der Frau, die sie mit zusammengekniffenen Augen musterte. Sie wirkte verärgert, vermutlich, weil Nina ihr Gespräch unterbrochen hatte. Orlando machte keine Anstalten, die beiden vorzustellen, und schien ausnahmsweise einmal sprachlos zu sein.

»Ja, also, ich möchte dich nicht länger stören. Wir sehen uns dann morgen.« Und plötzlich kam ihr eine Idee. »Mach dir nicht die Mühe, mich abzuholen, schick mir einfach die Adresse, ich nehme mir einen Mietwagen, weil ...« Sie geriet ins Stocken, als der feindselige Blick der Frau sie traf. »... weil ich vorab nach Cádiz fahren möchte. Die alte Phönizier-Stadt kann ich mir doch nicht entgehen lassen.« Sie zwinkerte ihm zu.

Orlando sah aus, als wollte er widersprechen oder zumindest etwas ganz anderes sagen, aber in Anwesenheit der beiden hob er nur die Hand, lächelte und erklärte: »Ich schreib dir nachher. Bis morgen, Nina.«

Während sie zurück ins Gebäude marschierte, fragte sie sich, was diese Szene zu bedeuten hatte. Dieser Rico war offenbar jemand, der schwer krank war. Alle drei hatten angespannt und wütend aufeinander gewirkt. Anscheinend war sie hier mitten in einen Familienstreit hineingeplatzt.

Als Nina endlich wieder auf der Gynäkologie anlangte, musste sie nur einen Blick in Jennifers strahlendes Gesicht werfen, um zu wissen, dass mit dem kleinen Elias alles in Ordnung war. Sie atmete erleichtert auf. Wenigstens eine gute Neuigkeit.

»Und?«, fragte sie.

Jennifer hielt ihr eine Ultraschallaufnahme hin, und Nina stieß einen verblüfften Laut aus. Auf dem Schwarzweißbild war ein Köpfchen zu sehen mit einer niedlichen Stupsnase und einen kleinen Mund, darunter eine schmale Brust mit Rippenbogen.

»Wahnsinn, das ist ...«

»Ein ganz schöner Strolch. Er hat sich in der Nacht gedreht und liegt jetzt schon in der richtigen Geburtsposition mit Kopf nach unten. Ich hoffe, das ist kein Zeichen, dass er früher rauswill.«

»Das fehlte noch!« Nina lachte und umarmte Jennifer. »Ich

bin so froh, dass alles gut gegangen ist.« Sie löste sich wieder von ihr. »Ich habe auch Neuigkeiten.«

Sie erzählte ihr von Orlando. »Ich werde das Sofía sagen. Vielleicht können ihre Kontakte bei der Guardia herausbekommen, wer dieser Rico ist und wie Orlando zu ihm steht.«

»Du meinst, das könnte wichtig für Tarans Fall sein?«

»Keine Ahnung. Ist nur so ein Gefühl. Jedenfalls war er furchtbar aufgebracht. Der junge Mann, der bei ihm war, kam mir auch irgendwie bekannt vor, aber ich komme im Moment nicht darauf, wo ich ihn schon einmal gesehen habe.«

Sicherheitshalber, um nicht zusammen von Orlando entdeckt zu werden, beschlossen sie, getrennt das Krankenhaus zu verlassen und kein gemeinsames Taxi zurück zum Hotel zu nehmen.

Nach einem kleinen Lunch wurde Jennifer von Enrico abgeholt, um Taran zu besuchen, und Nina packte ihren Trolley mit dem Notwendigsten für das Wochenende bei Orlando. Die nächste Mietwagenstation war an der Plaza de Armas, nur zehn Minuten zu Fuß von ihrem Hotel entfernt. Sich von Orlando abholen zu lassen, war ihr im Nachhinein nicht klug erschienen. Sie hatte keine Ahnung, wie einsam seine Villa gelegen war, und wollte sich nicht der Möglichkeit berauben, jederzeit mit dem eigenen Auto wegfahren zu können, falls die Situation es erforderte. Sie hatte ihm erzählt, dass sie früher losfahren würde, um sich noch Cádiz anzuschauen, die perfekte Begründung. Sie scrollte durch ihre Nachrichten, und tatsächlich hatte Orlando ihr bereits geschrieben und ihr die Adresse seiner Villa am Meer genannt. Südlich von Málaga hatte er gesagt. Er hätte auch gleich sagen können, dass sie in der Luxusenklave Marbella lag.

»Ich hätte dich sehr gerne nach Cádiz begleitet. Aber wie du mitbekommen hast, ist jemand, der mir nahesteht, schwer erkrankt. Daher kann ich erst morgen Nachmittag am Meer eintreffen. Es tut mir wirklich sehr leid. Magst du gegen vier zu mir kommen? Ich freue mich unendlich auf die Zeit mit dir. Orlando«.

Im Gegensatz zu mir, dachte Nina grimmig und schrieb. »Gute Besserung für deinen Freund. Mach dir keine Gedanken, ich finde mich in Cádiz auch allein zurecht, Taran hat mir schließlich schon genug davon vorgeschwärmt. Ich freu mich auch auf die Zeit mit dir am Meer. Bis morgen um vier. Nina«. Den Seitenhieb auf Taran hatte sie sich einfach nicht verkneifen können. Hinterher machte sie einen Screenshot von Orlandos Nachricht mit Adresse und leitete sie an Sofía weiter. Dann buchte sie ein Zimmer in einem Hotel in der Altstadt von Cádiz. Die ganzen Vorbereitungen halfen ihr über ihre ewigen Grübeleien hinweg. Die Idee, durch eine Besichtigung von Cádiz einer gemeinsamen Fahrt mit Orlando zu entgehen, war ihr spontan gekommen, doch der Ortswechsel würde ihr auch guttun, um nicht vor Schuldgefühl und Sorge um Taran durchzudrehen.

Aber als sie auf der Autobahn in dem kleinen weißen Seat Richtung Süden fuhr, wurde Nina das Herz schwer. Wieder und wieder musste sie an Taran denken. Sie vermisste seine melodische Stimme. Er hatte für sie vergangene Sterne vom Himmel geholt und wieder zum Leuchten gebracht. Ohne ihn fühlte es sich plötzlich eigenartig an, eine Stadtbesichtigung zu planen, auch noch ausgerechnet von einer Stadt, die von den Phöniziern als eine der ersten im neunten Jahrhundert vor Christus auf der Iberischen Halbinsel gegründet worden war. Was hätte ihr Taran alles darüber erzählen können!

Ach, Paps. Ich vermisse Taran schon nach so kurzer Zeit des Zusammenseins. Wie muss es erst für dich gewesen sein, als Mama starb?

38

Orlando sah Nina nach, wie sie zurück zum Eingang der Klinik ging. Die Bikerjacke stand ihr, ließ sie verwegen wirken. Es gefiel ihm, wie ihr langes blondes Haar über das schwarze Leder floss und bei jedem Schritt ihre Figur umschmeichelte.

»Wer ist das?« Er fuhr zusammen, als er Rosas Stimme hörte, und drehte sich um. Sie hatte die Augen zu schmalen Schlitzen verengt, und ihr Mund war ein dünner blassrosa Strich in dem bleichen Gesicht. Einen Augenblick lang erwog er, ob er ihr nicht einfach ehrlich sagen sollte, was er für Nina empfand. Er war immer noch wütend auf sie, auf sich selbst und auf Izan, der mit seiner verdammten Tournee Ricardo unter Zugzwang gesetzt hatte. Aber dann entschied er, dass es für heute genug war. Die vergangenen Stunden waren anstrengend für alle gewesen. Es hatte eine halbe Ewigkeit gedauert, bis die Ärzte ihnen mitgeteilt hatten, dass der Junge über den Berg war und überleben würde. Aber Nieren und Leber hatten versagt und man hatte ihn in ein künstliches Koma versetzt. Orlando würde sich umhören. Wenn einer von ihren eigenen Leuten Rico die Designerdroge gegeben hatte, würde der was erleben. Zum Glück unterlagen die Ärzte der Schweigepflicht, sodass die Polizei nicht verständigt worden war. Außer ihnen dreien wusste noch niemand von Ricardos Zustand, und das sollte auch so bleiben. Er war zäh, ganz sicher würde er es schaffen, und daher gab es keinen zwingenden Grund, Leon jetzt gleich Bescheid zu geben. Auf neue Dramen vor seiner Fahrt nach Marbella und dem Treffen mit Nina konnte er wirklich verzichten. Vielleicht gelang es ihm sogar, sich früher von hier loszueisen und doch wie geplant mit ihr zusammen zu fahren.

Orlando beantwortete also Rosas Frage nach Nina möglichst neutral: »Das ist die Unternehmensberaterin aus Deutschland, die das archäologische Projekt in Gelves bewertet.«

»Hast du das immer noch nicht beendet? Welche Adresse will sie denn von dir haben?«

»Ist das hier ein Verhör? Meine Geschäfte gehen dich nichts an, Rosa!«

»Wenn sie die Familieninteressen gefährden, schon.«

Orlando wunderte sich. So hatte Ricos Schwester noch nie mit ihm gesprochen. Sie musste wirklich vollkommen durcheinander in ihrer Sorge um den Bruder sein. Ihre dunklen Augen blitzten kampflustig in ihrem schmalen Gesicht auf, und sie pustete sich eine Haarlocke aus der Stirn. Irgendwie süß war sie schon, wie ein Kätzchen, das sich plötzlich seiner Krallen bewusst wurde und sie zum ersten Mal ausfuhr. Galt ihre Angst nur ihrem Bruder, oder ahnte sie, was er für Nina empfand, und war eifersüchtig? Er beschloss, sie nicht allzu sehr zu reizen, und griff Ninas Worte auf.

»Sie will die Adresse eines Hotels in Strandnähe, wenn du es genau wissen willst. In Cádiz gibt es ein Archäologisches Museum mit zwei phönizischen Sarkophagen aus dem sechsten Jahrhundert vor Christus. Ich habe Nina versprochen, ihr nach unserer Bewertung die Stadt zu zeigen. Konnte schließlich keiner ahnen, dass dein Bruder sich ausgerechnet an diesem Wochenende ins Nirwana schießen will.«

Izan schnaubte verärgert auf. »Allein deine Schuld. Wärst du am Telefon nicht so unfreundlich mit ihm umgesprungen ...«

»Sei mal bloß still, Junge! Wenn ich das richtig verstanden habe, bist du derjenige, der ihm das Messer auf die Brust gesetzt hat. Entweder er begleitet dich auf deine Tournee oder er muss befürchten, dass du ihn abservierst.«

»Das habe ich nie gesagt und würde so etwas nie tun!«, empörte sich Izan. Jetzt gab es schon zwei Augenpaare, die ihn zornerfüllt anblitzten.

»Aber das denkt er vielleicht.«

Eine weißhaarige Frau, die gerade an ihnen vorübergegangen war, hatte bei Izans lauten Worten den Kopf umgewandt und warf ihnen einen missbilligenden Blick zu.

»Lass uns einen Kaffee kaufen und zu meinem Auto gehen und reden. Hier gibt es zu viele, die uns belauschen könnten«, sagte Orlando leise.

»Wir können Rico aber nicht lange allein lassen!«, zischte Rosa. »Wenn einer vom Castañas-Clan von der Sache erfährt, ist er ihnen in seinem Zustand schutzlos ausgeliefert. Und ich kann unmöglich Papás Leibwächter informieren, ohne dass alles auffliegt.«

Das war auch Orlando klar. Sie würden auf der Stelle Leon Bescheid geben, und dann würde es für sie alle sehr ungemütlich werden. Deshalb hatte er vorgesorgt.

»Weder die Konkurrenz noch die Guardia weiß, wer er ist, entspann dich! Ich habe ihn bei unserer Ankunft unter dem Namen Ricardo Torres gemeldet und für meinen Bruder ausgegeben, der aus Südamerika zu Besuch ist. Außerdem habe ich eine Erklärung unterschrieben, dass ich für seine Behandlungskosten privat aufkomme. Die haben ausschließlich meine Personalien.«

Rosa atmete auf, und die Wut wich aus ihrem Blick. Orlando glaubte sogar, einen Funken der alten Bewunderung für ihn darin aufblitzen zu sehen.

Kaffeeduft erfüllte wenig später Orlandos Wageninneres, und er trank genüsslich einen Schluck des heißen Gebräus im Pappbecher und überlegte, ob er nicht noch eine von den Koffeintabletten, die er im Handschuhfach hatte, nehmen sollte. Rosa hatte es sich auf dem Beifahrersitz bequem gemacht, Izan kauerte auf der Rücksitzbank.

»Warum hast du dieser Nina eine private Fahrt nach Cádiz

versprochen?«, fragte Rosa und nippte ebenfalls an ihrem Kaffee. Langsam kehrte Farbe in ihre Wangen zurück.

Orlando seufzte. »Himmel, Rosa! Wir haben wahrlich Wichtigeres zu besprechen.«

Sie drehte ihm den Kopf zu. »Du willst was mit ihr anfangen«, sagte sie geradeheraus.

Er hielt ihrem Blick stand und lächelte spöttisch. »Und wenn?« Langsam reichte es ihm. Schließlich waren sie kein Paar.

Erstaunlicherweise blieb sie gelassen. Er hatte schon befürchtet, sie würde wieder in Tränen ausbrechen und aus dem Auto stürmen. Etwas Neues lag in ihrer Miene, das er bislang darin noch nicht wahrgenommen hatte. Wäre es nicht Rosa, die da neben ihm saß, würde er ihren Blick berechnend und abwägend nennen. Sekundenlang sahen sie sich stumm an.

»Ihr zwei macht mich fertig!«, ließ sich Izan hinter ihnen vernehmen. »Ich dachte, wir reden jetzt endlich über Ricardo?«

»Dachte ich auch«, erklärte Orlando schulterzuckend, und da er ein Blaulicht aus dem Augenwinkel wahrnahm, spähte er in einem Reflex an Rosa vorbei auf den Parkplatz und die Einfahrt. Aber es war nur ein Krankenwagen, der vorfuhr. »Mein Gutachten ist beendet, ich muss Nina nur noch davon überzeugen, dass sie mir die Leitung der Ausgrabung in Gelves überträgt.« Er machte sich auf weitere Fragen gefasst, Rosa jedoch erklärte:

»Um dein Renommee als Archäologe aufzupolieren? Papá hat etwas Ähnliches schon erwähnt. Gut, lassen wir das. Wichtiger ist: Einer von uns dreien sollte in den nächsten Tagen immer bei Rico bleiben. Ich kann nicht die Leibwächter zu seiner Sicherheit kommen lassen. Wenn du übers Wochenende mit dieser Nina verreisen möchtest, musst du eben heute die erste Schicht übernehmen. Kriegst du das hin?«

Orlando nickte. »Geht in Ordnung.«

»Wie sieht es bei dir aus, Izan?«

»Ich habe am Sonntag einen Auftritt. Morgen wäre mir lieber.«

»Dann übernehme ich den Sonntag. Wir sagen niemandem ein Wort, und alles Weitere besprechen wir, sobald Ricardo aufgewacht ist und mitreden kann. Es ist schließlich seine Zukunft. Wir sollten nicht einfach ohne ihn darüber bestimmen.«

»Ganz neue Töne«, spottete Orlando.

»Wenn du eine Entschuldigung von mir erwartest, muss ich dich enttäuschen. Ich liebe Rico und würde alles für ihn und meine Familie tun. Selbst einen Mann wählen, der nichts für mich empfindet, wenn das vonnöten ist. Mein einziger Fehler war, dass ich bislang dachte, du würdest das ebenso empfinden. Aber wie du heute Morgen schon richtig sagtest, du bist nur ein Junge, den mein Vater irgendwo aus dem Dreck gezogen hat. Ich habe dich viel zu lange für einen von uns gehalten.«

Es fühlte sich an, als hätte Rosa einen Eimer Eiswasser über seinem Kopf entleert und ihn anschließend in seine Magengrube gerammt. Ihre Miene war unverändert ernst, kein Zittern oder Zögern in ihrer Stimme. Zum ersten Mal bemerkte Orlando, dass sie ihrem Vater viel ähnlicher war als ihrer Mutter. Er ließ sich nicht anmerken, wie sehr ihn ihre Worte getroffen hatten.

»Verstehe. Dann ist vorerst also alles geklärt und ihr könnt heimfahren und ich übernehme die erste Schicht. Nur eines noch, und das solltest insbesondere du dir durch den Kopf gehen lassen«, sagte er zu Izan gewandt. »Rico braucht in seinem Leben eine Aufgabe. Er ist zu klug, um nur dein dich anhimmelnder Tourbegleiter zu sein.« Orlando hob die Hand, als der junge Mann aufbrausen wollte. »Wenn du es jetzt darauf anlegst, dass er mit seiner Familie bricht, und hinterher geht das mit euch beiden in die Brüche, hat er niemanden mehr, der ihm hilft, keine Ausbildung, rein gar nichts.«

»Ich werde Rico immer unterstützen«, warf Rosa ein, aber ihre Miene war nachdenklich geworden.

»Das würde ich auch, gleichgültig, was du gerade von mir denkst. Aber er wird das nicht annehmen wollen. Wenn du wirklich zusammen mit Alejandro die Geschäfte übernehmen willst, überleg dir, wie du Rico sinnvoll integrieren kannst. Euer Plan«, er spuckte das Wort verächtlich aus, »war überhaupt nicht durchdacht. Er kann nicht einfach aussteigen. Dafür seid ihr Ferers viel zu bekannt. Einer der anderen Clans würde ihn entführen, um Leon oder dich zu erpressen.«

»Rico hat gesagt, ein Vater würde nicht mehr mit ihm reden, sobald er sich outet, und außerdem möchte er nichts mehr mit den Geschäften …«, begann Izan, doch Rosa schnitt ihm das Wort ab.

»Orlando hat recht. Wir müssen uns das noch einmal durch den Kopf gehen lassen. Ich werde mit Rico reden, sobald es ihm besser geht, und du wirst dich aus dieser Familienangelegenheit raushalten, sonst sorge ich dafür, dass deine Tournee abgeblasen wird.«

Orlando, der gerade an seinem Kaffee nippte, nahm vor Überraschung einen zu tiefen Schluck und verbrühte sich die Zunge. Er sah zwischen ihr und dem Flamencotänzer hin und her.

»Das kannst du nicht tun«, flüsterte Izan entsetzt. »Weißt du, wie viele Jahre harte Arbeit mich das gekostet hat? Welche Chance das für mich ist?«

»Ich kann und ich werde. Du hast keine Ahnung, welchen Einfluss meine Familie hat. Sieh mich nicht so an! Ich will euch doch helfen, aber wir werden das nicht wie beim letzten Mal überstürzen. Im Moment können wir froh sein, dass Rico überlebt hat.« Izan schluckte und senkte den Blick.

Wer bist du und wo hast du die kleine Rosa gelassen?

Das fragte Orlando sich immer noch, nachdem er bereits an Ricardos Bett saß, in einem der wenigen Einzelzimmer der Intensivstation, eigentlich für Patienten mit hochinfektiösen

Krankheiten oder Demenzkranken mit Begleitperson. Es gab sogar ein zweites Bett, auf dem er sich ausruhen konnte. Der Junge sah fürchterlich aus. Ein Beatmungsschlauch steckte in seinem Mund, sein Kopf lag in einer Halterung, um ihn ruhigzustellen, Infusionen, Blutdruckmanschette, Pulsmesser und blinkende Apparate an seiner Seite zeichneten ein Bild des Schreckens. Ab und zu kam eine Krankenschwester oder ein Pfleger herein, sah nach ihm und verschwand wieder. Ein paar Stunden später fühlte Orlando sich, als hätte man ihn auf einer Insel ausgesetzt. An einem Ort, an dem er plötzlich unendlich viel Zeit zum Nachdenken hatte.

Und das war das Schlimmste daran.

Während das Geräusch der Beatmungsmaschine und das leise Piepen der anderen Apparate im Hintergrund versank, dachte er an Izans Worte über seinen Vater nach und daran, was Rosa ihm entgegengeschleudert hatte. *Ich habe dich viel zu lange für einen von uns gehalten.* Erinnerungen an die Zeit, die er als Halbwüchsiger mit den Kindern der Ferers verbracht hatte, strömten auf ihn ein und ließen sich nicht mehr abschütteln.

Nachts wurde sein unruhiger Schlaf immer wieder von dem Pflegepersonal unterbrochen, das nach Ricardo sah. Kurz nach sieben am nächsten Morgen schreckte Orlando auf und dachte, eine Krankenschwester hätte den Raum betreten. Stattdessen stand Izan in Jeans und enganliegendem Hemd im Zimmer und sah wieder ganz wie der Bühnenstar aus. Nur die Schatten unter seinen Augen verrieten, dass er ebenfalls nicht sonderlich viel Schlaf abbekommen hatte. Sein Haar war feucht, und in seinen Händen hielt er zwei Becher Kaffee. Einen davon stellte er zu ihm auf den Tisch, und Orlando gähnte und setzte sich im Bett auf.

»Ich dachte, du wolltest mich erst um neun ablösen, weil du morgens proben musst?«

Izan schüttelte den Kopf und verzog das Gesicht. »Ich weiß

ehrlich gesagt nicht, ob ich es überhaupt schaffe, morgen aufzutreten. Wie geht es ihm?«

»Unverändert. Was den Ärzten zufolge positiv ist.« Orlando stand auf und schlüpfte in seine Schuhe, während Izan an Ricardos Bett trat und vorsichtig seine Hand berührte.

»Wann kommt Rosa?«, fragte Orlando und nippte an dem Kaffee.

»Morgen früh um acht.«

»Zeit genug, dich noch mal aufs Ohr zu hauen und für den Abend fit zu sein.«

»Ich habe über das, was du gesagt hast, nachgedacht.«

»Was genau?«

»Das mit der Tournee.« Izan sah gequält auf. »Glaub mir, ich wollte Rico damit nicht unter Druck setzen. Und ich versteh schon, was du mit deinem Gerede über den Tourbegleiter meinst.« Er fuhr sich durch die Haare und schaute grimmig auf die Apparate, die seinen Freund wie Leibwächter flankierten. Díos, es wurde Zeit, dass Orlando sich aus dem Staub machte. Er hatte gerade genug Probleme in seinem eigenen Leben und keine Lust, für Izan den Seelentröster zu spielen. »Sag das nicht mir, sondern ihm, wenn er wieder aufwacht. Ich muss jetzt los.«

Es war windig und regnete, als Orlando aus der Klinik trat. Er eilte zu seinem Wagen. Hoffentlich wurde das Wetter am Nachmittag besser. Er hatte gehofft, mit Nina auf der Terrasse abendessen zu können. Rasch fädelte er sich in den morgendlichen Verkehr ein. Auf der Rückfahrt zu seiner Wohnung nutzte Orlando die Zeit und telefonierte mit seiner Haushälterin in Marbella, um ihr letzte Anweisungen zu geben. Langsam kehrte seine gute Laune wieder zurück, und die Schuldgefühle, die er gestern noch empfunden hatte, schwanden. Rosa schien also das Interesse an ihm verloren zu haben. Das war gut. Ricardo würde nach ein paar Tagen auf die Beine kommen, sie alle hatten einen heilsamen Schock erlitten, aber würden eine Lösung finden, mit der sie leben konnten. Sollte tatsächlich Rosa die Geschäfte übernehmen, wäre er bereit, ihr zur Seite zu stehen wie ihrem Vater. Im Grunde lief es doch bestens für ihn. Schwungvoll parkte er den Wagen, ignorierte das dumpfe Gefühl in seinem Inneren, das ihm sagte, wie falsch er gerade lag, und freute sich auf das Gespräch, das er gleich mit Nina führen würde. Er stieg aus und marschierte zum Eingang. In dem Moment trat eine Gestalt zwischen den Säulen neben der Tür auf ihn zu, und sein Hochgefühl raste in den Keller wie Alejandros Bitcoin-Aktien, die er sich von ihm nicht hatte ausreden lassen.

»Verschwinde!«, zischte Orlando Dario zu, bevor der Mann noch den Mund aufmachen konnte, und versuchte, sich an ihm vorbeizuwängen. Aber der Kerl wagte es, ihm den Weg zu versperren.

»Zwei von der Guardia waren gestern bei mir«, flüsterte er eindringlich und sah sich gleichzeitig verstohlen zur Seite um.

»Umso wichtiger, dich nicht hier mit mir sehen zu lassen!«

»Du hast gesagt, ich muss nur aussagen und mehr würde nicht passieren. Meine Frau hat einen Riesenschreck bekommen, als die gestern bei mir aufgekreuzt sind und lauter komische Fragen gestellt haben.«

»Geh mir aus dem Weg, bevor ...«

»Die Sache ist für die paar Kröten zu riskant. Ich will mehr«, sagte er mit gieriger und zugleich ängstlicher Stimme.

»Du kriegst gleich mehr, als dir lieb ist, wenn du mich nicht sofort vorbeilässt.« Aber Orlando wusste, dass er seine Drohung nicht wahrmachen konnte. Die Straße war zu belebt, schon jetzt schauten ein paar Wartende an der Bushaltestelle gegenüber zu ihnen herüber. Es musste nur jemand die Szene mit dem Handy filmen, und wer sagte ihm, dass nicht tatsächlich ein Polizeibeamter der Guardia inkognito dort stand. Dario mit nach oben zu nehmen, war aber auch keine Option. Damit machte er sich nur noch verdächtiger.

»Sie hatten Fotos von der Übergabe dabei.«

Orlando, der die Passanten gemustert hatte, riss den Kopf herum. »Etwa von mir?«

Dario nickte. »Wie du das McDonald's-Päckchen deponierst und ich es hinterher rausziehe.«

»Mierda! Was hast du ihnen gesagt?«

»Dass ich Hunger hatte und zufällig vorbeikam«, erklärte Dario mit einem widerlichen Stolz in der Stimme, als ob seine Lüge eine großartige Leistung wäre, für die man ihn sofort loben müsste. Der Vollidiot hätte ohne Anwalt gar nichts sagen brauchen. »Aber meine Frau war stinksauer auf mich. Hat mich einen Widerling genannt, weil ich im Müll gewühlt habe, und ...«

»Hast du ihr die Wahrheit verraten?«

»Natürlich nicht!«

»Gut. Hör zu, du bekommst das Doppelte, aber erst, wenn du bei der Gerichtsverhandlung ausgesagt hast und bis dahin dichthältst. Du sagst kein Wort mehr zu einem Polizisten ohne Anwalt, ist das klar? Ich schicke einen bei dir vorbei, dem du aber nichts von unserem Deal erzählst. Für die Kosten komme ich auf.« Die alkoholtrüben Augen des Mannes leuchteten auf. »Falls dich jemand anderes hier gesehen hat und fragt, was du mit mir besprochen hast: Du hast erfahren, dass ich der neue Leiter der Ausgrabung werden könnte, und bittest mich darum, deinen Job wiederzubekommen. Und jetzt hau ab.«

Dario nickte sichtlich zufrieden, drehte sich wortlos um und lief die Straße hinunter. Orlando hatte seinen Einfluss spielen lassen und dafür gesorgt, dass der Nachtwächter versetzt worden war, damit nicht das Ausgrabungsteam ihn einem Kreuzverhör aussetzte. Wer wusste schon, ob Sternbergs Fotograf ihm nicht mit Schnaps ein paar Informationen entlockt hätte. Orlando öffnete die Eingangstür und spähte beim Schließen zur

Bushaltestelle. Der junge dunkelhaarige Mann, der eben noch mit seinem Handy gespielt hatte, hielt es nun an sein Ohr und lief in dieselbe Richtung, in der Dario verschwunden war. Es konnte ein Zufall sein. Oder er war ein Spitzel der Guardia. Orlando fluchte innerlich. Er hätte einen von Leons Männern zur Übergabe schicken sollen. Aber was Geldabwicklungen anbelangte, war er eigen und nahm die Dinge gerne selbst in die Hand. Außerdem mochte er es nicht, andere in seine privaten Geschäfte einzuweihen. Sie konnten Alejandro davon berichten. Er traute ihm nicht über den Weg. Und gerade jetzt war es noch wichtiger, ihm nichts gegen ihn in die Hand zu geben.

Du könntest dir all das sparen, wenn du auf Izans Rat hörst und durchs Ziel läufst, dafür sorgst, selbst der künftige Chef in Leons Imperium zu werden.

Zornig schüttelte er den Gedanken ab und fuhr mit dem Aufzug in seine Wohnung. Dario glaubte sicher, einen Sieg errungen zu haben. In Wahrheit hatte er sich eben sein eigenes Grab geschaufelt. Wenn Sternbergs Gerichtstermin vorüber war und er seine Aussage gemacht hatte, würde er sich um den Mann kümmern müssen. Er könnte betrunken in eines der Brandgräber auf der Ausgrabung stürzen und sich das Genick brechen. Orlando musste nur dafür sorgen, dass der zweite Nachtwächter an diesem Tag nicht zur Arbeit erschien.

Frisch geduscht, nach einem reichhaltigen Frühstück und einigen geschäftlichen Telefonaten, fühlte er sich gestärkt genug, um Nina anzurufen. Sie schwärmte von dem Licht, das der Sonnenaufgang über dem Meer und der mit gelben Azulejos geschmückten Kuppel der Kathedrale von Cádiz gemalt hatte, und Orlando legte sich auf die Couch zurück und genoss den Klang ihrer Stimme. Er sah auf seine Armbanduhr. Es war kurz nach halb elf. Eigentlich wollte er noch einige Dinge für Leon erledigen. Aber das konnte er auch auf Montag verschieben.

»Steht heute noch viel auf deinem Besichtigungsprogramm?«, fragte er. Gott, er liebte ihr Lachen.

»Du bist gut. Ich könnte Tage hier verbringen, warum fragst du?«

»Weil ich früher mit der Arbeit fertig werde und mir dachte, ein Nachmittagsspaziergang am Strand vor dem Abendessen wäre toll.«

»Geht es deinem Freund denn besser?«

Er zögerte und fragte sich, was sie wohl vor der Klinik mitbekommen hatte.

»Ja. Er hatte … einen schlimmen Unfall, ist aber mittlerweile auf dem Weg der Besserung. Ach, ich will dich damit gar nicht belasten. Hauptsache, es ist gut ausgegangen.«

»Das freut mich. Ich schau mir deine Adresse gerade in der Navi-App an. Ungefähr zwei Stunden brauch ich zu dir. Das würde reichen, um vorab noch rasch einen Abstecher ins Archäologische Museum zu machen. Dann wäre ich gegen vier Uhr bei dir.«

»Wunderbar. Ich sag Montse Bescheid, dass sie für uns ein paar Tapas zur Stärkung bereitstellt, bevor wir an den Strand gehen.«

39

Die Sonne war längst untergegangen und Nina saß im Schneidersitz auf ihrem Hotelbett in Cádiz, den Laptop vor sich aufgebaut, um gleich mit Ramón, Sofía und Jennifer zu skypen. Das Parador Hotel lag in der malerischen Altstadt in Strandnähe, und unter anderen Umständen hätte sie den Ausblick auf den Atlantik, der sich am Nachmittag stürmisch mit hohen Wellen präsentiert hatte, genossen. Sie war auch kurz barfuß in der Brandung gestanden, hatte ihre Augen geschlossen und den feinen Wassernebel auf ihrem Gesicht gespürt, den Schreien der Möwen gelauscht und das Salz auf ihren Lippen geschmeckt – bis eine Welle über ihre Knie hochgespritzt war und ihre hochgekrempelten Hosenbeine durchnässt hatte. Aber immer wieder waren ihre Gedanken zu Taran gewandert. Jennifer hatte ihr einige lustige Dinge aus seiner Kindheit erzählt, sodass sie glaubte, ihn jetzt viel besser zu kennen und zu verstehen. Sie fragte sich zum wiederholten Male, was geschehen wäre, wenn er nicht verhaftet worden wäre. Hätten sie sich ausgesprochen? Oder wäre jeder von ihnen zu stolz gewesen, auf den anderen zuzugehen, und hatte ausgerechnet seine unverschuldete Verhaftung dazu geführt, dass sie über ihren Schatten gesprungen war?

»Wir haben keine guten Neuigkeiten für dich«, sagte Ramón mit ernster Miene gleich zu Beginn. Er, Sofía und Jennifer saßen im Wohnzimmer der Pérez, und Blanca strich immer wieder um ihre Knie und hielt ihre dicke Hundenase neugierig in die Laptopkamera. »Torres steckt tatsächlich hinter der falschen Zeugenaussage. Ich habe den Nachtwächter, der gegen Taran ausgesagt hat, abwechselnd mit einem Bekannten verfolgt. Auf dem Parkplatz eines großen Supermarkts habe ich Dario dabei ertappt, wie er aus einem Mülleimer eine Papiertüte gefischt hat, die Torres kurz zuvor dort deponiert hatte.«

»Also doch!«, rief Nina. »Was war darin?«

»Woher soll ich das wissen? Ich konnte ihn doch schlecht überfallen und ihm die Tüte aus der Hand reißen.«

»Vermutlich Geld«, erklärte Sofía. »Ramón hat alles gefilmt und unserem Freund bei der Guardia gezeigt. Der hat gesagt, für eine Verhaftung würde das nicht ausreichen, aber er könne ihn noch einmal als Zeugen von Tarans Fall befragen.«

»Lass mich raten, dabei kamen nur Lügenmärchen heraus.«

»Leider ja.«

»Wann war das denn?«, fragte Nina stirnrunzelnd, denn bislang hatte ihr Sofía nichts von alledem erzählt.

»Die Übergabe war am Donnerstag, aber wir wollten dich nicht beunruhigen, sondern erst einmal abwarten, was die Guardia Civil aus ihm herausbekommt. Gerade eben habe ich es erfahren«, erklärte Ramón.

»Und du bist sicher, dass es kein Zufall war? Dass Orlando die Tüte nicht wirklich wegwerfen wollte?«

»Den Anschein sollte es haben. Es war eine Tüte von McDonald's, und Dario hat natürlich hinterher behauptet, er hätte im Müll nach Essbarem gesucht.«

»Ernsthaft? Okay, das klingt schon sehr an den Haaren herbeigezogen. So arm wird der Nachtwächter ja wohl nicht sein.«

»Wir beobachten ihn auf jeden Fall weiter. Wenn wir Glück haben, wird er zu Torres marschieren und ihm von der Befragung der Polizei erzählen.«

»Außerdem haben wir Torres überprüft und sind deinem Hinweis mit diesem Ricardo nachgegangen«, sagte Sofía. »Er hat den jungen Mann im Krankenhaus als seinen Bruder aus Südamerika ausgegeben.«

»Das ist ja eigenartig«, überlegte Nina. »Mir gegenüber hat er einmal erwähnt, dass er ein Einzelkind ist, genau wie ich.«

»Uns kam das auch komisch vor.« Sofía beugte sich hinunter, um Blanca hinter den Ohren zu kraulen. »Denn er hat behauptet, dass er von diesem Ricardo weder einen Personalausweis noch eine Sozialversicherungskarte hätte, dass er aber selbst für die Kosten in vollem Umfang aufkommen würde. Und rate mal, was der Grund für die Einlieferung des Mannes war: eine Überdosis an unterschiedlichen Drogen. Einige innere Organe hatten bereits versagt und er hatte einen Herzstillstand.«

»Was? Kein Wunder, dass er und seine Begleiter so aufgewühlt waren.« Nina schüttelte ungläubig den Kopf.

»Der Typ hatte wahnsinniges Glück, dass er überhaupt überlebt hat. Torres bezahlt nicht nur seine Behandlungskosten privat, er ist auch heute den ganzen Tag über bei ihm geblieben. Jedenfalls zeigt uns das, dass er wohl mit Leuten aus einem zweifelhaften Milieu zu tun hat, vielleicht sogar mit Drogenhändlern. Warum sonst sollte er den jungen Mann als seinen Bruder ausgeben und behaupten, er wisse nicht, wo er seine Ausweise aufbewahrt.«

»Verdächtig ist das schon. Woher weißt du denn das alles überhaupt?«, fragte Nina.

Sofía lächelte verschwörerisch. »Eine gute Freundin von mir arbeitet in der Klinik.«

»Leider hilft uns das auch nicht weiter«, warf Ramón ein. »All diese Informationen haben wir nur unter der Hand erhalten. Sie ist an ihre Schweigepflicht gebunden und kann nicht gegen Torres aussagen. Im Gegenteil, sie hat uns gebeten, unseren Kontaktleuten bei der Guardia von alledem nichts zu erzählen.«

»Was wissen die Polizeibeamten denn über Orlando?«

»Nichts. Er ist der Saubermann schlechthin. Keine Vorstrafen, nicht einmal einen Strafzettel wegen schnellen Fahrens oder Falschparkens. Allerdings existieren einige Fotos, auf denen er mit einem stadtbekannten Clan-Boss zu sehen ist, dem sie schon lange auf den Fersen sind. Aber das allein reicht nicht aus. Solche Leute investieren in alle möglichen Geschäfte. Vielleicht hat Torres ihn zu einer Finanzierung eines archäologischen Projekts überredet, genau wie du deinen Mandanten?«

»Oder der kauft von ihm geraubte Antiken«, mutmaßte Nina.

»Gut möglich. Jedenfalls haben wir gegen ihn keine Beweise in der Hand«, schimpfte Ramón.

Nina nickte. »Orlando ist gerissen. Ich traue ihm auf jeden Fall zu, dass er solche Geschäfte tätigt, sie aber gut geheim halten kann. Mir gegenüber hat er bislang nur zugegeben, dass er Gefälligkeitsgutachten anfertigt.«

»Ich habe bei unserem Bekannten nachgefragt, ob wir ihn über dich abhören können.«

»Wie bitte? Du meinst, ihr verkabelt mich wie bei einem Mafiafilm? Jetzt hör aber auf, Ramón!« Nina bekam schon bei der Vorstellung eine Gänsehaut. Womöglich schlug er ihr noch vor, eine Waffe mitzunehmen.

Er zuckte nur die Schultern. »War nur so eine Idee und klappt eh nicht. Dazu müsste ein konkreter Tatverdacht vorliegen, sonst ist so ein Belauschen juristisch unzulässig und kann nicht als Beweismittel vor Gericht verwendet werden.«

»Damit kann Nina sich sogar selbst strafbar machen. So was verstößt gegen das allgemeine Persönlichkeitsrecht«, wandte Jennifer ein.

»Wie lief denn dein Besuch heute bei Taran?«, fragte Nina, um das Thema zu wechseln. Vor der Antwort auf diese Frage fürchtete sie sich nämlich am meisten.

»Ich mach mir Sorgen, wie er das durchstehen wird«, erwiderte sie mit sorgenvoller Miene. »Er gibt sich tapfer, aber ich habe ihm angesehen, dass er kurz vor dem Durchdrehen steht. Die ersten Tage in einer Justizvollzugsanstalt sind am härtesten.

Wenn dir so richtig bewusst wird, dass du nicht einfach aufstehen und weggehen kannst. Manche rasten so aus, dass sie kurzfristig in besonderen Zellen untergebracht werden müssen, weil sie sich oder andere verletzen könnten.« Nina sah Jennifer erschrocken an.

»Keine Sorge, er versucht sich zusammenzureißen. Und er hat nach dir gefragt, Nina, und möchte dich gerne sehen. Schon dieses Wochenende.«

Ninas Herz machte einen Satz und schlug ihr dann bis zum Hals. »Wirklich? Was …«, sie räusperte sich, weil die Stimme ihr zu versagen drohte, »… hast du ihm gesagt?«

»Dass du am Wochenende eingespannt bist und ihn erst am Montag besuchen kannst und ich dir das ausrichten werde. Jetzt guck nicht so! Er hat dich vor dem Gerichtsgebäude gesehen, ich kann nichts dafür!«

Nina schluckte. »Vielleicht geht es um die Finanzierung des Projekts. Es liegt ihm schon sehr am Herzen und …«

Ramón lachte schallend und schüttelte den Kopf.

»Was?«

»Ihm liegen auch noch ganz andere Dinge am Herzen«, spottete er, und Sofía versetzte ihm einen Stoß mit dem Ellenbogen. »Schon gut, ich misch mich nicht mehr ein. Zu viel Frauenpower hier versammelt.«

»Ich tippe darauf, dass er ein schlechtes Gewissen wegen eures Streits hat. Aber das wird er dir am Montag selbst erzählen, wenn du ihn besuchen willst.«

Nina biss sich auf die Unterlippe. Der Montag lag Jahre entfernt. Erst einmal musste sie das Wochenende mit Orlando überstehen. Sie wechselte rasch das Thema. »Wir müssen also weiterhin beweisen, dass Orlando mit Drogenhändlern und Antikenhehlern zu tun hat und Dario zu einer Falschaussage gebracht hat. Ich kapiere immer noch nicht, warum er so versessen darauf ist, die Leitung der Ausgrabung in Gelves zu übernehmen, und weshalb er Taran deshalb aus dem Weg geschafft hat. Vielleicht ist das alles auch nur meine Schuld.«

»Wieso denn das?«, fragte Jennifer verblüfft.

»Weil er sich nur an mich rangemacht haben könnte, in der Hoffnung, ich würde ihm die Ausgrabungsleitung verschaffen. Wäre ich nur nicht mit Taran fortgefahren!«

»Jetzt hör aber auf! Du konntest doch nicht wissen, was dieser Kriminelle im Schilde führt«, rief Sofía.

»Wie auch immer.« Nina massierte ihre schmerzende Stirn. Der Kopfschmerz war in den letzten Tagen ihr ständiger Begleiter. »Ich bringe das wieder in Ordnung. Wenn es Orlando wirklich nur um Gelves geht, kann ich doch mit ihm reden.«

Jennifer schüttelte den Kopf. »Ich bin mir nicht sicher, ob es ihm nur darum geht. Was will er denn mit der Ausgrabung anfangen? Nur sein Renommee erhöhen und deshalb der ganze Aufwand?«

»Wer weiß? Jedenfalls will er mich treffen. Ich bekomme schon noch heraus, was er vorhat.«

»Du bist eine attraktive Frau«, warf Ramón schmunzelnd ein. »Dass er dich treffen will, muss mit Gelves gar nichts zu tun haben.«

»Wenn wirklich alles wahr ist, was wir vermuten, dann ist er ein berechnender Mistkerl! Erzähl mir nicht, dass ihn die große Liebe zu mir antreibt«, schnaubte Nina wütend. »Das spielt er mir doch nur vor, weil er irgendetwas plant.«

»Mir wäre es jedenfalls lieber, du würdest diesen Besuch bei ihm sein lassen, jetzt, wo sich die Hinweise verdichten, dass er einen kriminellen Hintergrund hat. Stell dir mal vor, dir stößt dabei etwas zu. Taran würde mir das nie verzeihen – und ich mir auch nicht«, sagte Jennifer.

Aber Nina ließ sich von niemandem zu einer Rückkehr nach Sevilla bewegen.

Die Nacht war ein einziger Albtraumreigen. Orlando wollte sie von einer Klippe in den Abgrund stoßen, und das alles erschien so schrecklich real, dass sie am Morgen schweißgebadet aufwachte. Hätte sie doch nur nicht bereits am Vorabend mit den dreien geskypt. Dann wären ihr die schlechten Träume vielleicht erspart geblieben. Irgendwo tief in ihr hatte Nina doch noch gehofft, dass all ihre Befürchtungen sich als Irrtum herausstellen würden und Orlando gar nichts mit Tarans Unglück zu tun hatte.

Vom Frühstücksraum mit seiner Glasfront zum Atlantik erlebte sie den Anbruch des Tages, der vielleicht über Tarans Schicksal entscheiden würde. Alles schien nur noch an ihr zu hängen. Das Büffet ließ keine Wünsche offen, aber Nina brachte kaum einen Bissen herunter. Ihre Gedanken kreisten um seine möglichen Motive, und sie entwarf die verschiedensten Szenarien und ihre mögliche Reaktion darauf. Um sich abzulenken, beschloss sie, zu Fuß einen kleinen Stadtspaziergang zu unternehmen. Frische Luft würde sicher guttun. Wie in Trance, ohne viel wahrzunehmen, schlenderte sie durch das Stadtzentrum, vorbei am Gran Theatro Falla und der Plaza de las Flores zur Kathedrale. In dem imposanten perlmuttfarbenen Bau mit seiner Kuppel aus gelb glasierten Azulejos zündete sie aus einem plötzlichen Impuls heraus eine Kerze an und starrte hinterher eine ganze Weile zu der Statue der Madonna hinauf. Taran hatte ihr am Silla del Moro erzählt, wie viel ihm seine Arbeit bedeutete.

Mit der Archäologie ist es im Grunde wie mit den Sternen.

Nina wusste, was passieren würde, wenn er als Raubgräber und Hehler gestohlener Antiken für schuldig erklärt würde. Nie wieder würde er Forschungsaufträge erhalten und das tun können, wofür er mit ganzem Herzen brannte. Und alles nur, weil sie sich rein zufällig sein Projekt herausgepickt hatte, um das Image eines Mannes aufzupolieren, dem die Archäologie überhaupt nichts bedeutete. Weil sie hinterher durch ihre Entscheidung, mit ihm eine Reise nach Granada und Córdoba zu unternehmen, womöglich Orlando zu dieser verhängnisvollen Tat angetrieben hatte. Weil sie naiv einem Mann vertraut hatte, der ihr Arbeit mit dem Projekt abnehmen wollte. Ihre Kehle war wie zugeschnürt, und dann ertappte sie sich dabei, wie sie begann, für Taran zu beten. Und zum ersten Mal seit dem Tod ihrer Mutter fühlte es sich richtig an.

Kaum hatte sie die Kathedrale verlassen, rief Orlando sie an. Nina beschleunigte zornig ihren Schritt, während sie auf sein falsches Spiel einging. Sie konnte nicht verstehen, wie sie je auf seinen Charme hatte hereinfallen können. Gerade eben kostete es sie ihre ganze Kraft, freundlich zu bleiben und so zu tun, als freute sie sich von Herzen, ihn am Nachmittag zu sehen, dabei war sie schon froh, als sie das Telefonat beenden konnte. Vor ihr erstreckte sich jetzt die Playa de la Caleta mit feinem Sand und bunten Fischerkähnen im türkisgrünen Wasser des Atlantiks. Cádiz ragt auf einer langen Landzunge weit ins Meer, weshalb sie bei ihrer Erkundung zu Fuß stets das Gefühl hatte, sich auf einer Insel zu befinden, umschlossen von dem anbrandenden Ozean. Der kleine Stadtstrand wurde an beiden Enden von Festungen begrenzt. In seiner Mitte leuchtete ein weiß getünchtes Seebad im maurischen Stil in der Sonne, aber Nina hatte im Reiseführer gelesen, dass es nicht aus der Zeit der Mauren stammte, sondern erst im 19. Jahrhundert erbaut worden war. Sie setzte sich auf eine Bank an der Strandpromenade und atmete, aufgewühlt durch das Gespräch mit Orlando, erst einmal tief durch. Von den zahlreichen Restaurants der Promenade streifte sie der Duft von Gebratenem und wurde wieder vom Wind, der hier am Meer recht stark wehte, vertrieben. Schon beim Gedanken an Essen verkrampfte sich ihr Magen, und sie fragte sich, wie sie bei Orlando die angekündigten Tapas und hinterher ein ganzes Abendessen zu sich nehmen sollte.

Der salzige Geschmack des Windes vermischte sich mit ihren Tränen. Etwas schlug jetzt an Ninas Schienbein und sie erwachte aus ihrer Starre, wischte sich rasch über die Wangen und wandte den Blick vom Meer der Strandpromenade zu. Zwei kleine Jungen spielten mit einem Ball, der gegen sie gerollt war. Lächelnd kickte sie ihn den beiden zurück. Dann straffte sie die Schultern und stand auf. Gegenüber Orlando hatte sie behauptet, dass sie noch ins Archäologische Museum gehen würde. Sie dachte gar nicht daran. Die berühmten phönizischen Sarkophage würde sie entweder zusammen mit Taran besichtigen oder gar nicht! Schnellen Schrittes marschierte sie zurück ins Hotel, um ihren Schlachtplan auszuarbeiten.

Der Bezirk, in dem Orlandos Villa sich befand, lag erhöht am Berghang an der berühmten goldenen Meile von Marbella, wie man unschwer an großen schmiedeeisernen Einfahrttoren, blickdichten Hecken, pompösen Säulen-Entrees und Alarmanlagenschildern privater Sicherheitsdienste erkennen konnte. Nina hatte geahnt, dass er luxuriös wohnen würde, aber als sie nun vor dem schwarz eloxierten Torgitter mit strahlend weißer Mauer und hohen Thujahecken stand, war sie unfreiwillig doch beeindruckt. Sie stieg aus und drückte auf die Klingel mit dem schlichten Namensschild Torres. Die Torflügel schwangen nahezu lautlos ins Grundstücksinnere auf, und Nina fuhr eine mit Palmen, gepflegten Rasenstücken und Oleanderbüschen gesäumte Auffahrt entlang zum Gebäude. Sie stieg aus und schaute an der futuristischen weißen Fassade empor. Das Gebäude glich mit seiner langen geschwungenen Form, den dunklen Metall- und grünblau getönten Glaselementen mehr einem Raumschiff, das zufällig in Orlandos Garten gelandet war, als einem Haus. Ein Plätschern ließ sie nach rechts schauen. Von einer höher gelegenen Terrasse floss von dem Überlauf eines Infinity-Pools Wasser über eine schwarze Lavasteinwand und verschwand in einer geschwungenen weißen Marmorrinne, von der es vermutlich wieder dem Pool zugeführt wurde. Zwei hohe Glassäulen säumten das Wasserspiel, und von der metallenen Konstruktion in ihrem Inneren schloss Nina, dass hier mittels Gas Feuersäulen als Kontrast zum Wasser in einer effektvollen nächtlichen Beleuchtung entzündet werden konnten. Auf dem Dach entdeckte sie geschickt integrierte Solarpaneele. Wer auch immer dieses Haus und die Gartenanlage designt hatte, sollte eine Innovationsprämie erhalten. Sie war bei ihren Bewertungen schon in einigen luxuriösen Anwesen gewesen, aber das hier flößte ihr Ehrfurcht vor dem Architekten ein. Sie sollte Orlando nach ihm fragen und ihn Alexander Roth vorstellen. Ein Haus wie ein Schiff wäre ganz nach seinem Geschmack.

»Nina! Wie schön, dass du gekommen bist.«

Sie sah auf und entdeckte Orlando, der lässig in Slacks und weißem Hemd mit einem strahlenden Zahnpasta-Lächeln die breite Treppe hinunterkam. Seine gute Laune und sein blendendes Aussehen machten sie nur noch wütender. Mit Schwung schlug sie die Autotür zu, verschränkte die Arme übereinander und sah ihm mit spöttischem Lächeln entgegen.

»Hast du eine Bank ausgeraubt?«

Er lachte auf und blieb vor ihr stehen. Seine Augen funkelten amüsiert. »Und wenn?«

Wollte er jetzt abklären, wie sie zu möglichen kriminellen Geschäften stand? Nina ging auf das Spiel ein und zuckte betont gelangweilt die Schultern. »Scheint sich jedenfalls gelohnt zu haben.«

Sie erwartete eine belustigte Erwiderung, aber zu ihrer Überraschung wurde seine Miene ernst, und mit einem intensiven Blick trat Orlando jetzt so nahe an sie heran, dass er sie fast berührte. Langsam hob er die Hand und strich ihr eine Haarsträhne aus dem Gesicht. Gänsehaut prickelte über ihren Rücken, aber sie unterdrückte den Reflex, zurückzuweichen. »Es bedeutet mir viel, dass dir meine Villa gefällt. Ich habe hart gearbeitet, um mir diesen Traum zu verwirklichen.«

Oh ja, ganz bestimmt! Nina verkniff sich ein zynisches Lachen und wich nun doch rasch einen Schritt zur Seite aus, bevor er auf die Idee kam, ihr noch näher zu kommen oder sie gar zu küssen.

»Na, dann lass mal sehen!«, rief sie betont fröhlich. »Ich bin mächtig gespannt.« So groß, wie der Bunker war, würde der Rundgang eine Weile dauern.

Im lichtdurchfluteten Eingangsbereich mit dunklem Granitboden kam ihnen eine Frau mittleren Alters mit strengem schwarzem Dutt entgegen. Einzelne silberne Strähnen blitzten daraus hervor. Sie stellte sich ihr als Señora Montse vor und schenkte ihr ein warmherziges Lächeln, das Nina gerne erwiderte. Schließlich konnte sie nichts für den Hausherren. Während Orlando sie zum Wohnzimmer führte, von dem aus eine mächtige Glasfront auf den Pool mit Blick auf Marbella und das Meer hinausging, fragte Nina:

»Hast du übrigens schon gehört? Man hat diesen Nachtwächter, der gegen Taran ausgesagt hat, von der Ausgrabung abgezogen.«

»Ich weiß.« Seine Miene hatte sich kurz bei der Erwähnung von Tarans Namen verdüstert, aber dann fing er sich. »Ehrlich gesagt, habe ich bei dem Bürgermeister der Gemeinde nachgefragt, ob man jemand anderen zur Bewachung schicken könnte.«

»Ach! Du bist das gewesen? Warum?« Seine Offenheit überraschte sie. Orlando schob mit seinem Handy ferngesteuert die Schiebetüren auf und sie traten auf die Terrasse. Rings um einen riesigen Pool waren Sitzvertiefungen aus Stein, die mit Sitzpolstern ausgelegt waren. Doch für die Schönheit der Terrassenanlage hatte Nina gerade gar keinen Sinn.

»Mir hat Sternbergs Team leidgetan.«

Sie hob skeptisch die Augenbrauen.

»Na ja, du weißt, wie charmant er sein konnte. Es muss doch schlimm für die Kollegen sein, weiterhin mit dem Mann konfrontiert zu werden, der ihren archäologischen Superhelden hinter Gitter gebracht hat.«

Wie überaus altruistisch von dir, dachte Nina und machte sich eine innere Notiz. *Orlando hat Angst, dass Dario bei dem Team mit der Wahrheit herausrücken könnte.*

»Ich wusste gar nicht, dass du so gute Kontakte zum Bürgermeister von Gelves hast.«

Er lächelte hintergründig. »Ich unterhalte ausgezeichnete Beziehungen zu einer ganzen Menge einflussreicher Leute.«

Und bist dabei auch noch so bescheiden …

Sie hatte die Nase voll von seinem selbstherrlichen Gehabe und beschloss, zum Angriff überzugehen.

»Gut zu wissen. Dann müsste es doch ein Leichtes für dich sein, Einfluss auf Tarans Prozess zu nehmen, damit er freikommt.«

Orlando starrte sie perplex an. »Warum sollte ich? Wegen deines Projekts?« Er blinzelte, als müsste er sich erst wieder bewusst machen, weshalb sie überhaupt hier war. Der Fall Sternberg war für ihn offenbar längst abgeschlossen. Sie kochte innerlich, aber zugleich wurde ihr klar, dass er mit keinem Wort geleugnet hatte, dazu imstande zu sein. War sein Einfluss wirklich so groß, wie er tat? Wenn er Dario hatte bestechen können, gegen Taran auszusagen, konnte er zumindest auch neue Zeugen finden, die für ihn sprachen.

»Nina, du kannst deinem Mandanten doch jederzeit einen anderen Ausgrabungsleiter vorschlagen.« Sie schlenderten zurück ins Haus, und Orlando führte sie in das Esszimmer, von dessen ellenlangem Kirschholztisch aus man ebenfalls über die Poolanlage aufs Meer sehen konnte. Montse war gerade dabei, hübsch angerichtete Platten mit Tapas zu servieren, die locker sechs Leute satt gemacht hätten, und entgegen ihrer Befürchtung, sie würde keinen Bissen herunterbekommen, knurrte nun Ninas Magen. Dieser Verräter! Aber vielleicht tat es ganz gut, etwas zu essen, um ihre Nerven zu beruhigen.

»So einfach ist das nicht. Dein Gutachten war nur auf das Projekt bezogen. Aber in die Gesamtanalyse meiner Bewertung ist natürlich auch das Renommee des Ausgrabungsleiters eingeflossen. Roth will schließlich wissen, wem sein Geld anvertraut wird und wie er arbeitet.«

Orlando ging zu einem Sideboard und nahm eine Flasche in die Hand. »Was möchtest du trinken? Champagner? Wein?«

Bloß keinen Alkohol. Sie brauchte unbedingt einen klaren Kopf.

»Ehrlich gesagt wäre mir ein Glas Orangensaft lieber. Meine Kopfschmerzen bringen mich heute um.«

»Das tut mir leid, soll ich dir ein Aspirin bringen lassen?«

»Danke, ich habe schon etwas eingenommen. Dauert vermutlich nur noch, bis es wirkt.« Fehlte gerade noch, dass sie irgendwelche Pillen schluckte, die er ihr gab. Nina setzte sich an den Tisch. Die Esszimmerstühle im Clubsessel-Design und ockergelb gefärbten Leder waren unglaublich bequem. Orlando beugte sich über sie und schenkte ihr Mineralwasser ein, während er Montse, die gerade eine Obstplatte abstellte, um einen frisch gepressten Orangensaft bat. Als sie das Zimmer wieder verlassen hatte, setzte er sich neben Nina, obwohl für ihn gegenüber gedeckt war. Der herbe Duft seines Rasierwassers stieg ihr in die Nase.

»Den Rest des Hauses würde ich dir gerne nach dem Abendessen zeigen, wenn Montse gegangen ist«, sagte er und bei dem zärtlichen Klang, den er seinen Worten verlieh, richteten sich ihre Haare im Nacken auf. Vorsicht, Schlafzimmerbesichtigung, warnte ihre innere Stimme. Nina stellte sich naiv.

»Natürlich. Montse wäre bestimmt beleidigt, wenn ihr Essen kalt würde.« Sie seufzte theatralisch. »Was mach ich denn jetzt nur? Die Leiterin des DAI Madrid will Taran nicht endgültig seines Amtes entheben, bis es zu einer Gerichtsverhandlung kommt, und hat Kai nur vorläufig als stellvertretenden Leiter der Ausgrabung eingesetzt. Selbst wenn ich sie überzeugen könnte, ihn dauerhaft für diesen Posten zu engagieren, glaube ich nicht, dass er ebenso redegewandt gegenüber meinem Mandanten auftreten kann wie Taran. Woher soll ich denn nur auf die Schnelle einen Ersatz finden, den ich Dr. Munez präsentieren kann?«

»Nimm mich, Nina!«

Diesmal konnte sie sich das Lachen nicht verkneifen. »Sehr zweideutig, Señor Torres!«

»Ich meine das auch in doppelter Hinsicht vollkommen ernst.«

»Du willst eine Ausgrabung leiten? Das passt doch gar nicht zu dir! Seit wann hast du ein Interesse daran, in der Erde zu wühlen?«

Er grinste verschlagen. »Man kann immer Leute engagieren, die für einen die Drecksarbeit erledigen.«

Nina schauderte. Endlich zeigte er sein wahres Gesicht. Sie beugte sich vor und sah ihm tief in die Augen. »Tatsächlich? Und das würdest du auch alles nur tun, um mir zu helfen? Ein gerissener, geschäftstüchtiger Mann wie du?«

Seine Augen weiteten sich, weil sie ihm noch näher kam, doch kurz bevor ihre Lippen seine Wange berührten, ließ sie sich wieder in den Sessel fallen, rutschte ein Stück von ihm ab, legte ein Bein über das andere und sah ihn herausfordernd an.

»Ich glaub dir kein Wort.«

Montse kam mit dem Glas Orangensaft herein, und Orlando öffnete den Knopf seines Kragens und schenkte sich nun ebenfalls Wasser ein und trank es in einem Zug aus.

»Wünschen Sie noch etwas?«, fragte die Haushälterin.

»Nein, danke. Ich rufe, wenn wir Sie brauchen«, sagte Orlando zu ihr, den Blick fest auf Nina gerichtet.

Kaum hatte sich die Tür hinter ihr geschlossen, fuhr Nina in leisem Tonfall fort.

»Ich bin nicht blöd, Orlando, und ich glaube weder an Zufälle noch an dein gutes Herz, das plötzlich für Tarans Ausgrabungsteam schlägt oder dich dazu bringt, einen offensichtlich für dich wenig lukrativen Job anzunehmen, nur um mir zu helfen. Das hier«, sie machte eine vage ausholende Geste, »könntest du dir als Ausgrabungsleiter oder Gutachtenersteller doch niemals leisten. Warum solltest du daher deine wertvolle Zeit mit Tonscherben und Knochenfunden vergeuden, wenn du anderweitig so viel verdienst, dir so eine Villa anschaffen zu können?«

»Ich habe meine Gründe.« Er lächelte nonchalant. »Einer davon bist tatsächlich du. Was ich für dich empfinde, habe ich dir bereits gestanden.«

»Offenbar so wenig, dass du mir nicht über den Weg traust, sonst würdest du mich nicht ständig belügen.« Er wollte etwas einwenden, aber sie hob die Hand. »Ich sage dir mal, was ich vermute.« Jetzt bewegte sie sich auf sehr dünnem Eis und Nina konnte nur hoffen, dass sie sich nicht gerade selbst ein Loch hineinschlug. Sie dachte an die vermeintlichen Beweisstücke, die man in Tarans Bauwagen gefunden hatte. »Du willst das Projekt doch nicht deshalb leiten, weil du einen wertvollen Schatz vermutest oder plötzlich deine Liebe für die Forschungsarbeit entdeckt hast. Folglich möchtest du dein wissenschaftliches Renommee aufpolieren. Wozu? Um andere Tätigkeiten zu verschleiern oder um glaubwürdiger Gutachten für geraubte Antiken aus Syrien zu fälschen? Ich denke, beides treibt dich an.«

Sein Lächeln vertiefte sich. »Was für ein Glück für mich, dass die Hohlköpfe der Guardia nicht deine Intelligenz besitzen. Und wenn es so wäre? Was würdest du dann tun, Nina?«

Sie hatte plötzlich das Gefühl, einer Raubkatze gegenüberzusitzen, die gerade überlegte, ob sie noch mit ihr spielen oder sie lieber gleich fressen sollte. In was hatte sie sich da nur hineingeritten? »Dann würde ich dir sagen, dass du es wesentlich einfacher hättest haben können, wenn du dich mir anvertraut hättest. Mein Mandant wird das Projekt und den Ausgrabungsleiter finanzieren, den ich ihm vorschlage. Du hättest Taran gar nicht erst ins Gefängnis bringen und dir mit Dario einen unliebsamen Zeugen an den Hals schaffen müssen. Es wäre leicht gewesen, bei Dr. Munez dafür zu sorgen, dass du die Leitung übernimmst und Taran dir als Ausgrabungshelfer untergeordnet wird. Bis auf seine Bezahlung hätte sich für Taran im Tagesablauf nicht viel geändert. Alle wären zufrieden gewesen. Also, warum hast du das nicht versucht und ehrlich mit mir geredet, wenn ich dir angeblich so viel bedeute, wie du behauptest?«

Orlando sah sie ein paar Sekunden lang stumm an, und seine Gesichtszüge verhärteten sich. »Weil ich nicht wusste, ob ich dir vertrauen kann, nachdem du völlig überraschend über Ostern mit ihm auf dem Motorrad abgehauen bist.«

Verdammt! Sie hatte es geahnt. Tarans Verhaftung war also doch indirekt ihre Schuld gewesen.

»Reine Eifersucht oder die Einschätzung, dass ich ihm nach dieser Reise aus Dankbarkeit nicht den Posten wegnehmen will?«

»Beides. Die Vorstellung, wie du dich auf diesem Motorrad an ihn schmiegst, war …« Er brach ab und schüttelte den Kopf. »Ich gönne ihm jede Minute im Knast und hoffe, dass er eine möglichst hohe Strafe bekommt.«

Nina hatte das Gefühl, der Boden würde ihr entgegenkommen. Sie hätte doch mehr zum Frühstück essen sollen. Hastig griff sie über den Tisch nach einer Tapa und kaute mechanisch. Langsam ließ der Schwindel nach und ihr Herzschlag normalisierte sich wieder. Das war schlimmer, als sie erwartet hatte. Viel schlimmer. Bislang war sie davon ausgegangen, Orlando wäre einfach nur auf einen Flirt und ein paar heiße Nächte mit ihr aus gewesen. Aber offenbar sah er viel mehr in ihr. Wie sollte sie ihn denn unter diesen Umständen davon überzeugen, für Tarans Freilassung zu sorgen? Er war nicht dumm und würde doch sofort vermuten, dass sie ihn aus Liebe zu Taran darum bat. Orlando hatte sie nicht aus den Augen gelassen und interpretierte ihren plötzlichen Appetit auf die Tapas völlig falsch.

»Nina, ich hätte nicht gedacht, dass du so ... cool auf all das reagierst. In meinen wildesten Träumen und sehnsüchtigen Hoffnungen nicht.« Er stand auf, schob seinen Stuhl näher und legte seine Hände zärtlich auf ihre Knie. »Es tut mir wirklich leid, dass ich dich belogen habe, aber in meinem Geschäft lernt man schnell, dass Schweigen die beste Lebensversicherung ist. Ich werde künftig ...«

Ein Klopfen an der Tür ließ Nina zusammenzucken.

»Nicht jetzt!«, rief Orlando unwirsch, aber es klopfte erneut, wenn auch zaghafter.

»Mierda!«, schimpfte er und ließ endlich ihre Knie los und wandte sich zur Tür. »Was gibt's denn, Montse?«

Die Haushälterin öffnete die Tür einen Spalt. »Señorita Ferer ist eben angekommen und wünscht, Sie allein zu sprechen.«

»Du hast Sie hereingelassen?«

Die Augen der Frau wurden groß. »Aber sie hat gesagt, Sie würden Sie erwarten und ...«

»Ja, ja, schon gut, ich komme!« Seine Stimme klang genervt. Er war bleich geworden und hatte den Mund grimmig verzogen, als er sich zu ihr umdrehte. »Entschuldige mich bitte einen Moment. Familienangelegenheiten. Ich bin gleich wieder bei dir.«

Familie? Seine Reaktion ließ Nina eher vermuten, dass seine Exfreundin gerade angekommen war. Sekundenschnell überschlug sie ihre Möglichkeiten. Der einzige Trumpf, den sie bislang gegen Orlando in der Hand gehabt hatte, war die Drohung gewesen, dass ihr Mandant die Ausgrabung von Gelves nicht fördern würde, wenn er versuchte, ihr Leiter zu werden. Angesichts dieser Villa und seines offenkundigen Reichtums war das jedoch einfach nur lächerlich. Vermutlich konnte Orlando jederzeit selbst dem DAI finanzielle Mittel in Aussicht stellen oder bei seinen kriminellen Freunden für diesen Zweck lockermachen. Blieb also nur seine Verliebtheit in sie.

Ich gönne ihm jede Minute im Knast ...

Nein, auch das schied aus. Er würde niemals aus Liebe zu ihr für die Freilassung seines Konkurrenten sorgen, eher würde er danach trachten, ihn lebenslänglich hinter Gitter zu bringen.

Oh Gott, was mache ich jetzt nur? Das Geräusch aufgebrachter Stimmen drang plötzlich durch die Tür, nicht laut genug, dass Nina verstehen konnte, was gesprochen wurde, aber offensichtlich stritt Orlando mit dieser Frau. Und da kam ihr eine Idee. Sie lief zur Tür, öffnete sie und spähte in den Gang. Montse musste sich in die Küche verzogen haben. Leise glitt sie aus dem Esszimmer und lauschte. Eine geschwungene Treppe führte wenige Meter von ihr nach oben zu einer offenen Galerie. Von dort hörte sie eine schrille weibliche Stimme. Rasch, bevor Montse auftauchen und sie womöglich daran hindern konnte, huschte Nina die Treppe hinauf. Die Geräusche kamen aus einem der Zimmer und sie blieb an der verschlossenen Tür stehen.

»Du bist ein verdammter Drecksel und ein Lügner!«

Ja, das konnte sie auf jeden Fall unterschreiben.

»Ich bin dir keine Rechenschaft schuldig, Rosa. Hör endlich auf, die eifersüchtige Ehefrau zu spielen!«

»Ricardo wäre ums Haar wegen dir draufgegangen, du kümmerst dich nicht mehr um deine Aufgaben und behandelst mich wie Abschaum, behauptest, das zwischen dir und dieser Frau wäre rein geschäftlich und du hättest ihr nur die Adresse eines Hotels geschickt. Was glaubst du eigentlich, wer du bist? Ein Wort von mir und mein Vater schickt dich wieder in die Gosse zurück, aus der er dich herausgezogen hat.«

»Du vergisst dich! Ich habe niemals meine Aufgaben vernachlässigt. Leon hat keinen Grund, mich ...«

»Ach, ja? Ich habe vor ein paar Stunden mit Miguel gesprochen. Du hast das Treffen mit ihm heute nur abgesagt, weil du lieber hierherfahren und diese Deutsche vögeln wolltest!«

Nina beschloss, dass sie genug gehört hatte, klopfte an die Tür und trat, ohne eine Antwort abzuwarten, ein. Es handelte sich offenbar um das Arbeitszimmer. En wuchtiger Schreibtisch aus dunklem Holz stand vor einer riesigen Fensterfront. Orlandos unerwünschte Besucherin stand an einem Bücherregal und sah aus, als wollte sie augenblicklich einen der Wälzer packen und auf Orlando werfen, der lässig an dem Tisch lehnte. Nina wollte sich nur zu gerne an der Bücherschlacht beteiligen. Sie wusste nicht, wen sie sich unter Señorita Ferer vorgestellt hatte, aber sicher nicht die hübsche junge Frau, die sie bereits vor dem Krankenhaus getroffen hatte. Jetzt sah sie allerdings ziemlich angeschlagen aus. Ihre Wimperntusche war verschmiert und fleckig, ihre Unterlippe bebte und sie starrte Nina so hasserfüllt an, dass sich ihr Gesicht unschön verzerrte.

»Wirf die Schlampe sofort raus!«, herrschte sie Orlando an. »Oder ich sorge dafür, dass mein Vater dich hinauswirft.«

Er stieß sich abrupt vom Tisch ab und marschierte auf sie zu. »Es reicht, Rosa!«, zischte er dabei gefährlich leise, und Nina ahnte, was nun kommen würde. Er würde sie statt ihrer hinauswerfen, und damit würde für sie alle die Situation eskalieren. Denn zwei Dinge hatte sie in den wenigen Sekunden ihres Lauschens begriffen: Diese Rosa versuchte ebenso verzweifelt, um ihre Liebe zu kämpfen, wie sie um Taran, und ihr Vater war gefährlich für Orlando, vermutlich der kriminelle Boss im Hintergrund. Womöglich würde Rosa in ihrem Hass auf sie auch noch dafür sorgen, dass Nina etwas zustieß. Sie musste jetzt schnell handeln.

Zwei lange Schritte, dann stand sie zwischen den beiden und hob die Hand. »Orlando, nicht! Lass mich bitte einen Augenblick mit Señorita Ferer allein sprechen.«

Er hielt verblüfft inne, während die junge Frau rief: »Ich rede nicht mit Huren. Hau endlich ab!«

»Rosa!«, schrie Orlando.

Nina drehte sich zu ihr um. »Bitte. Es dauert auch nicht lange. Nur ein kurzes Gespräch von Frau zu Frau.« Sie blinzelte ihr zu, hoffte, dass sie verstand, während Orlando in ihrem Rücken die Geste nicht sehen konnte. Sekunden vergingen, in denen Rosa Ferer mit sich rang. Dann sah sie an Nina vorbei und erklärte barsch:

»Lass uns allein. Wenn ich mit ihr fertig bin, kommen wir runter.«

Orlando warf Nina einen letzten zweifelnden Blick zu, dann verließ er wortlos den Raum und schloss die Tür hinter sich. Sie hörte, wie sich seine Schritte über den Gang entfernten und er die Treppe hinunterging. Draußen erklang der Schrei einer Möwe, und Nina sah zum Fenster, das gekippt war. Man würde sie unten hören können.

»Was wollen Sie mir sagen?«, herrschte Rosa Ferer sie an.

Nina legte ihren Finger an den Mund, ging zum Fenster und schloss es. Rosa hob die Augenbrauen und folgte ihr. Jetzt, wo sie so nah an der Scheibe vor ihr stand und sie ihre Müdigkeit und Erschöpfung unmittelbar im Tageslicht sehen konnte, tat sie ihr trotz ihrer beleidigenden Worte sogar leid.

»Ich liebe Orlando nicht«, flüsterte sie, denn sie war sich nicht sicher, ob er nicht doch noch zurückkehrte und an der Tür lauschte. »Ich bin nur hier, weil Orlando den Mann, der mir alles bedeutet, ins Gefängnis gebracht hat und von dort gefälligst wieder herausholen soll.«

Die Augen der jungen Frau wurden groß. »Wer ist es?«

Nina erzählte ihr von Taran und was alles geschehen war, und der Ausdruck in Rosas Gesicht wurde weicher.

»Ich empfinde weder etwas für Orlando noch interessiert es mich, welchen Geschäften er oder Ihre Familie nachgehen, verstehen Sie? Ich möchte einfach nur Taran wieder freibekommen. Dafür würde ich allerdings alles tun.« Sie überlegte einen Augenblick, ob Rosa ihr das abkaufen würde, fügte dann aber hinzu. »Sogar Orlando meine Liebe vortäuschen.«

Rosa atmete scharf ein, und Nina hob beschwichtigend die Hand.

»Aber nur, weil ich überhaupt keine andere Wahl habe. Von mir aus kann ich ihm die Leitung für diese Ausgrabung zusichern, aber das wird nicht genügen, damit er seinen Zeugen von Taran abzieht. Er hat sich in diese Verliebtheit in mich vollkommen verrannt, sieht eine Frau in mir, die ich gar nicht bin. Wenn Sie aber eine Möglichkeit sehen, mir zu helfen, steige ich sofort in mein Auto und verschwinde für immer aus Ihrem und Orlandos Leben. Doch Taran muss freigelassen werden.«

»Ich könnte Orlando jetzt einfach die Wahrheit über Ihre wahren Motive sagen«, erklärte Rosa spitz und funkelte sie wütend an.

Nina lächelte. »Ich würde alles leugnen und behaupten, dass Sie mir viel Geld dafür geboten haben, ihn sofort zu verlassen. Wem würde er im Augenblick mehr Glauben schenken?«

Sie presste die Lippen aufeinander. »Haben Sie eine Ahnung, mit wem Sie sich hier einlassen, wie mächtig meine Familie ist? Ich muss gar nicht mit Ihnen verhandeln. Ich kann auch auf andere Weise dafür sorgen, dass Sie verschwinden.«

»Natürlich. Und Orlando würde es durchschauen und Ihnen niemals verzeihen. Ich sehe Ihnen doch an, dass er Ihnen ebenso viel bedeutet wie mir Taran. Verwenden Sie ihren Einfluss lieber darauf, den Mann freizubekommen, den ich liebe, und den zu erobern, der Ihnen alles bedeutet.«

»Ihren Freund aus dem Gefängnis freizubekommen ändert aber leider nichts an meiner Beziehung zu Orlando«, brach es unglücklich aus ihr heraus. »Für ihn bin ich doch nur ...« Sie brach ab und Nina konnte es sich auch so zusammenreimen.

»... Daddys kleines Mädchen. Beweisen Sie ihm, dass Sie eine erwachsene Frau sind. Schluss mit diesen kindischen Eifersuchtsszenen. Zeigen Sie ihm doch mal zur Abwechslung die kalte Schulter. Gerade haben Sie mir gedroht, mich umzubringen ...«

»Ich habe nicht gesagt ...«

»Angedeutet. Und genau das werde ich Orlando sagen. Ich zeige ihm eine ganz neue Nina und eine ganz neue Rosa. Ich zittere vor Angst vor Ihren Drohungen. Ich bin sogar bereit, auf meine große Liebe zu ihm zu verzichten. Weil ich ein Feigling bin. Und damit ich möglichst schnell Spanien und Ihren Orlando verlassen kann, sorgen Sie dafür, dass Taran Sternberg freikommt, damit ich mein Gutachten wie geplant abgeben kann und nicht erst langwierig einen neuen Ausgrabungsleiter für meinen Mandanten suchen muss. Wie enttäuscht wird Orlando wohl sein, dass ich so rasch einknicke und seine Liebe verschmähe?«

»Ich verstehe ... Sie wollen ihm also gar nicht verraten, dass Sie alles nur aus Liebe zu Taran tun?«

»Natürlich nicht! Er könnte auf die Idee kommen, seinen Konkurrenten endgültig zu beseitigen. Das kann und will ich nicht riskieren.«

»Dann ist er also der Verlierer des Ganzen? Wie soll ich ihm denn das verkaufen?«

»Taran wird schriftlich zusichern, nach einem Monat die Kündigung einzureichen und Orlando als neuen Ausgrabungsleiter vorzuschlagen.«

»Wird Ihr Freund sich darauf denn einlassen?«

Das war eine gute Frage. Nina graute jetzt schon vor Tarans Antwort. Er würde sie für diesen Deal vermutlich abgrundtief hassen.

»Hat er denn eine andere Wahl?«

Rosa sah aus dem Fenster, und Nina folgte ihrem Blick. Auf der Terrasse wanderte Orlando unruhig auf und ab.

»Ich liebe ihn, solange ich denken kann«, flüsterte Rosa. »Für mich gab es nie einen anderen Mann.«

Nina musterte sie von der Seite. Es würde wahrscheinlich keinen Sinn machen, sie vor einem Mann wie Orlando zu warnen. Und wer wusste schon, ob die beiden angesichts ihres gemeinsamen Hintergrunds nicht perfekt zusammenpassten? Immerhin hatte diese Frau ihr gerade eben noch gedroht. »Hören Sie, ich bin wahrlich kein Profi in Sachen Liebe. Mit Taran habe ich selbst ganz schön viel Mist gebaut. Aber wenn ich Ihnen einen Rat geben darf: Orlando ist der Typ Mann, der eine starke Frau erobern will. Sie sind hübsch und klug, aber Sie machen es ihm viel zu leicht.«

Als ob er ahnte, dass sie von ihm sprachen, blieb Orlando stehen und sah zu ihnen hoch. Rosa straffte die Schultern. »In Ordnung. Ich helfe Ihnen. Aber spielen Sie Ihre Rolle gut. Wenn Sie mich belogen haben ...«

»... können Sie mich als Fischfutter enden lassen«, witzelte Nina, obwohl ihre Knie sich nach diesem Gespräch ein wenig weich anfühlten.

Rosa starrte sie an. Dann glitt ein Lächeln über ihr Gesicht. »Ich glaube, ich verstehe langsam, was Orlando an Ihnen findet.«

»Zeit für einen Rollentausch?«

40

Orlando hatte keine Ahnung, was Nina mit Rosa besprechen wollte, aber es machte ihn absolut nervös. Er war die Treppe nach unten gegangen, nicht weil Rosa ihm das angeordnet hatte, sondern weil er vor Nina nicht wie ein Idiot dastehen wollte, der ihr nicht vertraute und an der Tür lauschte. Im Esszimmer hatte er sich erst einmal ein Glas Whisky genehmigt. Der Alkohol brannte noch in seiner Kehle, als er hinaus auf die Terrasse ging. Er brauchte dringend frische Luft. Er musste Rosa in die Schranken weisen. Was bildete sie sich überhaupt ein, so mit ihm umzuspringen? Sie beleidigte seine Gäste, befahl ihm sogar, sie hinauszuwerfen! Ob Nina mit ihr klarkam? Doch dann sagte er sich, dass sie souverän genug war, sich dem hysterischen Wüten von Leons Tochter zu stellen. Womöglich war sie gerade dabei, Rosa mit weiblicher Diplomatie zu besänftigen. Rosa würde dann freiwillig gehen, und er hätte dieses Problem nicht mehr am Hals. Zumindest schien das ihr Plan gewesen zu sein, und das war besser, als wenn er persönlich Rosa hinauswarf. Er konnte wirklich darauf verzichten, dass sie anschließend zu ihrem Vater lief und sich bei ihm ausweinte.

Was Nina ihr wohl sagen würde? Erzählte sie Rosa gerade, dass er ihr seine Liebe gestanden hatte? War das zum jetzigen Zeitpunkt günstig? Die Angst um Ricardo hatte ihr ganz schön zugesetzt. Nachdenklich blieb er stehen. Dauerte dieses Gespräch überhaupt nicht schon viel zu lange? Orlando sah nach oben und erkannte überrascht, dass die beiden zu ihm hinunterblickten. Auf die Entfernung und durch die Spiegelung der Scheibe hindurch konnte er ihre Mimik nicht erkennen. Nach einer Weile entfernten sie sich vom Fenster. Er wartete darauf, dass sie hinunterkamen, und setzte sich auf eine der Liegen am Pool. Orlando sah auf die Uhr. Vielleicht sollte er doch mal nach oben gehen. Er schlenderte zurück ins Esszimmer, schnappte sich noch ein Häppchen von den Platten, und gerade als er es hinunterschlucken wollte, wurde es im Obergeschoss laut. Vor Schreck musste er husten, spülte das Tapa-Stück, das sich in seiner Kehle verirrt hatte, mit einem Glas Mineralwasser hinunter und betrat gerade in dem Moment den Gang, als Nina die Treppe hinunterlief. Sie war vollkommen aufgelöst. Ihre Wimperntusche war verlaufen, ihre Lippen bebten, und sie stolperte um ein Haar. Was zur Hölle ...

»Nina!«, rief er. »Geht es dir gut?«

Aber sie schüttelte nur den Kopf, Tränen liefen ihr über die Wangen, sie wischte sie hastig weg und wich vor ihm zurück. »Nicht, ich ... ich gehe jetzt, Orlando! Es ist besser so«, erklärte sie mit zittriger Stimme.

»Du gehst nirgendwohin! Was, um Himmels willen, hat sie zu dir gesagt? Rosa!«, brüllte er nach oben, aber von dort kam keine Antwort. »Rosa!«

Nina griff geradezu panisch nach seinem Arm. »Nicht! Bitte, lass sie in Ruhe. Sie wird mich umbringen.«

»Blödsinn! Rosa doch nicht!«

»Nicht persönlich, aber die Leute ihres Vaters, dieser Asier und ein Miguel ... sie hat mir eiskalt aufgezählt, was sie mir alles antun werden, wenn ich mich nicht kooperativ zeige.« Nina schauderte. »Und mir diese Fotos gezeigt ...«

Was zum Teufel hatte Rosa ihr denn da erzählt? Und Bilder? Wo hatte sie die überhaupt her? *Ich habe vor ein paar Stunden mit Miguel gesprochen.* Mit dem würde er auch noch ein Wörtchen reden! Orlando versuchte, Nina sanft festzuhalten.

»Bitte, beruhige dich. Ich bring das wieder in Ordnung und ich verspreche dir, dass dir nichts geschehen wird. Ich beschütze dich. Rosa ist nichts weiter als ein eifersüchtiges, verwöhntes Mädchen!«

»Mädchen? Sie ist ein durchtriebenes, gefährliches Biest! Ich kann das nicht tun, Orlando. Es tut mir leid, wirklich.« Sie atmete tief durch, beugte sich vor und gab ihm einen federleichten Kuss auf die Wange. »Bitte versteh mich. So was ist einfach nicht mein Ding. Das hat nichts mehr mit Gutachtenfälschung oder illegalem Antikenverkauf zu tun. Ich habe eine Scheißangst, okay? Ich hatte ja keine Ahnung, in was du da alles verstrickt bist. Es tut mir wirklich leid.«

Er starrte sie fassungslos an. »Was willst du damit sagen? Dass du dich von dieser Göre hast einschüchtern lassen? Nina! Das ist doch alles nur Gerede!«

»Leb wohl, Orlando. Ich halte mich auch an die Abmachung, du bekommst deinen Job als Leiter der Ausgrabung, aber das zwischen uns ... das funktioniert nicht.«

Sie riss sich von ihm los und lief den Gang hinunter. Wie betäubt starrte er ihr ein paar Sekunden lang nach. Dann rannte er ihr hinterher und holte sie gerade ein, als sie sich ins Auto setzen wollte.

»Warte doch mal! Sag nicht, dass es aus ist, bevor es überhaupt begonnen hat. Ich regle das alles, vertrau mir! Niemand wird dir etwas antun.«

Sie seufzte und legte ihm die Hand auf die Brust. »Ihr Vater ist dein Boss, nicht wahr?«

Er nickte. »Ja, aber Leon ...«

»Er wird tun, was sie ihm sagt. Ich kann dir nur raten, pass auf!« Sie senkte ihre Stimme. »Diese Rosa ist gefährlicher, als du vielleicht denkst. Sie hat mich beobachten lassen, wusste genau, in welchem Hotel ich wohne und sogar in welchem Zimmer.«

»Das bedeutet doch noch lange nicht, dass sie dir Asier auf den Hals schicken wird. Der ist nur für die harten Fälle zuständig.«

Ninas Augen weiteten sich und sie trat einen Schritt zurück. »Dann stimmt es also und ist kein Gerede von Rosa? Er kümmert sich um Leute, die ... aus dem Weg geschafft werden müssen?« Sie presste die Lippen aufeinander und er verfluchte sich innerlich für diesen Ausrutscher. »Orlando, sei bitte vorsichtig! Rosa ist unglaublich wütend auf dich. Ich musste ihr von meiner Bewertung erzählen, von der Ausgrabung und warum du die Leitung haben willst. Von dem falschen Zeugen. Sie hat irgendetwas vor. Ich mache mir Sorgen um dich!«

Das wurde immer schöner. »Glaub mir, Rosa ist wahrlich der letzte Mensch, vor dem ich Angst habe.«

»Das solltest du aber.« Sie hob die Hand und berührte seine Wange. Ihre Finger waren eiskalt und zitterten. »Leb wohl, Orlando.«

Dann stieg sie ein, ließ den Motor an und legte den Rückwärtsgang ein. Er konnte es einfach nicht glauben. Sein Herz raste, und er presste die Zähne so fest aufeinander, dass sein Kiefer knirschte. Erst als Nina am Tor auf die Hupe drückte, erwachte er aus seiner Erstarrung, ging ins Haus und betätigte am Display neben der Tür den Öffner. Er wollte gerade die Treppe hinaufstürmen, als Rosa aus der Gästetoilette trat. Sie hatte sich die verlaufene Wimperntusche weggewischt, ihren Lippenstift nachgezogen und marschierte wortlos erhobenen Hauptes an ihm vorbei zum Esszimmer. Bevor er ihr etwas nachrufen konnte, tauchte Montse aus der Küche auf.

»Wann darf ich heute Abend das Essen servieren, Señor Torres?«, fragte sie ein wenig eingeschüchtert wegen seiner abweisenden Miene.

»Überhaupt nicht! Gehen Sie nach Hause!« Sie zuckte zurück und lief dann zur Garderobe. Kurz darauf hörte er das Geräusch der Eingangstür. Er hätte nicht so unfreundlich zu ihr sein dürfen. Aber im Moment war er viel zu wütend auf Montse, weil sie Rosa hereingelassen hatte. All das wäre nicht geschehen, hätte er sie bereits draußen abwimmeln können. Orlando atmete tief durch und ging zum Esszimmer.

Rosa saß an Ninas Platz, hatte sich ein Glas Wein eingeschenkt und war gerade dabei, ein Lachsparfait von dem Tapas-Sortiment zu essen. Er schlug die Tür hinter sich zu, marschierte auf sie zu und baute sich neben ihrem Stuhl auf.

»Die sind köstlich. Deine Montse sollte unserem Alfonso das Rezept schicken.«

»Ist das alles, was du nach dieser Nummer zu sagen hast?« Orlando holte aus und schlug mit der Faust neben ihr auf den Tisch, sodass das Porzellan erzitterte und Rosa im letzten Moment ihr Weinglas am Umkippen hindern konnte. Sie stand mit dem Glas in der Hand auf, und in einer fließenden Bewegung schüttete sie ihm den Rotwein ins Gesicht.

»Nein, das ist nicht alles!«, zischte sie. »Miguel und Asier sind bereits auf dem Weg hierher, und ich habe ihnen gesagt, dass wir eine heftige Auseinandersetzung haben, also überleg dir gut, ob du mich weiterhin bedrohen willst.«

Bilder von Kurieren, die Leons Leute eingenordet hatten, nachdem sie heimlich an ihm vorbei hatten Geschäfte machen wollen, tauchten farbenfroh in seinem Kopf auf. *Diese Rosa ist gefährlicher, als du vielleicht denkst.* Hatte sie ähnliche Fotos Nina gezeigt? Er kannte Rosa Ferer jetzt seit sechzehn Jahren, aber die Frau, die gerade vor ihm stand, sah ihr nur noch äußerlich ähnlich. Nein, im Grund nicht einmal das. Während er sich eine Serviette vom Tisch angelte und sein Gesicht abwischte, betrachtete er sie genauer. Rosa funkelte ihn mit einem Hass und einer Verachtung an, die er noch nie in ihren Augen gesehen hatte. *Aus zu viel Liebe wird leicht hundertfacher Hass.* Das hatte er irgendwo einmal gelesen.

»Ich sage dir jetzt, was zu tun ist, damit diese Frau schleunigst dorthin verschwindet, wo sie hergekommen ist, und wir nicht noch mehr Staub wegen deiner lächerlichen Nebenverdienste aufwirbeln, die dich von den Geschäften meines Vaters ablenken. Du wirst dafür sorgen, dass der Archäologe, den du in den Knast geschafft hast, schnellstmöglich wieder entlassen wird.« Orlando wollte etwas einwenden, aber sie hob die Hand.

»Ist mir vollkommen egal, wie du das anstellst. Lass deinen falschen Zeugen auflaufen, besorg neue Zeugen oder zeig dich selbst an und sitz für ihn ein.« Orlando hob die Augenbrauen. »Deine Nina«, sie spuckte ihm den Namen voller Abscheu entgegen, »hat mir zugesichert, dass Sternberg hinterher seine Kündigung aus privaten Gründen einreichen und dich als Nachfolger vorschlagen wird, sobald ihr Mandant die Förderung der Ausgrabung in die Wege geleitet hat und ein Monat vergangen ist. Sie weiß, was passiert, wenn sie sich nicht an diese Abmachung hält.« Rosa verzog grimmig den Mund. »Ich werde heute Abend mit meinem Vater darüber sprechen, dass er Teile deiner Aufgaben auf Miguel überträgt, da du offenbar überfordert bist.«

»Das bin ich nicht! Himmel, Rosa, lass es jetzt mal gut sein!« Orlando fuhr sich durch das weinfeuchte Haar. Das lief übler, als er erwartet hatte. Nina hatte recht. Rosa war ... ein Biest. Wann auch immer diese Verwandlung vor sich gegangen und das schüchterne kleine Kätzchen zur Raubkatze geworden war. Er sah sie an. Wenn sich ihr Zorn nicht gerade auf ihn richten würde, fände er es durchaus attraktiv, wie sie hier vor ihm stand, eine bildhübsche kleine Rachegöttin.

»Okay, es tut mir leid, dass ich dich mit meinem Verhalten verletzt habe. Aber ich wollte dich niemals bedrohen, das kannst du mir glauben, und verletzen schon gar nicht. Du kennst mich lange genug, um das zu wissen.«

Sie lachte nur abfällig. Blitzschnell überschlug er seine Möglichkeiten. Nina würde sich nicht mehr mit ihm einlassen, so viel stand fest. Das tat weh. Aber offenbar hatte er sich in ihr ebenfalls getäuscht. Wenn sie so schnell einknickte, war sie ohnehin nicht die Frau, auf die er künftig zählen wollte. Rosa jedoch könnte das Sprungbrett an die Spitze des Ferer-Clans werden. Es war wirklich dumm von ihm gewesen, ihr Angebot am Ostersonntag auszuschlagen. Aber noch war es dafür nicht zu spät. Er setzte sein charmantestes Lächeln auf.

»Komm schon, vertragen wir uns. Denk daran, wie glücklich Ricardo darüber sein wird, wenn er aus seinem Koma erwacht. Pfeif deine Kampfhunde zurück und bleib heute Nacht hier.«

Entgegen seiner Erwartung verfinsterte sich ihre Miene noch mehr. »Verwechsle mich nicht mit dieser Hure, Orlando. Ich habe dir eine Chance gegeben, du hast sie ausgeschlagen. Das war's. Miguel wird deinen Platz einnehmen.«

»Miguel?!« Hatte Orlando sich verhört? Es war wir ein Faustschlag ins Gesicht. Er lachte hohl, brach aber ab, als ihre Miene unverändert kühl blieb. »Das ist nicht dein Ernst, Rosa. Und was meinst du mit *meinen Platz einnehmen*? Etwa an deiner Seite?«

»Warst du denn jemals dort?«, entgegnete sie spitz.

»Rosa, ich habe in den vergangenen sechzehn Jahren alles für deinen Vater, nein, für eure gesamte Familie getan. Insbesondere für Ricardo! Er ist wie ein kleiner Bruder für mich. Himmel, du weißt doch, wie loyal ich euch ergeben bin.«

»Bis diese Nina aufgetaucht ist und dir schöne Augen gemacht hat.«

»Ja, das war ein Fehler, verdammt! Und er tut mir leid. Das wird nicht wieder vorkommen.«

»Wer's glaubt!«

»Was soll ich denn tun, um dich zu überzeugen?«

»Miguel hat sich mir gegenüber niemals danebenbenommen. Er sieht gut aus, kann sich durchsetzen ...«

»Er ist ein Gorilla ohne Hirn! Willst du ihn etwa auch noch heiraten?« Bei der Vorstellung, wie Leons Mann fürs Grobe eine strahlende Rosa im Brautkleid küsst, drehte sich Orlando der Magen um.

»Ich habe dir schon mal gesagt, dass ich alles tun werde, damit Ricardo glücklich wird und die Geschäfte weiterlaufen. Es klingelte am Tor, und Orlando fuhr zusammen. Das mussten Miguel und Asier sein. Rosa nahm ihre Handtasche vom Tisch und hängte sie sich um.

»Mein künftiger Ehemann und Alejandro können sich um die Details kümmern, die eine harte Hand erfordern, ich erledige den Part, für den man einen klugen Kopf braucht.« Sie tippte sich lächelnd an die Schläfe. »Ricardo kann dann in aller Ruhe entscheiden, was er tun möchte. Du hörst bestimmt in den nächsten Tagen von meinem Vater, welche Position du künftig einnehmen wirst. Falls du überhaupt noch eine einnehmen wirst.«

Sie wandte sich zum Gehen, aber Orlando versperrte ihr den Weg. »Rosa, bitte, gib mir noch eine Chance, dir das alles zu erklären. Warum ich überhaupt an dieser Frau interessiert war. Ich glaube, ich ...« Er fuhr sich mit beiden Händen durch die Haare und sein Puls raste. »Izan hat gesagt, Rico und ich sind wie zwei Läufer, die vor der Ziellinie kneifen. Und ich denke inzwischen, er hat recht. Mir ging es nie wirklich um Nina.«

Rosa kniff die Augen zusammen. »Willst du etwa behaupten, es ging dir nur um mich?«

Sekundenlang überlegte Orlando, was er ihr darauf antworten sollte. Seine gesamte Zukunft hing plötzlich von diesem Moment ab, und er fühlte, wie ihm der Schweiß ausbrach. Es klingelte erneut und er entschied sich für die Wahrheit. Rosa war viel zu schlau, um sie weiter hinters Licht zu führen.

»Nein. Ich habe dich nicht so wahrgenommen wie jetzt.« Sie hob die Augenbrauen. »Als erwachsene Frau, mit der ich übers Geschäft reden kann. Du warst für mich immer nur Ricos kleine Schwester und ... das war ein Fehler. Ich hätte schon früher erkennen müssen, was in dir steckt. Bitte, auch wenn du jetzt kein Interesse mehr an mir hast, aber entscheide dich nicht für Miguel! Du hast Besseres verdient, Rosa!«

Seine Kehle war wie zugeschnürt. Sie seufzte. Dann öffnete sie ihre Handtasche, zog ihr Handy heraus, tippte eine Nummer und sagte: »Alles okay. Ihr könnt wieder fahren. Wir haben uns geeinigt.«

Orlando schluckte gegen die Enge in seinem Hals. »Danke, Rosa.«

»Ich werde mir anhören, was du zu sagen hast, aber ich werde ganz bestimmt nicht über Nacht bleiben.«

»Ich weiß. Das würde ich auch nach alldem nicht von dir erwarten.«

Sein Kampfgeist begann, sich erneut zu regen.

Aber ich werde daran arbeiten, dass du mich wieder so ansiehst wie früher. Und eines nachts hierbleibst, und am nächsten Tag laufen wir dann gemeinsam durchs Ziel!

41

Nach dem zweiten Klingeln wartete Nina ein paar Minuten vor Orlandos Tor und betete, er würde nicht seine Videoanlage inspizieren oder gar herauskommen. Für diesen Fall müsste sie behaupten, ihren Hotelschlüssel bei ihm verloren zu haben. So zornig, wie er gewesen war, machte sie sich um die junge Frau langsam Sorgen. Wenn sie nicht bald anrief, würde ihr nichts anderes übrigbleiben, als die Polizei zu verständigen. Doch dann summte ihr Handy. Es war Rosa.

»Alles okay. Du kannst wieder fahren. Wir haben uns geeinigt.« Nina fiel ein Stein vom Herzen. Rasch eilte sie die Häuser entlang zu dem Eck, wo sie ihren Mietwagen geparkt hatte, und fuhr los. Ihre Finger zitterten auf dem Lenkrad, und sie übersah vor Aufregung ein Stoppschild und missachtete die Vorfahrt im Kreisverkehr. Das Herz klopfte ihr bis zum Hals. So schnell wie möglich wegzukommen, war alles, woran sie denken konnte. Irgendwann landete sie unten am Meer, suchte sich einen Parkplatz und lief über die Promenade und den Strand, bis sie kurz vor der Brandung zum Stehen kam. Am Himmel schienen zwei Möwen wie festgefroren an einem Fleck zu kleben. Dann stürzten sie sich pfeilschnell in die nächste Brise und ließen sich nicht einmal einen Meter über dem Wasser zu einer entfernteren Stelle am Strand tragen. Nina fiel auf die Knie und grub die Hände in den Sand. Es war, als würde diese Berührung sie wieder erden. Sie atmete mehrmals tief ein und aus, und endlich schlug ihr Herz ein wenig langsamer. Die Gänsehaut blieb.

Als Rosa ihr gesagt hatte, sie solle bei Orlando Bilder von

Menschen erwähnen, um die sich ein gewisser Miguel und Asier »gekümmert« hätten, hatte sie aufgelacht und das für übertrieben gehalten. Aber Rosa hatte darauf bestanden, obwohl Nina eingeworfen hatte, dass Orlando ihr bestimmt nicht abnehmen würde, dass sie auf so eine Mafia-Masche hereinfiel. Doch dann hatte seine Reaktion ihr gezeigt, dass Rosa gar keine Geschichten über diese zwei Männer erfunden hatte. Ihre Angst hatte Nina hinterher gar nicht mehr spielen müssen.

In was, um Himmels willen, war sie da hineingeraten? Sie konnte nur hoffen, dass Rosa ihr Wort hielt, für Tarans Freilassung sorgte und sie beide nicht wirklich den Handlangern ihres Vaters auslieferte, um sie zum Schweigen zu bringen. Denn im Gegenzug hatte Nina ihr versprechen müssen, mit niemandem jemals über das zu reden, was in Orlandos Haus vorgefallen war, auch nicht mit Taran. Sie lachte bitter auf. Würde er ihr das überhaupt glauben?

Hey, für dich leg ich mich sogar mit dem Paten von Sevilla an. Klang nicht besonders romantisch. *Dafür musst du aber jetzt auf dein heißgeliebtes Projekt verzichten.* War auch nicht viel besser.

Das einzig Gute an dem Deal war, dass Nina ihn Rosa zufolge nicht vor seiner Freilassung im Gefängnis besuchen sollte, und vermutlich war sie schon zurück in Deutschland, bis Taran freikam. Offenbar traute Rosa ihrem Schweigen nicht über den Weg. Jennifer würde also die undankbare Aufgabe übernehmen müssen, ihm von seinem erzwungenen Projektverzicht zu erzählen. Noch einmal würde sie seine Wut und Ablehnung nicht durchstehen. Ihr Handy vibrierte und auf dem Display erschien Sofías Nummer. Sie ging ran.

»Alles in Ordnung bei dir?«, fragte sie.

»Ja. Ich fahre jetzt zurück nach Sevilla.«

»Oh, dann lief es nicht so gut?« Enttäuschung schwang in ihrer Stimme mit.

»Erzähl ich dir, wenn ich wieder da bin. Hebt ihr mir was zum Essen auf? Ich sterbe vor Hunger.«

»Natürlich.« Sie klang immer noch besorgt und Nina musste lächeln.

»Und sag Ramón, er soll einen Sekt einkühlen.«

42

Der dreizehnte April fiel auf einen Freitag, aber Taran war weder abergläubisch noch glaubte er, dass ihn ein schlimmeres Unglück an diesem Tag ereilen könnte, als ihm ohnehin schon widerfahren war. Zumal er sich nicht für einen so prominenten Gefangenen wie den letzten Großmeister der Tempelritter hielt und Verbrennen auf dem Scheiterhaufen glücklicherweise keine Option mehr für seine Richter war. Es hatte auch sein Gutes, ein unbedeutender Archäologe des einundzwanzigsten Jahrhunderts zu sein. Bis zu seinem Prozess, da machte er sich keine Hoffnungen, würde er noch Monate warten müssen. Was er sich allerdings erhofft hatte, war ein Besuch von Nina nach ihrem Wochenende mit Orlando. Jennifer hatte gesagt, dass sie sich seit ihrer Rückkehr in geheimnisvolles Schweigen hüllte und dass sie sicher ihre Gründe hätte, warum sie nicht zu ihm ins Gefängnis kommen würde. Dabei lag es auf der Hand, weshalb sie ihn mied. Er hatte sie erst mit seiner Abweisung und seinem Stolz verletzt, und jetzt saß er auch noch wegen Drogenbesitzes und Antikenhehlerei hinter Gittern. Sie hatte gesehen, wie man ihn in Handschellen abführte! Welche Frau würde da nicht schreiend davonlaufen? Das Gespräch mit Torres war vermutlich auch nicht gut verlaufen. Warum sollte der Kerl denn seine Machenschaften zugeben? Zumindest war er froh, dass Nina heil wieder zurückgekehrt war. Was war an diesem Wochenende aber geschehen? Er wollte es sich wirklich nicht ausmalen.

»Du wirst sehen, alles wird gut werden. Ich bin sicher, dass du bald freikommst und wir deine Unschuld beweisen können.«

Taran wusch sich an dem kleinen Waschbecken mit kaltem Wasser das Gesicht und blickte müde in den fleckigen Spiegel. Was seine baldige Freilassung anbelangte, hatte Jennifer selbst nicht sonderlich überzeugt geklungen.

»Jen, du solltest langsam wieder heimfliegen«, hatte er am Montag zu ihr gesagt. »Du hast einen Job und ...«

Sie hatte abgewunken. »Keine Sorge, ich bin seit heute im Mutterschutz.«

Das hatte ihn wie ein Schlag getroffen. »Umso wichtiger, dass du dich auf den Weg machst! Mama wird ausflippen, wenn du nicht bei ihr bist und ihr Enkelkind hier zur Welt kommt.«

Ein Lächeln war über ihr Gesicht geglitten. »Dann denkst du doch manchmal an sie?«

»Ich möchte nur nicht auch noch dafür verantwortlich gemacht werden, dass sie zur Geburt ihres Enkelkindes extra nach Spanien fliegen muss.«

»Dann kann sie zumindest bei ihrem missratenen Sohn im Knast vorbeischauen und er hat keine Chance mehr, vor ihr wegzurennen.«

»Einfühlsam wie immer.«

»Ich bin Juristin, nicht Psychotherapeutin«, hatte sie lachend erwidert.

»Gott bewahre, dass du je Richterin wirst!«

»Wirst du sie besuchen, wenn du wieder rauskommst?«

»Ich weiß nicht ... würde sie das überhaupt wollen? Nach all der Zeit, in der ich sie abgewiesen habe?«

Jennifers Miene war weich geworden. »Ich glaube, du könntest ihr kein schöneres Geschenk machen.«

Er hatte rasch das Thema gewechselt, bevor sie noch merken konnte, wie nah ihm ihre Antwort ging. In den vergangenen Tagen hatte er viel Zeit zum Nachdenken gehabt und war zu dem Entschluss gekommen, dass es einfach nur kindisch war, sich nicht endlich mit seiner Mutter auszusöhnen. Wenn schon sein Vater ihr verziehen hatte und sich Jennifer zufolge in den letzten Monaten ein paar Mal mit ihr getroffen hatte, sollte er sich auch dazu aufraffen können, einen Schlussstrich unter die Vergangenheit zu ziehen. Von ihrer Seite aus hatte es genug Versuche gegeben. Es lag an ihm, den nächsten Schritt zu tun.

»Weißt du schon, ob es ein Junge oder ein Mädchen wird?«

Sie hatte gestrahlt. »Ein Junge. Und ich werde ihn Elias nennen.«

Der Trotz in ihrer Stimme hatte ihn aufhorchen lassen. »Welcher Name hat denn seinem Vater vorgeschwebt?«, hatte er belustigt gefragt und die Frage sogleich bereut, als sich ihre Miene verdüstert hatte.

»Er ... weiß nichts von ihm. Aber, hey, er hat einen supercoolen Onkel, der ihn mit auf Schatzsuche nehmen kann.«

Falls der jemals wieder als Archäologe arbeiten darf, dachte Taran bitter, aber er wollte Jennifer nicht mit seinen Sorgen belasten. Offenbar hatte sie genug eigene am Hals.

»Mach ich gerne. Mama wird dir allerdings niemals verzeihen, wenn du mir den Kleinen mitgibst, damit ich ihn mit Geschichte verderbe. Aber jetzt musst du mir versprechen, dass du heimfliegst. Ich habe in Enrico einen guten Anwalt, und Sofía und Ramón sind auch noch da, um ab und zu bei mir vorbeizuschauen.«

»Taran ...«

»Nein! Ich möchte nicht, dass dir oder dem Kleinen etwas zustößt, weil du dich hier mit mir aufregen musst. Außerdem ...«, er hatte ihr zugezwinkert, »hast du, so wie ich dich kenne, noch nicht einmal ein Bett oder Fläschchen und was man sonst so für ein Baby braucht, besorgt.« Jennifer hatte ertappt zur Seite geschaut und war rot geworden. »Jen, du wirst eine wunderbare Mutter werden.«

Sie hatte stirnrunzelnd aufgeschaut. »Besten Dank, Taran.«

»Kein Witz, das meine ich ernst.«

»Weil ich nicht mal rechtzeitig die Babyausstattung besorgen kann?«

»Nein. Weil du rechtzeitig gelernt hast, in deinem Leben Prioritäten zu setzen, nicht stur auf die Meinung anderer zu hören, sondern die Dinge zu machen, die für dich in genau diesem Augenblick wichtig sind und dir am Herzen liegen. Auch wenn ich nicht ganz nachvollziehen kann, warum das im Moment ausgerechnet dein dummer Bruder ist.« Sie grinste. »Du wirst daheim die Wäsche liegen lassen und mit Elias auf den Spielplatz gehen, weil gerade die Sonne so schön scheint. Und wenn es regnet, wirst du mit ihm trotzdem Kicken, weil es einfach Spaß macht, wenn der Schlamm bis zu den Knien hochspritzt. Du wirst in Wäsche versinken, Jen! Du wirst mit ihm Teig kneten und Plätzchen ausstechen, bis der Boden nur noch klebt, und Elias mit Fingerfarben die Wände seines Kinderzimmers bemalen lassen. In jedem Raum werden Bausteine, Stoffdinosaurier oder Bilderbücher herumliegen. Ich werde ihm höchstpersönlich diese unsäglichen Gipsblöcke für Kinder besorgen, an denen er so lange mit einem Spatel herumkratzen kann, bis er Archaeopteryx-Knochen oder Schwerter aus Plastik daraus geborgen hat. Und es wird dich überhaupt nicht kümmern, dass der ganze Tisch hinterher versaut ist und andere deine Wohnung unordentlich finden, weil das Wichtigste darin nicht der strahlende Boden, sondern das strahlende Lächeln deines Kindes ist.«

In ihren Augen hatten sich Tränen gebildet, die sie jetzt krampfhaft wegzublinzeln versuchte. »Hör schon auf, Taran!«

»Nur, wenn du mir versprichst, auf der Stelle abzureisen.«

»Also gut. Nächste Woche Montag. Aber am Wochenende komme ich dich noch einmal besuchen.«

Taran hatte erwartet, dass Jennifer am Samstag oder Sonntag vorbeischauen würde. Deshalb war er überrascht, als man ihn nach dem Frühstück abholte. Vielleicht war es Enrico? Doch dann wurde er nicht in den Besucherraum mit den Glaskabinen geführt, sondern in einen Verwaltungsraum. Ein Beamter bat ihn, sich ihm gegenüber auf einen Stuhl zu setzen. Auf seinem Schreibtisch stapelten sich Papiere. Er zog ein Blatt heraus, unterzeichnete es schwungvoll und schob es Taran zu, während er etwas in atemberaubender Geschwindigkeit herunterratterte, von dem ihm nur noch die Worte *Entlassungsschein* und *Wegfall des dringenden Tatverdachts* im Kopf haften blieben.

Der Mann schaute ihn auffordernd an.

Taran starrte fassungslos zurück.

»Könnten Sie das bitte wiederholen?«, fragte er benommen.

»Ihr Haftbefehl ist aufgehoben worden, da Sie nicht mehr der Tat verdächtigt werden«, sagte er. »Alles Weitere wird Ihnen sicher Ihr Anwalt erklären. Er ist von uns schon verständigt worden. Sie können Ihre persönlichen Dinge in Ihrer Zelle packen, und dann wird ein Gefängniswärter Ihnen die Wertsachen und Ausweise, die man Ihnen bei Betreten des Gefängnisses abgenommen hat, aushändigen und Sie zum Ausgang führen.«

Eine Stunde später trat Taran nach zehn Tagen Haft durch die letzte Sicherheitstür in seine wiedergewonnene Freiheit. Er wusste nicht, ob er lachen oder weinen sollte. Er fühlte sich immer noch wie betäubt und konnte nicht glauben, dass es jetzt wirklich vorbei war. Eine Autotür schlug zu, und er sah zum Parkplatz vor dem Gebäude. Neben Sofías Seat standen die Menschen, die zu ihm gehalten und für ihn gekämpft hatten. Sein Freund Ramón, Sofía und Jennifer. Eine Person fehlte. Aber er würde sie finden und sich entschuldigen, gleichgültig, ob sie noch hier in Spanien oder bereits nach Deutschland abgereist war. Mit wenigen Schritten war er bei ihnen und umarmte sie nacheinander.

»Ich danke euch! Ich weiß nicht, wie ihr das geschafft habt, aber ich bin sicher, ohne euch wäre ich niemals so schnell entlassen worden.«

Jennifer gab ihm einen Kuss auf die Wange. »Danke nicht uns, danke Nina!«, sagte sie lächelnd.

»Wo ist sie?« Sein Herz schlug augenblicklich schneller.

»Steig ein, wir erzählen es dir unterwegs.«

Kaum saß er im Wagen, den Sofía in ungewohnt halsbrecherischer Manier durch die Stadt steuerte, redeten alle wie wild auf ihn ein, und nach all den Tagen der Stille – sein Zellennachbar war nicht gerade gesprächig gewesen – brauchte Taran eine Weile, um sich auf die Einzelheiten zu konzentrieren. Er erfuhr, dass der Nachtwächter Dario auf der Polizeiwache erschienen war und gestanden hatte, dass er die Drogen und geraubten Antiken in dem Bauwagen deponiert hatte. Die Sachen hätte er in einem abgerissenen Rucksack auf einer Baustelle in Sevilla gefunden, auf der er als Hilfsarbeiter vor einem Monat tagsüber ausgeholfen hatte.

»Und warum sollte er das Zeug hinterher in meinen Bauwagen legen?«, hatte Taran entgeistert gefragt.

»Er hat ihnen glaubhaft gemacht, dass du ihn schwer beleidigt und dich wie ein arroganter Idiot ihm gegenüber verhalten hast. Also hätte er dir einen Denkzettel verpassen wollen«, erklärte Ramón.

»Ich habe niemals ...«, brauste Taran auf.

»Das wissen wir doch!«, sagte Jennifer und legte ihm die Hand auf den Arm. »Nina hat uns nichts von ihrem Gespräch mit diesem Orlando Torres erzählt, aber dass Dario nun die Sache plötzlich auf seine Kappe nimmt, die ursprüngliche Zeugenaussage zurückzieht und behauptet, das schlechte Gewissen habe ihn hinterher gedrückt ...«

»Er hat ausgesagt, seine Frau habe ihm zugesetzt«, ergänzte Sofía.

»... ist natürlich auf Torres' Mist gewachsen. Er wird ihm dafür Geld geboten oder ihn bedroht haben. Es gibt nämlich noch einen Wermutstropfen, den du jetzt leider schlucken musst.«

Die plötzliche Stille im Auto drückte auf Tarans Ohren und er fröstelte. »Was ist es? Hat der Kerl etwa Nina was angetan?« Er ballte die Fäuste.

»Nein! Also, nicht dass ich wüsste.« Jennifer sah erschrocken nach vorne zu Ramón, der sich vom Beifahrersitz nach hinten zu ihnen umdrehte.

»Halte ich für unwahrscheinlich«, bestätigte er. »Sie sah angespannt aus, aber gleichzeitig war sie erleichtert, als sie am Samstag zurückkam.«

Taran atmete auf. Er hatte schon das Schlimmste befürchtet. Am Samstag war sie bereits zurückgekommen? Dann hatte sie also nicht die Nacht bei ihm verbracht.

»Nina hat uns nur so viel verraten: Sie wird dafür sorgen, dass ihr Mandant die Ausgrabung in Gelves fördert, du bleibst vorerst der Ausgrabungsleiter, bis die Förderung durch ist, und einen Monat später musst du aus privaten Gründen deine Kündigung beim DAI einreichen und Torres als neuen Ausgrabungsleiter vorschlagen. Wenn du dich nicht daran hältst, wird es für dich und sie ... na ja ... ungemütlich werden.« Jennifer stockte, als sie seinen Blick auffing.

»Um es kurz zu machen: Ein Freund von uns bei der Guardia Civil vermutet, Torres arbeitet für den Boss eines mächtigen Drogen-Clans, und mit dem solltet ihr euch besser nicht anlegen, wenn ihr weiterleben wollt«, sagte Ramón.

»Jetzt schau nicht so, Taran! Was blieb ihr denn anderes übrig, als dem zuzustimmen! Der Typ hat ihr Angst gemacht. Sie war vollkommen durcheinander, als sie zurückkam. Warum, glaubst du, ist Nina nicht mit uns zum Gefängnis gekommen? Sie weiß, dass du wegen der Kündigung sauer auf sie sein wirst, aber ist dir denn diese Ausgrabung wirklich so wichtig, dass ...«

»Scheiß auf die Ausgrabung, Jen!«, rief Taran außer sich. »Wie konntet ihr Nina zu Orlando fahren lassen, obwohl ihr wusstet, in welchen Kreisen dieser Typ verkehrt? Wir reden jetzt also nicht mehr nur von ein paar Joints für den Eigenbedarf und Antikenhehlerei? Es geht um einen richtigen Drogen-Clan, mit Auftragskillern und allem, was dazugehört? Nina hätte weiß Gott was zustoßen können! Wo ist sie denn jetzt überhaupt?«

»Am Flughafen auf dem Weg nach Hause«, antwortete Sofía.

»Dann fahr sofort dorthin!« Taran musste sich beherrschen, sie nicht in seinem Zorn anzubrüllen. Im Rückspiegel sah er, dass sie grinste. Sie hob die rechte Hand vom Lenkrad und deutete zur Windschutzscheibe.

»Was glaubst du wohl, warum ich wie eine Verrückte durch die Stadt rase. Wir sind gleich da.«

Taran beugte sich vor und sah bereits die Ausfahrtsschilder zum Flughafen vor sich. »Ihr macht mich wirklich fertig!«, stöhnte er.

»Kannst ja wieder in den Knast zurückgehen«, spottete Ramón. »Dort war's bestimmt ruhiger und gemütlicher.«

»Auf jeden Fall! Und es gab auch keine Geophysiker, die dumme Sprüche klopfen.«

»Das liegt daran, dass wir im Gegensatz zu euch Archäologen ehrbare Leute sind.«

Taran verdrehte die Augen. »Im Ernst, Ramón, warum habt ihr Nina nicht aufgehalten, als sie zu Torres wollte?«

»Ich habe es versucht«, sagte Jennifer schulterzuckend. »Aber sie hat sich eingeredet, dass du ihretwegen im Gefängnis gelandet bist, weil sie sich dein Projekt zur Förderung herausgepickt hat und damit alles ins Rollen gebracht hat.«

»Was für ein Blödsinn!«

»Sag das nicht mir, sondern ihr!«

»Wann geht denn ihr Flug?« Taran blickte nervös auf die Uhr.

»In einer Stunde und zwölf Minuten. Ich habe der jungen Frau an der Rezeption im Hotel ein Trinkgeld mit der Bitte hinterlassen, dass Ninas Auschecken möglichst lange dauern soll.«

Taran lachte nervös. »Mit dir sollte man sich besser nicht anlegen.«

43

Alles ging an diesem Freitag schief. Kein Wunder, heute war schließlich Freitag, der Dreizehnte! Nina war gerade dabei gewesen, die Kosmetiksachen und andere Kleinigkeiten in ihren Koffer zu packen, als Jennifer noch vor dem Frühstück an ihre Tür geklopft hatte.

»Taran wird heute entlassen!«, hatte sie atemlos gerufen.

Nina war das Haarshampoo aus der Hand geglitten, mit einem dumpfen Geräusch zu Boden gefallen und hatte die Hälfte des Inhalts über ihre Schuhe und Hosenbeine ergossen.

»Was? So schnell? Wie hat …?« Um ein Haar hätte sie gefragt, wie Rosa das geschafft hatte, und die musste sie doch unbedingt aus dem Spiel lassen.

Jennifer hatte sich an ihr vorbeigeschoben, die Tür hinter sich geschlossen und ihr alles erzählt.

»Du sagst doch deinen Flug jetzt ab, oder?«

Kurz hatte sie daran gedacht, wie es wäre, ihn wiederzusehen. Aber dann war sein enttäuschtes Gesicht vor ihr aufgetaucht, als er am Morgen aus ihrem Hotelzimmer gestürmt war, und sie hatte rasch gesagt: »Das geht unmöglich, Jen. Alexander Roth hat den Termin extra für mich reserviert. Einen Mann wie ihn lässt man nicht warten, ich muss heute nach Hamburg und ihm das Gutachten und die Fotodokumentation präsentieren.«

»Kommst du dann wenigstens hinterher zurück?«

»Nein. In München warten auch Termine auf mich. Ich habe dir doch erzählt, dass ich kündigen und mir einen neuen Job suchen werde.«

Das hatte sie in den letzten Tagen entschieden. Mai-Lin würde dafür Verständnis haben und ihr sicher nicht mit einem schlechten Arbeitszeugnis Steine in den Weg legen. Nina hatte nach allem, was sie hier erlebt hatte, beschlossen, ihr Leben umzukrempeln, mehr Zeit für sich selbst einzuplanen und einen Job zu suchen, der ihr auch ein Leben neben dem Beruf ermöglichte. Außerdem hatte sie keine Lust, sich auf unabsehbare Dauer auf einen Grabenkampf mit Nils einzulassen. Schon eigenartig. Vor ein paar Wochen hätte sie sich niemals vorstellen können, bei Macmillan & Richardson aufzuhören.

Jennifers Augen waren schmal geworden. »Du drückst dich jetzt doch nur vor einer Aussprache mit meinem Bruder!«

Damit hatte sie nicht unrecht gehabt, aber Nina war eisern geblieben. Sie hatte sich umgezogen, war zum Frühstück marschiert und gedankenverloren in einen Kellner hineingerannt, der ihr Fruchtsaft über die Bluse geschüttet und sich hundertmal dafür entschuldigt hatte. Nach einem erneuten Umziehen war ihr kaum mehr Zeit zum Auschecken geblieben. Selbst das lief schief. Die Rezeptionistin bedauerte zutiefst, dass ihr Computer abgestürzt war. Vierzig Minuten später als geplant konnte Nina endlich ein Taxi zum Flughafen nehmen. Sie eilte durch die Kontrollen und kam gerade noch rechtzeitig zum Einchecken, eine halbe Stunde vor Abflug, am Gate an. Erst als sie im Flugzeug saß und aus dem Fenster auf die Rollbahn blickte, atmete sie auf. Das war geschafft. Ein junger Mann nahm neben ihr Platz und stöpselte sich nach kurzer Begrüßung die In-Ears ein. Sehr gut. Der würde sie nicht während des Flugs in lange Gespräche verwickeln und von dem Durchsehen ihres Gutachtens ablenken. Sie nahm ihr Handy aus der Tasche ihres Blazers und wunderte sich, dass weder Jennifer noch Sofía ihr geschrieben hatten, ob alles mit Tarans Freilassung geklappt hatte. Waren die beiden immer noch sauer auf sie, weil sie ihren Flug nicht verschoben hatte? Eine Stimme zu ihrer Rechten ließ sie aufschrecken.

»... in einer Verlosung gewonnen«, sagte eine Stewardess mit einem breiten Lächeln zu dem jungen Mann neben ihr. Der stöpselte sich seinen Kopfhörer aus dem Ohr.

»'tschuldigung. Was haben Sie gerade gesagt?«

»Es gab eine Verlosung unter den Passagieren. Wenn Sie möchten, können Sie auf diesem Flug in der ersten Klasse fliegen.«

»Echt jetzt? Cool! Gibt's da auch kostenlose Drinks?« Er sprang so hastig auf, als befürchte er, die Flugbegleiterin könnte es sich noch einmal anders überlegen. Nina grinste und sah wieder auf ihr Handy.

Hi, Jen. Alles okay bei euch? Hat es geklappt?, schrieb sie. Aus dem Augenwinkel nahm sie eine Bewegung neben sich wahr. Vermutlich der Flugbegleiter, der kontrollierte, ob sie angeschnallt war. »*Wie geht's Taran?*«

»Mir geht's gut.« Nina stieß einen Schrei aus und das Handy landete auf ihrem Schoß. Sie riss den Kopf herum. Da stand er, über den leeren Platz neben ihr gebeugt, und seine schilfgrünen Augen funkelten fast ebenso zornig wie am Dienstag, als er sie verlassen hatte.

Das Herz klopfte ihr bis zum Hals und in ihren Ohren rauschte es. Nina brachte kein Wort heraus, konnte ihn einfach nur anstarren. Taran ließ sich neben ihr auf den Sitz fallen, legte den Gurt an und erwiderte dann ihren Blick.

»Was ... was tust du hier?«, stotterte sie.

»Das wollte ich dich auch eben fragen.«

Ein Ruck ging durchs Flugzeug, als es auf der Fahrbahn losrollte.

»Ich ... das Gutachten ...« Er hob die Augenbrauen und sie musste sich zusammenreißen, nicht einfach loszuheulen. Weil sie so glücklich war, ihn zu sehen. Weil es ihm gut ging, er endlich frei war und es vollkommen verrückt war, dass er jetzt neben ihr saß und sie nur die Hand auszustrecken brauchte, um ihn zu berühren. Gott, sie wollte ihn so gerne berühren und küssen, dass ihr Herz vor Sehnsucht schmerzte. Das Flugzeug hob ab und in ihrem Bauch wirbelten tausende Schmetterlinge auf, stiegen hoch, trieben ihr Tränen in die Augen. Aber sicher war er nur hier, um ihr zu sagen, wie mies er ihren Deal mit Orlando fand.

»Nina«, sagte er leise.

Sie presste sich die Hand auf den Mund, kämpfte gegen die Tränen, sah zum Fenster. »Geht gleich wieder. Nur ... der Start ... Flugangst ...«

Was redete sie da nur! Eine warme Hand legte sich auf ihre Wange und schob sie sanft zurück. Seine Augen waren so nah, dass sie unter seinem intensiven Blick Gänsehaut bekam.

»Du bist unglaublich, weißt du?«, raunte er. »Du marschierst ohne mit der Wimper zu zucken in eine Mafia-Höhle, um mich zu befreien, aber du traust dich nicht, mich anzuhören.«

Sie schluckte. »Es tut mir leid wegen der Sache mit der Kündigung.«

Er schloss die Augen, schien sich nur mit Mühe beherrschen zu können. Und als er sie wieder öffnete, lagen darin so viel Wut und Verzweiflung, dass sie am liebsten davongelaufen wäre. »Mir tut es leid. Alles, Nina. Ich bin so wütend auf mich selbst wegen allem, was ich am Dienstag zu dir gesagt habe, dass du wegen mir geweint hast und was du alles auf dich genommen hast, nur um einem Idioten wie mir zu helfen.« Seine Stimme war jetzt nur noch ein Hauch, ganz nah bei ihrem Ohr, als er sagte: »Brigid oder Medbh. Ich liebe dich in jeder Gestalt, zu jeder Zeit und an jedem Ort, solange du mich bei dir haben willst.«

Im nächsten Moment fanden seine Lippen ihren Mund, und jetzt schwebte sie wirklich über den Wolken in ihrem Herzen und mit ihrem Körper. Sie erwachte von Getuschel um sie herum und löste sich verlegen von ihm. Womöglich war ihr Kuss doch ein wenig zu innig ausgefallen. Eine Flugbegleiterin stand plötzlich vor ihnen und reichte ihnen zwei Gläser mit Sekt.

»Danke, aber wir haben gar nicht ...«

»Geht auf den Sitz in der First Class«, erklärte sie augenzwinkernd.

Nina nahm das Glas und wandte sich zu Taran um. »Du warst das? Du hast First Class gebucht?« Der junge Mann fiel ihr plötzlich wieder ein, der wegen einer angeblichen Verlosung den Platz neben ihr verlassen hatte.

»War leider kein anderer mehr frei, und ich hatte es eilig.«

Sie deutete auf das Glas. »Was hast du der Flugbegleiterin denn erzählt?«

»Die Wahrheit.«

Nina hob die Augenbrauen.

»Dass meine ganze Zukunft davon abhängt, mich bei dieser Frau zu entschuldigen. Also, rein beruflich natürlich.«

Sie lachte. »Dir ist schon klar, dass du dich auf einem Flug nach Hamburg und nicht zu einer spannenden Ausgrabung befindest?«

»Genau da wollte ich heute hin.« Er grinste.

»Tatsächlich?«

»Ich muss heute einen gewissen Herrn Roth von meinem Projekt überzeugen und mich bei ihm bedanken.«

Ninas Herz machte einen Satz. »Du willst mich begleiten?«

»So schnell wirst du mich jetzt nicht mehr los.« Er hob das Glas. »Auf Roth und Torres, die uns jeder auf seine Art zusammengebracht haben.«

Und auf Rosa, fügte Nina in Gedanken hinzu.

Epilog

Die Maschine hob pünktlich in Paris ab, und Nina legte ihren Kopf auf Tarans Schulter und schloss die Augen. Fliegen hatte für sie seit jenem dreizehnten April vor einem Jahr, an dem er plötzlich neben ihrem Sitz aufgetaucht war, eine ganz neue Bedeutung gewonnen. Sie liebte das Kribbeln in ihrem Bauch beim Abheben. Es erinnerte sie jedes Mal daran, wie Taran in wenigen Tagen ihr Leben vollkommen auf den Kopf gestellt hatte. Seither fühlte es sich an, als wäre es von einem Schwarzweiß-Stummfilm zu einem Dolby-Surround-3D-Blockbuster mutiert. Sie hatte ihren Job an den Nagel gehängt und mit ihrem Resturlaub und nach Abwicklung aller laufenden Projekte nur noch ein paar Wochen bei M&R verbracht. Nils' Sticheleien waren an ihrem Lachen abgeperlt, bis er die Lust daran verlor und sich mit seinem Erfolg zufriedengab, sie aus der Firma geekelt zu haben. Sie hatte ihn in dem Glauben gelassen.

Alexander Roth hatte sie am meisten überrascht. Taran hatte ihn nicht nur von der Ausgrabung in Gelves überzeugt, sondern eine halbe Ewigkeit über verschiedene Schiffsbautechniken der Antike mit ihm gefachsimpelt. Sie hätte wirklich nicht gedacht, dass diese zwei unterschiedlichen Männer sich so gut verstehen würden. Nachdem Roth von ihrer Kündigung bei M&R erfahren hatte, hatte er ihr auf der Stelle eine Führungsposition im kaufmännischen Bereich seiner Firma angeboten. Zu einem höheren Gehalt, als sie zuletzt bei M&R verdient hatte. Es war ihr nicht leichtgefallen, es auszuschlagen. Sie hatte das persönlich in einem Gespräch geklärt.

»Ich fühle mich von Ihrem Angebot wirklich geehrt, Herr Roth, aber ich möchte mir etwas Eigenes aufbauen.«

»Steigen Sie bei Ihrem Vater in die Abbruchbranche ein?«, hatte er neugierig gefragt, und Nina hatte lachen müssen.

»Nein, wirklich nicht! Ich will ehrlich sein. Sie tragen an meiner Entscheidung schließlich einen großen Anteil. Die Bewertung in Gelves hat mich auf die Idee gebracht, mit Forschern, Kulturinstitutionen und privaten Investoren eng zusammenzuarbeiten und als selbstständige Beraterin und Vermittlerin vorrangig für archäologische Projekte tätig zu werden.«

Ein wissendes Lächeln war über sein Gesicht geglitten. »Und wann werden Sie und Herr Sternberg heiraten?«

»Wie bitte?«

»Liebe Frau Winter, ich bin nicht blind. Die Blicke, die Sie beide sich zugeworfen haben, waren äußerst beredt, und sosehr ich diesen jungen Mann schätze, nehme ich es ihm jetzt doch übel, dass er sie mir weggeschnappt hat.« Er schmunzelte. »Beruflich natürlich.«

»Sie können jederzeit in eines meiner Projekte investieren. Ich werde Ihnen nur das Beste vermitteln.«

Er hatte schallend gelacht. »Finden Sie mir was Interessantes und wir sprechen darüber.«

Sie wusste, sie würde mit ihrer Arbeit niemals so viel verdienen, wie Roth ihr angeboten hatte. Aber sie sah mehr von der Welt und vor allem konnte sie mehr Zeit mit Taran verbringen, der ihr fachlich bei der Gutachtenerstellung zur Seite stehen konnte, wenn er nicht gerade selbst in der Forschung arbeitete. Heute Essaouira, morgen Istanbul, Beirut oder vielleicht Sansibar? Es gab so viele Orte, die sie gerne sehen würde.

»Soll ich dich wieder im Flugzeug zum Weinen bringen?«, raunte Taran ihr ins Ohr und holte sie wieder in die Gegenwart zurück. Sie versetzte ihm grinsend einen Stoß in die Seite.

»Untersteh dich!«

»Hm, ich habe großartige Dinge in Essaouira mit dir vor.«

»Noch mehr Picknicke unter dem Sternenhimmel?«

»Natürlich. Zumindest eines plane ich immer ein. Und du wirst die Medina lieben. Die Altstadt ist vollständig erhalten, nicht so hektisch und laut wie die der Königsstädte Marokkos, dafür bunter und gemütlicher. Wir werden in den Cafés Minztee trinken und abends geschmortes Zitronenhuhn mit Kreuzkümmel und frischer Petersilie mit Couscous essen.«

»Wann haben die Phönizier sich denn auf Mogador niedergelassen?«

»Mitte des siebten Jahrhunderts vor Christus. Damals war die Halbinsel vor Marokko ein Knotenpunkt für die Karawanen aus dem Landesinneren und die Seefahrer, ein Treffpunkt von Händlern und Handwerkern mit ganz unterschiedlichen Fertigkeiten und Traditionen. Apropos Treffen. Elena wird aus Madrid anreisen.«

»Wirklich?« Nina richtete sich auf. »Oh, wie schön! Ich bin ihr noch nicht persönlich begegnet.«

»Sie mag dich. Allerdings glaubt sie, dass du mir Gelves ausgeredet hast. Womit sie nicht ganz unrecht hat.«

Nina verdrehte die Augen. »Ich stand unter Druck. Da wir gerade davon reden«, sie beugte sich zu ihrem Rucksack hinunter und zog eine spanische Illustrierte heraus. »Guck nicht so, man kann nicht immer nur *Current Archaeology* lesen! Ich habe es wegen dem hier gekauft.«

Er folgte ihrem Blick zu dem bunten Coverfoto und zog belustigt die Augenbrauen hoch. »Willst du mich jetzt zu einem Flamencokurs überreden oder mir auf subtile Art klarmachen, dass ich an meiner Fitness arbeiten soll?«

»Weder noch! Wobei ... heiß sieht Izan Mendez schon aus.«

»Kannst du mich nicht wenigstens wegen eines schwerreichen Kerls mit Bierbauch sitzen lassen?«

Sie kicherte und schlug den Artikel im Inneren des Klatschmagazins auf. »Ich habe mich wieder erinnert, wo ich ihn zuletzt gesehen habe. Vor dem Krankenhaus in Sevilla, als ich mit Jennifer zur Kontrolle dort war, weil sie Angst um Eli hatte.«

Elias war eine Woche nach dem errechneten Entbindungstermin zur Welt gekommen, nahezu zeitgleich mit Tarans Kündigung des Projekts in Gelves. Seither drehte sich bei den Sternbergs alles um ihn, und der kleine Kerl hatte es sogar geschafft, Taran und seine Mutter wieder zu versöhnen.

Wenn Nina nur daran dachte, wie er den niedlichen Kleinen, der Jennifers große braune Rehaugen geerbt hatte, in seinen Armen gehalten hatte, bekam sie auf der Stelle weiche Knie. Später ... sagte sie sich. Wir haben noch Zeit.

Sie deutete auf das Klatschmagazin. »Hier steht, Mendez habe einen Ricardo Ferer geheiratet, und ich wette, das war der junge Mann, der damals ins Krankenhaus eingeliefert worden war. Sofía hat in Erfahrung gebracht, dass er fast gestorben wäre. Kein Wunder, dass Rosa so fertig war, es handelt sich scheinbar um ihren Bruder.«

Taran war der Einzige, dem sie erzählt hatte, was sich in Marbella mit Rosa abgespielt hatte, und sie hatten beschlossen, dieses Geheimnis sicherheitshalber für sich zu behalten.

»Zeig mal her.« Taran nahm ihr die Illustrierte aus der Hand. »Der Typ im Hintergrund ist doch ...«

»Orlando. Ich weiß. Er und Rosa waren die Trauzeugen.«

»So sieht diese Rosa also aus. Viel zu nett für den Kerl.« Taran starrte grimmig auf das Foto.

»Oh, sie kann auch giftig und skrupellos sein, glaube mir. Ich frag mich, ob sie deshalb vielleicht ganz gut zu Orlando passt und mit ihm glücklich werden kann. Weißt du, ich wünsch es ihr. Trotz allem.«

Taran küsste sie zärtlich auf die Wange. Sie erwiderte seinen liebevollen Blick, schlug die Zeitschrift entschlossen zu und verstaute sie wieder in ihrem Rucksack. Konnte man zu viel Glück auf einmal empfinden?

Nein. Auch in ihrem Leben gab es einen Wermutstropfen.

Paps war aus allen Wolken gefallen und alles andere als begeistert gewesen, dass ihr Herz neuerdings für einen *mittellosen Möchtegern-Indiana-Jones und einen Haufen alter Steine* schlug. Aber an seiner Einstellung würde sie noch arbeiten. Schließlich war sie es gewohnt, nicht so schnell aufzugeben. Nina erinnerte sich daran, wie sie vor über einem Jahr noch geglaubt hatte, ein perfektes Leben zu führen. Jetzt kam es ihr vor wie das Leuchten von Sternen, die längst vergangen waren. Doch sie brach auf zu fernen, unbekannten Ufern, genau wie die Phönizier, deren Rätsel Taran immer noch auf der Spur war. Und es machte ihr keine Angst mehr, dass sie nicht wusste, was sie erwartete, sie freute sich darauf, denn die Zukunft leuchtete hell und klar wie ein Fixstern für sie beide.

Dank

Gibt es etwas Schöneres, als im Urlaub mit Croissants und Kaffee morgens am Strand zu sitzen, über das Wasser zu blicken und dem Murmeln der Wellen zu lauschen? Allerdings. Es gibt den Moment, dass einen der Funke für eine neue Buchidee trifft, in dem man einen Vater mit seinem Sohn, mit Metalldetektoren ausgerüstet, durch den Sand wandern sieht.

Alle Figuren und Begebenheiten in meinem Roman sind natürlich fiktiv, der Schauplatz der archäologischen Grabungsstätte wurde jedoch an Grabungen in Spanien angelehnt. Die Phönizier haben die Geschichte vieler moderner Staaten im Mittelmeerraum und Orient beeinflusst. Sie gelten als Kulturbringer, denen wir u. a. das Alphabet zu verdanken haben. Liebe Leserinnen und Leser, ich hoffe, ich konnte euch mit diesem Roman ein wenig für die Archäologie begeistern.

Mein Dank gilt meiner Familie und allen lieben Freunden, die mich in meinem Schreiben befeuert und unterstützt haben, ganz besonders Jana Lukaschek, die mich als Kriminalpolizistin über polizeiliche Ermittlungsarbeiten aufklärte, und Cristina Haslinger für ihr Insiderwissen zu andalusischen Bräuchen. Ohne meine Writing-Sassenachs- und DELIA-Kolleginnen wäre das Schreiben viel einsamer – ich danke euch für den regen Austausch und die tolle Zusammenarbeit. Liebe Christine, von Herzen Dank, ohne dich hätten meine Romane nicht das Licht der Welt erblickt, du bringst all meine Sterne zum Leuchten! Ich danke meiner lieben Lektorin Karoline Adler und dem gesamten Team des dtv für die wunderbare Zusammenarbeit, die aus einer guten eine noch bessere Geschichte gezaubert hat. Allen

Buchhändlerinnen und Buchhändlern danke ich für ihr Engagement, meine Geschichten in die Welt hinauszutragen. Mein größter Dank gilt jedoch euch, liebe Leserinnen und Leser, für eure Begeisterung und all die wundervollen Nachrichten, die mich von euch erreichen. Ich wünsche euch erfüllte Lesestunden und dass meine Figuren euch ebenso ans Herz wachsen wie mir.